강강수월래

정월 대보름날이나 팔월 한가위에 남부 지방에서 행하는 민속놀이

국어 교과서에는 '강강술래'가 마치 임진왜란 때 이순신 장군이 왜군의 침입을 막기 위해 고안해낸 놀이인 양 소개되고 있다. 그 어원을 '강강수월래(强羌水越來)'에 두고 오랑캐인 왜적이 물을 따라 쳐들어오니 경계하라는 뜻으로 풀이하고 있는데, 사실 '강강술래'는 옛날부터 달[月]의 운행을 중심으로 농사를 지어온 우리나라 고유의 민속놀이였다. 이를 이순신 장군이 임진왜란 때 의병술로 채택하여 승전을 거둔 데서 '강강술래'라는 놀이가 주목을 받게 되었을 뿐, 실제 후렴구의 뜻이나 놀이의 유래는 임진왜란이 아니다.

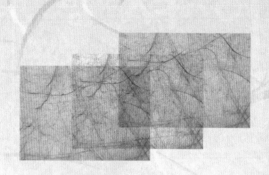

도무지

이러니저러니 할 것 없이 아주

도모지(塗貌紙)는 조선시대에 사사로이 행해졌던 형벌이었다. 물을
묻힌 한지를 얼굴에 몇 겹으로 착착 발라놓으면 종이의 물기가
말라감에 따라 서서히 숨을 못 쉬어 죽게 되는 형벌이다. 고통
없이 빨리 죽이는 가벼운 형에 속한다. 끔찍한 형벌인 도모지에 그
기원을 두고 있는 '도무지'는 그 형벌만큼이나 '도저히 어떻게 해볼
도리가 없는'의 뜻으로 쓰이고 있다.

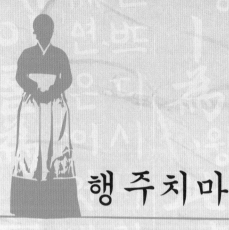

행주치마

부엌일을 할 때 옷을 더럽히지 아니하려고 덧입는 작은 치마

행주치마가 권율 장군의 행주대첩에서 나왔다는 설이 있는데 이는 행주라는 고장 이름에 연관 지어 후세 사람들이 지어낸 민간어원이다.

기록에 따르면 행주대첩 훨씬 이전인 중종 12년(1517)에 발간된 『사성통해四聲通解』에 '행ᄌ쵸마'라는 표기가 나오며, 1527년에 나온 『훈몽자회訓蒙字會』등 여러 문헌에도 '행ᄌ쵸마'라는 기록이 나온다. 지금이나 그 당시나 '행주'는 그릇을 씻어서 깨끗하게 훔쳐내는 헝겊이었으므로, 행주치마는 부엌일을 할 때 치마를 더럽히지 않으려고 앞에 두르는 치마를 가리키는 말이었다.

다른 유래도 있다. 불법에 귀의하기 위해서 절로 출가를 하면 계(戒)를 받기 전까지는 '행자'라는 호칭으로 불린다.

수행승인 행자가 주로 하는 일이 아궁이에 불 때고 밥 짓는 부엌일 이었다. 행자가 부엌일을 할 때 작업용으로 치마 같은 천을 허리에 두르고 했는데 그것을 '행자치마'라 했다 한다. 여기서 나온 말이 바로 오늘날의 '행주치마'라는 얘기다.

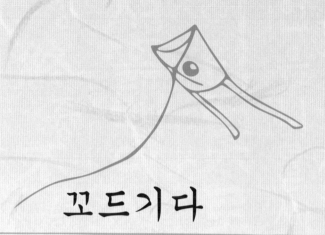

꼬드기다

어떠한 일을 하도록 남의 마음을 꾀어 부추기다

연날리기를 할 때 연줄을 잡아 젖히어 연이 높이 날아오르도록
하는 기술을 가리켜 '꼬드긴다'고 한다. 연줄을 꼬드겨 연을
높이 날아오르게 하는 것처럼, 남의 감정이나 기분 등을 부추겨
어떤 일을 하도록 꾀는 것을 가리킨다.

알아두면 잘난 척하기 딱 좋은
우리말 잡학사전

알아두면 잘난 척하기 딱 좋은 우리말 잡학사전

5판 1쇄 인쇄 2024년 10월 2일
5판 1쇄 발행 2024년 10월 9일

저 자	이재운·박소연 외
펴낸이	이춘원
펴낸곳	노마드
기 획	강영길
편 집	이경미
디자인	블루
마케팅	강영길

주 소	경기도 고양시 일산동구 무궁화로120번길 40-14 (정발산동)
전 화	(031) 911-8017
팩 스	(031) 911-8018
이메일	bookvillagekr@hanmail.net
등록일	2005년 4월 20일
등록번호	제2005-29호

알아두면 잘난 척하기 딱 좋은

우리말 잡학사전

The Knowledge of Various: A Korean Miscellaneous Dictionary

A Perfect Book For Humblebrag

이재운·박소연 외 엮음

nomad
노마드

머리말

우리말은 한반도와 만주, 동몽골에서 수천 년간 줄기차게 쓰였지만 문자로 기록된 것은 1894년부터입니다. 그나마 국한문 혼용이라고 하여 한문의 토씨로나 쓰였습니다.

우리말을 적는 문자인 한글이 1446년에 창제되었으나 학습 시간이 10년 이상 돼야만 의사소통이 가능한 한자한문으로 지식과 정보를 독점한 사대부들의 방해와 멸시로 널리 쓰이지 못했습니다. 문법과 맞춤법이 없고 어휘 표기가 저마다 달라 문자 기능을 하지 못했습니다. 1919년에 발표된 「기미독립선언서」조차 현대인이 읽어내지 못할 만큼 우리말과 한글은 철저히 소외되었습니다. 1776년에 발표된 미국의 「독립선언문」은 지금도 원문 그대로 초등학교 교과서에 실려 있습니다. 그런데 우리는 100년 전에 쓰인 「독립선언서」조차, 초등학생은커녕 성인들도 잘 읽어내지 못합니다.

그런 데다가 1910년 일제의 국권 강탈로 겨우 싹이 오르던 한글이 무참히 짓밟혔습니다. 일제는 우리말과 우리글을 말살하려고 1920년에 『조선어사전』을 만들어 배포했습니다. 「기미독립선언서」가 나온 지 1년 뒤이니, 그전부터 일제가 조선어 말살정책을 추진했다는 뜻입니다.

1920년 조선총독부가 펴낸 『조선어사전』

이 『조선어사전』은 제목만 '조선어사전'이지 사실은 일본어사전을 단순 번역한 것에 지나지 않습니다. 즉 일본 한자어에 한글 발음만 적고, 설명마저 일본어로 된 아주 나쁜 사전입니다(이로부터 대부분의 우리말 사전은 이 조선총독부 사전을 기초로 하여 만들어져 우리말글 생활에 매우 나쁜 영향을 끼쳤습니다). 이때 우리는 일본어의 침략을 이겨내지 못했고, 오늘날까지 이 사전을 베끼고 또 베끼는 어문 생활을 해오고 있습니다. 우리말의 70%가 한자어란 주장이 있는데, 바로 조선총독부가 만든 일본어사전 번역본인 『조선어사전』 때문입니다. 이 가짜를 베끼고 또 베끼다 보니 어느새 우리는 발음만 한글로 적지 실제로는 일본 한자어를 말하고 적는 습관이 몸에 배었습니다.

이러다 보니 일제의 어문 말살정책에 따라 교육을 받은 사람들은 우리말과 한글을 제대로 쓰지 못했습니다.

법원에서 사용하는 법전과 판결문이 그러하고, 공무원들이 쓰는 공용어도 한자어 투성이였습니다. 종교 생활에 쓰이는 문자도 대부분 일본 한자어나 중국 한자어였습니다. 지금도 대학교에서 학위논문으로 발간되는 석박사 논문은 한문이나 한자어를 쓰지 않으면 안 되는 줄 아는 관습이 유령처럼 떠돌고 있습니다. 또 나쁜 습관이 하나 더 생겼는데, 과학 분야에서는 한자어 대신 영어를 덮어쓰기합니다. 우리말을 찾아 쓰거나 다듬어 쓰기가 귀찮아서 영어, 독일어 등 외국어를 그대로 쓰는 것입니다.

2000년대에 들어와 겨우 한자가 사라지는 듯하지만, 실은 한자 표기만 하지 않을 뿐 한자어를 한글로 표기한 문장이 굉장히 많습니다.

지금까지 밝힌 것들이 바로 소설가인 제가 우리말 사전을 펴내게 된 까닭입니다. 순우리말을 가장 많이 쓰는 분야가 시와 소설인데, 아직도 한자어를 즐겨 쓰는 작가들이 많습니다. 20년 전 소설, 30년 전 소설을 그대로 읽어낼 독자가 많지 않을 만큼 우리 문학은 아직도 한자어에 묻혀 있습니다. 50년 전에 발표된 소설 중에서도 번역문만큼이나 손질을 많이 해야 겨우 현대의 한국인들이 읽어낼 수 있는 수준이 됩니다.

이 책은 그러한 현실을 뚫고 우리말 우리글로 우리 생각을 표현해보자는 희망을 담은 것입니다. 저는 '뜻도 모르고 자주 쓰는 우리말 시리즈'를 여러 권 펴냈습니다. 『뜻도 모르고 자주 쓰는 우리말 어원사전』, 『뜻도 모르고 자주 쓰는 우리 한자어 사전』, 『뜻도 모르고 자주 쓰는 우리말 숙어 사전』을 출간 하였고, 이어 『상대적이며 절대적인 우리말 백과사전』을 펴냈습니다. 『궁중어 사전』, 『은어 사전』, 『도량형 사전』도 원고를 완성하였습니다. 원고 작업 중인 사전도 10여 권이 더 있습니다. 시간이 많이 들고 비용이 많이 들어 서두르 지 못하는지라, 사전을 만들기 시작한 지 올해로 30년이 되는데 목표한 작 업의 50%를 해내지 못했습니다.

우리말 사전을 만드는 데는 무엇보다 우리말의 어원, 즉 말이 생긴 근원을 찾는 일이 매우 중요합니다. 늘 찾고 있지만 1년에 서너 개 찾기도 힘듭니다. 국어학자들이 몇 달간 애써서 겨우 한두 개 찾는 경우도 있습니다. 증보판을 내기 전에는 다음포털의 블로그 〈알탄하우스〉에 올려놓겠습니다. 우리말 관련 정보를 갖고 계신 분께서는 이 블로그를 방문해주십시오. 기쁜 마음으로 살피 겠습니다. 앞으로도 더 전문적이고 구체적인 우리말 사전 편찬에 힘써 우리 말 글 생활에서 일본어 잔재를 씻어내고, 한자의 독을 빼도록 노력하겠습니다. 우 리말 우리글의 깊은 샘을 파고, 물이 더러워지지 않도록 품겠습니다.

사전을 같이 만들거나 도움을 준 동지들이 있습니다. 박소연, 박숙희, 유동숙, 조규천, 구태희, 민병덕, 이채연입니다. 독자 여러분도 동지가 되어주십 시오. 더 열심히 하겠습니다.

이 재 운 (제1저자 및 저작권자)

차례

● 머리말 · **4**

0001~0175

ㅈ
0776~0878

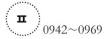

일러두기

1. 기본 구성은 표제어, 본뜻, 바뀐 뜻, 보기글 순으로 했다.

2. 전체 표제어 1045개를 가나다순으로 정리, 순서대로 일련번호를 붙여 사전 형식의 찾아보기가 가능하도록 했다.

3. 한 단어의 어원이 두 가지 이상 전해지는 경우는 그 내용을 다 실었다.

4. 이 책에 수록한 우리말의 범주는 순우리말, 합성어, 한자어, 고사성어, 관용구, 일본어에서 온 말, 외래어, 은어를 포함한다.

5. 이 책에서는 은어를 비롯하여 비어, 속어, 욕설로 쓰이는 말도 실었다. 은어, 비어, 속어, 욕설일수록 그 말의 본뜻을 잘 모르고 어렴풋이 느낌만으로 여기저기에 함부로 쓰는 경우가 많다. 그러나 그 본뜻을 알게 된다면 그 말의 참혹함이나 낯 뜨거움을 알아 일상용어로 쓰지 않게 되리라 생각해 여기 실었다.

6. 본문 맨 마지막에 수록한 '찾아보기'에는 우리말을 위의 여덟 가지로 구분하여 실었다.

7. 단어의 음과 표기가 다를 경우 [ ]로 표시했다.

ㄱ

0001 **가게**

🔖 **본 뜻** 본래 한자어 '가가(假家)'에서 온 말이다. 가가란 제대로 지은 집이 아
니라 임시로 지은 가건물을 가리키는 말이다. 저잣거리로 유명한 종
로통에 지금의 도매상 격인 전(廛)과 조금 큰 상점인 방(房), 그리고
소매상 격인 가가들이 많았는데, 이 가가들은 번듯한 상점이 아니
라 허름하게 임시변통으로 지어놓은 가건물들이었기에 여기서 나온
이름이다.

🔄 **바뀐 뜻** 가건물을 뜻하던 가가라는 말에서 건물이라는 의미는 없어진 채,
물건을 파는 상점을 가리키는 말로 전이되면서 '가게'라는 순한글
명칭으로 바뀌었다.

⭕ **보기글** ● 순우리말인 줄 알았던 가게가 한자어에서 온 말이라니 뜻밖인데요.

0002 **가관이다(可觀--)**

🔖 **본 뜻** 본래의 의미는 '볼 만하다'는 뜻으로 '설악산 단풍이 가관이다' 같은
경우에 쓰는 말이다.
참으로 볼 만하다는 감탄의 뜻이 완전히 역전되어 '꼴보기 좋다' 구
경거리가 될 정도로 우습고 격에 맞지 않는다'는 뜻으로 널리 쓰이
고 있다. 남의 말이나 행동이 꼴답지 않을 때 비웃는 말이다.

● 보기글 • 옷 입은 꼴이 그게 뭐냐. 가관도 이만저만 가관이 아니구나.
          • 외국 나갔다 와서는 잰 체하는 꼬락서니가 가관이더라.
          • 쥐뿔도 없는 주제에 허세를 부리는 꼴이 참으로 가관이다.

0003   가까스로

🔖 본 뜻 '邊'은 '가장자리'라는 뜻으로 일상에서 자주 쓰는 한자다. 우리 발
          음은 원래 '갓'이었다. 주로 이 한자를 겹쳐 '邊邊'으로 쓰는데 우리
          말로는 '갓갓으로'라고 읽었다. 가장자리로만 가기가 매우 힘들다는
          뜻이다.

🔁 바뀐 뜻 여기에서 어떤 일을 할 때 간신히 해냈을 때, 또는 빠듯하게 겨우
          해냈을 때 이 어휘를 쓰게 되었는데, '갓갓으로'가 '가까스로'로 변
          했다.

● 보기글 • 내 조카는 예비번호 10번을 들고 있었는데 가까스로 등록금 고지서를 받았다.

0004   가냘프다

🔖 본 뜻 옷감을 가리키는 '織(직)'과 '纖(섬)'은 가늘고[細] 얇아야[薄] 품질이 더
          좋다. 그래서 가늘고 얇다가 합쳐져 가냘프다가 되었다.

🔁 바뀐 뜻 그런데 워낙 가늘고 얇다 보니 사람의 몸매나 허리, 목소리 따위가
          가늘고 약해 보인다는 의미로 쓰이게 되었다. 따라서 '가냘프다'는
          섬유가 가늘고 얇다는 표현에는 쓰지 않게 되었다.

● 보기글 • 식탐 많은 너는 가냘프다는 말은 한 번도 들어보지 못했겠구나?
          • 그녀의 몸은 코스모스와 같이 너무나 가냘파 보였다.

0005 가라오케(カラオケ)

본 뜻 '가라오케'는 빈 것을 가리키는 일본어 '가라(空)'와 영어 '오케스트라 (orchestra)'의 합성어이다. 그러므로 '가라오케'란 악단이 없는 가짜 오케스트라, 무인 오케스트라라는 뜻이다. 노래 반주만을 녹음하여 그것에 맞추어 노래하기 위한 테이프나 디스크, 또는 그 연주 장치를 가리킨다. 원래는 녹음관계 용어로서 동시녹음의 반대말로 쓰였다.

바뀐 뜻 일본에서 수입된 기계식 가요반주를 '가라오케'라 하는데 1980년대 이후 유흥가를 중심으로 급속도로 퍼져나갔으며, 오늘날은 노래방이라는 신종 업종을 통해 다양화되고 있다.

보기글
- 에이, 부장님 왜 아깝게 가라오케부터 가요. 맥주 마시다가 노래방에 가서 노래 부르면 되죠.
- 나는 가라오케 반주에 맞추어 노래를 불렀다.

0006 가루지기

본 뜻 판소리 다섯 마당 중의 하나인 「변강쇠 타령」은 「가루지기 타령」이라 부르기도 하는데, 가루지기라는 말의 어원은 크게 두 가지로 전해지고 있다. 장승을 베어서 땔감으로 쓰던 변강쇠가 그만 동티가 나서 죽었는데 그의 시체를 운반하는 자마다 변을 당하곤 했다. 나중에 납덱이라는 자가 변강쇠의 시체를 등에 가로졌는데 그 시체가 그만 가로로 딱 달라붙어서 떨어지지 않았다는 얘기에서 가루지기라는 말이 나왔다는 것이 그 첫째이다. 둘째는 변강쇠의 짝인 옹녀는 음기가 센 여자로 유명한데, 그것은 그녀의 음문이 보통 여자들처럼 세로로 찢어지지 않고 가로로 찢어진 가루지기였기 때문이었다는 얘기에서 나왔다고 한다.

⇆ 바뀐 뜻   오늘날에는 음욕이 강한 여자를 가리키는 말로 굳어졌다.

◎ 보기글   • 「변강쇠 타령」이나 「가루지기 타령」 같은 노래를 조선시대에 불렀다는 걸 보면 조
선시대 서민들의 생활은 우리가 생각했던 것보다 훨씬 자유분방했던 모양이야.

0007   **가마니**[かます]

본 뜻   볏짚을 날과 씨로 엮어 천 짜듯이 만든 자루인 가마니는 일본에서
건너온 물건이다. 1908년에 일본에서 가마니틀이 들어와 만들어지
기 시작한 가마니는 일본말 '가마스(かます)'에서 비롯된 것이다. 가마
니가 들어오기 전에 우리나라에서는 '섬'을 썼는데 '섬'은 촘촘하질
않아서 낱알이 작은 곡식을 담으면 날 사이로 술술 흘러나와서 많
은 불편이 있었다.

⇆ 바뀐 뜻   곡식이나 소금을 담는 짚으로 만든 자루를 가리키는데, 가마니를
순우리말로 알고 있는 경우가 많기에 여기 실었다.

◎ 보기글   • 그는 어찌나 힘이 센지 쌀 한 가마니쯤은 거뜬히 들어올린다.
• 예전에는 농한기인 겨울에 짚으로 가마니를 짜는 농가가 많았다.

0008   **가시나**

본 뜻   이 말의 유래에 대해서는 다음 두 가지 설이 있다. 그 첫째가 신라
의 화랑제도에서 그 연원을 찾은 것으로서 '가시'는 본래 '꽃'의 옛말
이고, '나'는 무리를 뜻하는 '네'의 옛 형태에서 나온 것이다. 옛날 신
라시대의 화랑을 '가시나'라고 하였는데, '가시나'의 이두식 표기인

'화랑(花郎)'에서의 '花'는 꽃을 뜻하는 옛말인 '가시'에 해당되며 '郎'은 '나'의 이두식 표기이다. 그러므로 가시나는 곧 '꽃들'이라는 뜻이다. 화랑은 처음에는 처녀들을 중심으로 조직되었기 때문에 처녀 아이를 '가시나'라고 부르게 되었다. 이 '가시'는 그 후 15세기까지 '아내'의 뜻으로 쓰였으며, 여기서 나온 말이 부부를 가리키는 '가시버시'이다. 또 다른 하나는 가시나의 옛말은 '가시나히'로서, 아내를 뜻하는 '가시[妻]'에 아이를 뜻하는 '나히[胎生]'가 합쳐진 말이다. 그러므로 이 말을 풀어보자면 '아내(각시)로 태어난 아이'라는 뜻이 된다는 설이다.

🔄 **바뀐 뜻** 계집아이나 처녀를 일컫는 경상도 지방의 방언이다. 표준말은 '계집아이'이다.

◐ **보기글** • 가시나 소리를 들을 때마다 여자를 비하하는 것 같아서 기분이 좋지 않았는데, 신라 화랑에서 나온 말이라고 하니 왠지 기분이 좋아지는데요.

0009　# 가을

🖐 **본 뜻** 가을이란 말은 본래 '곡식을 거두어들이는 일'을 가리키는 말이었다. 지금도 시골 농부들 중에서는 '볏가을은 다 했나?' '올해 보릿가을은 어찌 됐나?' 하는 말을 쓰는 사례가 있다. 줄여서 '가을'을 '갈'이라고도 한다.

🔄 **바뀐 뜻** '추수'를 뜻하던 가을이란 말이, 세월이 흐르면서 추수를 하는 계절인 9, 10, 11월을 가리키는 말로 바뀌어서 쓰이고 있다.

◐ **보기글** • 어머니, 아까 외가에 전화하실 때 '볏가을은 어찌 됐노' 하셨는데 볏가을이 뭐지요?
　　　　　• 늦은 가을이 되면 서늘한 바람이 불고 나뭇잎이 떨어진다.

0010   **가재걸음**

🐚**본 뜻**   게와 새우의 중간 모양인 '가재'는 뒷걸음밖에 치지 못하므로 뒷걸음치는 것을 이르는 말이다.

🔄 **바뀐 뜻**   노력을 한다고 하지만 전진을 못하고 퇴보만 하는 것을 비유하여 이르는 말이다.

💿 **보기글**   ● 이 과장, 벌써 한 달 전에 맡긴 그 광고 건 말이야, 왜 그렇게 가재걸음이야?
           ● 호통 소리에 놀란 꼬마는 가재걸음으로 방을 나와버렸다.

0011   **가차 없다**(假借--)

🐚**본 뜻**   가차(假借)는 한문 글자 구성의 여섯 가지 방법 중 하나로서, 어떤 말을 나타내는 적당한 글자가 없을 때 뜻은 다르지만 음이 같은 글자를 빌려서 쓰는 방법이다. 독일(獨逸) · 불란서(佛蘭西) 등이 그 좋은 예로, 주로 외국어를 한자로 표기할 때 일어나는 현상이다. 이런 경우, 빌려다 쓴 한자는 단지 외국어를 비슷하게 소리내기 위한 것일 뿐 한자 자체가 가지고 있는 뜻은 없다. 그러므로 '가차 없다'는 임시로 빌려다 쓰는 것도 안 될 정도로 어떻게 해볼 도리가 없는 상황을 가리키는 말이다.

🔄 **바뀐 뜻**   일의 주도권을 가진 쪽에서 조금도 사정을 봐주지 않는 것, 또는 용서 없음을 가리키는 말이다.

💿 **보기글**   ● 자신의 태도에 가차 없는 판단을 내려봐라.
           ● 이번에 실수하면 가차 없다는데 잘해봅시다.
           ● 법 앞에서는 만인이 평등한 법, 죄를 지었다면 가차 없이 처벌해야 한다.

0012   가책(呵責)

🖐본 뜻 이 말은 원래 불교에서 쓰는 말로, 스님들이 수행하다가 잘못을 저
지르면 여러 스님들 앞에서 죄를 낱낱이 고하고 거기에 합당한 벌
을 받는 것을 말한다. 부처님의 제자 중에 지혜와 노혜나라는 두
비구가 있었는데, 이들은 걸핏하면 서로 싸우거나 다른 싸움을 몰
고 다녔다. 이를 보다 못한 비구들이 그들의 소행을 부처님께 보고
했고 두 비구를 가책했다. 가책받은 비구는 그동안 비구로서 행할
수 있었던 여러 가지 권리와 자격들을 박탈당했으며 거기에 준해서
가책이 풀어질 때까지 근신해야 했다.

🔁 바뀐 뜻 이 말은 뜻이 바뀐 것은 아니고 애초에 불교용어였던 것이 일상용
어로 자리를 잡은 좋은 예라서 여기에 실었다. 꾸짖어 책망한다는
뜻을 가진 '가책'은 오늘날에 '양심의 가책을 느낀다' '양심의 가책이
된다' 같은 경우에 쓰인다.

◎ 보기글   • 어머니의 주머니에 손을 대고 나서는 양심의 가책 때문에 얼마나 괴로웠는지 모른다.
  • 바쁘다는 이유로 길 잃은 아이를 못 본 채 놔두고 온 것이 일주일이 지난 아직까
   지도 양심의 가책으로 진하게 남아 있다.

0013   가톨릭(Catholic)

🖐본 뜻 마르틴 루터의 종교 개혁 이후 기독교는 구교와 신교로 나누어지는
데 구교는 '가톨릭'이라 부르고, 신교는 '프로테스탄트'라 부른다. 기
독교의 원류라 할 수 있는 가톨릭은 '보편적'이라는 뜻을 가진 말이
다. 가톨릭의 교리가 어디에나, 누구에게나 보편적으로 두루 통한
다는 뜻에서 나온 말이다.

↹ **바뀐 뜻** '가톨릭' 하면 우리나라에서는 천주교로 통한다. 그러나 정작 천주교 신자조차도 '가톨릭'이 무슨 뜻인지 알고 있는 사람은 많지 않다. 가톨릭은 그 명칭 자체가 '보편 종교'라는 의미를 가지고 있는 말이다.

◑ **보기글**
- 가톨릭이 '보편적'이란 뜻이라니, 세계 어느 누구든 포용할 수 있어야 하는 종교의 성격에 비추어봤을 때 꽤나 걸맞은 이름인 듯싶군요.
- 위그노 전쟁이란 16세기 프랑스에서 위그노로 불리는 신교도들이 정부와 가톨릭 교회에 저항함으로써 일어난 종교 전쟁이야.

0014 **각광**(脚光)

☝ **본 뜻** 각광은 무대의 전면 아래쪽에서 배우를 비춰주는 광선인 '풋라이트(footlight)'를 우리말로 옮긴 것이다. 각광을 받게 되는 배우는 다른 배우와 확연히 구별될 정도로 돋보이게 된다.

↹ **바뀐 뜻** 사회적으로 주목의 대상이 되는 일이나 관심을 받게 되는 일 등을 가리킨다.

◑ **보기글**
- 그는 이번 아이디어로 광고업계의 각광을 받았다.
- 이번에 나온 시원타 맥주가 애주가들의 각광을 받고 있다.

0015 **각다귀판**

☝ **본 뜻** '각다귀'는 모기와 비슷하게 생긴 곤충으로, 논밭에서 벼나 보리의 뿌리를 잘라 먹는 해충이다. 거기에 비유해서 남의 것을 몹시 훔치고 빨아먹는 사람을 이르기도 한다.

🔁 바뀐 뜻   인정 없이 서로 빼앗기만 하려고 모여 덤비는 곳이나 그런 경우를 가리키는 말이다.

◑ 보기글
- 정치판이야말로 각다귀판이나 다름없다고 할 수 있지 않겠어?
- 사람들이 서로 헐뜯고 싸우는데, 이건 완전히 각다귀판이었다.

0016   **각색**(脚色)

🖐 본 뜻   본래는 중국 연극에서 '분장(扮裝)' '배우의 전문 구실' 등을 뜻하는 말이었다. 하지만 이제는 희곡화(戱曲化)를 뜻하는 말로 바뀌었다.

🔁 바뀐 뜻   소설, 서사시 등의 문학작품을 연극이나 영화에 알맞도록 고쳐 쓰는 것을 가리킨다.

◑ 보기글
- 소설을 영화화할 때, 각색을 누가 하느냐에 따라서 소설의 묘미가 살아나기도 하고 죽기도 한다.

0017   **각축**(角逐)

🖐 본 뜻   각(角)은 서로 다투고 겨룬다는 뜻이고, 축(逐)은 쫓는다는 뜻이다. 글자 그대로 보자면 서로 다투며 쫓아다니는 것을 말한다.

🔁 바뀐 뜻   승리를 위한 경쟁을 가리키는 말이다.

◑ 보기글
- 월드컵 16강 진출을 둘러싸고 한국과 스페인 볼리비아가 각축전을 벌였다.
- 한국 비료의 공개 입찰을 따내기 위해 각 재벌 회사들이 치열한 각축을 벌이고 있다.
- 저 영화의 시나리오는 2년 전에 인기를 끌었던 소설을 각색한 것이다.

0018　**간담이(肝膽-) 서늘하다**

🔖 **본　뜻**　'간담(肝膽)'은 간과 쓸개를 뜻하는 말이며, 깊이 간직한 '마음속'이라는 뜻도 있다.

🔄 **바뀐 뜻**　뜻밖의 일이나 놀라운 일을 당하여 섬뜩해지는 것을 표현하는 말이다. 이 밖에도 '간이 오그라들었다' 등의 표현을 쓴다.

🔘 **보기글**　• 오토바이 폭주족 네 명이 한밤중에 전봇대를 들이받고 모두 죽었다는 뉴스에 진수는 간담이 서늘해졌다.

0019　**간도(間島)**

🔖 **본　뜻**　중국의 동남부 지역을 가리키는 간도란 지명의 유래에 대해서는 다음의 여러 가지 설이 있다. 첫 번째는 병자호란 뒤에 청나라가 이 지역을 청국인이나 조선인 모두 입주를 금하는 봉금지역(封禁地域)으로 정하자, 이 지역이 청나라와 조선 사이에 놓인 섬[島]과 같은 땅이라는 데서 유래했다는 설이다. 두 번째는 조선 후기에 이 지역으로 이주해 간 우리 동포들이 개간한 땅이라는 뜻에서 '간도(墾島)'라고 적었다 한다. 세 번째는 조선의 정북(正北)과 정동(正東) 사이에 위치한 방향인 간방(艮方)에 있는 땅이라 하여 간도(艮島)라고 하였다 한다. 지금 쓰는 한자 표기는 첫 번째 것을 따른 것이다.

🔄 **바뀐 뜻**　간도는 지금 중국의 길림성 동남부 지역으로서 용정시, 왕청현, 혼춘현, 화룡현, 안도현, 장백현, 무송현, 임강현 일대를 포괄하는 지역을 말한다. 그중에서도 특히 두만강 북부 연안을 북간도라 하였는데, 우리가 보통 알고 있는 간도라 함은 이 지역을 가리킨다. 지금은 이곳이 연변자치구로 되어 있어 간도라는 말 대신에 연변이라

는 이름을 더 많이 쓴다.

● 통일이 되어 중국을 거치지 않고 압록강이나 두만강으로 간도를 드나들 수 있게 된다면 얼마나 감개가 무량할까.

0020 간발의(間髮-) 차이

🖐 **본 뜻** 글자 그대로 '머리카락 하나만큼의 차이'라는 뜻으로, 아주 작은 차이를 이르는 일본말 '간파쓰(間髮)'에서 온 말이다.

🔁 **바뀐 뜻** 아주 작은 차이를 이르는 말로 널리 쓰이는 이 말은 일본어를 그대로 들여와 쓰는 것이다. 같은 의미를 가진 우리말 표현 '종이 한 장 차이' '터럭 하나 차이' 등으로 바꿔 쓰는 것이 나을 것이다.

◎ **보기글** ● 이번에 내가 찍은 후보가 간발의 차이로 떨어졌어.
● 나는 이번 마라톤 대회에서 간발의 차이로 일등을 놓쳤다.

0021 간이(肝-) 붓다

🖐 **본 뜻** 간(肝)은 한의학에서 목기(木氣)에 해당한다. 이는 곧 일을 새로 추진하거나 이끌어가는 힘을 말한다. 즉 간이 크다는 것은 힘찬 추진력과 결단력이 있다는 말이고, 간이 부었다는 것은 추진력이나 결단력이 너무 지나쳐 무모할 때 쓰는 말이다.

🔁 **바뀐 뜻** 실제로 간이 부었다는 뜻이 아니라, 겁없이 어떤 일에 달려드는 것을 가리킨다.

◎ **보기글** ● 자네 간이 부었나? 감히 거기가 어디라고 뛰어드는가?
● 너 간이 부어도 아주 단단히 부었구나. 우리 대장을 너 혼자 상대해보겠다고?

ᄀ

간발의 차이·간이 붓다·갈등·갈매기살

0022   **갈등**(葛藤)

🔖**본 뜻**   칡과 등나무가 얽히듯이 까다롭게 뒤엉켜 있는 상태를 나타내는 말이다.

🔄**바뀐 뜻**   일이나 인간관계가 까다롭게 뒤얽혀 풀기 어려운 상태를 가리키는 말이다. 혹은 개인의 정신 내부에서 두 가지 반대되는 생각이 벌이는 충돌 상황을 가리키는 말로도 널리 쓰인다.

💡**보기글**   • 그 두 사람 사이엔 항상 갈등이 끊이지 않는다.
   • 그의 청혼을 받아들일 것인가 말 것인가 하는 갈등으로 요즘의 내 마음은 잠잠할 날이 없다.

0023   **갈매기살**

🔖**본 뜻**   돼지고기의 한 부위를 가리키는 말로서, 본래는 '간막이살'이 맞는 말이다. 배와 가슴을 나누는 횡격막과 간 사이에 붙어 있는 살점으로, 간을 막고 있다고 해서 '간막이살'이라 부르는가 하면, 배 속을 가로로 막고 있다고 해서 '가로막살'이라고도 부른다. 이 살은 허파 아래로 비스듬히 걸쳐진 힘살막으로 숨쉴 때마다 위아래로 오르내린다.

🔄**바뀐 뜻**   왜 돼지고기의 부위를 가리키는데 난데없는 새 이름을 갖다 붙였을까? 갈매기살을 먹는 사람들은 모두들 한 번쯤 가져보았음직한 의문이다. 식당 아주머니에게 물어봐도 신통한 대답을 못 듣기 일쑤였을 것이다. 이것은 위의 본뜻에서 밝힌 것처럼 '간막이살' '가로막살'이 '갈매기살'로 발음 전이되어 생긴 현상이다. 그러나 이 말은 날아다니는 갈매기 고기와 혼동할 수 있으므로 본래 제 의미를 가지

27

고 있는 '가로막살'이라 부르는 것이 좋을 듯싶다.

둣 보기글　● 내가 속초에 놀러가서 갈매기가 날아가는 걸 보고 "야, 저기 안주 날아간다!" 했더니
　　　사람들이 다 웃는 거야. 그러면서 "갈매기살은 진짜 날아다니는 갈매기 고기가 아니
　　　라 목살, 삼겹살 하는 것처럼 돼지고기의 한 부위야" 하더라고요.

0024　갈모(-帽) 형제라

🖑 본　뜻　갈모는 옛날에 비가 올 때 기름종이로 만들어 갓 위에 덮어 쓰던
　　　　우비의 한 가지로서, 펴면 고깔처럼 위는 뾰족하고 아래는 둥그렇게
　　　　퍼지며, 접으면 쥘부채처럼 홀쭉해진다.

🔁 바뀐 뜻　갈모는 비록 갓 위에 덮는 것이지만 일시적으로 쓰는 것이기에 그
　　　　아래 있는 갓만 못하였다. 여기에 비유해서 형이 아우만 못한 형제
　　　　를 가리켜 갈모 형제라 했던 것이다.

● 보기글　● 일곱 살 동생이 열두 살 형도 못 올라가는 높은 산에 오르다니, 갈모 형제라 할 만
　　　　하군.

0025　감감소식(--消息)

🖑 본　뜻　아주 멀어 아득하다는 뜻을 가진 감감하다에서 나온 말이다. 그러
　　　　므로 감감소식은 소식이 감감하다는 말이니 대답이나 소식 따위가
　　　　전혀 없다는 뜻이다.

🔁 바뀐 뜻　그러나 일상생활에서는 감감소식이라는 말보다는 감감무소식이라
　　　　는 말을 더 많이 쓰고 있다. 감감소식이라는 말로도 충분히 설명할

수 있는 것임에도 불구하고 굳이 없을 무(無)를 덧붙인 것은 소식이 없다는 것을 강조하기 위한 용법이라고 볼 수 있다. 둘 다 표준어로 채택되어 쓰이고 있다.

○ 보기글
- 그 사람은 한번 가더니 어찌 된 게 감감소식이냐?
- 곧 연락을 해주겠다더니 감감무소식이네.

0026 **감로수**(甘露水)

🖿 **본 뜻** 불교에서 나온 말이다. 불교에서 말하는 육욕천(六慾天)의 둘째 하늘인 도리천에 있는 달콤하고 신령스런 액체를 '감로'라 한다. 이 액체는 한 방울만 마셔도 온갖 괴로움이 사라지고, 살아 있는 사람은 오래 살 수 있고, 죽은 이는 부활한다고 한다. 이 때문에 불사주(不死酒)로도 일컬어진다. 때로는 부처의 교법(教法)을 비유하는 말로도 쓰인다.

🖏 **바뀐 뜻** 일반적으로 맛이 썩 좋은 물을 가리키는 말로 쓰인다.

○ 보기글
- 댁의 우물물은 시원하고 단 것이 마치 감로수 같습니다.
- 야, 감로수가 따로 없이 바로 이 가야동 계곡물이 감로수네그려!

0027 **감안하다**(勘案--)

🖿 **본 뜻** 어떤 것에 대해서 '생각한다'는 뜻의 일본식 한자어다.

🖏 **바뀐 뜻** 살피다, 생각하다, 고려하다, 참작하다 등의 말로 바꿔 쓸 수 있다.

○ 보기글
- 자네 사정을 십분 감안하여(→ 충분히 생각해서) 이번에 특별 근무에서 자네는 제외

29

하기로 했네.
- 그쪽 사정을 감안해서(→ 사정을 살피고) 찾아가야지, 아무 때나 불시에 들이닥치는
  건 결례라네.

0028   감주(甘酒)

본 뜻   『태종실록』에 보면 세자가 종묘에 고하는 글에 이런 구절이 나온다. "금색(禽色)의 황망함과 감주(甘酒)하고 기음(嗜音)하는 것은 『하서』에 실려 있으니, 만세에 경계해야 할 것입니다." 이 당시만 해도 감주라는 말은 술을 좋아한다는 뜻이었다. 그러다가 술에 취하는 것을 경계하기 위하여 쉽게 취하지 않으면서도 술을 마시는 기분을 낼 수 있는 술을 만들었는데, 그것이 바로 찹쌀과 누룩으로 빚은 감주였다. 이 술은 단시일 안에 속성으로 만들어진 것으로 알코올은 적은 대신 단맛이 있어 누구나 즐길 수 있는 음료이다. 다른 말로는 단술이라고도 한다.

바뀐 뜻   원래는 알코올이 약간 들어 있는 술이었는데, 지금은 흰밥에 엿기름가루 우려낸 물을 부어서 따뜻한 방에 덮어두고 삭힌 전통 음료를 가리킨다. 다른 말로는 식혜라고 한다.

보기글
- 감주와 식혜가 같은 말이라는데 난 이제까지 다른 말로 알고 있었지 뭐야.

0029   감질나다(疳疾--)

본 뜻   감질은 본래 한의학에서 이르기를 감병(疳病)이라고도 하는 병으로

서, 주로 젖이나 음식을 잘 조절하지 못하여 어린아이들이 많이 걸리는 병이다. 감병에 걸리게 되면 얼굴이 누렇게 뜨고 여위며, 목이 마르고 배가 아프면서 만성 소화불량이나 영양 장애 등을 나타낸다. 이처럼 무언가 먹고는 싶은데 몸이 말을 안 들으니 마음껏 먹지도 못해서 안달이 나는 병을 말한다.

⇆ **바뀐 뜻** 무엇이 먹고 싶거나 가지고 싶은데 한꺼번에 그 욕구가 충족되지 않고 조금씩 조금씩 맛만 보게 되기에, 오히려 더더욱 그 대상을 먹고 싶거나 갖고 싶어 애태우는 것을 말한다.

● **보기글** • 얘, 감질나게 조금씩 내오지 말고 한꺼번에 다 내오너라.
       • 수돗물이 찔끔찔끔 감질나게도 나온다.

0030 **감쪽같다**

🔺**본 뜻** 원래 곶감의 쪽을 먹는 것과 같이 날쌔게 한다는 데서 나온 말이다. 곶감의 쪽은 달고 맛이 있기 때문에 누가 와서 빼앗아 먹거나 나누어 달라고 할까봐 빨리 먹을뿐더러 흔적도 없이 말끔히 다 먹어치운다. 이런 뜻이 번져서 현재의 뜻처럼 일을 빨리 하거나 흔적을 남기지 않고 처리할 때 감쪽같다는 말을 쓰게 된 것이다.

⇆ **바뀐 뜻** 꾸민 일이나 고친 물건이 재빠르고 솜씨가 좋아 남이 알아차리지 못할 만큼 흔적이 없는 것을 가리키는 말이다.

● **보기글** • 이제 보니 당신 바느질 솜씨가 아주 그만인걸. 이 옷 더 이상 못 입을 줄 알았는데 이렇게 수선해 놓고 보니까 아주 감쪽같은데.
       • 어찌 된 일이지. 여기 숨겨둔 비상금이 감쪽같이 없어졌어.

0031 감투

본 뜻 탕건 비슷하되 턱이 없이 민틋하게 만들어 머리에 쓰는 의관의 일종이다. 벼슬하는 사람만 쓰고 평민은 쓰지 못했다.

바뀐 뜻 지금은 그 뜻이 전이되어 '벼슬' 또는 '벼슬자리' 등을 가리키는 말로 쓰인다.

보기글 ● 왜 거길 나왔냐고 묻기에 감투싸움에 넌더리가 나서 나왔다고 했지.

0032 갑종근로소득세(甲種勤勞所得稅)

본 뜻 근로소득에는 갑종(甲種)근로소득과 을종(乙種)근로소득이 있다. 을종근로소득이란 외국기관 또는 국제연합군(미국군 제외)으로부터 받는 급여와 국외에 있는 외국인 또는 외국법인으로부터 받는 급여를 말한다. 이 을종근로소득에 속하지 않는 모든 근로소득을 갑종근로소득이라 한다. 갑종근로소득은 봉급, 수당, 상여금, 연금, 퇴직금 또는 이와 비슷한 성질의 급여 모두를 가리키는 것으로서 원천징수를 하는 소득을 가리킨다. 이 갑종근로소득에 매기는 세금을 갑종근로소득세라고 한다.

바뀐 뜻 사업소득세·양도소득세·근로소득세 등 수많은 소득세 중의 하나를 가리키는 말로, 갑종근로소득인 급여의 성격을 띤 소득에 매기는 세금을 가리킨다. 매달 급여에서 일정액을 세금으로 공제하는 원천징수의 방법을 택한다. 줄여서 갑근세(甲勤稅)라고 한다.

보기글 ● 자네, 이번에 갑근세 얼마나 냈나?
● 이거, 갑근세가 너무 올라서 걱정이야. 이렇게 되면 꼬박꼬박 원천 과세하는 봉급생활자만 억울한 거 아냐?

0033   강(江)

👆본 뜻   본래 '江'은 '水'와 '工'이 합쳐서 된 형성문자로서 '장강(長江)', 곧 양쯔
         강을 가리키는 고유명사였다.

🔄 바뀐 뜻   양쯔강이 흐르며 내는 물소리, 곧 '꿍꿍(工의 고음)'을 본떠 만든 의성
         어가 '江'인데, 후에 일반적인 강을 가리키는 보통명사가 되었다.

💿 보기글   • 저는 어렴풋이 '강'이란 말이 상형문자에서 왔겠거니 했는데, 물이 흐르면서 내는 소
         리에서 나왔다니 뜻밖인데요.

0034   강강술래

👆본 뜻   1) 풍요와 다산의 상징인 달이 새해 들어 첫 보름달로 뜰 때에, 여인
         네들이 달님의 모습을 지상에 그리면서 풍년을 기원했던 농경사회
         의 축제에서 기원한 말이다. 여인들이 서로 손을 맞잡고 둥그렇게
         윤무를 추면서 수레바퀴처럼 감고 또 감으라는 뜻으로 '감감수레'로
         새겼던 말이 후대로 내려오면서 '강강술래'로 변이된 것이다. 또 강
         강술래는 윤무를 상징하여 '강으로 강으로 돌아'의 뜻으로 새기기
         도 한다.

         2) 고려시대 수월이라는 농부가 포악한 관리에게 아내 설리화(雪梨
         花)를 빼앗기자 통분을 이기지 못해 자살, 원혼을 위로하기 위한 풀
         이굿에서 기원한다는 설화가 있다(남해 민요, 『청구영언』의 사설시조, 풍기 지
         방 설화). 강강은 징 소리 '깡깡'을 가리키는 음을 한자로 표현한 것이
         고, '술래'는 수월이 혹은 설리화를 뜻한다고 한다.

🔄 바뀐 뜻   국어 교과서에는 이 '강강술래'가 마치 임진왜란 때 이순신 장군이

왜군의 침입을 막기 위해 고안해낸 놀이인 양 소개되고 있다. 그 어원을 '강강수월래(强羌水越來)'에 두고 오랑캐인 왜적이 물을 따라 쳐들어오니 경계하라는 뜻으로 풀이하고 있는데, 사실 '강강술래'는 그 옛날부터 달의 운행을 중심으로 농사를 지어온 우리나라 고유의 민속놀이였다. 이를 이순신 장군이 임진왜란 때 의병술로 채택하여 승전을 거둔 데서 '강강술래'라는 놀이가 주목을 받게 되었을 뿐, 실제 후렴구의 뜻이나 놀이의 유래는 임진왜란이 아니다.

● 보기글
   • 난 이제껏 강강수월래가 맞는 말인 줄 알았는데 그게 아니라 강강술래가 맞는 말이라고요?

0035   ## 강남 제비(江南--)

本 뜻   강남은 중국의 양쯔강 이남 지역을 가리키는 말로서, 제비가 겨울을 나기에 알맞을 정도로 따뜻한 곳이다. 그러므로 본래 강남 제비라 함은 따뜻한 곳에서 겨울을 나고 봄에 다시 돌아온 제비를 가리키는 말이다.

바뀐 뜻   1970년대 서울의 강남이 개발되기 시작하면서 강남 곳곳에 대규모 아파트 단지와 사무공간이 생겨나기 시작했다. 그와 더불어 호화 유흥가가 난립하기 시작했고, 강남에 사는 중상류층 유한부인들을 꾀어 한몫 잡아보려는 제비족들이 강남 지역 유흥가로 몰려들면서 강남 제비라는 신조어가 생겨났다. 이 때문인지 '강남 갔던 제비가 돌아오면은'이란 동요에 나오는 강남도 한강 이남의 따뜻한 지역으로 생각하는 사람들이 많아졌다. 그러나 이런 경우에 쓰이는 강남 제비는 본뜻 그대로 따뜻한 지방인 양쯔강 이남에서 겨울을 나고 온 제비를 가리키는 말이다.

◎ 보기글
- 요새 한창 주가가 오르고 있는 주말 연속극 때문에 강남 제비들이 호시절을 만났다고 하던데.
- 강남 제비 물 좋다는 얘기도 옛말이야. 요새는 신세대 제비들이 극성을 부린다잖아.

0036 **강냉이**

◎ 본 뜻 옥수수를 일컫는 강냉이는 임진왜란 당시에 명나라를 거쳐 우리나라에 들어왔다. 강냉이라는 이름은 양쯔강 이남인 강남에서 들어온 물건이라 하여 붙여진 것이다. 반면에 옥수수는 그 알갱이가 꼭 수수 알갱이 같은데 옥처럼 반들반들하고 윤기가 난다고 하여 '옥 같은 수수'라 해서 붙여진 이름이다.

◎ 바뀐 뜻 오늘날 강냉이라는 말은 청소년층에서보다는 중장년층에서 널리 쓰고 있는 말이다. 옥수수를 달리 일컫는 강냉이라는 이름이 어떻게 해서 생기게 되었는가를 알려주기 위해서 여기 실었다. 한편 옥수수 알갱이를 튀긴 것도 강냉이라고 한다.

◎ 보기글
- 얘, 찐 강냉이 사오랬더니 이걸 사오면 어떻게 하니? 이 강냉이는 옥수수를 말려서 그 알갱이를 튀긴 거잖아.

0037 **강원도 포수**(江原道 砲手)

◎ 본 뜻 강원도로 호랑이 사냥을 가서 호랑이한테 먹힌 포수를 가리키는 말이다. 강원도는 산이 깊고 험하여 사냥 나간 포수가 돌아오기 어려운 데서 나온 말이다.

↹ 바뀐 뜻 일이 있어 밖에 나갔다가 오래도록 돌아오지 않는 사람을 가리키는 말이다. 비슷한 말에는 '함흥차사'가 있다.

◎ 보기글 ● 아니, 얘는 강원도 포수가 됐나? 아버님 모시고 오라고 시킨 게 언젠데 아직도 안 오는 거야?

0038 ## 같은 값이면 다홍치마

본 뜻 다홍치마는 녹의홍상(綠衣紅裳)을 입은 처녀를 의미하는 말이다. 흔히 '같은 값이면 다홍치마'란 말을 '같은 값이면 좋은 물건을 선택한다'는 뜻으로 알고 있는데, 이 말의 원래 뜻은 '같은 값이면 과부나 유부녀가 아닌 처녀가 좋다'는 뜻이다. 홍상(紅裳)의 반대말인 청상(靑孀)은 '젊은 과부'를 일컫는 말이고, '청상(靑裳)'으로 쓸 때는 '기생'을 가리키는 말이다.

↹ 바뀐 뜻 같은 값이면 여럿 중에서도 모양 좋고 보기 좋은 것을 선택하겠다는 뜻이다.

◎ 보기글 ● 같은 값이면 다홍치마라고 녹화가 되는 비디오로 사자고.

0039 ## 개개다(←개기다)

본 뜻 어떤 것이 맞닿아서 해지거나 닳는 것을 가리키는 말이다.

↹ 바뀐 뜻 원하지 않는 어떤 것이 달라붙어 이쪽에 손해를 끼치거나 성가시게 하는 것을 뜻한다. 누군가가 달라붙어서 귀찮게 구는 것을 흔히 '개긴다'고 말하는데, 그것은 '개개다'를 잘못 쓴 예다.

● 야, 그 사람은 왜 그렇게 허구한 날 너한테 와서 개개니?

● 개개는 것도 하루 이틀이지, 그건 아무나 하는 줄 아니?

0040　**개나발**

✍본 뜻 '개–'는 '야생의' '마구 되어 변변치 못한'의 뜻을 가진 접두사로 접두

사 '참–'과 대응된다. 그러므로 개나발은 개가 부는 나팔이 아니라

마구 불어 젖히는 나팔이란 뜻이다. 접두사 '개–'가 들어가는 말로

는 개나리, 개미나리 등이 있다.

⇆ 바뀐 뜻 조금도 사리에 맞지 않는 허튼소리나 엉터리 같은 얘기를 가리키는

말이다. 주로 속된 표현에 쓰인다.

◎ 보기글 ● 그 친구 개나발 불고 다니더니 크게 혼났군.

● 개나발 같은 소리 하고 있네.

● 핏대를 올리고 개나발 부는 작자들 구역질이 나 못 견디겠어.

0041　**개떡 같다**

✍본 뜻 여기서 쓰인 '개–'도 '아무렇게나 되어 변변치 못한'의 뜻으로 쓰인

접두사다. 밀가루나 보릿가루를 반죽하여 아무렇게나 빚어 만든 떡

을 개떡이라 하는데, 먹을 것이 넉넉지 않던 옛날에 양식거리로 만들

어 먹던 떡이다. 경우에 따라선 수숫겨나 보릿겨로도 만들어 먹었기

때문에 '겨떡'이라고도 했다. 이처럼 제상에 올려놓거나 접대용으로

만든 것이 아니라 식구들끼리 먹기 위해서 만든 떡이므로 정식으로

모양을 내어 만들지 않고 주먹으로 꾹꾹 쥐어서 아무렇게나 만들었

다. 이 때문에 개떡은 떡이면서도 떡 취급을 받지 못한 떡이다.

⇆ 바뀐 뜻 하잘것없는 것, 또는 마구 만들어진 물건이나 뒤엉킨 상황을 가리 키는 말로 쓰고 있다. 못생기거나 나쁘거나 마음에 들지 않는 것을 비유적으로 이르기도 한다.

◐ 보기글
- 오늘 시험엔 완전히 개떡 같은 문제만 나왔더라.
- 일은 꼭 개떡같이 해놓고 어떻게 돈 달라고 손을 벌리냐.
- 법이고 개떡이고 지금까지 너희들은 제대로 법을 지켰어?

0042 **개안(開眼)**

⌂ 본 뜻 절에서는 불상을 만들거나 불화를 그린 뒤 부처님을 모시는 봉불 식을 하기 전까지 눈동자를 그리지 않은 채로 남겨둔다. 그러다가 첫 공양을 할 때 눈동자를 그려 넣는 점안(點眼) 의식을 행한다. 이 것을 개안공양이라고 하는데 이때서야 비로소 불상이나 불화에 눈 이 생겨 하나의 온전한 불상이나 불화의 구실을 하게 된다.

⇆ 바뀐 뜻 안 보이던 눈이 보이게 되는 것을 말한다. 또는 그동안 미처 몰랐던 사실이나 진리를 깨우쳐 비로소 사물이나 사건을 확연히 알게 되 는 경지를 말하기도 한다.

◐ 보기글
- 인생의 개안은 장님이 눈뜬 것에 비길 수 있을 정도로 큰일이다.
- 저는 부처님의 말씀을 듣고서야 비로소 제 인생의 개안을 경험하게 되었습니다.

0043 **개차반**

⌂ 본 뜻 차반은 맛있게 잘 차린 음식이나 반찬을 가리키는 말이다. 그러므

로 개차반이란 개가 먹을 음식, 즉 똥을 점잖게 비유한 말이다.

⇆ 바뀐 뜻 행세를 마구 하는 사람이나 성격이 나쁜 사람을 가리키는 말이다.

◉ 보기글
- 그 사람 술 먹고 나니까 완전히 개차반이더구먼.
- 그 총각은 개차반인 그 행실을 고쳐야 장가갈 수 있을 걸세.

0044 **개털**

☝본 뜻 말 그대로 '개의 털'을 가리키는 말이다. 개털은 쓰임새가 많은 다른 짐승의 털과는 달리 요긴하게 쓰일 데가 없는 물건이다.

⇆ 바뀐 뜻 어떤 일에 시시하고 오죽잖은 사람이 한몫 낄 때 그를 가리키는 말 이다. 한편으로는 감옥에 잡범으로 수감 중인 사람을 가리키는 은 어로도 쓰인다. 거물급 죄수는 범털이라고 부른다.

◉ 보기글
- 이번 일에는 김 대리가 완전히 개털이야.
- 야, 요번에 우리 감방에 범털이 들어온다며? 그 덕에 우리 같은 개털들 팔자 좀 피지 않을까?

0045 **개평**

☝본 뜻 조선 중기부터 조선 말엽까지 쓰이던 상평통보의 준말이 '상평'이었 고, 이어 '평'으로 줄었는데 '평'은 곧 돈을 의미했다. 개평은 도박판 에서 나온 말로 딴 돈 중에서 낱돈을 주는 것이기 때문에 '낱 개(個)' 를 써서 '개평'이라 했다.

⇆ 바뀐 뜻 노름판에서 남이 딴 것을 거저 얻거나 또는 딴 사람이 잃은 사람에

게 얼마간 나눠주는 돈을 일컫는 말이다.

◉ 보기글 ● 화투를 치다가 5만 원을 잃었는데, 택시 타고 가라고 개평으로 3천 원을 주는데 눈물 나더라.

0046 객쩍다(客--)

🖐 **본 뜻** '객쩍다'의 '객'은 '손님 객(客)'을 씀으로써 손님, 곧 제것이 아니라는 의미를 나타낸다. 또한 뒤에 붙은 '쩍다'는 많지 않다는 뜻이 아니라 '~스럽다'라는 뜻을 가지고 있는 말이다. 그러므로 이 말은 '나와 아무 상관도 없는 남의 일 같다'는 뜻이다.

🔁 **바뀐뜻** 어떤 말이나 행동이 쓸데없고 실속 없을 때 그것을 나무라는 뜻으로 쓰는 말이다. 내 일이 아닌 남의 일이나 남의 말을 하게 되니 그 일은 자연히 쓸데없고 실없을 수밖에 없을 것이다.

◉ **보기글** ● 김건모가 어찌 되었든 그게 너랑 무슨 상관이냐? 그런 객쩍은 소리 하지 말고 어서 심부름이나 좀 다녀와라.
● 이렇게 훌륭한 신붓감을 코앞에 두고 객쩍게 먼 데서 찾으려고 애를 쓰시오.

0047 거덜 나다

🖐 **본 뜻** 거덜은 조선시대에 가마나 말을 맡아보는 관청인 사복시(司僕寺)에서 말을 관리하던 하인을 가리키는 말이었다. 거덜이 하는 일은 궁중의 행차가 있을 때 앞길을 틔우는 것이었다. 그러므로 말을 타고 길을 틔우는 거덜은 자연히 우쭐거리며 몸을 흔들게 되었다. 이 때문에 사람이 몸을 흔드는 걸 가리켜 '거덜거린다' 하고, 몸을 몹시 흔

드는 말을 '거덜마'라고 불렀다.

↹ **바뀐 뜻** 살림이나 그 밖에 어떤 일의 기반이 흔들려서 결딴이 나는 상황을 가리키는 말이다.

◉ **보기글**
- 그 집은 남편이 도박에 빠져 살림이 거덜 났다고 하더군요.
- 내 친구는 큰돈 투자해서 시작한 사업이 어려워져서 회사가 거덜 날 지경이라네.

0048 **거마비**(車馬費)

☞ **본 뜻** 옛날에는 교통수단의 대종을 이루던 것이 수레와 말이었다. 수레 거(車)와 말 마(馬)로 이루어진 거마(車馬)는 교통수단을 가리키는 것이고, 거마비는 곧 교통비를 가리키는 말이었다.

↹ **바뀐 뜻** 단순한 교통비를 가리키는 말보다는 주로 강연이나 도움을 준 데 대한 수고비나 사례금을 가리키는 말로 쓰이고 있다.

◉ **보기글**
- 먼 길 오신 김 선생님 거마비는 좀 넉넉히 드리게나.
- 이번에 참석하신 분들 거마비는 어느 정도 드리면 될까요?

0049 **거사**[乞士]

☞ **본 뜻** 걸사는 본래 비구(比丘)를 통칭하는 말이었다. 위로는 부처에게 법(法)을 구걸하고 아래로는 시주에게 밥을 구걸한다고 해서 나온 말이 바로 이 걸사이다. 우리나라에서는 통칭 거사(居士)라고 하는데 거사라는 호칭은 이미 중국에서 생겨난 호칭으로서 도덕과 학문이 뛰어나면서도 벼슬을 하지 않는 사람을 가리키는 말이다.

오늘날 거사는 머리 깎고 출가하지는 않았지만 불교의 법명(法名)을 가진 남자 신도를 일컫는 말로 쓰인다.

● 법운 거사께서 먼 길을 오셨는데 주지스님께서 행적이 묘연하시니 일이 참으로 난처하게 됐습니다.

0050　　거스름돈

'거스름'이란 '거스르다'의 명사형으로, 한자로 하면 거스를 '역(逆)'에 해당한다고 볼 수 있다. 즉 물건을 사고 낸 돈에서 다시 받아내는 돈을 가리키는데 그것이 바로 '거슬러 받는 돈'이다.

뜻이 바뀐 말은 아니다. 거스름돈이 '나갔던 돈이 다시 거슬러서(역행해서) 돌아오는 돈'의 의미를 가졌다는 것을 알리기 위해 여기에 실었다.

● 택시 운전사로부터 거스름돈 받는 것을 잊었다.
● 손님이 거스름돈도 받지 않고 황망히 나갔다.

0051　　건달(乾達)

건달이란 말은 불교의 건달바(乾達婆)라는 말에서 유래되었다. 건달바는 수미산 남쪽 금강굴에 사는 하늘나라의 신인데, 그는 고기나 밥은 먹지 않고 향(香)만 먹고 살며 허공을 날아다니면서 노래를 하는 존재다. 이 밖에 '중유 상태의 존재'를 건달이라고 부르기도 한다. 불가에서는 사람의 생을 본유(本有), 사유(死有), 중유(中有), 생유(生有)의 네 단계로 나눈다. 중유의 몸은 하늘을 날아다니며 살아생

전에 지은 업에 따라서 새로운 생명을 받아 태어나게 되는데, 죽어서 다시 환생하기 전까지의 불안정하고 허공에 뜬 존재 상태를 '중유'라 한다. 건달이란 말이 가지고 있는 두 가지의 뜻이 이러하므로 건달이란 한마디로 존재의 뿌리가 불확실한, 언제 어떻게 될지 모르는 불안한 존재를 가리키는 말이라고 할 수 있다.

↹ **바뀐 뜻** 아무 하는 일도 없이 빈둥거리며 놀거나 게으름을 부리는 사람이나, 가진 밑천을 다 잃고 빈털터리가 된 사람을 가리키는 말이다.

◎ **보기글**
- 그 집 아들이 천하에 둘도 없는 건달이라며?
- 사업에 실패한 이후로 그 많던 재산 다 날리고, 겨우 하나 남은 집에 들어앉은 건달이 됐지 뭔가.
- 저 녀석은 겉만 번드르르하지 돈 한 푼 없는 건달이다.

0052 **걸신들리다(乞神---)**

🖺 **본 뜻** 귀신 중에 제일 불쌍한 귀신이 걸신(乞神)이라고 한다. 그는 늘 이곳저곳을 다니며 빌어먹어서 배를 채워야 하니 언제나 배가 고플 수밖에 없다. 불교에서 말하는 아귀라는 귀신이 바로 이 걸신에 해당하는데, 늘 굶주려 있는 그들은 음식만 보면 정도가 지나칠 정도로 탐을 낸다. 그래서 '걸신들렸다'는 말과 비슷한 뜻으로 '아귀처럼 먹어댄다'는 표현을 쓰기도 한다. 걸신이 들렸다는 것은 곧 빌어먹어 굶주린 귀신이 몸 안에 들어앉아 몸과 마음을 지배하고 있는 상태를 말한다.

↹ **바뀐 뜻** 어떤 음식에 대한 욕심을 지나치게 내거나 게걸스럽게 먹는 모양을 빗댈 때 쓰는 말이다.

◎ **보기글**
- 얘, 너 갈비에 걸신들렸냐? 누가 쫓아오지 않으니까 좀 천천히 먹어라.
- 아이구, 며칠 굶었니? 밥 먹는 게 걸신들린 사람 같네.

0053   검사(檢事)/판사(判事)

🖝본 뜻   흔히 검사와 판사의 사를 선비 사(士)로 알기 쉽다. 그러나 이 사(事)
는 사건·변고·사고를 나타내는 한자어로, 검사는 '사건을 단속한다',
판사는 '사건을 판가름한다'는 뜻으로 사람이 아닌 직책을 가리키
는 말이다. 변호사(辯護士)는 선비 사(士)자를 쓴다.

⇆ 바뀐 뜻   그 직책을 맡은 사람을 뜻한다.

◑ 보기글   • 사자 들어가는 사람과 결혼하는 게 유행이었는데 의사는 사(師), 변호사·변리사 등
은 사(士), 검사와 판사는 사(事)다.

0054   게

🖝본 뜻   십각목의 갑각류를 통틀어 이르는 말로, 다섯 쌍의 발 중에 첫째
발은 집게발로 먹이를 잡는 데 쓰며 다른 네 쌍의 발은 헤엄치거나
걷는 데 쓴다. 바다와 민물에서 살며 독자적인 생활을 하는 경우가
대부분이나 조개, 해삼 따위에 기생하는 것도 있다. 한자어 거해(巨
蟹)가 줄어 게가 되었다.

⇆ 바뀐 뜻   변한 것은 없다. 한자어의 발음이 줄어 우리말이 된 경우다.

◑ 보기글   • 어찌나 배가 고픈지 게눈 감추듯 먹어 치우는군.
       • 게 새끼는 집고 고양이 새끼는 할퀸다.

0055   게거품

🖝본 뜻   게는 갑자기 환경이 바뀌거나 위험에 처했을 때는 입에서 뽀글뽀글

거품을 뿜어내는 생태학적 특성을 가지고 있다. 사람들이 갑자기
흥분하거나 격렬하게 싸울 때도 이와 비슷한 현상이 일어난다.

⇆ 바뀐 뜻   사람들이 피로하거나 흥분했을 때 나오는 거품 같은 침을 가리키는
말이다. 그러나 흔히 쓰기로는 궁지에 몰리거나 억울한 일을 당했
을 때 자신을 변호하기 위해 열을 올리는 행동을 '게거품을 물고 덤
벼들었다'는 식으로 표현한다.

◐ 보기글
- 아까 그 아줌마 게거품을 물고 덤벼드는데 정말 못 당하겠더라.
- 좀 전에 그 아이가 넘어지면서 게거품을 흘리는 거 보니까 뇌전증인 것 같던데.

0056   **결초보은**(結草報恩)

☝본 뜻   풀을 맺어서 은혜를 갚는다는 글자의 뜻 그대로 춘추전국시대에 진
나라에서 있었던 고사에서 유래한다. 위무자라는 사람이 평소에
아들에게 이르기를 자기가 죽거든 서모를 개가시키라고 일렀다. 그
러나 막상 죽음에 임박해서는 서모를 순장시키라고 했다. 그러나 아
들은 평소에 했던 아버지의 말을 따라 서모를 개가시켰다. 후에 아
들이 전쟁에 나가 싸우다가 쫓기게 되었는데, 서모 아버지의 죽은 넋
이 적군의 앞길에 풀을 맞잡아 매어 적군이 걸려 넘어지게 하여 그
아들의 목숨을 구하였다.

⇆ 바뀐 뜻   죽은 후에도 은혜를 잊지 아니하고 갚는다는 뜻. 너무나 깊고 큰
은혜에 감복해서 결코 잊지 않고 갚겠다는 다짐의 말로 많이 쓴다.

◐ 보기글
- 선생님의 은혜엔 꼭 결초보은하겠습니다.
- 이제껏 길러주신 어머님한테 결초보은은 못할망정 재산을 나눠주지 않는다고 행패
  를 부려?

겻불

본 뜻 쌀겨나 보릿겨처럼 곡식의 겨를 태우는 불을 가리키는 말인데, 겨를 태우는 불은 불기운이 약해 신통치가 않다.

바뀐 뜻 '겻불'을 불 쬐는 사람 곁에서 쬐는 '곁불'로 알고 있는 사람이 많다. 그러나 이 말의 실제 뜻은 겨를 태우는 뭉근하고 힘없는 불을 가리키는 말로서, 신통치 않거나 시원치 않은 것을 비유하는 말로 쓰인다.

보기글
- 양반은 얼어 죽어도 겻불은 안 쬔다.
- 추울 땐 겻불이라도 어딘데 그걸 마다해? 그깟 체면이 뭔데 거기에 목숨을 거냐?
- 질화로에 남은 겻불도 꺼진 지 오래다.
- 군자는 겻불을 쬐지 않는다.

경기(京畿)

본 뜻 고려·조선시대에 왕도(王都)와 왕실을 보위하기 위해 설치된 왕도의 외곽 지역을 '경기'라 하는데, 경(京)은 '천자(天子)가 도읍한 경사(京師)'를 뜻하고 기(畿)는 '천자의 거주지인 왕성을 중심으로 사방 5백 리 이내의 땅'을 가리키는 말이다. 이 경기(京畿)라는 말은 당나라 시대에 왕도의 외곽 지역을 경현(京縣)과 기현(畿縣)으로 나누어 통치했던 데서 기원한다. 왕도 외곽 지역을 '경기'라 한 것은 고려 현종 9년(1018)의 일이다.

바뀐 뜻 오늘날은 서울의 외곽 지역인 수도권과 그 인근 지역을 포함하는 행정구역으로서 남한 8도 중에서 가장 많은 인구가 모여 살고 있는 지역이다.

0059   **경상도**(慶尙道)

🖐본 뜻   조선시대 동남 지방의 주(州)와 군(郡) 중에 경주(慶州)가 가장 크고
상주(尙州)가 그다음인 데서 경주와 상주를 중심으로 한 지역을 경
상도라 일컫게 된 것이다.

🔄바뀐 뜻   북쪽으로는 조령, 동쪽과 남쪽으로는 바다, 서쪽으로는 지리산을
경계로 한 우리나라의 동남 지역을 가리키는 행정지명이다.

◉ 보기글 • 충청도, 전라도, 경상도 등은 그 지방의 가장 대표적인 고장의 머리글자를 따와서 만
든 이름이다.

0060   **경종**(警鍾)

🖐본 뜻   위급한 일 또는 비상사태를 알리는 종이나 사이렌 따위의 신호를 가
리키는 말이다.

🔄바뀐 뜻   오늘날에는 본뜻으로 쓰이기보다는 잘못된 일이나 위험한 일에 대
해 경계하게 하는 주의나 충고를 비유하는 말로 널리 쓰인다.

◉ 보기글 • 빈번하게 일어나는 대형 사고가 우리 사회에 만연해 있는 적당주의나 인명 경시에
경종을 울리는 일이 되어야 할 텐데 그 약효가 얼마나 갈지 모르겠어.
• 에이즈의 전 세계적 확산은 문란한 성도덕에 경종을 울려주고 있다.
• 이 사건은 황금만능주의에 경종을 일으키는 계기가 되었다.

경치다(黥--)

🖐본 뜻   경(黥)은 조선시대에 행해졌던 형벌의 하나로서 자자(刺字)를 가리키는 말이다. 자자란 고대 중국에서부터 행해졌던 형벌의 하나로, 얼굴이나 팔뚝의 살을 따고 흠을 내어 먹물로 죄명을 찍어 넣는 것을 말한다. 우리나라에서는 조선 영조 때까지 행해졌다. '경을 친다'는 것은 곧 도둑이 관아에 끌려가서 '경'이란 형벌을 받는 것을 가리키는 말이다.

🔁바뀐 뜻   오늘날에는 호되게 꾸중을 듣거나 심한 벌을 받는 것을 이르는 말로 널리 쓰인다.

◉보기글
- 너 그렇게 아버지 말을 안 듣다간 조만간 크게 경칠 거야.
- 어제 아버지 몰래 담배 피웠다가 들켜서 경친 거 있지.
- 너 이놈, 다시 한 번 이런 짓 하면 호되게 경칠 줄 알아라.

곁

🖐본 뜻   곁의 본디 형태는 '겯'이었는데 이는 겨드랑이를 가리키는 옛말이다. 겨드랑이가 몸통과 팔 사이인 것처럼 아주 가까이 있는 것을 '곁에 있다'고 하였다. 처음에는 겨드랑이만을 가리키던 말이 차차 '가까이, 이웃한'이란 뜻을 가진 곁으로 변한 것이다.

🔁바뀐 뜻   어떤 사물의 '가까이' 또는 '옆'이라는 뜻으로 쓰인다.

◉보기글
- 곁에 있다는 말이 겨드랑이 곁에 있다는 뜻이었다니 참 재미있네요.
- 그분은 늘 제 곁을 든든히 지켜주셨지요.
- 전쟁 통에 홀몸으로 월남한 그였으니 가까운 곁이 있을 리가 없었다.

0063   **계간**(鷄姦)

🏠 **본 뜻** 암탉의 성기는 따로 있지 않고 항문과 일치한다. 동성연애를 하는
           남자끼리 교접하는 모습이 닭이 교접하는 모습과 비슷하기 때문에
           남자들끼리의 성행위를 계간이라고 한다. 다른 말로 비역질이라고
           도 한다.

↤ **바뀐 뜻** 남자끼리 하는 성행위를 가리킨다.

◐ **보기글**   ● 감옥처럼 오래도록 여성을 만날 수 없는 곳에서는 계간이 벌어지기도 하겠네.
           ● 계간을 반대하는 가장 중요한 이유는 에이즈에 감염될 확률이 높기 때문이지.

0064   **계란 지단**[――鷄蛋]

🏠 **본 뜻** 지단은 본래 계란을 가리키는 중국어 지딴[鷄蛋]에서 온 말이다.

↤ **바뀐 뜻** '계란' 자체를 가리키던 이 말이 우리나라에 들어오면서 흰자위와
           노른자위를 따로따로 얇게 부쳐서 가늘게 채를 썰어 떡국이나 고깃
           국 등에 넣는 고명을 가리키는 말로 굳어졌다. 계란으로 황백을 부
           친다고 해야 맞는 말이다.

◐ **보기글**   ● 얘, 며늘아가. 떡국에 넣을 지단은 다 부쳐놓았느냐?
           ● 국수 위에 흰색과 노란색의 지단을 솜씨 좋게 얹어서 내왔다.

0065   **계륵**(鷄肋)

🏠 **본 뜻** 흔히 『삼국지』에 나오는 말로 잘못 알고 있는 이 말의 출전은 『후한

49

서』의 「양수전」이다. 위나라의 조조가 촉의 유비와 한중(漢中) 땅을
놓고 싸울 때, 조조는 진격이냐 후퇴냐의 갈림길에 놓여 있었다. 그
때 장수 하나가 내일의 거취를 묻고자 조조를 찾아가니 그는 다만
'계륵' 하고 한마디만 던질 뿐, 더 이상 말이 없었다. 장수가 그 말의
뜻을 몰라 막료들에게 물으니 양수가 답하기를 내일은 철수 명령이
있을 것이니 준비를 하라고 했다. 모두들 그의 해석을 의아하게 여
기자 양수가 이렇게 말했다. "계륵은 닭의 갈비를 가리키는 말로서,
보기에는 그럴듯하나 실상 먹을 것은 별로 없는 음식이다. 눈앞에
놓인 한중 땅이 바로 그와 같다. 그러므로 이 한중 땅을 버리기는
아깝지만 사실 따지고 보면 썩 대단한 땅도 아니니 포기하고 그대
로 돌아갈 결정을 내린 것이다." 그의 해석을 듣고도 장수들은 긴가
민가했으나 과연 양수의 이 말은 적중하여 다음 날 철수 명령이 내
려졌다.

🔄 **바뀐 뜻** 닭갈비처럼 먹자니 먹을 것은 없고 버리자니 아까운 것을 가리키는
말이다. '쉰 밥 고양이 주기 아깝다' '내가 먹자니 배부르고 남 주자
니 아깝고' 하는 우리 속담과 통하는 말이다.

🔵 **보기글**
  - 지금 매물로 나온 그 땅은 영락없는 계륵일세. 위치는 좋은데 주변에 물이 없는 거
    그게 하나 흠이란 말이야.
  - 그 사람, 내치자니 아깝고 데리고 있자니 신경 쓰여서 어찌해야 좋을지 모르겠네. 계
    륵이란 말이 꼭 그 사람을 두고 한 말 같단 말이야.

0066   **고과**(考課)

🔖 **본 뜻** 조선시대에 인사행정에 사용했던 방법으로, 이조(吏曹)와 병조(兵曹)
에서 매년 음력 6월과 12월 두 차례에 걸쳐 관리의 공과(功過)를 조
사하여 그 벼슬을 올리기도 했고 내리기도 했다. 다른 말로는 도목

정사(都目政事)라 했다.

⇆ 바뀐 뜻　오늘날에는 이 고과제도가 관청에서만 쓰이는 것이 아니라 회사나 학교, 군대 등의 조직에서도 널리 쓰이고 있다. 개인의 근무 태도나 업무 능력, 성적 등을 조사하여 보고하는 일을 뜻한다.

◎ 보기글
- 인사에 직접적인 관련이 있는 고과제도는 형평성과 객관성을 유지하는 것이 생명이다.
- 그 회사는 근무 태도를 매우 중하게 여겨, 이를 고과에 반영한다.

0067　**고구마**

본 뜻　대표적인 구황 식품의 하나인 고구마가 우리나라에 들어온 것은 조선 영조 때인데, 고구마라는 이름의 유래에 대해서는 다음과 같은 두 가지 설이 있다. 고구마가 처음 들어왔을 때 전라도 고금도 땅에서 많이 재배한 데서 생겨났다는 것이 그 첫째이다. 둘째는 일본 대마도에서는 고구마로 부모를 잘 봉양한 효자의 효행을 찬양하기 위해 관청에서 고구마를 '고코이모'라 했는데 우리말로는 '효행 감자'라는 뜻이다. 이 '고코이모'가 우리나라에 들어와 '고구마'가 된 것이라 한다. 지금은 두 번째 설이 거의 정설로 받아들여지고 있다.

⇆ 바뀐 뜻　고구마를 순수한 우리말 명칭으로 알고 있는 경우가 많은데, 그 어원을 따져 들어가면 일본어에 닿아 있음을 알 수 있다. 그 뜻이 '효행 감자'이기 때문인지 제주도 지방에서는 고구마를 '참감자'라 부르기도 한다.

◎ 보기글
- 고구마라는 이름의 뜻이 '효도하는 감자'라니 그동안 별볼일 없이 보아왔던 고구마가 달리 보이는 거 있죠.

0068 고군분투(孤軍奮鬪)

본 뜻 수가 적고 후원군이 없는 외로운 군대가 강한 적을 맞아 죽기를 기약하고 용감하게 잘 싸우는 것을 이르는 말이다.

본 뜻 아무런 남의 도움도 받지 않고 혼자 힘으로 벅찬 일을 해내는 것을 일컫는 말이다.

보기글
- 우리 선수들이 모두 예선 탈락의 쓴잔을 맛본 가운데 결선에 올라간 김기팔 선수가 고군분투해서 드디어 금메달의 영광을 안았습니다.
- 기업을 지키기 위한 고군분투의 몇 년이 그를 노인으로 만들었다.

0069 고달프다

본 뜻 '고단하다+아프다'가 합쳐진 말이다.

바뀐뜻 몸이나 처지가 몹시 고단하다. 아프다는 의미는 피곤하다는 뜻으로 바뀌었다.

보기글
- 오, 고달픈 심장이여 너는 길이길이 쉬어라.

0070 고데(こて)

본 뜻 고데는 불에 달구어 땜질, 머리손질, 다림질에 쓰는 인두를 가리키는 일본어이다.

바뀐뜻 머리를 지지는 도구인 '고데'가 머리를 인두로 지져서 곱게 다듬는 일을 가리키는 것으로 의미가 확대되어 쓰이고 있다.

● 보기글
- 네 사촌언니 결혼식인데 머리가 부스스하면 되겠니. 고데라도 하고 가지 그래?
- 고데로 머리를 손질하니 사람이 달라 보이네.

0071 **고려**(高麗)

◈본 뜻 고려(高麗)라는 국호는 고구려(高句麗)에서 왔다. 본디 고구려를 이룬 종족을 중국에서 '코리'라고 불렀고, 나중 고려의 발음도 실제는 '고리'였다는 학설이 있다. 조선시대 학자들은 우리나라의 지형이 산이 높고 물이 아름다운 곳이라는 산고수려(山高水麗)에서 온 말이라고 주장하기도 했다.

↹바뀐 뜻 서기 918년 태봉국의 장수였던 왕건이 임금인 궁예를 몰아내고 개성에 도읍하여 세운 나라의 국호이다. 외국에서 우리나라를 일컫는 '코리아'라는 국명도 이 '고려'에서 비롯된 것이다.

● 보기글
- 그렇게 생각해서 그런지 몰라도 '고려'라는 국명에서 고구려의 기상이 느껴지는 듯하다.

0072 **고린내**

◈본 뜻 고린내는 중국 사람들이 고려 사람들의 몸에서 나는 냄새를 고려취(高麗臭)라 불렀던 데서 나온 것이라는 설이 있는데, 이는 악성 민간어원일 뿐 그 근거가 확실치 않다. 고린내는 실제로 어떤 물건이 곯아서 썩는 냄새라는 뜻이다. '곯다'는 말은 겉보기는 멀쩡한데 속이 상해서 썩은 냄새가 나는 것을 말한다. 사람의 몸이나 마음이 상해서 맥을 못출 때도 '곯다'는 표현을 쓰는데 '술에 곯았다' '일에

53

곯았다' 같은 표현이 그 예이다. 이처럼 '곯은 냄새'가 '곯은내'로, 그
것이 또다시 '고린내'로 변한 것이다.

⇆ 바뀐 뜻 개인이 가지고 있는 특유한 체취와 퀴퀴한 땀냄새가 한데 뒤섞여
나는 고약한 냄새를 일컫는 말이다.

◎ 보기글 • 고린내가 고려취에서 나온 말이라니 그런 어거지가 어디 있담. 사실 고린내로 따지자
면 잘 씻지도 않는 중국애들이 더하지 않아?

0073 **고릴라**(gorilla)

☞ 본 뜻 고릴라는 그리스어로 '털이 많은 여자 종족'이란 뜻이다. 오랑우탄,
침팬지 등과 더불어 유인원의 대표적인 종족으로 알려진 고릴라는
거대한 체구와는 달리 과일이나 나무뿌리 등을 먹고 사는 비교적
온순한 동물이다.

⇆ 바뀐 뜻 고릴라를 다룬 「킹콩」 이라는 영화 때문에 고릴라가 아주 폭력적이
고 위험한 동물로 알려져 있는데, 고릴라는 사람을 가장 많이 닮은
유인원의 한 종이다.

◎ 보기글 • 대공원에 가서 보니 고릴라가 풍선껌을 불고 있더라고요.

0074 **고명딸**

☞ 본 뜻 고명은 음식의 모양과 맛을 내기 위해서 음식 위에 뿌리는 양념을
가리키는 말로서, 고명딸이라 함은 아들만 있는 집에 고명처럼 맛
을 내주는 딸이라는 뜻이다.

↹ 바뀐 뜻   아들 많은 집의 외딸을 일컫는 말이다. 반대로 딸 많은 집의 외아
들은 고명아들이라고 한다.

◉ 보기글   ● 감나뭇집 고명딸 말이에요, 정월 떡국에 얹힌 웃고명처럼 참하고 예쁘더라고요.

● 감나뭇집 고명딸과 배나뭇집 고명아들이 혼인한다며?

0075   **고무**(鼓舞)

⚐ 본 뜻   고무(鼓舞)란 본래 말 그대로 북을 치며 춤을 춘다는 뜻이다. 북을
치며 춤을 추면 어깨춤이 절로 나도록 흥겨워지고 신이 난다. 이처
럼 남의 마음을 흔들어 신나게 하거나 북돋워주는 일을 '고무하다'
'고무적이다' 등으로 이르게 되었다.

↹ 바뀐 뜻   남을 격려하여 자신을 얻도록 용기를 북돋워주는 일이나, 마음을
흔들어 의연히 새로운 일을 할 만한 기운을 내게 하는 일 등을 가
리킨다.

◉ 보기글   ● 이번에 실시하는 문학인 해외연수는 우리 문학의 세계화를 위해서 상당히 고무적인
일입니다.

● 검소한 생활의 아름다움에 대한 선생님의 말씀이 평소 구두쇠라고 놀림받던 영애에
게는 상당히 고무적인 일이 되었습니다.

0076   **고문관**(顧問官)

⚐ 본 뜻   광복 직후인 미군정기나 6·25전쟁 때 우리 군사의 작전권을 가지고
있던 미국에서 우리 군대에 미국인 군사 고문관들을 배치하였다.
그런데 우리나라의 실정이나 우리말에 익숙지 않은 그들인지라 어

리석거나 굼뜬 행동을 많이 하였다. 이후로 군대 내에서 어리석거나 굼뜬 행동을 하는 사람을 일컬어 고문관이라 부르게 되었다.

↩ 바뀐 뜻 초기에는 군내 내에서만 쓰이던 용어가 차츰 사회에서도 같은 뜻으로 쓰이게 되었다. 지금은 어느 단체에서나 굼뜨고 어리숙한 행동을 해서 남의 빈축을 사는 사람을 놀림조로 고문관이라고 부르고 있다.

◐ 보기글 • 그 사람 총무부의 고문관으로 이름난 사람인데 앞으로 같이 일하려면 힘깨나 들겠어.
• 훈련병이 그토록 많으니 그중에 반드시 고문관 하나쯤은 있을 거야.

0077　**고바이**(こうばい)

☜본　뜻 운전자들이 잘 쓰는 말 중에 '고바이'라는 말이 있다. 보통은 '고바위'로 알고 있는데, 본래 발음은 '고바이'이며, 언덕을 가리키는 일본어이다.

↩ 바뀐 뜻 뜻이 바뀐 것은 아니다. 운전자들이 무의식적으로 언덕길을 가리켜 '고바위'라 하는데 이 말을 '높은 바위'를 뜻하는 한자어쯤으로 알고 있는 사람들이 많다. 이 말은 마땅히 '언덕'이란 적절한 우리말로 바꿔 써야 할 것이다.

◐ 보기글 • 나는 아직까지 고바이를 고바위로 알고 있었네. 이제 확실히 알았으니 앞으로는 언덕이라고 해야지.

0078　**고비**

☜본　뜻 1) 굽이를 가리키는 한자 '曲'의 발음이 곱이다. 2) 몽골과 중국 접경

지대의 마르고 거친 땅을 말한다. 풀이 자라지 않는 거친 땅으로 몽골 유목민들은 굽이굽이(曲曲; 방방곡곡으로 자주 쓰인다) 펼쳐진 이 고비를 지나면 비단과 고기와 쌀이 풍부한 베이징을 약탈할 수 있었다.

↹ 바뀐 뜻 굽이가 고비와 나뉘어 고비는, 일이 되어가는 과정에서 가장 중요한 단계나 대목, 또는 막다른 절정 등을 가리키는 뜻으로 변했다.

◑ 보기글 • 이번 고비만 넘기면 나도 형편이 펴질 테니 한번만 더 도와주게나.

0079 **고뿔**

✎ 본 뜻 고뿔은 코와 불이 합쳐져서 된 말로, 감기가 들면 코에서 불이 나는 것처럼 더운 김이 나온다고 하여 감기를 고뿔이라 일렀다.

↹ 바뀐 뜻 감기를 일컫는 옛말이다.

◑ 보기글 • 어멈아, 우리 귀동이가 고뿔에 걸린 것 같으니 방에 군불 좀 지펴라.
• 이번 고뿔은 어찌나 억센지 여간해서는 떨어지질 않네.

0080 **고수레**

✎ 본 뜻 옛날 단군 시대에 고시(高矢)라는 사람이 있었는데 그리스 신화에 나오는 프로메테우스처럼 그 당시 사람들에게 불을 얻는 방법과 농사짓는 법을 가르쳤다고 한다. 이 때문에 후대 사람들이 농사를 지어서 음식을 해 먹을 때마다 그를 생각하고 '고시네'를 부르며 그에게 음식을 바쳤다고 한다. 그것이 '고시레' '고수레' 등으로 널리 쓰이다가 '고수레'가 표준어로 굳어졌다.

↰ 바뀐 뜻 음식을 먹거나 무당이 푸닥거리를 할 때, 혹은 고사를 지낼 때 귀신에게 먼저 바친다는 뜻으로 음식을 조금 떼어 던지며 외치는 소리다.

◎ 보기글
- 명색이 산신제를 지낸다면서 고수레를 빠뜨리다니 안 될 말이지.
- 고사 지낼 때 시루떡 던지면서 하는 말이 '고시레'가 맞아, '고수레'가 맞아?

0081 고수부지(高水敷地)

본 뜻 물이 차올랐을 때(高水位)만 물에 잠기는 땅을 고수부지라 하는데, 고수(高水)는 고수공사(高水工事)·고수로(高水路) 등의 토목용어에서 나온 말이고, 부지(敷地)는 비어 있는 터나 빈 땅을 가리키는 일본어이다.

↰ 바뀐 뜻 고수부지는 일본식 조어(造語)이므로 같은 뜻을 가진 우리말 '둔치'로 바꿔 쓰는 것이 좋겠다. '둔치'는 '물가의 언덕, 또는 강이나 호수 등 물이 있는 곳의 가장자리'를 가리키는 말이다.

◎ 보기글
- 우리말을 아끼고 살려 써야 할 언론에서도 고수부지라는 말을 자주 쓰니, 사람들이 둔치란 말을 알 리가 없지.

0082 고자(鼓子)

본 뜻 고자에 대해서는 다음과 같은 두 가지 설이 있다. 첫째가 힌두어 '고자(khoja)'에서 온 것으로, 인도 동부의 벵골 지방에서는 인접 국가에서 사람을 잡아다가 거세해서 다른 나라에 노예로 내다 팔았는데, 이것이 명칭과 함께 남지나 방면으로 퍼져서 우리나라에까지 이르게 된 것이라 한다. 그러므로 고자는 원래 거세당한 노예를 가리키는 말이었다. 이와는 달리 우리나라 관직명에서 그 유래를 찾는 설이 있는데, 옛날 궁중에서 물건을 맡아 지키던 직책인 고자(庫子) 일은 주로 내시들이 맡아서 했다 한다. 여기서 '고자'라는 말이 창고지기라는 뜻보다 생식 능력이 없는 사내를 가리키는 말로 전이되었다고 한다.

↹ **바뀐 뜻** 지금은 생식기가 불완전해서 성적 능력이 없는 사내를 일컫는 말로 쓰인다.

◐ **보기글** • 아랫마을 김서방이 고자라던데 그렇다면 그 집 딸아이는 어떻게 된 거지?

0083 **고자질**

🖐**본 뜻** 생식 기능이 거세된 내시들이 궁중에서 말이 많고 수다 떨기를 좋아하는데, 이를 비꼬아 고자질이라고 한다는 설이 있다. 그래서 이들을 비하하여 고자라고 이르고, 이들이 주로 왕이나 왕후에게 대신들에 관련된 말을 지어 올리거나 비밀을 자주 폭로하여, 이러한 행동을 가리켜 고자질이라고 하였다고 한다. 그러나 거세된 남자를 가리키는 고자는 '속이 빈 북'이라는 뜻의 '鼓子'이고, 고자질의 고자는 '告者'다. 따라서 이 어원설은 근거가 없다. 한편 진시황 때의 내시 조고(趙高)를 못마땅하게 여겨 황제에게 아첨하는 내시들을 조고의 자식들이라 하여 고자라 했다는 어원설이 있으나, 그렇다면 '高子'라고 해야 하는데 거세된 남자를 가리키는 고자의 한자 표기는 '鼓子'로서 서로 다르다. 또 곳간지기를 가리키는 고자(庫子)가 어원이라는 주장도 역시 근거가 매우 약하다.

따라서 이 말은 사간원 등 주로 왕에게 직언하는 관리 등이 간언(諫言)을 올리거나 남을 비난하거나 몰래 어떤 사실을 일러바치는 일이 많은 데서 생겨난 말이다. 고자질의 쓰임새가, 낮은 사람이 높은 사람에게 이르는 것을 가리키는 것이기 때문에 왕실이나 조정, 특히 당쟁이 치열했던 조선시대에 널리 쓰인 말로 볼 수 있다.

↹ 바뀐 뜻 아랫사람이 윗사람에게 다른 사람의 허물이나 비밀을 몰래 일러바치는 짓을 가리킨다.

⊙ 보기글 • 김 비서가 오 국장의 비리를 시장에게 고자질했다더라.

0084 **고주망태**

☝ 본 뜻 '고주'는 술을 거르는 틀을 말하는데, 여기에 망태를 올려놓으면 망태에 술기운이 배어들어 망태 전체에서 고약한 술 냄새가 난다. 이렇듯 고주 위에 올려놓은 망태처럼 잔뜩 술에 절은 상태를 가리키는 말이 고주망태다.

↹ 바뀐 뜻 술을 너무 많이 마셔서 정신을 차릴 수 없는 상태를 가리킨다.

⊙ 보기글 • 당신, 어제저녁에 고주망태가 됐던 거 알기나 하세요?
   • 자, 우리 오랜만에 만났는데 오늘만큼은 고주망태가 되도록 한번 마셔보자고.

0085 **고추**

☝ 본 뜻 조선 중기에 들어온 고추의 본래 이름은 고초(苦草)였다. 글자 그대로 풀이하자면 쓴 풀이라고 하겠는데, 옛날 사람들은 고추의 매운 맛을 '쓰다'고 표현했다. 반면에 '맵다'는 말은 고되고 독한 것을 나타낼 때 썼다.

↹ 바뀐 뜻 '고초'가 후대로 내려오면서 소리의 변화를 일으켜 '고추'가 되었다.

고추의 특성인 매운맛이 다른 사물에도 그대로 적용되어, 고되고 독한 일이나 사람을 가리키는 비유로 널리 쓰이고 있다. 예를 들면 '고추같이 매운 시집살이' '고추바람' 등이 그것이다. 그뿐만 아니라 길쭉하고 뾰족한 그 모양에 착안하여 그와 비슷한 모양을 한 사물에도 고추라는 이름이나 별명을 지어 불렀다. 아들을 가리키는 '고추', 끝이 뾰족한 '고추감' 등을 그 예로 들 수 있다.

○ 보기글 • 옛날 시집살이 노래에 보면 '고초, 당초 맵다 한들 시집살이 더할쏘냐' 하는 노래가 있는데, 거기 나오는 고초나 당초가 다 고추를 가리키는 말이라더군요.

0086   **고취**(鼓吹)

🏮본 뜻 글자 그대로 북을 치고 피리를 분다는 뜻이다.

🔁바뀐 뜻 북을 치고 피리를 불면 저절로 흥이 나는 것처럼 용기나 기운을 북돋워 일으키거나 의견, 사상 등을 열렬히 주장하여 불어넣는 것을 가리키는 말이다.

○ 보기글 • 민주 시민의식을 고취시키기 위해서 한 사람씩 돌아가면서 교통순경이나 환경정리요원이 되어보는 것도 좋은 방법이 될 것이다.

0087   **고희**(古稀)

🏮본 뜻 두보(杜甫)가 지은 「곡강시曲江詩」에 나오는 '인생칠십고래희(人生七十古來稀)'에서 온 말로서, 사람은 예로부터 일흔 살까지 살기가 드문 일이라는 뜻이다.

🔁바뀐 뜻 예로부터 어떤 전환점에 해당하는 나이에 이르면 그 나이를 이르는

별칭을 따로 썼는데 만 60세를 환갑(還甲), 77세를 희수(喜壽), 88세를 미수(米壽)라 하는 것이 바로 그런 예이다. 이처럼 고희(古稀)는 일흔 살을 이르는 말이다.

◎ 보기글   ● 재 너머 운송 어른이 올해 고희를 맞으셨다는데 꼿꼿하신 허리 하며 그 모습이 마치 청년 같았습니다.

0088   **곤색**(こん色)

☝본 뜻   곤색의 '곤'은 일본어 'こん'에서 나온 말로서, 짙은 청색을 가리키는 말이다.

⇆ 바뀐 뜻   우리말로는 군청색, 짙은 남색 등으로 바꿔 쓸 수 있다.

◎ 보기글   ● 희야 신랑 곤색 양복이 정말 잘 어울리던데!
         ● 곤색은 일본어에서 온 말이므로 남빛, 쪽빛 등의 우리말로 바꿔 쓰는 것이 좋다.

0089   **곤조**(こんじょう)

☝본 뜻   본디 일본말로서 좋지 않은 성격이나 마음보, 본색, 근성 등을 가리키는 말이다.

⇆ 바뀐 뜻   나쁜 근성, 특수한 직업으로 인해 가지게 되는 성질 등을 가리키는 비속어다. 바꿔 쓸 수 있는 우리말로는 근성, 성깔 등이 있다.

◎ 보기글   ● 그 사람, 뱃사람 특유의 곤조가(→ 근성이) 있긴 하지만 사람 하나는 틀림없다고.
         ● 날 우습게 보는 모양인데 나도 곤조를(→ 성깔을) 부렸다 하면 무서운 사람이야.

0090 **곤죽**(–粥)

🏠 **본 뜻**   곯아서 썩은 죽처럼 상하거나 풀어진 것을 가리키는 말이었다.

🔄 **바뀐 뜻**   사람이나 물건이 엉망이 되어 갈피를 잡기 어려운 상태, 혹은 몸이 상하거나 늘어져서 까라진 상태를 말한다.

◉ **보기글**
- 그렇게 잠을 안 자고 일을 하더니 몸이 곤죽이 되었구나.
- 말리려고 널어논 쑥을 비를 한번 맞혔더니 곤죽이 되어버렸네.

0091 **골로 가다**

🏠 **본 뜻**   '골'은 관(棺)을 뜻하는 우리말이다. 그러므로 '골로 간다'는 말은 '관 속으로 들어간다'는 뜻이다.

🔄 **바뀐 뜻**   오늘날 이 말은 '죽는다'는 뜻을 가진 속어로 쓰이고 있다.

◉ **보기글**
- 너 지금 골로 가고 싶어서 까부는 거야?

0092 **골백번**(–百番)

🏠 **본 뜻**   '골'은 우리나라 옛 말에서 만(萬)을 가리키는 말이었다. 그러므로 골 백번이란 백 번을 만 번씩이나 더한다는 뜻이 되므로 헤아릴 수 없 이 많은 횟수를 가리키는 말이다.

🔄 **바뀐 뜻**   매우 여러 번을 강조하는 말이다.

◉ **보기글**
- 어머니, 그 얘기는 골백번도 더 들어서 이젠 더 이상 듣고 싶지도 않다고요.
- 하지 말라고 골백번도 더 얘기했잖아.

0093 골탕 먹다

본 뜻 골탕이란 원래 소의 머릿골과 등골을 맑은 장국에 넣어 끓여 익힌 맛있는 국물을 가리키는 말이다. 그러므로 '골탕 먹다'를 글자 그대로 풀어보면, 맛있는 고깃국물을 먹는다는 뜻이다.

바뀐 뜻 '곯다'라는 말이 골탕과 소리가 비슷함에 따라 골탕이라는 말에 '곯다'라는 의미가 살아나고, 또 '먹다'라는 말에 '입다', '당하다'의 의미가 살아나서 '골탕 먹다'가 '겉으로는 멀쩡하나 속으로 남 모르는 큰 손해를 입게 되어 곤란을 겪는다'는 뜻으로 쓰이게 되었다.

보기글
- 그 사람 요번에 부동산 투기 억제책이 발표되는 바람에 크게 골탕 먹었을걸.
- 그는 개구쟁이 동생에게 늘 골탕을 먹곤 한다.

0094 곱살이 끼다

본 뜻 노름을 할 때 판돈을 대는 것을 '살 댄다'고 한다. 여기서 '살'은 노름판에 걸어놓은 몫에 덧태워 놓는 돈이라는 뜻이다. 노름을 할 때 밑천이 짧거나 내키지 않아서 미처 끼어들지 못하고 있다가 패가 좋은 것이 나올 때에 살을 댄 데다 또 살을 대고 하는 경우가 있다. 살을 댔는데 거기다 또 살을 대니까 '곱살'이 된다. 그래서 정식으로 하는 것이 아니고 남들이 하는 일에 끼어 얹혀서 하는 것을 '곱살이 끼다'라고 하게 된 것이다.

바뀐 뜻 남이 하는 데에 끼어서 어떤 일을 쉽게 하려는 것을 가리키는 말이다.

보기글
- 야, 네가 곱살이를 끼니까 조금 전까지만 해도 잘되던 게 안되잖아.

0095 **공(gong)**

본 뜻 본래는 '징'이나 '바라'를 뜻하는 인도네시아어이다. 오케스트라에 쓰이는 것은 탐탐이라 하며, 얇은 동합금(銅合金)의 대야 모양의 타악기를 가리킨다.

바뀐 뜻 권투 경기 때 각 라운드의 시작과 끝을 알리는 종을 가리키는 것으로 굳어졌다.

보기글 • 잠시 쉬는 동안 김 선수는 심기일전하기로 다짐했는지 공이 울리자 이를 앙다물고 의자에서 일어섰다.

0096 **공갈(恐喝)**

본 뜻 상대가 두려움을 가질 정도로 을러대는 것을 말한다.

바뀐 뜻 주로 다른 사람의 재산이나 명예를 훼손하기 위해서 하는 협박을 가리키는 말인데, 요즈음은 '거짓말'을 가리키는 속어로도 널리 쓰이고 있다.

보기글 • 공갈치지 마. 내가 다 아는데 무슨 그런 터무니없는 소리를 해.
• 그는 온갖 공갈과 협박으로 금품을 뜯어내었다.

0097 **공룡(恐龍)**

본 뜻 공룡(恐龍)은 글자 그대로 '공포의 용'이라는 뜻이다. 이 말은 그리스어 '디노사우르스(Dinosaurs)'를 그대로 한자로 옮겨 쓴 말이다. Dino는

'무서운'이란 뜻이고 Saurs는 '도마뱀들'이라는 뜻이다. 그러므로 디노사우르스는 어떤 특정한 공룡을 가리키는 말이 아니라 공룡이라는 전체 종(種)을 가리키는 말이다.

↹ **바뀐 뜻** 공룡은 중생대의 쥐라기에서부터 백악기에 걸쳐 번성한 거대한 파충류를 통틀어 이르는 말이다. 몸길이 20~35미터에 초식성·육식성 등이 있으며, 북미·유럽·남미·아프리카 등지에서 화석으로 발견되고 있다.

◉ **보기글** • 오늘날의 대기업은 공룡에 견줄 수 있을 정도로 비대하게 커졌는데, 자기 발이 안 보일 정도로 커진 지금이야말로 다이어트를 해야 하는 시점일 것이다.
　　　　 • 화석은 공룡 연구에 중요한 단서가 된다.

0098　　**공부(工夫)**

☜ **본　뜻** 공부는 원래 불교에서 말하는 주공부(做工夫)에서 유래한 말이다. 주공부란 '불도(佛道)를 열심히 닦는다'는 뜻이다. 그중에서도 특히 공부라 함은 참선(參禪)에 진력하는 것을 가리킨다. 불가에서 공부(工夫)에 관한 기록은 선어록(禪語錄)에 많이 나오는데 다음과 같은 마음가짐으로 해야 한다고 한다. 공부는 간절하게 해야 하며, 공부할 땐 딴생각을 하지 말아야 하며, 공부할 땐 오로지 앉으나 서나 의심하던 것에 집중해야 한다.

↹ **바뀐 뜻** 학문이나 기술을 배워 익히는 일 모두를 말한다. 오늘날에는 오로지 제도교육 안에서 배우는 것만을 가리키는 말로 한정되어 쓰는 경우가 많다.

◉ **보기글** • 사람은 늙어 죽을 때까지 공부해야 하는 것이야. 그것이 바로 젊게 사는 비결이지.
　　　　 • 사는 게 곧 공부 아니겠습니까? 살다 보면 생활 속에서 부딪치는 자잘한 문제들 속에도 참으로 많은 깨달음의 조각들이 숨어 있는 것을 발견하곤 하지요.

• 어제 밤늦도록 시험공부를 했더니 몹시 피곤하구나.

0099 공수표(空手票)

🔑 본 뜻 예금 잔고가 없거나 부족한 수표, 즉 부도수표를 말한다.

🔄 바뀐 뜻 신용할 수 없는 헛 약속이나 빈말을 뜻하는 속어이다.

⊙ 보기글 • 사장님, 이번에 저희들 데리고 단체 유럽 여행 간다는 거 설마 공수표 아니겠지요?

0100 공염불(空念佛)

🔑 본 뜻 부처님의 법에 대한 신심 없이 입 끝으로만 되뇌는 헛된 염불을 가리키는 말이다. 그와 같은 염불은 아무리 외어도 헛일이라는 데서 나온 말이다.

🔄 바뀐 뜻 말한 대로 실행하지 않는 주장이나 선전을 가리키는 말이다. 이와 비슷한 말로는 공수표(空手票)가 있다. 이 밖에 아무리 해도 효과가 없는 염불이 공염불이듯이, 상대의 잘못을 아무리 타일러도 효과가 없는 말 또한 공염불이라 한다.

⊙ 보기글 • 입으로 아무리 환경오염을 개선하자고 외쳐도 자기 스스로가 집안에서 합성세제를 추방하지 않는 한 그 구호는 한낱 공염불에 그칠 뿐이다.
• 공염불에 불과한 캠페인으로는 아무런 효과도 거둘 수 없다.
• 아무리 좋은 말을 해도 그 사람에게는 공염불에 지나지 않았다.

0101 ## 공주(公主)

🖐️ **본 뜻** 옛날 중국에서 왕이 자신의 딸을 제후에게 시집보낼 때 그 일을 으뜸 대신들인 삼공(三公)에게 맡겼던 데서 온 말이다. 곧 그들(三公)이 받들어 모신 주인(主人)이라는 뜻이다.

🔄 **바뀐 뜻** 정실 왕후가 낳은 임금의 딸을 가리킨다. 그러나 조선시대에는 종친의 아내나 딸, 또는 문무관의 아내 중에서 공주의 봉작을 받은 사람도 더러 있었다. 정실이 아닌 후궁이 낳은 임금의 딸은 옹주(翁主)라 한다. 한편 왕비의 어머니는 부부인(府夫人), 왕의 유모는 봉보부인(奉保夫人), 세자의 적녀는 군주(郡主), 세자의 서녀는 현주(縣主)라 하였는데 이 명칭은 매우 엄격했다. 어린 여자아이를 귀엽게 이르는 말로도 쓰인다.

◉ **보기글** • 요즘은 누가 자기만을 위해주고 관심 가져주기만을 바라는 것을 공주병이라 한다지.

0102 ## 공해(公害)

🖐️ **본 뜻** '공해'는 글자 그대로 대중에게 해로운 행위를 뜻하는 말인데, 1970년대에 우리나라에 자연보호 운동이 전개되면서 일본에서 '환경오염'의 뜻으로 쓰이던 이 말이 그대로 들어와 널리 퍼지게 되었다.

🔄 **바뀐 뜻** 이 말은 오염(汚染)이라는 우리 한자어에 비해서 그 뜻이 정확하지 않은 비과학적인 말이다. '더러움에 물든다'는 뜻을 가지고 있는 우리말 '오염'으로 바꿔 쓰는 것이 나을 듯싶다.

◉ **보기글** • 공해는 시각 공해, 소음 공해 등에도 쓰는 말이므로 환경오염만 지칭하기에는 그 뜻이 너무 모호하지 않은가? 환경이 망가지고 더러워지는 데는 마땅히 오염이란 말을 써야 할 것이네.

0103　　　**공화국**(共和國)

🔖 **본　뜻**　　공화국이란 말에 대해서는 사마천의 『사기(史記)』에 다음과 같은 유래가 전한다. 중국 서주(西周)의 군주였던 여왕(厲王)이 방탕한 생활로 쫓겨나자 재상이던 주공(周公)과 중신인 소공(召公)이 서로 합의하여 공동으로 정무를 본 데서 나온 말이 '공화'이고, 그렇게 다스려지는 나라를 '공화국'이라고 한다.

🔄 **바뀐 뜻**　　어떤 한 사람의 독재가 아니라, 국민들이 추대한 대표들이 공동으로 화합하여 행하는 정치 체제를 채택한 나라를 가리킨다.

💬 **보기글**　　● 북한은 사실상은 김정은 독재체제이면서도 대외적으로 내세우는 국호는 인민민주주의공화국이지. 대개 공산주의 국가에서는 인민을 주체로 한 정치 체제라 해서 '인민민주주의공화국'이라고 한다네.
　　　　　● 문재인 정부는 현재 제6공화국으로, 1987년 개헌으로 노태우 정부가 들어선 이래 오늘에 이른다.

0104　　　**관건**(關鍵)

🔖 **본　뜻**　　본래는 빗장과 자물쇠를 가리키는 말이다.

🔄 **바뀐 뜻**　　빗장과 자물쇠가 무엇을 열고 가두는 단초가 되는 것처럼 어떤 사물이나 문제 해결의 가장 중요한 요인이나 핵심이 되는 고리를 가리키는 말로 쓰인다.

💬 **보기글**　　● 북한 핵문제의 관건을 쥐고 있는 쪽이 이번 협상에서 우위를 차지하게 될 것이다.
　　　　　● 민주주의의 관건은 사회의 갈등을 해소하고 국민 통합을 이루는 데 있다.

69

0105　관계(關係)

🖐본　뜻　중국의 고사에 보면 함곡관(函谷關), 산해관(山海關)같이 관(關)자가 붙은 지명이 나온다. 이때 쓰이는 관은 곧 대문의 빗장을 가리키는 말이었는데 후대로 오면서 요새를 가리키는 뜻으로 전용되었다. 중국은 예부터 끊임없이 북방 이민족의 침략에 시달려야 했다. 그래서 험한 지형에는 어김없이 관을 만들고 관을 서로 연결하는 성을 쌓았다. 이처럼 관과 관을 서로 연결해주는 것을 가리켜 관계(關係)라고 하였다.

🔄바뀐 뜻　처음에는 요새를 연결해줌으로써 국토방위를 튼튼히 하던 것을 가리키던 말이었으나 후대로 내려오면서 사람과 사람 사이를 연결시켜주는 고리나 두 개의 사물이 연관을 가지는 것을 가리키는 말로 변용되었다. 지금도 중국에서는 일을 하는 데 가장 필수적인 요건이 '관계'라고 한다. 오늘날에는 관계라는 말이 이처럼 일을 수월하게 하기 위한 수단이나 개인의 이익을 도모하기 위한 하나의 처세술처럼 여겨지고 있다. 이렇게 볼 때 관계의 본래 뜻과 지금 쓰이고 있는 뜻은 그 차이가 참으로 엄청나다고 할 수 있다.

💠보기글　• 여러 가지로 관계를 맺으며 살아가는 일이 사회생활이라면, 그중에서도 가장 어려운 것이 인간관계가 아닌가 한다.

0106　관동(關東)/관서(關西)/관북(關北)

🖐본　뜻　관동 지방이란 명칭은 고려 때부터 강원도 지방을 부르던 이름이다. 고려 때에 지금의 철령에 철령관이라는 관문(關門)을 두고 서울을 지키는 한편 변방에 대한 단속을 하였다. 이곳을 중심으로 그

70

동쪽을 관동(關東), 서쪽은 관서(關西), 북쪽은 관북(關北)이라 하였다.

⇆ 바뀐 뜻 관동은 지금의 강원도를 가리키고, 관서는 평안도, 관북은 함경도를 가리키는 지명이다.

◎ 보기글 ● 강원도의 절경인 금강산과 동해안의 풍광을 읊은 문학작품으로는 정철의 「관동별곡」이 유명하지 않은가.

0107 **관망(觀望)**

본 뜻 옛날의 궁궐은 임금이 거주하는 집의 성격보다는 적의 공격을 막아내기 위해 방어용으로 세워진 초소의 성격이 강했다. 그래서 궁궐의 앞쪽에 대를 높이 쌓고 그 위에 높은 망루를 세운 관(觀)을 설치하였다. 궁궐의 양쪽에 세워진 이 관은 군사용 전망대의 구실을 했는데, 여기서 바라보면서 주위를 살피는 것을 '관망(觀望)한다'고 하였다.

⇆ 바뀐 뜻 본래는 직접 어떤 사물을 바라보는 것을 가리키는 말이었는데, 오늘날에는 어느 정도 떨어진 거리에서 일이 되어가는 형세를 지켜보는 것을 뜻하는 말로 쓰인다.

◎ 보기글 ● 등소평 사망 이후 중국에서 벌어지는 사태를 잠시 관망한 다음 투자 결정을 내리셔도 늦진 않을 겁니다.

0108 **관자놀이(貫子--)**

본 뜻 옛날에 상투를 틀던 시절에 머리카락을 가지런히 정돈하기 위해 머리에 쓰던 망건이란 물건이 있었다. 이 망건을 단단히 고정시키기 위한 당줄이 있었는데 이것을 꿰어 거는 작은 고리가 바로 관자(貫子)였다. 맥박이 뛸 때마다 귀와 눈 사이에 매단 관자가 움직이기 때문에 '관자가 노는 자리'라는 뜻으로 이 말을 썼다.

↰ **바뀐 뜻** 귀와 눈 사이에 있는 맥박이 뛰는 자리로 한의학에서는 이곳을 태양혈(太陽穴)이라 일컫는다. 눈으로 쉽게 알기로는 음식을 씹을 때마다 움직이는 자리를 보면 된다.

◐ **보기글**
- 신열이 있어서 관자놀이가 벌떡벌떡 뛰는구나.
- 아까 그 사람, 끓어오르는 화를 참느라 그런지 관자놀이가 울끈불끈하더라.

0109 **괄괄하다**

☝ **본 뜻** 이불 홑청이나 옷 등에 풀을 먹일 때 풀기가 너무 세서 빳빳하게 된 상태를 '괄괄하다'고 한다.

↰ **바뀐 뜻** 풀기가 빳빳한 것같이 급하고 억센 성품이나 목소리가 크고 거센 것을 이르는 말로 널리 쓰이고 있다.

◐ **보기글**
- 영희는 그 괄괄한 성미만 좀 가라앉히면 좋을 텐데.
- 목소리 괄괄한 그 기자, 완전히 여장부감이던데 그래.

0110 **괜찮다**

☝ **본 뜻** '관계하지 아니하다'에서 나온 말이다. 상대방의 말이나 행동이 자신이 하고 있는 일과 별다른 관계가 없다는 뜻이다.

↰ **바뀐 뜻** 자신의 일이나 마음에 별다른 영향을 끼치지 않았다는 뜻으로, 주

로 상대방을 안심시킬 때 미안해하거나 걱정하지 말라는 뜻으로 쓰는 말이다.

○ 보기글
- 괜찮아. 그 정도 일은 살면서 누구나 겪어내는 일이니까 너무 걱정하지 마. 다 잘될 거야.
- 초보자치고는 괜찮은 솜씬데?

0111 **괴발개발**(←개발새발)

본 뜻 흔히 글씨를 제멋대로 모양 없이 썼을 때 '글씨가 개발새발이다' '개발쇠발 썼구나'라고들 한다. 글씨의 모양이 사람이 쓴 것이 아니라 마치 글자를 모르는 개나 새, 혹은 개나 소가 쓴 것과 같다고 해서 그렇게 말하게 된 것이다. 그러나 '개발새발'이나 '개발쇠발'은 모두 사투리이고 본딧말은 '괴발개발'이다. 즉 괴(고양이)와 개가 함부로 찍어놓은 발자국 같다는 말이다.

바뀐 뜻 글씨를 되는 대로 마구 갈겨 써놓은 모양을 말한다.

○ 보기글
- 글씨가 이게 뭐냐! 완전히 괴발개발이구나.
- 어른한테 보내는 편지글을 그렇게 괴발개발 써보낸대서야!

0112 **교편**(敎鞭)

본 뜻 교편은 글자 그대로 '가르칠 때 사용하는 채찍'을 말한다. 즉 학생들의 학업을 신장시키고 주의를 집중시키기 위해 훈도하고 깨우치게 하는 회초리를 가리키는 말이다.

바뀐 뜻 옛날 서당 훈장의 상징물이다시피 한 회초리가 오늘날 교직 생활을 대변하는 말이 되었다. 지금은 '교직'과 같은 뜻으로 쓰인다.

◐ 보기글   • 사범대학을 졸업하고 모교에서 교편을 잡은 지 어언 20년이 흘렀는데도 돌이켜보면
　　　　　　　 설레는 가슴으로 부임하던 첫날이 어제런 듯싶습니다.
　　　　　　 • 그는 얼마 전에 정년 퇴임으로 교편을 놓았다.

0113　　　**교포(僑胞)/동포(同胞)**

☝본　뜻　'교포'는 다른 나라에 가서 살고 있는 자국민(自國民)을 일컫는 말이
　　　　　다. 속인주의(屬人主義)의 원칙에 따라 본국과의 법적 관계를 가지며,
　　　　　속지주의(屬地主義)의 원칙에 따라 거주국의 법적 규제를 받는다. 이
　　　　　와 달리 '동포'는 본래 같은 한 부모에게서 태어난 형제자매를 일컫
　　　　　는 말인데, 자기 나라 사람을 형제자매와 같다는 뜻에서 다정하게
　　　　　이르는 말로 쓰인다.

⇆ 바뀐 뜻　동포와 교포를 같은 말로 알고 있는 경우가 많기에 여기 실었다. 교
　　　　　포가 법적인 관계를 강조하는 말이라면 동포는 혈육의 정을 강조하
　　　　　는 말이라 하겠다.

◐ 보기글　 • 재일 교포는 재일 동포라고 불러도 되지만 북한 동포는 반드시 북한 동포라고만 불
　　　　　　 러야 한다.

0114　　　**교활(狡猾)**

☝본　뜻　교활(狡猾)과 낭패(狼狽)는 상상의 동물 이름이다. 이 교활이란 놈은
　　　　　어찌나 간사한지 여우를 능가할 정도인데, 중국의 기서(奇書)인 『산해
　　　　　경山海經』에 등장하는 동물이다. 교(狡)라는 놈은 모양은 개인데 온

몸에 표범의 무늬가 있으며, 머리에는 소뿔을 달고 있다 한다. 이놈이 나타나면 그해에는 대풍(大豊)이 든다고 하는데, 이 녀석이 워낙 간사하여 나올 듯 말 듯 애만 태우다가 끝내 나타나지 않는다고 한다. 한편 이 교의 친구로 활(猾)이라는 놈이 있는데 이놈은 교보다 더 간악하다. 이놈은 생김새는 사람 같은데 온몸에 돼지털이 숭숭 나 있으며 동굴 속에 살면서 겨울잠을 잔다. 도끼로 나무를 찍는 듯한 소리를 내는데 이놈이 나타나면 온 천하가 대란(大亂)에 빠진다고 한다. 이처럼 교와 활은 간악하기로 유명한 동물인데, 길을 가다가 호랑이라도 만나면 몸을 똘똘 뭉쳐 조그만 공처럼 변신하여 제 발로 호랑이 입속으로 뛰어들어 내장을 마구 파먹는다. 호랑이가 그 아픔을 참지 못해 뒹굴다가 죽으면 그제야 유유히 걸어 나와 미소를 짓는다. 여기에서 바로 그 '교활한 미소'라는 관용구가 생겨났다. 동작빈(董作賓)의 『연표학年表學』에 따르면 『산해경』의 저자는 우(禹)와 백익(伯益)이라고 한다. 따라서 우(禹)는 기원전 2183~2175년까지 9년간 왕위에 있었으므로 2175년을 교활의 출현 시기로 잡는다. 전국시대 제나라의 음양오행학자 추연이 지었다거나 역시 춘추전국시대 무렵 초나라 사람들이 이 책을 지었다는 다른 주장도 있다.

↳ 바뀐 뜻 몹시 간사하고 능청스러운 꾀가 많은 것을 가리키는 말이다. '교활(巧猾)'이라고도 쓴다.

◉ 보기글 • 희빈 장씨로 말할 것 같으면 500년 조선 역사 중 가장 교활한 여인이 아니던가.

0115 **구년묵이**(舊年--)

☞본 뜻 흔히 오래 묵은 물건을 구닥다리라고 부르는데 '구닥다리'라는 말은 원래 존재하지 않는 말이다. '여러 해 묵은 물건'이나 '어떤 일에 오래 종사해서 그가 가지고 있는 지식이나 기술이 낡은 것이 된 사람'

75

등을 얕잡아 이르는 말은 '구년묵이'다.

↔ 바뀐 뜻 '구년묵이'라는 표준어보다 '구닥다리'라는 비표준어를 훨씬 많이 쓰고 있지만 구닥다리는 비표준어이므로 글이나 말 중에 쓰지 않도록 한다.

◉ 보기글
- 그 구년묵이 장롱 좀 이제 그만 치우고 새것으로 하나 장만하지 그래.
- 그 교수님 강의를 들어보면 대번에 구년묵이라는 게 표시가 난다니까.

0116 **구두** [〈ㄱ]

본 뜻 일본어 '구쓰'에서 나온 말로서 가죽으로 만든 서양식 신을 말한다.

↔ 바뀐 뜻 구두가 들어온 초기에는 서양 신이라 해서 양화(洋靴)라 했는데, 일본에서 그것을 '구쓰'라 불렀던 것이 우리나라에 들어와서 '구두'로 불리기 시작했다.

◉ 보기글
- 어머나, 저 아저씨 백구두 신고 다니는 걸 보니 제비족인가 봐.
- 그녀의 미끈한 종아리 아래로 시선을 돌리니, 윤이 나는 검정 구두가 분주히 움직이고 있었다.

0117 **구라파**(歐羅巴)

본 뜻 '유럽'의 한자 음역인 '구라파'는 음역한 다른 말과는 달리 유럽이라는 원음과 소리가 많이 다르다. 왜 그렇게 됐을까를 한번쯤 의심해 볼 만한데 거기에는 다음과 같은 연유가 있다. 구라파는 본래 중국에서 음차(音借)한 말인데 '구(歐)'는 '어우'로 소리나고, '라(羅)'는 '로'로

소리나고, '파(巴)'는 '바'로 소리가 난다. 그러므로 '어우로바'는 원음인 '유럽'과 비슷한 발음이 난다. 그런데 이 말이 우리나라에 들어올 때는 소리가 들어온 것이 아니라 표기만 들어와서 쓰였기 때문에 원음과 동떨어진 '구라파(歐羅巴)'로 통용된 것이다.

↹ 바뀐 뜻 '유럽'을 한자를 빌려서 표기한 것이 '구라파'이다.

◐ 보기글
- 아버님께 여쭤봤더니 회갑잔치 대신 구라파 여행이나 다녀왔으면 좋겠다고 하시던데요.
- 요즘 세대는 구라파가 유럽을 뜻하는 말이라는 것을 모를 거야.

0118 **구락부**(俱樂部)

☝ 본 뜻 이 말은 본래 '클럽(club)'이라는 외래어를 한자음으로 옮겨놓은 것이다. 구락부의 본뜻은 주로 문화, 오락, 체육, 사교 등의 목적을 가지고 조직된 사람들의 단체를 일컫는 말이다. 항공 구락부, 바둑 구락부 등에 쓰이는 말이다.

↹ 바뀐 뜻 요즘은 구락부라는 말은 중장년층 외에는 잘 쓰지 않는다. 젊은 층에서는 직접 클럽이란 외래어를 쓰고 있는 추세다. 정치·사교·문예·오락 등 같은 목적으로 결합한 사람들의 단체를 이르기도 하고, 또 그 구성원들이 모이는 장소를 이르기도 한다. 장충동에 있는 외교 구락부 같은 곳이 바로 장소를 나타내는 쓰임새로 쓰인 곳이다.

◐ 보기글
- 택시 기사한테 장충동 외교 구락부로 갑시다 했더니 못 알아듣고 재차 묻는 거야. 젊은 사람이라 그런지 구락부란 말을 못 알아듣더라고.
- 대한제국 때에 정동구락부라고 있었는S데, 서울의 정동에 있던 서양인들의 사교 클럽이지.

0119 구랍(舊臘)

🖐 **본 뜻** 음력 섣달(12월)을 '납월(臘月)'이라고 한 데서 온 말로서, '구랍'이란 곧 지난해 섣달이란 뜻이다. 객랍(客臘)으로도 쓴다.

🔄 **바뀐 뜻** 지난해 섣달을 가리키는 말로서 나이 든 중장년층에서 많이 쓰는 말이다. 구랍이라는 어려운 말 대신에 '지난해 섣달'이라는 순우리말을 쓰는 편이 좋겠다.

💿 **보기글** • 지금까지 구랍에 일어난 굵직한 사건들의 면면을 살펴보았습니다 하는 아나운서의 목소리를 들으면서 나는 가물가물 잠이 들었다.

0120 구레나룻

🖐 **본 뜻** 구레나룻은 구레와 나룻이 합쳐져 이루어진 말이다. '구레'는 소나 말의 대가리에 씌우는 '굴레'의 옛말이고, '나룻'은 '수염'의 고유어이다. 그러므로 구레나룻은 굴레처럼 난 수염이라는 뜻이다.

🔄 **바뀐 뜻** 귀밑에서 턱까지 잇달아 난 수염을 가리키는 '구레나룻'은 뜻이 바뀐 것은 아니나 자칫 외래어로 알기 쉬운 말이라 그 어원을 밝혀놓았다.

💿 **보기글** • 구레나룻이란 말은 왠지 카이저수염처럼 외래어 같은 느낌이 든단 말이야.

0121 구실

🖐 **본 뜻** 조세(租稅)를 가리키는 우리말이다. 조세, 즉 세금을 매기고 걷는 관아의 직무를 가리키기도 한다. 조선시대에는 구실아치라고 불렀다.

원래 구위실이었는데 '구의실→구실'로 변했다.

⇆ 바뀐 뜻 조세 업무를 하는 사람처럼, 어떤 자격으로 또는 어떤 처지에서 마땅히 해야 할 일을 가리키는 말로 변했다.

◉ 보기글 • 자기야, 일만 열심히 하지 말고, 집에 오면 남편 구실도 좀 해봐.

0122   **구축함**(驅逐艦)

⯅ 본 뜻 '악화(惡貨)가 양화(良貨)를 구축(驅逐)한다'는 서양 격언을 통해 널리 알려진 구축이란 말은 본래 어떤 세력이나 힘을 몰아낸다는 뜻을 가진 말이다. 마찬가지로 구축함이란 빠른 속력과 어뢰를 주 무기로 하여 적의 주력함이나 순양함, 잠수함 등을 공격하는 임무를 맡은 군함이다.

⇆ 바뀐 뜻 구축함이란 말의 뜻을 제대로 알고 있는 사람은 드문 것 같다. 대개는 무슨 거대한 군함쯤으로 알고 있는 경우가 많은데, 오늘날에는 해상 경비, 그중에서도 주로 잠수함에 대한 방비를 주요 임무로 맡고 있는 군함이다.

◉ 보기글 • 구축함 중에 가장 유명한 것이 바로 2차 대전 당시의 U보트 아니겠어?
         • 우리나라엔 구축함이 몇 대나 있지?

0123   **국고**(國庫)

⯅ 본 뜻 조선시대에 군인을 동원할 일에 대비하여 군수용으로 곡식을 보관하여 두던 곳을 일컫는 말이다.

↳ **바뀐 뜻** 오늘날은 국가의 재정 자금을 관리하는 기관으로서 중앙금고를 말하며, 또한 돈을 거두어들이고 지불하는 경제활동을 하는 주체로서의 국가를 가리키기도 한다.

◎ **보기글**
- 장애인들이나 무의탁 노인들을 위한 사회복지 시설에 대한 투자는 국고에서 나와야 한다.
- 정부는 이번 사업에 국고 100억 원을 지원하기로 했다.
- 국민의 세금인 국고를 횡령한 사람은 준엄한 법의 심판을 받아야 한다.

0124 **국면**(局面)

👆**본   뜻** 바둑이나 장기를 둘 때의 판국이나 승부의 형세를 일컫는 말이다.

↳ **바뀐 뜻** 지금 현재의 당면 형세나 일이 되어가는 모양을 가리킨다.

◎ **보기글**
- 북한 핵사찰에 대한 논의가 새로운 국면으로 접어들었습니다.
- 정국의 대결 국면을 타개하지 않고는 이 나라 정치가 올바른 길로 나아가기가 어렵습니다.

0125 **국수**(國手)

👆**본   뜻** 옛날에 임금의 병을 고치던 의사를 의국수(醫國手)라 불렀는데 줄여서 국수라 불렀다. 국수는 곧 이름난 명의를 가리키는 말이었다.

↳ **바뀐 뜻** 요즘은 국수라는 말이 명의를 지칭하기보다는 바둑이나 장기의 솜씨가 나라에서 제일가는 사람을 가리키는 말로 쓰고 있다.

◎ **보기글**
- 국수 조훈현과 이창호가 맞붙은 최고의 대국!
- 이번 대국에서 조훈현은 과연 국수라는 칭호에 걸맞은 기량을 보여줬다.

0126   군(君)

☜본 뜻   군(君)은 본디 군주(君主)로서 신민(臣民)을 거느리고 있는 사람이다. 윤(尹)은 다스린다는 뜻이고, 구(口)는 입으로써 한다는 의미다. 즉 입으로 다스리는 사람이 군(君)이다. 고려·조선시대에 서자 출신의 왕자나 가까운 종친, 공로가 있는 신하에게 군의 작위를 내렸다. 신하의 경우 고려시대에는 종1품, 조선시대에는 정1품에서 종2품까지 내렸다.

↹바뀐 뜻   이 작위는 임금이란 뜻을 버린 뒤에도 두 번에 걸쳐 뜻이 바뀌었다.

1) 아버지를 높여 군이라고 호칭했다. 『청허집』 제2권에, 서산대사 휴정 스님이 '완산노부윤'에게 보내는 편지에서 "아버지 최군(崔君)의 휘는 세창(世昌)이니……" 하고 호칭한 예가 있다. 또한 남 앞에서 자기 아버지를 가리킬 때 가군(家君)이라고 하여 여기에도 군 칭호를 쓰고, 여성이 남 앞에서 자기 남편을 가리킬 때 역시 가군이라고 불렀다. 죽은 남편은 고군(故君)이라고 했다.

2) 오늘날에는 손아랫사람을 친근하게 부를 때 그 성(姓) 아래 붙여 부르는 말로 널리 쓰인다. 친구를 부를 때도 썼으나 현대에는 사용하지 않는다.

◉보기글   ● 그래, 정군은 이번에 졸업하면 무슨 일을 할 것인가?
            ● 어제는 여러 가지로 김군에게 실례가 많았네.

0127   군계일학(群鷄—鶴)

☜본 뜻   『진서晉書』「혜소전」의 '昻昻然如鶴野之在鷄群'에서 온 말이다. 중국 위나라 때 죽림칠현(竹林七賢)의 한 명인 혜강이라는 훌륭한 선비가

있었다. 혜강에게는 혜소라는 아들이 있었는데, 그도 아버지를 닮아 매우 똑똑하였다. 그리하여 혜소는 왕에게 벼슬을 받아 난생 처음 서울로 들어가게 되었다. 의젓하게 거리를 걸어가는 혜소의 모습을 본 혜강의 친구가 그 이튿날 혜강에게 이렇게 말했다고 한다. "혜소는 자세가 의젓하고 잘생겨서 마치 닭 무리 속에 한 마리의 학이 내려앉은 것 같더군."

⇆ **바뀐 뜻** 닭의 무리 가운데에서 한 마리의 학이란 뜻으로, 많은 사람 가운데서 뛰어난 인물을 이르는 말이다.

◑ **보기글** • 수많은 미녀가 모인 가운데서도 그녀의 모습은 가히 군계일학이었다.
 • 많은 사람 틈에 섞이면 군계일학 격으로 그의 품격은 더욱 두드러져 보였다.

0128 군불을 때다

🔖 **본 뜻** 여기 쓰인 '군–'은 접두사로서 '필요 없는, 가외의'의 뜻을 가지고 있는 말이다. 옛날에는 온전히 음식을 만들기 위해서만 불을 땠기 때문에 단순히 방을 덥히기 위해서 때는 불은 필요 없는 것이라고 생각했다. '군불'이란 곧 필요 없는 불을 가리키는 말이다.

⇆ **바뀐 뜻** 방을 덥게 하려고 불을 때는 것을 가리킨다. 속어로는 담배 피우는 것을 이르기도 한다. '군–'이라는 접두사가 붙는 말에는 군것질, 군소리 등이 있다.

◑ **보기글** • 오뉴월에 감기라도 들었냐, 웬 군불을 이렇게 때냐?
 • 요즘 기름값이 얼마나 비싼데 이렇게 군불을 때고 있냐?
 • 이렇게 비가 오는 궂은 날에는 군불을 때는 것이 좋지.

0129   **군자(君子)**

◈본 뜻 군(君)은 곧 임금이다. 따라서 군자는 임금의 아들이다. 나중에 군
대신에 왕 칭호가 쓰이면서 군자는 왕자가 되고, 이어 군자란 호칭
은 제후, 경, 대부로 내려갔다. 주권을 가진 귀족이라는 뜻이다. 하
지만 공자는 수신제가(修身齊家)하고 치국평천하(治國平天下)하는 학식
과 덕망이 높은 사람이라는 뜻으로 넓혔다.

↹바뀐 뜻 유교 영향으로 공자의 정의는 변하지 않았다. 다만 아내가 남편을
높여 이르는 말로 가끔 쓰였다.

◑보기글 • 유교가 세력을 잃으면서 군자는 의미를 잃었다.

0130   **굴레/멍에**

◈본 뜻 소에 코뚜레를 꿰어 머리를 마음대로 움직이지 못하게 동여맨 것은
굴레, 달구지나 쟁기를 끌 때 마소의 목에 가로 얹는 구부정한 나
무가 멍에다. 따라서 굴레는 죽을 때까지 쓰고 있어야 하는 것이고,
멍에는 일을 할 때만 쓰는 것이다.

↹바뀐 뜻 이 둘을 비유적으로 쓸 때는 강약을 달리 써야 한다. 평생 벗을 수
없는 것, 즉 '노비의 자식'이라든가 '살인범의 아들' 등은 굴레에 속
하는 반면, 벗으려면 벗을 수도 있는 것, 즉 '남편의 속박'이라든가
'가난' '고부간의 불화' 등은 멍에에 속한다.

◑보기글 • 가난이라는 멍에는 개인의 노력 여하에 따라서 얼마든지 벗을 수 있는 건데, 자네는
왜 그걸 항상 굴레처럼 생각하고 자포자기하는 건지 모르겠군.
• 자네는 왜 인습의 굴레에서 벗어나지 못하는 건가.

0131   굴지(屈指)

🖐 **본 뜻**   글자 본래의 뜻은 손가락을 구부린다, 꼽는다는 뜻이다. 손가락은 다 합쳐봐야 열 개이다. 세상의 하고 많은 사람이나 물건 중에서 손가락으로 꼽을 수 있는 열 개만 가리기란 그리 쉬운 일이 아니다.

🔄 **바뀐 뜻**   손가락을 꼽아 셀 만큼 뛰어난 것을 가리키는 말이다.

⦿ **보기글**   • 토함산 석굴암은 동양 굴지의 불교 유적이다.
            • 설악산은 세계 어디에 내놔도 빠지지 않을 정도의 기암괴석과 골짜기를 가지고 있는 대한민국 굴지의 관광자원이다.

0132   궁형(宮刑)

🖐 **본 뜻**   고대 중국에서 시행되던 5가지 형벌 가운데 하나로서, 사형에 버금가는 최고의 형벌이었다. 남자는 생식기를 없애거나 썩혔으며, 여자는 질을 폐쇄시켜 자손 생산을 불가능하게 하는 형벌이다. 가장 대표적인 궁형의 방법은 고환을 실이나 줄로 친친 묶어둠으로써 그것이 썩어서 떨어져 나가게 하는 것이었다.

🔄 **바뀐 뜻**   궁형은 남녀를 불문하고 행해지는 형벌임에도 많은 사람들이 남자에게만 시행되는 형벌로 잘못 알고 있다. 또한 그 방법에 있어서도 대개는 음경(陰莖)을 잘라낸다고 알고 있는데, 정확히 말하자면 궁형은 음경을 없애는 형벌이 아니라 고환을 없애는 형벌이다.

⦿ **보기글**   • 사마천이 그 치욕스런 궁형을 당하고 쓴 것이 바로 기전체 통사의 효시를 이루는 『사기』 아닌가.

0133   **귀감**(龜鑑)

🖐 **본 뜻**   귀(龜)는 거북의 등을 위에서 본 모습이다. 옛날에는 거북의 등을
불에 구워서 그것이 갈라지는 균열 상태를 보고 사람의 장래나 길
흉을 점쳤다. 반면에 감(鑑)이라는 글자는 자신의 아름다움과 추함
을 보기 위해서 세숫대야에 물을 떠놓고 자기 모습을 비추어보는
것을 가리키는 말이다. 여기에서 비롯하여 판단하는 모든 행위에
감이라는 말을 쓰기 시작했다. 우리가 흔히 쓰는 감상(鑑賞), 감별(鑑
別), 감정(鑑定) 등이 바로 그 예이다. 그러므로 귀감이란 말은 사람의
길흉이나 미추를 판단해주는 기본 도구였던 셈이다. 즉 길흉을 점
쳐주는 귀와 미추를 알려주는 감 앞에서 자신을 돌아보고 바로잡
는다는 뜻이다.

🔁 **바뀐 뜻**   본보기가 될 만한 언행이나 거울로 삼아 본받을 만한 모범을 가리
키는 말이다.

◉ **보기글**   ● 조선시대 황희 정승을 청백리의 귀감으로 여기고 있다.
　　　　● 죽음 앞에서도 더없이 의연하고 떳떳했던 안중근 의사의 행동은 후세들에게 귀감이
　　　　　되고 있다.

0134   **귀신**(鬼神)

🖐 **본 뜻**   귀신은 두 가지 뜻이 합쳐져서 생긴 말이다. '鬼'는 음(陰)의 정기를
가지고 있는 영(靈)이요, '神'은 양(陽)의 정기를 가지고 있는 영(靈)이
다. '혼백(魂魄)'이란 말도 음양으로 구별되는 말인데 정신을 가리키는
양(陽)의 넋이 혼(魂)이요, 육체를 가리키는 음(陰)의 넋이 백(魄)이다.
그래서 사람이 죽으면 백은 땅속으로 들어가 '鬼'가 되고 혼은 승천

하여 '神'이 된다고 한다.

↬ **바뀐 뜻** 일반적으로 죽은 사람의 혼령을 가리켜 귀신이라고 한다. 비유적으로 쓰일 때는 어떤 일에 대하여 뛰어난 재주를 가진 사람을 가리킨다.

◎ **보기글** ● 하늘과 땅에 대고 거리낄 것이 없다면 설령 귀신이 나타난다 한들 무에 두려울 것이 있겠나.

0135 **귀추가(歸趨–) 주목되다(主目––)**

☝ **본 뜻** 귀추(歸趨)는 사물이 돌아갈 바를 가리키는 말인데, 귀취(歸趣)와 같은 뜻으로 쓰인다. '귀취'란 사람의 마음이 돌아가는 형편을 가리키는 말이다. 그러므로 '귀추가 주목된다'는 말은 사람의 마음이 어떻게 돌아가느냐에 따라 결과가 달라지므로 가히 눈여겨볼 만하다는 뜻이다.

↬ **바뀐 뜻** 결판이 나지 않아 궁금한 어떤 사건이나 사람의 마음이 돌아가는 형편을 살필 때 쓰는 말이다. 흔히 '귀추가 주목된다' '민심의 귀추를 살펴야 한다' 등에 널리 쓰인다.

◎ **보기글** ● 김일성 사후 북한의 권력투쟁의 귀추가 주목된다.
● 이런 난국일수록 대통령은 마땅히 민심의 귀추를 살펴야 한다.

0136 **귓전으로 듣다**

☝ **본 뜻** '귓전'은 귓바퀴의 가장자리를 가리키는 말로서, 소리를 귓구멍을 기울여 듣는 것이 아니라 귓가로 듣는다는 말이다. 귓바퀴는 본디 소

리를 들을 수 있는 기관이 아니기에 이는 듣는 둥 마는 둥 하는 것을 빗대어 한 말이다.

↹ 바뀐 뜻   남의 말을 주의 깊게 듣지 않고 아무렇게나 건성건성 듣는 것을 일컫는 말이다.

◉ 보기글   • 넌 그게 탈이야. 언제나 내 얘기를 귓전으로 듣고 나중에 딴소리하니 말이다.

0137   **균열(龜裂)**

☞ 본 뜻   여기 쓰인 균(龜)이라는 글자는 본래 거북이의 등을 본떠 만든 상형문자이며, '갈라질 균'보다는 '거북 구'로 더 많이 읽힌다. 균열은 말그대로 거북이 등처럼 쩍쩍 갈라진 모습을 가리키는 말이다.

↹ 바뀐 뜻   쩍쩍 갈라져서 터진 모습을 일컫는 말이다.

◉ 보기글   • 잠든 어머니의 손을 만지다가 손톱 밑에 생긴 균열을 보니 가슴이 아려왔다.
        • 심한 가뭄으로 논의 물이 말라서 논바닥에 균열이 생겼다.

0138   **그/그녀**

☞ 본 뜻   '그'나 '그녀'가 3인칭 대명사로 쓰이기 시작한 것은 최근세의 일이다. 그전까지는 '그' 대신에 '궐자(厥者)'를, '그녀' 대신에 '궐녀(厥女)'라는 말을 썼는데, 신문학 초창기에 이광수와 김동인 등이 '그'와 '그녀'라는 3인칭 대명사를 쓰기 시작했다. '그'는 영어 'he'를 번역한 것인데, 'she'를 우리말로 번역해서 쓰기가 마땅치 않자 일본어 'かのじょ(彼女)'를 직역해서 '그녀'라고 쓴 것이다. '그녀'의 뒤에 주격조사 '는'이라도

붙으면 '그년'이라는 욕과 발음이 비슷해지니 썩 마땅한 대명사는
아니라고 하겠다.

⇆ 바뀐 뜻 어떤 특정한 대상의 여자를 가리키는 3인칭 대명사이다. 작가에 따라
그네, 그미, 그니 등으로도 쓰며 남녀 구분 없이 '그'로 쓰기도 한다.

◎ 보기글 ● 혼자 힘으로 세 아이를 훌륭히 키운 그녀에게 장한 어머니상이 돌아갔다.

0139　그 정도면 약과(藥果)

☝본　뜻 밀가루에 꿀과 기름을 섞어 지져서 과줄판에 박아 찍어낸 약과(藥
果)는 제사에 쓰이는 다과이다. 그 맛이 달고 고소해서 누구나 즐겨
먹으며, 그리 딱딱하지 않아서 노인들도 수월하게 먹을 수 있는 음
식이다.

⇆ 바뀐 뜻 '그 정도면 약과'라는 표현은 어떤 일의 정도가 생각보다 심하지 않
거나 어렵지 않게 해낼 수 있을 때 쓰는 말이다. '그 정도면 약과를
먹는 일처럼 수월하다'는 말이 줄어서 된 것이라 볼 수 있다. 비슷한
말로는 '그 정도면 식은 죽 먹기다'가 있다.

◎ 보기글 ● 뭐, 집에 가는 데 한 시간이 걸렸다고? 그 정도면 약과야. 나는 두 시간이나 걸렸어.
　　　● 사장님의 성화치고 그 정도는 약과인 줄 알게.

0140　그로테스크(grotesque)

☝본　뜻 장식 모티프의 한 가지로서 덩굴풀의 아라베스크에 괴상한 사람
의 형상이나 공상적인 생물 등을 휘감은 무늬를 가리키는 미술용

어이다.

↹ 바뀐 뜻 미술용어였던 이 말은 오늘날에는 그 뜻이 완전히 바뀌어, 문학이
나 회화 등의 예술에서 인간이나 사물을 괴기스럽게 묘사하거나 기
분 나쁠 정도로 섬뜩하게 표현한 괴기미(怪奇美)를 가리킨다.

◉ 보기글
- 그 사람 소설은 구성은 괜찮은데, 문체가 너무 그로테스크한 게 흠이라면 흠이지.
- 저 건물은 그로테스크한 분위기가 풍긴다.

0141 **근사하다**(近似--)

☝ 본 뜻 거의 같다, 비슷하다는 뜻이다.

↹ 바뀐 뜻 본뜻과는 전혀 다른 뜻으로 쓰이고 있는 대표적인 말이다. 주로 어
떤 물건이나 모양이 보기 좋거나 훌륭할 때 칭찬이나 감탄의 뜻으
로 쓰는 말이다.

◉ 보기글
- 야, 너 그렇게 차려입고 나서니까 아주 근사하다!
- 이 그림 아주 근사한데, 누가 그린 거니?

0142 **금수강산**(錦繡江山)

☝ 본 뜻 비단에 수를 놓은 듯이 아름다운 강과 산을 말한다.

↹ 바뀐 뜻 삼천리 방방곡곡 어느 한 군데 버릴 곳 없이 아름다운 강과 산을
거느리고 있는 우리나라를 일컫는 말이다.

◉ 보기글
- 삼천리 금수강산 너도나도 유람하세.
- 공해와 무분별한 환경파괴 때문에 금수강산이란 말도 옛말이 되어버렸다.

금일봉(金一封)

🔖**본 뜻** 상금, 기부금, 조위금 등을 금액을 밝히지 않고 종이에 싸서 봉하여 주는 돈을 가리키는 말이다.

🔄**바뀐 뜻** 오늘날에는 윗사람이 아랫사람에게 내리는 하사금의 의미로 널리 와전되어 쓰이고 있다. 그러나 본뜻이 바뀐 것은 아니니 일상생활에서 본뜻대로 널리 써줘야 한다.

💽**보기글**
- 김 할머니는 한국 장애자 재활원에 금일봉을 전달했다.
- 그는 사내 백일장에서 장원을 하고 받은 금일봉을 사내 탁아소 건립 기금으로 돌렸다.

금지옥엽(金枝玉葉)

🔖**본 뜻** 부모와 자식을 얘기할 때 부모는 흔히 나무에, 자식은 가지나 잎에 비유하곤 하였다. 금지옥엽이란 말 자체도 금으로 만든 가지와 옥으로 만든 나뭇잎을 지칭하는 말로서, 본래는 임금의 가족이나 자손들을 가리키는 존칭이었다.

🔄**바뀐 뜻** 오늘날에는 일반적으로 귀여운 자손을 통칭하는 말로 쓰인다.

💽**보기글**
- 금지옥엽 키워놨더니 그래 기껏 한다는 게 도둑질이냐?
- 외아들에 장손인 그가 얼마나 금지옥엽으로 컸는지는 보지 않아도 알 일이었다.

기가(氣-) 막히다

🔖**본 뜻** 신체의 원동력인 기(氣)가 막혀서 잠시 움직일 수가 없는 상태를 이

른다.

↳ 바뀐 뜻 몹시 좋은 것이나 어처구니없는 것을 보았을 때, 또는 그런 일을 당했을 때 쓰는 말이다. 흔히 '귀가 막히다'로 알고 있는데 '귀'가 아니라 운기를 나타내는 기(氣)가 맞는 말이다. 비양거릴 때에는 '깃구멍이 막히다'란 말도 쓰는데 이때도 역시 '귓구멍'이 아니라 기(氣)가 들락날락거리는 통로를 뜻하는 '깃구멍'으로 쓰인 것이다.

◐ 보기글
- 이 집 보쌈김치는 맛이 기가 막히다니까.
- 하루아침에 길거리에 나앉게 되었으니 기가 막힐밖에.

0146 기간 동안(期間--)

本 뜻 시기의 사이를 나타내는 기간(期間)이란 말 자체가 이미 '동안'의 의미를 가지고 있는 말이다. 따라서 이 '기간 동안'이란 말을 그대로 풀어 쓰면 '동안 동안'이란 겹말이 되고 만다. 그러므로 제대로 쓰려면 '그 기간 동안'이라는 말 대신에 '그 기간에' 또는 '그동안'이라고 써야 한다.

↳ 바뀐 뜻 우리말 중에 위의 예처럼 같은 뜻을 가진 말을 겹쳐 쓰는 예가 수두룩한데 그중 대표적인 것이기에 여기 실었다. 대개는 강조하기 위해서 그렇게 쓰는 것이겠으나, 한편으로 보면 그것은 한자어와 고유어를 같이 쓰면서 한자어의 뜻이 명확히 들어오지 않기 때문에 같은 뜻을 가진 고유어를 붙여 쓴 데서 이런 현상이 생긴 듯하다. '남은 여생(餘生)' '넓은 광장(廣場)' '신년(新年) 새해' 등이 그런 예이다.

◐ 보기글
- 이번 월드컵 경기 동안에 우리 국민이 보여준 질서의식은 가히 최상급이었습니다.

기구하다(崎嶇--)

🖐 **본 뜻** 본래 '기구(崎嶇)'라는 말은 험한 산길을 가리키는 말이다. 그것이 인
생에 비유되어 험난한 인생살이를 뜻하는 말이 되었다.

🔄 **바뀐뜻** 세상살이에 곤경이 많은 것을 가리키는 말이다.

◎ **보기글** • 월남전에서 남편을 잃고 5·18 때 아들을 잃은 광주댁이야말로 기구하다 할 수 있으
나, 그녀는 그 모든 고난을 꿋꿋하게 이겨내고 오늘의 위업을 이루어냈다.

0148 **기네스북**(Guinness Book)

🖐 **본 뜻** 기네스는 본래 맥주 및 증류주 회사의 이름이자 이 회사의 창업주
인 '아서 기네스(Arthur Guinness)'의 이름이다. 1886년에 생긴 이 회사는
초기에 양조업에 뛰어들었다가 지금은 다방면에 걸친 사업을 하고
있는 회사이다.

🔄 **바뀐뜻** 기네스사가 1955년부터 펴내기 시작한 『기네스북』이 그 시초인데, 이
책은 술집에서의 사소한 내기나 논쟁을 돕기 위해 고안된 것이었으
나, 지금은 기록 갱신의 등록장으로 세계적인 흥미와 관심의 대상
이 되고 있는 책이다.

◎ **보기글** • 체코어는 세계에서 가장 발음하기 어려운 언어로 『기네스북』에 올랐다.

0149 **기라성**(綺羅星)

🖐 **본 뜻** '기라'는 번쩍인다는 뜻의 일본말이다. 여기에 별 성(星)이 붙어서 기

라성이 되었다. 기라성은 곧 밤하늘에 반짝이는 수많은 별을 가리키는 말이다. 여기에 쓰인 한자 기라(綺羅)는 순수 일본말인 '기라'의 독음일 뿐, 한자 자체에 뜻이 있는 것은 아니다.

🔄 **바뀐 뜻** 뛰어난 인물들이 많이 모여 있는 것을 비유하여 이르는 말이다. '샛별같이 빛나는' '은하수처럼' 등의 우리말로 바꿔 쓸 수 있을 것이다.

⊙ **보기글**
- 기라성 같은(→ 샛별같이 빛나는) 수재들이 한자리에 모였다.
- 육해공군의 장성들이 기라성처럼(→ 은하수처럼) 늘어서 있다.

0150   **기린아**(麒麟兒)

🔥 **본 뜻** 기린은 성인(聖人)이 이 세상에 태어나면 나타난다고 하는 상상의 동물이다. 기린은 살아 있는 풀은 밟지 아니하고 살아 있는 생물을 먹지 않는 어진 짐승으로 매우 상서로운 짐승이다.

🔄 **바뀐 뜻** 슬기와 재주가 남달리 뛰어난 젊은 사람을 가리키는 말이다. 유망주, 기대주 등의 뜻으로 쓴다.

⊙ **보기글**
- 그는 21세기 영화계의 기린아다.
- 이번에 등장한 투수 황금팔은 우리나라 프로야구계의 기린아다.

0151   **기별**(奇別, 寄別)

🔥 **본 뜻** 조선시대 임금의 명령을 들이고 내는 관청이었던 승정원에서는 그 전날 처리한 일을 적어서 매일 아침마다 널리 반포했다. 일종의 관보(官報)라고 할 수 있는 이것을 기별이라고 불렀고, 기별을 담은 종이를 기별지라고 불렀다. 그러므로 어떤 일이 확실히 결정된 것을

확인하려면 기별지를 받아야 알 수 있었다. 애타게 기다리던 결정 이 기별지에 반포되면 일의 성사 여부를 알 수 있었으므로 그때서 야 사람들은 안도의 숨을 쉴 수 있었다. '기별이 왔는가?' 하는 말 이 일의 성사여부를 묻는 말이 된 연원이 여기에 있다.

↹ 바뀐 뜻 '소식을 전한다' 혹은 '소식을 전하는 통지나 전화' 등을 가리키는 말 로 전이되었다.

◉ 보기글
- 서울에 심부름 간 둘째로부터 기별이 왔느냐?
- 이 정도 먹어가지고는 간에 기별도 안 가겠다.

0152 **기요틴**(guillotine)

⌂ 본 뜻 프랑스 혁명 당시의 유명한 물리학자이자 제헌의회 의원인 기요탱 (Guillotin)은 사형을 집행할 때 참수형이나 교수형 대신에 죄수가 덜 고통스러운 형벌이 필요하다고 생각했다. 그는 마침내 고통받지 않 고 순식간에 죽을 수 있는 단두대라는 새로운 방법을 고안해냈다. 단두대(斷頭臺)는 말 그대로 머리를 자르는 커다란 작두인데, 이 기구 의 고안자 이름을 따서 기요틴이라고 불렀다.

↹ 바뀐 뜻 프랑스 혁명 당시에 발명된 사형 기구의 이름이다. 두 개의 기둥 사 이에 비스듬한 모양의 날이 있는 도끼가 달려 있는데, 그 아래 사 형수를 누이고 집행자가 줄을 잡아당기면 사형수의 목이 잘리도록 고안되었다. 1792년 4월 25일 처음으로 사용되었으며, 프랑스 대혁명 당시의 왕이었던 루이 16세, 그의 왕비 마리 앙투아네트 등의 사형 집행에 사용되었다.

◉ 보기글
- 기요틴이 이름에서 비롯된 것이라니 그 가족이나 친척들은 그 이름이 얼마나 싫을까.

0153 **기우**(杞憂)

🔖**본 뜻** 기나라의 어떤 사람이 하늘이 무너지고 땅이 꺼질까봐 걱정을 하다
가 급기야는 식음을 전폐하고 드러누웠다는 얘기에서 유래한다.

🔁**바뀐 뜻** 지나친 걱정이나 쓸데없는 걱정을 가리키는 말이다.

◐**보기글**
- 그 사람이 약속을 지키지 않을 거라는 생각은 기우에 불과해.
- 러시아가 남하해서 한반도를 손아귀에 넣을지도 모른다는 건 지나친 기우야.

0154 **기절하다**(氣絶--)

🔖**본 뜻** 몸속을 흐르는 기(氣)가 어느 한순간 갑자기 그 흐름이 막히면서 끊
어지는 상태를 말한다. 이렇게 되면 정신을 잃게 되고 심한 경우 숨
이 막히기도 한다.

🔁**바뀐 뜻** 공포, 두려움, 놀람, 슬픔 때문에 한때 정신을 잃고 숨이 막히는 상
태를 표현하는 말이다.

◐**보기글**
- 달도 없는 깜깜한 밤길을 혼자 걷는 순이는 풀섶에서 개구리만 튀어나와도 기절할
  듯이 자지러졌다.
- 그 여자는 아들의 교통사고 소식을 듣고 기절하고 말았다.

0155 **기지촌**(基地村)

🔖**본 뜻** 기지란 본래 군대의 보급, 수송, 통신, 항공 등의 기점이 되는 곳을
가리키는 말이다. 그런 장소에는 자연히 대규모의 군사기지가 들어

설 것이고, 그들을 상대로 돈을 벌려는 사람들이 모여들어 순식간에 마을과 상권을 형성하게 마련이다. 이렇게 대규모의 군사기지 주변에 형성된 마을을 기지촌이라 한다.

≒ 바뀐 뜻 우리나라에서 기지촌은 미군부대 기지를 중심으로 상권이 형성된 마을을 가리킨다. 한국군 부대는 아무리 큰 부대가 자리잡고 있어도 그 부대 주변의 마을을 기지촌이라 부르지는 않는다. 특히 일반인들이 기지촌이란 말을 쓸 때, 그 속에는 주한미군을 상대로 하는 윤락여성들이 많이 있는 동네라는 의미를 내포하고 있다. 미군이 주둔하고 있는 우리나라에서나 쓰이는 특수용어라고 하겠다.

◑ 보기글
- 기지촌, 기지촌 하지 말아라. 이 좁은 땅덩어리에서 기지촌이니 양반촌이니 따지는 게 도대체 무슨 의미가 있단 말이냐?
- 주한미군이 철수하면 나라가 뒤집히기라도 할 것처럼 별별 떠는 양반들이 기지촌 출신 인력을 기피하는 이율배반 앞에서는 서글퍼질 수밖에 없다니까요.

0156 **기초가**(基礎-) **약하다**(弱--)

⌂ 본 뜻 기초란 본래 건물을 지을 때 다지는 밑받침을 말하는 것으로, 주춧돌 밑에 석자(90cm) 깊이로 잡석을 넣고 다져서 겨울철에 땅이 얼었다 풀렸다 하는 것을 막는다. 이렇게 함으로써 건물이 튼튼하게 오래 유지될 수 있는 것이다.

≒ 바뀐 뜻 어떤 사물이나 일의 기본이 되는 토대를 가리키는 말로 널리 쓰이는데, 특히 학업이나 기술의 기본기를 얘기할 때 주로 쓴다.

◑ 보기글
- 선생님, 우리 아이가 기초가 약한 것 같은데, 엄마인 제가 집에서 어떻게 공부를 시켜야 하나요?

0157   ## 기특하다(奇特--)

🔖 **본 뜻**   부처님이 이 세상에 온 일을 가리키는 말로서, 매우 드물고 특이한
일을 가리킨다.

🔄 **바뀐 뜻**   주로 어린아이를 칭찬할 때 쓰는 말인데 말이나 행동이 특별하여
귀염성스러울 때를 일컫는다.

◎ **보기글**   • 아이고, 고 녀석 기특하기도 하지. 할미 먹으라고 과자를 다 가지고 왔어?
       • 어른을 보면 누가 시키지 않아도 꼬박꼬박 인사를 잘하니 얼마나 기특해?

0158   ## 기합 주다(氣合--)

🔖 **본 뜻**   글자 그대로 어떤 힘을 발휘하기 위한 정신과 힘의 집중을 뜻한다.

🔄 **바뀐 뜻**   주로 군대나 학교같이 단체 생활을 하는 곳에서 규율이 잘 지켜지
지 않을 때, 그 같은 상태를 기(氣)가 흩어진 것으로 본다. 그렇게 흩
어진 기를 모으게 하여 정신과 행동의 규율을 되찾게 하는 목적으
로 가하는데 그것을 '기합을 준다'는 말로 표현한다.

◎ **보기글**   • 너희들, 그렇게 떠들면 단체기합 받는다.
       • 국어 시간에 떠들었다가 운동장을 열 바퀴나 뛰는 기합을 받았더니 다리가 다 후들
        거리네.
       • 한 사람의 잘못으로 단체기합을 받을 때는 정말 죽을 맛이다.

0159   ## 긴가민가

🔖 **본 뜻**   이 말은 본래 기연가미연가(其然-未然-)라는 한자어에서 나왔다. 이

것이 줄어서 '기연미연'이 되고 또 그것이 '긴가민가'로 바뀌어 쓰이게
되었다.

↹ 바뀐뜻 　그런지 그렇지 않은지 분명하지 않은 것을 나타낼 때 쓰는 표현으
로서, 줄인 말인 '긴가민가'로 널리 통용되고 있다.

◉ 보기글 　• 지난번 올림픽 개최지가 바르셀로나인지 애틀랜타인지 긴가민가하네.
　　　　• 그의 이름이 문종철인지 문종칠인지 긴가민가하다.

0160　　**김치**

⬚ 본　뜻 　본래 침채(浸菜)라는 한자에서 나온 말이다. 젖을 침(浸), 채소 채(菜)
를 쓴 침채는 글자 그대로 채소를 절였다는 뜻이다. 지금의 김치는
고춧가루, 파, 마늘을 비롯하여 갖은 양념을 다하여 버무려 발효해
먹지만 멀지 않은 옛날만 해도 그냥 소금에 절여 한동안 놔두었다
가 그 간간하면서 담백한 맛을 즐기곤 하였던 것이다. 초기에는 소
금에 절인 채소는 모두 '침채'라고 불렀다.

↹ 바뀐뜻 　본래 '침채'라고 했던 것이 세월이 흐르면서 팀채, 딤채, 김채, 김치
등으로 소리의 변화를 가져와 오늘날의 김치라는 이름으로 굳어졌
다. 김치는 우리나라 특유의 야채 가공식품으로서, 초창기에는 단
순히 소금에 절이는 정도였으나 고추가 수입되면서부터 오늘날의
김치와 같은 모습으로 발전하기 시작했는데 담그는 계절이나 재료
가 되는 채소에 따라 배추김치, 무김치, 나박김치, 동치미 등 여러
가지가 있다.

◉ 보기글 　• 옛날 김치처럼 별다른 양념을 하지 않고 소금에 절이기만 한 백김치를 좋아하는 사
람이야말로 김치의 맛을 아는 사람이라고 할 수 있지.
　　　　• 모름지기 김치찌개는 신 김치로 만들어야 제맛이 나지.

0161 # 까불다

🖐 **본 뜻** 예전에 곡식의 뉘나 돌멩이를 고를 때, 키에 곡식을 올려놓고 위아래로 흔들어 잡물(雜物)을 날려 보냈다. 그렇게 키질을 하는 것을 '까부르다'라고 하였는데 여기서 '까불다'라는 말이 생겨났다.

🔁 **바뀐 뜻** 경망하게 행동하는 것을 가리킨다. 철없이 경망하게 행동하는 사람을 일러 흔히 '까불이'라고도 한다.

🔘 **보기글**
- 너 그렇게 까불다가 크게 다치기라도 하면 어쩌려고 그러니?
- 작년에는 그렇게 까불더니 올해는 무척 의젓해졌네.
- 여기가 어디라고 함부로 까불어.

0162 # 까치설

🖐 **본 뜻** 섣달 그믐날을 '까치설'이라고도 하는데, 옛날에는 까치설이 없었다. 옛날에는 작은 설을 '아찬설', '아치설'이라고 했다. '아치'는 작은(小)의 뜻을 지니고 있는데, 아치설이 아치의 뜻을 상실하면서 아치와 음이 비슷한 '까치'로 엉뚱하게 바뀌었다. 음력으로 22일 조금을 남서다도해 지방에서는 '아치조금'이라 하는데, 경기만 지방에서는 '까치조금'이라 한다. 이렇게 아치조금이 까치조금으로 바뀌듯이 아치설이 까치설로 바뀌게 된 것이다.

🔁 **바뀐 뜻** 설 전날인 섣달 그믐날을 가리키는 말이다.

🔘 **보기글**
- 하고 많은 새 다 놔두고 왜 설 전날을 까치설이라 했을까 궁금했는데 그 까치가 새를 가리키는 게 아니라 작다는 뜻을 가진 말이라니 이제야 수긍이 가네요.
- 설 풍경이 아무리 예전 같지 않다지만 까치설은 예나 지금이나 즐거운 날이야.

깍쟁이

본 뜻 깍쟁이는 깍정이가 변해서 된 말이다. 깍정이는 원래 청계천과 마포 등지의 조산(造山)에 기거하며 구걸을 하거나, 장사(葬事) 지낼 때 무 덤 속의 악귀를 쫓는 방상시(方相氏) 같은 행동을 해서 상주에게 돈 을 뜯어내던 무뢰배(無賴輩)들을 일컫는 말이었다. 그러나 점차 그 뜻 이 축소되어 이기적이고 얄밉게 행동하는 사람들을 일컫는 말로 쓰이게 되었다. 깍정이패의 유래는 조선 건국 시기까지 거슬러 올라 간다. 이성계가 한양에 도읍을 정한 뒤에 경범자들의 얼굴에 먹으 로 죄명을 새긴 다음에 석방하였다. 그러다 보니 얼굴의 흉터 때문 에 사회생활을 온전히 할 수 없는 전과자들은 끼리끼리 모여서 살 았다. 이들이 모여 살던 곳이 바로 지금의 청계천 근처였다. 옛날에 는 청계천에 흘러 들어온 모래와 흙이 많아 이것을 긁어모아 산을 만들 수 있었다고 한다. 이렇게 인공적으로 만든 산이라고 하여 조 산(造山)이라 하는데 그들은 이곳에 굴을 파고 함께 살았다. 이 토굴 에 사는 땅꾼들은 서로 패거리를 지어서 큰 잔칫날이나 명절날 등 에 이곳저곳을 찾아다니며 거지 생활을 했다. 그런 생활을 하는 가 운데도 개중에는 돈을 모아 장사를 하는 경우가 있었는데 한결같 이 상여도가, 즉 지금의 장의사를 차렸다. 이렇듯 청계천 등지의 조 산에 기거하면서 거지 생활을 하거나 장의사를 하면서 방상시 같은 행동을 일삼는 사람들을 일러 깍정이라 불렀다.

바뀐 뜻 인색하고 얄미운 행동을 일삼는 사람을 일컫는 말이다. 표기는 '깍 쟁이'로 한다.

보기글 • 사람이 좀 인정스런 맛도 있고 수더분해야지 그렇게 깍쟁이 같아서야 어디 곁에 사 람이 모이겠냐?

100

0164   깔치

🖐본 뜻   여자 친구를 뜻하는 이 말은 영어의 걸(girl)과 '이치, 저치, 장사치' 할
때 사람을 가리키는 접미사 '−치'가 어울려서 이루어진 말이다.

🔁바뀐 뜻   주로 남자들 사이에서 쓰이는 이 말은 여자 친구나 아직 결혼하지
않은 처녀를 가리키는 은어로 쓰인다.

⊙보기글   • 야, 깔치가 뭐냐 깔치가? 애인을 꼭 그런 말로 불러야 되겠니?

0165   깡/깡다구

🖐본 뜻   광산에서 바위를 깰 때 쓰는 다이너마이트 뇌관을 광부들이 속되
게 이르는 은어다. 광부들은 뇌관과 도화선을 잇는 집게는 깡집게
라고 부른다.

🔁바뀐 뜻   뇌관은 일본어로 라이깡인데 여기서 깡이 터지면서 폭발이 일어나
므로 용감하거나 대담한 사람, 혹은 그런 배짱을 가리키는 속어로
쓰이게 되었다. 이 깡에서 '악착같이 버티어 나가는 오기'를 깡다구
라고 표현하기에 이르렀다.

⊙보기글   • 그 병사는 어쩌나 깡이 좋은지 폭탄을 안고 적진으로 뛰어들었다.

0166   깡통(−筒)

🖐본 뜻   알루미늄이나 쇠붙이 등으로 만든 속이 빈 밀폐용기인 캔(can)과 캔

에 해당하는 한자어인 통(筒)이 합쳐져서 만들어진 말이다.

↳ 바뀐 뜻 음식이나 음료수 등을 담아 오래 보관할 수 있게 만들어진 용기를 가리킨다. 속어로 쓰일 때는 아는 것이 없고 머리가 텅 빈 사람을 가리킨다.

◐ 보기글 • 그 사람 컴퓨터엔 완전히 깡통이더구먼.
　　　　　• 깡통 음식이라고 안심하고 먹었다간 큰코다치지. 깡통에 녹이 슨 데가 있나 없나. 유통 기한이 넘었나 잘 살펴봐야 한다고.

0167　　**깡패**(-牌)

◔ 본　뜻 미국 갱영화에서 흔히 볼 수 있는 폭력적 범죄를 행하는 강도단을 일컫는 영어 갱(gang)과 행동을 같이하는 무리를 뜻하는 패(牌)가 합쳐진 말이다.

↳ 바뀐 뜻 주로 반사회적인 일을 일삼는 싸움패나 불량배들을 가리킨다. 원래는 패거리들을 지칭하는 말이었으나 지금은 나쁜 짓을 일삼는 사람을 단독으로 지칭하기도 한다.

◐ 보기글 • 그 사람 겉보기엔 신사 같은데 알고 봤더니 깡패더라고.
　　　　　• 깡패가 따로 있는 줄 알아? 바로 너같이 이유 없이 주먹질하는 놈이 깡패야.

0168　　**깨가 쏟아지다**

◔ 본　뜻 깨는 다른 곡물과는 달리 추수할 때 한 번 살짝 털기만 해도 우수수 잘 떨어진다. 이처럼 추수하기가 쉬운 까닭에 깨를 털 때마다 깨

쏟아지는 재미가 각별하다.

⇆ 바뀐 뜻 오붓하고 아기자기하여 매우 재미가 있다는 말이다. 흔히 재미있는 일이나 신혼초기의 생활 등을 얘기할 때 깨가 쏟아진다는 표현을 쓴다.

◉ 보기글 • 김 과장 신혼재미가 깨가 쏟아지나보지? 땡 치면 퇴근이니 말야.

0169 ## 꺼벙하다

☜본 뜻 이 말은 원래 꿩의 어린 새끼를 가리키는 '꺼병이'에서 나왔다. 꿩에서 'ㅜ'와 'ㅇ'이 줄고 '병아리'가 '병이'로 바뀌어 꺼병이가 된 것이다. 이 꺼병이는 암수 구별이 안 되는 데다 모양이 거칠고 못생겼을 뿐더러 행동이 굼뜨고 어리숙해서 보기에 불안하고 답답하다.

⇆ 바뀐 뜻 행동이나 생김새가 어리숙하고 터부룩한 사람을 꿩의 새끼에 빗대어 '꺼병이'라고 부른다. 또한 그런 사람의 성격이나 특징을 표현할 때 '꺼병이'를 닮았다는 뜻에서 '꺼벙하다'고 한다. 비슷한 표현으로 '어벙하다'가 있다.

◉ 보기글 • 그 사람 그렇게 꺼벙해서야 어디 장가인들 제대로 갈 수 있겠나?

0170 ## 꼬드기다

☜본 뜻 연날리기를 할 때 연줄을 잡아 젖히어 연이 높이 날아오르도록 하는 기술을 가리켜 '꼬드긴다'고 한다.

⇆ 바뀐 뜻 연줄을 꼬드겨 연을 높이 날아오르게 하는 것처럼, 남의 감정이나

기분 등을 부추겨 어떤 일을 하도록 꾀는 것을 가리킨다.

○ 보기글   ● 그래서 어머니를 꼬드겨서 말짱한 노인이 돌아가신다고 거짓말 전보를 쳤군요.

0171   **꼬마**

☞ 본 뜻   고마가 변한 말로, 본디 작은마누라, 첩을 가리키는 말이었다.

↹ 바뀐 뜻   어린이를 뜻하는 말로 바뀌었다.

○ 보기글   ● 꼬마가 내게 다가오더니 신문을 사라고 청했다.

0172   **꼬투리**

☞ 본 뜻   콩, 팥, 완두 등 콩과 식물의 씨가 들어 있는 껍질을 말한다.

↹ 바뀐 뜻   콩이나 팥의 모태가 되는 것이 꼬투리인 것처럼 어떤 일이나 사건의
           실마리를 가리킬 때 주로 꼬투리란 말을 쓴다. '꼬투리를 잡는다' 같
           은 표현이 여기서 나왔다.

○ 보기글   ● 보석상 탈취 사건의 전모는커녕 꼬투리조차도 밝혀지지 않은 실정입니다.
           ● 드디어 벽화 사건을 일으킨 주모자의 꼬투리를 잡았습니다.

0173   **꼭대기/꼭두새벽**

☞ 본 뜻   정수리나 사물의 윗부분을 가리키는 '꼭두'에서 '꼭대기'라는 말이
           나왔다. 가장 이른 새벽을 꼭두새벽이라고 한 것도 같은 맥락이다.

바뀐 뜻 단체나 기관 따위의 높은 지위나 그런 지위에 있는 사람을 속되게 이르는 말로 쓰인다

보기글
- 그 조직 꼭대기가 누구이기에 조직원들이 그렇게 안하무인이야.
- 나는 밤새 걸음을 재촉하여 꼭두새벽에야 집에 도착했다.

0174 **꼭두각시**

본 뜻 고대 민속 인형극 '박첨지놀음'에 나오는 여자 인형을 가리키는 말이다. 가면을 뜻하는 몽골어 '곽독'과 아내를 뜻하는 순우리말 '각시'가 합해진 말이다. 한자로 괴뢰(傀儡)라고 한다.

바뀐 뜻 자기 주관 없이 남의 손에 놀아나는 주변머리 없는 사람이나 조직을 비유적으로 이르는 말로 쓰고 있다.

보기글
- 인생의 주인은 자신일진대 언제까지 남들이 하라는 대로 꼭두각시놀음만 하며 허송할 것이냐?

0175 **끈 떨어진 망석중**

본 뜻 망석중은 나무로 만든 꼭두각시의 하나로서, 팔다리에 줄을 매어 그 줄을 움직여 춤을 추게 하는 것인데, 끈이 떨어지면 더 이상 꼭두각시의 구실을 못하는 천덕꾸러기가 되어버린다.

바뀐 뜻 의지할 데 없이 이리저리 굴러다니는 처지가 된 사람을 일컫는 말이다.

보기글
- 정희가 부산으로 전학을 가고 나자, 단짝이었던 은실이가 끈 떨어진 망석중 신세가 되었구나, 쯧쯧.

105

ㄴ

0176   나락(奈落, 那落)

🏷 본 뜻   산스크리트어 '나라카(naraka)'에서 온 말로 지옥을 뜻하는 불교용어다.

🔄 바뀐 뜻   본뜻 그대로 지옥을 가리키기도 하지만, 구원할 수 없는 마음의 구
            렁텅이 또는 벗어나기 어려운 절망적인 상황을 비유적으로 이르는
            말이다.

💿 보기글   • 한없이 나락으로 떨어지는 내 마음을 어찌해야 좋을지 모르겠다.
            • 자네, 그렇게 노름을 좋아하다간 필경 나락으로 떨어지고 말 것이네.

0177   나리

🏷 본 뜻   옛날에 왕자를 높여 부르던 말이 '나리'였으나 세월이 흐르면서 정3
            품 이하의 당하관을 높여 부르는 말로 정착되었다. 이것을 보면 옛
            날에도 직함이나 호칭 인플레가 있었던 것 같다.

🔄 바뀐 뜻   오늘날에는 주로 일정한 관직 이상에 있는 사람을 높여 부르는 말
            로 쓰고 있으나, 때로는 지위가 높은 사람을 비아냥거리는 말로 쓰
            기도 한다. 흔히들 '나으리'로 쓰고 있으나 틀린 말이다.

💿 보기글   • 군수 나리 모시러 가야지.
            • 웬일이야? 면장 나리가 예까지 다 행차를 하시고.

0178   **나쁘다**

🖐 **본 뜻** '나쁘다'는 본래 '낮+브+다'로 이루어진 말로서 '높지 않다'는 뜻이
            었다.

🔁 **바뀐 뜻** 오늘날은 이 말에 쓰인 '낮다'의 의미가 높이의 고저를 나타낸다기
             보다는 어떤 가치의 높고 낮음을 나타내는 뜻으로 전이되어 '기준
             에 못 미친다' '좋지 않다'는 뜻으로 널리 쓰이고 있다.

💿 **보기글** • 이번 바겐세일 기간에 내놓은 잡화류에 대해서 품질이 나쁘다는 소비자들의 항의가
              들리던데 도대체 어떻게 된 것입니까?
            • 어머니는 자식들이 나쁜 길에 들지 않고 훌륭하게 커갈 수 있도록 성심을 다해 가르
              치셨다.

0179   **나일론**(nylon)

🖐 **본 뜻** 나일론은 '최신'이란 뜻을 가진 말로서, 이 화학섬유를 처음으로 개
            발 시판한 미국 듀폰 사의 상표 이름이었다. 시판되자마자 나일론
            이 가지고 있는 내구성 때문에 세계적인 인기를 끌기 시작하면서
            상표 이름이 곧 섬유의 이름이 되어버렸다.

🔁 **바뀐 뜻** 석탄산, 수소, 암모니아 등을 원료로 하여 짠 합성섬유의 한 가지
             로서 종래의 합성섬유보다 훨씬 더 질겨서 옷감 및 공업용으로 널
             리 쓰인다.

💿 **보기글** • 1960년대까지만 해도 잘 해지지 않는 나일론 양말이 얼마나 인기가 있었다고
            • 나일론이 상표명이었다니. 그러고 보니 바바리코트도 상표명이었지.

낙관(落款)

▲본 뜻 글씨나 그림을 완성한 뒤에 저자의 이름, 그린 장소, 제작 연월일 등을 적어 넣고 도장을 찍는 것을 '낙성관지(落成款識)'라 하는데, 이를 줄여서 낙관이라 한다. 서명과 제작일시만 기록하는 경우를 단관(單款)이라 하고, 누구를 위해 그렸다는 등 내용에 대한 언급을 하는 경우는 쌍관(雙款)이라 한다. 낙관에 쓰이는 도장은 두 가지인데 성명인은 음각으로 새기고 호는 양각으로 새긴다. 이 두 개를 한 쌍으로 하여 '한 방'이라 한다.

↔ 바뀐 뜻 낙관은 본래 그림이나 글을 짓고 난 뒤에 여백이나 귀퉁이에 쓰는 글씨와 도장을 총칭하는 말이었는데, 오늘날에는 서명을 하고 도장을 찍는 것만으로 의미가 축소되어 사용되고 있다. 그중에서도 특히 낙관에는 도장을 찍는 의미만 강하게 남아 있어 '낙관을 찍는다'는 표현만 쓰이고 있다.

◎ 보기글 ● 오늘날에도 진위를 가리는 데는 도장보다 사인이 더 효력이 있는 것처럼 서화의 낙관에서도 도장보다는 저자의 필체가 더 효력이 있다네.
● 이 그림은 낙관이 없어서 누구의 것인지 알 수가 없다.

낙동강(洛東江)

▲본 뜻 낙(洛)의 동쪽을 흐르는 강이다. 낙(洛)은 삼국시대에 가락국의 땅이었던 상주를 가리킨다. 조선시대에 이긍익(李肯翊)이 지은 『연려실기술』 「지리전고」 편에 '낙동(洛東)은 상주의 동쪽을 말한다'고 나와 있다.

↔ 바뀐 뜻 강원도 함백산에서 시작하여 경상북도와 경상남도를 거쳐 남해로 흐르는 강으로 길이는 525.15킬로미터이다.

0182 **낙서(落書)**

본 뜻 아무렇게나 생각나는 대로 끼적거리는 이 낙서는 일본 에도(江戶)시대에 힘없는 백성들의 항거수단으로 사용되었던 것이다. 민초들의 소리를 적은 쪽지를 길거리에 슬쩍 떨어뜨려놓은 것을 '오토미 부시(落文)'라 한 데서 유래한다. 우리나라에서도 낙서가 백성들 사이의 의사소통의 한 방편으로 조선 후기에 나타났는데 돌이나 바위에 당시의 사회상을 새겼다. 그러면 그곳을 지나다니는 보부상들이 그런 돌을 사람이 잘 다니는 산길에다 슬쩍 놓아두었고 다른 보부상들은 그 내용을 읽고 다른 마을에 전파하거나 자기가 알고 있는 새로운 사실을 덧붙여 새겨 넣기도 했다고 한다.

바뀐 뜻 장난으로 아무 데나 함부로 글자를 쓰는 일을 가리킨다.

○ 보기글 • 대학가 술집의 낙서들은 한창 혈기방장한 젊은이들의 얘기를 담고 있어 심심할 때 안주 삼아 읽을 만하지요.

• 그는 지우개로 칠판의 낙서를 지웠다.

0183 **낙점(落點)**

본 뜻 조선시대에 있었던 제도로서, 2품 이상의 대관(大官)을 선임할 때 후보자 세 사람을 적어서 왕에게 추천하면, 왕이 그중 가장 적임자라고 생각하는 사람의 이름 위에 점을 찍어 뽑는 일을 가리킨다.

109

경쟁 상대가 여럿 있는 중에 어떤 직책에 임명되거나 당선되는 일 등을 가리킨다. 단어의 어감으로 인해 자칫 낙선을 연상하기 쉬우니 주의해야 한다.

💿 보기글
- 이번 공천에서 누구한테 낙점이 떨어질 것 같은가?
- 투고된 한 트럭 분의 원고 중에서 낙점을 받기란 가히 하늘의 별따기라고 할 수 있을 것이네.
- 당의 조직 개편을 앞두고 의원들은 낙점을 받기 위하여 치열하게 경쟁하였다.

0184   **난마**(亂麻)

☝본　뜻 어지럽게 뒤얽힌 삼실의 가닥을 가리키는 말이다.

↰바뀐 뜻 어떤 일이나 상황이 갈피를 잡을 수 없을 정도로 뒤얽혀서 어디서 부터 풀어나가야 할지 모르는 상태를 일컫는 말이다.

💿 보기글
- 난마처럼 뒤얽힌 작금의 정치 상황을 보면 정말로 이 나라 정치의 앞날에 대한 회의가 든다.
- 그는 난마를 끊듯이 모든 문제를 해결했다.

0185   **난장판**(亂場—)

☝본　뜻 옛날 과거장에는 전국 각지에서 모인 수많은 선비들이 질서 없이 들끓고 떠들어대서 정신이 없었다. 그런 과거 마당의 어지러움을 일컬어 난장(亂場)이라 하였다.

↰바뀐 뜻 여러 사람이 뒤섞여 어지러이 떠들어대거나 뒤죽박죽이 된 판.

💿 보기글
- 유세장이 반대파의 방해 때문에 삽시간에 난장판이 되었다.
- 아이들만 집에 남겨놨더니 온 집안이 난장판이 된 거 있지.

0186 **날라리**

🏛️ **본 뜻** 태평소를 가리키는 우리말이다. 소리 때문에 생긴 말이다. 고려 말엽에 해금과 함께 들어왔다. 처음에는 군중에서 무인들의 사기를 높이거나 승리를 알리는 악기로 쓰였다.

🔄 **바뀐 뜻** 날라리의 음은 국악기 중에서 음량이 가장 크다. 그래서 주로 야외 음악에 쓰인다. 날라리의 가볍고 발랄한 음색에서 발전하여 일없이 노는 데에만 열심인 사람을 속되게 이르는 말이 되고, 이어 언행이 어설프거나 들떠서 미덥지 못한 사람, 아무렇게나 날림으로 하는 일 등을 가리키는 말이 되었다.

🔵 **보기글** ● 내가 방송에 몇 번 나갔더니 그 녀석이 날더러 날라리라고 부르네?

0187 **날카롭다**

🏛️ **본 뜻** '날카롭다'의 옛말은 '날칼업다'이다. '날칼'은 날이 선 칼이란 뜻이고 '–업다'는 접미사이다. 그것이 연음되어 '날카롭다'로 변한 것이다.

🔄 **바뀐 뜻** 칼이 잘 들게 날이 잘 서 있다는 본뜻 외에도 어떤 일이나 상황을 판단하는 능력이 뛰어난 성격적인 특성을 가리키기도 한다.

🔵 **보기글** ● 그 사람 참 날카로운 판단력을 갖고 있구먼.

0188 **남도**(南道)

🏛️ **본 뜻** 남도는 경기도 이남의 땅, 곧 충청도·경상도·전라도를 통틀어 이르

는 말이다. 이 세 지방을 통틀어 '삼남 지방'이라고도 한다.

↹ 바뀐 뜻 오늘날 '남도'라 하면 대개는 전라도를 가리키는 것으로 통용되고 있다. 그것은 아마도 전라도 지방에서 전통적으로 발전해온 노래를 '남도소리'로 부른 데서 연유하는 것이 아닌가 한다.

◎ 보기글 • 남도의 노랫가락을 듣고 있노라면 우리네 인생이 유장한 아름다움을 갖고 있는 것을 느끼게 돼.

0189 **남방**(南方)

☝본 뜻 남방은 동남아시아 지역을 가리키는데, 날씨가 덥기 때문에 소매가 짧고 통풍이 잘 되도록 헐렁하게 만든 옷을 입는다. 언제부터인가 지역을 가리키는 남방이란 말이 날씨가 더운 남방 지방에 사는 사람들이 주로 입는 옷이라는 뜻으로 쓰였다.

↹ 바뀐 뜻 남자들이 여름에 양복 저고리 대신에 입는 남양풍의 윗옷으로 넥타이를 매지 않는 편한 셔츠이다.

◎ 보기글 • 더운 여름엔 그저 남방 하나 걸치고 시원한 냇가에 가서 물속에 발 담그고 있는 게 제일이야.

0190 **남세스럽다**

☝본 뜻 남의 웃음거리가 될 만하다는 뜻을 가진 '남우세스럽다'가 줄어서 된 말이다.

↹ 바뀐 뜻 남의 조롱이나 비웃음을 받을 만하다는 뜻이다. 흔히 쓰는 '남사스

럽다'나 '남새스럽다'는 잘못된 표현이다.

◎ 보기글 ● 다 큰 처녀가 남세스럽지도 않나. 허연 종아리를 다 내놓고 나다니게.
● 아유, 여보 영감. 남세스럽게 옷차림이 그게 뭐유.

0191   **납득하다**(納得--)

본 뜻   남의 말이나 행동 따위를 잘 알아 이해하는 것을 가리키는 일본식
한자어다.

바뀐 뜻   '이해하다'로 바꿔 쓸 수 있다.

◎ 보기글 ● 난 도무지 그 사람의 행동을 아직까지도 납득(→ 이해)할 수가 없단 말이야.

0192   **낭만**(浪漫)

본 뜻   이 말은 프랑스어 '로망(roman)'에서 나온 말로서, 본래 '대중적인 말로
쓰여진 설화'라는 뜻의 속어였다. 그래서 '로망'이라는 말은 '소설'이
란 뜻을 가지기도 한다. 그 말이 17세기 중엽에 영국으로 건너가서
오늘날과 같이 '기이하고 공상적이며 감성적'이라는 뜻을 가진 말로
쓰이기 시작하였다.

바뀐 뜻   낭만(浪漫)은 '로망'의 일본식 표기이다. 단지 일본 발음으로 '로망'과
비슷한 소리를 내는 말일 뿐이지 한자에 뜻이 있는 것은 아니다. 그
러므로 글자 자체로 볼 때 아무 뜻도 없는 '낭만'을 '로망' 대신에 쓴
다는 것은 어불성설이 아닐 수 없다. 중국이나 일본에서 취음(取音)
해서 쓰는 한자어 중에 이렇게 표기만 들여와 쓰는 말이 많다. '유

113

럽'을 '구라파(歐羅巴)'라 표기하는 것도 그 한 예라 하겠는데, 그럴 바에야 차라리 원어 그대로 '로망' '유럽' 등으로 읽고 쓰는 것이 나을 것이다.

● 보기글
- 발등에 불이 떨어졌는데, 낭만을 즐길 틈이 어디 있니?
- 생각해보면 학창시절에는 그래도 꿈과 낭만이 있었는데…….

0193   **낭패(狼狽)**

본 뜻   낭패는 본디 전설 속에 나오는 동물의 이름이다. 낭(狼)은 뒷다리 두 개가 아예 없거나 아주 짧은 동물이고, 패(狽)는 앞다리 두 개가 아예 없거나 짧다. 이 둘은 항상 같이 다녀야 제구실을 할 수 있다. 꾀가 부족한 대신 용맹한 낭(狼)과, 꾀가 있는 대신 겁쟁이인 패(狽)가 호흡이 잘 맞을 때는 괜찮다가도 서로 다투기라도 하는 날에는 이만저만 문제가 큰 것이 아니다. 이같이 낭과 패가 서로 떨어져서 아무 일도 못하게 되는 경우를 낭패라 한다.

바뀐 뜻   계획한 일이 실패로 돌아가거나 어그러진 형편을 가리키는 말이다.

● 보기글
- 말도 안 통하고 연고도 없는 나라에 가는데 현지 가이드가 나오지 않는다면 그거 낭패도 이만저만 낭패가 아닌데 그래.
- 모레 열리는 음악회에 가려고 했는데 갑자기 발이 삐었으니 이거 낭패로구먼.

0194   **내숭스럽다**

본 뜻   원래는 '내흉(內凶)스럽다'라는 한자어에서 나온 말이다. 글자 그대로 속이 음흉하다는 뜻이다.

↳ **바뀐 뜻**   온유하고 얌전해 보이는 겉모습과는 달리 속은 딴생각을 품고 있
다는 뜻이다.

◉ **보기글**   ● 오동나무집 셋째딸은 겉보기와는 달리 얼마나 내숭스러운지 모른다오.
● 그 아이는 평소엔 육회도 잘 먹고 보신탕도 잘 먹더니 오늘 회식에선 웬 내숭이니?

0195   **내시**(內侍)

⌂ **본 뜻**   고려시대 국왕을 측근에서 시중하는 문관으로서, 권문세가의 자제
나 유생(儒生)들이 등용되었다. 그러다가 고려 후기부터 천민이나 군
사 공로자들도 내시에 오르게 되면서 그 직제의 의미가 변질되기
시작하였다. 조선시대에 와서는 궐내의 잡무를 맡아보는 내시부(內
侍府)의 관직으로 자리하게 되었다. 종2품의 품계까지 올라갈 수 있
는 내시의 일은 그 품계의 고하를 막론하고 궐내의 음식물 감독, 왕
명 전달, 궐문 수직, 청소 등의 잡무에 국한되어 있었다.

↳ **바뀐 뜻**   내시는 궐내에 상주하여야 하는 특수성 때문에 거세자만을 임명했
다. 이 때문에 '내시는 곧 환자(宦者)'라는 등식이 통용되었으나, 내시
는 본래 정식 관원에서 유래한 용어로서 관직의 의미가 더 큰 말이
다. 오늘날에 와서는 거세자를 가리키는 용어로만 한정되어 쓰인다.

◉ **보기글**   ● 우리 아이는 중3이 됐는데도 변성기가 지나지 않아 목소리가 가늘거든요. 근데 그
때문에 아이들이 내시라고 놀린다지 뭐예요.

0196   **냄비**

⌂ **본 뜻**   냄비는 일본어 '나베(なべ)'에서 온 말이다. 밑바닥이 둥그스름한 우리

나라 솥과는 달리 밑바닥이 평평한 일본식 솥을 냄비라 한다.

⇆ 바뀐 뜻 알루미늄이나 양은 등으로 만든 밑이 판판한 조리 용구를 가리키는 말인데, 그때까지도 무쇠로 만든 우리나라 고유의 밥솥 등은 '쟁개비'라고 하였다. 1989년 새로운 표준어 규정이 나오기 전까지는 '남비'가 표준어였으나 1989년 이후로는 '냄비'가 표준어이다.

◎ 보기글
- 쉽게 끓는 냄비가 쉽게 식는다는 말도 있지 않니?
- 그는 쌀을 여러 번 씻은 뒤 냄비에 안쳤다.

0197 너스레

🖢 본 뜻 감자, 고구마, 배추, 무 등을 흙구덩이를 파 보관할 때 그 위에 이리저리 걸치는 나뭇가지와 덮는 지푸라기를 가리킨다.

⇆ 바뀐 뜻 지금은 수다스럽게 떠벌려 늘어놓는 말이나 몸짓을 말한다.

◎ 보기글
- 이장이 찾아와 아침부터 너스레를 떨고 있다.
- 그의 걸쭉한 너스레에 우리 모두 크게 웃었다.

0198 넋두리

🖢 본 뜻 본래는 무당이 죽은 이를 대신하여 하는 말이었다. 무당이 푸닥거리를 할 때 죽은 이의 혼을 불러내어 그의 하소연을 받아 얘기함으로써 죽은 이의 한을 풀어내는 의식을 '넋두리'라 했다.

⇆ 바뀐 뜻 오늘날에 와서는 불평이나 불만을 늘어놓고 하소연하는 말로 널리 쓰인다.

◎ 보기글
- 그 사람은 만나기만 하면 넋두리를 늘어놓는데 아주 질색하겠어.
- 오랜만에 친구들 만나서 그동안 쌓인 넋두리를 늘어놓으니까 숨통이 트이는 거 있지.

0199   # 넓이뛰기

본 뜻 '넓이'라는 말은 면적이나 평면의 크기를 일컫는 말이다. 그러므로 말 그대로 제대로 된 넓이뛰기를 하려면 동서남북 사방에서 한 번씩 뛰어서 그 면적을 내야 할 것이다. 그러나 지금껏 통용되어 왔던 넓이뛰기는 얼마만큼 멀리 뛰었는가 하는 거리를 재는 것이었다. 그러므로 여기에 정확한 용어를 쓰려면 멀리뛰기라고 해야 한다. 요즘에는 운동계에서도 넓이뛰기 대신에 멀리뛰기라는 용어를 공식적으로 사용하고 있다.

바뀐 뜻 사전에서는 넓이뛰기를 '폭이 넓게 뛰기를 겨루는 경기'라고 정의하고 있으나 그 정의 자체가 잘못된 것임은 위에서 말한 바 있다. 그러므로 운동경기에서 '넓이뛰기'란 성립되지 않는 용어라 하겠다.

보기글 • 철수야, 너 '넓이뛰기' 기록이 몇 미터 나왔니?
• 몇 미터는 길이지 넓이가 아니잖아. 그러니까 넓이뛰기가 아니라 멀리뛰기라고 해야 하지 않을까.

0200   # 넥타(nectar)

본 뜻 넥타는 그리스 신화에 나오는 올림포스산의 신들이 마시던 불로주(不老酒)를 가리키는 말이다.

바뀐 뜻 우리나라에서는 거의 '주스'와 같은 말로 쓰이고 있다. '과일즙 '으깬 과일즙'으로 순화하여 쓸 수 있다.

보기글 • 병자에겐 사과 넥타가 괜찮지 않을까?

0201 넨장맞을

🖐 **본 뜻** 이 말은 본래 '네 난장(亂杖)을 맞을'이 줄어서 된 말이다. 난장이란 조선시대 형벌로서 정해진 형량이나 규칙 없이 닥치는 대로 마구 때리는 형벌을 말한다.

🔄 **바뀐 뜻** 불평을 하거나 불만스러울 때 험악하게 내뱉는 상말이다. 흔히 어떤 일이나 상황이 자기 뜻에 어긋나서 마땅찮을 때 쓰는 말이다. '젠장' '젠장맞을'이라고도 하는데, '젠장맞을'은 '제기, 난장을 맞을'의 줄임말이다.

🔘 **보기글**
• 넨장맞을 일이 왜 이렇게 꼬이는 거야!
• 젠장, 이거 돈 버는 일이 이렇게 힘들어서야 어디 장사하겠나!

0202 노가다[どかた]

🖐 **본 뜻** 토목공사에 종사하는 노동자를 가리키는 일본어 '도가타(どかた)'에서 온 말이다.

🔄 **바뀐 뜻** 이 말이 우리나라에 들어와서는 공사장이나 노동판, 또는 그에 종사하는 사람을 가리키는 말로 한정되어 쓰인다.

🔘 **보기글**
• 노가다 일이 고되긴 하지만 내 체질엔 딱 맞아.
• 여기 공사판에서 일하는 사람들은 대부분 강원도 일대의 탄광이나 공사판에서 모여든 사람들이라 노가다 일에는 도가 튼 사람들이었다.

0203   노가리 까다

🔖 **본 뜻**   노가리는 본래 명태새끼를 가리키는 말이다. 명태는 한꺼번에 많은
새끼를 까는데, 노가리가 알을 까듯이 말이 많다는 것을 나타내는
속된 표현이다.

🔄 **바뀐 뜻**   말이 많거나 거짓말을 늘어놓는 것을 말한다. 말이 많아지면 자연히
허풍을 떨게 되거나 진실이 아닌 얘기도 끼어 들어가게 마련이다. 그
때문에 '노가리'가 거짓말을 늘어놓는다는 뜻까지 포함하게 된 것이
다. '노가리 푼다'라고도 한다.

◉ **보기글**   • 그 자식은 노가리가 너무 심해. 그 자식 말은 더도 말고 딱 반만 믿으면 돼.
　　　　　• 노가리 풀지 마. 네 말은 콩으로 메주를 쑨다 그래도 못 믿겠다.

0204   노골적(露骨的)

🔖 **본 뜻**   한자 그대로 '뼈를 드러내 보인다'는 뜻이다. 살에 가려져 있는 뼈를
드러내 보일 정도이니 하나도 숨김이 없다는 말이다.

🔄 **바뀐 뜻**   무엇을 감추거나 꺼리지 않고 있는 그대로 숨김없이 드러내는 것을
가리킬 때 쓰는 말이다. 주로 금기시되어 있는 것을 드러낼 때 쓴다.

◉ **보기글**   • 그 소설의 애정 묘사는 너무 노골적이어서 오히려 혐오감을 주더라고.
　　　　　• 돈 얘기를 노골적으로 꺼내는 데는 그 사람 당할 자가 없지.

0205   노다지

🔖 **본 뜻**   구한말 당시 우리나라 광산의 이권을 가지고 있는 서양인들이 광산

에서 일하는 인부들에게 금에 '손대지 말라(No touch)'는 말을 자주 했다. 그 소리를 금을 가리키는 말로 잘못 알아들은 우리 인부들이 '노터치'라는 말을 퍼뜨렸는데, 그것이 소리의 변화를 거쳐 '노다지' 가 된 것이다.

↰ 바뀐 뜻　　아주 귀한 물건이나 이익이 쏟아지는 일, 또는 귀한 물건 그 자체를 가리키기도 한다. 또는 손쉽게 많은 이익을 얻을 수 있는 일감을 비유적으로 이르는 말이기도 하다.

◉ 보기글
- 그이는 복도 많지. 이번에 새로 시작한 장사가 노다지라지 뭔가.
- 자네 이번에 중개업이라는 노다지를 발견했으니 한턱 크게 내게.

0206　　**노동 1호**(勞動一號)

☝ 본　뜻　　1990년 5월 말, 미국의 정찰위성이 북한이 개발한 탄도미사일을 발견했다. 이때 미군 당국이 그 미사일에 붙인 이름이 노동 1호였다. 우리 언론이 이것을 임의로 '勞動 1號'라고 한자 표기를 해서 보도하기 시작했다. 그러자 세계 각국의 영자 신문들이 이것을 영어로 바꾸어 'LABOUR 1호' 라고 표기했다. 그러나 뒤에 알려진 바로는 '노동'은 노동(勞動)이 아니라 함경북도에 있는 노동(蘆洞)이라는 마을 이름이었다.

↰ 바뀐 뜻　　노동(蘆洞)은 미군의 정찰위성이 찍은 북한 탄도미사일 발사장소의 지명에서 온 것으로서, '노동 1호'는 북한이 개발한 탄도미사일에 미군이 붙인 이름이다.

◉ 보기글
- '노동 1호'라는 탄도미사일 이름이 우리가 생각하는 노동(勞動)이 아니라는구먼.
- 확인도 안 해보고 노동(勞動) 1호로 썼다는 건 우리 언론의 수치라고 할 수 있지.

0207   **노비**(奴婢)

🖐**본 뜻** 남녀 종을 통틀어 일컫는 말인 노비는 사내종을 가리키는 노(奴) 와 여자 종을 가리키는 비(婢)로 이루어진 말이다. 이처럼 우리가 자 주 쓰는 한자말에는 노비와 같이 암수 한 쌍을 가리키는 말로 이루 어진 말이 많은데 예를 들자면 다음과 같은 것들이 있다. 상서로운 짐승으로 일컬어지는 기린의 기(麒)는 수놈을 가리키는 말이고, 린 (麟)은 암놈을 가리키는 말이다. 상상 속의 새인 봉황 또한 봉(鳳)은 수놈을, 황(凰)은 암놈을 가리키는 말이다.

↬**바뀐 뜻** 뜻이 바뀐 것은 아니나, 세월이 흐름에 따라 노비라는 말이 사내종 과 계집종을 일컫는 말이라기보다는 노예 상태에 있는 하층 천민 계급을 일컫는 말로 널리 쓰이게 되었다.

◉**보기글** • 일부 고용주들이 동남아에서 물밀듯이 밀려들어오는 외국인 불법취업자들을 노비 대하듯 해서 문제가 되고 있다.
• 옛날에 노비였건 양반이었건 그게 무슨 상관이냐? 떵떵거리던 사대부도 역모죄로 몰리면 하루아침에 노비가 되고 마는 것을.

0208   **노파심**(老婆心)

🖐**본 뜻** 글자 그대로 늙은 할머니의 마음이라는 뜻이다. 할머니들은 아주 자 잘한 일까지도 지나치게 걱정하는 경우가 많다. 어쩌다가 어린 손자 들이라도 바깥에 내보낼라치면 당부하는 소리가 길게 이어진다. 귀 에 딱지가 앉도록 들은 얘기를 또 들어야 하니 아이들에겐 그 소리 가 잔소리로 들리기 십상이다. 이처럼 지나친 걱정을 하는 것이 곧 잔걱정 많은 할머니의 마음과 같다는 뜻에서 나온 말이 노파심이다.

↴ 바뀐 뜻　지나치게 걱정하는 마음이나 지나친 염려를 가리키는 말이다.

◉ 보기글
- 어머니, 제가 지금 나이가 몇인데 배낭여행 가는 것을 걱정하십니까? 그건 지나친 노파심이라고요.
- 그 선생님 말씀은 단지 노파심에서 나온 소리니까 거기에 지나치게 신경 쓰지 말고 네가 계획한 대로 추진해보라고.

0209　녹초가 되다

☝본　뜻　녹은 초처럼 되어 흐물거리거나 보잘것없이 되었다는 뜻이다.

↴ 바뀐 뜻　아주 맥이 풀어져 힘을 못 쓰고 늘어진 상태를 가리킨다. 비슷한 말로는 '파김치가 되었다'가 있다. 파는 평소에 빳빳하게 살아 있는 게 특징인데 갖은 양념을 해서 김치를 담가놓으면 양념이 잦아들면 서 까부러져 풀이 죽게 마련이다.

◉ 보기글
- 우리 애가 2박 3일 동안 여행을 다녀오더니 아주 녹초가 됐어요.
- 하루 종일 밭일을 했더니 저녁에는 녹초가 돼서 꼼짝도 못하겠더라.

0210　농성(籠城)

☝본　뜻　옛날 성을 중심으로 하는 도시국가에서는 성을 지키는 것이 곧 나라를 지키는 일이었다. 그래서 내성과 외성인 성곽을 쌓기도 하고 그것도 모자라 성문 앞에 항아리와 같은 모양의 옹성을 쌓아 지키기도 했다. 최고로 용감한 병사들이 지키던 옹성이 무너지면 성안으로 들어가 성문을 굳게 잠그고 철저하게 성을 지켰는데 그러한 일을 농성이라 일렀다.

↰ **바뀐 뜻**   어떠한 목적을 위해 집이나 방, 혹은 자기가 있는 자리를 떠나지 않고 붙박이로 버티며 권리나 주장을 요구하는 일을 가리킨다.

◉ **보기글**
- 해직교사 전원 복직을 요구하는 전교조 농성 현장에 들어서자 어깨동무를 하며 노래를 부르는 선생님들의 모습이 보였다.
- 농협중앙회에 몰려간 농민들이 우루과이 라운드 비준을 반대하며 벌써 연 사흘째 농성을 벌이고 있다.

0211 **뇌까리다**

⌂ **본   뜻**   자꾸 되풀이 말한다는 뜻의 '뇌다'에 접미사 '–가리'가 붙어서 이루어진 말이다.

↰ **바뀐 뜻**   불쾌한 남의 말을 그대로 받아서 거듭해서 자꾸 말하거나, 아무렇게나 되는 대로 마구 떠드는 것을 가리키는 말이다. 투덜거리는 것과는 다르다.

◉ **보기글**
- 그는 항상 남의 일에 대해서 좋지 않게 뇌까리는 버릇이 있단 말이야.
- 그녀가 하루 종일 집안일에 대해서 뇌까리는 것을 듣고 있노라면 머리가 다 아플 지경이다.
- 그는 아내에게 몸보신이라도 시켜야겠다고 수없이 뇌까렸다.

0212 **누비다**

⌂ **본   뜻**   천을 두 겹으로 포개어 안팎으로 만들고 그 사이에 솜을 두어 가로 세로로 줄이 지게 박은 것을 말한다.

↰ **바뀐 뜻**   천을 누비질하듯 사람이 이리저리 거침없이 쏘다니는 것을 나타내는 말이다.

123

0213 누비옷

본 뜻 본래는 스님들이 무소유를 실천하기 위해 넝마의 헝겊 조각을 기워 서[納] 만든 옷[衣]이다. 즉 납의장삼(納衣長衫)에서 나온 말이다. 납의 가 '나비'로 소리나다가 이것이 다시 '누비'로 정착된 것이다. 누비의 원형은 '납의'로서 누덕누덕 기워 만든 옷을 말한다. 여기에서 '누비 다'라는 새로운 바느질 양식이 나오게 되었으며, 나아가서는 종횡무 진 거침없이 나아간다는 뜻으로까지 발전했다.

바뀐 뜻 옷감을 두 겹으로 포개어 안팎을 만든 다음 그 사이에 솜을 두어 죽죽 줄이 지게 박은 옷을 가리킨다. 주로 겨울에 추위를 막기 위 해 입는다.

● 보기글 ● 이번 설에 할머니 누비옷을 하나 지어 드렸더니 그렇게 좋아하실 수가 없더라고요.

0214 눈곱

본 뜻 곱은 원래 부스럼이나 헌 데에 골마지(물기 있는 식료품 겉면에 생기는 곰팡 이 같은 흰 물질)처럼 끼는 기름이다. 따라서 눈곱은 눈에 낀 기름이다.

바뀐 뜻 눈에서 나오는 진득진득한 액체, 혹은 그것이 말라붙은 것을 가리 킨다. 아울러 매우 작은 것을 비유하여 가리킨다.

● 보기글 ● 그 사람 말은 눈곱만큼도 믿을 수 없다.

0215   눈시울

🏠 **본 뜻**   시울은 원래 고깃배 가장자리의 모양을 나타내는 말이었다. 길게 타원형으로 찢어진 배의 가장자리 모양이 눈과 입 모양을 연상시켜 '눈시울' '입시울'이라 한 것이다.

🔄 **바뀐 뜻**   눈 가장자리를 따라 속눈썹이 난 곳을 가리키는 말이다. 흔히 '눈시울이 붉어졌다'는 표현을 쓰는데, 감정이 북받쳐 울음이 나오려고 할 때는 눈 가장자리가 먼저 발갛게 되는 데서 온 말이다.

◉ **보기글**   • 나는 어머니의 지난날을 들으며 나도 모르게 눈시울을 붉혔다.
            • 부모 없이 동생과 살아온 소녀 가장의 얘기에 나는 그만 눈시울이 뜨거워졌다.

0216   늦깎이

🏠 **본 뜻**   본래는 '늦게 머리 깎은 사람'을 일컫는 말로, 나이가 들어서 머리 깎고 중이 된 사람을 가리키는 말이다.

🔄 **바뀐 뜻**   본뜻으로도 쓰이지만 요즘은 세상 이치를 남보다 늦게 깨달은 사람을 가리키는 말로 더 많이 쓰이고 있다. 간혹 늦게 익은 과일 등을 가리키기도 한다.

◉ **보기글**   • 자네 늦깎이로 절에 들어가니 어려운 점이 많겠네그려.
            • 마흔 늦깎이로 문단에 나온 박 여사의 글솜씨는 풍성한 입담과 무르녹은 연륜으로 해를 더할수록 풍요로워지고 있다.

0217 다라이(たらい)

🖐 **본 뜻** 일본어 手洗い(てあらい; 손 씻기, 손 씻는 대야)가 줄어서 된 꼴이다.

🔄 **바뀐 뜻** 쓰지 말아야 할 일본어라서 싣는다. 대야라고 부르면 된다. 대야는 물을 담아서 무엇을 씻을 때 쓰는 둥글넓적한 그릇이다.

⊙ **보기글** ● 해방된 지 70년이 넘었는데도 다라이니 차단스니, 일제강점기에 일제가 남긴 일본어 찌꺼기를 쓰는 사람들이 많다.

0218 다반사(茶飯事)

🖐 **본 뜻** 본래 불교용어로 차를 마시고 밥을 먹는 일을 의미한다. 극히 일반적이고도 당연한 일로서 불교 중에서도 선종에서 유래했다. 참선 수행을 하는 데는 유별난 방법이 있는 것이 아니고, 차를 마시고 밥을 먹듯이 일상생활이 곧 선으로 연결된다는 것을 상징한다.

🔄 **바뀐 뜻** 실제로 차 마시고 밥 먹는다는 것이 아니라 예사로운 일이나 항상 있는 일 등, 별 대수롭지 않은 일을 가리키는 말이다.

⊙ **보기글** ● 어린애하고 노인네는 감기 드는 일이 다반사지 그걸 가지고 뭘 그렇게 호들갑을 떠나.
● 월말이면 밀린 일을 처리하느라 며칠씩 늦도록 야근하는 일이 다반사였다.

0219   **다방**(茶房)

🔖 **본 뜻**   다방은 고려 말 조선 초에 왕을 가까이에서 모시거나 궁궐을 지키
는 관원인 성중관(成衆官)의 하나였다. 주로 궁중에서 소용되는 약
을 조제하여 바치거나 궁중의 다례(茶禮)에 해당하는 일을 맡아 보
았다. 조선시대에는 차(茶)를 공급하였고 외국 사신들을 접대하는
일을 맡아 하였다. 이 밖에도 꽃, 과일, 술, 약 등의 공급과 관리도
맡아 하였다.

🔁 **바뀐 뜻**   커피, 홍차 등 각종 차와 간단한 다과를 파는 찻집을 가리킨다. 60
년대, 70년대에 대중 사교 문화의 장(場)으로 한창 번성하다가 80년
대, 90년대에 들어와서는 다방의 새로운 형태인 카페와 커피 전문점
의 등장으로 점차 그 명칭이 사라지고 있다.

⭕ **보기글**   • 70년대만 해도 고전적인 형태의 다방이 많았는데 80년대 들어와서는 카페에 밀리기
시작하더니 90년대에 들어와서는 커피 전문점에 그 자리를 내주고 있다.

0220   **다시 국물**(だし--)

🔖 **본 뜻**   다시(だし)는 일본어로 멸치나 다시마를 삶아서 우려낸 국물을 일컫
는 말이다. 우리나라에서는 '다시다'라는 국물 맛을 내는 조미료가
시판되면서 이 말이 일상용어처럼 자리잡게 되었다.

🔁 **바뀐 뜻**   국이나 찌개의 맛을 내는 '맛국물'을 '다시 국물' 또는 '다싯물'이라
고 하는데, 같은 뜻을 가진 '맛국물'이란 우리말로 바꿔 쓰는 것이
좋겠다.

⭕ **보기글**   • 엄마, 다시 국물 대신 맛국물이란 말 어때요? 더 감칠맛 나지 않아요?

다쿠앙(たくあん)

🔖 **본 뜻**   우리말로 '단무지'라 하는 '다쿠앙'은 무를 소금과 식초와 설탕에 절인 반찬이다. 다쿠앙이란 이름은 이 음식을 만든 '택암(澤庵)' 스님의 이름에서 따온 것이다. '택암'의 일본 발음이 '다쿠앙'이기 때문이다. 일본의 『고승대덕전高僧大德傳』에 보면, 단무지를 처음 만든 택암 스님은 고구려에서 일본으로 건너간 우리나라 스님이라고 소개되어 있다.

🔄 **바뀐 뜻**   '다쿠앙'을 한때 '다꽝'으로 부르다가 언제부터인가 '단무지'라는 우리말 이름이 젊은 층에서 널리 쓰이고 있다. 이 음식은 무를 일본식으로 초절임한 반찬인데 그 맛이 달콤하고 간간하여 입맛을 돋운다.

⭕ **보기글**   • 얘, 요새 누가 촌스럽게 다꽝이라고 하니? 단무지라고 하지.

다크호스(dark horse)

🔖 **본 뜻**   경마에서 아직 실력이 알려지지 않은 말을 가리킨다. 암흑, 어둠이라는 뜻의 다크(dark)를 쓴 것은 그 말에 대해 알려진 정보가 하나도 없어 실력을 가늠할 수 없다는 뜻이다.

🔄 **바뀐 뜻**   뜻하지 않은 유력한 경쟁자나 후보자를 가리키는 말이다. 기대되는 유망주를 가리키기도 한다.

⭕ **보기글**   • 이번에 출마한 3번 김종철 씨가 차기 대선의 다크호스라며?
   • 알파구단에 새로 입단한 강속구 군이 프로야구계의 다크호스라던데 실력이 어느 정도인가?

0223   **닭달하다**

🏛 **본 뜻**   본래는 닭고 다듬질한다는 뜻이다.

🔄 **바뀐 뜻**   오늘날에는 단단히 단속하거나 몹시 몰아대거나 나무라거나 하는
뜻으로 널리 쓰인다.

⊙ **보기글**   • 자나깨나 공부하라고 닭달을 하니까 더 하기가 싫다.
• 어머니가 밖에 나갔다 오면 제발 발 좀 씻으라고 닭달하는 통에 안 씻을 수가 없었다.

0224   **단골**

🏛 **본 뜻**   이 말은 우리나라 무속신앙에서 온 말로 볼 수 있다. 굿을 할 때마
다 늘 정해놓고 불러다 쓰는 무당을 당골이라 했는데 여기서 유래
했다는 설이 있다. '단골손님'이니 '단골 장사'니 하는 말들도 여기서
비롯했다고 한다. 실제로 '단골' '단굴'은 호남 지방의 세습무를 가리
키는 말이기도 하다.

🔄 **바뀐 뜻**   늘 정해놓고 거래하는 집이나 사람을 가리킨다.

⊙ **보기글**   • 어디 멀리 갈 것 없이 자네 단골 식당으로 가지 그래.
• 그 집이 내 단골 미장원인데 가서 내 얘기 하면 마음에 들게 머리 잘해줄 거야.

0225   **단도리**(だんどり)

🏛 **본 뜻**   일본어에서 온 말로 준비, 채비를 뜻하는 말이다. 한자로는 단취(段
取)라고 쓴다.

⇆ 바뀐 뜻 준비, 채비라는 뜻으로 '단도리를 하다'고 할 경우 '준비를 하다, 채
비를 하다'로 바꿔 쓸 수 있다. 이 밖에 '마무리를 하다'는 뜻으로도
곧잘 쓰인다.

◑ 보기글
- 그 일은 워낙 중대한 일이니까 단도리를 단단히 해야 할 것이야.
- 여행 가기 전에 집안일을 단도리하고 가야지.

0226 단도직입(單刀直入)

☝ 본 뜻 혼자서 한 자루의 칼을 들고 곧장 적진으로 쳐들어가는 것을 일컫
는 말이다.

⇆ 바뀐 뜻 말을 하거나 글을 쓸 때 여담이나 그 밖의 말을 늘어놓지 않고 요
점이나 본문제의 중심을 곧바로 대놓고 말하는 것을 가리킨다.

◑ 보기글
- 단도직입으로 말해서 그 문제는 자네가 잘못했네. 그러니 여러 말 말고 어서 사과하게.
- 시간이 없어서 단도직입으로 말하자면 가두모금에 우리 모두 참여하자 이겁니다.

0227 단말마(斷末魔)

☝ 본 뜻 '말마(末魔)'는 산스크리트어 '마르만(marman)'의 음역인데 사혈(死穴)을
가리키는 말이다. 글자 그대로 죽음의 혈(穴)이니, 이 혈을 막거나
끊어버리면 그대로 죽게 된다. 그러므로 단말마의 본뜻은 죽음 또
는 죽을 때를 가리키는 말이다.

⇆ 바뀐 뜻 뜻이 바뀐 것은 없고, 숨이 끊어질 때 마지막으로 지르는 비명을
수식할 때 '단말마의 비명' 따위로 쓰인다.

130

• 유관순 열사가 질렀을 단말마의 고통을 생각하면 지금도 온몸이 떨려옵니다.
• 해마다 5월이 되면 단말마를 지르며 죽어간 선량한 우리 형님들 생각에 눈시울이 붉어지곤 합니다.

0228 단수정리(端數整理)

🖐본 뜻 계산 끝에 끝수나 우수리를 정리해서 끝수를 일정하게 하는 것을 이르는 말로, 일본식 한자어다.

🔄 바뀐 뜻 보통은 끝에 세 자리 수 정도를 반올림하거나 아예 깎아내리거나 해서 끝수가 자투리 없이 말끔하게 정리되게끔 하는 것이다. 흔히 돈 계산할 때 서로간의 편리를 위해 많이 사용하는 방법이다. '끝수 정리' '우수리 정리' 등의 우리말로 바꿔 쓰면 좋다.

◎ 보기글 • 모든 청구서는 단수정리(→ 우수리 정리)를 해서 보내도록 하세요.
• 이번에 조사한 통계자료도 단수정리(→ 끝수 정리)를 좀 하지 그래?

0229 단전(丹田)

🖐본 뜻 단전은 도교에서 쓰는 용어로서 우리 몸 안의 원기와 신(神)이 머물러 있는 곳을 이르는 말이다. 단전은 상단(上丹)·중단(中丹)·하단(下丹)으로 나뉘는데, 상단은 눈썹 위 3촌(寸) 되는 곳에 있으며, 중단은 명치, 하단은 배꼽 밑 2촌 4푼 되는 곳에 있다.

🔄 바뀐 뜻 위에서 얘기한 것처럼 단전은 본래 한 곳이 아니라 세 곳을 가리키는데, 오늘날 단전호흡 등에서 통용되는 단전이란 말은 '하단전(下丹田)' 한 곳만을 지칭하는 것으로 쓰인다. 그러나 단전호흡 역시도 하

단전만 쓰는 것이 아니라 삼단전을 모두 쓰는 호흡법인데 일반에
게는 많이 쓰이는 한 부분만 부각되어 알려지고 있다. 물론 단전은
해부학적인 개념은 아니다.

◎ 보기글
- 단전호흡이 좋다는 말은 많이 들었지만 자칫 잘못하면 배가 나온다는 말도 있던데
  그게 사실인가요?
- 단전에 힘을 주면 건강과 용기를 얻는다고 한다.

0230 **단출하다**

☜본 뜻 글자 그대로 간단하게 나왔다는 뜻이다.

↹ 바뀐뜻 식구가 적어 홀가분하거나 옷차림이나 일이 간편하고 간단한 것을
일컫는 말이다. '단촐하다'로 잘못 쓰기 쉽다.

◎ 보기글
- 영이네는 식구가 단출해서 어디 나다닐 때 좋겠어요.
- 산에 갈 때는 단출하게 입고 가야지, 치렁치렁한 옷차림은 걸맞지 않는다.

0231 **담배 한 개비**

☜본 뜻 '개비'는 가늘게 쪼갠 나무토막이나 조각을 가리키는 말이다. 그런
데 보통 많은 사람들이 담배를 낱개로 셀 때 '야, 담배 한 가치만 주
라' '담배 한 개피만 있어도 좋으련만' 등으로 쓴다. 그러나 장작개
비, 성냥개비 하는 식으로 가늘고 긴 물건을 셀 때는 '개비'라는 단
위를 써야 한다.

↹ 바뀐뜻 '개비'라는 표준어보다 '가치' '개피' 등 틀린 말이 더 널리 쓰이고 있
기에 여기 실었다.

● 보기글   ● 담배를 한 갑씩 파는 것이 아니라 다섯 개비, 열 개비씩 포장해서 팔면 갖고 다니기
도 편하고 담배도 줄일 수 있지 않겠어요?

0232   담배 한 보루

🏮 **본 뜻**   담배는 타바코(tabacco)라는 포르투갈어에서 온 말이고, 보루는 영
어 '보드(board)'에서 나온 말이다. 원래 보드는 '판자'나 '마분지'를 가
리키는 말인데, 담배 열 갑을 마분지로 만든 딱딱한 사각 케이스에
담아서 판매하기 시작하면서부터 '담배 한 보드'라는 말이 생겼다.
그것이 발음 변이가 되면서 '담배 한 보루'로 굳어진 것이다.

🔁 **바뀐 뜻**   담배 열 갑을 세는 단위다.

● **보기글**   ● 철수야, 가게 가서 담배 한 보루만 사 오너라.
● 외삼촌댁에 갈 때 담배 한 보루하고 과일하고 사들고 가거라.

0233   답습(踏襲)

🏮 **본 뜻**   먼저 사람이 밟고 간 길을 뒷사람이 그대로 따라 밟는 것을 가리키
는 말이다.

🔁 **바뀐 뜻**   전부터 내려온 정책이나 방식이나 수법 같은 것을 그대로 따라 행
하는 것을 가리키는 말로 쓰인다.

● **보기글**   ● 오늘날의 전기 작가들은 옛날에 쓰던 천편일률적인 일대기 형식을 답습하지 않고 자
기 나름대로의 독특한 서술형식을 개발하고 있다.
● 버려야 할 낡은 습관을 답습하는 것과 유구한 전통을 이어가는 것은 엄연히 다른 일
이다.

0234 당나귀(唐--)

본 뜻 당나귀는 말과에 속한 짐승으로 아프리카 야생종을 가축화한 것이다. 말과 비슷한데 몸은 작고 앞머리의 긴 털이 없으며 귀가 길다. 털빛은 대부분 누런 갈색, 잿빛 황색, 잿빛 흑색이며, 어깨와 다리에 짙은 줄무늬가 있고 허리뼈가 다섯 개이다. 체질이 강하여 병에 잘 안 걸릴뿐더러 참고 견디기를 잘하므로 일을 부리기에 알맞은 가축이다. 우리나라에는 당나라를 거쳐 들어왔는데 주로 양반들이 탈것으로 이용했다. 당나귀라는 이름은 당나라에서 들어온 나귀라는 뜻이다.

바뀐 뜻 뜻이 바뀐 말은 아니고 어원이 수입처를 나타내고 있기에 여기 실었다. 당나귀는 특별히 당나라에서 들어왔다는 뜻을 가지고 있는 말이지만, 그냥 나귀라고 해도 무방하다.

보기글 • '임금님 귀는 당나귀 귀'라는 얘기를 통해서 당나귀라는 짐승은 알고 있지만 실제로 당나귀가 어떻게 생겼는지 본 사람은 많지 않을걸.

0235 대감(大監)

본 뜻 신라시대에 '대감'이란 관직이 있었는데, 이는 병부(兵部)·시위부(侍衛部)·패강진전(浿江鎭典)에 두었던 무관직을 일컫는 말이었다.

바뀐 뜻 그것이 조선시대에 들어와서는 정2품 이상의 문무 관직에 있는 관원들을 부르는 존칭으로 쓰였다.

보기글 • 따지고 보면 조상 중에 대감 소리 못 들어본 집이 몇이나 된다고 아직까지 양반 상놈을 따지는가.
• 대감 말이 죽었다면 먹던 밥을 밀쳐놓고 가고, 대감이 죽었다면 먹던 밥 다 먹고 간다는 속담이 있지.

0236   **대꾸하다(對句--)**

🔖 **본 뜻**   원래 한자어 대구(對句)가 우리말 '대꾸'로 변한 것이다. 대구는 비슷한 어조나 어세를 가진 것으로 짝 지은 둘 이상의 글귀를 가리킨다. 주로 한시에 쓰인다.
아래 이백(李白)의 시 「정야사靜夜思」에서 거두(擧頭)와 저두(低頭), 망(望)과 사(思), 산월(山月)과 고향(故鄉)이 각각 대구를 이룬다.
擧頭望山月(거두망산월) 머리를 들어 산에 걸린 달을 바라보고
低頭思故鄉(저두사고향) 머리를 숙여 고향을 생각한다

🔄 **바뀐 뜻**   대구(對句)를 한자로 쓸 때는 여전히 본뜻 그대로 쓰인다. 하지만 우리말로 변한 대꾸는 남의 말을 듣고 그대로 받아들이지 않고 바로 말대답을 하는 것으로, 주로 나쁜 뜻으로 쓴다.

💡 **보기글**   • 나이도 어린 녀석이 꼬박꼬박 말대꾸네.
• 그는 형에게 자기는 공부를 잘한다고 말대꾸했다가 금세 실수였음을 깨달았다.
• 그 사람 말이 얼마나 시답지 않으면 아무도 대꾸를 하지 않았을까.

0237   **대수롭다**

🔖 **본 뜻**   한자어 '대사(大事)롭다'에서 온 말로, '큰일답다'라는 뜻이다.

🔄 **바뀐 뜻**   '소중하게 여길 만하다'는 뜻을 가진 말이다. '중요하지 않다, 시들하다'는 뜻을 가진 '대수롭지 않다'는 말도 널리 쓰이고 있다.

💡 **보기글**   • 바깥에 무슨 대수로운 일이라도 났냐? 왜들 저렇게 사람들이 몰려 있나?
• 김 선생님, 대수롭지 않은 일은 과감히 잊어버리세요. 그래야 정신건강에 좋습니다.
• 그게 뭐 그리 대수로운 일이라고 그렇게 설레발이야.

대원군(大院君)

☞본 뜻 임금의 대를 이을 적자손이 없을 때, 가장 가까운 왕족 가문 중에서 임금을 세우는데 그 임금의 친아버지에게 봉하던 작위를 가리킨다. 다른 말로는 국태공(國太公)이라고 한다.

⇆ 바뀐 뜻 임금의 아버지에게 내리던 작위였으나 역대 대원군 중에서 고종의 아버지였던 흥선대원군 이하응이 너무나 유명해서 대원군이라는 보통명사가 마치 흥선대원군 한 사람을 가리키는 고유명사처럼 잘못 쓰이고 있다. 그러므로 고종의 아버지인 이하응을 가리킬 때는 반드시 '흥선대원군'이라 써야 한다.

◉ 보기글
- 대원군의 쇄국정책이라는 말은 엄밀히 얘기하면 틀린 말이야. 적통이 아닌 손에서 임금이 나왔을 때 그 아버지에게 내리는 작위인 대원군 칭호를 받은 사람은 한두 사람이 아니거든.
- 조선시대 대원군 중에서 가장 유명한 사람을 들라면 역시 흥선대원군 아니겠어?

대증요법(對症療法)

☞본 뜻 병의 원인을 정확히 알지 못하고 겉으로 나타난 증상에 대해서만 행하는 임시방편적인 치료법을 말한다. 예를 들어 고열이 나면 냉찜질에 해열제만 처방하는 등의 치료법이다.

⇆ 바뀐뜻 임시변통으로 병을 치료하는 것을 나타내는 의학용어로만 쓰이던 말이 사회 일반의 현상에까지 적용되었다. 즉 어떤 일에 대해서 근본적인 해결을 하는 것이 아니라 나타난 상태에 따라서 그때그때 임시방편 식으로 처리하는 방식을 대증요법이라 한다. 흔히 '대중요법'으로 잘못 쓰고 있는 경우가 많다.

◉ 보기글
- 대학 정원을 늘리는 식의 입시제도 개편은 단순한 대증요법밖에는 안 되지. 교육 문

제는 근본적인 개혁이 필요한 분야라고.

- 수질오염이 심각한 낙동강에 엄청난 양의 소독약을 풀어 넣은들 그건 일시적인 대증요법일 뿐이지, 근본적으로 수질오염을 해결할 수 있는 방법은 아니라고.

0240 　대책(對策)

🏮 **본　뜻**　옛날에 종이가 없었을 때는 글씨를 비단이나 대나무쪽에 썼다. 그러나 비단은 너무 비쌌기 때문에 서민들은 주로 대나무를 쪼개어 썼다. 책(冊)이라는 글자도 글씨를 쓴 대나무쪽을 모아 대나무 위쪽에 구멍을 뚫고 끈으로 묶은 것을 형상화한 글자이다. 이처럼 대나무를 가느다랗게 쪼개어 사용한 것을 책(策)이라 했다. 중국 한나라 때의 시험 방식이 아주 특이했는데, 수험생들이 같은 문제를 놓고 푸는 것이 아니라 각자의 앞에 문제가 적힌 책(策)을 놓고 답을 써야만 했다. 그들은 책을 마주 대하고 정답을 궁리해낼 수밖에 없었던 것이다. 이렇게 보는 시험을 대책(對策)이라고 했다.

⇆ **바뀐 뜻**　상대편의 태도나 어떤 일에 대응하여 세우는 계획이나 수단, 방책을 가리키는 말이다.

◎ **보기글**
- 북한 핵에 대해서 우리 나름대로의 대책이 있어야 하지 않겠어?
- 그 사람이 무작정 집으로 쳐들어올 경우에 대비해서 무슨 뾰족한 대책이라도 있는 거냐?

0241 　대처승(帶妻僧)

🏮 **본　뜻**　글자 그대로 처(妻)를 허리에 띤 중이란 뜻이다.

⇆ **바뀐 뜻**　살림을 차리고 식구들을 거느린 중을 가리킨다. 다른 말로는 화택

승(火宅僧)이라고 한다. 대처승의 반대말로는 출가하여 독신으로 수
도의 길을 걷는 스님을 가리키는 비구승(比丘僧)이 있다.

• 광복 이후 불교계에 한동안 비구승과 대처승의 대립이 있었지요?
• 선종의 전통을 중요시하는 한국 불교계에서는 대처승보다는 비구승이 주류를 이루
고 있다.

0242   **대충**

🖐본 뜻   대충은 한자 대총(大總)에서 나온 말이다. 대총은 일의 중요한 부분
만 대강 긁어모은 것을 가리키는 말이다.

🔄 바뀐 뜻   어떤 일에 대해서 꼼꼼하고 완벽하게 정리하는 것이 아니라 대강만
추리는 정도를 일컫는 말이다.

○ 보기글 • 요즘 같은 시대에는 국제정세에 관한 정보는 대충은 알아두고 있어야지.
• 야, 벌써 밤 10시가 다 됐으니 나머지는 내일 치우고 대충대충 치우고 가자.

0243   **대폿집**

🖐본 뜻   대포(大匏)란 본래 한 되들이 대형 술잔을 가리키는 말이다. 소주나
양주같이 독한 술은 한 잔, 맥주는 한 컵 정도가 어울리는 말이지
만 막걸리에는 유독 한 사발, 한 대포라는 말이 어울린다.

🔄 바뀐 뜻   오늘날 대포는 별다른 안주 없이 큰 그릇으로 술을 마시는 일을 가
리키는데 그러기에는 그리 독하지 않은 막걸리가 제격이다. 요즈음
은 대폿술을 파는 대폿집도 거의 사라지고 없지만 대폿집이라 하
면 보통은 막걸리를 파는 집을 가리킨다.

● 우리가 잘 다니던 왕개미집이라는 대폿집 있잖아. 그 집이 넓은 데로 이사를 했다는
데 한번 가봐야 하지 않겠어?
● 출출한 속을 달래는 데는 모름지기 대폿집 술 한잔이 제격이야!

0244   **대합실**(待合室)

🖐**본 뜻**   정거장이나 병원 같은 곳에 손님이 앉아서 기다리도록 마련해놓은
방을 가리킨다. 일본어에서 빌려온 한자말이다.

🔄 **바뀐 뜻**   대기실, 기다림방 등으로 바꿔 쓸 수 있다.

○ **보기글**   ● 새벽에 청량리역 대합실(→ 대기실)에 가면 긴 의자에 행려병자들이 누워 있는 것을
심심치 않게 보게 된다.
● 시외버스 대합실(→ 대기실)에서 무심코 담배를 피워 물다가 벌금을 물었다.

0245   **댕기풀이**

🖐**본 뜻**   신부의 댕기를 푼 신랑이 친구들에게 한턱내는 일을 가리킨다.

🔄 **바뀐 뜻**   요즘의 댕기풀이는 반드시 신랑만 하는 것이 아니다. 신랑, 신부 양
쪽 다 결혼 후에 친구들에게 한턱내는 일을 가리킨다.

○ **보기글**   ● 얘, 오늘 숙이가 댕기풀이 한다더라.
● 어이, 김 대리. 장가갔는데 댕기풀이 안 하고 그냥 넘어갈 거야?

0246   **덜미를 잡히다**

🖐**본 뜻**   몸의 뒤쪽을 덜미라고 하는데 전체를 가리킬 때는 뒷덜미라 하고,

목 부분만 가리킬 때는 목덜미라고 한다.

↳ 바뀐 뜻 뒷덜미를 잡히면 힘을 쓸 수가 없게 되므로 뒷덜미를 잡은 사람의 뜻대로 끌려가게 된다. 그러므로 덜미를 잡힌다는 말은 '약점을 잡히다' '꼬리를 밟히다' '어떤 단서를 제공하게 되었다' 등의 뜻으로 쓰인다.

❂ 보기글
- 요리조리 수사망을 빠져나가던 그가 드디어 덜미를 잡혔다.
- 그 녀석이 흡연 사건으로 한번 덜미를 잡히더니 묻지도 않은 다른 일까지 줄줄이 실토를 하더라고.

0247 덤벙대다(거리다)

🏠 본 뜻 초벌 도자기를 유약에 담갔다 꺼내어 구우면 덤벙 도자기가 된다. 이때 백토물에 초벌 도자기를 살짝 담그는 걸 덤벙이라고 한다.

↳ 바뀐 뜻 유약을 완전히 묻히지 않고 살짝 묻히는데, 여기서 '사람이나 그 행동이 침착하지 못하고 자꾸 함부로 덤비며 매우 바쁘게 움직이는 것'을 가리켜 덤벙대다, 덤벙거리다로 쓰이게 되었다.

❂ 보기글
- 일머리도 모르면서 덤벙거리지 말고 물러나 있어라.

0248 덤터기 쓰다

🏠 본 뜻 남으로부터 넘겨받은 걱정거리를 덤터기라고 한다.

↳ 바뀐 뜻 본뜻 외에 억울한 누명이나 오명을 뒤집어쓰는 일로 더 널리 쓰이고 있다. 흔히 쓰는 '덤테기'는 틀린 말이다.

❂ 보기글
- 동생이 재산을 날리는 바람에 형님이 그 덤터기를 썼지 뭔가.

- 깨진 유리창 밑에 서 있다가 괜히 유리창 깬 놈으로 덤터기 쓸 뻔했잖아.

0249   **도(刀)/검(劍)**

☝ **본 뜻**   둘 다 칼을 가리키는 이 말은 생김새에 따라 도(刀)와 검(劍)으로 나누어진다. 도(刀)는 한쪽으로만 날이 서고 칼등이 약간 휜 것이다. 검(劍)은 양쪽으로 날이 서고 칼등이 곧다. 불교 벽화에 나오는 신장(神將)이나 유명한 장수를 그릴 때는 위엄을 높이기 위해 검을 그린다.

⇆ **바뀐 뜻**   도와 검을 혼동해서 쓰거나 같은 것으로 알고 있는 경우가 많아 여기에 실었다.

◉ **보기글**   • 한산섬 달 밝은 밤에 이순신 장군이 차고 있던 것은 일직선으로 곧게 뻗은 장검이요, 관운장이 비껴들고 있는 것은 칼등이 약간 휘어진 청룡언월도이다.

0250   **도구(道具)**

☝ **본 뜻**   도구(道具)란 말 그대로 도(道)를 닦기 위해 사용하는 기구를 말하는데 주로 불교에서 쓰는 도구를 말한다. 잘 알려진 도구로는 독경이나 염불할 때 박자를 맞추고 호흡을 가다듬는 목탁이나 아침저녁 예불을 알리는 북인 법고(法鼓), 아침저녁 예불할 때 울리는 범종(梵鍾), 염불하거나 절을 할 때 돌리는 염주(念珠), 스님들의 밥그릇인 발우(鉢盂), 참선할 때 대중들에게 신호를 해주는 도구인 죽비(竹篦) 등이 있다.

⇆ **바뀐 뜻**   어떤 일을 할 때 쓰이는 여러 가지 연장이나 어떤 목적을 이루기 위

해 이용하는 수단이나 방법 등을 말한다.

● 보기글
- 필기도구를 챙기지 않고 시험을 보러 오다니!
- 그 사람은 항상 사람을 출세의 도구로만 생각한단 말이야.

0251 **도락**(道樂)

↰본 뜻 원래는 도(道)를 닦아 깨달음을 얻은 뒤 생기는 기쁨을 말하는 불교 용어이다.

↰바뀐 뜻 오늘날에는 '식도락' 등의 단어에 쓰이면서 재미나 취미로 하는 일 등을 가리키게 되었다. 그냥 '도락에 빠졌다'로 쓸 경우에는 주색이나 도박 따위의 못된 일에 흥미를 느껴 푹 빠지는 일을 가리킨다.

● 보기글
- 현대는 다양화 시대라 그런지 도락의 종류도 날이 갈수록 늘어가는데 별별 희한한 게 다 있더라고.
- 그 사람 참, 어디서 포커판이 벌어진다 하면 열 일 제쳐두고 뛰어간다며? 젊은 사람이 못된 도락에 빠져서 헤어나질 못하니 큰일이야.

0252 **도란스**

↰본 뜻 트랜스포머(transformer)의 축약인 '트랜스'의 일본식 발음이다. 트랜스포머는 전압을 오르내리게 하는 변압기를 일컫는 말이다.

↰바뀐 뜻 '도란스'는 중장년층에서 많이 쓰고 있는 말이나, 요즈음은 '트랜스' 또는 '변압기'로 많이 바꿔 쓰고 있다.

● 보기글
- 얘야, 넌 젊은 애가 도란스가 뭐냐, 도란스가. 변압기라는 좋은 우리말을 놔두고 이 아비도 안 쓰는 도란스란 말을 쓰냐?

0253   도량(道場)

☝**본 뜻**   한자로는 道場으로 쓰지만 읽기는 도량으로 읽는다. 도장으로 읽을
때는 태권도나 검도 등을 가르치거나 연습하는 장소나 집을 가리킬
때이고, 도량은 '도를 닦는 장소, 도가 있는 장소'를 일컫는 말이다.
원래는 '석가모니가 도(道)를 이룬 땅'을 가리키는 말이었다.

⇆ **바뀐 뜻**   요즘은 일반적으로 불도를 닦는 곳, 즉 '절'을 가리키는 말로 널리
쓰인다. 좁게는 좌선(坐禪)이나 염불이나 수계(授戒) 등을 하는 방을
가리키기도 한다.

❂ **보기글**   • 스님들이 도를 닦는 도량에 왔으면 마음과 몸을 가다듬어 스님들의 수행에 방해가
되지 않게 해야 할 것이야.
• 해인사는 우리나라의 대표적인 불도량으로 일찍이 성철 큰스님이 계셨던 곳이다.

0254   도로아미타불(徒勞阿彌陀佛)

☝**본 뜻**   도로아미타불은 헛수고를 뜻하는 도로(徒勞)와 서방 극락세계의 부
처님을 말하는 아미타불(阿彌陀佛)이 합쳐진 말이다. 지극정성으로
불도(佛道)를 공부하면 자기의 본성 안에 있는 아미타불을 만날 수
있다고 한다. 그러나 지극정성으로 공부한 공든 탑도 한순간의 잘
못으로 와르르 무너질 수가 있는 법이다. 한번 잘못 먹은 나쁜 마
음이나 싸움질이나 분노나 어리석은 판단 등으로 그동안 아미타불
을 향해 쌓았던 공을 무너뜨리는 수가 있는데, 그것을 헛수고, 즉
도로(徒勞)에 그쳤다고 한다. 우리 속담에 '공든 탑이 무너졌다'고 하
는 말과 같은 뜻이다.

⇆ **바뀐 뜻**   아무 보람이 없는 일에 애를 쓴 것을 일컫는 말이다. 보다 낫게 해

보려 했으나 처음과 마찬가지가 되었다는 뜻이다. 도로아미타불에서 '도로'는 '다시, 먼저와 같이'의 뜻을 가진 순우리말로 쓰이기도 한다.

◑ **보기글**
- 본고사가 폐지되었다니 이제껏 준비한 본고사 공부가 도로아미타불이 되었네.
- 어떻게든 두 사람을 화해시켜보려고 했는데 한 사람이 훌쩍 이민을 갔다니 그동안 애쓴 게 도로아미타불이 되었잖아.

0255 **도마뱀**

◠**본 뜻** 도마뱀은 꼬리를 쥐면 스스로 꼬리를 토막 내고 도망친다. 이렇게 꼬리가 토막토막 끊어진다는 데서 '도마뱀'이라는 이름이 나왔다. '도마'의 옛말은 '도막'이고, 도막의 큰말은 '토막'이다.

⇆ **바뀐 뜻** 도마뱀과에 딸린 파충류인데 10~18센티미터의 몸길이에 짧은 네 발이 달려 있다. 적에게 쫓기다 꼬리를 잡히면 스스로 끊고 도망가는 특성을 갖고 있다.

◑ **보기글**
- 위급상황에 처했을 때 자기 꼬리를 끊고 도망가는 도마뱀처럼 사람도 극한 상황에 처하면 자기 살을 에는 아픔을 감내할 수 있을까?
- 이번에도 또 정작 벌을 받아야 할 윗선은 무사하고 아랫사람들만 도마뱀 꼬리 자르듯이 잘라버렸더구먼.

0256 **도무지**

◠**본 뜻** 도모지(塗貌紙)는 조선시대에 사사로이 행해졌던 형벌이었다. 물을 묻힌 한지를 얼굴에 몇 겹으로 착착 발라놓으면 종이의 물기가 말

라감에 따라 서서히 숨을 못 쉬어 죽게 되는 형벌이다. 고통 없이 빨리 죽이는 가벼운 형에 속한다.

⇆ 바뀐 뜻　끔찍한 형벌인 '도모지'에 그 기원을 두고 있는 '도무지'는 그 형벌만큼이나 '도저히 어떻게 해볼 도리가 없는'의 뜻으로 쓰이고 있다. 『매천야록』에 따르면 흥선대원군 시절에 가톨릭 교인 등 무수한 사람이 처형되었다. 천 명이 넘는 사람을 일일이 목을 베어 죽이기가 어렵고 염증까지 느낀 포도청 형졸들이 종이 한 장을 죄수 얼굴에 붙이고 물을 뿌려 금세 숨이 막혀 죽도록 도와주었다고 한다. 그때부터 누굴 아느냐고 물어올 때 '물론 모른다'는 의미로 쓰는 도모지(都某知)로 변했다고 한다. 형졸들이 죄인을 죽일 때 누군지도 모르고 종이를 붙여 죽였기 때문이다.

◐ 보기글　• 그 사람은 앞뒤가 꽉 막힌 게 도무지 얘기가 안 통하더라고.
　　　　　• 이번 사업은 아무리 이렇게 저렇게 해보려고 해도 도무지 돌파구가 보이질 않네.

0257　**도쿠리**(とくり)

☞본　뜻　원래 '목이 긴 조막병'을 뜻하는 일본말로, 목이 올라오는 스웨터와 모양이 비슷하게 생겼으므로 목이 긴 스웨터를 가리키는 말로 변이되었다.

⇆ 바뀐 뜻　턱 밑까지 올라와 목을 감싸는 스웨터를 이르는 말이다. 요즘 젊은이들은 도쿠리라는 일본어보다는 '터틀 스웨터'라는 영어를 널리 쓴다. '자라목 스웨터'로 바꿔 쓸 수 있다.

◐ 보기글　• 아범아, 오늘은 날이 차니 도쿠리를 입고 나가거라.
　　　　　• 얘 옥이야, 너 그 자라목 스웨터가 썩 잘 어울리는구나.

145

0258 **도탄**(塗炭)

🔖 **본 뜻** 본래 도(塗)는 진흙을, 탄(炭)은 숯을 가리키는 말로 진구렁에 빠지고 숯불에 탄다는 뜻이다.

🔄 **바뀐 뜻** 진구렁이나 숯불 속에 있는 것처럼 매우 고통스러운 지경을 이르는 말이다.

◉ **보기글** • 단 한 사람 독재자의 출현으로 민생이 도탄에 빠지는 지경에 이르렀다.
 • 조선시대 후기에 이르러서는 삼정의 문란으로 백성들이 도탄에 빠져 신음하고 있었다.

0259 **독불장군**(獨不將軍)

🔖 **본 뜻** 이 말은 본래 글자 그대로 '혼자 힘으로는 장군이 될 수 없다'는 뜻이다. 주위에 거느릴 졸병도 있고 따르는 충신도 있어야 장군이 되는 것이지, 따르는 사람도 없고 거느리는 사람도 없이 혼자서 장군이 되지는 못한다는 말이다.

🔄 **바뀐 뜻** 오늘날에는, 혼자 어떤 일을 처리하거나 홀로 버티며 고집을 부리는 사람, 혹은 여러 사람의 지지를 받지 못한 채 따돌림을 받는 외톨이를 뜻하는 말로 바뀌어 쓰이고 있다.

◉ **보기글** • 그 사람, 남의 말을 안 듣는 독불장군이라서 주위에 사람이 모이질 않지.

0260 **독서삼매**(讀書三昧)

🔖 **본 뜻** 독서삼매는 독서에 푹 빠져들어 다른 것에 정신이 가지 않는 일심

(一心)의 경지를 가리키는 말이다. 여기 쓰인 '삼매'는 본래 불교용어로 산스크리트어 '삼마디(sama-dhi)'의 한자식 표기이다. 이 말은 '마음을 한곳에 집중한다'는 뜻으로 이 '삼마디'의 경지는 곧 선(禪)의 경지와 같은 것이다.

↳ **바뀐 뜻** 딴생각은 하지 않고 오직 책 읽기에만 골몰하는 일을 가리키는데, 그 정도가 곧 스님들이 선정(禪定)에 든 것과 같은 경지임을 가리키는 말이다.

◉ **보기글** • 무더운 여름에 더위를 이길 수 있는 방법으로는 독서삼매가 가장 좋다네.

0261 # 돈

☝ **본 뜻** '돈'은 칼을 뜻하는 '刀'에서 유래되었다고 한다. 고려 말까지 '錢'과 '刀'는 화폐를 의미하는 뜻으로 나란히 쓰였고, 소리도 '도'와 '돈'으로 혼용되다가 조선시대에 한글이 창제된 후 '돈'으로 통일되었다고 한다. 또 다른 학설로는 고려시대에 '刀'가 무게의 단위 '돈쭝'으로 변용되어 '도'가 '돈'으로 와전되었다는 주장이 있다. 이 밖에도 '돈'은 '刀'에서 나온 것으로, 그 의미는 사회정책상의 훈계가 포함된 것이라는 얘기도 있다. '돈'은 한 사람이 많이 가지게 되면 칼[刀]의 화를 입기 때문에 그것을 훈계하기 위해 '돈'을 '도'라 하고 그것을 '돈'으로 읽었다는 것이다. 우리나라 고대 무덤에서 출토되는 명도전(明刀錢) 같은 화폐가 칼 모양으로 생긴 것이 이 학설을 직접적으로 증명해주는 것이라는 주장이다. 아무튼 위의 세 학설 모두 '돈'이란 것이 쓰기에 따라서 사물을 자르고 재단하는 '칼'처럼 유용한 것인가 하면, 생명을 죽이거나 상처 내는 '칼'처럼 무서운 것이기도 하다는 공통된 전언을 담고 있다. 그러나 우리나라에서 몽골학의 전문가로

꼽히는 박원길 씨는 몽골 동부의 부이르 호수에 나는 조개를 현지 사람들이 돈이라고 부른다면서, 조개를 돈으로 사용한 고대에 자연스럽게 돈이라는 말이 나왔다고 주장한다. 그러니까 돈은 곧 고대에 화폐로 쓰인 조개라는 말이다.

⇆ 바뀐 뜻 상품 교환의 매개물로서 어떤 물건의 가치를 매기거나, 물건값을 치르는 도구로 사용하거나, 재산 축적의 지표로 삼기 위하여 금속이나 종이를 이용하여 만들며 그 크기나 모양, 액수 따위는 일정한 법률에 의하여 정한다.

◎ 보기글
- 돈 나고 사람 났나? 사람 나고 돈 났지.
- 돈이 많다고 해서 함부로 쓰다간 반드시 돈 때문에 우는 일이 생길 것이야.
- 아무리 천한 일을 하여 번 돈이라도 보람 있게 쓰면 되는 거야.

0262 **돈가스**(とんカツ)

◎ 본 뜻 이것은 영어의 '포크커틀릿(pork cutlet)'에서 온 말이다. 일본에서는 돼지고기를 뜻하는 '포크' 대신에 돼지 돈(豚)을 쓰고 거기에 커틀릿의 일본어 발음인 '가쓰레쓰'를 덧붙여 '돈카스'로 불렀다. 그것이 우리나라에 건너와 '돈가스'로 불리게 되었다. 그러나 '김치'를 외국에서도 '김치'라고 부르듯이 '돈가스'도 원어 그대로 '포크커틀릿'으로 불러주어야 한다.

⇆ 바뀐 뜻 빵가루를 묻힌 돼지고기를 기름에 튀긴 간단한 서양식 요리의 이름이다.

◎ 보기글
- 돈가스는 가장 대중적인 양식이라고 할 수 있다.
- 엄마, 저 오늘 저녁에 돈가스 먹고 싶어요.

0263 돈키호테(Don Quixote)

본 뜻 스페인의 작가 세르반테스 사아베드라가 지은 장편소설이면서 그 소설의 주인공 이름이다. 전편은 1605년에 간행되고 속편은 1615년에 간행되었다. 주인공 돈키호테가 기사(騎士) 이야기책을 탐독하다가 망상에 빠져, 여윈 말 로시난테를 타고 산초 판자와 더불어 기사수업(騎士修業)을 다니면서 기지와 풍자를 곁들인 여러 가지 일과 모험을 한다는 줄거리이다.

바뀐 뜻 오늘날 돈키호테라는 말은 소설의 주인공 돈키호테에 빗대어 현실을 무시한 공상적 이상가를 가리키는 말로 쓰인다. 또한 그런 인물의 유형을 돈키호테형이라고 부르며, 반대되는 유형을 햄릿형이라고 부른다.

보기글 ● 뭐, 그 돈키호테가 걸핏하면 무단결근을 하더니 이젠 아예 회사를 그만두겠다고 한다고?

0264 돌팔이

본 뜻 돌팔이라는 말이 생기게 된 배경에 대해서는 여러 가지 학설이 있다. 이리저리 돌아다니며 어설픈 기술을 파는 사람이란 뜻에서 '돌다'와 '팔다'가 결합된 것이라는 설과, '돌다'라는 동사와 무당이 섬기는 바리데기 공주를 가리키는 '바리'가 합쳐져서 된 '돌바리무당'이 어원이라는 설도 있다. 그중 신빙성이 있는 것으로는 돌바리(回巫; 돌아다니는 무당) 어원설이 아닐까 한다. 돌바리는 일명 돌무당이라고도 하는데 그는 집집을 방문해서 치료를 겸한 간단한 기도와 점을 쳐준다. 그렇게 여러 곳을 돌아다니는 돌바리는 각양각색의 사람을 만나고 갖가지 사건을 겪는 통에 나름대로 여러 가지 잡다한 지식을 가지게 된다. 주로 환자나 우환이 있는 집에 불려 다니던 돌바리는 그 와중에서 얻은 지식으로 웬만한 환자를 보기도 하고 간단한 처방도 내린다. 그러는 중에 환자를 잘못 다뤄 큰 해를 끼치는 일도 종종 벌어지곤 했다. 이 때문에 이들을 서툰 기술을 가지고 이리저리 다니면서 지식이나 기술을 파는 자들로 여기게 된 것이다. 이처럼 한곳에 터를 잡지 못하고 이곳저곳으로 떠돌아다니면서 무업을 하는 선무당을 '돌바리' '돌무당'이라 불렀고, 그것이 입에서 입으로 전해지면서 돌팔이로 변한 것이다.

↰ **바뀐 뜻** 이곳저곳을 떠돌아다니면서 설익고 변변찮은 기술이나 학식, 물건을 파는 사람을 가리키는 말이다. 또는 제대로 된 자격이나 실력이 없이 전문적인 일을 하는 사람을 속되게 이르는 말이다.

○ **보기글**
- 저 사람 얘기하는 게 꼭 돌팔이 같지 않니?
- 너, 저번에 새로 해 넣은 이가 말썽이 생겼다며? 그러게 내가 뭐랬니. 돌팔이한테는 그런 거 하지 말라 그랬잖아.

0265 **동기간**(同氣間)

☝ **본 뜻** 글자 그대로 같은 기운(氣)을 가지고 있는 사이를 가리키는 말이다. 같은 아버지 어머니 사이에서 태어난 형제들은 같은 기운을 가지고 태어날 수밖에 없기에 형제자매들을 가리켜 동기(同氣)라 불렀다.

↰ **바뀐 뜻** 형제자매 사이를 가리키는 말이다.

○ **보기글**
- 동기간에 사이좋게 지내야지 허구한 날 싸우면 되니?
- 그 집 동기간들은 곁에서 보기에도 참 사이가 좋은 것 같아.

동냥[動鈴]

🔔본 뜻 동냥은 원래 불교용어 동령(動鈴)에서 나온 말이다. 동령이란 '요령을 흔들고 다닌다'는 뜻이다. '요령'은 원래 금강령(金剛鈴)을 가리키는 말인데, 금강령이란 옛날 불교의식에서 쓰던 도구로서 번뇌를 깨뜨리고 불심을 더욱 강하게 일으키기 위해서 흔들었다. 그러던 것이 조선시대의 스님들이 생계 유지를 위해 탁발에 나설 때 요령을 흔들고 다니게 되면서부터 동령을 '구걸'과 같은 뜻으로 쓰게 되었다. 이 동령이 동냥으로 변음되면서 오늘날 '동냥하다' '동냥주머니' 등의 말이 생기게 되었다.

🔄바뀐 뜻 거지나 동냥아치가 돈이나 물건을 구걸하러 다니는 일, 또는 그렇게 얻은 물건이나 돈을 가리킨다.

💡보기글
- 그렇게 규모 없이 돈을 쓰다 동냥주머니를 차게 되어도 좋으냐?
- 아까 어떤 애엄마가 동냥을 왔는데 그냥 돌려보낸 것이 못내 마음에 걸리네.

0267

동장군(冬將軍)

🔔본 뜻 나폴레옹 1세가 모스크바 원정 당시 시베리아의 매서운 혹한과 사정없이 휘몰아치는 눈 때문에 패배한 데서 생겨난 말이라고 한다.

🔄바뀐 뜻 겨울철의 매서운 추위를 의인화하여 일컫는 말이다.

💡보기글
- 작년 겨울에 이 집에서 동장군 때문에 얼마나 고생을 했는지 올해는 어디 딴 곳으로 이사를 갔으면 좋겠네.
- 날이 갈수록 동장군이 기승을 부려 감기 환자가 늘어났다.

동티가 나다

본 뜻 건드려서는 안 될 땅을 파거나 돌을 옮기거나 파내는 일을 말한다. 오래된 나무나 신성시되는 나무를 벨 때 그것을 수호하는 지신(地神)들의 노여움을 입어 재앙을 받는다는 민속신앙용어다. 본래는 땅을 움직인다는 동토(動土)에서 나온 말이다.

바뀐 뜻 건드리지 않을 것을 잘못 건드려서 스스로 걱정거리를 불러들이거나 해를 입는 일을 말한다.

보기글
- 점순이네는 마을 사람들이 그렇게 말렸는데도 기어이 우물을 파더니 동티가 났지 뭔가.
- 돌쇠 녀석, 또 무슨 동티를 내려고 마을 구석구석을 헤집고 다니는지 모르겠어.

돼지

본 뜻 돼지는 송아지·망아지·강아지 등과 대등한 말로서, 본래는 새끼를 일컫는 명칭이었다. 고어의 '돝'이 어미 돼지이고 '도야지'나 '돼지'는 새끼 돼지인데, 후에 '돝'이 사어(死語)가 되면서 '돼지'가 '돝' 대신 표준어가 되고, '도야지'는 방언이 되었다. 그래서 가축 중에 '돼지'만은 새끼의 명칭이 없어지고, 송아지·망아지·강아지 등에 대등한 말로서 '새끼 돼지'가 쓰이게 되었다.

바뀐 뜻 본래는 새끼 돼지를 일컫던 말이 돼지 전체를 가리키는 말로 의미가 확산되어 쓰이고 있다.

보기글
- 선생님, 소나 개의 새끼는 송아지·강아지처럼 새끼를 가리키는 이름이 따로 있는데 돼지는 왜 새끼를 가리키는 말이 없는 거지요?
- 그 사람, 돼지처럼 살찐 데다가 욕심도 어찌나 많은지.

0270 되놈

본 뜻 옛날 두만강 북쪽과 그 근방에 살던 여진족 일파인 '되족'을 일컫는 말이었다.

바뀐 뜻 후대로 내려오면서 중국인을 하대하여 부르는 말로 바뀌었다.

보기글
- 옛날에 되놈들은 참 지저분했는데 지금은 좀 나아졌나 몰라.
- '만만디, 만만디' 하면서도 뒤로는 자기 실속을 다 차리는 게 되놈 근성 아니겠어?
- 재주는 곰이 넘고 돈은 되놈이 받는다.

0271 되바라지다

본 뜻 물건의 모양이 툭 비어져 나와 깊고 아늑한 맛이 없는 형태를 가리킨다.

바뀐 뜻 너그럽지 않고 포용성이 적은 행동이나, 하는 짓이 나이에 비해 얄밉도록 지나치게 야무지고 똑똑한 체하는 것을 말한다.

보기글
- 사람이 워낙 되바라져서 그 앞에선 말하기가 겁나는 거 있지.
- 그 아이는 나이도 어린 애가 지나치게 되바라져서 도무지 정이 안 가더라고.

0272 된서리 맞다

본 뜻 '된서리'는 늦가을에 아주 되게 내리는 서리를 말하는데 논밭에 심어놓은 작물들이 이 서리를 맞으면 풀이 죽어서 못쓰게 되거나 금방 죽어버린다.

바뀐 뜻 어떤 기구나 사람이 존립 기반이 무너질 정도로 큰 타격이나 모진

153

억압을 당하는 경우를 일컫는 말이다.

◉ 보기글   • 김 선수의 금지 약물 복용 사건으로 육상협회가 된서리를 맞게 되었다는군요.

0273   **두루마기**

🖐본 뜻   두루마기는 갑오개혁 이후에 남자들이 예복으로 입기 시작한 옷이
다. 바지저고리 위에 입던 포(袍)와 같다. 몽골인들이 입는 xurumakci
에서 온 말이라는 주장이 있는데, 사실 고구려 고분 벽화에서 기원
을 찾아볼 수 있다. 한자 표기로 주의(周衣)라고 하는데 이 때문에
중국 주나라 때부터 전해져 온 옷이라고 주장하는 이가 있지만, 이
는 사실이 아니다. 우리말 '두루'와 막는다는 뜻의 '막이'가 합쳐진
말이다.

⇆ 바뀐 뜻   오늘날에도 한복 겉옷을 가리키는 말로 쓰인다.

◉ 보기글   • 두루마기는 고구려 때부터 입어온 민족 고유의 옷인데 갑오개혁 이후 백성 사이에
유행하였다.

0274   **두루뭉수리**

🖐본 뜻   형태가 없이 함부로 뭉쳐진 물건을 이르는 말이다. 흔히 쓰는 '두리
뭉수리'는 잘못된 말이다.

⇆ 바뀐 뜻   말이나 행동이 이것도 아니고 저것도 아니어서 또렷하지 못한 사람
을 가리키는 말이다. '두루뭉실하다'고 쓸 때는 태도나 성격, 혹은
일처리 등이 명확하지 않고 어정쩡한 것을 말한다.

• 그 사람, 두루뭉수리라서 그냥 사귀는 데는 좋을지 몰라도 같이 일하는 데는 어려움이 많을 게야.
• 요즘 같은 무한경쟁시대에 그렇게 두루뭉실하게 일처리를 해서야 어떻게 회사를 꾸려나가겠어?

0275 **두문불출**(杜門不出)

🕯 본 뜻   이 말에는 고려의 멸망과 조선의 건국에 얽힌 역사가 들어 있다. 이성계가 역성혁명을 일으킨 뒤 고려의 유신 72명이 새 왕조를 섬기기를 거부하고 경기도 개풍군에 있는 두문동에 깊숙이 들어가 죽도록 나오지를 않았다 한 데서 생긴 고사다. 72명의 명단은 기록에 따라 다르며 인원에 대한 이설도 있다. 조선시대 내내 72명의 실체에 대한 논란이 있었다. 원래 '두문불출'이란 '문을 닫고 나가지 않는다'는 단순한 뜻으로, 사마천의 『사기』 권68 「상군열전」 '公子虔杜門不出已八年矣'에 처음 나오지만, 이는 단지 문을 닫고 나오지 않는다는 말일 뿐 고사성어가 된 것은 아니다. 고려가 망하고 조선이 건국되면서 '두문불출'은 고사성어로서 자리를 잡았다.

🔄 바뀐 뜻   집에만 있고 바깥으로 나다니지 않는 것을 가리키는 말이다.

◉ 보기글   • 김군이 이 더운 여름에 두문불출하고 있다니 무슨 일이 있는 것 아니냐?
• 직장을 그만두고 3개월 동안 두문불출하고 있었더니 세상이 어떻게 돌아가는지 모르겠어.

0276 **뒤웅스럽다**

🕯 본 뜻   생김새가 마치 볼품없는 뒤웅박처럼 미련스럽게 보인다고 해서 생

긴 말이다.

≒ 바뀐 뜻 생김새나 모양이 미련스럽다는 뜻으로 쓰인다.

● 보기글
- 그 아이는 뒤웅스럽게 생긴 것과는 달리 행동은 꽤나 재빠르던데.
- 지금 나간 저 친구는 사람은 진실한데 너무 뒤웅스러워서 영업에는 맞지 않을 것 같구먼.

0277 뒷전

본 뜻 무당굿 열두 거리 중 마지막 거리를 가리킨다. 또 종묘에서 정식 왕을 모신 곳을 정전(正殿)이라 하고, 추존 왕이나 왕의 부모, 복위된 왕과 왕비들을 따로 모신 곳을 영녕전이라고 하는데, 영녕전을 달리 뒷전이라고 부른다.

≒ 바뀐 뜻 무당굿의 뒷전풀이를 하는 것에서 '뒷전 놀다', '뒷전 보다'는 말이 나왔다. 여기에 뜻을 더해 영녕전처럼 실제 국왕을 지내지 않은 사람들을 모시는 뒷전이 정전에 비해 대접을 덜 받는 점을 가리켜 힘이 약하거나 주목을 받지 못한다는 뜻으로 쓰인다.

● 보기글
- 그 모임에 가면 나는 항상 뒷전이더라.
- 그렇게 기세가 등등하더니, 이제 그도 별수 없이 뒷전으로 물러앉은 처지가 되었다.

0278 득도(得度)

본 뜻 불가(佛家)에 출가해서 처음으로 계(戒)를 받는 것을 일컫는 말이다.

≒ 바뀐 뜻 뜻이 바뀐 것은 아니고, 깨달음을 이루었다는 득도(得道)와 혼동하는 일이 많기에 여기에 실었다.

0279 들통나다

🖐본 뜻 '들통'이란 말은 밑바닥이 다 드러난 빈 통을 가리키는 말이다. 그러므로 들통이 났다는 것은 맨 밑바닥까지 다 보인다는 뜻이다.

⇆ 바뀐 뜻 그동안 숨겨왔던 일이 드러나거나 들킨 상황을 일컫는 말이다.

○ 보기글 • 극장에서 김 과장님을 만나는 바람에 그 사람과 사내 연애 하는 게 그만 들통이 나고 말았지 뭐야.
• 너, 그러다가 들통나면 어쩌려고 그렇게 날이면 날마다 대리 출석을 부탁하니?

0280 등골이 빠지다

🖐본 뜻 '등골'이란 말에 쓰이는 '골'은 뼛속에 가득 차 있는 부드러운 신경조직을 가리키는 말이다. 그러므로 이런 경우에 쓰이는 등골이란 등뼈 자체를 가리키는 말이 아니라 뇌와 연결되는 신경중추를 가리키는 말이다. 이 신경중추에 손상이 올 경우 디스크 및 운동신경 마비 등의 여러 가지 신체적인 고통을 당하게 된다.

⇆ 바뀐 뜻 견디기 힘들 만큼 몹시 힘이 든다는 말이다. 이 밖에도 등골에 관계된 말로는 남의 재물을 갈취하여 긁어먹는 '등골을 빼먹다' 혹은 남을 몹시 고생스럽게 하는 것을 가리키는 '등골을 뽑다' 등이 있다.

○ 보기글 • 등골이 빠지게 일해봤자 남는 게 뭐가 있니?
• 세 아이 학비 대느라고 우리 두 부부가 등골이 빠진다니까요.

0281   등신(等神)

☞본 뜻   나무나 돌, 쇠, 흙 등으로 사람의 크기와 비슷하게 만들어 놓은 신상(神像)을 가리킨다. 이 등신상이 사람이 할 수 없는 일을 대신 해 준다고 믿었던 것이다.

↹ 바뀐 뜻   그러나 실제로 등신상이 아무 일도 할 수 없는 것처럼 어리석거나 바보 같은 사람을 비하하는 욕으로 바뀌었다.

◉ 보기글
- 녀석, 그렇게 등신같이 굴더니 결국엔 큰코를 다치는구먼.
- 가만히 있으니 사람을 등신으로 아나 보지?

0282   등용문(登龍門)

☞본 뜻   용문(龍門)은 중국 황하 중류에 있는 여울목인데 잉어가 이곳에 특히 많이 모인다. 많은 잉어들이 이곳을 거슬러 오르려 하지만 물살이 너무 급해 거슬러 오르는 잉어는 거의 없다. 그러나 만약 이 급류를 거슬러 오르기만 하면 용(龍)이 된다고 한다. 이로부터 용문에 오른다는 것은 어려운 관문을 통과하여 크게 출세하게 됨을 의미하게 되었다.

↹ 바뀐 뜻   입신출세나 벼슬길에 오르는 관문 등을 통과한 것을 말한다. 오늘날에는 대학 입학시험을 통과한 것 등을 말하기도 한다. 흔히 '인재를 뽑아 쓴다'는 뜻으로 쓰이는 '등용(登用, 登庸)'과는 전혀 다른 뜻의 말이다.

◉ 보기글
- 우리 아들이 이번에 대입 등용문을 통과했지 뭐예요.
- 국내 주요 일간 신문은 문단의 등용문으로 신춘문예 작품을 공모하고 있다.

0283 딴전 보다

본 뜻 딴전은 '다른 전(廛)'에서 온 말이다. 옛날에는 물건을 늘어놓고 파는 가게를 전(廛)이라 했다. 딴전을 본다는 것은 이미 벌여놓은 자기 장사가 있는데도 남의 장사를 봐준다거나, 다른 곳에 또 다른 장사를 펼쳐놓는 것을 말한다.

바뀐 뜻 하고자 하던 일을 제쳐두고 오히려 다른 일에 더 매달린다는 뜻으로 쓰인다. 또는 눈앞에 놓인 문제와는 아무런 연관이 없는 말이나 행동을 함으로써 문제의 핵심을 흐리게 하는 태도 등을 가리킨다. 딴전 부리다, 딴전 피우다라는 표현을 쓰기도 한다.

보기글
- 너는 반찬거리 보러 나온 애가 옷가게에서 웬 딴전을 그렇게 보고 있니?
- 딴전 피우지 말고 어서 네가 들었다는 그 얘기나 좀 해봐라.

0284 딴죽 걸다

본 뜻 씨름이나 태껸, 남사당 살판 등에서 쓰는 기술의 한 가지로서 발로 상대편 다리를 치거나 걸어 넘어뜨리는 재주를 '딴죽' 혹은 '딴지'라 한다.

바뀐 뜻 상대방 다리를 걸어 넘어뜨리거나, 다른 이가 하는 일을 방해하거나 시비하는 것을 이르는 말이다.

보기글
- 왜 가만히 지나가는 사람 딴죽을 거는 거야?
- 아니, 상거래의 기본을 어겨도 유분수지. 할인판매 안 하기로 해놓고서 그렇게 딴죽을 걸어도 되는 거야?
- 무슨 일이든 꼭 딴지를 놓는 사람들이 있다.

0285   땡잡다

본 뜻   화투에서, 같은 짝 두 장으로 이루어진 패를 '땡'이라고 한다. 이럴 경우엔 이길 확률이 매우 높아진다. 그러므로 '땡잡았다'는 말은 패가 좋게 들어와서 곧 횡재를 하게 생겼다는 뜻이다.

바뀐 뜻   생각지도 않았던 뜻밖의 행운이 굴러들어온 경우를 가리킨다.

보기글
- 자네가 갖고 있던 임야가 이번에 규제가 풀려서 땅값이 치솟았다며? 자네 완전히 땡잡았네그려.
- 등산 갔다가 우연히 방송국 프로듀서를 만났는데 날더러 자기 프로 구성작가로 일해보지 않겠냐는 거야. 빈둥빈둥 놀던 차에 완전히 땡잡았지 뭐니.

0286   땡전

본 뜻   조선 말기 흥선대원군이 경복궁을 지을 경비를 마련하기 위하여 당백전(當百錢)을 발행하였다. 이 당백전은 3년간 통용되었는데, 법정 가치는 상평통보의 100배였으나 실제 가치는 5배 내지 6배에 지나지 않는 악질 화폐였다. 이러한 당백전의 통용은 곧바로 화폐 가치의 하락과 물가 폭등을 가져왔다. 그래서 당시 사람들이 당백전을 몹쓸 돈이라 하여 '땅돈'이라는 속어로 일컬었으며 이것이 변화되어서 '땡전'이 되었다.

바뀐 뜻   오늘날 '땡전'이라 하면 '최소 단위의 돈' 또는 '아주 적은 돈'을 이르는 말로 쓰인다. 수중에 돈이 없을 때 '땡전 한 푼도 없다'는 표현을 흔하게 쓰는데 이는 100원짜리 동전 한 닢도 없을 정도로 궁핍하다는 뜻이다.

보기글
- 집에서 놀고 먹는다고 땡전 한 푼 못 받다가 어쩌다 받은 용돈을 책 사느라고 몽땅 털어부었다.

● 야, 나 지금 호주머니에 땡전 한 푼도 없는데 좀 봐주라.

0287 떡 해먹을 집안이다

본 뜻 우리 민간 습속 중에 가장 널리 퍼진 것으로 '고사'라는 의식이 있다. 고사는 대개 집안에 궂은일이 있거나 뜻대로 되는 일이 없을 때 조상신이나 터줏대감의 노여움을 풀기 위해 수수팥떡을 차려놓고 지내는 제사인데, 집안의 평안과 행복을 기원한 다음 고사를 지낸 떡은 이웃에 두루두루 돌리며 나눠 먹는다. 고사가 행해지게 된 이같은 연유 때문에 집안 식구들끼리 서로 다투거나 분란이 일어나 평안하지 않으면, 바깥에서 그 집안을 가리켜 '떡 해먹을 집안'이라고 했다. 그 말 속에는 고사떡을 해서 고사라도 한번 지내야 할 정도로 편치 않은 집안이란 뜻이 담겨 있었던 것이다.

바뀐 뜻 가족 간에 서로 마음이 맞지 않아 분란이 끊이지 않는 집안을 가리키는 말이다.

보기글
● 저 건너 점복이네 말이에요. 시어머니, 딸, 며느리가 서로서로 마음이 안 맞아서 큰소리가 가실 날이 없다지 뭐예요. 얘기를 들어보니까 완전히 떡 해먹을 집안이더라고요.
● 부모는 부모대로 아이들은 아이들대로 서로 어디서 뭘 하는지 모를뿐더러 관심도 없다고? 그 집 완전히 떡 해먹을 집이네.

0288 떼어논 당상(堂上)

본 뜻 당상관(堂上官) 벼슬을 떼어서 따로 놓았다는 뜻이다. 당상관은 정3품 이상의 벼슬을 가리킨다. 흔히들 경품이나 경매를 통해 어떤 것을 차지하게 되는 '따다'라는 말을 연상해서 '따놓은 당상'으로 많이 쓰고 있지만, 올바른 표기는 '떼어논 당상'이다.

⇆ **바뀐 뜻**   어떤 일이 확실하여 조금도 틀림없이 계획된 대로 진행될 것임을 믿는 말. 또는 어떤 일이나 자리를 자기가 꼭 차지할 것이 틀림없음을 일컫는 말이다. 줄여서 '떼논 당상'이라고도 한다.

🔘 **보기글**
- 김군한테는 대학 입학이야 뭐 떼어논 당상이지.
- 너무 초조해하지 마. 그 정도로 심혈을 기울였는데 본선에 올라가는 거 정도야 떼논 당상 아니겠어?

0289   **뗑깡(てんかん)**

📖 **본 뜻**   간질과 뜻이 같은 한자어 전간(癲癇)의 일본 독음인 '뎅칸(てんかん)'에서 온 말이다. 흔히 지랄병이라고 하는 간질은 발작을 하면 한동안 자신의 행동을 기억 못하는 이성 마비증세가 온다.

⇆ **바뀐 뜻**   어떤 사람이 행패를 부리거나 어거지를 쓸 때, 혹은 어린애가 심하게 투정을 부리는 것을 가리킬 때 쓰는 말이다. 뗑깡은 일본어에서 온 말이므로 쓰지 않는 것이 좋겠다. 그때그때 상황에 맞게 '행패' '어거지' '투정' 등의 적당한 우리말로 바꿔 써야 한다.

🔘 **보기글**
- 그 사람, 평소에는 얌전하더니 어제 술 마시고 와서 뗑깡을 부리는데, 우와~ 못당하겠더라고.
- 네가 지금 몇 살인데 뗑깡을 부리니? 동생한테 창피하지도 않니?

0290   **뚱딴지같다**

📖 **본 뜻**   뚱딴지는 본래 돼지감자를 가리키는 말이다. 생김새나 성품이 돼지

감자처럼 '완고하고 우둔하며 무뚝뚝한 사람'을 비웃어서 가리키는
말이다.

🔄 **바뀐 뜻** 오늘날에는 본뜻이 가지고 있는 의미는 거의 없어지고, 상황이나
이치에 맞지 않게 엉뚱한 행동이나 말을 하는 것을 가리킨다.

🔵 **보기글** • 그 사람 가끔 가다가 뚱딴지같은 소리를 하지, 안 그래?
• 너, 분위기를 바꾼다고 그렇게 뚱딴지같은 행동을 하나본데 그런 행동이 오히려 분
위기를 깨뜨린다는 생각은 안 해봤니?

ㄹ

0291   **랑데부**(rendez-vous)

🖐 **본 뜻**   랑데부는 본래 프랑스어로 '밀회' '만나는 지점'을 뜻하는 말이다. 영
            어의 '데이트'에 해당하는 말이라고 할 수 있다.

🔄 **바뀐 뜻**   오늘날에 이 말은 '남녀간의 만남'이라는 본뜻 이외에 우주과학 용
            어로 널리 쓰이고 있다. 두 개의 우주선이 하나로 합쳐지기 위해 우
            주 공간에서 서로 가까이 접근해서 같은 궤도로 비행하는 것을 가
            리키는 말이다. 제미니 위성선(衛星船)과 무인(無人) 아제나 위성을 접
            근시켜 도킹하는 과정에서 이 랑데부 기술이 향상되어 뒤에 아폴로
            계획에 활용되었다. 미래에 우주 정류장을 건설함에 있어 랑데부와
            도킹은 필수적인 절차로 인식되고 있다. 세계 최초로 랑데부에 성공
            한 것은 1965년 3월 15일 미국의 2인승 우주선 제미니 6호와 7호였
            는데 이것은 정밀한 고속도 전자계산기의 도움으로 이루어졌다.

⭕ **보기글**   ● 오늘 난 그이랑 공항에서 랑데부하기로 했는데, 그 시간에 텔레비전에서 우주 랑데
            부 쇼를 위성중계해준다고?

0292   **레즈비언**(lesbian)/**게이**(gay)/**성소수자**

🖐 **본 뜻**   여성 동성애자를 일컫는 말로서 그리스의 여류시인 사포가 결혼 전
            여성들을 이끌고 활동하던 에게해의 '레스보스'섬에서 유래한 말이

164

다. 남성 동성애자의 경우에는 프랑스어 gai가 변한 gay로 쓴다.

↔ 바뀐 뜻 여성 동성애자를 일컫는 명칭이다. 최근 레즈비언이나 게이보다는 남녀를 구분하지 않는 '성소수자'라는 어휘가 더 많이 쓰인다.

◐ 보기글 ● 동성애자는 환경이나 정서의 문제가 아니라 자신도 어떻게 할 수 없는 유전자의 문제가 아닐까?

0293 레지

☞ 본 뜻 영어의 '레지스터(register)'에서 온 말로서 기록, 등록 또는 금전등록기를 가리키는 말이다. 일본에서 계산을 하는 곳을 가리키는 말로 '레지'라고 줄여 썼는데, 이 말이 우리나라로 들어오면서 계산대를 지키는 여자라는 의미로 쓰였다.

↔ 바뀐 뜻 찻집에서 손님을 접대하며 차를 나르는 여자를 비하해서 부르는 호칭이다. 손님을 모시고 주문을 기록하는 일이 주요 활동이기 때문에 그들이 하는 일을 금전등록기에 비유해서 부르기 시작한 것이 그 연원이다.

◐ 보기글 ● 레지의 본래 뜻이 금전등록기라니 참 치욕적인 호칭이지 뭐야.

0294 로맨스(romance)

☞ 본 뜻 이 말은 본래 공상적, 모험적 요소가 강한 모험 이야기나 전기문학을 뜻하는 말이었다. 12세기경에 프랑스의 속된 말인 로망어로 쓰인 운문의 전기담(傳奇譚)이 로맨스라는 말의 기원이다.

↔ 바뀐 뜻 본래는 소설적 이야기를 가리키던 말이었으나, 이 말이 널리 쓰이기

165

시작하면서 연애 이야기, 연애 사건 등을 가리키는 말이 되었다.

0295 **로봇**(robot)

🔖본 뜻 인조인간을 가리키는 로봇이란 이 말은 본래 체코의 극작가 차페크의 희곡 「인조인간」에 나오는 주인공 이름이다. 희곡의 주인공 이름 '로보타(Robota)'는 체코 말로 '노예'라는 뜻이다.

🔁바뀐 뜻 체코어 '로보타'가 영어로 바뀐 것이 '로봇'이다. 우리 생활 속에서 '로봇'이란 말은 크게 두 가지 뜻으로 쓰인다. 그 하나는 우리말의 꼭두각시에 해당하는 뜻으로 자기 주관 없이 남이 시키는 대로만 행동하는 사람을 가리키는 것이며, 또 다른 하나는 단순하게 '기계로 만든 인조인간 또는 어떤 작업이나 조작을 자동적으로 하는 기계장치'라는 뜻으로 쓰이는 경우이다.

◎ 보기글 ● 그 사람 말만 부장이지, 사실은 로봇이야.
● 기술의 발달로 다양한 산업용 로봇이 등장하면서 노동자들의 일자리가 위협받게 되었다.

0296 **로비**(lobby)

🔖본 뜻 대합실·복도·응접실 따위를 겸한 넓은 방, 또는 국회의사당 같은 곳에 있는 의원 휴게실을 가리키는 말이다.

🔁바뀐 뜻 대합실·복도 등의 본뜻으로도 널리 쓰이나, 신문 사회면이나 뉴스에 등장하는 용어로서의 로비는 좀 특별한 뜻을 가지고 있다. 미국 의회의 의원 외 단체를 가리키는 용어인 '로비'는 1946년 미의회에서

법률로 정식 공인된 것으로서, 의회의 로비에 출입하면서 의원들에게 진정·탄원 등을 하는 압력단체를 가리킨다.

◎ 보기글
- 이따가 저녁 7시에 호텔 로비에서 보자.
- 어떤 단체의 이익이나 현안 문제의 해결을 위해 의회 로비에서 활동하는 사람들을 로비스트라고 한다던데 맞아?

0297 **루주**(rouge)

🖐본 뜻 '붉다'라는 뜻을 가진 불어 'rouge'에서 온 말이다.

🔁 바뀐 뜻 예나 지금이나 여성들은 입술을 주로 붉은색으로 바르고 다녔는데, 그것을 '루주'라고 하면서 그만 'rouge'가 입술연지를 가리키는 명사가 되어버렸다. 요즘은 루주 대신에 립스틱(lipstick)이란 영어를 많이 쓴다.

◎ 보기글
- 어린 나이에 너무 진하게 루주를 칠하는 것은 보기에 좋지 않느니라.
- 와이셔츠에 묻은 루주는 쉬 지워지질 않는다.

0298 **룸펜**(lumpen)

🖐본 뜻 룸펜은 독일어 'lumpen'에서 온 말로서 본뜻은 '남루' '초라함'이었다. 집도 절도 없이 떠돌아다니는 부랑자나 실업자의 행색이 대개는 남루하고 초라한 데서 그들을 룸펜이라 부르기 시작했다.

🔁 바뀐 뜻 부랑자, 실업자를 뜻하는 말이다.

◎ 보기글
- 그 사람 어제 우리 사무실로 찾아온 거 보니까 완전히 룸펜이더구먼.
- 룸펜은 카를 마르크스가 사회 최하층인 빈민, 부랑자, 창녀 등을 일컬어 룸펜 프롤레타리아트라고 표현한 데서 유래했다고 하더군.

167

0299   린치(lynch)

본 뜻   미국 버지니아주의 치안판사 윌리엄 린치가 약탈과 강도짓을 일삼
는 도적떼들을 겨냥하여 만든 버지니아의 사형법으로, 그 법을 제
정한 린치 판사의 이름을 따서 만들었다. 미국에서는 주로 백인들
이 흑인들에게 가하는 사적인 형벌로 많이 이용되었다.

바뀐 뜻   힘 있는 사람이나 무리가 힘없는 사람이나 무리에게 폭력을 가하는
일을 말한다. 법에 의거해서 가하는 체형이 아니라 주로 사적인 감
정이나 이해 때문에 행해지는 폭력을 말한다.

보기글   • 가격 담합에 협조하지 않았다는 이유로 우리 애 아빠가 어젯밤 귀갓길에 린치를 당
했지 뭐예요.

0300   **마가(魔—) 끼다**

🏛**본 뜻**   마(魔)는 불교용어인 '마라(mara)'에서 유래한 말이라고 한다. 마라는
'장애물' '훼방놓는 것'이란 뜻의 산스크리트어이다. 원래는 마음을
산란케 하여 수도를 방해하고 해를 끼치는 귀신이나 사물을 가리
키는 용어였다.

🔄**바뀐 뜻**   일이 안 되도록 훼방을 놓는 요사스러운 방해물을 마(魔)라고 하며,
때로는 마귀나 귀신을 얘기하기도 한다. 그러므로 '마가 낀다'는 말
은 일의 진행 중에 나쁜 운이나 훼방거리가 끼어들어서 일이 안 되
는 쪽으로 상황이 기우는 것을 말한다.

🔘**보기글**   • 일이 다 될 듯하다가 안 되니, 이거 무슨 마가 끼었나?
          • 좋은 일에는 마가 끼기 쉬운 법이니 잔치가 끝날 때까지 매사에 조심하거라.

0301   **마각이(馬脚—) 드러나다**

🏛**본 뜻**   중국 명나라를 세운 주원장(朱元璋)의 부인 효자고황후 마(馬)씨는 전
족을 하지 않아 발이 컸다고 한다. 당시는 작은 발을 소각(小脚)이라
하여 미인의 필수 조건으로 여기던 시대였다. 그래서 마씨 부인은
큰 발이 창피스럽다며 항상 감추고 다녔다. 그러던 어느 날 수레에
서 내리다가 그만 실수로 발이 드러나고 말았다. 마각(馬脚)이 드러난
것이다. 마각은 '마씨의 발'을 뜻한다. 실제로 사람들은 그를 가리켜

169

'대각마황후(大脚馬皇后)'라고 불렀다는 기록이 있다. 마황후는 주원장을 도와 명나라를 개국하는 데 큰 공을 세운 여걸로 알려져 있다.

또 다른 설이 있다. '마각'이 '말의 다리'를 뜻하여, 말놀이에서 말로 분장한 사람의 다리가 밑으로 드러나 보이는 것에서 유래했다는 설명이다. 이것은 무대 연극에 기원을 둔 설명이기에 무대가 아닌 마당놀이에 뿌리를 둔 우리 문화에는 낯선 것이고, 이 경우는 사람의 다리가 드러난 것이지 말의 다리가 드러난 것은 아니므로 전혀 맞지 않다.

또한 『후한서(後漢書)』 「반초전(班超傳)」에 나오는 '마각노출(馬脚露出)'이 기원이라는 주장이 있다. 하지만 근거가 없다. 원전을 보면, 반초가 돌아가려는데 왕후부터 신하들까지 반초의 말 다리를 붙잡고 말려 갈 수가 없었다고 나온다(王侯以下皆號泣曰 依漢使如父母 誠不可去互抱超馬脚 不得行).

↰ **바뀐 뜻** 이후 이 말은 숨기고 있던 일이나 본래의 정체가 자기도 모르게 또는 뜻하지 않게 드러나는 일을 가리키게 되었다. 주로 '마각이 드러나다' 형태로 쓰인다.

◉ **보기글**
- 고아원 원장의 마각이 드러나자, 그동안 그를 존경해오던 사람들이 경악을 금치 못했다.
- 그해 여름, 그들은 그동안 감춰왔던 흉악한 마각을 백일하에 드러냈다.

0302 **마누라**

🖱 **본 뜻** 마누라는 조선시대에 '대비 마노라' '대전 마노라'처럼 마마와 같이 쓰이던 극존칭어였다. 그러다가 신분제도가 무너지는 조선 후기에 들어와서는 늙은 부인이나 자신의 아내를 가리키는 말로 쓰이게 되었다.

↰ **바뀐 뜻** 아내를 허물없이 부르거나, 다른 사람에게 얘기할 때 아내를 낮춰 일컫는 말이다.

◉ **보기글**
- 우리 마누라는 음식에는 영 젬병이라니까.
- 회사에서 파김치가 되어 돌아오면 집에서 반겨주는 마누라라도 있어야 할 거 아냐?

0303   마담(madame)

🏠 본 뜻   프랑스어로, 결혼한 여자를 일컫는 '부인'이란 뜻이다.

🔄 바뀐 뜻   오늘날은 술집이나 다방, 또는 여관 등의 접객업소에서 일하는 안
주인을 가리키는 비칭으로 격하되어 쓰이고 있다.

◉ 보기글   ● 김 마담이 얼굴도 예쁘고 말솜씨도 좋다는 소문이 읍내에 짜하게 퍼지자 돈푼이나
있다는 남자들이 김 마담의 다방에 들락거리기 시작했다.
● 술집에 들어서니 마담이 나와 맞아들인다.

0304   마련하다

🏠 본 뜻   놋쇠를 만들기 위해 선별한 구리쇠 등의 일차 재료를 마련이라고
한다. 마련을 잘 가려야 높은 등급의 유기를 생산해낼 수 있다. 그
래서 마련을 고르는 데 시간이 많이 걸리고 정성이 들었던 데서 '마
련이 많다', '마련하다' 등의 말이 생겼다.

🔄 바뀐 뜻   이후 마련이란 헤아려서 갖춤, 어떤 일을 하기 위한 속셈이나 궁리
의 뜻으로 발전했다.

◉ 보기글   ● 혼수가 마련되거든 결혼 날짜를 잡자.

0305   마마(媽媽)

🏠 본 뜻   한자어 마마(媽媽)에서 온 말로 왕족들에게 두루 쓰였다. 2인칭의 경
우는 그냥 '마마'라 불렀으며, 3인칭의 경우는 '동궁마마' '대비마마'
처럼 칭호 아래 붙여서 사용했다.

🔄 바뀐 뜻   천연두를 '마마'라 부르기도 하는데, 그것은 무서운 천연두를 '마마'

라고 높여 부름으로써 병을 옮기는 귀신인 호구별성마마를 달래고
그 해악에서 벗어나고자 한 주술적인 의미가 담겨 있는 말이다.

○ 보기글
- 천연두를 '마마'라고 부르는 게 '아바마마' '어마마마' 하는 궁궐 호칭에서 따온 것이
  라며? 그렇게 최고로 대접해줘야 전염병을 옮기는 귀신이 비켜 간다나?
- 어렸을 때 마마를 앓았는지 얼굴이 얽어 보기 흉했다.

0306   **마스코트**(mascot)

본 뜻   행운의 물건을 뜻하는 이 말은 원래 프랑스의 한 고을에서 행운을
가져다주는 '작은 마녀'를 일컫는 말이었다. 그러던 것이 점차 그 뜻
이 확대되어 자신에게 행운을 가져다준다고 믿는 갖가지 동물의 조
각상이나 인형, 물건 등을 가리키게 되었다.

바뀐 뜻   우리말로는 '행운의 부적'이라 할 수 있다.

○ 보기글
- 그 목걸이 만날 달고 다니는 거 보니 네 마스코트인가 보지?

0307   **마지노선**(Maginot 線)

본 뜻   1930년 이후 프랑스가 라인강을 따라 대(對)독일 방어선으로 동부
국경에 쌓은 강고한 요새선(要塞線)을 가리키는 말로서, 대독 강경론
자인 육군 장군 마지노(A. Maginot)가 건의하여 1936년에 완성하였다.
그러나 제2차 세계대전 중 1940년 6월 14일 독일 공군이 이 요새를
격파함으로써, 공군력 앞에는 아무리 견고한 요새라도 당해낼 수
없음을 실증하여 요새전에 대해 사실상의 종지부를 찍었다.

바뀐 뜻   오늘날에는 버틸 수 있는 마지막 한계점이란 뜻으로 사용되고 있다.

○ 보기글
- 이번 부도를 막지 못함으로써 회사 경영이 마지노선에 도달했다고 보면 된다.

0308   마찬가지

⚲본 뜻   '같다'라는 뜻을 가지고 있는 이 말은 '마치+한+가지'로 이루어진 말
로서 '마치 한 가지와 같다'는 뜻이다.

⇆바뀐 뜻   둘 이상의 사물의 질이나 조건이 서로 한 가지와 같은 것을 가리키
는 말이다.

◉보기글   ● 빨간 표나 파란 표나 행운권이 있는 건 마찬가지니까 아무거나 가져라.

0309   마천루(摩天樓)

⚲본 뜻   하늘을 만질 만큼 높은 건물이나 탑, 기둥이라는 뜻이다.

⇆바뀐 뜻   뜻이 바뀌지는 않았지만, 구체적으로는 과밀 상태의 도시에서 주택
용으로보다는 사무실용으로 만들어진 고층건물을 일컫는 말로 쓰
인다. 그러나 탑이나 기둥은 여기에 포함되지 않는다. 뉴욕의 맨해
튼 지구에는 엠파이어스테이트 빌딩(381m)·크라이슬러 빌딩(318.8m)·세
계무역센터빌딩(412.3m) 등이 즐비하게 늘어서 있는데, 마천루는 이
들을 가리키는 '스카이스크레이퍼skyscraper'를 번역한 것이다.

◉보기글   ● 뉴욕의 마천루 숲에 들어서면 나 자신이 망망대해에 떠 있는 하나의 작은 돌멩이처
럼 느껴진다.

0310   마호병(まほう瓶)

⚲본 뜻   '마호'라는 말은 '마법'을 뜻하는 일본어이다. 마호병이란 곧 '마법의
병'이란 뜻인데, 오랫동안 보온이 된다는 사실이 신기하여 '마법의
병'이란 이름이 붙여지게 된 것이다.

병이 이중으로 되어 있어 담을 때 액체의 온도와 거의 같은 온도를 유지하는 보온병이다. 흔히들 보온병을 따뜻한 것만 보온하는 것으로 알고 있는데, 뜨거운 것은 뜨겁게 찬 것은 차게 온도 유지를 해 주는 것이 보온병의 역할이다.

◎ 보기글
- 얘, 건넌방 그릇장에 들어 있는 마호병 좀 가져오련?
- 엄마, 마호병이 뭐예요? 촌스럽게. 보온병이라 그러면 될걸.

0311   막간을(幕間–) 이용하다

🏠 본 뜻   연극 상연 도중에 막과 막 사이에 잠시 쉬는 시간을 말한다.
⇆ 바뀐 뜻   어떤 일을 하다가 잠시 짬을 내어 다른 일을 하는 것을 말한다.
◎ 보기글
- 우리 막간을 이용해서 사발면 한 그릇씩 먹는 게 어때?
- 자, 그럼 이제부터 막간을 이용해서 우리 선생님의 노래를 들어보겠습니다.

0312   막둥이

🏠 본 뜻   이 말은 본래 잔심부름을 하는 나이 어린 사내아이를 가리키던 말이었다.
⇆ 바뀐 뜻   오늘날은 막내아들을 가리키는 말로 전이되어 쓰인다.
◎ 보기글
- 요새는 아이들 다 키우고 난 40대에 막둥이를 낳는 게 유행이라면서요?

0313   막론(莫論)

🏠 본 뜻   본래의 뜻만 보면 더 이상 의논을 하지 않고 그만둔다는 뜻이다.
⇆ 바뀐 뜻   오늘날에는 위에서 설명한 본뜻 외에도 '이것저것 따져서 말할 것도

없이, 말할 나위도 없이' 등의 뜻으로도 쓰인다.

◉ 보기글
- 이제까지의 실수는 막론하고 앞으로 네가 하고 싶은 일이 뭔지 얘기해보거라.
- 이유 여하를 막론하고 사진을 구해오라면 구해오는 거야!

0314 만두(饅頭)

본 뜻 송나라 때의 문헌인 『사물기원事物紀元』에 보면 만두의 기원에 대해 아래와 같이 설명하고 있다. 위·촉·오 삼국시대에 제갈공명이 남만을 정벌하고 돌아오는 길에 심한 풍랑을 만났다. 함께 있던 사람들이 남만의 풍습에 따라 사람의 머리 아흔아홉 개를 물의 신에게 제사지내야 한다고 하였다. 그러자 제갈공명이 밀가루로 사람의 머리 모양을 한 음식을 빚어 그것으로 제사를 지내자 풍랑이 가라앉았다. 여기서 만두(饅頭)란 이름이 나왔는데, 속일 만(瞞)과 음이 같은 '만(饅)'을 빌려 '만두(饅頭)'라 했다 한다.

바뀐 뜻 밀가루를 반죽하여 소를 넣고 둥글게 빚어서 삶거나 찐 음식을 말한다. 원래 중국 음식인데 우리나라에서는 명절음식으로 주로 쓰인다. 떡국에 넣기도 하고 만둣국만을 끓여 먹기도 한다.

◉ 보기글
- 만두 중에는 겨울 김장김치로 만든 김치만두와 애호박을 송송 썰어 넣어서 만든 호박만두가 제일 맛있는 것 같더라.

0315 만신창이(滿身瘡痍)

본 뜻 만신창(滿身瘡)은 본래 온몸에 퍼진 독성 부스럼을 가리키는 말이다.

바뀐 뜻 온몸이 성한 데가 없이 여러 군데 다친 상처를 가리키거나, 성한 데가 하나도 없을 만큼 결함이 많은 것을 비유하는 말이다.

◉ 보기글
- 벨소리에 나가봤더니 이 녀석이 만신창이가 돼서 쓰러져 있잖아요.

175

0316 말세(末世)

본 뜻 불교에서는 부처님의 법이 퍼지는 때를 세 때로 나눈다. 부처님의 가르침과 수행과 깨달음이 골고루 이루어지는 시기를 정법시(正法時), 가르침과 수행은 있으나 깨달음이 없는 시기를 상법시(像法時), 수행도 깨달음도 없고 교만만 있는 말법시(末法時)라고 한다. 이중에서 불법이 땅에 떨어지면서 오는 악독하고 어지러운 세상인 말법시를 말세라고 한다.

바뀐 뜻 정치나 도덕이나 풍속 따위가 매우 쇠퇴하여 끝판에 이른 세상, 즉 망해가는 세상을 일컫는 말이다.

보기글
- 아이구, 자식이 아비를 속이는 시대니 말세는 말세야.
- 어른들은 언제나 말세라고 얘기하지. 그러나 말세라고 부르는 시대에도 그 시대 나름의 생명력이 있는 법이라고.

0317 말짱 도루묵이다

본 뜻 임진왜란 당시, 피난길에 오른 선조 임금이 처음 보는 생선을 먹게 되었다. 그 생선을 맛있게 먹은 선조가 고기의 이름을 물어보니 '묵'이라 했다. 맛에 비해 고기의 이름이 보잘것없다고 생각한 선조는 그 자리에서 '묵'의 이름을 '은어(銀魚)'로 고치도록 했다. 나중에 왜란이 끝나고 궁궐에 돌아온 선조가 그 생선이 생각나서 다시 먹어보니 전에 먹던 맛이 아니었다. '시장이 반찬'이란 말처럼, 허기가 졌을 때 먹던 음식맛과 모든 것이 풍족할 때 먹는 음식맛은 다를 수밖에 없었을 것이다. 그 맛에 실망한 선조가 "도로 묵이라 불러라" 하고 명해서 그 생선의 이름은 다시 '묵'이 될 판이었는데 얘기가 전해지는 와중에 '다시'를 뜻하는 '도로'가 붙어버려 '도로묵'이 되었다. 이리하여 잠시나마 '은어'였던 고기의 이름이 도로묵이 되어버렸고,

이것이 후대로 오면서 '도루묵'이 되었다. 바닷물고기인 도루묵은 강을 거슬러 올라오는 민물고기인 은어와는 다른 종류다.

⇆ 바뀐 뜻 일이 제대로 풀리지 않거나, 애쓰던 일이 수포로 돌아갔을 때 '말짱 도루묵'이라는 말을 쓴다. '말짱 헛일'이라는 말과 같은 뜻이다.

◎ 보기글
- 기대하던 국교가 수립되지 않아서 자원봉사자와 선교사 파견이 말짱 도루묵이 되어 버렸어.
- 토요일날 비가 오면 그동안 준비했던 장미축제는 말짱 도루묵이 되는 거지 뭐.

0318 말짱 황이다

⌂ 본 뜻 노름에서 짝이 맞지 않는 골패짝을 '황'이라고 한다. '말짱 황'이라는 말은 짝을 잘못 잡아서 끗수를 겨룰 수 없다는 뜻이다.

⇆ 바뀐 뜻 계획한 일이 뜻대로 안 되고 수포로 돌아가거나, 낭패를 보았다는 뜻으로 쓰인다.

◎ 보기글
- 이번에 그쪽에서 선수를 치는 바람에 우리 쪽 계획은 말짱 황이 되고 말았어. 괜스레 좋은 아이디어만 준 꼴이 됐잖아.
- 저번에 오를 줄 알고 사둔 물건이 이번에 가격 조정할 때 도리어 내리는 바람에 사둔 물건들이 말짱 황이 됐지, 뭐야.

0319 망나니

⌂ 본 뜻 조선시대에 사형수의 목을 베는 사형집행수를 가리키는 말이다. 망나니는 사형수의 목을 내리치기 전에 입에 머금었던 물을 뿜어내며 한바탕 칼춤을 춤으로써 겁에 질린 사형수의 혼을 빼놓았다.

⇆ 바뀐 뜻 말과 행동이 몹시 막돼먹고 나쁜 짓을 일삼는 사람을 가리키는 말이다.

◎ 보기글
- 하늘 무서운 줄 모르고 그렇게 천방지축 망나니짓을 하다간 언젠가 큰코다칠 날이 있을 것이야.

• 부모 얼굴에 먹칠을 해도 유분수지, 너 언제까지 그렇게 망나니 노릇을 하고 다닐래?

0320   망명(亡命)

🏛**본 뜻**   망(亡)은 목숨이 끊어진 사람이 장례를 마쳐 법률적으로 완전히 죽은 상태를 가리킨다. 사(死)는 법률적으로나 인륜적으로나 관습적으로나 살아 있는 것으로 간주되지만, 장례를 마치고 호적에서 지우면 '망'이 되어 완전히 없어진 존재가 된다. 그래서 죽은 사람을 가리키는 말이라도 사자(死者)와 망자(亡者)의 뜻이 다르다. 명(命)은 호적에 올라가 있는 이름을 가리킨다. 따라서 호적에서 죽은 사람이 된다는 뜻이니, 곧 죽을 만큼 큰 죄를 지은 대역죄인이란 뜻이 되기도 하는 것이다.

🔄**바뀐 뜻**   망명도주(亡命逃走), 도망이구명(逃亡而救命)으로 쓰이면서, 죽을죄를 지은 사람이 살던 곳이나 근거지나 조국을 떠나 멀리 도망하는 뜻으로 쓰인다. 따라서 오늘날 쓰이는 망명의 뜻은 '거기 남아 있으면 망명될 사람이 목숨을 구하기 위하여 달아나는 것'을 가리킨다.

💿**보기글**   • 주체사상을 만든 황장엽이 중국에서 탈출, 한국으로 망명하였다.
• 일제의 탄압을 피해 해외로 망명하는 사람들이 늘어났다.

0321   망종(亡種)

🏛**본 뜻**   종자 씨앗으로 쓰지 못할 정도로 질이 나쁜 씨앗을 가리키는 말이다.

🔄**바뀐 뜻**   행실이 아주 못되거나 악독한 사람을 가리키는 말로 쓰인다.

💿**보기글**   • 병들었다고 아버지를 버리는 자식이 어디 자식이야, 인간 망종이지.
• 제 아비하고 맞담배 피우는 그런 망종이 어디 있나!

0322   맞장구치다

본 뜻 장구를 칠 때 둘이 마주 서서 주거니 받거니 하며 치는 장구를 맞
장구라고 한다. 맞장구를 치려면 서로의 생각이나 호흡까지도 잘
맞아야 장단을 맞출 수 있다.

바뀐 뜻 남의 말에 호응하거나 동의하는 말을 하는 것을 말한다.

보기글
- 시어머니가 야단을 치는데 옆에서 시누이가 맞장구를 치니까 잘못했다는 생각이 들 기는커녕 더 화가 나는 거야.
- 아까 내가 그 대리점에서 항의할 때 언니가 옆에서 맞장구를 쳐줬으니까 그쪽에서 그만큼이라도 수그러든 거라고.

0323   매머드(mammoth)

본 뜻 홍적세에 살던 코끼릿과의 화석 동물로서 코끼리보다 훨씬 큰 몸집
을 가지고 있으며 길고 굽은 송곳니가 있다. 시베리아, 북아메리카
등지에서 많은 화석이 발견된다.

바뀐 뜻 오늘날은 '거대한 것'이라는 뜻으로 바뀌었다.

보기글
- 패티김의 노랫소리를 실제로 듣고 보니 역시 매머드급 가수라는 생각이 들더군.

0324   매무시

본 뜻 옷을 입을 때 매고 여미는 뒷단속을 일컫는 말이다.

바뀐 뜻 뜻이 바뀐 것이 아니라 '매무새'라는 말과 자주 혼동되어 쓰이기에 여기
에 실었다. 매무새는 '너 이제 보니 매무새가 아주 곱구나' 같은 경우에
쓰이는 말로 옷을 입은 맵시를 가리키는 말이다. 반면에 '매무시'는 고

름을 여민다거나 단추를 채운다거나 하는 뒷단속을 가리키는 말이다.

◉ 보기글　• 매무시가 그게 뭐냐? 셔츠 앞 좀 단정히 여미지 못하겠니?
　　　　• 다 차리고 나서 거울 앞에서 매무시를 고치려는데 밖에서 누가 급하게 부르는 소리
　　　　　가 들렸다.

0325　　**맥쩍다**(脈--)

◉ 본　뜻　단어 본래의 의미는 '맥이 적게 뛴다'는 뜻이다. 외부로부터 별다른
　　　　자극이 주어지지 않을 때, 즉 잠을 자거나 할 때는 평소보다 맥박
　　　　수가 떨어진다. 반대로 흥분하거나 두려울 때는 본인이 느낄 정도
　　　　로 심장이 뛰면서 맥박이 빨라진다. 그러므로 '맥쩍다'는 말은 그만
　　　　큼 무료하고 심심하다는 뜻이다.

◉ 바뀐뜻　흥미가 없고 심심한 일이라는 뜻으로 쓰인다.

◉ 보기글　• 한창 나다닐 젊은 애가 어찌 그리 맥쩍게 앉아만 있니?
　　　　• 남의 애인 만나는데 같이 나가는 일처럼 맥쩍은 일은 없지.

0326　　**맨송맨송하다**(←맹숭맹숭하다)

◉ 본　뜻　털이 나야 할 자리에 털이 없어 반반한 것, 혹은 술을 마신 뒤에도
　　　　취하지 않아 정신이 말짱한 것, 일할 것이 없거나 아무것도 생기는
　　　　것이 없는 상황을 가리키는 말이다. 큰 말은 '민숭민숭하다'이다.

◉ 바뀐뜻　뜻이 바뀐 것은 아니고, 많은 사람들이 '맨숭맨숭하다' '맹숭맹숭하
　　　　다'로 잘못 쓰고 있는 경우가 많기에 여기 실었다.

◉ 보기글　• 맞선 보는 자리에서 화제가 떨어져서 맨송맨송하게 앉아 있자니 나도 모르게 등줄기
　　　　　에서 진땀이 흐르더군.
　　　　• 이놈의 술은 아무리 마셔도 맨송맨송하니 어쩌지?

180

• 차마 그 권가가 죽는 장면을 맨송맨송 바라볼 수는 없었다.

본 뜻 먹통은 먹물을 담아두는 통이나 목수가 먹줄을 치는 데 쓰는 나무로 만든 먹물통을 가리킨다.

바뀐 뜻 일반적으로 '먹통' '먹통 같다'는 말은 먹통처럼 머리 돌아가는 것이 어둡고 깜깜하다는 뜻이다. 아둔하고 눈치가 없는 사람을 가리키는 비속어로 쓰인다.

보기글
• 그 사람 일하는 거 보면 참 먹통 같아. 답답할 적이 한두 번이 아니라고.
• 먹통이 따로 있냐? 말귀를 못 알아들으면 먹통이지.

0328   멍텅구리

본 뜻 "멍텅구리'는 뚝지라고도 하며, 학명은 Aptocyclus ventricosus이다. 도칫과의 바닷물고기이다. 우리나라 동해안, 일본, 베링해 등지에 분포한다. 몸의 길이는 25센티미터 정도이며, 갈색이고 작은 점이 많다. 주둥이는 짧으면서 크고 입이 거칠고 옆줄은 없다. 몸이 통통하고 가슴지느러미가 크며 배에 빨판이 있어 바위 따위에 붙는다. 육식성이지만 낚시로는 잘 안 잡히며 한국의 특산어종이다. 수경을 쓰고 손으로 움켜잡으면 잡힐 만큼 행동이 민첩하지 못하다. 여기에서 멍텅구리라는 말이 나온 것이다. 보통 수심 100미터보다 깊은 곳에서 서식하지만 겨울과 초봄에는 연안으로 이동하고 바위틈에 알을 낳는다. 부화할 때까지 수컷이 알을 보호하고 있고, 산란하는 알의 수는 6만 개 정도라고 한다. 멍텅구리는 원래 행동이 느리기도 하지만, 알을 밴 암컷의 경우 움직임이

맥쩍다 · 맨송맨송하다 · 먹통 같다 · 멍텅구리

181

더 둔해진다. 10여 년 전만 해도 연안의 크고 작은 바위 틈새에 멍텅구리가 끼어 있는 모습을 흔히 볼 수 있었다. 바위에 끼지 않더라도 워낙 움직임이 느려 사람들이 다가가도 도망을 가지 못한다.

↹ **바뀐 뜻** 판단력이 없어서 옳고 그름을 제대로 분별할 줄 모르는 어리석은 사람을 가리키는 말이다. 바꿔 쓸 수 있는 말로는 '멍청이'가 있다. 때로는 모양은 없이 바보처럼 분량만 많이 들어가는 병을 가리키기도 한다.

◉ **보기글**
- 이런 멍텅구리 같으니라고. 그렇게 큰 사고가 났으면 우선 경찰서에 알려야지. 혼자서 해결할 문제가 아니잖아.
- 이 멍텅구리 병은 생긴 대로 무진장 많이 들어가네. 앞으로도 많은 걸 집어넣을 일이 있을 때는 이 병을 써야겠어.

0329 **메뉴**(menu)

☝ **본 뜻** 프랑스어인 이 말은 원래 '자질구레하다' '상세하다'의 뜻을 가지고 있는 말이다. 바른 발음은 '메뉘'이다.

↹ **바뀐 뜻** 일상생활에서 이 말은 요리 종목표, 식단(食單)으로 통용되고 있다.

◉ **보기글**
- 맛있는 냄새가 대문 밖까지 나던데 오늘 저녁 메뉴가 뭐야?

0330 **메리야스**[medias]

☝ **본 뜻** 스페인어인 '메디아스'가 메리야스로 발음이 변한 것이다. '디'와 '리'는 서로 곧잘 바뀌는 음이어서 메디아스가 메리야스로 바뀐 것 같다. 스페인어 메디아스는 '양말'을 뜻하는 말로서, 우리나라 개화기 때만 해도 양말을 가리키는 말이었다. 이 메리야스의 특징은 그것이 입거나 신는 사람에 따라서 늘어나고 줄어든다는 데 있다. 이 때문에 중

국에서는 메리야스를 한역(漢譯)할 때 크건 작건 아랑곳없다는 뜻으로 막대소(莫大小)라 하였다.

↳ 바뀐 뜻 현재는 본래의 뜻이 확대되어 면사나 모사로 신축성 있게 촘촘히 짠 직물을 말한다. 이렇게 짠 메리야스 제품은 공기를 품는 기능이 높아 따뜻하며 잘 늘어나고 부드러워 주로 내의로 사용된다.

◎ 보기글 • 연말이 되었는데 아파트 수위 할아버지께 메리야스라도 한 벌 사다드리는 게 도리겠지.

0331 메밀국수

⌂본 뜻 이효석의 「메밀꽃 필 무렵」으로 잘 알려진 메밀은 하얀 꽃이 피며, 검은 빛의 열매가 여는데 전분이 많아서 가루를 내어 국수나 묵을 만들어 먹는다. 사람들이 별식으로 즐겨 먹는 메밀국수를 모밀국수라고도 하는데 모밀은 '메밀'의 함경도 사투리다. 척박한 땅에서도 잘되는 이 곡식을 강원도나 함경도 지방에서 주로 먹었기 때문에 함경도 지방의 사투리인 '모밀'을 쓰게 된 것 같다.

↳ 바뀐 뜻 이 말은 뜻이 바뀐 것이 아니라 '메밀' '모밀' 두 단어가 혼동되어 쓰이고 있기에 여기 실었다. '메밀'이 표준말이므로 '메밀국수'로 쓰고 말해야 한다.

◎ 보기글 • 아줌마, 여기 메밀국수 하나 주세요.
• 메밀국수가 다이어트 식품이라며?

0332 멱살을 잡다

⌂본 뜻 '멱'은 목의 앞쪽을 가리키는 말이다. 그러므로 멱살이라 하면 목의 앞쪽 살을 말한다.

흔히 싸움이나 시비가 붙을 때 상대방 웃옷의 깃을 잡을 때 '멱살을 잡는다고 한다. 멱살이 본래는 목의 앞쪽 살을 가리키는 신체부위였는데, 세월이 흐르면서 멱이 닿는 부분의 옷깃을 가리키는 말로 변했다.

● 보기글 • 대낮에 큰길에서 멱살을 잡고 싸우는 저런 사람부터 기초 질서 위반 사범으로 잡아야 하는 거 아냐?

0333   **면목**(面目)

🖐 본 뜻 인간이 인간임을 이루게 하는 본래의 참모습을 가리키는 말이다. 본래 면목이란 사람에 따라서 차이가 있는 것이 아니다. 면목이란 누구나 공통적으로 지니고 있는 불성(佛性)과 같은 말이다. 그러므로 '면목을 지킨다' '면목이 선다'는 말은 자신의 본모습을 잃지 않고 지킨다, 불성을 제대로 간직하고 있다는 말이다. 반면에 '면목이 없다'는 말은 자신의 본래 모습이나 불성을 잃어버렸다는 뜻이다.

🔄 바뀐 뜻 낯, 체면, 남에게 드러낼 얼굴 등을 가리키는 말이다.

● 보기글 • 그동안 늘 미안하기만 하던 며느리한테 조금은 면목이 서지 뭔가.
          • 그렇게 지극정성으로 뒷바라지를 해주셨는데 결과가 좋지 않아서 면목이 없습니다.

0334   **명당**(明堂)

🖐 본 뜻 본래는 천자(天子)나 임금이 신하들의 하례를 받던 장소를 가리키던 말이었다.

🔄 바뀐 뜻 이것이 세월이 흐르면서 청룡 백호로 둘러싸인 좋은 땅을 가리키는 풍수용어로 전이되어 쓰이고 있다.

● 보기글 • 과천 정부 종합청사가 아주 제대로 된 명당에 자리잡은 거라는데, 그래서 과천이 살

기 좋은 도시 1위가 된 거 아닌가 몰라.

0335 명색(名色)

본 뜻 '명색이 주인인데' '명색이 사장인데' 등에 쓰이는 이 말은 불교에서 온 말이다. 본래 산스크리트어 '나마루파(namarupa)'에서 온 말로서 불가(佛家)의 12인연(因緣) 중의 하나를 가리키는 말이다. 명(名)은 형체는 없고 단지 이름만 있는 것이요, 색(色)은 형체는 있으나 아직 육근(六根)이 갖추어지지 않아서 단지 몸과 뜻만 있는 것을 말한다. 그러므로 명색이라 함은 아직 완성되지 않은 상태를 말하는 것이다.

바뀐 뜻 겉으로 내세우는 이름을 가리키는 말이다. 대개는 실제와 이름의 내용이 합치하지 않을 때 쓴다.

보기글
- 명색이 사장이라는 사람이 그래 허구한 날 놀러 다닐 생각만 하니 그 회사가 제대로 되겠어?

0336 명일(明日)

본 뜻 밝을 명(明)에 날 일(日)이 조합된 이 단어는 글자 그대로 앞으로 밝아오는 날을 가리킨다.

바뀐 뜻 지금을 기준으로 앞으로 밝아오는 날이므로 바로 내일을 가리키는 말이다. 대개 관공서의 공문서나 권위적이고 형식적인 문서 등에 많이 쓰이는 말인데, 이는 문서에 순수 고유어를 쓰는 것을 품위나 권위가 떨어지는 일로 여긴 문화적 사대주의 때문이다. 누구나 공문이나 문서 중에 나오는 명일(明日), 익일(翌日) 등의 정확한 뜻을 몰라 당황했던 경험이 한두 번쯤은 있을 것이다. '명일'과 바꿔 쓸 수 있는 다른

185

말로는 '내일'이 있고 '익일'과 바꿔 쓸 수 있는 말로는 '이튿날'이 있다.

○ **보기글**
- 명일 오후 2시에 서울 지방법원 민사소송부로 나오시오.
- 명일 오전 10시에 명동성당에서 제2차 회합이 있으니 이 자리에 모이신 분들은 한 분도 빠짐없이 참석해주시기 바랍니다.

0337 ## 모내기

☞ **본 뜻** 옮겨 심기 위해 가꾼 어린 벼를 가리키는 '모'는 본래 한자어 '묘(苗)'에서 나왔다. '묘'는 '묘종' '묘목'의 예에서 볼 수 있듯이 풀이나 나무의 어린 싹을 가리키는 말이다.

⇆ **바뀐 뜻** 풀이나 나무의 어린 싹을 가리키는 '묘'가 '모'로 소리가 바뀌면서 '벼의 묘'만을 가리키는 말로 한정되어 쓰인다. 벼 이외의 '모'를 가리킬 땐 '고추모'나 '오이모'처럼 해당 농작물의 이름을 앞에 명시해주는 반면에, 홀로 '모'라는 말을 쓸 때는 '벼'의 모만을 가리키는 말로 쓰인다. 이는 여러 모종 중에서도 벼 모종이 가장 중요했기 때문이다.

○ **보기글**
- 해마다 모내기철만 되면 학교에서는 일손이 모자라는 농가로 모내기 봉사를 나가곤 하였는데, 그때마다 농가에서 내오던 새참을 기다리는 맛에 그 너른 논을 후딱 메웠던 기억이 난다.
- 알맞게 자주 내린 비로 올해는 물 걱정 없이 모내기를 할 수 있겠네.

0338 ## 모리배(謀利輩)

☞ **본 뜻** 글자의 뜻만으로 보자면 단순히 이익을 꾀하는 무리를 가리키는 말이다.

⇆ **바뀐 뜻** 도의를 무시하고 부정한 이익을 꾀하는 무리들이나 사기꾼을 뜻하는 말이다.

○ **보기글**
- 간악한 중간 모리배들에게 1년 밭농사가 헐값으로 넘어갔습니다.
- 국회에 정치 모리배들이 넘쳐나는 한 국정 운영이 정상적으로 이루어지기를 기대하기란 참으로 어렵겠습니다.

0339 **모범**(模範)

🖐**본 뜻** 모범이라는 말은 본래 무엇을 똑같이 만들어내는 '틀'을 가리키는
말이었다. 나무로 만든 틀을 '모(模)'라 하고 대나무로 만든 틀은 '범
(範)'이라 한다. 반면에 흙으로 만든 것은 '형(型)', 쇠로 만든 것은 '용
(鎔)'이라 한다. 이렇게 만든 틀에다 만들고자 하는 재료를 넣고 찍어
내면 그대로 판에 박은 듯한 물건이 나오게 마련이다. 그러니까 어
떤 물건을 만들 때 그 틀이나 본보기가 되는 것, 그중에서도 나무
로 만든 틀을 모범이라 했다.

⤴**바뀐 뜻** 오늘날에 이 말은 본받을 수 있는 본보기가 되는 언행을 일컫는 말
로 널리 쓰이고 있다. 그러나 이 말의 본래 뜻이 붕어빵틀처럼 똑같
은 물건을 찍어내는 틀이라는 데 이르러서는 사람의 언행에 붙여
쓰기에는 그리 적당한 말이 아니라는 생각이 든다.

◉**보기글** • 우리나라에서 내로라 하는 부자임에도 불구하고 그의 검소한 생활태도는 사람들의
모범이 될 만하다.

0340 **모순**(矛盾)

🖐**본 뜻** 모순은 다음과 같은 고사에서 유래한다. 옛날 중국 초나라에 창[矛]
과 방패[盾]를 파는 사람이 있었다. 그가 자기의 창과 방패를 선전하
기를 "내 창으로 말할 것 같으면 어떤 방패라도 다 뚫을 수 있으며,
내 방패로 말할 것 같으면 어떤 창이라도 다 막아낼 수 있다."고 했
다. 그러자 구경꾼 중의 하나가 되물었다. "그렇다면 당신의 창으로
당신의 방패를 뚫는다면 어찌 되겠소?" 이 질문에 그 장사꾼은 할
말을 잃고 말았다.

⤴**바뀐 뜻** 말이나 행동의 앞뒤가 서로 맞지 않는 상황을 가리키는 말이다.

187

• 당신이 지금까지 한 말은 앞뒤 말이 서로 모순이지 않소?
• 통일정책에 관한 북한의 제의를 들어보면 앞뒤 모순이 되는 것들이 무수히 많다.

0341 목돈

본 뜻 굿을 할 때 전물(奠物)을 차리고 별비(別備)에 쓰라는 비용으로 무당에게 미리 주는 돈이다.

바뀐 뜻 굿 비용은 많은 편에 속하므로 액수가 많은 돈, 또는 한목으로 모아 내거나 들이는 돈을 뜻한다.

보기글 • 목돈 모아 굿을 할 게 아니라 부모님 해외여행 비용을 마련해야겠다.

0342 목적(目的)

본 뜻 목적(目的)은 원래 눈 모양의 과녁이라는 뜻이다. 옛날 어떤 사람이 사위를 얻으려고 했다. 그는 공작의 깃털에 있는 눈 모양의 문양 한 가운데를 맞히는 사람을 사위로 삼겠다고 하여 공작 깃털을 과녁으로 내걸었다. 그의 딸을 탐내는 많은 궁사들이 그 과녁을 맞히려고 했지만 번번이 실패했는데 한 젊은이가 눈 모양의 과녁 정가운데를 연거푸 보기 좋게 꿰뚫어 사위의 자리를 차지하였다. 이렇듯 목적이란 말은 공작새 깃털에 있는 눈 모양의 과녁이라는 데서 생겨난 말이다.

바뀐 뜻 이루고자 하는 목표나 방향을 가리키는 말이다.

보기글 • 사람은 모름지기 인생의 목적이 뚜렷해야 해.
• 목적 없이 일을 하는 것처럼 헛된 일이 또 어디 있을까?

0343   무궁화(無窮花)

본 뜻   무궁화라는 이름의 유래는 다음과 같이 두 가지로 전한다. 그 첫째
가 꽃이 끝없이 피고 지기 때문에 끝이 없다는 뜻의 무궁(無窮)을 썼
다는 것이며, 또 하나는 옛날의 어떤 임금이 이 꽃을 매우 사랑하
여 온 궁중이 무색해졌다는 뜻으로 무궁(無宮)이라고 한 데서 나온
것이라고 한다. 이규보(1168~1241)의 『동국이상국집』에 무궁화(無窮花)
와 무궁화(無宮花) 설이 처음으로 나온다. 지금은 첫 번째 것을 거의
정설로 받아들이고 있다.

바뀐 뜻   우리나라의 국화인 무궁화는 그 특성이 한 번 활짝 피고 지는 것이
아니라, 7월부터 10월까지 100여 일간 계속 피므로 마치 끝이 없이
피어 있는 것 같다고 해서 무궁화라고 한다. '근화(槿花)'라고도 한다.

보기글
- 무궁화가 진딧물이 많고 꽃이 별로 예쁘지 않은 것처럼 알려져 있는데 그것은 일제
  강점기에 일본인들의 간악한 조선 문화 말살정책 때문이었고, 사실 무궁화 중에는
  기품 있고 화려하며 병충해에 강한 우수 품종들도 많다.

0344   무꾸리

본 뜻   무당이나 판수에게 길흉을 알아보는 일을 무꾸리라 한다. 굿을 할 때
각각의 마당을 부정거리·칠성 제석거리·대감거리·성주거리·장군거리
등으로 부르는데, 무꾸리는 '묻는+거리'에서 나온 말이라고 한다.

바뀐 뜻   점치는 일을 가리키는 말인데, 그중에서도 특히 무당이나 판수처럼
신을 모시는 사람에게 길흉을 알아보는 것을 말한다.

보기글
- 요새 같은 첨단과학의 시대에 무슨 무꾸리를 한다고 그래요?
- 할머니께서 무꾸리를 하고 오시더니 저렇게 방방이 다 부적을 붙이시는구나. 글쎄.
- 아닌게아니라 미신이라도 좋으니 오늘 같아서는 어디 무꾸리라도 가서 해보고 싶은
  심정이야.

0345 **무녀리**[門--]

🔖 **본 뜻** 본래는 '문(門)열이'에서 나온 말이다. 무녀리는 맨 먼저 태어난 새끼를 이르는 말인데 모태의 자궁문을 제일 처음 열고 나왔다는 뜻에서 '문을 연 놈'이란 뜻으로 쓰였다.

🔄 **바뀐 뜻** 태로 낳는 짐승의 맨 먼저 나온 새끼를 가리키는 말인데, 때로는 언행이 좀 모자라는 못난 사람을 가리키는 말로도 쓰인다.

🔘 **보기글**
- 이 송아지가 무녀리로 나온 새끼인데 첫날부터 비실비실한 것이 통 기운이 없어 걱정이네.
- 그는 자기 형에 비하면 체구는 크다 만 무녀리 꼴이었다.
- 그런 무녀리는 이따금 그렇게 혼이 나야만 사람 구실을 한단 말이지.

0346 **무데뽀**[無鐵砲]

🔖 **본 뜻** 무데뽀라는 말은 일본어 한자 무철포(無鐵砲)에서 온 말이다. 무철포는 아무 데나 마구 쏘아대는 대포를 가리키는 말이다.

🔄 **바뀐 뜻** 아무 데나 마구 쏘아대는 대포처럼 좌충우돌 식으로 사람이나 일에 덤벼드는 무모한 사람이나, 예의라곤 조금도 없이 완력으로 밀어붙이고 보는 막돼먹은 사람 등을 가리키는 말이다. 이 밖에도 '무모하고, 막되고, 무작정'이라는 뜻으로 널리 쓰인다. 바꿔 쓸 수 있는 우리말로는 '무작정' '무턱대고' '무모하다' 등이 있다.

🔘 **보기글**
- 그 사람 일하는 게 왜 그리 무데뽀야. 이제 완력으로 밀어붙여서 일하는 시대는 지났잖아.
- 그 회사 영업과장이란 사람, 완전히 무데뽀더구먼. 도무지 상식적인 얘기가 안 통하는 사람이니 말이야.

0347 무동(舞童) 태우다

☞ 본 뜻 옛날 걸립패나 사당패의 놀이 중에 여장을 한 사내아이가 어른의 어깨 위에 올라서서 춤을 추는 놀이가 있었다. 이때 어깨 위에 올라선 아이를 '무동(舞童)'이라 불렀는데 글자 그대로 '춤추는 아이'라는 뜻이다. 여기에서 어깨 위에 사람을 올려 태우는 것을 '무동 태우기'라고 하게 되었다.

☞ 바뀐 뜻 아이를 목 뒤 양어깨에 태우는 것을 말한다. 흔히 '무등 태우다'로 쓰는데 이것은 틀린 말이다.

◑ 보기글 ● 여보, 아이가 그렇게 같이 놀기를 원하니 무동이라도 한번 태워주시지요.
● 네가 이번 시험에 붙으면 내가 너를 무동 태우고 온 동네를 한 바퀴 돌 것이야.

0348 무릉도원(武陵桃源)

☞ 본 뜻 이상향을 가리키는 '무릉도원'에는 다음과 같은 이야기가 전한다. 옛날에 한 선비가 있었는데 집안이 너무나 가난하여 글공부를 하고 싶어도 할 수가 없었다. 북풍이 세차게 부는 어느 날, 선비는 눈덩이를 뭉쳐서 담을 쌓고 그 안에 들어앉아 해바라기를 하다가 그만 깜박 잠이 들고 말았다. 선비는 어느덧 산속 깊은 곳에 들어가게 되었는데, 그곳은 복숭아꽃 만발하고 온갖 산새들이 우짖는 무릉이란 곳이었다. 선비는 그곳에 있는 초당에서 배고픔과 시름을 잊은 채 글공부에 전념할 수 있었다. 그렇게 행복에 젖어 있다가 깨어보니 꿈이었다. 이로부터 행복하게 살 수 있는 곳을 선비의 꿈속 정경에 비겨 '무릉도원'이라 하였다.

☞ 바뀐 뜻 사람들이 행복을 누리고 살 수 있는 이상향을 가리키는 말이다. 영어의 '유토피아(utopia)'와 같은 뜻이다.

◑ 보기글 ● 마음먹기에 따라서 가정도 무릉도원이 될 수 있는 거라네.
● 그 집 정원에 들어서니 무릉도원이 따로 없더구먼.

무녀리 · 무데뽀 · 무동 태우다 · 무릉도원

191

무명

🏮 **본 뜻**　목면을 일컫는 무명은 그 이름의 유래가 목화씨를 들여온 문익점과
　　　　　닿아 있다. 문익점이 처음으로 목화씨를 가지고 들어왔을 때 왕이
　　　　　"그 이름을 무엇이라고 하느냐?"고 묻자 문익점이 원나라에서 들었
　　　　　던 대로 '무미엔'이라 했다. 무미엔은 목면(木綿)의 중국식 발음이다.
　　　　　이 '무미엔'이라는 발음을 그대로 받아들여 비슷한 발음이 나는 한
　　　　　자 '무명(武名)'으로 쓰게 된 것이다. 그러므로 '무명'은 오로지 소리만
　　　　　의미가 있을 뿐, 한자의 뜻은 전혀 없는 글자이다.

🔄 **바뀐 뜻**　목화에서 얻은 무명실로 재래식 베틀로 짠 면직물을 말한다. 무명
　　　　　은 광목, 옥양목, 서양면 등과는 그 종류가 다른 우리나라만의 토
　　　　　속 직물로서 조선시대에 가장 널리 쓰인 옷감과 이불의 재료였다.
　　　　　지금은 생산되지 않는다.

◉ **보기글**　• 무명이나 목면이나 면이나 모두 같은 뜻이라는 걸 왜 이제껏 몰랐을까.
　　　　　• 무명으로 두루마기를 새로 지어 입으니 기분도 새로워지는 것 같네.

무산되다(霧散--)

🏮 **본 뜻**　무산(霧散)이란 본래 안개가 걷히듯 흩어져 사라지는 것을 말한다.

🔄 **바뀐 뜻**　시작한 일이나 진행되던 일이 어떤 계기나 요인 때문에 무너지고 원점
　　　　　으로 돌아가는 것. 흐지부지 취소되어 시작하기 전의 상태로 돌아가
　　　　　는 상황을 가리키는 말이다.

◉ **보기글**　• 야권 연합은 그간의 논의만 무성하게 남긴 채 무산되고 말았습니다.
　　　　　• 불의의 사고로 계획이 무산되어버렸다.

0351 무쇠

🔖본 뜻 본래 수철(水鐵)이라고 불리던 무쇠는 '물쇠'에서 나온 말로 무른 쇠라는 뜻이다. 무쇠는 강철보다 무른 쇠로서 탄소나 규소 따위가 들어 있는 철합금이다. 검은 빛깔에 바탕이 연하며, 강철보다 쉬 녹아서 생활용품 따위를 주조하는 데 널리 쓰인다.

🔁 바뀐 뜻 썩 강하고 굳센 것을 비유하는 말로 널리 쓰이는 덕에 실제로 많은 사람들이 무쇠를 매우 강한 쇠로 알고 있다. 그러나 쇠 중에서 가장 강한 쇠는 선박이나 교량 등에 쓰이는 강철이지 솥이나 그릇 등에 쓰이는 무쇠가 아니다.

💠 보기글
- 엄마는 아빠가 천년만년 무쇠처럼 강할 거라고 생각하지만, 내가 보기엔 아빠 몸도 많이 약해지셨어.
- 아주 단단한 것을 표현하려면 무쇠에 비유하는 것보다 강철에 비유하는 것이 훨씬 더 낫다.

0352 무진장(無盡藏)

🔖본 뜻 원래 불교용어인 무진장은 끝이 없이 넓은 덕, 또는 닦고 닦아도 다함이 없는 부처님의 법의(法義)를 가리키는 말이다.

🔁 바뀐 뜻 어떤 사물이 다함이 없이 굉장히 많은 것을 가리킨다.

💠 보기글
- 북한에 무진장한 지하자원이 있다는 말도 이제는 옛말이지 싶어.
- 바닷가에 가면 무진장으로 있는 모래도 막상 쓰려면 쉽게 구할 수가 없다고요.

0353 문외한(門外漢)

🔖본 뜻 문의 바깥, 성 바깥에 있는 사람을 가리키는 말이다. 문 바깥에 있

으니 문 안의 사정을 모르는 것은 자명한 이치다.

↩ 바뀐뜻   어떤 일에 대한 지식이나 조예가 없는 사람. 어떤 일과 전혀 관계가 없거나 익숙지 않은 사람을 가리키는 말이다.

◎ 보기글   • 나는 컴퓨터나 전자기기에는 문외한입니다.
        • 그는 음악 이외의 부분에 대해서는 진짜 문외한이야.

0354   **물고를(物故-) 내다**

☜본 뜻   죄인을 죽인다, 사형에 처한다는 뜻을 가진 옛말이다.

↩ 바뀐뜻   죽인다, 혹은 죽을 정도로 다그친다는 뜻으로 쓰는 속된 표현이다.

◎ 보기글   • 아니, 자기 의견에 반대한다고 물고를 내다니 지금이 어느 시대인데 그런 전근대적인 발상을 한단 말이야.

0355   **물레**

☜본 뜻   솜으로 실을 잣는 재래식 기구인 '물레'는 우리나라에 목화를 들여온 문익점의 손자 '문래(文來)'에서 나온 이름이다. '문래'가 목화에서 씨를 뽑는 기계인 씨아를 만들었기 때문에 그의 이름을 따서 실을 잣는 기구를 '물레'라고 하였다 한다. 그러나 실을 잣는 기구인 물레는 그 훨씬 이전인 김해토기에서부터 여러 가지 형태로 발견되고 있다.

↩ 바뀐뜻   솜이나 털을 자아서 실을 만드는 간단한 수공업 도구이다. 다른 말로는 방차(紡車)라고 한다.

◎ 보기글   • 간디는 감옥에서도 손수 물레를 돌려 실을 자아서 제 옷은 제가 해 입었다고 하지요.
        • 보성댁은 구름 같은 목화를 한 아름 따와서는 물레로 실을 뽑기 시작했다.

0356   물레방아

🔖본 뜻   곡식을 찧는 기구인 '방아' 중에서도 흐르는 물로 수차를 돌려서 그
          힘으로 방아를 찧는 것을 '물레방아'라 하는데 그 모양이 실을 잣
          는 기구인 '물레'와 비슷하게 생겼다 해서 붙여진 이름이다.

🔄 바뀐 뜻   흔히들 '물레방아'를 물을 돌려 방아를 찧는 데서 붙여진 이름으로
          알고 있으나, 물레방아라는 이름은 흐르는 물과는 아무런 상관도 없
          는 이름이다. 방아를 찧게 하는 기구인 수차의 모양이 마치 아녀자들
          이 실을 잣는 데 쓰는 '물레'와 비슷하게 생긴 데서 나온 이름이다.

📑 보기글   • 예로부터 마을과 좀 떨어진 곳에 있는 물레방앗간은 동네 총각처녀들의 밀회 장소
          로 유명했지.

0357   미망인(未亡人)

🔖본 뜻   옛날 가부장제도 아래에서는 남편이 죽으면 아내가 남편을 따라
          목숨을 끊는 것을 미덕으로 여겼다. 미망인은 그렇게 해서 생겨난
          말로 남편이 죽었음에도 불구하고 죽지 못한 여인네라는 뜻이다.
          본래는 과부를 낮춰 부르던 이 말이 오늘날에는 대단한 높임말처
          럼 사용되는 것은 우스운 일이다. 여성의 정절과 희생만을 강조하
          는 이 말에는 은근하고 무시무시한 사회적 강요가 들어 있다고 하
          겠다.

🔄 바뀐 뜻   오늘날에는 남편을 여의고 혼자 된 여인들을 높여 부르거나 점잖
          게 부르는 호칭으로 사용되고 있다. 바꿔 쓸 수 있는 말이 마땅치
          않으나 굳이 미망인이란 말을 쓰지 않아도 얼마든지 말이 될 수 있
          으므로 되도록이면 쓰지 않도록 한다.

📑 보기글   • 김 장관 미망인께서는 네 자녀를 훌륭히 키워내셨다. → 김 장관 부인께서는 홀로 되

신 후에도 네 자녀를 훌륭히 키워내셨다.

- 저기 계신 분은 김 장관 미망인이십니다. → 저기 계신 분은 돌아가신 김 장관 부인이십니다.

0358 미숫가루

🖐️ 본 뜻
미숫가루는 쪄서 말린 쌀가루나 보릿가루를 뜻하는 '미시'와 '가루'가 합쳐진 말이다. '미시' 자체가 쪄서 말린 가루를 뜻하므로 '미숫가루'는 '가루'라는 같은 말이 중복된 것으로서 '역전 앞'과 같은 경우라 하겠다. '미시'는 『훈몽자회』에 '초(麨)'라고 나와 있다.

🔁 바뀐 뜻
찹쌀, 멥쌀, 보리쌀 등을 볶거나 쪄서 맷돌에 갈아 고운 체에 쳐서 만든 가루를 말한다. 미싯가루, 미숫가루 등으로 불리다가 맞춤법 개정안에 의해서 '미숫가루'로 확정되었다.

💿 보기글
- 더운 여름에 찬물에 미숫가루를 한 사발 타서 얼음을 동동 띄워 먹으면 허기가 꺼지면서 갈증이 싹 가시는 게 얼마나 좋은지 몰라. 요즘 사람들은 청량음료 때문에 그 맛을 모르고 사는 거 같아 안타깝지.

0359 미어지다

🖐️ 본 뜻
종이나 천이 압력을 받거나 팽팽하게 당겨지면 그 압력 때문에 터져서 구멍이 뚫리거나 틈이 벌어지는 것을 말한다.

🔁 바뀐 뜻
오늘날에 이 말은 사물에만 쓰이는 것이 아니라, 무엇인가 꽉 차서 터질 것 같은 일반적인 상황에 두루 쓰고 있다. 주로 사람의 감정을 나타내는 데 많이 쓴다.

💿 보기글
- 나는 그 할머니 얘기만 들으면 가슴이 미어질 것만 같다.
- 두 사람의 순애보는 보는 사람의 간장이 미어질 정도로 애련한 것이었다.

0360 미역국 먹다

본 뜻 1907년 조선 군대가 일본에 의해 강제 해산당했을 때, '해산(解散)'이란 말이 아이를 낳는 '해산(解産)'과 소리가 같아 '해산' 때에 미역국을 먹는 풍속과 연관 지어서 이 말을 하게 되었다고 한다. 그러므로 '미역국을 먹는다'의 본래 뜻은 '일자리를 잃었다'는 뜻이다.

바뀐 뜻 오늘날에는 '실직'이라는 본래의 뜻은 없어지고 미역의 미끌미끌한 성질과 연관시켜서 '시험에 떨어졌다'는 뜻으로만 쓰인다.

보기글 • 새롭게 바뀐 대학 입시는 고차적 사고 능력이 없으면 미역국 먹기 십상이라고 하는데, 결코 만만치 않겠구나.

0361 미인계(美人計)

본 뜻 원래 미인계는 병법의 하나인 36계 중 31계에 해당하는 책략이다. 강대국과 대적해서 싸우게 될 땐 국가의 존망이 위태로워지니 형세에 순응해서 일시적으로라도 적을 섬겨야 하는 경우가 있다. 섬기는 방식에도 상중하책이 있게 마련이다. 영토를 떼어주고 화친을 구하여 섬기는 것이 제일 하책 중의 하책이요, 재물을 주고 화친을 구하여 섬기는 것이 그 중간이요, 아름다운 여자를 보내 섬기는 것이 상책이다. 아름다운 여자를 보내 섬기면 적장의 마음이 해이해지고, 군대의 규율이 흩어지니 자연히 전력이 약하게 될 수밖에 없다. 월나라 왕 구천이 서시(西施)라는 미인을 오나라 왕 부차에게 보내 그가 서시에게 빠져 국사를 돌보지 않는 틈을 타 전에 맛보았던 패배를 승리로 이끈 데서 나온 말이다.

바뀐 뜻 미인을 미끼로 하여 남을 꾀는 계교를 일컫는 말이다. 요즘은 여자 스스로가 나서서 남의 마음을 흩뜨려놓아 이익을 도모하는 것도

미숫가루 · 미어지다 · 미역국 먹다 · 미인계

미인계를 쓴다고 한다.

◎ 보기글 • 미인계는 아무나 쓰는 것인 줄 아니? 미모와 지성을 겸비해야 제대로 쓸 수 있는 거
      란다.
     • 저 아저씨가 우리 남자들이 가니까 인상만 쓰고 더 이상은 안 깎아주는데, 옥이 네
      가 가서 미인계 좀 써볼래?

0362   **미주알고주알**

☝본 뜻 미주알은 항문에 닿아 있는 창자의 끝부분을 가리키는 말이다. 그러므
      로 이 말은 사람 속의 처음부터 맨 끝부분까지 속속들이 훑어본다는
      뜻이다. '고주알'은 별 뜻 없이 운율을 맞추기 위해 덧붙인 말이다.
↳ 바뀐뜻 아주 사소한 일까지 따지면서 속속들이 캐고 드는 모양이나 어떤
      일을 속속들이 얘기하는 모양을 가리키는 말이다. 비슷한 말로는
      '시시콜콜히'가 있다.
◎ 보기글 • 내 신상명세를 미주알고주알 캐묻는데 짜증이 버럭 나더라고.
     • 자기 어린 시절 얘기까지 미주알고주알 해대는데 정말 두 손 들겠더라고.

0363   **민중**(民衆)

☝본 뜻 백성 민(民)은 원래 눈 목(目)에서 나온 글자이다. 중국의 갑골문자에
      보면 백성 민(民)자는 눈을 창으로 찌르는 모양에서 나온 글자임을
      알 수 있다. 옛날 중국에서는 벼슬아치가 아닌 일반 백성을 노예로
      부리기 위해 눈을 찔러 장님으로 만든 다음 단순 노동에 부렸다.
      그러므로 오늘날의 일반 서민들을 가리키는 민중(民衆)의 유래는 단
      순 노동에 종사하는 노예의 무리를 가리키는 말이었다.
↳ 바뀐뜻 한 나라를 구성하고 있는 사람들을 크게 지배층과 피지배층으로 나

눈다면, 민중이란 권력도 돈도 없는 피지배층이지만 사회를 유지·발전시켜 나가는 원동력이 되는 대다수 일반 국민을 가리키는 말이다.

◎ 보기글
- 민(民)은 혼자 있으면 약하지만 모여서 민중(民衆)을 이루면 그 힘은 거대한 파도와도 같아서 그 누구도 막을 수 없게 된다.

0364   ## 밀랍인형(蜜蠟人形)

🖐본 뜻 밀랍이란 꿀벌이 벌집을 만드는 물질을 말한다. 토종꿀같이 벌집째로 뜨는 꿀은 걸러내기 위해서 약한 불에 녹이면 꿀은 녹아 아래로 가라앉고 밀랍의 주성분인 기름기만 위로 뜬다. 걷어낸 밀랍은 마치 촛농과 같은데 따뜻할 때 만지면 자유자재로 여러 가지 모양을 낼 수 있다. 밀랍은 돌이나 청동보다 양감이나 질감을 나타내는 것이 우수하여 사실적인 등신대의 인형을 만드는 데 널리 쓰인다. 이 밖에도 의약품, 전기 절연체 등 그 쓰임새가 다양하다.

🔄바뀐 뜻 벌집의 주성분인 밀랍으로 만든 인형으로서, 인물 박물관 같은 데 전시되어 있는 살아 있는 사람처럼 생생한 인형을 가리킨다. 흔히 '밀봉한 인형'으로 잘못 알고 있는 경우가 많다.

◎ 보기글
- 밀랍인형은 주로 외국 소설이나 외국 영화에서 등장하지 아마. 재료를 구하기 어려워서 그런지 우리나라 박물관에서는 밀랍인형을 본 기억이 없거든.
- 엊그제 본 영화에 프랑켄슈타인 밀랍인형이 나오는데 진짜인 줄 알고 깜짝 놀란 거 있지.

0365   ## 밀월(蜜月)

🖐본 뜻 신혼여행을 나타내는 '허니문(honeymoon)'의 번역말이다. 신혼여행 기간이 꿀같이 달콤한 밤의 연속이라는 뜻을 가진 말이다.

199

↹ 바뀐 뜻 　신혼기간을 나타내기도 하지만, 어떤 사업이나 일을 협력해서 시작
할 때 서로 사이가 좋은 기간이나 협력기간을 나타내는 말로 쓰기
도 한다.

◎ 보기글 ● 김 과장, 그래 밀월여행은 잘 다녀왔어?
● 지금 한대 상사와 삼선 상사가 새로 시작되는 신규 통신사업 때문에 밀월 관계를 즐
기고 있다며?

0366 　**밑천**

☞ 본 뜻 　밑천은 바탕·근본을 나타내는 '밑'과 돈을 뜻하는 '전(錢)'이 합쳐진
밑전에서 나온 말로서, 장사를 시작하는 데 필요한 자본, 곧 돈을
뜻하는 말이었다.

↹ 바뀐 뜻 　오늘날 이 말은 반드시 자본금만을 얘기하는 것은 아니고, 어떤 일
을 해나가는 데 밑바탕이 되는 재능이나 돈·기술 등을 가리킨다.

◎ 보기글 ● 밑천이 있어야 과외교사라도 해보지. 학교 다닐 때 판판이 놀았으니 뭐 아는 게 있어
야지.

200

0367 **바가지**

🔖 **본 뜻** 바가지는 둥글게 열리는 한해살이 식물인 '박'에 작다는 뜻을 가진 접미사 '-아지'가 붙어서 이루어진 단어이다. '강아지' '송아지' 등이 바로 '-아지'가 붙어서 이루어진 말이다. 그러므로 '바가지'란 박을 두 쪽으로 쪼갠 작은 박이란 뜻인데, 주로 물을 푸거나 무엇을 담는 그릇으로 사용되었다.

🔄 **바뀐 뜻** '박아지'가 연음되어서 '바가지'로 소리가 변했으며, 세월이 흐름에 따라 바가지를 만드는 재료에도 일대 변화가 일어나서 오늘날은 진짜 박으로 만든 바가지보다는 플라스틱으로 만든 것이 널리 쓰이고 있다.

🔵 **보기글** • 요새는 진짜 박으로 만든 바가지를 찾기가 그리 쉽지 않지. 박을 키우는 집도 거의 없고 말이야.

0368 **바가지 긁다**

🔖 **본 뜻** 옛날에 콜레라가 돌 때 전염병 귀신을 쫓는다고 바가지를 득득 문질러서 시끄러운 소리를 냈다고 한다. 여기에서 연유하여 남의 잘못을 듣기 싫을 정도로 귀찮게 나무라는 것을 가리키게 되었다고 한다.

🔄 **바뀐 뜻** 평소 생활 속에서 갖게 되는 불평, 불만을 아내가 남편에게 듣기 싫도록 종알거리며 늘어놓는 것을 말한다.

● 보기글
- 우리 마누라 바가지 긁는 거 듣기 싫어서라도 집에 일찍 들어가야 되겠어.
- 마누라가 바가지 긁는 재미도 없으면 무슨 재미로 살아?

0369 바가지 쓰다

🔖 **본 뜻** 갑오개혁 이후의 개화기에 외국 문물이 물밀듯이 들어오면서 각국의 도박도 여러 가지가 들어왔는데, 그중 일본에서 들어온 화투와 중국에서 들어온 마작·십인계(十人稧) 등이 대표적인 것이었다. 십인계는 1에서 10까지의 숫자가 적힌 바가지를 이리저리 섞어서 엎어놓고 각각 자기가 대고 싶은 바가지에 돈을 대면서 시작하는 노름이다. 그러고 난 연후에 물주가 어떤 숫자를 대면 바가지를 엎어 각자 앞에 놓인 바가지의 숫자를 확인하고 그 숫자가 적힌 바가지에 돈을 댄 사람은 맞히지 못한 사람의 돈을 모두 갖는다. 손님 중에 아무도 맞히지 못했을 때에는 물주가 모두 갖는다. 이렇게 해서 바가지에 적힌 숫자를 맞히지 못할 때 돈을 잃기 때문에 손해를 보는 것을 '바가지 썼다'고 하게 되었다.

🔄 **바뀐 뜻** 터무니없는 요금이나 값을 지불하여 손해를 크게 보는 것을 말한다.

● 보기글
- 옷값이 너무 터무니없이 높게 매겨져 정찰 가격으로 샀는데도 바가지를 쓴 것 같단 말이야.

0370 바께스(ばけつ)

🔖 **본 뜻** 'bucket'을 일본인들이 바께스라고 부르면서 일제강점기에 우리나라로 들어온 말이다. bucket은 물레방아 터빈 따위의 물받이를 가리키던 말인데 근대화 시기에 양동이를 가리키는 말로 쓰였다.

⇆ 바뀐 뜻	쓰지 말아야 할 일본어라서 싫는다. 양동이라고 부르면 된다.
◉ 보기글	• 양동이를 바께스라고 쓸 바에야 차라리 버킷이라고 부르는 게 낫다.

0371 바늘방석(--方席)

⌂ 본 뜻	말 그대로 바늘이 자리잡고 앉는 방석을 말한다. 요즘은 흔히 바늘 꽂이라고도 부르는데 원래 명칭은 바늘방석이다. 바늘방석은 바늘을 꽂아두는 물건으로서 속에 솜이나 머리카락을 넣어 만든다. 바늘이란 물건은 워낙 조그맣고 가늘어서 자칫 간수를 잘못하다간 잃어버리기 십상이었다. 그래서 분실을 방지하느라 따로 바늘방석을 만들어서 거기에 꽂아두고 쓰곤 했다.
⇆ 바뀐 뜻	오늘날에 와서는 본래의 뜻은 아주 없어지고, 바늘의 뾰족한 부분이 위로 꽂혀 있는 무시무시한 방석을 의미하는 것으로 바뀌었다. 어떤 자리에 그대로 있기가 몹시 거북하고 불안할 때를 가리켜 '바늘방석에 앉아 있는 것 같다'는 표현을 쓰는데 바로 여기에서 나온 것이다.
◉ 보기글	• 어른이랑 한자리에 앉아 있으려니까 바늘방석에 앉아 있는 것 같아 밥이 잘 안 넘어가더라고. • 옛날에 한 번 맞선 봤던 여자랑 우연히 합석을 하게 되었는데 바늘방석이 따로 없더구먼. • 갓 결혼한 친구 녀석 집에 얹혀 있으려니 어찌나 바늘방석이던지.

0372 (뒷)바라지

⌂ 본 뜻	바라지란 원래 절에서 재(齋)를 올릴 때 법주(法主) 스님을 도와 경전을 독송하고 시가를 읊는 스님을 일컫는 말이다. 죽은 영혼들의 극락왕생을 비는 의식인 재에서, 바라지 스님은 법주 스님을 도와 목

탁을 치고 경전을 읊고 향(香)과 꽃과 차(茶)를 올린다. 바라지 스님이 이처럼 자잘하고 수고스러운 일들을 해준다는 데서 '뒷바라지하다' '옥바라지하다' 등의 말이 생겨났다.

⇆ **바뀐 뜻**　음식이나 옷 등을 대어주는 등 온갖 궂은일을 도와주는 일을 말한다.

◎ **보기글**　• 그녀의 남편 옥바라지는 실로 눈물겨운 것이었습니다.
　　　　　• 어머니가 아들 뒷바라지를 얼마나 열심히 하는지 보는 사람이 눈물이 다 날 지경이네.
　　　　　• 수빈이 걘 엄마 뒷바라지 없이 혼자서 아무 일도 못할 애라니까.

0373　　**바바리코트**(Burberry coat)

🖐**본　뜻**　흔히 봄가을의 쌀쌀한 날씨에 입는 두껍지 않은 코트를 바바리코트라 하는데, 원래는 영국의 유명한 비옷 제조 회사인 버버리 사에서 만든 코트를 가리키던 말이다. 유난히 비가 많이 오고 안개가 끼는 날씨가 잦은 영국에서는 버버리 사에서 나온 비옷 같은 것이 거의 필수품이다시피 했다. 이렇게 그 회사 상품이 유명해지다 보니 버버리 사에서 만든 코트 자체가 봄가을의 쌀쌀한 날씨나 비올 때 입는 코트류 전체를 가리키는 보통명사로 쓰이게 되었다.

⇆ **바뀐 뜻**　쌀쌀한 날씨나 비올 때 입는 간편한 코트를 가리키는 말이다. 우리나라에서는 흔히 바바리코트로 부르고 있다.

◎ **보기글**　• 올 가을에는 바바리코트를 하나 장만해야겠어.
　　　　　• 겨울에서 봄 넘어올 때나 가을에서 겨울 넘어갈 때는 바바리코트가 제격이지.

0374　　**바보**

🖐**본　뜻**　이 말은 원래 '밥보'가 변해서 이루어진 말이다. '밥'에서 'ㅂ'이 탈락하면서 어떤 특성을 가진 사람을 나타내는 접미사 '-보'와 합쳐져서 '바보'가 된 것이다.

⇆ 바뀐 뜻　밥만 먹을 줄 알고 아무것도 할 줄 모르는 사람처럼 어리석고 아둔
　　　　　한 사람을 낮잡아 이르는 말이다.

◎ 보기글　• 막둥이 너 이놈. 그렇게 대고 밥만 먹다간 너 진짜 바보 된다.

0375　　　**바이블**(Bible)

🖝 본　뜻　바이블은 그리스어로 '책'이란 뜻이다. 옛날 그리스 사람들은 지중
　　　　　해의 동쪽에 자리잡은 항구도시 '비블로스'에서 종이를 수입해다가
　　　　　책을 만들었는데, 그 항구의 이름을 따서 책을 '비블로스'라 했다.
　　　　　비블로스는 최초의 종이 '파피루스'의 그리스식 명칭이다.

⇆ 바뀐 뜻　'성경'을 뜻하는 영어의 '바이블'은 파피루스로 만든 책을 뜻하는 '비
　　　　　블로스'에서 유래한 말이다. 처음엔 단순히 '책'을 뜻하던 말이 가장
　　　　　널리 보급된 책인 '성경'을 가리키는 말로 바뀌었다. 또한 '성경처럼
　　　　　권위 있는 책'이란 뜻으로도 쓰인다.

◎ 보기글　• 『손자병법』은 사관생도의 바이블이다.

0376　　　**바자회**(bazar會)

🖝 본　뜻　페르시아의 공공 시장을 가리키던 '바자르(bazaar)'에서 유래된 말이
　　　　　다. 이 말이 페르시아를 거쳐 아라비아·터키·아프리카로 퍼져나가
　　　　　서 이제는 전 세계에서 널리 쓰이고 있으며, 페르시아의 전통적인
　　　　　바자르도 점차 현대화된 시장의 모습으로 변모하고 있다.

⇆ 바뀐 뜻　오늘날에는 자선을 목적으로 한정된 기간 동안만 여는 시장을 뜻
　　　　　하는 말로 쓰이고 있다.

◎ 보기글　• 내일까지 바자회 자원봉사 대원을 모집하니 많은 협조 바랍니다.

205

0377 바캉스(vacance)

본 뜻 프랑스어 바캉스(vacance)는 영어 베케이션(vacation)에 해당하는 말로서, 단순히 '휴가'라는 뜻이다.

바뀐 뜻 프랑스 사람들, 그중에서도 특히 파리 사람들이 휴가를 극성스럽고 떠들썩하게 떠나고 즐기는 통에 바캉스라고 하면 이름난 휴양지나 해수욕장에서 그럴듯하게 즐기고 오는 것을 가리키게 되었다. 이 영향 때문인지 우리나라에서도 바캉스라고 하면 어딘가 그럴듯한 산이나 바다에 다녀와야 하는 것으로 인식하고 있다.

보기글
- 올 여름 바캉스는 어디로 갈까?
- 바캉스라고 해서 꼭 유명한 데 가라는 법 있니? 나는 시골 외갓집에 내려가서 그동안 못 본 책이나 볼까봐.

0378 박사(博士)

본 뜻 옛날 관직의 하나로서 교수의 임무를 맡아 보던 벼슬이었다. 백제 때는 시·서·역·예기·춘추의 오경박사를 두고, 고구려 때는 태학에, 신라 때는 국학에, 고려 때는 국자감에, 조선조 때는 성균관·홍문관·규장각·승문원에 각각 박사를 두었다.

바뀐 뜻 대학원의 박사 과정을 마치고 규정된 절차를 밟은 사람에게 수여하는 학위. 또는 그 학위를 딴 사람을 일컫는 말이다. 때로는 진짜 학위를 받지는 않았지만 어떤 분야에 대해 널리 알고 있는 사람을 비유하는 말로도 쓰인다.

보기글
- 김 선생님이 이번에 신학박사 학위를 받는다며?
- 그 사람 참 다방면에 모르는 것이 없는 만물박사야.
- 그 사람 말이야, 공학 박사라 그런지 확실히 기계를 잘 다루더라고.

0379 박살내다(撲殺--)

☝**본 뜻** 　두드릴 박(撲)에 죽일 살(殺)로 이루어진 이 말은 글자 그대로 '때려 죽인다'는 뜻이다.

⇆**바뀐 뜻** 　오늘날에는 꼭 사람이나 짐승 등 살아 있는 사물에만 한정되어 쓰이는 것이 아니라, 어떤 물건을 완전히 때려부수어 조각조각으로 만드는 일까지를 뜻하게 되었다.

○**보기글** 　● 후세인이 이번에는 이란을 박살내겠다 그랬다며?
　　　　　● 어젯밤에 웬 술 취한 사람이 우리 가게 유리창을 박살을 내고 행패를 부렸지 뭐야.

0380 박수

☝**본 뜻** 　중부 이북 지방에서 남자 무당을 가리키는 말로서, 몽골어 '박시(baksi)'가 그 어원인 듯하다. '박시'는 '지혜로운 자' 또는 '스승'을 뜻하는 말로서 라마교의 라마승도 '박시'라 한다. 제정일치 시대에는 제사장인 무당이 바로 부족을 다스리는 우두머리였던 것처럼, 우랄 알타이족의 남자 무당은 대개 그 명칭이 박수와 같거나 비슷하다.

⇆**바뀐 뜻** 　'박수'란 특별히 중부 이북 지방의 남자 무당을 가리키는 말이다. 때로는 그 앞에 성을 붙여서 '김 박수' '이 박수' 하는 식으로 호칭으로 쓰기도 한다.

○**보기글** 　● 아랫개울 건너 감나무골의 박수무당이 용하다던데 월산댁 거기나 한번 가보지 그래?

0381 박쥐

☝**본 뜻** 　박쥐의 본래 표기는 '밝쥐'였다. 여기 쓰인 '밝'은 밝다는 뜻을 가진

말로서 밝쥐라는 이름은 '밤눈이 밝은 쥐'라는 뜻이다.

↰ 바뀐 뜻　전통적으로 박쥐는 밝음에 속하는 동물이 아니라 어둠에 속하는 좋지 않은 동물의 상징으로 쓰였다. 이처럼 박쥐를 떠올릴 때 어둠의 이미지가 강해지자 '밝쥐'에서 'ㄹ'이 탈락하면서 둔탁한 '박쥐'로 소리가 변했다.

◉ 보기글　● 우세한 쪽에 붙는 기회주의자의 교활한 마음을 흔히 박쥐의 두 마음이라고 하지.

0382　박차를(拍車-) 가하다

↰ 본　뜻　말을 탈 때 구두 뒤축에 달아 뒤로 뻗치게 하는 쇠로 만든 물건을 박차(拍車)라 한다. 박차의 끝에 달린 톱니바퀴로 말의 배를 차서 빨리 달리게 하는 데 이용한다. 그러므로 '박차를 가한다'는 말은 한자성어 주마가편(走馬加鞭)과 같은 뜻을 가지고 있는 것으로서, 달리는 말에 채찍질을 가해서 더 빨리 달리도록 하는 것과 같이 일이 빨리 성사되도록 힘과 열의를 더하는 것을 뜻한다.

↰ 바뀐 뜻　일의 진행이 빨리 되도록 힘을 더하는 것을 뜻하는 말이다.

◉ 보기글　● 자, 얼마 안 남았으니 이번에 마지막 박차를 가해봅시다.
　　　　● 각자 하던 일에 박차를 가해서 이번 휴가 가기 전까지 어떻게든 일을 마무리 지어놓고 갑시다.

0383　반죽이 좋다

↰ 본　뜻　쌀가루나 밀가루에 물을 부어 이겨놓은 것을 반죽이라 하는데 반죽이 잘되면 원하는 음식을 만들기가 한결 쉬워진다. 이렇듯 반죽이 잘되어서 마음먹은 대로 원하는 물건에 쓸 수 있는 상태를 반죽

이 좋다고 한다.

⇆ 바뀐 뜻 성품이 유들유들하여 쉽사리 노여움이나 부끄러움을 타지 않는 것을 가리키는 말이다. 얼굴이 잘생겼다는 뜻이 아니다.

◎ 보기글 ● 그 아인 반죽이 좋아서 어딜 가더라도 금방 적응할 거야.
● 나 같으면 얼굴이 붉그락푸르락했을 일인데도 반죽 좋은 이 과장은 천연덕스럽게 잘 넘기데.

0384 **반지(斑指)**

☝ 본 뜻 '가락지'가 한 쌍으로 된 고리인 데 반해, '반지'는 한 개로 된 고리를 일컫는다. 그러므로 반지는 한 쌍을 나눈 반이라는 뜻으로 쓴 한자어이다. '斑'은 '班'과 서로 통용되는 글자로서 '나눈다'는 뜻도 있다. '가락지'의 '가락'은 손가락·발가락의 가락으로서, 한 군데에서 갈라져 나간 부분인 갈래의 뜻이다. 여기에 손가락을 나타내는 한자어 '指'가 더해졌으므로 가락지는 손가락의 겹말이다. '가락지'는 본래 한자어 '지환(指環)'에서 '環'이 생략된 것이다. 따라서 반지도 '반지환(斑指環)'에서 '環'이 생략된 말이다. 반지는 비록 한자어이지만 중국에는 없는, 우리나라에서 만든 한자어이다.

⇆ 바뀐 뜻 오늘날에는 가락지와 반지를 구분 없이 쓰고 있다. 그래서 한 쌍으로 된 반지를 가리켜 쌍가락지라고 하는데, 본래 가락지란 한 쌍으로 이루어진 반지를 가리키는 말이므로 쌍가락지라는 말은 '역전 앞'처럼 쓸데없이 겹친 겹말이 되는 것이다. 그러므로 어머님께 해드린 한 쌍의 옥반지는 옥가락지, 졸업 기념으로 친구들끼리 하나씩 나눠 낀 것은 기념 반지가 되는 것이다.

◎ 보기글 ● 이번 어머님 생신 때 쌍룡이 새겨진 은가락지를 해드렸더니 마음에 쏙 든다며 좋아하시더라고요.
● 두 사람은 이름의 이니셜을 새긴 커플 반지를 맞추었다.

0385 반추(反芻)

본 뜻 반추위(反芻胃)를 가진 소나 염소 등이 한 번 삼킨 먹이를 게워내어 되새기는 일을 가리킨다.

바뀐 뜻 어떤 일을 되풀이하여 음미하고 생각하는 것을 일컫는 말이다.

보기글 ● 작년 그 일을 곰곰이 반추해보니 결국 네가 옳았다는 생각이 들더구나.

0386 반풍수(半風水) 집안 망치다

본 뜻 땅의 형세를 보아 길흉화복을 점치는 사람을 풍수, 혹은 풍수쟁이라고 한다. 반풍수라 함은 서투른 풍수쟁이를 일컫는 말로서, 그가 명당이라고 잡아준 자리가 도리어 좋지 않아서 집안이 망할 수도 있다는 데서 온 말이다.

바뀐 뜻 서투른 재주를 믿고 함부로 일을 벌이다간 도리어 일을 망치는 수가 있다는 뜻이다. '선무당 사람 잡는다'는 속담과 같은 뜻이다.

보기글 ● 네가 뭘 안다고 그 일에 나서냐! 반풍수 집안 망친다더니 네가 꼭 그짝이로구나.
● 너는 반풍수 집안 망친다는 소리도 못 들어봤냐? 겨우 1년 정도 남의 밑에서 일한 것을 가지고 감히 집을 짓겠다고 나서?

0387 발목을 잡히다

본 뜻 이 말은 본래 씨름판에서 쓰던 말로서, 상대편에게 발목을 잡히면 꼼짝없이 번쩍 들려서 모래판에 나둥그러질 판이 되는데 여기서 나온 말이다.

바뀐 뜻 남에게 어떤 단서나 약점을 잡혀서 꼼짝 못하게 된 상황이나 어떤 일에 꽉 얽매여서 빠져나오지 못하게 된 경우 등을 가리키는 말로 쓰인다.

◑ 보기글 ● 별로 친하지도 않은 친구와 동업을 하면서 집문서까지 갖다 줬으니 그만 발목을 잡
힌 꼴이지.

0388 **방송**(放送)

🖐본 뜻 우리나라에 방송국이 생기기 전인 1920년대까지는 방송이란 말은
석방(釋放)과 같은 뜻이었다. 죄수를 감옥에서 풀어주거나 유배에서
풀어주는 것을 '방송을 명한다'는 영을 내려 시행했던 것이다. 그런
데 죄수를 풀어준다는 의미를 가졌던 이 말이 전파를 송출해서 내
보내는 통신용어로 바뀐 것은 1927년 경성방송국이 개국되면서부터
이다. 제1차 세계대전 당시 일본 장교가 처음으로 사용한 말이었는
데, 후에 이것이 영어의 '브로드캐스팅(broadcast-ing)'을 번역한 말로 채
택되어 쓰이기 시작했다.

🔄바뀐 뜻 일반 대중이 직접 수신할 수 있도록 한 무선통신을 가리키는 말로
서, 라디오나 텔레비전으로 수신할 수 있도록 소리나 영상을 전자
파로 바꾸어 내보내는 일, 또는 그 내용을 말한다.

◑ 보기글 ● 엊그제 개국한 지역 민영 방송이 호응도가 꽤 높다며? 바야흐로 방송에도 지역자치
제가 실시되는 거로군.

0389 **방편**(方便)

🖐본 뜻 방편은 원래 불교용어였다. 방(方)은 방법(方法)을 말하는 것이고, 편
(便)은 편리(便利)를 말하는 것으로서, 사람의 근기에 알맞은 방법을
이용하여 깨달음으로 인도하는 것을 말한다. 즉 부처님이나 보살이

중생을 제도하기 위해 일시적으로 사용하는 묘한 방법을 말한다.

🔁 **바뀐 뜻** 목적을 위해 이용하는 일시적인 수단이나 편리한 방법을 말한다.

◎ **보기글**
- 열차를 놓쳤으면 다른 방편이라도 찾아봤어야지.
- 시험이 없어졌다면 다른 방편이라도 있을 게 아닌가.

0390 # 배달민족(倍達民族)

🏛 **본 뜻** 배달민족은 곧 우리 민족을 가리키는 말이다. 배달은 우리나라 역사상 최초의 나라 이름으로서, 배달국(倍達國)은 환인의 아들 환웅이 지상에 내려와 세운 나라라고 한다. 옛날에 고조선을 이루고 있는 종족들을 발달족 혹은 밝달족이라고 하였는데 '발달'에서 '발'의 어원은 '밝다'이며 이것은 '발' 또는 '박'으로 발음된다. '달'은 산을 뜻하는 옛말이다. 따라서 '배달'은 밝은 산, 큰 산을 뜻하는 '밝달' '박달'의 말소리가 변해서 이루어진 말이다.

🔁 **바뀐 뜻** 우리 민족이 단군의 자손임을 나타내는 민족 호칭이다.

◎ **보기글**
- 같은 배달민족인 남북이 함께 힘을 합치면 지난 50년간의 간극은 쉽게 메울 수 있을 겁니다.

0391 # 배랑뱅이〈비렁뱅이

🏛 **본 뜻** '배랑'은 '배낭(背囊)'이 변한 말인 것으로 보아, 배랑뱅이는 배낭을 짊어진 사람을 일컫는 말이었을 것 같다. 승려 혹은 도사, 처사 등을 가리키는 말이었을 것으로 추정한다. 비렁뱅이는 큰말이다.

🔁 **바뀐 뜻** '거지'를 얕잡아 이르는 말이다.

◎ **보기글**
- 그렇게 돈을 물 쓰듯 하다가는 쪽박 찬 비렁뱅이 되기 십상이지.
- 배랑뱅이가 하늘을 불쌍히 여긴다고, 자기 처지 모르고 주제넘게 남 불쌍타 하네.

0392   # 배수진(背水陣)

☞ **본 뜻**   중국 한나라의 명장 한신이 조나라 군대와 싸울 때의 일이다. 한신이
조군(趙軍)에게 쫓기며 진을 쳤는데 큰 강을 뒤로 하고 진을 쳤다. 한
신의 군대가 친 진을 바라보던 조군은 그 어리석은 진법에 코웃음을
쳤다. 그러나 한 발짝이라도 뒤로 물러서면 강물에 빠져 죽게 되어 있
는 한신의 군대는 이 같은 막다른 진용에서 모든 병사들이 죽기살기
를 기약하고 적군을 맞아 싸워 드디어 승리할 수 있었다.

🔁 **바뀐 뜻**   더 이상 물러설 데가 없는 절박한 상황에서 필사의 노력을 기울여
어떤 일에 대처해 나가는 태도나 방법을 가리키는 말이다.

◉ **보기글**   • 부도 직전에 있다는 회사가 새로운 상표를 내보내고 이미지 광고를 크게 하는 거 보
면 뭔가 배수의 진을 친 것 같지?
• 외국 나가서 제대로 공부하려면 배수진을 쳤다는 생각으로 공부해야 할 거야.

0393   # 배알이 꼬이다

☞ **본 뜻**   배알은 창자를 가리키는 순우리말이다. 줄임말로 '밸'이라고 쓰기도
한다. 배알이 꼬인다는 것은 곧 창자가 꼬여서 속이 아프다, 편치
않다는 뜻이다.

🔁 **바뀐 뜻**   어떤 사람이 하는 행동이나 일이 비위에 맞지 않아 눈꼴이 사납게
느껴질 때 '배알이 꼬인다' '배알이 뒤틀린다'는 표현을 쓴다. 즉 창자
가 꼬일 만큼 속이 편치 않다는 말이다.

◉ **보기글**   • 그 사람, 높은 자리에 올라갔다고 거들먹대는 거, 정말 밸이 꼬여서 못봐주겠더라고.
• 야, 어제까지 같은 동료였다가 자기만 1계급 특진했다고 당장에 반말하는데 야, 정말
배알이 뒤틀리고 욕지기가 나오더라니까.

배우(俳優)

🏛 **본 뜻**   배우라는 이 말은 본래 서로 상반된 두 가지 뜻이 합쳐서 이루어진
            말이다. 배(俳)는 희극적 몸짓으로 관객을 웃기는 사람을 뜻하는 말
            이고, 우(優)는 슬픈 모습으로 관객의 눈물을 자아내는 사람을 가리
            키는 말이었다. 즉 배(俳)는 희극배우를, 우(優)는 비극배우를 가리키
            는 말이었다.

🔄 **바뀐 뜻** 얼마 멀지 않은 옛날인 무성영화 시대만 하더라도 희극배우와 비극
            배우의 구분이 있었는데, 배우의 만능적 기질이 강조되는 오늘날에
            는 희극배우와 비극배우의 구분 없이 영화나 연극 속의 인물로 분
            장하여 연기하는 사람을 두루 가리키는 말로 쓰인다.

💿 **보기글**   • 대표적인 희극배우로 찰리 채플린을 꼽긴 하지만 그의 연기는 웃음 속에 눈물을 담
            고 있어 어떻게 보면 정통 비극보다 훨씬 더 비극적인 인상을 주는 것 같아요.

0395   배추

🏛 **본 뜻**   본래는 줄기가 하얀 채소라고 하여 백채(白菜)라고 불렀다. 중국이
            원산지이며 우리나라에는 고려시대에 들어온 것으로 추정된다.

🔄 **바뀐 뜻** 뜻이 바뀐 것은 아니다. 백채가 배추로 음운 전이되어 불리는 사실
            을 알리기 위해 실었다.

💿 **보기글**   • 잘 익은 배추김치 줄기를 한 입 가득 삼빡하게 베어 먹을 때의 그 맛이야말로 일품이지.

0396   백년하청(百年河淸)

🏛 **본 뜻**   중국 청해성(靑海省)에서 발원하여 장장 5500킬로미터의 중국 대륙을

달려와 발해만으로 흘러드는 황하(黃河)는 예로부터 중국 문명의 상징이었다. 이 황하가 흐르면서 황토 고원을 통과하기 때문에 엄청난 양의 토사를 실어 나른다. 아득한 옛날 주(周)나라 때부터 황토물이었던 황하는 아직도 그 황토빛을 거둘 줄을 모른다. 그러니 길어야 100년을 사는 인간이 어찌 황하가 맑아지는 것을 볼 수 있겠는가. 백년하청은 곧 중국의 황하가 늘 흐리어 맑을 때가 없다는 뜻이다.

↳ **바뀐 뜻**   아무리 오래 기다려도 어떤 일이 이루어지기 어려움을 이르는 말이다.

◐ **보기글**   • 아버지 마음이 돌아서기를 바란다고? 야, 그건 백년하청이야! 네가 생각을 돌리는 게 빨라.

백미(白眉)

⬆**본 뜻**   중국 삼국시대 때 촉나라에 마량(馬良)이라는 사람이 있었다. 그는 재주가 뛰어나 왕의 신임을 받아 높은 벼슬을 지냈으며, 어려운 일도 쉽게 처리하는 능력을 보였다. 마량의 형제는 오형제였는데, 모두 학문이 뛰어났지만 그중에서도 눈썹이 흰 마량이 가장 뛰어났다. 그래서 중국 사람들은 마량을 가리켜 '흰 눈썹', 즉 백미(白眉)라고 불렀으며, 어느덧 '백미' 하면 가장 뛰어난 사람이라는 뜻으로 통하게 되었다.

↳ **바뀐 뜻**   여럿 가운데 가장 뛰어난 사람이나 가장 훌륭한 물건을 비유적으로 이르는 말이다.

◐ **보기글**   • 박경리 선생의 『토지』는 우리나라 대하소설의 백미라 할 수 있다.

0398   ## 백미러

⬆**본 뜻**   백미러는 자동차의 운전대 앞에 달려 뒤쪽을 보는 데 쓰는 거울을

배우 · 배추 · 백년하청 · 백미 · 백미러

가리키는 명칭으로 일본식 조어(造語)이다. 본고장 미국에서는 'rear-view-mirror' 또는 'rear-vision-mirror'라 한다.

↔ 바뀐 뜻   잘못된 말을 쓰느니보다 '뒷거울' '반사거울' 등의 우리말로 바꿔 쓰는 것이 좋겠다.

◐ 보기글   ● 내가 미국에서 자동차를 살 때 백미러를 다른 것으로 바꿀 수 있느냐고 물었더니 못 알아듣더라고요.

0399   **백병전**(白兵戰)

☜본 뜻   백병이란 본래 혼자 쓸 수 있는 창과 칼 따위의 기본 무기만을 가리키는 말이다. 그러므로 백병전이란 각자 기본 휴대 무기만을 가지고 싸우는 육박전을 가리키는 말이다.

↔ 바뀐 뜻   두 집단이 싸우기는 하되 여럿이 얽혀서 싸우는 것이 아니라 군사들끼리 일대일로 맞붙어 싸우는 전투를 말한다. 흔히 비유적으로 어떤 일에 혼자 몸으로 사력을 다해 덤벼드는 것을 가리키기도 한다.

◐ 보기글   ● 날밤에 벌어진 백병전에서 수많은 사상자가 났습니다.
     ● 아프리카 시장 개척이 내게 떨어졌을 때 나는 백병전에 나가는 병사의 심정이 되었더랬습니다.

0400   **백색 테러**(白色 terror)

☜본 뜻   프랑스 혁명 중인 1795년 혁명파에 대한 왕당파의 보복이 그 기원이다. 백색 테러라는 명칭은 프랑스 왕권의 표징이 흰 백합이었기 때문에 붙은 이름이다.

↔ 바뀐 뜻   정치적 목적 달성을 위해 암살, 파괴 등을 수단으로 하는 테러를

가리키는 것으로 특히 극우파나 보수파가 저지른 테러를 말한다. 미국의 악명 높은 인종 차별 테러 단체인 KKK단이 현대의 대표적인 백색 테러 단체라 할 수 있다.

○ 보기글
- 「미시시피 버닝」이라는 비디오 봤니? 너도 한번 빌려 봐. 주인공이 KKK단의 백색 테러를 속 시원히 응징해 나가는데, 정말 재미있어.

0401 **백서**(白書)

본 뜻
이 말의 기원은 영국 정부의 외교 정책을 발표하는 공식 문서에서 비롯되었다. 17세기 영국에서는 정부의 외교 정책 보고서 표지에 흰 표지를 붙이고, 의회의 보고서에는 푸른 표지를 붙였다. 여기에서 비롯되어 정부가 시정 내용을 국민에게 알리는 보고서를 백서(白書)라고 부르게 되었다. 재미있는 것은 나라마다 그 빛깔이 달라 프랑스는 황서(黃書), 이탈리아는 녹서(綠書), 우리나라·미국·독일 등은 백서라고 부른다.

바뀐 뜻
정부에서 발표하는 각종 공식 보고서를 가리키는 말이다.

○ 보기글
- 이번에 정부에서 발표한 인권백서 봤어? 그 정도면 엠네스티에서 만족할 만한 수준인가?
- 환경처에서 발행한 세계환경운동백서를 받아봤더니 우리나라 환경운동은 거의 걸음마 단계더구먼.

0402 **백성**(百姓)

본 뜻
『서경書經』「요전堯典」편에 '평장백성(平章百姓)'이라는 말로 처음 등장한다. 옛날에는 덕이 높고 공을 세운 사람에게 성씨를 하사했기에 백성이라 불렸던 것인데, 주로 벼슬아치를 뜻했다. 조선시대에 이르

217

러서는 관직이 없는 보통 사람을 일컫는 말로 쓰였다.

↹ 바뀐 뜻 국민, 인민을 가리키는 예스러운 말이다.

◎ 보기글
- 오늘날에 백성이란 말을 쓴다는 것 자체가 시대착오적인 것 아냐?
- 나라의 근본이 백성이거늘, 백성들의 마음을 돌보지 않는 지도자가 과연 그 자리를 오래 지킬 수 있을까.

0403 **백수(白壽)**

⌂ 본 뜻 나이를 일컫는 여러 가지 말 중에서 백수(白壽)처럼 잘못 쓰이고 있는 말도 드물 것이다. 흔히들 백수를 누렸다고 하면 100살까지 살았다고 생각한다. 그러나 백수라는 글자를 자세히 보면 일백 백(百)을 쓴 것이 아니라 흰 백(白)을 쓴 것을 알게 된다. 흰 백(白)이란 글자가 일백 백에서 하나[一]를 뺀 모양을 하고 있는 것처럼 백수는 100에서 하나가 모자라는 99세를 가리키는 말이다.

↹ 바뀐 뜻 뜻이 바뀐 것이 아니라 100세로 잘못 알고 있는 경우가 많아 여기에 실었다.

◎ 보기글
- 할머니 백수를 누리도록 사세요.
- 백수가 나이를 말하는 것이냐? 아니면 온갖 짐승을 말하는 것이냐, 아니면 아무 하는 일 없이 노는 건달을 말하는 것이냐?

0404 **백안시(白眼視)**

⌂ 본 뜻 옛날 초야에 묻혀 살던 죽림칠현 중에 완적이란 사람이 있었다. 그는 마음이 맞는 사람이 찾아오면 기쁘게 맞아들였지만, 그렇지 않은 사람이 찾아오면 원수 대하듯 노려보았다. 이때 워낙 심하게 흘겨보았기 때문에 눈의 흰자위만 보였다. 완적의 이런 모습에서 나온 말이 바로 백안시다.

🔄 **바뀐 뜻** 업신여기거나 냉대하는 행동을 가리키는 말이다. 반대 되는 말에는 청안시(靑眼視)가 있는데, 남을 기쁘게 대하는 뜻이 드러나는 눈길을 가리키는 말이다.

💿 **보기글** • 김씨가 항상 노씨를 백안시했다며?
• 아니, 자기가 잘났으면 얼마나 잘났다고 사람을 그렇게 백안시하는 거야?

0405 **백이숙제**(伯夷叔齊)

🔖 **본 뜻** 백이와 숙제는 중국 은나라 말엽 주나라 초엽에 살았던 이름난 선비였다. 백이와 숙제는 이름이 아니고 형제의 서열과 시호를 합친 것이다. 백이의 성은 묵(墨)이고 이름은 윤(允)이다. 백(伯)은 맏이라는 뜻이고 이(夷)는 시호이다. 숙제는 그의 아우로서 이름은 지(智)요, 시호는 제(齊)이다. 숙(叔)은 아우라는 뜻이다. 즉 백이와 숙제는 '형 이공(夷公)과 아우 제공(齊公)'이라는 뜻이다.

🔄 **바뀐 뜻** 백이와 숙제는 한 나라를 다스리던 고죽군(孤竹君)이라는 사람의 아들이었는데 고죽군이 나라를 숙제에게 물려주려고 하였다. 숙제가 그것이 예법에 어긋나는 것이라고 사양하자, 백이 역시도 받지 않았다. 결국 두 사람은 나라를 떠나 문왕의 명성을 듣고 주나라로 갔으나, 이미 문왕은 죽고 그의 아들인 무왕이 왕위에 올라 은나라를 정벌하려 하였다. 이에 백이와 숙제가 그 정벌의 적절치 못함을 간하였으나 무왕이 듣지 않았다. 그러자 두 사람은 주나라의 녹을 받은 것을 부끄럽게 여겨 수양산에 들어가 고사리만 뜯어 먹다가 굶어 죽었다. 이후 끝까지 군주에 대한 충성을 지킨 의인을 일컬을 때 백이와 숙제에 비교하곤 한다. 북한에서는 고지식하고 변통성이 없거나 혼자서 청렴한 체하는 사람을 백이숙제라 한다.

💿 **보기글** • 백이와 숙제가 이름이 아니라 형과 아우를 가리키는 호칭이라면 우리도 이름에서 한 글자씩만 따서 백윤과 숙영이라고 하면 되겠구먼.

219

백일장(白日場)

☞**본　뜻**　조선시대에 유생들의 학업을 장려하기 위해서 각 지방의 유생들을 모아 시문(詩文) 짓는 것을 겨루던 일을 가리키는 백일장은 그 이름의 유래가 두 가지로 전한다. 하나는 뜻 맞는 사람들끼리 달밤에 모여 친목을 도모하고 시재(詩才)를 견주어보는 망월장(望月場)과 대조적인 뜻으로 대낮[白日]에 시재를 겨룬다 하여 생겨난 말이라 한다. 다른 하나는 유생들을 모아놓고 시재를 겨루던 장소[場]를 가리키던 말이라고 한다.

⇆**바뀐 뜻**　오늘날은 전문 직업작가가 아닌 일반인이나 학생들이 모여 글짓기 대회를 하는 것을 가리킨다.

●**보기글**　● 마로니에 공원에서 열리는 주부백일장에 많은 주부들이 글솜씨를 겨루기 위해 모여들어 단적으로나마 주부들의 글쓰기에 대한 열망을 보여주었다.
　　　　　● 모 문학단체에서 주최한 백일장에서 아깝게 장원을 놓쳤다.

백전백승(百戰百勝)

☞**본　뜻**　'적을 알고 나를 알면 백전백승知彼知己 百戰百勝'이라는 말로 널리 알려진 이 말의 원문은 '적을 알고 나를 알면 백 가지 전투를 해도 위태롭지 않다(知彼知己 百戰不殆)'이다. 출전은 『손자병법孫子兵法』이다.

⇆**바뀐 뜻**　오늘날에는 백전백승이 백 번 싸워서 백 번 이긴다는 뜻으로 잘못 알려져 있다. 그러나 병법에서 얘기하는 백전은 백 번을 싸운다는 뜻이 아니라 백 가지 전투를 가리키는 말이다. 지구전이건 육박전이건 야전이건 어떠한 종류의 전쟁을 치른다 해도 이길 수 있다는 말이다.

●**보기글**　● 똑같은 사람하고 백 번 싸워서 이기는 백전백승이 무슨 의미가 있겠어요?
　　　　　● 백전백승은 백 번 싸워서 이긴다는 말이 아니라 백 가지로 방법을 달리해 싸워도 이긴다는 말이니라.

0408 **백정**(白丁)

🏛 **본 뜻** 백정은 본래 어떤 지위나 계급도 없는 평민을 가리키던 말이었다. 조선시대 초기에 천민 계급을 높여 불러 불평을 없애고 쉽게 부려 먹기 위해 병정(兵丁)에 편입시키면서 관에서 내린 호(號)였다.

🔄 **바뀐 뜻** 세월이 흐르면서 천민 중에서도 도살을 주업으로 하는 사람들이나, 버들가지로 고리짝 따위를 엮는 사람들을 가리키는 말로 변했다. 오늘날에는 전적으로 소, 돼지 등의 가축을 도살하는 사람들을 가리키는 말로만 쓰인다.

⊙ **보기글** • 옛날에는 고리 백정, 소 백정 해서 백정에도 여러 부류가 있었지.
• 사람살이에 꼭 필요한 일이고, 누군가는 해야 할 일이라는 건 누구나 인정하면서도 왜 그렇게 백정들을 천대했는지 모르겠어요.

0409 **번갈아**(番--)

🏛 **본 뜻** 조선시대에 관가 등을 지키던 일을 '번(番) 선다'고 했는데, 지금의 숙직이나 일직과 비슷한 제도였다.

🔄 **바뀐 뜻** 일이나 사람이 차례를 따라 돌려가며 들고 나는 것을 가리킨다.

⊙ **보기글** • 영이와 순이가 번갈아 가면서 마당 쓸기를 했다며?
• 줄곧 서서 하는 일만 하지 말고, 앉아서 하는 일하고 번갈아 가면서 해야 건강에 무리가 없지.

0410 **법랑**(琺瑯)

🏛 **본 뜻** 광물을 원료로 만든 유리질의 유약으로서 금속 그릇이나 사기 그릇 등의 표면에 발라 구우면 밝은 윤기가 나며 녹이 슬지 않는다.

영어로는 '에나멜(enamel)'이라 한다.

🔁 **바뀐 뜻**   원래는 에나멜이라는 특수 유약을 가리키던 말이 법랑을 발라 구운 그릇을 통칭하는 말로 바꾸어 쓰이고 있다.

💿 **보기글**   • 어멈아, 이게 무슨 냄새냐? 혹시 가스 레인지 위에 올려놓은 법랑 냄비가 타는 거 아니냐?

0411   # 벤치마킹(bench-marking)

🔖 **본 뜻**   관측용 푯대를 벤치마크(bench-mark)라고 한다. 강물이나 건물 등의 높낮이를 측정하기 위하여 수준(水準) 또는 기준점을 의미하는 벤치마크를 세우는데, 이처럼 벤치마크를 활용하는 것을 가리켜 벤치마킹이라고 한다.

🔁 **바뀐 뜻**   일상생활에서 다른 사람의 장점을 배워 자신의 부족한 점을 하나씩 고쳐 나가는 과정을 벤치마킹에 비유하여 쓴다. 요즘에는 '벤치마킹(목표 수준)에 의한 경영혁신 실천기법'이라는 뜻으로 자리를 잡았다.

💿 **보기글**   • 옛날에는 삼성이 소니를 벤치마킹했는데 지금은 소니가 삼성을 벤치마킹한다.

0412   # 벽창호

🔖 **본 뜻**   평안북도 벽동·창성 지방에서 나는 크고 억센 소인 벽창우(碧昌牛)에서 온 말이다.

🔁 **바뀐 뜻**   벽창우처럼 고집이 세고 성질이 무뚝뚝한 사람을 비유하는 말이다.

💿 **보기글**   • 그 사람 벽창호인 거 이제 알았어? 그 사람이 한번 안 된다고 했으면 안 되는 거야.
     • 김 서방은 벽창호 기질이 강해서 사업에는 적당치 않은 것 같아. 성질만 조금 누그러뜨리면 좋을 텐데 말이야.

0413   **변죽을(邊--) 울리다**

🖐️ **본 뜻**   변죽이란 그릇이나 물건의 가장자리를 말한다. 그러므로 변죽을 울린다는 말은 그릇의 한복판을 치지 않고 가장자리를 쳐서 복판을 울리게 하는 것이다.

🔄 **바뀐 뜻**   바로 본론을 말하지 않고 빙 둘러 말함으로써 간접적으로 알아차리게 하는 것을 말한다. 바꿔 쓸 수 있는 말로 '변죽을 치다'가 있다.

💿 **보기글**   • 그만큼 변죽을 울렸으면 알아들어야지, 꼭 꼬집어 말해야 아냐?
    • 김 선생이 옆에서 히죽히죽 웃으며 변죽을 울리는데도 그는 도통 알아듣는 기색이 아니었다.

0414   **별수 없다(別數--)**

🖐️ **본 뜻**   별수는 특별히 좋은 운수를 말하는 것으로서, 특별히 좋은 운수가 있지 않다는 것은 그냥 지금 상황에서 해결할 수밖에 없다는 얘기이기도 하다.

🔄 **바뀐 뜻**   '달리 어떻게 할 방법이 없다' '문제를 해결할 수 있는 뾰족한 수가 없다' '손쓸 도리가 없어 되어가는 대로 내맡기는 수밖에 없다'는 뜻이다.

💿 **보기글**   • 쌀 시장을 개방하지 않으려고 온갖 방법을 다 써봤지만 별수 없이 쌀을 수입하기로 결정하고 말았다.

0415   **보라**

🖐️ **본 뜻**   담홍색을 나타내는 보라색은 그 어원이 몽골어에 닿아 있다. 몽골의 지배를 받던 고려시대에는 여러 가지 몽골의 풍습이 성행했는데

그중의 하나가 매를 길들여서 사냥을 하는 매사냥이었다. 이때 사냥을 잘하는 새로 알려진 매에 여러 종이 있었는데, 그중에 널리 알려진 것이 송골매라 불리는 해동청과 보라매였다. 보라매는 앞가슴에 난 털이 담홍색이라 붙여진 이름으로서 몽골어 '보로(boro)'에서 온 말이다. 한편 송골매는 몽골어 '송고르'에서 왔다고 한다.

⇆ 바뀐 뜻 앞가슴에 보라색의 털이 나 있는 매를 일컫는 '보라매'라는 이름에서 따라서 '보라'가 색깔을 가리키는 말로 전이되어 쓰이고 있다.

◉ 보기글
- 이제까지 보라매가 참으로 예쁜 우리말이라고 알고 있었는데 몽골에서 들어온 말이라고 하니까 어쩐지 씁쓸하네요.

0416 ## 보람

🖐본 뜻 보람은 원래 눈에 띄게 드러나 보이는 표적이나 다른 물건과 구별하기 위해서 해두는 표식을 가리키는 말이었다.

⇆ 바뀐 뜻 옛날에는 단순히 눈에 보이는 표적을 가리키던 말이, 세월이 흐르면서 어떤 일의 결과가 눈에 띄게 두드러져 마음이 흡족한 상태를 가리키는 추상어로 전이되었다.

◉ 보기글
- 아무리 호구지책을 위한 직업일지라도 자기가 하는 일에 보람을 느낄 수 없다면 다시 생각해봐야 하지 않겠어요?
- 촌각을 다투어 노력한 보람이 있어 대학에 합격하였다.
- 인생에서 뭔가 보람 있는 일을 한 가지라도 하면서 살아야 한다.

0417 ## 보루(堡壘)

🖐본 뜻 적군을 막거나 공격하기 위해 흙이나 돌로 튼튼하게 쌓아놓은 진지를 가리키는 군사용어다.

↹ 바뀐 뜻   본뜻에서 유추해서 나온 것으로, 가장 튼튼한 발판을 일컫는 말로 널리 쓰인다.

◎ 보기글   • 젊고 씩씩한 60만 국군이야말로 우리나라 국토방위의 보루다.
　　　　　　• 공명정대한 선거야말로 민주주의의 보루다.

0418　　**보리**(菩提)

☝본　뜻   불교에서 최상의 이상인 깨달음의 지혜 또는 깨달음의 지혜를 얻기 위한 수도 과정을 뜻하는 보리(菩提)의 본래 발음은 '보제'다. 이것은 산스크리트어 '보디(bodhi)'의 한자 음역이다.

↹ 바뀐 뜻   '보리'는 불교의 이상인 깨달음의 지혜를 가리키는 말이다. 한자로는 '보제(菩提)'라고 쓰고, '보리'라고 읽는다. '보제'라고 하면 여자의 성기를 가리키는 우리말과 발음이 비슷하여 수도하는 데 공연한 연상 작용을 일으켜 방해가 되므로 '보리'라고 고쳐서 발음하게 되었다. 보리심(菩提心), 보리문(菩提門), 보리수(菩提樹) 등이 그 예이다.

◎ 보기글   • 위로는 깨달음을 구하는 상구보리(上求菩提)와 아래로는 중생을 교화하는 하화중생 (下化衆生)이 수도자의 소명이라고 하지만, 생활 속에서 깨달음과 보람을 구하는 우리들의 목표가 되어도 괜찮지 않을까.

0419　　**보모**(保姆)

☝본　뜻   옛날 궁중에서 어린이를 기르던 궁녀를 보모(保姆)라고 했다. '保'라는 글자는 원래 사람 인(人)과 어리석을 매(呆)가 합쳐진 글자인데, 사람이 어린 아기를 포대기로 둘러 등에 업고 있는 모양을 나타낸 것이었다.

↹ 바뀐 뜻   오늘날에는 유치원 교사나 아동복지시설 종사자를 일컫는 말로 쓴다.

◎ 보기글   • 우리 둘째는 유아교육을 전공하고 지금은 유치원 보모로 일하고 있답니다.

• 장애자 복지시설의 보모는 사명감과 희생정신 없이는 할 수 없는 일이지요.

0420 보살(菩薩)

본 뜻 보살(菩薩)은 산스크리트어 '보디사트바(bodhisattva)'를 음역한 보리살타(菩提薩陀)의 준말이다. 이 말은 '깨달음을 추구하는 이' '깨달음에 이르는 것이 확정된 이'라는 뜻이다. 불교에서는 부처인 고타마 싯다르타가 깨달음을 얻기 전의 상태, 또는 내세나 현세에서 부처가 되도록 확정되어 있는 사람을 가리키는 말로서, 다른 이들의 고통을 덜어주기 위하여 자신의 목표인 열반을 연기하겠다는 서원(誓願)을 한 성인이다.

바뀐 뜻 세월이 흐르면서 '보살'이 위대한 학자나 스승의 경칭으로 사용되다가 오늘날은 여성 재가 불자의 경칭으로 사용되고 있다.

보기글 • 기독교에서 여자 신도들을 자매님이라고 부르는 것처럼 불교에서는 보살님이라고 부르던데요.
• 보살이 될 수 있으리라는 믿음을 가지고 수행을 했다.

0421 보이콧(boycott)

본 뜻 불매운동을 뜻하는 이 말은 아일랜드의 지주 대리인인 보이콧(Boycott)이란 사람의 이름에서 나온 말이다. 보이콧은 상당한 악덕 대리인이었기 때문에 농민들의 배척을 받았을 뿐 아니라, 동업자들도 그와는 거래를 하지 않았다. 이로부터 어떤 물건이나 단체에 대해 조직적으로 거래를 끊는 것을 '보이콧한다'는 말로 나타내게 되었다.

바뀐 뜻 오늘날에는 불매운동이라는 본래의 뜻과는 달리, 어떤 세력자나 국가에 제재나 보복을 가하기 위해 공동으로 받아들이지 않고 물리치는 일을 가리킨다.

● 보기글 ● 한국 중공업 노동자들은 정부에서 파견한 중재자들을 보이콧했다.
 ● 한국은 미국의 슈퍼 301조를 여봐란 듯이 보이콧했다.

0422 **보조개**

📖 **본 뜻** 보조개는 '볼'과 '조개'가 합쳐서 이루어진 말이다. 웃을 때 볼이 조개처럼 움푹 들어간다는 데서 나온 말이다. 보조개를 '볼우물'이라고도 하는데 그것 역시 볼이 우물처럼 패어 들어갔다는 데서 나온 말이다.

🔄 **바뀐 뜻** 웃을 때에 양쪽 볼이 오목하게 들어가는 자국을 가리키는 말이다.

● 보기글 ● 이웃집 희연이가 웃을 때 보조개가 들어가는 것이 부러웠던지 우리집 막둥이가 글쎄 자기도 보조개를 만들어 달라지 뭐예요.

0423 **보필**(輔弼)

📖 **본 뜻** 보필(輔弼)은 본래 관리를 가리키는 말이었다. 임금을 모시는 신하가 어디에 서 있느냐에 따라서 부르는 이름이 따로 있었다. 앞에서 모시는 신하를 의(疑), 뒤에서 모시는 신하를 승(丞), 왼쪽의 신하를 보(輔), 오른쪽의 신하를 필(弼)이라고 했다. 그중에서도 좌우 양옆에서 모시는 신하의 역할을 가장 중요하게 여긴 데서 보필이란 말이 나왔다.

🔄 **바뀐 뜻** 오늘날에는 자신의 윗사람을 잘 돕는다는 뜻으로 쓰이고 있다. 비슷한 말에는 보좌(輔佐)가 있다.

● 보기글 ● 여행하는 동안 선생님을 잘 보필하도록 하거라.
 ● 우리 회장님을 보필하는 데는 김 실장을 따라갈 사람이 없지.

227

0424   **보헤미안**(Bohemian)

본 뜻 보헤미아는 본래 체코의 서부 지방을 일컫는 지명으로서, 말뜻 그
대로 보자면 보헤미아 지방 사람이라는 뜻이다. 이 지방 사람들은
4분의 2박자의 경쾌한 춤을 즐겼는데, 이곳저곳을 떠돌아다니며 춤
과 노래를 즐기는 집시들을 보헤미아 지방 출신으로 알았던 프랑스
사람들이 그들에게 붙인 호칭이다. 그러나 정작 보헤미아 사람들은
집시처럼 떠돌아다니지 않는다.

바뀐 뜻 사회의 관습이나 규율 등을 무시하며, 방랑적이며 자유분방한 생활을
하는 사람을 일컫는 말이다. 주로 예술가들에게 많이 나타나는 형이다.

보기글 ● 형님, 처자식 부양할 생각은 하지 않고 언제까지 보헤미안처럼 지내실 겁니까?

0425   **복마전**(伏魔殿)

본 뜻 마귀가 숨어 있는 전각(殿閣)이다. 출전은 중국 4대 기서의 하나인
『수호지』이다. 북송 인종 때에 온 나라에 전염병이 돌았다. 그러자
인종은 전염병을 물리쳐 달라는 기도를 청하고자 신주의 용호산
에 은거하고 있는 장진인(張眞人)에게 홍신(洪信)을 보냈다. 이때 용호
산에 도착한 홍신은 장진인이 외출한 사이 이곳저곳을 구경하였다.
그러다가 우연히 복마지전(伏魔之殿)이라는 간판이 걸려 있는 전각을
보았고, 그곳에 마왕들을 가두어 놓았다는 설명을 들었다. 호기심
이 발동한 홍신은 주위의 만류를 뿌리치고 문을 열고는, 부하들에
게 명하여 그 안에 있는 석비(石碑)의 귀두를 파내고 석판을 들추었
다. 그러자 굉음과 함께 108갈래의 금빛 기둥이 솟아올라 흩어져버
렸다. 석비 밑에 갇혀 있던 마왕들이 세상 밖으로 나온 것이다. 그
후 이들 마왕은 세상을 휘젓고 다니게 되었다.

↰ 바뀐 뜻 현대에는 사회용어로 널리 쓰이고 있다. 비밀리에 나쁜 일이나 음모를 꾸미는 곳, 또는 그런 무리들이 모여 있는 악의 근원지를 일컫는다.

◐ 보기글
- 공무원 사회에 사정 바람이 불 때 알고 봤더니 다른 데도 아닌 국세청이 바로 탈세의 복마전이었더구먼.
- 국회가 정경유착의 복마전으로 전락하지 않으려면 의원들 각자의 깨어 있는 의식이 필요하다.

0426 **복불복**(福不福)

🖐본 뜻 자신에게 돌아오는 복이 좋거나 좋지 않은 정도를 가리키는 말이다.

↰ 바뀐 뜻 뜻이 바뀐 것이 아니라 많은 사람들이 잘못 쓰고 있는 말이라 여기에 실었다. 흔히 어떤 일의 성사 여부가 불투명할 때 '복골복이니 결과를 기다려봐' 혹은 '볶을복이니까 되면 좋고 안 되면 안 되는 거지 뭐' 하는 식으로 널리 사용하고 있다. 그러나 복골복이나 볶을복은 모두 '복불복'의 발음이 와전된 형태다.

◐ 보기글
- 이번 추첨은 완전히 복불복이야. 그러니까 조바심내지 말고 느긋하게 앉아서 기다려.
- 미인대회도 가만히 보니까 완전히 복불복이더군먼. 다들 비슷비슷하게 생겼으니 누굴 뽑아도 상관없잖아. 그러니 떨어진 사람만 억울하지.

0427 **본데없다**

🖐본 뜻 '본데'라는 말은 원래 '보아서 배운 예의범절이나 지식'을 가리키는 말로서, 본데없다는 말은 보아서 배운 바가 없다는 뜻이다.

↰ 바뀐 뜻 어른들이나 주위로부터 보고 들어 배운 예절이 없다는 뜻으로, 버릇없이 굴거나 건방을 떨 때 쓰는 말이다.

◐ 보기글
- 어디, 어른 앞에서 본데없이 구느냐?
- 그 사람, 배울 만큼 배운 사람이 왜 그리 본데없이 구는가 모르겠네.

본사 사령(本社辭令)

🔖 **본 뜻** 사령이란 말은 본래는 관직의 임면(任免) 발령을 가리키는 말이다. 그
것은 정1품, 종1품 등으로 관직의 품계가 적혀 있는 관직 발령장이다.

🔁 **바뀐 뜻** 오늘날은 이 말이 관가에서 쓰이는 것이 아니라 오히려 개인 회사
에서 더 널리 쓰이고 있다. 심지어 언론사에서도 신문에 '본사 사령'
이라는 임원 발령 공고를 내는 형편이다. 그러나 '사령'은 본디 관직
발령장이므로 굳이 쓰자면 공무원이나 관가에서나 통용될 말이다.

💽 **보기글** ● 신문에서도 이제 본사 사령이라는 어려운 말을 쓰기보다 임원 발령 등 명확하고 쉬
운 말을 써야 하지 않을까요?

볼멘소리

🔖 **본 뜻** 볼이 메어질 정도로 부어서 하는 소리를 가리킨다.

🔁 **바뀐 뜻** 화가 나서 퉁명스럽게 하는 말투나 불평하는 말투를 나타내는 말이다.

💽 **보기글** ● 너만 화나는 거 아니니까 볼멘소리 좀 그만 해라.
● 심부름 좀 갖다오라는 말에 옥이는 볼멘소리로 "왜 내가 가야 해?" 하고 말했다.

볼 장 다 보다

🔖 **본 뜻** 필요한 물건을 사기 위해 봐야 할 장을 다 둘러보았다는 뜻이다.
즉 자기가 이루고 싶은 일, 하고자 하는 일을 다 했다는 뜻이다.

🔁 **바뀐 뜻** 오늘날에 와서는 손쓸 수 없을 만큼 일이 글러버렸다는 뜻의 반어
적 의미를 가진 말로 쓰인다.

💽 **보기글** ● 비가 온다면 야외 파티는 볼 장 다 보는 거지 뭐.

- 그 사람이 먼저 와서 계약했다면 그 일은 이미 볼 장 다 본 거구먼. 더 이상 미련 가지지 말게나.

사 령 · 볼 멘 소 리 · 볼 장 다 보 다 · 봉 건 적 · 봉 급

0431　봉건적(封建的)

☞본 뜻　봉건제도란 중국 주나라 때 실시된 제도인데 천자가 제후들에게 땅을 나누어주어 통치하게 하는 제도이다. 유럽에서는 영주가 가신(家臣)들에게 땅을 나누어주는 대신 그들에게 군역의 의무를 지우는 것으로 주종관계를 이루는 제도를 말한다.

⇆ 바뀐 뜻　봉건제도의 특징의 하나로 전제군주 밑에서 철저하게 지켜지는 주종관계를 들 수 있다. 이처럼 어떤 일의 처리 방법이나, 사회나 개인이 가지고 있는 가치관에서 전제적·계급적·인습적인 특징이 나타날 때 그를 가리켜 '봉건적'이라 한다.

◉ 보기글　• 꼭 부모님이 정해주는 사람과 선을 봐서 시집을 가야 한다는 발상이야말로 봉건적인 구습이 아니고 뭐겠어요?

0432　봉급(俸給)

☞본 뜻　일을 계속하는 데 대한 대가로 지급되는 일정한 금액을 말한다. 봉급의 형태는 일주일마다 지급되는 주급(週給)일 수도 있고, 월급(月給)일 수도 있고, 연봉(年俸)일 수도 있다.

⇆ 바뀐 뜻　보통 봉급이라는 말은 월급과 같은 말로 쓰이고 있는데, 월급은 한 달에 한 번 나오는 급여라는 고정된 뜻인 데 반해, 봉급은 모든 종류의 급여를 포함하는 말이므로 적절하게 가려 써야 한다.

◉ 보기글　• 자영업보다 봉급생활자가 속 편하다고 누가 그래? 봉급생활자는 정기적으로 봉급을 받는 대신에 자신의 정력과 영혼을 통째로 회사에 저당잡히고 있는 거라고.

0433 봉기하다(蜂起--)

🖐**본 뜻** 본래는 벌떼가 한꺼번에 일어나는 것을 가리키는 말로서, 벌집을 잘못 건드리면 성난 벌들이 한꺼번에 일어나 벌집을 건드린 적을 한바탕 공격하는 상황을 표현한 말이다.

🔁**바뀐 뜻** 억눌린 민중이나 억울한 일을 당한 사람들이 어떤 계기를 맞아 자신들의 권익을 찾기 위해 벌떼처럼 세차게 일어나 나서는 것을 가리킨다.

◎**보기글**
• 갑오년의 농민 봉기는 우리 민중의 역량을 보여준 근세 최대의 역사적 사건이다.
• 그들은 은밀히 지하 조직을 구축하여 봉기할 준비를 마쳤다.

0434 봉두난발(蓬頭亂髮)

🖐**본 뜻** 봉두는 본래 쑥대머리를 가리키는 말이다. 웃자란 쑥의 줄기같이 긴 머리털이 마구 흐트러진 모양을 가리키는 말이다.

🔁**바뀐 뜻** 쑥대강이같이 헙수룩하게 마구 흐트러진 머리털을 가리키는 말이다.

◎**보기글**
• 이 도령이 봉두난발에 거지 꼴을 하고 불쑥 들이닥치자 월매는 기가 막혔다.
• 요즘은 봉두난발 헤어스타일이 유행이라며?

0435 봉사(奉事)

🖐**본 뜻** 봉사는 조선시대에 지금의 천문대에 해당하는 관상감(觀象監), 교도소인 전옥서(典獄署), 통역관인 사역원(司譯院) 등에 딸린 종8품의 낮은 벼슬 직책이었다.

🔁**바뀐 뜻** 이 직책에 주로 소경들이 기용되었기 때문에 그 후 벼슬의 한 직책이던 이 말이 장님들을 높여 부르는 말로 전이되어 사용되었다.

• 장님 잔치에서 눈을 뜬 심 봉사가 어찌 그렇게 심청이를 금방 알아보았을까? 목소리는 알고 있었겠지만 눈을 뜨기 전에는 한 번도 심청이의 모습을 본 일도 없거니와, 이미 인당수에 빠져 죽은 심청이가 다시 살아났으리라고 생각하기도 어려운 상황이 아닌가 말이야.

0436   **봉잡다**(鳳--)

🔖 **본 뜻**   상상의 동물 봉황을 가리키는 봉(鳳)을 빗댄 말이다. 수컷이 봉이고 암컷이 황이다. 봉(鳳)을 파자(破字)하면 범조(凡鳥)가 되는데, 이를 봉자(鳳字)라고 한다. 즉 평범한 새라는 비유다.

🔁 **바뀐 뜻**   뜻이 바뀌지는 않고 잘못 쓰는 말이다. "내가 봉자(鳳字)인 줄 아느냐?", "저 친구는 봉자(鳳字)다." 하는 말을 잘못 듣고 봉잡았다고 표현하는 것이다. 또한 봉황이 나타나거나 봉황을 잡으면 태평성세가 시작되고 하는 일이 대길하므로 파자하고는 달리 큰 기회나 행운을 잡은 것으로 사용하는 사례도 있다.

● 보기글   • 장안동 큰손 할머니가 신문사를 지원하기로 했다고? 너희 사장님, 완전히 봉잡았구나.
   • 그렇게 좋은 일을 네가 맡게 되었다고? 넌 이제 봉을 잡은 거야.
   • 왜 나만 부려먹냐. 내가 네 봉이냐!

0437   **봉창**

🔖 **본 뜻**   봉창은 방벽이나 부엌의 벽에 구멍을 내고 종이로 바른 창을 말한다. 이 창은 단순히 채광이나 환기를 위한 창이기 때문에 주로 방의 아래쪽에 내며, 여닫을 수가 없다. 방에 낸 봉창은 종이로 발라 바람이 직접 들어오지 않지만, 부엌에 낸 봉창은 환기와 채광의 두 가지 목적 때문에 종이를 바르지 않고 뚫어놓은 채 그대로 둔다.

상황이나 자리에 맞지 않게 엉뚱한 딴소리를 할 때 '자다가 봉창 두드린다'는 말을 많이 쓰는데, 정작 그 속담 속에 나오는 봉창이 어떻게 생긴 것인지 정확하게 알고 있는 사람은 많지 않다. 그저 어렴풋이 창문이나 방문을 일컫는 다른 말이겠거니 여기고 있는 이가 많기에 봉창의 정확한 뜻을 알리고자 여기 실었다.

◎ 보기글 • 봉창이 방에서 부엌으로 드나드는 작은 문인 줄 알았는데 그게 아니더라고요.

0438 부[分]

본 뜻 이 말은 우리말의 '푼'이나 '분'을 일본식으로 발음한 것이다. '분'은 온도계의 눈금이나 시간의 단위를 나타내는 경우에 쓰고, '푼'은 1할의 10분의 1, 곧 전체 수량의 100분의 1이다. 단, 길이와 무게의 단위로 쓰일 때는 한 치의 10분의 1, 한 돈의 10분의 1을 가리킨다.

⇆ 바뀐 뜻 온도계를 읽거나 이자를 계산하거나 할 때 쓰는 이 '부'라는 말은 우리말 '분'이나 '푼'을 쓰면 좀 더 그 뜻이 명확해진다. 그럼에도 불구하고 별 생각 없이 습관처럼 일본식 발음 '부'를 쓰고 있기에 여기 실었다.

◎ 보기글 • 사람의 정상 체온이 36도 5부 맞지?
• 36도 5부가 뭐니, 36도 5분이지.

0439 부동표(浮動票)/부동산(不動産)

본 뜻 부동표는 특정한 입후보자나 정당에 갈 것으로 확정 지을 수 없는, 변화 가능성이 많은 표를 말한다. 쉬운 말로 풀어쓰면 '정한 곳이 없이 떠다니는 표'라는 뜻이다. 반면에 부동산은 글자 그대로 토지, 가옥과 같이 움직여서 옮길 수 없는 재산을 말한다.

⤵ 바뀐 뜻 우리 생활에서 아주 빈번하게 쓰이는 말인데도 불구하고 소리가 같기 때문에 한자를 알기 전에는 그 뜻을 구분해내기가 어렵다. 부동표와 부동산은 소리는 같으나 정반대의 뜻을 가지고 있는 말이다.

○ 보기글
- 지방자치제 단체장 선거에서는 부동표가 당락의 방향을 좌우한다는군요.
- 김씨는 한참을 망설이다가 대출을 받아 부동산에 투자했다. 위험 부담이 크기는 하지만 성공만 하면 큰돈을 벌 수 있는 것이다.

0440 **부락**(部落)

⤴본 뜻 일본에서 '부락'은 천민들이 모여 사는 마을이나 동네를 일컫는 말이다.

⤵ 바뀐 뜻 일제강점기에 일본인들이 우리나라 사람들이 사는 마을을 부락이라는 이름으로 낮춰 불렀는데, 그것이 관청 용어처럼 굳어졌다. 이후로 '부락'이 '마을' '동네'라는 좋은 우리말을 제쳐놓고 널리 쓰이기 시작했으나 그 본래의 쓰임을 안다면 절대로 다시 쓸 말이 아니다.

○ 보기글
- 아무 생각 없이 이제까지 써오던 대로 장터부락이니 윗내부락이니 하고 쓰는 말들은 이제부터라도 장터마을, 윗내마을 등으로 바꿔 써야 한다.
- 이웃 부락에서는 매달 5일에 장이 선다.

0441 **부랴부랴**

⤴본 뜻 '불이야 불이야'가 줄어서 된 말이다. 불이 났다고 소리치면서 급하게 내달리는 모습에서 나온 말이다. 의성어가 의태어로 변한 말이다.

⤵ 바뀐 뜻 아주 급히 부산하게 서두르는 모양을 가리킨다.

○ 보기글
- 부랴부랴 아버지를 따라나서다 보니 그만 양말을 신을 새도 없었다.
- 옥이는 아버지가 서울역에 도착했다는 전화를 받자마자 부랴부랴 집을 나섰다.

0442   부럼

본 뜻 음력 정월 대보름날 새벽에 깨물어 먹는 딱딱한 열매류인 땅콩, 밤,
잣, 호두 따위를 가리키는 말이다. 대보름에 견과류를 까서 먹으면
1년 내내 부스럼이 나지 않는다는 속신이 있다.

바뀐 뜻 음력 정월 대보름날 까먹는 밤, 잣, 땅콩, 호두 등을 가리키는 말이다.

보기글   • 엄마, 부럼을 깨면 정말로 뾰루지 같은 게 나지 않는 거야?
        • 얘야, 절약도 좋다만 부럼도 안 깨고 어떻게 대보름을 맞는다고 할 수 있겠니?

0443   부르주아(bourgeois)

본 뜻   프랑스어인 부르주아는 유럽 봉건사회에서 농민층의 분해와 더불
어 생겨난 중소 상공업자 시민을 가리키는 말이었다.

바뀐 뜻 오늘날과 같은 자본주의 사회에서는 자본가 계급에 속하는 사람을
가리키는 말로 쓰이는데, 자본가는 곧 부(富)와 직결되므로 직접적
으로 부자를 일컫는 속어로도 쓰인다. 흔히들 '부르조아'라고 하는
데 '부르주아'가 맞는 발음이다.

보기글   • 네가 무슨 부르주아라고 그랜저에 시바스리갈이냐?

0444   부리나케

본 뜻   '불이 나게'에서 나온 말이다. 옛날에는 불을 만들기 위해서 옴폭 패
인 돌에 나뭇가지를 세게 돌려 불꽃을 일으키거나, 부싯돌 두 개
를 맞부딪치는 방법을 썼다. 전자의 방법을 쓸 때는 나뭇가지를 돌
리는 손바닥에 불이 날 정도로 빠르게 돌려야 겨우 불꽃이 일었다.

그러므로 '불이 나게'란 '불이 날 정도로' 급하고 빠르게 몸을 놀리는 것을 뜻한다.

ㄴ **바뀐 뜻** '급하게, 서두르듯 빠르게'의 뜻을 가진 부사다.

◉ **보기글** • 부엌에서 불길이 치솟는 걸 본 나는 부리나케 우물가로 달려갔다.
              • 늦었는 줄 알고 부리나케 뛰어가 보니 하필이면 휴일이었다.

0445 **부문(部門)/부분(部分)**

☞ **본 뜻** 부문은 갈라놓은 부류나 영역을 말하는 것임에 비해, 부분은 전체를 몇 개로 나눈 것의 하나하나를 말한다.

ㄴ **바뀐 뜻** 부문과 부분은 제대로 구별해서 쓰기가 어려운 말 중의 하나다. 부문은 '영화 연출 부문' '소설 창작 부문' 등에 쓰는 말이고, 부분은 '뇌는 신체에서 가장 예민한 부분이다' 등에 쓰는 말이다.

◉ **보기글** • 이번 시 창작 부문에서는 재기발랄한 젊은 신인들보다는 삶의 연륜과 두께가 실려 있는 중년 시인들의 시가 훨씬 돋보였습니다.
              • 그날 공연은 세 부분으로 나누어 진행하였는데, 관객들은 마지막 부분에서 가장 뜨거운 반응을 보였다.

0446 **부부금실(夫婦琴瑟)**

☞ **본 뜻** 금실은 본래 거문고와 비파를 뜻하는 금슬(琴瑟)이 원말이다. 거문고와 비파 소리의 어울림이 아주 좋다는 데서 온 말이다.

ㄴ **바뀐 뜻** 금실은 본래 '금실지락(琴瑟之樂)'의 준말로서, 부부 사이의 다정하고 화목한 즐거움, 부부간의 애정을 뜻하는 말이다.

◉ **보기글** • 금실 좋기로 말하면야 감히 누가 우리 부부를 따를 수 있으리요.
              • 그 두 노인네는 어째 파파노인이 될 때까지 그렇게 부부금실이 좋은지 몰라.

부아가 나다

🐚**본 뜻** 부아는 '폐'를 가리키는 순우리말이다. 화가 나면 숨이 가빠지고 그렇게 되면 가슴이 부풀어오르는 것처럼 보인다.

🔄**바뀐 뜻** 마음속에서 일어나는 화나 분한 마음을 가리킨다. 흔히 쓰는 부애는 틀린 말이다.

◉**보기글**
- 너는 올 필요 없다는 소리에 슬그머니 부아가 나서 한바탕 해댔다.
- 당신은 도대체 집에서 뭐 하는 여자야! 하는 남편의 말에 부아가 난 나는 그동안 쌓였던 불만을 한꺼번에 토해냈다.

0448 **부인**(夫人, 婦人)

🐚**본 뜻** 1) 부인을 한자로 적으라고 하면 곤란해지는 사람들이 많다. 부인(夫人)과 부인(婦人)의 차이를 잘 모르기 때문이다. 사전을 찾아보면 '夫人'은 '남의 아내를 높여 부르는 말', '고대 중국에서 제후의 아내를 이르던 말'이라고 나오고, '婦人'은 '결혼한 여자'라고만 나온다. 사전에 이렇게 나오는 것은 부인에 대한 호칭이 어떻게 변해왔는지 잘 모르기 때문이다. 사람에 대한 호칭은 주(周)나라 시절에 만들어진 예법에 관한 책 『주례(周禮)』에 대부분 규정되어 있다.
· 참고 1_ 주(周)는 '國'으로 표현할 수 없다. 주 자체가 '하늘 아래 모든 땅'인 천하(天下)이기 때문에 구역이 정해져 있는 國과 다르다. 국경이 없다. 국경이 있다면 천자나 제왕이 될 수 없기 때문이다. 그래서 하늘 아래 모든 땅이 영토다. 국경이 정해져 있는, 제후가 다스리는 나라는 國이 된다. 그 아래에 규모가 작으면 家다. 몽골, 부여 같은 데서는 國의 규모이면 部, 家의 규모이면 族이라고 했다. 더 작으면 氏다. 하지만 주국(周國)이라고는 안 쓰지만 대신 나라라고 하여

주나라라고 관습적으로 쓰는 것이다. 더러 원제국, 명제국처럼 제국(帝國)이라고 쓰는 건 가능하다.

• 참고 2_ 주(周) 대에 남성은 성(姓)+씨(氏)+명(名)으로 불렀다. 다만 여성은 씨를 뺀 명(名)+성(姓)만 적었다. 진시황의 전체 이름 영조정(嬴趙政)은 영(嬴)은 성, 조(趙)는 씨, 정(政)은 이름이다. 흔히 강태공으로 불리는 강여상(姜呂尙)은 강(姜)이 성, 여(呂)가 씨, 상(尙)이 이름이다. 강여상의 후손인 제희공의 딸 문강(文姜)은 문은 이름, 강은 성이다. 문강의 여동생인 선강(宣姜), 애강(哀姜) 역시 같은 방법으로 지은 이름이 된다. 이후 남성은 땅이름으로 새로운 씨를 삼는 일이 많아지면서 성과 씨가 뒤섞이면서 구분이 사라지고, 여성 역시 남성처럼 성만으로 불리는 일이 많다 보니 남성처럼 성+명으로 바뀌게 되었다. 주(周) 대에 제왕, 즉 천자의 아내는 후(后)라고 했다. 천자가 임명한 제후의 아내는 부인(夫人)이며, 제후가 임명하는 대부의 아내는 유인(孺人)이며, 그 아래 무사집단을 구성하는 사(士)의 아내는 부인(婦人)이다. 벼슬이 없는 서민의 아내는 처(妻)였다.

2) 진시황이 황제를 자칭한 이후 후(后)는 황후(皇后)가 되고, 황(皇)이 붙지 않는 후는 제후 급에서 쓰는 부인(夫人)으로 내려갔다. 그래서 제후는 황제가 전에 쓰던 '왕'이라는 호칭을 물려받았는데, 부인도 왕후(王后)로 올라갔다. 그 아래 명칭도 자연스럽게 변했다.

조선시대를 기준으로 삼으면 다음과 같다. 정1품과 종1품 관리의 아내는 정경부인(貞敬夫人)이다. 그냥 부인이라고 하면 안 되고 반드시 정경을 붙여야 한다. 왜냐하면 남편이 정1품이 된 다음에 정식으로 부인을 정경부인으로 봉하기 때문에 일종의 직급이나 다름없다. 정2품과 종2품의 아내는 정부인(貞夫人)이다. 정경부인에서 '敬'이 빠졌다. 그래서 현대에 이르러 여성 이름에 외명부 명칭 중 가장 높은 敬을 많이 쓴 것이다. 정3품까지가 당상관인데, 그래서 정3품과 당하관인 종3품의 부인은 명칭이 다르다. 정3품 아내는 숙부인(淑夫人)이고, 종

239

3품 아내는 숙인(淑人)이다. 4품의 아내는 정과 종을 나누지 않고 영인(令人)이다. 5품의 아내는 공인(恭人)이다. 6품의 아내는 의인(宜人)이다. 7품의 아내는 안인(安人)이다. 8품의 아내는 단인(端人)이다. 9품의 아내는 유인(孺人)이다.

이러다 보니 조선시대에는 고대에 사(士)의 아내를 가리키던 부인(婦人)과 서민의 아내를 가리키던 처(妻)가 슬그머니 사라져버렸다. 그래서 처는 자기 아내를 낮추어 겸손하게 말할 때 쓰는 호칭으로 내려오고, 부인은 결혼한 여자를 통칭하는 어휘로 자리를 잡은 것이다. 그러므로 사전적인 의미로 쓸 때 아내를 가리키는 한자어는 이 부인(婦人)만 써야 하고, 부인(夫人)은 직급을 가리키므로 올리든 높이든 현대에는 써서는 안 된다. 한편 아내의 품계 중 가장 낮은 유인(孺人)이 제일 유명한데, 대개 벼슬아치가 아닌 사람들의 아내가 죽으면 제사 지낼 때는 9품직으로 인정해주어 지방이나 명정(銘旌)에 유인이라는 호칭을 쓸 수 있게 해주다 보니, 거의 집집마다 쓰는 호칭이 되었다. 그리고 여성 이름에 희(姬)가 많이 들어가는 것은, 왕후나 부인(夫人)을 가리킬 때 출신 나라 이름에 희 자를 붙인 데서 온 풍속이다. 조희는 조나라 출신 부인, 제희는 제나라 출신 부인이 되는 것이다. 또 마누라는 왕비를 일컫는 몽골식 호칭이다.

◉ 보기글 ● 문재인 대통령의 부인은 한자로 부인(夫人)인가, 부인(婦人)인가?

0449 **부지**(敷地)

일본어에서 온 말인 줄 모르고 쓰는 말 중에는 '부지'와 같은 말이 꽤 많다. 얼핏 보기엔 한자말처럼 보이는 이 말은 빈 땅을 가리키는 일본 한자 '부지(敷地)'를 차용하여 쓰고 있는 말이다. 순서를 뜻하는 '수순(手順)' 등이 이런 종류에 속한다.

건물을 세우거나 시설을 들여놓기 위한 땅, 빈터를 가리키는 말이다. 우리말 '터'로 바꾸어 쓸 수 있다.

◎ 보기글 　● 장애자 복지시설 건물 부지(→ 터)를 매입하는 데 주민들의 반대 때문에 얼마나 힘든
지 몰라요.

● 공원 부지(→ 터)로 마련된 땅에 대단위 아파트가 들어선다는 건 말도 안 돼요.

0450　　**부지깽이**

🖐본　뜻　옛날 아궁이에 짚이나 나무, 솔잎 등으로 불을 땔 때 불꽃이 좀더 잘
일어나도록 쏘시개감을 헤집는 데 쓰는 막대기를 일컫는 말이다.

🔁 바뀐 뜻　오늘날에는 연탄 아궁이에서 쓰는 쇠로 만든 연탄집게를 일컫는 말
이 되었다. 그러나 연탄을 가정 연료로 쓰고 있는 집이 급격하게 줄어
들고 있는 오늘날에는 연탄집게마저도 골동품이 되어가고 있다.

◎ 보기글 　● 점례가 아침이슬을 맞고 몰래 들어오자 밤새 한잠도 안 자고 기다리고 있던 아버지
가 부지깽이를 들어 점례의 등짝을 사정없이 내리쳤다.

● 부뚜막에 퍼놓은 아침밥을 강아지가 핥고 있는 것을 본 어머니가 부지깽이를 들어
냅다 내리쳤다.

0451　　**부질없다**

🖐본　뜻　'불질을 하지 않았다'는 뜻을 가진 이 말에는 두 가지 어원이 있다.
하나는 대장간 어원설인데, 옛날에 대장간에서 쇠붙이를 만들 때
쇠를 불에 달구었다 물에 담갔다 하면서 강하고 단단하게 만들었
다. 이렇게 불질을 하지 않은 쇠는 아무짝에도 쓸모가 없었다는 데
서 이 말이 나왔다고 한다. 또 하나는 불을 피우는 기구인 풍로에
관계된 설이다. 옛날에 불을 피울 때는 풍로를 돌려 불질을 해야만
불길이 활활 일어났는데, 불질을 하지 않으면 불꽃이 일어나기는커

241

녕 금방 사그라들었다. 풍로에 불질이 없다는 것은 곧 아무런 결과를 볼 수 없다는 말과 통한다는 해석이다.

🔄 바뀐 뜻 쓸데없고 공연한 행동을 가리키는 말이다.

● 보기글 ● 부질없는 공상으로 시간을 낭비하느니 그 시간에 차라리 잠을 자는 게 낫겠다.
● 더 이상 부질없는 짓 그만 하고 이제는 제발 마음 좀 잡았으면 좋겠다 응? 이 어미 소원 좀 들어주려무나.

0452 **부처**

본 뜻 부처의 본래 발음은 '붓다'이다. '붓다(Budha)'는 산스크리트어로서 '진실하고 어진 사람'이란 뜻이다. 이것이 중국을 거쳐 오면서 한자식 표기인 '불타(佛陀)'가 되었고, 우리나라에 들어와서 불타, 부텨, 부처로 바뀌었다. 불교에서는 누구나 깨달음에 이르는 지혜를 얻기만 하면 '부처'가 된다고 한다. 그러므로 부처란 어떤 특정한 한 사람을 가리키는 말이 아니라 '깨달은 사람'을 총칭하는 보통명사이다.

🔄 바뀐 뜻 그러나 오늘날 일반 대중들 사이에서 '부처'란 말은 주로 불교의 시조인 '석가모니 세존'만을 가리키는 좁은 의미의 뜻으로 쓰인다.

● 보기글 ● 너 나 할 것 없이 누구나 자기 안에 부처를 가지고 있는 것이라면, 깨달음을 얻어 자기 안의 부처를 보게 되는 날. 그날이 곧 부처님 오신 날이 아니겠습니까?
● 부처를 건드리면 삼거웃이 드러난다는 말이 있는데, 남의 허물을 들추면 자기의 허물도 반드시 드러나게 된다는 뜻이지.

0453 **부합하다(符合--)**

본 뜻 부(符)는 옛날에 사신(使臣)이 가지고 다니던 신분증 같은 물건으로 부신(符信) 또는 부절(符節)이라 했다. 부신은 돌이나 대나무, 옥 따위로 만들어서 둘로 갈라 하나는 조정에 맡기고 하나는 자신이 지니고 다녔다. 그러다가 신분을 확인할 일이 있을 때면 양쪽이 가지고 있던 것을 꺼내서 맞춰보아 틀림없음을 확인했는데 이렇게 두 물건이 딱 들어맞는 것을 부합(符合)이라고 했다.

🔁 **바뀐 뜻** 오늘날에는 이 말이 둘 이상의 물건이나 의견이 서로 꼭 들어맞는 것을 가리키는 말로서, 말과 행동이 일치한다거나 겉과 속이 일치한다거나 현실과 이상이 일치한다거나 하는 일 등을 가리킨다.

💿 **보기글**
- '명실상부'한 선진국이 되기 위해서는 우선 의식이 바뀌어야 한다고 하셨는데, 명분과 실체가 부합되는 의식이라는 게 도대체 뭡니까?
- 그 꿈이 오늘의 이 일과 부합되는 것만 같아 용한 꿈도 다 있다 싶다.

0454 **북망산(北邙山) 가다**

🏠 **본 뜻** 북망산(北邙山)은 중국 하남성 낙양 땅에 있는 산 이름이다. 후한(後漢)시대 이래 이곳에 무덤이 많기 때문에 '북망산 간다'는 말이 곧 죽는 것을 뜻하는 말이 되었다.

🔁 **바뀐 뜻** '죽는다'는 말의 은유적 표현이다.

💿 **보기글**
- 어허야. 디이야. 북망산천 가자 하니 발걸음이 무겁구나.
- 그 어른 북망산을 가셨어? 요즘 통 안 보이시네.

0455 **불가사리**

🏠 **본 뜻** 보통 불가사리라 하면 바다에 사는 별 모양으로 생긴 극피동물만을 생각하기 십상이다. 그러나 일상생활에서 비유로 쓰는 불가사리는 상상의 동물을 가리키는 것이다. 곰처럼 생긴 몸통에 코끼리의 코, 무소의 눈, 범의 다리, 소의 꼬리를 가졌는데 쇠를 능히 먹으며

243

악몽을 물리치며 요사스러운 기운을 물리치는 상상의 동물이다.

🔁 **바뀐 뜻**   일상생활에서 '불가사리'란 말은 주로 비유로 쓰는데, 이악스럽고 억지가 세거나 막무가내인 사람을 가리킨다. 또는 아무리 해도 죽거나 없어지지 않는 사람이나 사물을 비유적으로 이르는 말로도 쓰인다.

💠 **보기글**   • 그 불가사리 같은 녀석, 언제나 이 근방에서 얼쩡이지 않고 사라질까?

0456   **불구대천**(不俱戴天)

🔖 **본 뜻**   『예기禮記』「곡례曲禮」 편에 나오는 말로서 원수 갚음의 예를 논하고 있는 글의 한 대목이다. 글자 그대로 보자면 하늘을 같이 이고 살 수 없다는 뜻인데, 이는 본래 아버지의 원수는 결코 이 세상에 살려둘 수 없고 마땅히 죽여야 한다는 뜻으로 쓴 말이다. 그러나 이 말의 본뜻은 물리적인 보복에 있는 것이 아니라 부자지간의 예와 효에 그 초점을 두고 있는 것이다. 원문은 '불공대천지수(不共戴天之讎)'이다.

🔁 **바뀐 뜻**   이 세상에서는 같이 살 수 없을 만큼 큰 원한을 가진 것을 이르는 말이다.

💠 **보기글**   • 불구대천의 원수도 아닌데 뭘 그리 가혹하게 내치십니까?

0457   **불야성**(不夜城)

🔖 **본 뜻**   옛날 한나라 동래군 불야현에 불야성(不夜城)이란 성이 있었는데 이곳은 밤에도 해가 지질 않아서 온 성내가 환히 밝았다고 한다.

🔁 **바뀐 뜻**   등불이나 네온사인 등이 환하게 켜져 있어서 밤중에도 대낮같이 환하고 번화한 곳을 가리킨다.

💠 **보기글**   • 라스베이거스는 그야말로 사막에 홀연히 나타난 불야성이라며?
               • 강남 번화가는 밤이 깊으면 깊을수록 더 휘황찬란한 불야성을 이루는 곳이야.

0458   **불우(不遇)**

본 뜻   불우(不遇)는 글자 그대로 때를 만나지 못했다는 뜻이다. 재주는 충분한데 기회를 얻지 못하거나, 때를 만나지 못해 제 실력을 인정받지 못한 사람을 가리키는 말이다.

바뀐 뜻   때를 만나지 못해 실력을 인정받지 못했다는 뜻보다는 가정이 안정되어 있지 못하고 경제적으로 궁핍한 상태를 가리키는 말로 와전되어 쓰이고 있다. 흔히 '불우이웃' '불우한 스타' 등에 널리 쓰이는 이 말은 와전된 뜻을 본뜻으로 잘못 알고 있는 경우가 많다.

보기글   • 그는 뛰어난 연기력을 지녔음에도 불구하고 삼류 영화에만 기용되는 불우한 배우였다.
            • 그가 죽은 후 50년이 지나서야 그의 작품에 대한 새로운 평가가 이루어지고 있으니 그야말로 불우한 작가라 할 수 있다.

0459   **불티나다**

본 뜻   불이 활활 타오르는 가운데 불티가 탁탁거리며 사방으로 튀는 것을 나타내는 말이다.

바뀐 뜻   어떤 물건이 내놓기가 무섭게 금방 팔리거나 없어지는 것을 일컫는 말이다.

보기글   • 그 물건은 내놓자마자 불티나게 팔릴 거니까 아침 일찍 나오도록 하지.
            • 어머니가 만드신 손만두는 내놓자마자 불티나게 팔려나갔다.

0460   **불한당(不汗黨)**

본 뜻   옛날에 무리를 지어 돌아다니며 강도를 일삼던 강도떼나 화적떼를 일컫는 말이었다.

바뀐 뜻   오늘날에는 떼를 지어 다니며 행패를 부리는 사람들을 가리키는 말로 쓰이고 있다.

○ 보기글　● 아니, 길 가는 여학생을 불러세워서 희롱을 하다니! 저런 불한당들이 있나! 이놈들아!
　　　　　　너희들은 어미 아비도 없냐, 이놈들아. 이 날불한당 같은 놈들아.

0461　　**불현듯이**

🕯️ **본　뜻**　불을 켠 듯이 갑자기 환해짐을 이르는 말이다.

🔄 **바뀐뜻**　'갑자기 치밀어 걷잡을 수 없게' '느닷없이' 어떤 생각이 일어나는 것
　　　　　　을 가리키는 말이다.

○ **보기글**　● 불현듯이 고향에 계신 어머니 생각이 났다.
　　　　　　● 길을 가는데 불현듯이 시집간 그녀 생각이 났다.

0462　　**불호령**

🕯️ **본　뜻**　불호령은 볼멘소리로 하는 호령이라는 볼호령에서 나온 말이다. 대개는
　　　　　　마음에 차지 않고 불만스러운 점이 많을 때 볼이 메게 되는데 이렇게 볼
　　　　　　멘소리로 하는 호령은 무섭고 사나울 수밖에 없다. 이처럼 볼호령이 불
　　　　　　같이 사납고 무섭다고 하여 불호령이란 말로 널리 쓰이게 된 것이다.

🔄 **바뀐뜻**　사전에는 볼호령은 볼멘소리로 하는 꾸지람, 불호령은 불같이 갑작
　　　　　　스럽고 무서운 호령이라는 뜻으로 나누어놓았으나 둘 다 비슷한 뜻
　　　　　　을 가진 유사어라고 보면 좋을 것이다.

○ **보기글**　● 해놓으라는 제 날짜를 지키지 못했으니 오늘 아침에 틀림없이 불호령이 떨어질 것이야.
　　　　　　● 외출에서 돌아오신 아버지가 거실에 널린 술병들을 보고 불호령을 내리셨다.

0463　　**브로마이드**(bromide)

🕯️ **본　뜻**　브롬화은을 사용해서 만든 사진 인화지, 혹은 그 인화지로 현상한

색이 변하지 않는 사진을 가리키는 말이다.

↫ 바뀐 뜻 브로마이드 기법으로 만든 청소년들의 우상인 영화배우나 운동선
수 등의 대형 사진을 일컫는 말이다.

◉ 보기글 • 『스타』 여름호 별책 부록이 내가 좋아하는 박중훈 대형 브로마이드라며?
• 친구 방에 가면 각종 영화배우들 브로마이드가 사방 벽을 가득 채우고 있다니까.

0464 **블라인드**(blind)

☝본 뜻 본래 이 말은 장님, 눈가리개를 가리키는 말이다.

↫ 바뀐 뜻 우리나라에서 이 말은 오직 창에 달아 볕을 가리는 물건만을 가리킬 때 쓴다.

◉ 보기글 • 저기 파란 블라인드 쳐진 커피숍 분위기 있겠다. 얘.

0465 **비명횡사**(非命橫死)

☝본 뜻 '비명(非命)'은 제 수명대로 살지 못하는 목숨을 뜻하는 말이다. 외마디소
리를 뜻하는 비명(悲鳴)하고는 다른 말이다. 그러므로 비명횡사라 하면
제 목숨대로 다 살지 못하고 뜻밖의 사고로 죽는 것을 일컫는 말이다.

↫ 바뀐 뜻 이 말을 비명을 지르며 갑작스럽게 죽어갔다는 뜻으로 알고 있는
경우가 많기에 여기 실었다.

◉ 보기글 • 세계환경연합 총회에 참석하기 위해 집을 나선 그는 갑작스러운 가스 폭발 사고로
비명횡사하고 말았다.

0466 **비위**(脾胃) **맞추다**

☝본 뜻 소화액을 분비하는 비장(脾臟)과 음식물을 소화시키는 위장(胃臟)을

합쳐서 비위라고 한다. 비위를 맞춘다는 것은 곧 속에서 어떤 음식을 무리 없이 받아들일 수 있는 조건을 갖추는 것을 말한다.

↹ 바뀐 뜻 어떤 일이나 상황을 남의 마음에 들게 해주는 것을 가리킨다.

◉ 보기글
- 유별난 그 사람 비위를 누가 맞출 수 있을까?
- 회장 비위를 맞추다 보니까 어느 순간에 내 비위가 뒤틀리기 시작하는데 그땐 정말 못 참겠더라고.

0467 **비지땀**

본 뜻 콩을 갈아 헝겊에 싸서 짤 때 나오는 콩물처럼 많이 흘리는 땀을 가리키는 말이다.

↹ 바뀐 뜻 힘든 일을 할 때 쏟아지는 땀을 말한다.

◉ 보기글
- 그렇게 비지땀을 흘리고 공부를 하니 좋은 결과가 나올 것이다.
- 저 일꾼들이 흘리는 비지땀을 보고 느끼는 바가 없니?

0468 **비키니**(bikini)

본 뜻 아래위가 떨어진 여자 수영복을 가리키는 이 말은 본래 태평양에 있는 작은 섬의 이름에서 나왔다. 비키니 수영복은 프랑스의 한 디자이너가 1946년 7월 파리에서 열린 패션쇼에서 발표한 옷이다. 이 패션쇼가 있기 4일 전에 미국이 태평양 상에 떠 있는 비키니섬에서 원자폭탄 실험을 했는데, 디자이너는 이 수영복이야말로 패션의 원자폭탄과 같은 것이 될 것이라는 생각에 그 옷에 '비키니'라는 이름을 붙였다. 이 최초의 비키니 수영복은 신문지를 도안해서 프린트한 무늬의 면 수영복이었는데 당시에 선풍적인 화제를 불러 일으켰다.

↹ 바뀐 뜻 위아래가 떨어진 투피스 모양의 여자 수영복을 가리킨다.

0469   **비프가스**(ビフカツ)

🖐️**본 뜻**   영어 '비프커틀릿(beef cutlet)'에서 온 말인데, 이 말이 일본을 거쳐 우리나라에 들어오면서 발음이 변한 것이다. 커틀릿을 발음하지 못하는 일본인들이 그것을 '가쓰레쓰'라고 했고, 그 후 '비프커틀릿'이 '비후 가쓰레쓰'가 되었고, 이것이 줄어서 '비후가스'가 된 것이다. 그러나 우리가 '비프커틀릿'을 발음할 수 있는 이상 '비프커틀릿'으로 불러야 한다.

🔁**바뀐 뜻**   쇠고기에 빵가루를 묻혀 기름에 튀긴 서양 요리인데 우리나라 사람들이 가장 대중적으로 즐겨먹는 양식 중의 하나이다.

○ 보기글   ● 비프가스를 드시겠어요, 생선가스를 드시겠어요?
         ● 비프가스, 생선가스라는 말은 부탄가스, 프로판가스 같은 유독성 가스를 연상시켜서 음식 이름으로는 영 안 좋아요.

0470   **빈대떡**

🖐️**본 뜻**   빈대떡의 유래에 대해서는 여러 가지 설이 있다. 가장 널리 통용되는 설로는 조선 숙종 때 간행된 『박통사언해(朴通事諺解)』에 '병저'의 중국식 발음인 '빙져'에서 빈대떡이 나왔다는 것을 들 수 있다. 그다음은 옛날 녹두가 귀한 시절에 손님 대접을 위해서 특별히 만들어 내놨던 손님접대용 음식이란 뜻의 '빈대(賓待)떡'에서 유래를 찾기도 한다. 끝으로 흉년이 들었을 때나 곤궁한 사람들이 거리에 넘칠 때 서울의 부자들이 큼지막하고 둥글넙적한 떡을 만들어 빈자(貧者)들에게 나누어주었다는 데서 유래를 찾기도 한다. 이 밖에도 빈대처럼 납작하

게 만들어 빈대떡이란 이름이 붙었다는 설이 있지만 아무려면 먹는 것에 빈대의 이름을 붙였을까를 생각해보면 그것은 말 좋아하는 후대 사람들이 지어낸 이야기라고 볼 수밖에 없을 것이다.

⇆ 바뀐 뜻 녹두를 물에 불려 껍질을 벗긴 뒤에, 맷돌이나 믹서로 갈아 번철이나 프라이팬에 둥글납작하게 부쳐 만든 음식을 가리킨다. 요즘은 순수한 녹두만으로 만들지 않고 나물과 고기 등을 섞어 만들기도 한다.

◎ 보기글
- 돈 없으면 집에 가서 빈대떡이나 부쳐 먹으라는 노래 있잖아. 그 노래 만든 사람은 녹두가 술값보다 더 비싼지 모르는 모양이야.
- 비 오는 날엔 그저 아랫목에 배 깔고 누워 빈대떡이나 부쳐 먹는 게 제격이야.

0471   **빠꼼이**

⌂ 본 뜻 조선시대에 마포나루에서 소금·새우젓 등 해산물을 싣고 남한강을 거슬러 오른 장사치들이 상류인 청풍·제천·단양·영월·충주 등지에 이르러 장사를 하는데, 이들은 배에 싣고 간 각종 해산물을 보리나 콩 따위의 곡식으로 바꿔주었다. 그래서 현지인들이 이들을 가리켜 바꿈이라고 했다.

⇆ 바뀐 뜻 물건을 바꿔가는 이 바꿈이들이 워낙 계산을 야무지게 하고 빈틈이 없어, 바꿈이라는 호칭 자체가 빈틈없이 잘 계산하는 사람이라는 뜻으로 넓게 쓰였다. 사전에는, 어떤 일이나 사정에 막힘없이 훤하거나 눈치가 빠르고 약은 사람을 속되게 이르는 말이라고 나온다. 이런 의미에서 도둑 사이에 쓰이는 은어라는 설이 있다.

◎ 보기글
- 그런다고 저 빠꼼이가 속겠니?

0472   **빠꾸**

⌂ 본 뜻 빠꾸는 영어 '백(back)'에서 나온 말인데, 차량 따위가 뒤로 움직여 가

는 일을 말한다.

🖑바뀐뜻 오늘날은 차량이 뒤로 움직이는 것은 '빠꾸'라는 말 대신에 원어인
'백'을 널리 쓰고 있다. 반면에 '빠꾸'라는 말은 '퇴짜를 놓는다'는 뜻
으로 쓰이고 있다.

🔾보기글 ● 나, 선보러 나갔다가 바지 입고 나왔다고 빠구 맞은 거 있지.

0473 **빨치산**[partizan]

🖑본 뜻 비정규 유격대를 가리키는 러시아어 '파르티잔(partizan)'에서 온 말이다. 넓
게는 어떤 정당이나 단체의 열렬한 지지자를 가리키는 말로도 쓰인다.

🖑바뀐뜻 우리나라에서 이 빨치산이란 용어는 상당 기간 금기시되어 쓰인 용
어였다. 광복 이후, 남북 대치의 특수 상황에서 빨치산이란 용어는
공산주의 이념을 추종하며 주로 산악지대를 근거로 전투활동을 벌
이는 민간인으로 조직된 비정규 유격대원을 가리키는 말로 한정되
어 쓰였다. 이 때문에 빨치산은 폭력 공산주의자를 가리키는 제한
적인 언어 의미를 갖게 되었다.

🔾보기글 ● 빨치산을 다룬 영화로는 「남부군」이 단연 앞선다고 볼 수 있지.
    ● 빨치산을 새롭게 조명한 문학작품으로는 『지리산』 『태백산맥』 『남부군』 등을 들 수
      있을 것이다.

0474 **빵꾸**

🖑본 뜻 영어 '펑처(puncture)'의 일본식 발음이다. 'puncture'는 날카로운 것으로
뚫은 작은 구멍을 가리키는 말인데, 보통 자동차 타이어가 터진 상
태를 가리킨다.

🖑바뀐뜻 보통은 자전거나 자동차의 타이어에 구멍이 나서 터진 것을 가리키

는데 상황에 따라 여러 가지 뜻으로 쓰인다. 옷이나 양말에 구멍이 뚫린 것이나, 하고자 하는 일이 도중에 무산되는 일, 또는 처녀가 순결을 잃는 일 등을 가리키는 비유적 표현으로도 널리 쓰인다.

◎ 보기글 ● 이번 달에 보너스가 나오지 않으면 빵꾸 나는데, 이 일을 어떡한다.

0475 **빼도 박도 못하다**

☝본 뜻 남녀가 교접할 때 남자의 성기를 여자의 질 속으로 넣지도 빼지도 못할 난처하고 어려운 상태를 이르는 말이다.

↪ 바뀐 뜻 이러지도 저러지도 못하는 진퇴양난에 부딪혔을 때 쓰는 속된 표현이다. '진퇴양난이다' '이러지도 저러지도 못한다' '옴쭉달싹을 못하게 됐다' 등으로 바꿔 쓸 수 있다.

◎ 보기글 ● 자기가 한 말에 자기가 걸렸으니 이젠 꼼짝없이 빼도 박도 못하게 생겼네.
　　　　● 작년에 지방 근무지에서 사귀던 여자가 올라와 결혼하자고 하는 통에 김 대리가 지금 빼도 박도 못하고 있대요.

0476 **삐까삐까**(ぴかぴか)

☝본 뜻 윤이 나서 반짝이는 모양을 가리키는 일본어다. 계속 번쩍번쩍 빛나는 모양을 가리키기도 한다.

↪ 바뀐 뜻 일상생활에서 이 말은 두 가지 뜻으로 쓰이고 있다. 하나는 본래의 뜻 그대로 사물의 외양이나 차림새가 반짝반짝 훤하게 빛난다는 뜻으로 '삐까번쩍'을 사용한다. 다른 하나는 잘못 쓰고 있는 경우로서, '삐까삐까'라는 말에서 우리말 '비슷비슷'을 연상하여 '비슷비슷하다'는 뜻으로 쓰고 있다.

0477   삐라

🔖 **본 뜻**   전단, 광고, 포스터 등을 가리키는 영어 '빌(bill)'에서 나온 말이다.
            단, 계산서를 가리킬 때는 원어대로 '빌(bill)'이라고 한다.

🔁 **바뀐 뜻** 벽에 붙이는 선전 광고지나 돌려주는 광고지의 뜻을 가진 말인데,
            우리나라에서는 북한에서 날려보내는 대남 선전용 인쇄물이나 반
            정부 모임에서 몰래 돌려보는 격문 등의 불온 문서만을 가리키는
            말로 한정되어 쓰이고 있다.

● 보기글 • 멀지 않은 옛날만 해도 동네 야산에만 가도 여기저기에 삐라가 뭉텅이로 뿌려져 있
         곤 했지.
         • 대규모 집회가 열린 자리에는 어김없이 수천 장의 삐라가 뿌려진다.

0478   삥땅

🔖 **본 뜻**   화투 두 장씩 가지고 하는 '섰다'라는 노름에서 1땅을 삥땅이라고
            하는데, 그중에서 몰래 가로채는 돈을 가리키는 말이다.

🔁 **바뀐 뜻** 옛날 버스 안내양이 있었던 시절에는 주로 버스 안내양들이 승객들
            한테서 받은 요금 중의 일부를 가로채는 일을 가리키는 은어였다.
            지금은 어떤 사안이건 중간에서 몰래 돈을 가로채는 짓을 가리키
            는 대중적인 은어로 쓰이고 있다.

● 보기글 • 너, 그 돈 중간에서 삥땅하지 말고 잘 간수했다가 동생 오면 꼭 그대로 줘야 한다.

0479 사근사근하다

본 뜻 사과나 배를 씹을 때처럼 시원하고 부드러운 느낌을 가리켜 '서근서 근하다'고 한다. 거기에 사람의 성격을 비유한 데서 온 말이다.

바뀐 뜻 사람의 성격이 부드럽고 친절한 것을 가리키는 말이다.

보기글
- 위층 사무실에 있는 경리 아가씨 참 사근사근하지?
- 난 사근사근한 사람보다는 수더분하고 푸근한 사람이 좋더라.

0480 사냥

본 뜻 '사냥'은 본래 한자말 '산행(山行)'에서 나온 말이다. 『용비어천가』 125장 에 보면 '낙수(洛水)에 산힝(山行) 가 이셔'라는 대목이 나온다. 여기 쓰 인 산행이 곧 사냥을 일컫는 말이다. 또한 조선 중기 때의 중국어 학습서인 『박통사언해』 초간본에서도 '산힝'으로 표기하고 있다.

바뀐 뜻 『박통사언해』 초간본에 '산힝'이던 것이 중간본에 가면 '산영'으로 바 뀌고 그 후 '사냥'으로 바뀌면서 한자어의 흔적은 사라지고 고유어 처럼 자리잡게 되었다. 산과 들로 다니면서 활이나 덫으로 짐승이나 새를 잡는 일을 가리킨다.

보기글
- '사냥'처럼 순우리말로 알고 있던 말들의 연원이 한자어에 닿아 있는 것을 알게 될 때 의 서운함은 우리나라 사람이면 누구나 느끼는 감정이 아닐까.
- 영악하다는 맹수도 배가 부르면 사냥을 하지 않는다.

0481 사대부(士大夫)

📖 본 뜻 숭록대부(崇祿大夫), 정헌대부(正憲大夫) 하는 식으로 대부(大夫)라는 작
호가 붙는 종4품 이상의 관리를 가리키는 말이다.

↪ 바뀐 뜻 정3품 이상의 벼슬아치를 이르던 '영감(令監)'이 나이 지긋한 할아버지
를 일컫는 말로 위상이 낮아진 것처럼, 종4품 이상의 관리를 가리키
던 이 말이 문무 양반을 일컫는 일반적인 호칭으로 쓰이게 되었다.

💬 보기글 ● 사대부 가문의 자제로서 처신을 그리하면 작게는 가문에 누를 끼치는 것이요, 크게
는 이 나라 미풍양속의 법도를 흐리는 것이니 모쪼록 근신하게.

0482 사돈(査頓)

📖 본 뜻 혼인한 두 집의 부모 혹은 항렬이 같은 사람끼리 서로 부르는 호칭
이다. 만주어는 '사둔', 몽골어는 '사든'이다. 이로보아 고구려 때부터
쓰여 온 말인 듯하다. 사돈은 중국에서는 쓰지 않는 말로서 우리
나라에서만 쓰이고 있다. 그러므로 한자 표기 '査頓'은 발음에 따라
적은 것일 뿐 특별한 의미가 없는 것으로 보인다.

↪ 바뀐 뜻 좁게는 혼인한 두 집안의 부모가 서로를 부르는 호칭이며, 넓게는
혼인 관계로 맺어진 일가 친척간을 일컫는 말이다. 신랑 신부의 아
버지를 바깥사돈, 어머니를 안사돈이라 한다.

💬 보기글 ● 얘, 아가. 바깥사돈께서 올해 연세가 어떻게 되시냐?

0483 사또

📖 본 뜻 순수 우리말로 알고 있는 사또는 각 도에 파견된 문무 관리를 이르는

말로 원래 사도(使道)라고 불렀다. 이것이 나중에 변하여 '사또'가 되었다.

⇄ 바뀐 뜻 지방의 관리나 각 영(營)의 우두머리 되는 관원을 아랫사람들이 높여 부르는 말이다.

◉ 보기글
- 사또 나리 행차시오!
- 사또 행차엔 비장이 죽어난다.
- 면장이라면 옛날의 사또쯤에 해당하는 직책일 터인데 뭐 그리 기세등등하게 세도를 부리는가?

0484 **사랑하다**

🖰본 뜻 '사랑ᄒ다'는 본래 '생각하다'는 뜻이었는데, 그중에서도 '사람을 생각한다'는 뜻이었다. '생각 사(思)'에 '헤아릴 량(量)'을 쓴 한자어 '사량(思量)'에서 나온 말이라고도 한다.

⇄ 바뀐 뜻 오늘날 '사랑하다'는 '누군가 또는 무엇인가를 귀중히 여기고 아낀다'는 뜻으로만 쓰인다.

◉ 보기글
- 누군가를 사랑하게 될 때 제일 먼저 나타나는 현상이 쉼없이 그 대상을 생각하는 것일진대, 사랑하다가 생각하다에서 나온 말이라니 그 의미가 아주 깊네그려.
- 슈바이처는 아프리카 오지에서 사랑과 봉사를 몸소 실천하였다.

0485 **사리**

🖰본 뜻 흔히 일본어로 잘못 알고 있는 '사리'는 순수한 우리말이다. 이 '사리'는 '사리다'라는 말에서 나온 것인데 실 같은 것을 흩어지지 않게 동그랗게 포개어 감은 것을 말한다. '몸을 사린다'는 말에 쓰일 때는 '어렵거나 지저분한 일은 살살 피하며 몸을 아낀다'는 뜻도 가지고 있다.

⇄ 바뀐 뜻 국수나 새끼, 실 등을 동그랗게 감은 뭉치를 가리키는 순우리말이다.

0486 사면초가(四面楚歌)

본 뜻 산을 뽑을 만큼의 힘과 기세를 가지고 있던 초나라 항우가 한나라 유방과 싸울 때의 일이다. 초나라의 항우가 한나라 유방의 군사에게 포위되었을 때, 유방은 한나라 군사들에게 초나라 노래를 부르게 하였다. 동서남북 사방에서 초나라 노래가 들려오자 항우는 초나라 백성이 모두 붙잡혀 포로가 된 줄 알고, 전세가 돌이킬 수 없을 정도로 기울어졌음을 절감한다.

바뀐 뜻 주위가 온통 자신의 적과 반대자로 둘러싸여 있고 단 한 사람의 동조자도 없어 매우 어려운 상황을 이르는 말이다.

● 보기글 ● 한이 그렇게 고집을 부린다간 아마 조만간 사면초가에 봉착하고 말 거야.
　　　　 ● 이번 실수로 그동안 도와주던 사람들이 다 떠나가고 빚쟁이들만 득실거리니 이거야말로 사면초가가 아니고 뭔가.

0487 사발통문(沙鉢通文)

본 뜻 어떤 일에 관여하는 사람들의 이름을 위에서부터 아래로 순서대로 쓰지 않고 사발 모양으로 둥글게 삥 돌려 적은 통지문서. 주동자가 누구인지 드러내지 않기 위해서 순서 없이 쓴 것이다.

바뀐 뜻 남들이 눈치채지 않게 일을 꾸미는 사람들끼리 몰래 돌려보는 회람 형식의 문서를 가리키는 말이다.

● 보기글 ● 이번에 추자도로 바다낚시 간다는 사발통문 띄웠는데 받아봤어?
　　　　 ● 3월 1일 오전 10시 탑골공원에서 모이자는 사발통문이 제대로 다 돌았는지 모르겠군.

0488 사보타주(sabotage)

본 뜻 사보(sabot)는 프랑스 농민이나 하층계급들이 많이 신었던 나무로 만든 신이다. 프랑스 노동자들이 쟁의 중에 사보로 기계를 부수며 일을 하지 않은 데서 유래한 말이다.

바뀐 뜻 노동쟁의의 한 방법으로 노동자가 의도적으로 게으름을 부리거나 일이 정상적으로 진행되지 못하도록 능률적인 진행을 방해하는 일, 즉 태업(怠業)을 말한다.

보기글
- 우선 내일부터 준법 투쟁에 돌입하고, 그다음에도 협상이 지지부진하면 사보타주에 돌입하기로 결의했다.

0489 사설을(辭說-) 늘어놓다

본 뜻 노래나 연극 따위의 사이사이에 엮어서 늘어놓는 이야기를 사설이라 한다.

바뀐 뜻 오늘날에 와서는 길게 늘어놓는 잔소리나 푸념 섞인 말을 가리킨다.

보기글
- 바쁜 일을 놔두고 웬 사설을 그렇게 늘어놓나?
- 옆집 옥이 할머니가 와서는 한바탕 사설을 늘어놓고 가니까 정신이 하나도 없네그려.

0490 사십구재(四十九齋)

본 뜻 윤회와 환생을 믿는 불교에서는 특히 죽은 이를 위한 의식이 두드러지게 많은데 대표적인 것이 재(齋)와 제(祭)이다. 재(齋)는 마음을 가지런히 하고 삼가며 맑게 하는 의식이고, 제(祭)는 죽은 이를 위해 음식을 바치며 정성을 들이는 의식이다. 재(齋)는 한마디로 스님들이나 독실한 불자들이 지키는 계(戒)와도 같은 것이다. 그러던 것이 오늘날에는 재(齋)와 제(祭)가 거의 비슷한 성격을 띠게 되었다. 재에는 7일재와 49재가 있는데 '7일재'는 돌아가신 날로부터 7일째 되는 날 지내는 것이고, '49재'는 7번째 돌아오는 7일재에 지내는 것이다. 이 밖에 7월 보름에 돌아가신 부모님을 위해 올리는 우란분재(盂蘭盆齋), 윤달에 죽기 전에 미리 공덕을 쌓기 위해서 지내는 예수재(預修齋) 등이 있다.

↹ 바뀐 뜻 사람이 죽은 지 49일이 되는 날에 지내는 재를 말한다. 사람이 죽으면 49일 동안 7번의 생사를 거치는 중음신(中陰身)의 과정을 거치는데 49일째 되는 날은 드디어 중음신의 신세를 벗고 삼계(三界) 육도(六道)에 다시 태어나는 날이라 한다. 남아 있는 가족이나 친지들이 이날을 기념하여 죽은 자가 삼계(天界, 地界, 人界)에 가서 누리게 될 후생의 평안을 위해서 독경과 공양으로 명복을 비는 것을 사십구재라 한다. 다른 말로는 칠칠재라고 한다. 흔히들 제사를 연상해서 '사십구제'라고 잘못 쓰는 경우가 많은데 정확한 표기는 '사십구재'이다.

◉ 보기글 ● 옥이 사십구재 때 절 마당의 비둘기가 하늘로 날아오르는 것 보았니?
● 사십구재 때 읽어 올리는 경이 바로 금강경이란다.

0491 **사이다**(サイダ)

◈본 뜻 탄산 청량음료 중의 하나인 사이다(cider)는 원래 '사과즙을 발효시킨 술'을 가리키는 말이었다. 그런데 한 일본인이 탄산음료에 사과향을 섞어서 만든 음료에 이 '사이다'라는 이름을 붙이기 시작하면서 그뒤로 무색투명한 탄산 청량음료의 이름이 되었던 것이다. 이 사이다는 영어로 soda에 해당된다.

↹ 바뀐 뜻 일본식 사이다가 우리나라에 들어온 해는 1905년으로서, '금강 사이다' '마쓰이 사이다' 등이 있었다. 이후에 사이다라는 상표는 우리나라에서

는 색깔이 없는 무색 탄산음료를 가리키는 일반명사로 굳어졌다.

◎ 보 기 글 ● 이렇게 산에 올라 시원한 약수를 마시니 사이다는 저리 가라일세.

0492　　**사이렌**(siren)

🖐 **본　뜻**　사이렌은 원래 그리스 신화에 나오는 마녀의 이름이다. 신체의 반
은 새이고 반은 사람인 사이렌은 아름다운 노랫소리로 뱃사람들을
유혹하여 배를 난파시켰다. 호메로스가 쓴 『일리어드』 『오디세이』에
도 사이렌이 등장하는데, 배를 타고 집으로 돌아가는 오디세이가
사이렌이 활동하는 지역에 다다랐을 때 밀랍으로 선원들의 귀를
틀어막아 그 위험을 벗어나도록 했다는 대목이 나온다.

🖐 **바뀐뜻**　일정한 음높이의 소리를 내는 경보장치인 사이렌은 1819년 프랑스
의 투르(Tour)라는 발명가가 사이렌이라는 이름을 붙인 데서 비롯되
었다. 그리스 신화에 나오는 사이렌이라는 마녀가 소리로 사람들을
위험에 빠지게 한 데 착안하여, 소리로 위험을 알려주는 경보장치
에 그 이름을 따다 붙인 것이다. 지금은 신화 속의 인물보다는 경보
장치를 가리키는 말로 널리 알려져 있다.

◎ 보 기 글　● 너 생각나니? 중국 민항기가 넘어왔을 때 전쟁이 났다고 사이렌이 울려 슈퍼마켓에
라면 사러 갔던 일 말이야.
● 헌병대의 흰 지프차가 앵앵 호들갑스럽게 사이렌을 울리며 전차들 사이를 누비고 지
나갔다.

0493　　**사이비**(似而非)

🖐 **본　뜻**　겉은 제법 비슷하나 본질은 완전히 다른 것을 뜻한다. 사시이비(似是
而非)의 준말이다.

↴ 바뀐 뜻 진짜같이 보이나 실은 가짜인 것을 가리키는 말이다.

◉ 보기글
- 신문들이 난립하면서 사이비 기자들이 기승을 부리고 있다.
- 자기가 가장 애국자라고 떠들면서 대로를 활보하는 사이비 애국자들이 너무나 많다.

0494 사자후(獅子吼)

☞ 본 뜻 부처님의 한 번 설법에 뭇 악마가 굴복하고 귀의한다는 뜻으로, 부처님의 설법을 사자의 울부짖음에 모든 짐승이 두려워하여 굴복하는 것에 비유하여 이르는 말이다.

↴ 바뀐 뜻 뜻이 바뀐 것은 아니지만, 일반적으로 크게 외치면서 열변을 토하는 연설을 가리키는 말로 쓰인다.

◉ 보기글
- 일제강점기에 우리의 독립은 교육에 길이 있다고 외친 안창호 선생의 사자후에 많은 이들이 공감을 하였더랬지. 나 역시도 그 때문에 의학 공부를 하게 된 것이고.
- 피를 끓게 하는 그의 사자후에 수많은 젊은이들이 열렬한 박수를 보냈다.

0495 사족(蛇足)

☞ 본 뜻 화사첨족(畵蛇添足)의 준말이다. 중국 초나라 때의 일이다. 제사를 지내는 사람이 하인들에게 술을 마시라고 주었는데 그 술이 딱 한 사람이 마시기에 적당하였다. 그리하여 하인들이 뱀 그리기 내기를 하여 먼저 그림을 완성하는 사람이 술을 차지하기로 하였다. 그중에 한 사람이 먼저 뱀을 그렸는데 다 그리고 나서 보니 뭔가 빠진 것 같아 발을 그려 넣었다. 그러나 그가 뱀의 발을 그리는 동안 다른 한 사람이 뱀 그림을 완성하여 술을 차지하게 되었다. 술을 차지하게 된 이가 뱀의 발을 그린 이에게 말하기를 "하하하, 본래 있지도 않은 뱀의 발을 그리느라고 술을 뺏기다니!" 하며 비웃었다.

쓸데없는 군일을 하다가 도리어 실패하는 것을 일컫는 말이다. 또
는 이야기 끝에 뭔가 부족하고 미진한 부분을 보완하고자 덧붙일
때 쓰는 표현이기도 하다.

◐ 보기글   • 선생님의 말씀 끝에 외람되오나 제가 감히 사족을 한 가지 덧붙일까 합니다.
          • 그 사람이 회의 마지막에 한 일은 사족이었어. 오히려 없었으면 더 좋았을걸.

0496   ## 사주(四柱)

🔖본 뜻   사주란 사람이 태어난 해[年] 달[月] 날[日] 때[時]를 가리키는 말이다.
          사람의 생을 하나의 집으로 비유해볼 때, 위의 네 가지가 각각 기
          둥을 이룬다 해서 사주(四柱)로 표기했다. 사주를 각각의 천간(天干)
          과 지지(地支)로 표기하면 여덟 글자가 되는데 그것을 가리켜 팔자라
          한다. 천간(天干)은 갑(甲) 을(乙) 병(丙) 정(丁) 무(戊) 기(己) 경(庚) 신(辛)
          임(壬) 계(癸)의 10가지다. 지지(地支)는 자(子) 축(丑) 인(寅) 묘(卯) 진(辰)
          사(巳) 오(午) 미(未) 신(申) 유(酉) 술(戌) 해(亥)의 12가지다. 이 간과 지가
          조합을 이루어 60갑자(六十甲子)를 만들어낸다.

🔄바뀐 뜻 '사주'란 본래 위의 설명처럼 사람이 난 태어난 연월일시의 네 간지
          (干支)를 가리키는 말이었는데, 그것이 곧 한 사람의 운명을 나타내
          는 것이라 하여 사람이 타고난 운명을 가리키는 말로 쓰이게 되었
          다. 이렇게 해서 '사주를 본다'는 말은 곧 한 개인의 길흉화복을 점
          치는 일이라는 의미로 굳어졌다.

◐ 보기글   • 결혼하기 전에 상대방의 사주를 보는 것은 옛날에나 하던 풍습이었는데, 그걸 굳이
            오늘날에까지 끌고 와 볼 필요가 어디 있겠는가.
          • 흔히들 사주팔자를 붙여서 얘기하는데, 사주와 팔자의 다른 점은 무엇인가요?
          • 두 사람은 용하다는 점쟁이를 찾아가 사주 적은 종이를 내밀었다.

262

0497 사주단자(四柱單子)

◑ 본 뜻 사주(四柱)는 한 사람의 생년월일시를, 단자(單子)는 부조하는 물건의 수량이나 보내는 사람의 이름을 적은 종이를 가리키는 말이다. 민간 습속에서 비롯된 사주단자는 혼인을 정한 후 신랑 집에서 신랑이 난 연월일시의 사주를 적어 신부 집으로 보내는 간지를 가리키는 말이다.

⇆ 바뀐 뜻 뜻이 바뀐 말은 아니나 여러 사람들이 잘못 알고 있는 말이기에 여기 실었다. '사주단자'를 '사주 단지'로 알고 있거나, '단자'라는 말에서 '단지'를 연상해 사주를 집어넣은 함 등속으로 알고 있는 경우가 많다.

◑ 보기글
- 그래, 숙이가 사주단자를 언제 받는다고 하더냐?
- 글쎄, 번거로운 게 싫다고 신랑 혼자 사주단자하고 함하고 가져왔더라니까요.
- 양갓집은 사주단자를 서로 맞바꾸고 택일을 하였다.

0498 사직(社稷)

◑ 본 뜻 나라에서 백성의 복을 위해 제사를 지내는데 그 대상인 토지의 신을 사(社)라 했고, 곡식의 신을 직(稷)이라 한 데서 나온 말이다.

⇆ 바뀐 뜻 지금은 본래의 뜻은 거의 사라지고 '국가'나 '조정'을 이르는 말로 쓰이고 있다.

◑ 보기글
- 나라의 말을 포기한다는 것은 이 나라 사직이 흔들리는 일이나 마찬가지일세.

0499 산전수전(山戰水戰)

◑ 본 뜻 산전과 수전은 백병전, 공중전 등과 같이 여러 가지 전투 종류 중의 하나다. 산악전이라고도 일컫는 산전은 산의 험한 지형을 이용하여 하는

전투고, 육지전의 반대인 수전은 물에서 하는 전투를 가리키는 말이다. 『삼국지』에 나오는 적벽대전이 바로 수전의 전형이라고 할 수 있다.

↹ 바뀐 뜻 흔히 '산전수전 다 겪었다'는 표현으로 널리 쓰이는 이 말은 세상의 온갖 고생과 어려움을 다 겪어 경험이 많음을 이르는 말이다.

◐ 보기글
- 김 박사 그 사람, 어려운 시절에 외국에 나가서 산전수전 다 겪었지.
- 다섯 남매를 키우면서 그야말로 산전수전을 다 겪은 옥천댁이 이제야 한시름을 놓게 되었네.

0500 산통(算筒) 깨다

☝ 본 뜻 점을 치는 데 쓰는 산가지를 넣어두는 통을 가리켜 산통(算筒)이라 한다. 산통점은 흔히 육효점(六爻占)이라고도 한다. 향나무나 금속으로 만든 가느다란 산가지에 1부터 8까지의 숫자를 새겨 산통 속에 집어넣고 흔든 다음 왼손으로 산가지를 세 번 집어내어 초, 중, 종의 각 괘(卦)를 만들어 길흉화복의 운명을 판단하는 것을 말한다. 그러므로 산가지를 집어넣는 산통이 깨어지면 점을 칠 수가 없게 되니 산통점으로 먹고사는 점쟁이에게는 그같이 큰 낭패가 없는 것이다.

↹ 바뀐 뜻 어떤 일을 이루지 못하게 뒤트는 것을 가리키는 말이다.

◐ 보기글
- 내가 장장 두 시간에 걸쳐서 거의 다 설득시켰는데 갑자기 동생이 나타나서 사실대로 말하는 바람에 산통이 깨졌지 뭐야.
- 김 대리, 화난다고 괜히 영희 씨 선보는 데 산통 깨지 말고 고이 낚시나 가지 그래.

0501 살림

☝ 본 뜻 한 집안을 운영, 관리하는 일을 가리키는 살림이라는 말은 원래 불교용어인 산림(山林)에서 나왔다(産林이라고 쓰기도 한다). 산림은 절의 재산을 관

264

리하는 일을 말하는데, 이 말이 절의 재산관리만이 아니라 일반 여염집의 재산을 관리하고 생활을 다잡는 일까지를 가리키게 된 것이다.

↩ 바뀐 뜻 집안의 경제나 생활 등을 맡아 운영, 관리하는 일을 말한다.

◉ 보기글
- 그 아주머니 살림 솜씨가 얼마나 아무진지 몰라.
- 아내가 안살림만 잘한다고 해서 가정경제가 바로 서는 것이 아니에요. 그 못지않게 남편이 바깥 살림도 잘해줘야 하는 것이지요.

0502 **살아 진천(鎭川) 죽어 용인(龍仁)**

🖜본 뜻 구전 설화에 나오는 말이다.

나이도 같고 이름도 같은 진천 사람하고 용인 사람이 한날 한시에 죽었다. 두 사람이 저승에 가니 저승사자가 아직 때가 안 되었다고 하며 용인 사람을 내보냈다. 용인 사람이 나와보니 자기 시신은 이미 매장이 되어 있기에 진천으로 가보니 시신이 아직 그대로 있었다. 그래서 다짜고짜 그 몸에 혼령이 들어가 살아났는데, 몸은 진천 사람에 혼은 용인 사람인지라, 진천 식구들을 통 모르겠는 거였다. 그래서 이 사람이 용인 자기 집으로 찾아가니 용인 사람들은 몸이 바뀐 그를 몰라보고 식구 대접을 해주지 않았다. 자기 신세가 하도 기막히고 원통하여 고을 관아에 찾아가 그간의 사정을 말하니, 현감이 판결을 내렸다. "자네는 분명 용인 사람인데 진천에서 살아났으니 살아 있을 때는 진천 사람으로 있고, 죽거든 용인 사람이 그 시체를 찾아가거라."

이 설화에서 살아 진천, 죽어 용인이란 말이 나왔다.

↩ 바뀐 뜻 살아 진천, 죽어 용인이란 이 말이 오늘날에는 풍수적인 의미로 와전되어 쓰이고 있다. 살기에는 충청도 진천 땅이 제일이고, 죽어서 묻히기는 경기도 용인이 제일 좋은 땅이라는 뜻으로 잘못 쓰이는데, 본래의 의미는 위와 같은 옛날 구전 설화에서 비롯된 것이니 풍

수적으로 인용해서는 안 된다.

◉ 보기글   • 살아 진천, 죽어 용인이란 말이 있듯이 여기 용인 땅이 묏자리 쓰기엔 최고로 좋은
　　　　　　 땅이란 말이지?
　　　　　　• 이보게. 그 말은 땅을 가지고 한 얘기가 아니고 죽은 사람이 뒤바뀐 옛날 얘기에서
　　　　　　 비롯된 얘길세.

0503　살판나다

🖐본　뜻　남사당의 땅재주 놀음 중에 살판이라고 있다. 이들의 놀이는 매우
　　　　　　격렬하고 흥겹기 때문에 재주꾼들이 살판을 놀면 매우 볼만했다.

🔄바뀐뜻　살판놀이가 워낙 흥겹기 때문에 재물이나 좋은 일이 생겨 생활이
　　　　　　좋아진다는 뜻으로 옮겨왔다. 또는 기를 펴고 살아 나갈 수 있게
　　　　　　된다는 뜻도 있다.

◉ 보기글   • 너희들 수능 끝났다고 아주 살판이 났구나.
　　　　　　• 사업에 크게 성공한 자식 덕에 곤궁했던 집이 살판났다.

0504　삼박하다

🖐본　뜻　작고 연한 물건이 잘 드는 칼에 가볍게 잘 베어지는 소리 또는 모양
　　　　　　을 가리키는 말이다. 센말은 '쌈빡하다'이다.

🔄바뀐뜻　아주 명쾌하고 단순하면서도 세련된 모양을 갖춘 사람이나 그런 일
　　　　　　을 가리키는 데 널리 쓰인다.

◉ 보기글   • 어머니, 이 무는 연해서 그런지 아주 삼박하게 잘라지는데요.
　　　　　　• 그 여자, 얘기해보니까 듣던 바와는 달리 아주 쌈빡하던데 그래. 난 그런 여자가 좋
　　　　　　 더라.

0505 **삼삼하다**

⚓본 뜻 이 말에는 두 가지 뜻이 있다. 음식 맛이 조금 싱거운 듯하면서 맛이 있다는 뜻과, 잊히지 않아 눈에 어린다는 뜻이 있다. 음식의 맛이 삼삼하다는 표현은 주로 어머나 어른들이 많이 쓰고 있는 반면에, 무엇인가를 그리워하는 삼삼하다는 말은 문학작품 속에서나 찾아볼까 일상생활에서는 거의 쓰이고 있지 않다.

↹바뀐 뜻 오늘날에는 주로 위에서 설명한 본뜻보다는 사람이나 물건이 멋있게 생긴 경우에 감탄의 뜻을 나타내는 속어로 쓰인다.

◉보기글
• 김 대리네 오디오 세트, 너무나 삼삼하더라!
• 야! 저 여자 삼삼한데!

0506 **삼수갑산을**(三水甲山−) **가다**

⚓본 뜻 삼수(三水)는 함경남도 북서쪽에 있는 고장으로 국내에서 가장 추운 지대이며 교통 또한 불편하다. 갑산(甲山)은 함경남도 북동쪽에 있는 고장으로 매우 춥고 교통이 불편한 지역이다. 옛날부터 유배지로 유명했던 이 두 곳은 한번 가면 살아오기 힘든 곳으로 인식되었던 곳이다.

↹바뀐 뜻 그러므로 '삼수갑산을 간다'는 말은 일이 매우 힘들게 되었거나 죽을 지경에 이르렀다는 뜻이다. 길거리에 음식점 이름 중에 산수갑산(山水甲山)이라 쓴 곳이 더러 있는데, 이는 '삼수갑산'을 경치 좋은 곳을 가리키는 말로 잘못 알아듣고 지레짐작으로 '산수갑산'이겠거니 하고 쓴 것으로 보인다. 이런 경우가 삼수갑산을 잘못 쓰고 있는 대표적인 예라 하겠다.

◉보기글
• 내일 삼수갑산을 간다 하더라도 제 할 일은 해야지. 그렇게 책임감이 없어서야……
• 나중에 삼수갑산을 가더라도 지금 당장 한 개비만 꼭 피워야겠어. 안 피우면 미치겠는 걸 어쩌란 말이야.

ㅅ

살판나다 · 삼박하다 · 삼삼하다 · 삼수갑산을 가다

삼십육계(三十六計) **줄행랑**

🖐**본 뜻** 『삼십육계』는 병법서로서, 전쟁에서 쓸 수 있는 36가지의 책략을 적
은 책이다. 숫자가 낮을수록 고급이고 숫자가 높을수록 저급한 책
략이다. 그중에서 흔히 줄행랑으로 알려진 36계는 상대가 너무 강
해서 맞서 싸우기가 어려울 때는 달아나는 것이 가장 나은 계책이
라는 내용을 담고 있다. 힘이 약할 때는 일단 피했다가 힘을 기른
다음에 다시 싸우는 것이 옳다는 것을 강조한 말이다.

🔄**바뀐 뜻** 오늘날에 와서는 곤란한 상황에 처했을 때 무조건 달아나는 것이
상책이라는 뜻으로 쓰인다.

💿**보기글**
- 글쎄, 뱀이 나오니까 철수 씨가 자기 혼자만 36계 줄행랑을 놓더래. 그걸 보니까 그나
마 있었던 정까지 싹 떨어지더란다.
- 늦은 밤 귀갓길에 이상한 사람이 일정한 속도로 뒤를 따라온다. 그땐 36계 줄행랑이
최고야.

삼우제(三虞祭)

🖐**본 뜻** 장사를 지낸 뒤 죽은 이의 혼백을 평안하게 하기 위하여 지내는 제
사를 말한다. 장사 당일에 지내는 제사는 초우(初虞), 다음 날 지내
는 제사는 재우(再虞), 그다음 날 지내는 제사를 삼우(三虞)라 한다.

🔄**바뀐 뜻** 사람이 죽어서 장사 지낸 뒤에 세 번째 지내는 제사를 말한다. 오
늘날에 와서는 흔히 장사 지낸 후 3일째 되는 날 삼우제만 지내고
있다. 흔히들 '삼오제'라고 잘못 쓰는 경우가 많다.

💿**보기글**
- 작은아버지 삼우제에는 무슨 일이 있더라도 꼭 참석하도록 하거라.
- 어머니 삼우제 때 아버지가 어찌나 슬피 우시던지…….

0509 삼척동자(三尺童子)

☞ **본 뜻** 키가 석 자 정도 되는 어린아이를 가리키는 말. 한 자는 약 30센티
미터이다. 5~6세 정도 되는 어린아이에 해당한다.

↬ **바뀐 뜻** 철 모르는 어린아이나 혹은 그처럼 어리석은 사람을 가리키는 말로 쓰인다.

◑ **보기글**
- 그 정도는 삼척동자도 다 아는 사실인데 그걸 모르다니!
- 그쯤은 삼척동자도 알고 있지.
- 이순신 장군 하면 삼척동자도 다 아는 우리나라의 위인이다.

0510 삼천리강산(三千里江山)

☞ **본 뜻** 우리나라 국토를 가리키는 대표적인 말이다. 우리 국토가 부산에서
서울까지 천 리, 서울에서 의주까지 천 리, 의주에서 두만강 끝까지
천 리 해서 강산이 삼천리에 걸쳐 있대서 붙여진 이름이다.

↬ **바뀐 뜻** 흔히 '삼천리강산'이라 할 때, 그 거리를 부산에서 의주까지의 종적
인 거리로만 알고 있다. 그러나 부산에서 의주까지의 거리는 이천
리에 지나지 않으니, 국토를 횡으로 가로질러 너비를 나타내는 거리
인 의주에서 두만강 끝까지의 천 리가 더해진 것이다.

◑ **보기글**
- 언제나 통일이 되어 삼천리 금수강산을 모두 돌아보려나.

0511 삼천포로(三千浦-) 빠지다

☞ **본 뜻** 삼천포는 경상남도 진주 밑에 있는 작은 항구도시인데 이 도시 이
름이 우리말 속담에 등장하게 된 유래가 재미있다. 옛날에 어떤 장
사꾼이 장사가 잘되는 진주로 가려다가 길을 잘못 들어서 장사가

안 되는 삼천포로 가는 바람에 장사를 망쳤다는 데서 나온 말이라고 한다. 또 다른 유래는 부산을 출발하여 진주로 가는 기차가 계양역에서 진주행과 삼천포행으로 갈라지는데 이때 객차를 잘못 갈아타서 진주로 갈 사람이 삼천포로 가는 기차를 타는 경우가 종종 있는 데서 나온 말이라고도 한다.

⇆ 바뀐 뜻 이야기가 곁길로 빠지거나 어떤 일을 하는 도중에 엉뚱하게 다른 일을 하는 것을 일컫는 말이다.

◎ 보기글
- 야, 우리가 진짜 하려고 했던 얘기는 스터디 그룹 결성 문젠데 왜 갑자기 배낭여행 얘기가 나왔냐? 이거 얘기가 삼천포로 빠져도 한참을 빠졌잖아.
- 그 사람은 항상 일의 큰 줄기를 잡지 못하고 삼천포로 빠지는 경향이 있단 말이야.

0512   ## 삼팔따라지(三八---)

☝ 본 뜻 화투판에서 끗수를 셈할 때 나온 말이다. '섰다' 판을 벌일 때 세 끗과 여덟 끗을 잡게 되면 열한 끗이 되는데 열을 넘어갈 경우는 그 끗수만 가지고 셈한다. 위와 같이 세 끗과 여덟 끗을 잡게 되면 한 끗만 남게 되는데 한 끗을 따라지라고 부른다. 한 끗이라는 패는 너무 낮은 끗수라 거의 이길 가망이 없는 패다. 그러므로 삼팔따라지는 별볼일 없는 패를 잡았을 때 쓰는 말이다.

⇆ 바뀐 뜻 광복 직후 삼팔선이 그어지고 나서 공산치하인 북에서 남으로 내려온 사람들이 많았다. 삼팔선을 넘어온 사람들의 신세가 노름판의 삼팔따라지와 비슷하다고 하여 그들을 속되게 삼팔따라지라고 불렀다. 이처럼 일이나 사람이나 별볼일 없는 것을 가리킬 때 비유적으로 쓰는 말이기도 하다.

◎ 보기글
- 김가 말야, 삼팔따라지였는데 언제 그렇게 출세를 했는지 모르겠어.
- 이번 일은 완전히 삼팔따라지 패인 거지.
- 우리처럼 삼팔따라지야 아는 사람이 있길 한가?

0513　삿대질

🔸 **본　뜻**　삿대를 저어 배를 가게 하는 일을 가리키는 말이다.

🔸 **바뀐뜻**　사람들이 싸울 때 손가락으로 상대방을 향해 내지르는 품이 뱃사
공이 삿대를 이리저리 놀리는 품과 비슷하다 하여, 오늘날에는 상
대방을 향해 함부로 손가락질을 하는 것을 가리키는 말로 쓰인다.

🔹 **보기글**　● 당신이 뭔데 함부로 우리 선생님한테 삿대질이오?
　　　　　　● 거, 기분 나쁘게 삿대질하지 말고 얘기합시다.

0514　상극(相剋)

🔸 **본　뜻**　오행설(五行說)에서 쓰는 상생상극이라는 말에서 나왔다. 상극이란
쇠는 나무를, 나무는 흙을, 흙은 물을, 물은 불을, 불은 쇠를 이김
을 이르는 말이다. 즉 서로가 갖고 있는 성질이 대립되어 어느 한쪽
이 다른 쪽을 해롭게 함으로써 함께 있을 수 없는 상황이나 사물
을 가리킨다. 흔히 서로를 키우고 이롭게 하는 상생(相生)이라는 말
과 합해서 상생상극이라는 말로 쓰기도 한다.

🔸 **바뀐뜻**　두 사람 사이에 마음이 어긋나서 서로 맞지 않거나, 대립되는 성질
때문에 같이 있으면 해가 되는 사물이나 식물 등을 가리킨다.

🔹 **보기글**　● 요 아래 김가하고 이가는 왜 그렇게 상극이야? 어제는 반상회에 와서까지 으르렁대
　　　　　　　더라고.
　　　　　　● 몸에 열이 많은 사람은 인삼이 상극이라는데 그걸 그렇게 먹었으니 열꽃이 필밖에.

0515　상피(相避) 붙다

🔸 **본　뜻**　고려시대에는 친족이나 아주 가까운 관계에 있는 사람들이 같은

부서에서 벼슬살이를 하거나 송사를 맡거나 과거시험을 감독하는 일 등을 하지 않았다. 사사로운 정이나 관계에 이끌려 일을 그르칠 요인을 없애고 공정성을 기하기 위한 제도적인 장치의 하나였던 이 같은 일을 '상피(相避)'라고 했다. 이런 연유로 인하여 해서는 안 될 일을 할 때 '상피 붙는다'는 표현을 썼던 것이다.

⇆ 바뀐 뜻 세월이 흐르면서 이 말이 절대 금기 중의 금기인 가까운 친척 사이에 성(性) 관계를 갖는 것을 일컫는 말로 변이되었다.

◉ 보기글
- 아, 글쎄. 요 아랫마을 개똥이 엄마가 죽은 남편 형님하고 상피가 붙었다지 뭐유. 그래서 그렇게 동네가 발칵 뒤집혔다는구먼.
- 옛날 서양에서는 왕가의 순수 혈통을 보존한답시고 형제들끼리 상피 붙는 것도 예사로 여겼다며? 아, 자기 남동생하고 혼인한 클레오파트라가 그 대표적인 예라고 할 수 있지.

0516 **샅샅이**

⌐본 뜻 '샅'이란 본래 두 다리의 사이나 두 물건의 틈을 가리키는 말이다. 이 말에서 사람의 국부를 가리키는 '사타구니'나 마을로 들어서는 좁은 골목길이나 골짜기의 사이를 가리키는 '고샅'이란 말이 나온 것이다. '샅샅이'란 부사도 여기에서 나왔는데, 평소에는 보기 어려운 구석지고 은밀한 곳을 두 번 거푸 반복함으로써 '모조리' '하나도 빼지 않고'라는 뜻을 지니게 되었다.

⇆ 바뀐 뜻 '틈이 있는 데마다' '이 구석 저 구석 빈틈없이 모조리 다'의 뜻으로 쓰인다. 바꿔 쓸 수 있는 말로는 '이 잡듯이' '구석구석' 등이 있다.

◉ 보기글
- 여기 가택 수색 영장을 가지고 왔으니 온 집안을 샅샅이 뒤져서 어떻게든 그 문서를 찾아내!
- 선생님, 실험실을 샅샅이 훑어봤는데도 도무지 그 장수하늘소가 어디로 갔는지 보이질 않네요.

0517 새끼

⌖본 뜻 이 말은 본래 시아우를 가리키던 '시아기'가 변하여 이루어진 말이다. '시아기'는 본래 남편의 아우인 시동생을 이르는 말이었는데, '시아기'에서 '새기'로 그리고 '새끼'로 소리가 변하면서 본래의 뜻은 잃어버리고 전혀 다른 뜻으로 쓰이게 되었다.

↹바뀐 뜻 오늘날 '새끼'란 말은 생물의 '어린 것'이나 '놈'이란 뜻의 욕으로 쓰이고 있다.

◑보기글
- 장난으로라도 이 새끼 저 새끼 하지 말거라. 그런 상스런 말이 입에 붙으면 종내에는 그 소리를 하지 않고는 말을 못하게 되느니라.
- 어미 소가 새끼에게 젖을 먹이는 모습을 보니, 사람이건 짐승이건 모성을 참으로 위대하다는 생각이 드네.

0518 샌님

⌖본 뜻 샌님은 생원(生員)님이 줄어서 된 말이다. 생원은 원래 과거의 소과(小科)에 합격한 사람을 부르는 말이었는데, 후대로 오면서 나이 많은 사람을 대접하는 존칭으로 쓰이곤 했다. 생원은 대개 공부도 많이 하고 행실도 점잖기 때문에 그같이 점잖은 사람을 가리켜 '생원님'이라 부르게 된 것이다.

↹바뀐 뜻 오늘날에 와서는 숫기가 없고 조용하며 사교성이 없는 성격의 남자를 가리키는 말이 되었다.

◑보기글
- 그 사람은 원래 샌님이라 앞에 나서서 흥을 돋우거나 사회를 보는 일에는 어울리지 않아.
- 이 서방은 영락없는 샌님이야. 처갓집에 가서도 어쩜 그렇게 조용히 있을까 몰라.
- 평소에는 샌님도 그런 샌님이 따로 없더니, 술만 취하면 왜 개차반이 되는지 몰라.

0519 　　　샌드위치(sandwich)

🗣️ **본 뜻**　17세기경에 실존했던 영국의 백작 이름이다. 워낙 노름을 좋아하던 그가 밤을 새고 노름을 하면서도 밥 먹는 시간이 아까워 두 조각의 빵에 버터를 바르고 그 사이에 고기, 달걀, 치즈, 야채 따위를 끼워 먹은 데서 유래한다.

🔄 **바뀐 뜻**　간단한 서양식 간이식사용 빵을 가리킨다. 얇은 두 조각의 빵에 버터나 갖가지 소스를 바르고 그 사이에 햄, 달걀프라이, 좋아하는 야채 등을 식성에 맞게 끼워넣은 빵을 말한다. 또한 무엇인가의 사이에 끼어 있는 상태를 비유적으로 이를 때에도 쓴다.

🔵 **보기글**　• 점심을 샌드위치 하나로 때웠더니 5시도 채 안 되어서 허기가 지는 거야.
　　　　• 생긴 것으로 봐서는 햄버거가 샌드위치 사촌이라고 할 수 있겠지?

0520 　　　샐러리맨(salaried man)

🗣️ **본 뜻**　봉급을 뜻하는 샐러리(salary)는 고대 로마어 '살라리움'이 변해서 된 말이다. 살라리움은 '소금을 사기 위한 돈'이란 뜻으로서, 당시에는 소금이 귀해서 로마 병사들은 봉급으로 소금 살 돈인 '살라리움'을 지급받았다고 한다.

🔄 **바뀐 뜻**　소금을 살 돈이라는 뜻을 가진 살라리움이 변해서 샐러리(salary)가 되었고, 여기에 사람을 나타내는 맨(man)이 붙어서 매달 정기적으로 고정된 봉급을 받는 봉급생활자를 가리키는 말이 되었다.

🔵 **보기글**　• 샐러리맨 봉급 뻔한데, 네 남편은 무슨 돈이 있어서 골프를 치러 다닌다니?
　　　　• 샐러리맨에게 가장 좋은 날은 뭐니 뭐니 해도 주말과 봉급날이지.

0521 **샛별**

🔖**본 뜻** 태양의 행성인 금성(金星)을 가리킨다. 초저녁에 보이는 금성은 개밥
바라기·태백성으로 불리고, 아침에 보이는 금성은 샛별·계명성(닭이
울 때 뜨는 별)으로 불린다.

🔄**바뀐 뜻** 새는 동쪽을 가리킨다. 동쪽에 뜨는 별이란 뜻이다. '밤을 새우다'
의 '새'도 동쪽이 밝을 때를 가리킨다. 새벽, 새로운, 새것, 새색시,
새달(다음 달), 새댁, 새롭다, 새해, 새하얗다, 새빨갛다, 새파랗다 등
의 새는 바로 해가 떠오르는 아침을 가리키는 '새'에서 온 말이다.

◉**보기글** ● 너같이 게으른 놈은 샛별을 아무리 바라봐도 깨달음이 오지 않는다.

0522 **생때같다**

🔖**본 뜻** 주로 중장년층 사이에서 널리 쓰이는 이 말은 '몸이 튼튼하고 아무
병이 없는 상태'를 가리키는 순우리말이다.

🔄**바뀐 뜻** '생때같은 인재들이' '생때같은 내 자식' 등에 두루 쓰이는 이 말은
종종 '생떼'로 잘못 쓰거나 '싱싱하게 돋아나는 떗장' 등으로 오해받
기에 여기 실었다.

◉**보기글** ● 쯧쯧, 지켜보는 우리도 이렇게 가슴이 아픈데, 이번 사고로 생때같은 자식들을 먼저
보낸 부모들의 심정은 어떨꼬?

0523 **샴페인**(Champagne)

🔖**본 뜻** 샴페인이란 명칭은 프랑스 샹파뉴(Champagne) 지방의 지명에서 유래한
것으로 철자까지 똑같이 쓴다. 샹파뉴 지방에서 나는 포도주라는 뜻

으로 이 지방 이름을 붙여서 쓰던 것이 그대로 술 이름으로 굳어진 것이다. 17세기경부터 빚어진 샴페인은 적포도주와 백포도주로 나누어지며, 거품이 일어나는 발포성과 거품이 없는 비발포성이 있다.

⇆ 바뀐 뜻 요즘은 주로 백색의 발포성 포도주만을 가리키는 것으로 한정되어 쓰이며, 축배용으로 많이 쓴다. 반드시 차게 하여 마시는 것이 원칙이다.

◑ 보기글 ● 아무리 조그만 사무실이라도 명색이 개업식인데 샴페인 한 병 터뜨려야 하지 않겠어?

0524 # 서낭당

👆본 뜻 서낭은 마을의 터를 지켜주는 신(神)인 서낭신이 붙어 있는 나무를 가리키는 말이다. 서낭신은 원래 성황(城隍)에서 온 말로서 한 나라의 도성을 지켜주는 신이었으나, 후대로 내려오면서 토속신으로 변하여 마을의 수호신이 되었다. 이 같은 유래 때문에 아직도 마을 어귀에 서낭신을 모셔놓은 곳을 서낭당, 성황당, 성황단 등의 여러 이름으로 부르기도 하는 것이다.

⇆ 바뀐 뜻 우리 조상들은 서낭신을 마을과 토지를 지켜주는 신으로 믿고 섬겨왔는데, 마을 어귀 큰 고목나무나 바위에 새끼줄을 매어놓거나 울긋불긋한 천을 찢어 달아놓고 그 옆 작은 집에 서낭신을 모셔놓은 당집을 서낭당이라 했다. 때로는 당집 없이 큰 고목나무에 울긋불긋한 천이나 새끼가 매어 있는 것만도 서낭당이라 부르기도 한다. 사람들이 서낭당 앞을 지날 때는 서낭신에게 행운을 빌며 돌을 하나씩 쌓아놓기도 하고, 잡귀가 달라붙지 말라는 뜻에서 침을 뱉고 가기도 한다.

◑ 보기글 ● 너하고 나하고 서낭당에 몰래 숨어 있다가 밤공부 하고 오는 애들 놀라게 해줄까?
● 서낭당을 지날 때마다 등골이 오싹하는 것이 무슨 귀신이라도 달라붙을 것만 같아 걸음을 재게 하곤 했다.

0525   **서민**(庶民)

🏛 **본 뜻**   아무 벼슬이 없는 평민이나, 사회적인 특권을 갖고 있지 않은 보통
사람들을 가리키는 말이다. 즉 이 말은 벼슬한 양반가를 일컫던 사
대부(士大夫)의 반대말이라고 하겠다.

🔁 **바뀐 뜻**   본래는 벼슬과 관계 있었던 정치적인 말이었음에도 불구하고 오늘
날에 이 말은 중산층 이하의 살림이 넉넉지 못한 사람들을 일컫는
경제적인 말로 바뀌었다.

◐ **보기글**   • 서민을 생각하는 행정이 아니라 단지 행정적 편의만을 생각하는 행정이라면 그것이
야말로 본말이 전도된 것이 아니겠는가?

0526   **서방님**(書房–)

🏛 **본 뜻**   서방(書房)은 원래 벼슬 안 한 남자를 일컫는 말이었다.

🔁 **바뀐 뜻**   후대로 오면서 남편에 대한 호칭으로 의미가 바뀌었다. 요즘은 남편
을 부르기보다는 결혼한 시동생을 부르는 호칭으로 널리 쓴다.

◐ **보기글**   • 아이고, 서방님! 춘향이가 서방님 못 보고 죽는 줄 알았소.
• 둘째 서방님께서 이번에 연수차 외국에 나가신다면서요?

0527   **서울**

🏛 **본 뜻**   서울은 본래 신라의 수도인 경주를 서라벌(徐羅伐), 서벌(徐伐), 서나벌
(徐那伐) 등으로 부른 데에서 비롯한 말이다. 서울의 '서'는 수리 · 솔 ·
솟의 음과 통하는 말로서 높다 · 신령스럽다는 뜻이며, '울'은 벌 · 부
리가 변음된 것으로 · 벌판 · 큰 마을 · 큰 도시라는 뜻을 가진 말이다.

⇆ 바뀐 뜻 서울은 한 나라의 수도(首都)를 가리키는 보통명사이면서 동시에 대한민국의 수도를 가리키는 고유명사다.

◎ 보기글
- '모로 가도 서울만 가면 된다'는 속담이 '수단방법을 가리지 않고 목적만 달성하면 된다'는 뜻으로 쓰여, 은연중에 정당하지 않은 수단을 합리화시키는 구실을 만들어주는 것은 경계할 일이다.
- 서울이 88올림픽을 통해 세계에 널리 알려진 것은 바람직한 일이지만, 서양인들이 '쎄울'로 발음하는 것을 들으면 뭔가 영어 표기상에 문제가 있다는 생각을 하게 된다.

0528 서커스(circus)

본 뜻 서커스(circus)라는 말은 고대 로마시대의 전차 경주 경기장의 원형 울타리를 뜻하는 말이었다. 그러던 것이 1768년에 영국의 한 말타기 곡예사가 원형 공연장 안에 관객석과 지붕을 설치해서 구경꾼들을 끌어모았고, 1782년에 소속 기수 중의 한 사람이 '로열 서커스'라는 이름으로 독립해서 나가게 되었는데, 이것이 바로 서커스가 곡마단을 가리키는 말로 쓰이게 된 기원이다.

⇆ 바뀐 뜻 오늘날의 순회 곡마단, 곡예단을 가리키는 말이다. 고유명사와 같이 쓸 때는 몇 개의 도로가 모이는 광장을 가리키기도 한다. 예를 들면, 영국의 '피카딜리 광장(Piccadilly Circus)' 같은 경우이다.

◎ 보기글
- 오늘밤에 서커스 구경 가지 않을래? 곰이 재주도 부리고 행운권 추첨도 한대.

0529 석식(夕食)

본 뜻 저녁 식사를 가리키는 일본식 한자어이다.

⇆ 바뀐 뜻 끼니를 나타내는 아침, 점심, 저녁이라는 순수한 우리말을 제쳐둔 채 언제부터인가 조식(朝食), 중식(中食), 석식(夕食)이라는 일본어를 쓰

기 시작하더니 이제는 기업체나 모범을 보여야 할 관공서의 일정표나 시간표 등에 널리 쓰이고 있다. 그러나 때와 끼니를 동시에 나타내는 좋은 우리말이 있음에도 불구하고 굳이 일본식 한자어를 쓴다는 것은 언어사대주의가 아닐 수 없다.

○ 보기글　● 조식, 중식, 석식이라고 하면 아침, 점심, 저녁보다 고상해 보이기라도 한다더냐?

0530　　**선달**(先達)

🔺본　뜻　문무과(文武科)에 급제했으면서도 벼슬하지 아니 한 사람을 가리키는 말이다. 선달의 대표적인 사람으로는 닭을 봉(鳳)이라 우겨서 '봉이'라는 별호를 얻은 봉이 김 선달이 있다. 선달의 높임말이 '선다님'이다.

⇆ 바뀐 뜻　후대로 내려오면서 급제 여부와 상관없이 벼슬을 하지 않은 성인 남자들을 가리키는 말로 쓰였다.

○ 보기글　● 장터 사람들이 그를 모두 장 선달이라고 부르는 것을 듣고 나도 얼결에 그렇게 부르고 말았다.
　　　　　● 삿갓을 쓰고 천하를 주유했던 봉이 김 선달만큼 자유로운 사람이 또 있었을까.

0531　　**선보다**(先--)

🔺본　뜻　글자 그대로 '먼저 본다'는 뜻이다. 옛날에 혼인하기에 앞서 양가 부모들이 먼저 신랑, 신부 될 사람의 인물됨을 살펴보았던 데서 유래한다.

⇆ 바뀐 뜻　지금은 혼인 당사자들끼리 가까운 친척이나 어른의 소개로 상대방을 첫 대면하는 것을 가리키는 말로 쓰인다.

○ 보기글　● 셋째야, 어제 선본 거 어떻게 됐니? 사람은 괜찮든?
　　　　　● 아유, 아버지도, 요새 누가 선보고 결혼해요? 다 연애결혼이지.

선비

🔔**본 뜻** 심신 수련을 하여 일정한 경지에 오른 사람을 가리키는 고조선시대의
호칭이다. 백제의 수사, 고구려의 선인, 신라의 화랑과 비슷하다. 고구려
에 인접했던 선비족과 관련되었다는 설이 있으나 정설은 아니다.

🔄**바뀐 뜻** 학문과 인격을 닦은 사람이나, 학식은 있으나 관직에 나아가지 않
은 사람을 가리키는 말로 쓴다.

◉**보기글**
- 말하는 걸 보니 그 사람 참 영락없는 선비일세.
- 우리가 되살려야 할 정신 중에 중요한 것이 바로 이 선비 정신 아니겠는가.

0533 **선영(先塋)/선산(先山)**

🔔**본 뜻** 선영(先塋)은 본래 할아버지나 아버지가 묻혀 있는 무덤이라는 뜻이
다. 그런데 선영을 선산(先山)이라는 말과 혼동해서 쓰고 있는 경우
를 종종 본다. 선산은 선영과 그것이 귀속된 모든 산야를 통틀어
이르는 말이므로 선영이 선산에 포함되는 것이긴 하나, 그 둘이 동
일한 말은 아니다.

🔄**바뀐뜻** 요즈음은 선영과 선산을 같은 뜻으로 쓰는 사람이 많지만 이 두
말은 엄밀히 구별해서 써야 할 말이다. 선영이란 말은 조상의 무덤
만을 가리키는 말이므로 부음(訃音) 안내에 '장지(葬地)는 ○○선영'이
라 쓰는 것은 잘못된 것이다. 이 말은 곧 조상의 무덤에 합장하겠
다는 뜻이 되는 것이다. 제대로 쓰려면 '장지는 ○○선산' 또는 '장지
는 ○○선영 아래'라 해야 한다.

◉**보기글**
- '돌아가신 아버님을 선영에 모실까 합니다'가 말이 되는지 안 되는지도 모르면서 어
찌 장례를 치르겠느냐?
- 그는 아직도 어머니가 선산에 묻히던 저 슬프고도 찬란했던 봄날의 장례식을 잊을
수가 없다.

0534 섣달

☞ **본 뜻** 섣달이란 '설이 드는 달'이란 뜻으로서, 말대로 하자면 1월이 섣달이
되어야 한다. 그런데 왜 12월을 섣달이라 이르는가? 한 해를 열두 달
로 잡은 것은 수천 년 전부터지만 어느 달을 한 해의 첫 달로 잡았는
가 하는 것은 여러 번 바뀌었다. 그중에는 동짓달인 음력 11월을 첫
달로 잡은 적도 있었다. 그러나 대개는 음력 12월을 한 해의 첫 달로
잡고 음력 12월 1일을 설로 쇠었다. 그래서 음력 12월을 설이 드는 달
이라 하여 '섣달'이라 한 것이다. 후에 음력 1월 1일을 설로 잡으면서도
그전에 음력 12월을 '섣달'로 부르던 흔적은 그대로 남아 있게 되었다.
원래는 '설달'이던 것이 'ㄷ'과 'ㄹ'의 호전현상에 의해 섣달이 되었다.

↹ **바뀐 뜻** '설이 드는 달'이라는 뜻을 가진 섣달은 1월이 아니라 음력 12월을
말한다.

◐ **보기글** ● 왜 12월을 섣달이라는 이름으로 불렀던가 했더니 옛날에는 12월을 한 해의 첫 달이
되는 설이 드는 달로 쇠었다는군.

0535 설렁탕

☞ **본 뜻** 설렁탕이란 말이 생기게 된 유래에는 다음의 두 가지 설이 있다. 먼
저, 조선시대에 왕이 선농단(先農壇)으로 거동하여 생쌀과 기장과 소,
돼지를 놓고 큰 제사를 올린 다음 친히 밭을 갈았던 행사가 있었다.
왕의 친경(親耕)이 끝나면 미리 준비해둔 가마솥에 쌀과 기장으로 밥
을 하고 소로는 국을 끓였다. 이렇게 끓인 희생 쇠고기국을 60세 이
상의 노인을 불러 먹였는데, 선농단에서 행해진 행사에서 비롯되었
기 때문에 이 국을 설렁탕이라 부르게 되었다고 한다. 또 하나는 고
기를 맹물에 끓이는 몽골 요리인 '슈루'가 우리나라에 들어와 설렁탕

이 되었다는 설이다. 『몽어유해蒙語類解』에는 고기 삶은 물인 공탕(空湯)을 몽골어로 '슈루'라 한다고 되어 있고, 『방언집석方言輯釋』에는 공탕을 한나라에서는 콩탕, 청나라에서는 실러, 몽골에서는 슐루라고 한다고 되어 있다. 따라서 이 '실러, 슐루가 설렁탕이 되었다는 것이다.

↹ **바뀐 뜻**   소의 머리·족·내장·무릎도가니·뼈다귀 등을 푹 삶아 끓인 국, 또는 그 국에 밥을 만 음식을 일컫는 말이다.

◐ **보기글**   ● 우리나라에서 가장 대중적인 음식을 들라면 설렁탕을 들 수 있지 않을까.

0536   설레발(치다)

🔖 **본 뜻**   설레발은 그리마의 경상도 방언이다. 그리마목, 그리마과에 속하는 곤충으로 그리마, 설레발이, 설레발, 돈벌레 등으로 불린다. 그리마는 어둡고 습기 찬 곳에 사는데 몸길이는 25밀리미터 정도, 몸빛은 어두운 황갈색에 얼룩무늬가 있고 19개의 마디로 되어 있고, 각 마디마다 발이 두 개씩 달린 곤충이다. 흙집에서 자주 볼 수 있으며, 움직임이 매우 빠르고, 30개의 다리가 일제히 움직인다.

↹ **바뀐 뜻**   설레발의 30개 다리가 부지런히 움직이는 걸 비유하여, 사람이 몹시 서두르며 부산하게 구는 것을 가리키는 말로 쓰인다.

◐ **보기글**   ● 한바탕 설레발을 쳐서 혼을 빼놓은 다음에 설득을 하라.

0537   설빔

🔖 **본 뜻**   설과 비음이란 말이 합쳐진 것이다. 비음은 명절이나 잔치 때에 새 옷으로 치장하는 일을 일컫는 말이다. 이 '설비음'이 줄어서 설빔이 되었다.

↹ **바뀐 뜻**   설빔은 곧 '설날에 새 옷을 차려입는 것을 가리키는 말이었으나, 그 뜻

이 차츰 변화되어 '명절에 입는 새 옷'을 가리키는 말로 쓰이고 있다.

○ 보기글 ● 가야골의 작은댁네 애들은 올해도 설빔 하나 못 얻어 입었다던데 자네가 한번 다녀 오지 그러나.
● 우리 어릴 때만 해도 새해에 어머니가 사주시는 설빔 입을 생각에 설레곤 했는데 말 이지.

0538 **섭씨(攝氏)**

🖐본 뜻 1742년 스웨덴의 천문학자인 안데르스 셀시우스(Anders Celsius, 1701~1744)가 정한 온도의 눈금이다. 중국인들이 셀시우스의 이름을 한자로 섭씨(攝氏)라고 표기한 데서 유래한다.

🔄 바뀐 뜻 기호는 °로 나타내며 1기압일 때 얼음이 녹는 온도를 0°로 하고 물이 끓는 온도를 100°로 하여, 그 사이를 100등분하여 정한 온도이다.

○ 보기글 ● 장마철에 섭씨 30도가 넘으면 불쾌지수가 90을 오르내리게 될 것이다.
● 중동 사막지역의 기온이 섭씨 40도를 오르내린다 해도 그곳은 워낙 건조지대이기 때문에 우리나라의 섭씨 40도와는 비교가 안 된다.

0539 **성곽(城郭)**

🖐본 뜻 적의 침입이 빈번했던 옛날에는 성을 쌓아서 고을의 영역을 지켰다. 그때 정치적·군사적으로 중요한 곳은 두 겹으로 성을 쌓았는데, 안쪽에 쌓은 것을 성(內城)이라 하고 바깥쪽에 쌓은 것을 곽(郭)이라 했다. 그러므로 성곽이라 하면 내성(內城)과 외성(外城)을 아울러 이르는 말이다.

🔄 바뀐 뜻 오늘날에는 그냥 단순하게 성(城)을 이르는 말로 널리 쓰인다.

○ 보기글 ● 유명한 성곽도시로는 중국의 베이징이 유명하다.
● 일본의 성곽은 그 구조나 모양이 너무나 단순하고 날카로워 자연스러운 아름다움이 느껴지질 않는다.

0540 성냥

본 뜻 본래는 석류황(石硫黃)에서 비롯된 말이다. 돌처럼 굳힌 유황을 얇게 깎은 나뭇조각 끝에 묻혀 불이 붙게 한 물건을 재료의 이름을 따서 '석류황'이라 했는데, 발음이 어렵다 보니 '성뉴황'으로 발음되다가 'ㅎ' 소리가 떨어져나가 '성냥'으로 변했다.

바뀐 뜻 본래는 한자어였던 말이나 '성냥'으로 소리가 변하면서 고유어처럼 되어버렸다. 성냥은 개화기 때 일본에 다녀왔던 개화승 이동인이 가지고 들어온 물건이다.

보기글
- 70~80년대 석유곤로를 쓸 때만 해도 성냥이 집안의 필수품이었는데, 가스가 대중화되고부터는 성냥이 쏙 들어가버렸어.
- 그때만 해도 성냥 하면 유엔성냥이었지.

0541 성대모사(聲帶模寫)

본 뜻 다른 사람의 목소리나 새, 짐승 따위의 목소리를 그럴듯하게 흉내 내는 일을 비유적으로 이르는 말이다. 모사(模寫)는 그대로 사진 찍듯이 그려낸다는 뜻이다.

바뀐 뜻 뜻이 바뀐 것이 아니라 많은 사람들이 '성대묘사'로 잘못 쓰고 있는 말이기에 여기 실었다. 성대묘사라고 하면 소리가 나오는 발음기관인 성대가 어떻게 생겼는가 표현해낸다는 뜻이니, 성대묘사라는 말은 문학작품이나 회화에 사용할 수 있는 말이다.

보기글
- 성대모사가 맞는 말이라면, 방송에서도 종종 성대모사를 한다는 말을 쓰던데 그것도 잘못 쓰는 거네요.
- 한 연예인은 대통령의 성대모사는 물론 헤어스타일과 의상까지 똑같이 흉내내어 일약 스타덤에 올랐다.

0542　　**성씨**(姓氏)

🖐**본　뜻**　혈족(血族)을 나타내기 위하여 붙인 칭호로 성은 부계(父系)를 가리키고, 씨는 모계(母系)를 가리켰다. 중국 주(周)까지는 이 원칙이 지켜졌다. 진시황의 이름인 영조정(嬴趙政)은 영(嬴)은 성, 조(趙)는 씨, 정(政)은 이름이다. 흔히 강태공으로 불리는 강여상(姜呂尚)은 강(姜)이 성, 여(呂)가 씨, 상(尚)이 이름이다. 이후 제후국 사이에 치열한 전쟁을 거치면서 빼앗은 땅을 전공자에게 봉지(封地)로 주는 일이 많았는데, 이때 받은 땅 이름으로 새로운 씨를 삼는 일이 많아지고, 역시 숱한 전쟁으로 남성 역할이 강조되면서 모계는 무시되고 부계 성만 남게 되었다.

🔄**바뀐 뜻**　오늘날 성과 씨의 구분은 사라졌다. 즉 모계의 성은 완전히 사라졌다. 하지만 어휘로는 성씨라고 그대로 쓴다. 즉 성씨라는 어휘를 쓰더라도 부계 성을 가리키는 것이지 모계를 뜻하는 씨는 포함돼 있지 않는 것이다. 다만 여성운동가들이 부계와 모계 성을 모두 따르는 경우가 있는데, 이 관습이 자리를 잡을지는 더 두고 봐야 한다.

❂**보기글**　• 성씨 구분은 사라졌어도 결혼한 여성의 성씨가 저절로 사라지는 미국이나 일본과 달리 중국은 여성의 성을 유지하고, 한국은 성과 관향을 유지한다. 즉 중국은 김씨일 뿐이지만 우리는 안동김씨, 광산김씨 등의 관향까지 포함하여 기록한다.

0543　　**성인**(成人)

🖐**본　뜻**　본래 이 말은 신체적인 의미보다는 정신적인 의미를 가진 말로서 인격과 교양을 갖춘 훌륭한 사람을 일컫는 말이다.

🔄**바뀐 뜻**　오늘날에는 독립적으로 판단하고 생활할 수 있으며 신체적인 발달이 청년기에 접어든 20세 이상의 성년(成年)이 된 사람을 가리키는 말로 쓰인다. 이와는 달리, 최근의 뇌과학 발달에 따르면 사람으로서

285

완성된다는 의미의 성인(成人)은 25~26세로 알려지고 있다.

● 보기글 ● 네가 지금 스무 살이 넘었으니 성인 대접을 해달라고 그러는데, 성인이라는 게 어디 나이만 먹고 몸만 컸다고 해서 되는 것인 줄 아니?
　　　　 ● 아이를 낳아 제구실을 할 수 있는 성인으로 키워내기란 여간 어려운 일이 아니다.

0544　　**세뇌**(洗腦)

🖰 **본　뜻**　한국전쟁에서 중국군이 유엔군 포로들을 수면부족 또는 공복(空腹)으로 인한 일종의 정신마비 상태에 빠뜨려 공산주의 사상을 주입했던 일을 가리킨다.

🔄 **바뀐뜻**　일반적으로 어떤 관념으로 굳어진 사람에게 선전이나 계몽을 통해 새로운 사상을 주입하는 것을 뜻하게 되었다.

● 보기글 ● 너 피라미드 판매 조직한테 단단히 세뇌당했구나. 그렇지 않고야 어떻게 나한테까지 그 조직에 가입하라고 그러나?
　　　　 ● 그는 이미 그쪽 사람들에게 세뇌되었는지 모른다.

0545　　**세발낙지**(細---)

🖰 **본　뜻**　한자로 '가느다랄 세(細)'를 쓰는 세발낙지는 가느다란 발을 가진 작은 낙지를 가리키는 말이다.

🔄 **바뀐뜻**　뜻이 바뀐 것은 아니다. 다만 많은 이들이 세발낙지를 다리가 세 개만 있는 특별한 종류의 낙지를 가리키는 말로 알고 있기에 여기 실었다.

● 보기글 ● 하하하, 너 아직까지 세발낙지를 다리가 세 개만 달린 낙지로 알고 있었단 말이야?
　　　　 ● 세발낙지는 손으로 훑어서 머리부터 먹어야 제맛이지.

0546   **소데나시**(そでなし)

☝**본 뜻**   일본어 소데(その)는 우리말 '소매'에 해당하고 나시(なし)는 우리말 '없다'
에 해당한다. 그러므로 '소데나시'라 하면 '소매 없는'이란 뜻이 된다.

⇆ **바뀐 뜻**   뜻이 바뀐 것은 아니고 소매 없는 옷을 지칭하는 데 '소데나시'라는
일본말이 널리 통용되고 있기에 여기 실었다. '민소매'라는 우리말로
바꿔 불러봄이 어떨까 싶다.

◉ **보기글**   ● 요새는 소데나시라는 말도 귀찮은지 그냥 나시라고 하더구먼. 민소매라는 예쁜 우리
말이 있는데 왜 일본어를 쓰는 지 모르겠구나.
● 그래도 요즘에는 소데나시보다는 민소매라는 말을 많이 써요.

0547   **소라색**(そら色)

☝**본 뜻**   순우리말로 알고 있는 소라색 역시 일본어에서 온 말이다. 한자 '空'
을 일본어로 읽으면 '소라'가 되는데, '하늘'이라는 뜻이다.

⇆ **바뀐 뜻**   하늘색, 연푸른색 등 얼마든지 우리말로 바꿔 쓸 수 있는 것이므로
소라색이란 말은 되도록 쓰지 않도록 한다.

◉ **보기글**   ● 얘야, 엄마가 이번에 소라색 원피스를 하나 살까 하는데 어떻겠니?
● 하늘색이면 하늘색이지, 소라색이 뭐예요, 엄마.

0548   **소매치기**

☝**본 뜻**   한복은 본래 주머니가 없는 옷으로 유명하다. 대신 한복의 널따란
소매가 주머니 구실을 했는데 여기에 돈이나 서찰 등 귀중한 물건
들을 넣어 다녔다. 그 소매 안에 있는 물건을 채가는 좀도둑들을
가리켜 소매치기라 했다.

소매 대신에 지갑이나 가방이 생긴 오늘날에도 '지갑치기' '가방치기'
라는 말 대신에 여전히 소매치기라는 말이 널리 쓰이고 있다. 주로 길
거리나 차 안에서 남의 금품을 슬쩍 훔치는 도둑을 가리키는 말이다.

○ **보기글**
- 출퇴근길 지하철에서 소매치기가 어찌나 극성인지 도무지 돈을 가지고 다닐 수가
  없어.
- 전동차 안에서 웬 남자가 남의 지갑을 소매치기하는 것을 우연히 본 순간 심장이 콩
  닥콩닥 뛰었다.

0549 **소정**(所定)

☞ **본 뜻** 글자 그대로 '정한 바' '정해진 바'란 뜻이다.

↹ **바뀐 뜻** 뜻이 바뀐 것은 아니나 많은 사람들이 널리 오해하고 있는 말 중의
하나이기에 여기 실었다. 보통 '소정의 원고료' 등에 쓰이는 이 말을
'작은 정성의 원고료' 또는 '작게 책정된 원고료' 등으로 알고 있는
경우가 허다하다. 그러나 뜻은 본뜻 그대로이다.

○ **보기글**
- '귀하의 원고가 채택되었사오니 소정의 원고료를 받아가시기 바랍니다' 하면 왠지 저
  자에게 아주 불리하게, 보잘것없는 원고료가 지급될 것 같은 느낌이 드는 거야.
- 여기 참석하신 분께는 소정의 상품을 지급해드리겠습니다.

0550 **소주**(燒酒)

☞ **본 뜻** 소주의 어원은 '증류'란 뜻의 아랍어 '아라끄(araq)'다. 지금도 서아시
아에서는 '아락'이라는 이름의 우윳빛 소주가 팔리고 있다고 한다.
물론 소주는 증류주를 가리키는 한자어 표기다.
몽골군은 1258년에 아바스조의 이슬람제국을 공략하면서 현지 농
경민 무슬림에게 소주의 양조법을 처음 배웠다고 한다. 몽골 시골

에서는 지금도 소주를 내려 먹는 사람들이 많다. 만드는 방법은 안동소주 제조법과 별 차이가 없다. 이 소주가 몽골어로 '아라킬'이 됐고, 만주어로는 '알키'로 불렸다. 중국에서는 '아랄길주(阿剌吉酒)'라고 표기한다.

우리나라에 소주가 들어온 것은 칭기즈 칸의 손자 쿠빌라이가 일본 원정을 목적으로 대규모 군대를 보낼 무렵이다. 당시 원정군의 본영이던 황해도 개성을 비롯해 병참기지인 경북 안동과 제주에서 이 술이 제조되었다. 이 때문에 개성을 비롯한 북녘에서는 소주를 '아락주'라고 불렀다고 한다. 이리하여 개성에서는 아락주, 안동에서는 안동소주(경북무형문화재 제12호), 제주에서는 고소리술(제주무형문화재 제11호)이라는 이름으로 남게 되었다.

조선시대에 소주는 약용 고급주로 쓰였다. 독하면서도 깨끗한 소주의 맛에 왕실과 양반들이 반했는데, 이성계의 큰아들 방우 같은 경우 소주를 너무 많이 마셔 일찍 죽었을 정도였다. 『단종실록』에는 단종이 몸이 허해지자 소주로 기운을 차리게 했다는 기록이 나온다. 성종 때에 민가에서 소주를 제조하지 못하게 하라는 상소가 있었는데, 이 무렵에서는 민가에서도 소주를 내려 마시기도 했던 것으로 보인다. 소주는 보통 25도에서 40여 도까지 나가는 독주라서 작은 잔에 마신다. 소독약이 없던 시절에 소주는 상처의 세균 감염을 막고, 배앓이나 소화불량 등을 치료하기도 했다.

↳ 바뀐 뜻   우리나라에서 소주라고 하면 대개 희석식 소주를 가리킨다. 35도가 넘는 증류소주에 물을 타서 알코올 도수를 낮춘 게 바로 희석식 소주다. 이로써 도수가 지금처럼 낮아졌고, 왕실과 양반의 술에서 서민의 술로 바뀌었다. 이 때문에 정통을 잇는 소주는 정작 전통주라는 이름으로 불린다.

◉ 보기글   ● 소주 한잔에 젊음을 담아 마시노라.
● 소주 한 병을 단숨에 들이켰는데도 기분이 맨송맨송했다.

소탕(掃蕩)

🔖 **본 뜻** 빗자루로 쓸어버리듯이 싹 없애버리는 것을 말한다.

🔄 **바뀐 뜻** 이 말은 주로 군대용어로 많이 쓰는데 포위되거나 잔존한 적을 완전히 제거해버리는 일을 가리킨다.

◉ **보기글** • 태백산의 공비 소탕작전에 투입되었던 외삼촌은 무장공비를 추격하다가 높은 벼랑에서 굴러떨어져 아직도 기동이 자유롭지 못하시다.

속수무책(束手無策)

🔖 **본 뜻** 손을 묶여 도무지 일을 할 방도가 없음을 일컫는 말이다.

🔄 **바뀐 뜻** 어찌할 도리가 없이 꼼짝 못할 상황일 때 쓰는 말이다.

◉ **보기글** • 늘어가는 10대 흡연인구에 대해 당국은 속수무책으로 팔짱만 끼고 있는 것 같다.
 • 한밤중에 갑자기 아기가 울기 시작하자 철수는 속수무책으로 앉아 있기만 했다.

손 없는 날

🔖 **본 뜻** 예로부터 우리 민간 습속에 이사를 하거나 큰 행사가 있을 때는 '손 없는 날'이라 해서 좋은 날을 골랐다. 동서남북 네 곳을 이리저리 옮겨다니면서 사람의 일을 방해하는 귀신이 곧 '손(損)'이다. '손 없는 날'을 가리는 방법은 의외로 간단하다. 음력으로 1이나 2가 들어가는 날은 동쪽에 손이 있고, 3이나 4가 들어가는 날은 남쪽에, 5나 6이 들어가는 날은 서쪽에 있고, 7이나 8이 들어가는 날은 북쪽에 있다. 맨 마지막 9와 10이 들어가는 날은 손이 하늘로 올라가므로 이날을 '손 없는 날'이라고 한다. 음력 기준이다.

동쪽에 손이 있는 날: 1, 2, 11, 12, 21, 22

서쪽에 손이 있는 날: 5, 6, 15, 16, 25, 26

남쪽에 손이 있는 날: 3, 4, 13, 14, 23, 24

북쪽에 손이 있는 날: 7, 8, 17, 18, 27, 28

손이 없는 날: 9, 10, 19, 20, 29, 30

↳ **바뀐 뜻** 귀신이 훼방을 놓지 않는 길일로서 음력으로 9와 10이 들어가는 날을 가리킨다.

◉ **보기글**
- 우리 다음 달에 이사해야 하는데 당신이 손 없는 날 좀 잡아보지 그래.
- 손 없는 날을 꼽아보니까 토요일, 일요일은 없고 평일만 있네요.

0554 송곳

☞ **본 뜻** 송곳의 옛말은 '솔옺'이다. 이 말이 후에 '송곳'으로 변했는데 이는 소나무 '송(松)'에 뾰족하게 나온 것을 가리키는 '곶'이란 말이 합쳐진 것이다. 이처럼 '솔옺'이란 말은 본래 소나무로 만든 뾰족한 것을 의미하였는데, 세월이 흐름에 따라 이 '솔옺'이 '송곳'으로 바뀌었다.

↳ **바뀐 뜻** 지금은 '송곳'이란 말에서 소나무의 흔적은 찾아볼 수가 없다. 오늘날의 송곳은 쇠로 만든 뾰족한 것으로서 무엇인가를 뚫을 수 있는 도구를 가리킨다.

◉ **보기글**
- 주머니 속에 있는 송곳은 아무리 감추려고 해도 감추어지지 않는 것처럼, 자네가 가진 특출한 재주는 반드시 빛을 볼 걸세.

0555 수라[水刺]

☞ **본 뜻** 임금의 진지를 가리키는 '수라'는 몽골어 '술런'에서 온 것으로 본다. 원나라의 지배를 받던 고려시대에 태자들이 원나라에 볼모로 잡혀

갔다가 돌아와서 왕위에 올랐는데, 이때 들어온 것으로 보인다. 한자로는 '水刺'로 적는데, 이는 단지 '수라'를 한자식으로 표기한 것일 뿐 별다른 뜻이 있는 말은 아니다.

🔄 **바뀐 뜻**　임금에게 올리는 밥을 궁중에서 일컫는 말이었다.

⊙ **보기글**　• 임금이 들던 수라상을 차리는 부엌을 수라간이라고 했다지 아마.

0556　　**수렴청정**(垂簾聽政)

🔖 **본　뜻**　본래는 왕대비가 신하를 대할 때 얼굴을 정면으로 마주보지 않기 위해서 그 앞에 발을 늘이던 데서 비롯된 말이다.

🔄 **바뀐 뜻**　임금이 어린 나이로 즉위하였을 때 왕대비나 대왕대비가 정치를 대신하던 일을 가리키는 말이다. 조선시대 고종이 12살의 어린 나이로 즉위하자 당시의 대왕대비였던 조대비가 수렴청정을 했다.

⊙ **보기글**　• 조대비의 수렴청정이 가져온 폐해는 이루 다 말을 할 수가 없을 정도라네.
　　　　• 중국 역사에서 수렴청정의 예를 들자면 청나라의 마지막 황제 푸이를 앞세우고 수렴청정을 한 서태후를 들 수 있을 것이야.

0557　　**수리수리마수리**

🔖 **본　뜻**　세간에 엉터리 마술사의 주문이나 장난스런 주문 등으로 인식되고 있는 이 말은 본래 불교 경전 『천수경千手經』에서 비롯된 것이다. 『천수경』은 불가의 거의 모든 의식에 널리 사용되는 경전으로서 많은 불자가 독송하는 데 쓰인다. 『천수경』의 첫 시작은 '입으로 지은 업을 깨끗하게 씻어내는 참된 말'로 시작되는데 그 말이 바로 '수리수리 마하수리 수수리 사바하'이다. 산스크리트어인 이 말의 뜻을 살

펴보자면 다음과 같다. '수리'는 길상존(吉祥尊)이라는 뜻이고, '마하'는 '크다'는 뜻이다. 그러므로 '마하수리'는 대길상존(大吉祥尊)이라는 뜻이 된다. 한편 '수수리'는 '지극하다'의 뜻이고, '사바하'는 원만(圓滿)·성취(成就)의 뜻이다. 따라서 '수리수리 마하수리 수수리 사바하'의 본뜻은 '길상존이시여 길상존이시여 지극한 길상존이시여 원만 성취하소서'가 된다. 이것을 세 번 연거푸 외우는 것으로 입으로 지은 모든 업을 깨끗하게 씻어낼 수 있다고 한다.

↬ **바뀐 뜻** 위에서 설명한 것처럼 불교 의식에서 쓰이는 것 외에, 일반 대중들 사이에서는 뭔가 신기한 일을 하거나 보여줄 때, 그 일에 신비함을 불어넣기 위해서 장난스럽게 외우는 주문으로 쓰이고 있다.

◉ **보기글**
- 수리수리마수리 수리수리마수리 야잇 자, 여기를 보십시오. 아무것도 없는 모자 속에서 비둘기가 튀어나왔죠?
- 수리수리마수리라는 말이 본래는 심오한 뜻을 가진 말인데, 지금은 삼류 주문으로 전락되어버려서 매우 가슴이 아프네그려.

0558 ## 수수

🏮 **본 뜻** 수수는 볏과의 한해살이풀로, 이 말은 본래 한자어 '촉서(蜀黍)'에서 온 말이다. '촉서'의 중국식 발음이 '슈슈'인데 전라도 지방에서는 수수를 '쑤시'라고 하는 것으로 미루어, 수수가 중국에서 우리나라로 전래될 때 전라도 지방으로 들어온 듯싶다.

↬ **바뀐 뜻** 우리말처럼 쓰이는 '수수'가 중국 이름인 '슈슈'에서 온 말임을 알리기 위해서 실었다.

◉ **보기글**
- 수수로 만든 음식 중에는 뭐니뭐니 해도 수수부꾸미가 제일 맛있는 것 같아요.
- 수수 열매는 곡식이나 엿, 과자, 술, 떡 따위의 원료로 쓰고 줄기는 비를 만들거나 건축재로 쓴다.

0559 　수수방관(袖手傍觀)

본　뜻　소매 속에 손을 넣고 곁에서 지켜보기만 한다는 말이다.

바뀐뜻　어떤 일을 당하여 간섭하거나 거들지 못하고 옆에서 보고만 있는 것을 가리키는 말이다.

보기글
- 사태가 급박하게 돌아가는데도 그냥 수수방관만 하고 있을 작정이에요?
- 아니 그래, 아이들이 치고박고 하는데도 당신은 그저 수수방관만 하고 있었단 말이에요?

0560 　수순(手順)

본　뜻　'순서' 또는 '과정'을 가리키는 일본어다.

바뀐뜻　특히 언론 매체에서 많이 쓰고 있는 이 단어는 뜻이 바뀐 것은 아니다. 단 '수순'이라는 말이 일본어에서 온 한자어이며, 그 말을 대치할 수 있는 우리말이 있으므로 되도록이면 '절차'나 '차례'라는 우리말로 바꿔 쓰는 것이 옳다.

보기글
- 이번에 이루어진 일련의 북핵 처리 과정은 정해진 수순을(→ 차례를) 밟은 것이라고 볼 수 있습니다.
- 이 대통령의 김 대법원장 경질은 사안의 진행으로 볼 때 정해진 수순을(→ 절차를) 밟은 것이라고 할 수밖에 없습니다.

0561 　수습(收拾)

본　뜻　수습은 본디 시체를 거두어들이고 줍는 것을 말했다. 옛날 전쟁터에 나뒹구는 시체를 조정에서 거두어들였던 것을 일컬었던 말이다. 그래서 지금도 죽은 사람을 거두는 것을 '시신을 수습한다'고 한다.

294

↹ 바뀐 뜻   오늘날에는 흩어진 물건을 주워 모으거나 회사의 부도, 또는 정치적인 큰 사건을 원만히 정리하는 것을 일컫는 말로 널리 쓰인다. 산란한 마음을 가라앉혀 바로잡는 것을 가리키기도 한다. 다른 말로는 수쇄(收刷)라고도 한다.

⊙ 보기글   • 사장님이 급작스럽게 돌아가셨으니 그분이 진행하던 일의 뒷수습은 누가 맡아서 하나?

0562   **수염(鬚髥)**

✎ 본 뜻   수염은 본래 두 가지 털을 합쳐 이르는 말로서 입가에 나는 털이 수(鬚)이고 뺨이나 턱에 나는 털이 염(髥)이다. 이 밖에 귀밑 쪽으로 나는 털은 빈(鬢)이라 한다.

↹ 바뀐 뜻   성숙한 남자의 입가나 턱이나 뺨에 나는 털을 총칭해서 수염이라 일컫는다. 이 외에 옥수수나 보리의 낟알 끝이나 사이사이에 난 긴 털도 수염이라 부른다. 순우리말로 '나룻'이라 한다.

⊙ 보기글   • 우리 할아버지 수염은 꼭 그림 속에 나오는 신선의 수염 같아.

0563   **수육[熟肉]**

✎ 본 뜻   본래는 삶아 익힌 고기라는 뜻의 숙육(熟肉)으로 쓰는데, 이 숙육이 발음의 편의상 'ㄱ'이 탈락해서 수육으로 된 것이다. 한편 이 수육을 얇게 저민 것을 편육(片肉)이라 한다.

↹ 바뀐 뜻   수육에 대해서 제대로 알고 쓰는 사람은 많지 않은 것 같다. 보통 수육이라 할 때는 삶아 익힌 소고기만을 이르는 말로 알거나, 혹은 삶아 익힌 살코기만을 일컫는 말로 알고 있는 경우가 많다. 그러

나 돼지고기건 소고기건 삶아 익힌 고기는 모두 수육이라 한다. 편육에 대한 오해는 이보다 더 널리 퍼져 있어서, 오직 돼지고기 삶은 것을 얇게 저며놓은 것만을 이르는 말로 알고 있는 경우가 많다. 그러나 삶은 고기를 얇게 저민 것은 모두 편육이라 한다.

● 보기글   ● 수육 먹으러 가자고 해서 난 당연히 소고기인 줄 알았잖아. 난 돼지고기는 잘 못 먹는단 말이야.

0564   수작(酬酌)

☝본 뜻   이 말은 본래 술잔을 서로 주고받는다는 뜻이다.
🔁바뀐뜻   오늘날에는 뭔가 좋지 않은 일을 꾀하거나, 남을 가볍게 여겨 말을 경솔히 하는 등의 행동을 이르는 말로 쓰인다.
● 보기글   ● 도대체 그 사람이 우리 아가씨를 어떻게 보고 그런 수작을 건데요?

0565   수청(守廳)

☝본 뜻   옛날 관가 제도 중의 하나로서 높은 벼슬아치 밑에 있으면서 그가 시키는 대로 뒷바라지를 하는 일을 가리켰다.
🔁바뀐뜻   오늘날에는 수청이라는 말의 본뜻을 아는 이는 거의 없거니와, 알고 있다고 해도 오로지 기생이 지방 수령에게 몸을 바치는 것을 뜻하는 말로만 알고 있다. 특히 「춘향전」에서 춘향이가 변사또의 수청 요구를 거부하는 대목이 널리 알려지면서 이 같은 뜻의 전이가 확고히 자리를 잡게 되었다.
● 보기글   ● 춘향이 네 이년! 일개 기생의 몸으로서 감히 사또 나리 수청 드는 것을 물리치다니, 이런 괘씸한 것을 봤나!

• 제가 비록 기생의 딸이기는 하오나 저 자신이 기생은 아니옵고, 또한 이미 백년언약을 맺은 몸이오니, 사또 나리의 수청을 들 수는 없는 일이옵니다.

0566 숙맥(菽麥)

🖐본　뜻 사서오경의 하나인 『춘추』의 주석서인 『춘추좌씨전』에 나오는 말로 원말은 숙맥불변(菽麥不辨)이다. 주자(周子)에게 형이 있었는데 그가 똑똑치 못하여 콩[菽]과 보리[麥]도 구분하지 못하였다는 데서 유래한 말이다.

🔁바뀐 뜻 원래는 모양이 뚜렷이 차이가 나는 콩·보리도 구분하지 못할 정도로 어리석은 사람이라는 뜻으로 쓰였으나, 요즘에 와서는 남들이 다 아는 사실도 모를 정도로 순진한 사람을 가리키는 말로 더 널리 쓰인다. 흔히들 '쑥맥'으로 잘못 쓰는데 '숙맥'이 맞는 말이다.

⚫보기글 • 그 사람은 나이만 먹었지, 그 방면에는 완전히 숙맥이에요.
• 아이구, 이런 숙맥 같으니라고. 나이가 몇 살인데 아직도 그걸 모르나? 그런 걸 꼭 가르쳐줘야 아냐?

0567 숙제(宿題)

🖐본　뜻 숙제는 본래 옛날 서당이나 학당에서 시회를 열기 며칠 전에 미리 내주어서 돌리는 시나 글의 제목이었다. 그러던 것이 근대에 들어와 서당의 자리를 학교가 대신하면서 학교에서 내주는 과제물을 가리키는 말이 되었다.

🔁바뀐 뜻 학교 공부를 복습하거나 예습할 것을 목적으로 학생들에게 내주는 과제물을 가리킨다. 일상생활에서는 앞으로 두고두고 생각해볼 문젯거리나 해결을 요하는 문제를 가리키는 말로 쓴다.

297

• 요즘은 초등학생들까지 숙제에 치여서 도통 다른 것을 할 수가 없다고 하더군요.
• 시어머님과 화해하는 일이 숙제 중의 숙제인데 어떻게 풀어야 할지 모르겠어요.

0568 **술래**

🖫 **본 뜻** 조선시대에 도둑이나 화재 따위를 경계하기 위하여 궁중과 사대문 안을 순시하던 순라(巡邏)에서 비롯된 말이다. 순라는 오늘날의 경찰에 해당한다.

🔁 **바뀐 뜻** '술래잡기'라는 놀이에서 숨은 아이를 찾아내는 임무를 당한 아이를 가리켜 술래라 한다. 이는 조선시대에 순라군이 숨어 있는 도둑을 잡았던 데에서 비롯된 것으로 본다.

◐ **보기글** • 술래잡기를 하던 아이들이 모두 아랫동네에 불구경을 하러 간 것을 모르고 한참을 아이들을 찾던 돌이는 그다음부터 절대로 술래잡기 놀이만큼은 하지 않았다.

0569 **숭늉**

🖫 **본 뜻** 숭늉은 한자어 '숙랭(熟冷)'에서 나온 말이다. '익을 숙(熟)'에 '찰 냉(冷)'으로 이루어진 이 말은 곧 '찬물을 익힌 것'이라는 뜻이다. 이 '숙랭'이 지방에 따라 '숭냉' '숭냥' '숭녕' '숭늉' 등으로 말소리가 변해서 사용되었다.

🔁 **바뀐 뜻** 지금은 '숭늉'이란 말이 고유어처럼 쓰이고 있지만, 그 기원은 한자어 '숙랭(熟冷)'이다. 밥을 하고 난 뒤에 솥에 눌어붙은 누룽지에 그대로 물을 부어 데워낸 물을 숭늉이라 하는데, 그 구수한 맛 때문에 우리나라의 전통적인 식후 음료로 사랑을 받아왔다.

◐ **보기글** • 숭늉이라고 하면 아궁이에 불을 때는 가마솥에서 오랫동안 팔팔 끓인 것이 제격이지.
• 그는 다 식어버린 커피를 숭늉 마시듯 단숨에 들이켰다.

0570   스스럼없다

🖐본 뜻   '스스럽다'라는 말에서 나온 것으로서, '스스럽다'는 정분이 두텁지
        않아서 매우 조심스럽다는 뜻이다. 그러므로 '스스럼없다'는 말은 조
        심스럽지 않아도 된다, 어려워하지 않는 사이란 뜻이다.

🔄바뀐 뜻   매우 가까워서 대하기 어렵다거나 부끄러운 생각이 없다는 뜻으로,
        아주 친근한 사이를 이르는 말이다.

◉보기글   • 그 꼬마가 스스럼없이 구는 게 여간 귀엽지 않았다.
        • 정 선생과는 처음 만났는데도 마치 오래 만난 사람처럼 스스럼이 없었다.

0571   스승

🖐본 뜻   『훈몽자회』에 보면 불교의 중을 '스승'이라 하고 있고, 근세까지만 해도
        중을 높여 부르는 말로 '스님'이란 호칭을 사용했다. 스님은 곧 '사(師)
        님'이었고, 스승은 '사승(師僧)'에서 온 말이다. 이 말은 일찍이 불교가
        왕성했던 고려시대부터 쓰인 말인데, 중을 존경해서 부를 때 '스승(師
        僧)'이라는 호칭을 썼던 것이다. 이것이 변해서 스승이 된 것이다.

🔄바뀐 뜻   오늘날 '스승'은 단순히 지식을 가르치는 선생님이란 뜻만이 아니라 삶의
        지혜까지도 가르치는 정신적인 선생님을 가리키는 말로 쓰이고 있다.

◉보기글   • 자신의 정신적인 지주로 삼을 수 있는 스승이 한 사람이라도 있다는 것은 얼마나 다
        행스러운 일이냐.

0572   스키다시(つきだし)

🖐본 뜻   '곁들이다'는 뜻을 가진 일본어에서 온 말이다.

↳ 바뀐 뜻 '곁들인 안주'를 가리키는 말인데 얼마든지 '기본안주'라는 우리말로 바꾸어 쓸 수 있다.

○ 보기글
- 여보세요, 여기 스키다시 좀 갖다 주세요.
- 스키다시라는 말 대신에 기본안주라는 말을 쓰는 게 좋지 않을까.

0573 **스텐**(stain)

✎ 본 뜻 스텐(stain)은 본래 '변색되다, 얼룩지다, 녹슬다'라는 뜻을 가지고 있는 말이다.

↳ 바뀐 뜻 오늘날 스텐이란 말은 '녹슬지 않는 합금, 변색이나 얼룩이 지지 않는 강철'로 알려져 있다. 그러나 실제로 '녹슬지 않는, 변색되지 않는'이란 뜻을 가지고 있는 말은 '스테인리스(stainless)'이다. 그러므로 녹슬지 않고 변색되지 않는 강철이란 뜻으로 쓰려면 '스테인리스 스틸' 또는 '스테인리스 강(鋼)'이라 해야 한다. 스테인리스 스틸의 특징은 니켈, 크롬 등을 많이 넣어 녹슬지 않고 약품에도 부식되지 않는다.

○ 보기글
- 살림할 때 편하게 쓰기야 놋그릇보다는 스테인리스 그릇이 좋지.
- 사람들이 흔히 스텐 그릇이라고 하는데, 그건 틀린 표현이야. 스테인리스 그릇이 맞는 말이지.

0574 **슬하**(膝下)

✎ 본 뜻 슬하는 부모님의 무릎 아래란 뜻으로 본래 자식이 부모를 부를 때 쓰던 말이다. '폐하' '전하' 같은 말들이 부르는 사람의 입장을 한껏 낮춘 호칭이듯이, '슬하' 역시 부모님의 무릎 아래 있는 자식의 입장을 가리켜 부모를 부르던 호칭이었다.

↳ 바뀐 뜻 부모님이나 할아버지, 할머니의 따뜻한 보살핌 아래라는 뜻으로 널

리 쓴다. 주로 부모의 보호를 받는 테두리 안을 이른다.

○ 보기글
• 부모님 슬하에서 20여 년이나 있었습니다.
• 두 분 다 자식이 없어 슬하가 쓸쓸하시더라고요.
• 그는 유복자로 편모 슬하에서 외롭게 자랐다.

0575 **승화**(昇華)

◑본 뜻 고체가 액체 상태를 거치지 않고 직접 기체로 변하는 현상을 말한다.
⇆ 바뀐 뜻 물리적 용어가 문화적 용어로 전용되어 쓰이는 대표적인 예이다. 정신분석학에서는 이 용어를 사회적으로 인정되지 않는 충동이나 욕구가 예술이나 종교적 활동 등 사회적으로 가치 있는 활동으로 바꾸는 일을 가리킨다.

○ 보기글
• 담징의 호류사 금당벽화는 그의 구도 정신이 예술혼으로 승화된 것이라 할 수 있다.
• 그 순간 그동안 마음속에 품었던 분노와 미움이 용서와 화해의 감정으로 승화됨을 느꼈다.

0576 **시금치**

◑본 뜻 시금치는 중국에서 들어온 것으로 본래 발음은 '시근칠'이다. 시근치는 한자로는 '적근채(赤根菜)'라고 쓴다. 그 이름은 곧 '뿌리가 붉은 채소'라는 뜻이다.
⇆ 바뀐 뜻 '적근채'의 중국어 발음 시근채가 시금치로 바뀌어 순우리말처럼 쓰이고 있다.

○ 보기글
• 시금치가 중국에서 들어온 것이라고 하니까 그 이름이 진짜 중국 이름처럼 들리는데 그래.

301

0577   시달리다

본 뜻 흔히 성가시거나 괴로운 일을 당하는 것을 '시달린다'고 하는데 본디 이 말은 불교의 '시다림(尸陀林)'에서 나온 말이다. 시다림은 인도 중부에 있는 왕사성의 북쪽에 있는 숲의 이름으로, 사람이 죽으면 시신을 내다버리는 일종의 공동묘지였다. 그 때문에 이곳은 공포와 각종 질병이 창궐하는 지옥 같은 장소가 되어버렸는데, 도를 닦는 수행승들이 고행의 장소로 이곳을 즐겨 택하곤 했다. 수행자들은 이곳에서 시체가 썩는 악취와 각종 질병과 각종 날짐승들을 견뎌내야 했다. 그러므로 이 '시다림'에 들어가는 것 자체가 곧 고행을 가리키는 것이었으며, 여기에서 '시달림'이라는 말이 나왔다.

바뀐 뜻 괴로움을 당하거나 누군가가 계속해서 성가시게 구는 것을 말한다.

보기글
- 우리나라 학생들은 너나 할 것 없이 너무 과도한 시험에 시달리고 있으니 문제야.
- 이렇게 아이들한테 시달려서야 언제 자기 일을 하겠어?
- 밥맛이 뚝 떨어지고, 그렇지 않아도 여름의 더위에 시달려 쇠약해진 몸이 더욱 기운을 차리지 못하고 휘둘렸다.

0578   시답잖다

본 뜻 '실(實)답지 않다'에서 온 말로서 진실하거나 미덥지 않다는 뜻이다.

바뀐 뜻 오늘날에는 보잘것없어 마음에 차지 않는다, 또는 자기 마음에 들지 않는다는 뜻으로 쓰인다.

보기글
- 옥이는 철이가 선물한 손수건을 시답잖은 듯 바라보았다.
- 시답잖게 바라보는 그녀의 눈길에 그는 심한 모욕감을 느꼈다.
- 내 딴에는 오랫동안 고민하다가 한 제안인데, 그에게는 시답잖게 들리는가 보다.

302

0579   시말서(始末書)

본 뜻 '사건의 전말을 얘기해보라'는 말을 들어보았을 것이다. 전말(顚末)이란 한자 그대로 일이 진행되어온 처음부터 끝까지의 경위를 가리키는 말이다. 전말과 비슷한 말로 시말이 있는데, 시말(始末)이란 글자 그대로 어떤 일의 시작과 끝을 가리키는 말로서 일본식 한자어.

바뀐 뜻 보통 어떤 일이 잘못되었을 때 그 일의 경위를 서면으로 적고, 같은 잘못을 저지르지 않겠다고 서약하는 것을 가리키는 말이다. 전말서(顚末書)로 바꾸어 쓸 수 있으나 이 역시도 썩 마땅한 말은 아니다.

보기글
- 이번 일 때문에 시말서(→ 전말서)를 써야 한다는데 어떻게 안 쓰고 넘어가는 방법은 없을까.
- 걸핏 하면 시말서(→ 전말서)를 쓰라니 이거 어디 불안해서 회사 다니겠어?

0580   시치미 떼다

본 뜻 몽골의 지배를 받던 고려시대에 매사냥이 성행했다. 어느 정도였는가 하면 사냥매를 사육하는 응방이란 직소가 따로 있을 정도였다. 당시 궁궐에서부터 시작된 매사냥은 귀족사회로까지 번져나가 많은 이들이 매사냥을 즐겼다. 이렇게 매사냥 인구가 늘어나다 보니 길들인 사냥매를 도둑맞는 일이 잦아졌다. 이 때문에 서로 자기 매에게 특별한 꼬리표를 달아 표시했는데 그것을 '시치미'라고 했다. 이처럼 누구의 소유임을 알려주는 시치미를 떼면 누구의 매인지 알 수 없게 되어버린다는 데서 '시치미를 뗀다'는 말이 나왔다.

바뀐 뜻 알고도 모르는 체하는 것을 일컫는 말이다. 또는 자신이 어떤 일을 벌여놓고도 그렇게 하지 않은 것처럼 행동하는 것을 가리킨다. '시치미를 딱 잡아떼다'가 줄어서 '시치미를 떼다' 또는 '딱 잡아떼다'로

303

줄어들었다.

◉ 보기글 ● 아 글쎄, 아랫집 김 서방이 옆집 이 서방이 집을 비운 사이에 이 서방네 씨암탉을 잡
아먹고 시치미를 딱 잡아뗐다지 뭐유.
● 넌 옥이가 김 대리를 사귄다는 걸 알고 있었으면서도 어쩜 그렇게 감쪽같이 시치미
를 뗄 수가 있는 거니?

0581   신문(訊問)/심문(審問)

🏛️ 본 뜻   신문(訊問, Interrogation)은 조사하는 사람이 통제하는 조건에서 직접
질문의 방법에 의하여 대상자로부터 첩보를 획득하기 위한 체계적
인 노력을 가리킨다. 이에 비해 심문(審問, Inquiry)은 대상자에게 하등
의 통제를 가함이 없는 임의적인 질문을 가리킨다. 또 법원에서 구
두변론의 형식에 의하지 않고 서면 또는 구술로써 당사자 및 그 밖
의 사람에게 진술시키는 일도 심문이라고 한다.

↬ 바뀐 뜻   뜻이 변한 것은 없는데 틀리게 쓰는 사례가 아주 많은 어휘라서 여기
실었다. 다른 말이지만 비슷하게 쓰이는 경우가 많다. 경찰, 검찰에서
사건을 다룰 때마다 자주 등장하는데 기자들이 자주 혼동한다.

◉ 보기글   ● 최고재판소에서 후세인을 심문한 거야, 신문한 거야?

0582   신물 나다

🏛️ 본 뜻   과식을 했거나 먹은 음식이 체했을 때 넘어오는 시큼한 물을 신물
이라 한다. 한번 체한 음식은 잘 먹게 되지 않는 것은 물론이거니와
쳐다보기조차 싫어지게 되는데, 여기에서 신물이란 말의 의미가 확
장되어 쳐다보기도 싫은 지긋지긋한 일을 가리키게 되었다.

↬ 바뀐 뜻   마음에 없는 일을 오래 계속하여 지긋지긋하고 진절머리가 난다는

생각이나 느낌을 말한다.

○ 보기글 • 인형에 눈알 붙이는 일이라면 이제 신물이 날 지경이다.
• 노래하고 춤추는 일도 이젠 신물이 나서 못하겠다.

0583 **신병(身柄)**

🖐**본 뜻** 검찰조사나 사회, 법률 사건 등에 종종 등장하는 말이다. 일본식 한자어인 '신병'은 사람의 몸이나 신분, 또는 사람 자체를 가리키는 말이다. 그러나 자칫 잘못하면 몸의 병[身病]을 얻어서 건네받았다는 뜻으로 들리기 쉬우며, 새로운 신참 병사를 가리키는 말로 들리기 쉬우니 다른 말로 바꿔쓰는 게 좋다.

⇆ **바뀐 뜻** 우리말로 바꿔 쓴다면 '신병 인도'는 '사람 건네주기'나 '범인 인도'로, '신병 확보'는 '신분 확보' '보호 감시' 등으로 쓸 수 있다.

○ **보기글** • 검찰은 박 의원 측에 이 선생의 신병을 인도했다. (→ 이 선생을 건네주었다.)
• 검찰은 전기협 대표들의 신병을 확보하기 위해(→ 보호 감시하기 위해) 농성장에 경찰을 투입했다.

0584 **신산(辛酸)**

🖐**본 뜻** 맵고 신 것을 가리키는 말로서 좀처럼 먹기 힘든 맛을 가리킨다.

⇆ **바뀐 뜻** 인생의 매운맛 신맛을 다 본다는 뜻으로 세상살이의 쓰리고 고됨을 이르는 말이다.

○ **보기글** • 깊게 패인 그의 주름살에는 지나온 인생 여정의 신산스러움이 배어 있었다.
• 어릴 때부터 신산을 겪어온 그는 젊은이답지 않게 참을성이 대단했다.
• 그는 문득 작년에 상처한 것을 생각하고 주부 없는 신산한 살림에 지쳐 조만간 장가를 가야 될 것을 생각하였다.

0585   실랑이

본 뜻 실랑이는 본래 과거장에서 쓰던 '신래(新來)위'에서 나온 말이다. 합격
자가 발표되면 호명받은 사람은 예복을 갖춰 입고 합격증서를 타러
앞으로 나아가야 하는데, 이때 부르는 구령이 '신래(新來)위'다. 이때
옆사람들이 합격자를 붙잡고 얼굴에 먹으로 아무렇게나 그려대고
옷을 찢으며 합격자를 괴롭혔다고 한다. 합격자는 증서를 타기 위
해 앞으로 나아가야 하는데 사람들이 놓아주질 않고 괴롭히니 그
속이 좀 탔으랴 싶다.

바뀐 뜻 남을 못 견디게 하고 시달리게 하는 짓을 가리키는 말인데, 오늘날
에는 옳으니 그르니 시시비비를 가리며 못살게 구는 일이나, 수작
을 부리며 장난하는 것 등을 가리킨다.

보기글 • 여보, 기사 양반. 우리 갈 길이 바쁘니 거 실랑이 좀 그만하고 빨리 떠납시다.
         • 엄마와 지게꾼은 지게 삯을 놓고 한동안 실랑이를 벌였다.

0586   실루엣(silhouette)

본 뜻 18세기 말 프랑스의 정치가 실루엣에서 비롯한 말이다. 재상 실루엣
이 재정 궁핍으로 곤란을 겪자 극단적인 절약을 강조하여 그림도
검정색 한 가지만으로 그려도 충분하다고 주장한 데서 온 말이다.
윤곽만 보이는 검은 물체의 그림을 말하는 것이다.

바뀐 뜻 하나의 색조만을 사용한 도안이나 물체의 윤곽이 뚜렷한 그림자를
가리킨다. 또는 그림자 그림만으로 표현하는 영화 장면을 뜻하기도
한다. 옷의 전체적인 외형도 실루엣이라고 한다.

보기글 • 어젯밤 골목길에서 본 그 남자 실루엣 참 멋있더라.
         • 실루엣의 기법을 잘 살린 영화이다.
         • 이 드레스는 무엇보다도 우아한 실루엣이 돋보인다.

0587   실마리

🖑 **본 뜻**   감겨 있거나 엉클어진 실뭉치의 첫머리를 실마리라고 하는데, 엉킨
실을 풀 수 있는 단초가 되는 것이 바로 그 실마리이다.

🔄 **바뀐 뜻**   잘 풀리지 않는 일이나 사건을 해결해 나갈 수 있는 단서가 되는 것
을 가리키는 말이다.

💿 **보기글**   ● 그 사건의 실마리가 될 만한 무슨 단서를 찾아볼 수 없을까?
● 이것이 실마리가 되어 장래 어떤 방면으로 사건이 진전될지 그것은 예측도 할 수 없
는 노릇이었다.

0588   심금을(心琴-) 울리다

🖑 **본 뜻**   글자 그대로 보자면 심금(心琴)이란 마음의 거문고를 말한다. '심금'이
란 말이 나오게 된 유래는 부처님이 설하신 '거문고의 비유'에서 비
롯된다. 부처님의 제자 중에 '스로오나'라는 제자가 있었는데 그는
고행을 통해 깨달음에 이르고자 했다. 그러나 고행을 통한 수행을
아무리 열심히 해도 깨달음의 길이 보이지 않자 '스로오나'는 서서히
지치기 시작했고 덩달아 마음이 조급해졌다. 이를 본 부처님이 그
에게 '거문고의 비유'를 설했다. "스로오나야, 거문고를 쳐본 일이 있
느냐?" "예." "거문고의 줄이 팽팽해야 소리가 곱더냐?" "아닙니다."
"그렇다. 스로오나야, 거문고의 줄은 지나치게 팽팽하지도, 늘어지
지도 않아야 고운 소리가 난다. 그렇듯 수행이 너무 강하면 들뜨게
되고 너무 약하면 게을러진다. 수행은 알맞게 해야 몸과 마음이 어
울려 좋은 결과를 얻는 것이니라." 하셨다. 마음의 거문고인 심금(心
琴)을 울린다는 말이 바로 이 일화에서 비롯된 것이다.

🔄 **바뀐 뜻**   외부의 자극을 받아 울리는 마음의 감동을 거문고에 비유하여 이

른 말이다. 다른 사람의 감동적인 행적을 보거나 듣거나 읽을 때 걷잡을 수 없이 일어나는 마음의 울림을 일컫는 말이다.

- 소록도에서 30년 동안 나환자들을 위해 봉사하신 어느 할머니의 얘기가 시청자들의 심금을 울렸다.
- 생사를 모른 채 20년 동안 기다리다 극적으로 해후한 두 사람의 눈물겨운 순애보가 내 심금을 울렸다.

0589 심복(心腹)

🏛 **본 뜻** 가슴과 배를 말한다.

🔄 **바뀐 뜻** 관계가 밀접하고 긴하여 없어서는 안 될 사람이나 물건을 뜻한다.

오 **보기글**
- 그는 일제의 앞잡이 거복이의 심복으로 거복이가 시키는 일이라면 간이라도 빼어줄 듯 행동한다.
- 심복을 시켜서 적의 비밀을 알아오게 했다.

0590 심부름

🏛 **본 뜻** 심부름의 '심'은 '힘'에서 나온 말이고, '부름'은 '부리다'라는 동사가 명사화된 것이다. 결국 심부름은 남의 힘을 부리는 것을 뜻하는 말이다.

🔄 **바뀐 뜻** 남의 시킴이나 부탁을 받고 대신하는 일을 가리킨다.

오 **보기글**
- 아무리 가는 길이라고 하지만 웃어른한테 심부름을 시키는 것은 잘한 일이 아니지.

0591 심상치(尋常—) 않다

🏛 **본 뜻** 심상(尋常)은 고대 중국의 도량형(度量衡) 중 길이를 나타내는 단위이다. 심(尋)은 8자 길이를 뜻하며, 상(常)은 16자를 뜻한다. 우후죽순

처럼 많은 나라들이 저마다 들고 일어나던 중국의 춘추전국시대에 제후들은 얼마 되지 않는 '심상(尋常)의 땅'을 가지고 다투었다고 한다. 평수로 따지면 한 평 남짓한 땅을 빼앗기 위해 싸웠다는 뜻으로 아주 작은 규모였음을 알 수 있다. 이렇듯 심상은 짧은 길이를 가리키는 말이었는데, 이것이 곧 작고 보잘것없는 것을 가리키는 말에 비견되기도 하였다.

↳ 바뀐 뜻 심상이 짧은 길이를 나타내는 본래의 뜻보다는 보잘것없고 대수롭지 않은 것을 가리키는 말로 널리 쓰이기 시작하면서 '심상치 않다'는 말이 생겨났다. 이는 곧 '작은 일이 아니다' '대수롭지 않게 여길 일이 아니다'라는 뜻을 담게 되었다.

◎ 보기글 • 요새 이 부장님 얼굴이 심상치 않더니만, 아들이 선천성 심장병이라고 하더군요.
　　　　　• 일이 심상치 않게 돌아간다고 직감한 그는 서둘러 부장에게 보고했다.

0592　심심파적(--破寂)

본 뜻 심심하고 한적한 시간을 깨뜨린다(破)는 뜻으로 심심풀이와 같은 말이다.
↳ 바뀐 뜻 할 일도, 재미 볼 일도 없어서 시간 보내기 위해 하는 짓을 가리키는 말이다.

◎ 보기글 • 심심파적으로 할 만한 일이 뭐 없을까요?
　　　　　• 목각은 그저 심심파적으로 시작한 일이지 전문으로 하고 있는 일은 아닙니다.

0593　심심하다(深甚--)

본 뜻 마음을 표현하는 정도가 매우 깊은 것을 일컫는 말이다.
↳ 바뀐 뜻 '심심한 사의를 표한다'는 말 등에 널리 쓰이는 이 표현은 마음속 깊

은 곳에서 우러나오는 뜻을 나타내는 말인데, 재미 없고 지루하다는 뜻의 심심하다가 잘못 쓰인 것으로 알고 있는 경우가 있기에 여기 실었다.

○ 보기글
- 뜻하지 않은 이번 사고로 가족들을 잃은 국민 여러분께 심심한 위로의 말씀을 전하면서 정부가 유가족 여러분께 최선을 다해 보상해드릴 것을 약속합니다.
- 그동안 베풀어주신 후의에 심심한 감사를 드립니다.

0594 **십상이다**[十成--]

⌂ 본 뜻
십성(十成)은 본래 황금의 품질을 십 등분했을 때 첫째 등급을 이르는 말이다. 그러므로 아주 훌륭한 물건이나 어떤 일이 썩 잘된 경우를 가리키는 말이다.

⇄ 바뀐 뜻
본래는 훌륭한 물건을 가리키는 명사였으나 일반적으로 쓰일 때는 꼭 들어맞는다, 썩 잘 어울린다, 마침 제격이다 등의 뜻으로 쓰인다.

○ 보기글
- 베트남처럼 수시로 비가 오는 나라에서는 뭐니뭐니 해도 일상복 겸용 우비가 십상이지.
- 김군한테는 그렇게 땀 흘리는 일이 십상이지 뭔가.

0595 **십장**(什長)

⌂ 본 뜻
십장은 본래 옛날 군제(軍制)에서 병졸 열 사람을 거느리던 두목이다. 기초 군제로서 여기서부터 백호장, 천호장, 만호장으로 커진다.

⇄ 바뀐 뜻
오늘날에는 노동 현장에서 인부를 직접 감독, 지시하는 인부의 우두머리를 가리키는 말로 쓰인다.

○ 보기글
- 어이 김씨, 십장이 당신 좀 보자는데…… 혹시 엊저녁에 또 사고 친 거 아냐?
- 막노동판에서는 십장들이 시키는 대로 군소리 없이 일해야 낭패를 안 본다.

0596   십진발광을 하다

🖐 **본 뜻** 마구 법석을 떨거나 고함을 치면서 미친 것처럼 나대는 것을 가리키는 말이다. 여기 쓰이는 십진은 본래 진을 치는 습진(習陣)에서 나온 말이라고 한다. 진을 친다는 것은 대장이 깃발을 들어 지휘하는 대로 이리 왔다 저리 갔다 하는 것이므로 명령을 받는 쪽에서는 정신없이 분주히 나대야 하는 것이다. 발광은 말 그대로 광증이 일어나서 주위를 살피지 않고 미친 듯이 행동하는 것을 가리킨다.

↳ **바뀐 뜻** 정신없이 나대는 모습과 자기를 못 이기고 미친 사람처럼 격하게 행동하는 것을 가리켜 십진발광을 한다는 표현을 쓰고 있다. 주로 중장년층에서 많이 쓴다.

◉ **보기글** • 그 텔레비전 좀 끌 수 없냐. 도대체 저 십진발광하는 춤은 뭐 하는 짓이냐?

0597   십팔번(十八番)

🖐 **본 뜻** '애창곡' '장기'의 뜻으로 쓰이고 있는 '십팔번'이란 말은 일본에서 건너온 말이다. 17세기 무렵, 일본 '가부키' 배우 중 이치가와 단주로라는 사람이 자신의 가문에서 내려온 기예 중 크게 성공한 18가지 기예를 정리했는데, 이것을 가부키 십팔번이라 불렀다. 이처럼 십팔번은 단주로 가문의 대표적인 희극을 가리키는 말이었는데 이 의미를 확대 사용함으로써 일상용어가 된 것이다.

↳ **바뀐 뜻** 어떤 사람이 특별히 잘하는 장기나 즐겨 부르는 애창곡을 가리키는 말이다. 상황에 따라서 '장기'나 '애창곡' '잘 부르는 노래' 등으로 바꿔 쓸 수 있다.

◉ **보기글** • 아무리 노래를 못한다지만 십팔번은(→ 잘 부르는 노래 하나 정도는) 있을 거 아냐?
      • 자. 이제부터 여러분의 여흥을 돕기 위해서 우리 김 대리가 나와 그의 십팔번인(→ 장기인) 성대모사를 하겠습니다.

싱싱하다

🔖 **본 뜻** '생생(生生)하다'에서 온 말이다. 살아 있어 생기가 있고 원기가 왕성하다는 뜻이다.

🔄 **바뀐 뜻** 뜻이 바뀐 것은 아니고 원어인 '생생하다'가 'ㅣ'모음 역행동화를 거쳐 싱싱하다로 바뀐 것이다.

💿 **보기글** ● 싱싱한 모습은 자신뿐만 아니라 보는 이에게도 생기를 불러일으킨다.
　　　　　 ● 싱싱한 초록의 물결이 넘실대는 6월의 들판이여!

싸가지

🔖 **본 뜻** 이 말은 '싹'과 '-아지'가 합쳐서 이루어진 말이다. 동물의 새끼나 작은 것을 가리키는 접미사 '-아지'가 '싹'과 결합하여 싹이 막 나오기 시작하는 처음 상태인 싹수를 일컫는 말이 되었다.

🔄 **바뀐 뜻** 본래는 막 움트기 시작하는 싹의 첫머리를 가리키는 이 말이, 일상에서는 비유적으로 어떤 일이나 사람이 앞으로 잘될 것인지 아닌지를 나타내는 낌새나 징조를 가리키는 속어로 쓰인다.

💿 **보기글** ● 그 애는 대학까지 나왔다는 애가 어째 그렇게 싸가지가 없나?
　　　　　 ● 어린 녀석이 싸가지 없이 어른한테 말대꾸하는 것 좀 봐.

쌀 팔아오다

🔖 **본 뜻** 쌀을 돈 주고 사오는 것을 '쌀 팔아온다'고 하는데 이는 언어 도착(倒錯) 현상이다. 즉 단어가 가지고 있는 일반적인 뜻과는 정반대의 뜻으로 쓰이는 경우를 일컫는 말이다. 옛날에는 '팔다'라는 말이 '팔다'의 뜻만이

아닌 '흥정하다'의 뜻으로도 쓰였다. 17세기에는 '쌀 팔아 들이다'란 말이
'쌀을 팔아 돈을 가져오다'란 뜻이 아니라 '쌀을 흥정해서 집으로 가져오
다'란 뜻으로 쓰였다. 이처럼 옛날에 '쌀을 팔아 들이다'로 쓰던 것이 관
용적으로 굳어져서 마침내 '사다' 대신에 '팔다'가 쓰이게 된 것이다.

↰ 바뀐 뜻   '쌀 팔아오다'는 '쌀 사온다'는 말과 같은 뜻으로 주로 중장년층에서
쓰고 있는 말이다. 영호남 지방에서는 '쌀 팔아오다'라는 말이 압도
적으로 많이 쓰이고 있지만, 오늘날의 중부 지방에서는 '쌀 사온다'
가 더 널리 쓰이고 있다.

◉ 보기글   • 날이 어둑어둑해지는데 쌀 팔러 간 이 녀석은 어디를 싸돌아다니는 건지, 원.

0601   **쌍벽(雙璧)**

⌂ 본 뜻   벽(璧)은 구멍이 뚫린 둥글넓적한 옥(玉)을 가리킨다. 쌍벽은 옥환(玉
環) 두 개를 가리키는 말로서, 여럿 중에서 특히 뛰어난 두 인물이
나 누가 더 크고 작지 않고 서로 비슷한 물건을 가리킨다. 이때 '벽'
은 '구슬 벽(璧)'을 쓰므로 '바람 벽(壁)'과 혼동하지 않아야 한다.

↰ 바뀐 뜻   여럿 가운데 우열의 차가 없이 특별히 뛰어난 두 사람이나 물건을
가리키는 말이다.

◉ 보기글   • 허재와 강동희가 실업 농구의 쌍벽을 이루고 있다.
        • 그랜저와 포텐샤가 쌍벽을 이루고 있는 승용차 시장에 아카디아가 뛰어들었다.

0602   **쌍심지(雙心–) 켜다**

⌂ 본 뜻   쌍심지는 한 등잔에 있는 두 개의 심지를 말한다.

↰ 바뀐 뜻   심지가 두 개나 있는 등잔이니 불을 붙이면 보통 등잔보다 배는 밝

고 뜨겁다. 이 말은 주로 '두 눈에 쌍심지를 켠다'는 식으로 널리 쓰
는데 그것은 두 눈에서 불이 활활 타오를 만큼 몹시 화가 나 있거
나, 누군가에게서 어떤 잘못을 찾아내려고 눈을 부릅뜨고 샅샅이
살펴볼 때 쓰는 말이다.

○ 보기글 • 열 손가락 깨물어 아프지 않은 손가락 없다고, 어려운 동생 좀 도와주자는데, 그렇게
　　　　쌍심지를 켜고 반대를 하나?

0603　　**썰매**

☜본 뜻　썰매는 한자어 '설마(雪馬)'의 소리가 변한 것으로, 눈 위에서 타는 말
　　　　이란 뜻이다.

⇆ 바뀐뜻　눈 위나 얼음판에서 미끄러지게 만든 놀이 기구인데 주로 아이들이
　　　　타고 논다. 이 밖에도 눈이 많이 오는 북극이나 남극지대에서는 썰
　　　　매를 운반수단으로 이용하기도 한다.

○ 보기글 • 우리 어릴 때만 해도 겨울이면 꽝꽝 얼어붙은 개울이나 논에서 썰매를 타고 놀았는
　　　　데 요새 아이들이 그 씽씽 달리는 썰매의 맛을 알까 몰라.
　　　　• 썰매는 여름에 장만하고 달구지는 겨울에 장만한다.

0604　　**쎄비다**

☜본 뜻　'구하다, 저축하다'는 뜻을 가진 영어 '세이브(save)'에서 나온 말이다.
　　　　'세이브'와 '하다'가 합해져서 이루어진 말로서, 본래의 뜻은 '저축하
　　　　다' '따로 떼어놓는다'는 좋은 뜻이다.

⇆ 바뀐뜻　오늘날에는 남의 물건이나 돈을 훔치는 것을 가리키는 은어로 널리
　　　　쓰이고 있다.

○ 보기글 • 야, 어제 짝코가 종로에서 여자 지갑을 쎄비다가 잡혔다던데 지금 어디 있나?

쐐기를 박다

☞본 뜻 나무를 V자형으로 깎아서 나무로 짠 물건의 틈새에 박아 연결 부분이 움직이지 않도록 하는 일종의 나무못을 가리킨다. 쐐기는 보통 사물의 네 귀퉁이가 물러나지 않도록 만드는 역할도 하지만 한편으로는 물건의 틈새에 박아 넣어 두 물건의 사이를 벌리는 데 쓰기도 한다.

↹ 바뀐 뜻 나무틀이나 이음새에 쐐기를 박으면 움직이거나 빠지지 않는 것처럼, 어떤 일을 확정할 때 분명히 한다는 뜻으로 쓴다. 또는 남이 일하고 있는 도중이나 얘기하고 있는 사이에 끼어들어 더 이상 그 일을 못하게 하거나 중단하게 하는 일을 가리키기도 한다.

◉ 보기글
- 이번에도 떨어지면 더 이상 학원비를 댈 수 없다고 쐐기를 박았으니 걱정하지 마세요.
- 그는 기일까지 돈을 갚지 않으면 재산을 압류하겠다고 으름장을 놓으며 쐐기를 박았다.

쑥밭이 되다

☞본 뜻 집이 있던 자리에 집은 없어지고 쑥만 무성하게 자라서 옛날의 자취를 찾아볼 길이 없음을 나타내는 말이다. 웬만한 잡초는 서리를 맞으면 죽는데, 키가 큰 편인 쑥은 뿌리가 살아남아 이듬해에 또 싹을 내기 때문에 다른 잡초보다 더 빠른 속도로 번진다.

↹ 바뀐 뜻 한때의 영화나 번영은 사라지고 초라하고 볼품없게 된 모양을 비유적으로 이르는 말이다.

◉ 보기글
- 그 친구 집에 가보았더니, 그나마 새로 시작한 사업도 실패해서 아주 쑥밭이 되었더구먼.
- 한때 떵떵거리고 살던 김 대감댁도 그 자식이 역적으로 몰리자 순식간에 쑥밭이 되어버리더구먼.

0607 　　쓰레기 투기(投棄)/부동산 투기(投機)

🔖 **본　뜻** 투기(投棄)는 글자 그대로 내던져 버린다는 뜻이다. 이에 반해 투기(投機)는 확신도 없이 요행만 바라거나 시세 변동을 이용하여 큰 이익을 얻으려고 행하는 매매 거래를 일컫는 말이다.

🔄 **바뀐 뜻** 한자(漢字)의 제시 없이 '쓰레기 투기'라고 하면 부동산만 투기하는 것이 아니라 쓰레기도 투기하나 하는 생각이 들 수 있다. 소리가 같은 단어 중에 '부동산 투기'처럼 압도적으로 쓰이는 뜻이 있다면 다른 하나는 쉽게 구분이 가고 금방 알아들을 수 있는 순우리말로 바꿔주는 것이 좋을 것이다.

🔘 **보기글** ● 쓰레기 종량제 이후 고속도로의 쓰레기 투기가 심각한 지경에 이르렀다고 하는데 차 가진 사람들, 해도 너무하지 않아요?

0608 　　쓸개 빠진 놈

🔖 **본　뜻** 담(膽)이라고도 하는 쓸개는 한의학에서 대담한 용기를 내는 장기로 알려져 있다. 그러므로 담이 크다는 것은 용기가 있다는 뜻이고, 쓸개가 빠졌다는 것은 용기가 없이 비겁하고 줏대가 없음을 뜻하는 말이다.

🔄 **바뀐 뜻** 하는 짓이 줏대가 없고 사리에 맞지 않음을 욕하는 말이다.

🔘 **보기글** ● 이런 쓸개 빠진 놈 같으니라고, 그새 지난해에 당한 수모를 잊었단 말이냐.
● 그 사람 어제 보니까 참 쓸개 없는 사람이더라고, 어떻게 자기를 내쫓은 사람 앞에서 그렇게 굽신거릴 수가 있어?

0609 　　씨가 먹히다

🔖 **본　뜻** 베는 씨줄과 날줄을 서로 엇갈리면서 짜게 되는데, 세로 줄을 날

[經]이라 하고 가로 줄을 씨[緯]라 했다. 날실 사이를 씨실이 지나가면서 천이 짜지는 것인데, 이때 씨실이 한 올 한 올 잘 먹어들어야 천이 곱게 짜진다. 이처럼 가로 줄을 이루는 씨실이 잘 먹어들어야 베가 잘 짜진다는 데서 나온 말이다. 그러나 습기가 많이 차면 베틀이 뻑뻑해져서 씨실이 잘 먹어들지 않아 천을 짜기가 힘들어지는데 그와 같은 상황을 씨가 먹히지 않는다고 했다.

↼ **바뀐 뜻** 조리가 있고 실속이 있는 말을 했을 때 쓰는 표현이다. 일상생활에서는 긍정적인 대화보다는 주로 부정적인 대화에 많이 쓴다. 이 경우에는 '씨가 먹히지 않다'로 쓴다. 이 경우 이치에 닿지 않는 소리나 말이 안 되는 소리를 할 때 그를 핀잔하는 말로 쓰인다.

◐ **보기글**
- 내 참. 기가 막혀서. 도무지 씨가 먹힐 소리를 해야 말이지.
- 그 사람은 항상 그렇게 씨가 안 먹히는 소리만 하고 다니냐?
- 학교를 그만두겠다니, 그런 씨가 먹히지 않는 소리는 집어치워!

0610　**씨알머리가 없다**

☝ **본　뜻** 씨알은 새의 종자알이나 곡식의 종자를 가리키는 말이다. 그러므로 '씨알머리가 없다'는 말은 근본 태생을 모를 정도로 혈통이나 종자가 낮다는 뜻이다.

↼ **바뀐 뜻** 남을 욕할 때 그의 혈통을 빈정거리는 말이다. 혈통이 좋지 않고 보잘것없는 가문에서 났기 때문에, 보고 배운 것이 없어서 무례하고 건방지다는 뜻으로 쓴다.

◐ **보기글**
- 그 사람은 배울 만큼 배운 사람이 왜 그렇게 씨알머리가 없나?
- 나이도 어린 것이 어른한테 하는 행동이 그게 뭐냐? 도무지 씨알머리가 없구나.

0611 아귀다툼(餓鬼--)

🐚 **본 뜻** 아귀는 탐하고 질투하는 마음만을 가진 굶주린 귀신이다. 아귀에는 무려 36종이 있다고 하는데 그 모양새가 하나같이 끔찍하기만 하다. 일반적인 아귀의 형상은 대개 집채만 한 몸에, 작은 입과 가늘고 긴 목구멍을 가지고 있어 늘 주린 배를 채우기 위해 음식을 탐한다. 이들은 만나기만 하면 음식물을 차지하기 위해 한 치의 양보도 없이 싸우기만 한다. 그 모습이 흡사 지옥도를 방불시키기 때문에 자신의 이익을 위해서라면 한 치의 양보도 없이 싸워대는 사람들을 가리켜 '아귀다툼을 한다'고 하는 것이다.

🔄 **바뀐 뜻** 처음에는 말다툼을 일컫는 속어로만 쓰였는데, 요즈음엔 먹을 것이나 그 밖의 이익을 위해서 죽을 듯이 싸우는 일을 일컫는다.

⭕ **보기글** • 딱 이것만 남았으니까 아귀다툼하지 말고 사이좋게 나눠 먹어야 한다.
• 얼마 되지도 않는 공업발전기금을 타내기 위해서 중소기업들이 아귀다툼을 벌이고 있다.

0612 아나고(あなご)

🐚 **본 뜻** 뱀장어와 비슷하게 생긴 '붕장어'를 가리키는 일본말로 횟감으로 많이 쓰인다.

🔄 **바뀐 뜻** 몸길이 60센티미터 이상의 뱀장어와 비슷하게 생긴 바닷고기로, 주

둥이와 입이 크고 이가 날카롭게 생겼다. 맛이 부드럽고 좋아 횟감으로 많이 쓰인다. 아나고라는 이름으로 많이 불리는데 '붕장어'라는 우리말 이름이 있으므로 바꿔 부르도록 해야 한다.

○ 보기글
- 생선회를 못 먹는 사람도 물기를 바싹 뺀 아나고회는 대충 먹더라고.
- 아나고회는 가장 대중적이고 서민적인 회라고 할 수 있지.
- 아나고는 기름기가 너무 많아서 나는 입에 잘 맞지 않아.

0613   **아녀자**(兒女子)

○ 본 뜻   본래는 사내아이와 계집아이를 가리키는 뜻이었다가, 소견이 좁은 아이나 여자아이를 가리키는 말로 변했다.

○ 바뀐 뜻   오늘날에는 특히 여자를 비하하는 말로 와전되어 쓰이고 있는데, 본래의 뜻이 바뀐 것이 아니므로 사용에 주의해야 한다.

○ 보기글
- 감히 아녀자가 어딜 따라 나선다고 그렇게 설레발을 치는 거요?
- 아니, 요즘이 어떤 시대인데 아녀자 운운하고 그러시는 거예요?

0614   **아니꼽다**

○ 본 뜻   '눈꼴이 시다'는 뜻으로 쓰이는 아니꼽다는 본래 장(臟)을 나타내는 '안'이라는 말과, 굽은 것을 나타내는 '꼽다'라는 말이 합쳐진 것이다. 그러므로 말 뜻대로라면 '장이 뒤틀린다'는 뜻이다.

○ 바뀐 뜻   비위가 뒤집혀 토할 듯하다는 말로서, 같잖은 짓이나 말 때문에 불쾌하다는 뜻이다.

○ 보기글
- 그 사람 승진했다고 거들먹거리는 걸 보면 아니꼬워서 못살겠다니까.
- 그렇게 아니꼽게 굴면 아예 거래를 끊어버리고 말 거야.
- 김 대리 하는 짓을 보면 아니꼬워서 도대체 상대하기가 싫어.

0615 아닌 밤중에 홍두깨

🔹 본 뜻 홍두깨는 본래 다듬이질하는 데 쓰는 도구로서, 나무를 둥글둥글한 모양으로 길고 굵직하게 깎은 것을 말한다. 옛날 여인들은 남편을 잃고 홀로 된 뒤에도 개가하는 것을 금지당했다. 이 때문에 젊어서 남편을 잃고 청상과부가 된 여인들은 어쩔 수 없이 수절을 할 수밖에 없었다. 이런 여자들을 밤중에 몰래 남자들이 업어가거나 담을 넘어와 정분을 통하는 일이 있었다. 이런 일을 겪은 과부들이 남자의 성기를 '홍두깨'에 비유하여 은밀히 말하면서부터 이 말이 널리 퍼지기 시작했다.

🔁 바뀐 뜻 뜻하지 않았던 일이 갑작스럽게 일어나거나, 느닷없이 어떤 일이나 말을 꺼내는 것을 가리키는 말이다.

◎ 보기글
- 아니, 뭐야? 지금까지 잘 다니던 학교를 그만두고 자동차 정비 학원에 다니겠다고? 아닌 밤중에 홍두깨라더니 네가 바로 그 짝이로구나!
- 아닌 밤중에 홍두깨라더니, 느닷없는 고함 소리에 선잠에서 깨어난 그가 어리둥절한 표정으로 주위를 두리번거렸다.

0616 아르바이트(Arbeit)

🔹 본 뜻 독일어로 노동, 작업, 연구란 뜻을 가진 말이다.

🔁 바뀐 뜻 일본에서 이 말을 학생들이 본업인 공부 외에 가외로 학비나 용돈을 버는 일을 가리키는 의미로 쓰기 시작했고, 그것이 그대로 우리나라에 들어와 학생들의 돈벌이, 또는 부업 등의 의미로 쓰이게 되었다. 미국에서는 이런 일을 사이드 잡(side job)이라 한다.

◎ 보기글
- 이 일은 제가 학교 다닐 때부터 아르바이트로 했던 일인데, 지금은 아예 직업이 되었지요.
- 아무리 발버둥쳐도 아르바이트 인생을 벗어날 수 없으니 서글프기만 하다.

0617   **아멘**(amen)

🖐**본 뜻**   '확실히' '진실로'라는 뜻을 가지고 있는 히브리어이다.

🔄**바뀐 뜻**   기독교도가 기도할 때 기도 끝에 붙이는 관용어로서, '지금 기도한
           대로 이루어주옵소서'라는 뜻으로 쓰인다.

◎ **보기글**   ● 예수 그리스도의 이름으로 기도드립니다. 아멘.

0618   **아미**(蛾眉)

🖐**본 뜻**   아미는 누에나방의 눈썹이라는 뜻인데, 누에나방의 더듬이가 마치 쌍
           빗살 모양으로 예쁘게 생겼기 때문에 그를 가리켜 아미라 한 것이다.

🔄**바뀐 뜻**   가늘고 길게 굽어진 아름다운 눈썹을 가리키는 말로서 미인의 눈
           썹을 이르는 말이다.

◎ **보기글**   ● 화관족두리를 쓰고 다소곳이 앉아 있는 새색시의 아미가 그렇게 고와 보일 수가 없
           었다.

0619   **아비규환**(阿鼻叫喚)

🖐**본 뜻**   아비규환은 아비지옥과 규환지옥의 준말이다. 불교에서는 지옥을 8
           군데의 열(熱)지옥과 8군데의 혹한(酷寒)지옥으로 나누는데, 8군데의 열
           지옥 중에 아비지옥과 규환지옥이 있다. 아비지옥은 땅속 맨 깊은 곳
           에 있는 지옥으로서 오역죄(五逆罪)를 범하거나, 절을 파손시키거나, 스
           님을 비방하거나 하면 이 지옥에 떨어진다고 한다. 뜨거운 열이 일어
           나는 이곳에서는 끊임없이 지독한 고통의 괴로움을 받는다. 규환지
           옥은 살생·도둑질·음행 등을 저지른 사람이 들어가는 지옥으로서,

아닌 밤중에 홍두깨 · 아르바이트 · 아멘 · 아미 · 아비규환

가마솥에서 삶기거나 뜨거운 쇠집 속에 들어가 고통을 받고 울부짖는 곳이다. 그러므로 아비규환이라 함은 아비지옥과 규환지옥 두 군데의 지옥에서 동시에 고통을 받아 울부짖는 상태를 일컫는 말이다.

⇆ 바뀐 뜻　계속되는 극심한 고통으로 울부짖는 참상을 비유적으로 이르는 말이다. 흔히 전쟁통이나 천재지변, 대형 교통사고 등이 일어났을 때 많이 쓰는 표현이다.

◐ 보기글　● 지난번에 일어났던 부산 구포역 열차사고 현장은 글자 그대로 아비규환이었어.
　　　　　● 추석 귀성객들이 한꺼번에 몰리는 바람에 서울역이 순식간에 아비규환의 장으로 변했다.

0620　**아삼륙**[二三六]

⊞본 뜻　중국 노름인 골패의 '쌍진아' '쌍장삼' '쌍준륙'의 세 쌍을 가리키는데, 이를 '쌍비연(雙飛燕)'이라 일컬으며 끗수를 세 곱으로 친다.

⇆ 바뀐 뜻　짝이 맞는 패가 모여 주가를 올리듯이, 서로 뜻이 맞아 꼭 붙어다니는 친구나 서로 꼭 맞는 짝을 비유하는 말이다.

◐ 보기글　● 그 세 사람은 고등학교 때부터 아삼륙이더니 대학도 같은 데로 진학하대.
　　　　　● 철수와 민수는 그러한 아삼륙이 없다는 평판이 자자했던 사이였다.

0621　**아성**(牙城)

⊞본 뜻　아기(牙旗)를 꽂아둔 성을 말한다. 아기란 곧 지휘관이 쓰는 깃발로 옛날에는 상아(象牙) 조각을 깃대에 걸어 장식한 것을 말한다. 결국 지휘관이 머무는 자리이므로 방어가 삼엄하고 난공불락일 수밖에 없다. 비슷한 말로 철옹성(鐵甕城)이 있다.

⇆ 바뀐 뜻　가장 중요한 적의 근거지나 난공불락의 성을 가리키는 말이 되었

다. 또한 어금니 아(牙)를 써서 어금니처럼 단단해서 잘 무너지지 않는 성이라는 뜻으로 쓰인다.

● 보기글 • A팀은 B팀의 아성을 공략하여 드디어 우승컵을 거머쥐었다.
         • 농구의 아성 기아가 대학 농구팀인 중대에게 어이없게 무너졌다.

0622 아수라장(阿修羅場)

☞ 본 뜻 고대 인도의 신화에 등장하는 아수라왕은 호전적인 성품 때문에 툭하면 싸움을 벌였다. 그래서 아수라왕이 있는 곳에는 언제나 싸움이 끊이질 않았으며, 시끄럽기 짝이 없었다. 아수라왕의 호적수는 언제나 하늘을 다스리는 신인 제석천(帝釋天)이었다. 하늘의 신인 제석천은 항상 전쟁터에 나가는 여러 신들을 모아놓고 이렇게 말했다. "마음의 평정을 유지하라. 그리하면 싸움터가 아수라의 장(場)이 되는 것을 막을 수 있을 것이니라."

⇆ 바뀐 뜻 끊임없이 분단과 싸움이 일어나 난장판이 된 곳을 가리키는 말이다. 줄여서 '수라장'이라 부르기도 한다.

● 보기글 • 94년 봄 조계종 총무원장 사건 때 보니 아수라장이 따로 없더구먼.
         • 재개발 지역에서 세입자들과 철거반원들이 시비 끝에 엉겨붙어 싸우는데 삽시간에 아수라장이 되더라고.

0623 아시아(Asia)

☞ 본 뜻 '아시아'라는 지명의 기원에 대해서는 여러 가지 학설이 있다. 첫째는 이 말이 고대 산미트어에서 기원한 것으로 '동쪽의 해뜨는 곳'이란 뜻이고, 후에 이 말이 널리 퍼지면서 산미트족이 살고 있는 지방의 동쪽을 '아시아'라 불렀다고 한다. 둘째는 그리스인들이 그

323

리스 동쪽에 있는 지역을 Asia로 부른 데서 기원한다고 하며, 셋째는 '동쪽'을 뜻하는 아시리아어 '아수(asu)'에서 비롯되었다고 한다. 위 세 학설 모두의 공통점은 아시아가 유럽의 동쪽을 가리키는 말이었다는 것이다.

🔄 **바뀐 뜻** 광대한 유라시아 대륙의 동쪽 5분의 4를 차지하고 있는 대륙이다. 세계에서 가장 규모가 큰 대륙으로 세계 육지 면적의 30퍼센트를 차지한다. 북쪽으로는 북극해, 남쪽으로는 인도양, 동쪽으로는 태평양, 남서쪽으로는 지중해와 흑해, 서쪽으로는 유럽과 경계를 이루고 있다. 원래 아시아는 그리스·로마시대에 동쪽 지방인 터키와 이라크 지역을 가리키는 아주 좁은 의미의 지명이었으나 오늘날 아시아 대륙 전체를 가리키는 말로 바뀌었다. 특히 우리말에 해 뜨는 땅이라는 뜻의 '앗' '아시' '아사' 등이 있어 큰 거부감 없이 받아들여진다.

⦿ **보기글** • 아시아의 인구는 세계 인구의 약 반 이상을 차지한다.
  • 아시아의 화약고로 불리던 한반도에도 이제 평화와 번영의 시대가 찾아올 것인가.

0624 **아저씨**

🔖 **본 뜻** 삼촌이나 외삼촌을 일컫는 말로 보통 '아재'라고 하는데 여기에 존칭 호격조사 '씨'가 붙어 이루어진 말이다. 멀지 않은 옛날만 해도 이 말은 친척을 부르던 친족 호칭이었다.

🔄 **바뀐 뜻** 지금은 결혼한 남자 어른을 일컫는 일반 호칭으로 널리 쓰인다. 또는 남남끼리에서 성인 남자를 예사롭게 이르거나 부르는 말이다.

⦿ **보기글** • 아직 결혼도 하지 않았는데 누가 아저씨라 그러면 내가 그렇게 늙었나 해서 영 듣기 싫더라고요.
  • 저분은 우리 집 오촌 당숙이시니 네가 아저씨라고 불러야 한다.
  • 우체부 아저씨는 손에 한 움큼 들고 있던 우편물 중에서 편지 한 통을 뽑아 나에게 건네주었다.

0625 아주머니

본 뜻 이 말의 뜻에 대해서는 다음의 여러 가지 설이 있다. 하나는 작다는 뜻의 '앗'과 '어머니'가 합쳐서 '작은어머니'라는 뜻을 가진 말로서 삼촌의 댁을 부르는 친족 호칭이었다고 한다. 또 하나는 동생이나 손아래를 가리키는 아우라는 말이 작다는 뜻을 가진 '앗'에서 나온 말인 것처럼, '아주머니'가 '아우뻘 되는 어머니'를 지칭하는 일반 호칭이었다고 한다. 즉 어머니보다 나이가 적고 기혼인 여인을 가리키는 말이었다. 이 밖에도 아주머니라는 말이 반드시 기혼 여자를 가리키는 데 착안하여, 이 말의 어원을 '아이 주머니' 즉 아이를 낳을 여자에서 온 것이라고 하나 그것은 단지 재미로 전해지는 민간어원일 뿐이다.

바뀐 뜻 오늘날에는 할머니가 되기 이전의 결혼한 여인을 일컫는 일반적인 호칭으로 쓰인다.

보기글
- 오늘 건넛마을 방앗간집 아주머니가 오신다고 했으니 집안 구석구석을 깨끗이 치워놓거라.
- 음식을 만들어 먹으려고 이웃집 아주머니를 부르기로 했다.

0626 아퀴를 짓다

본 뜻 바느질을 할 때 끝매듭을 짓는 일을 '아퀴를 짓는다'고 한다.

바뀐 뜻 어떤 일을 끝내어 확실하게 맺는다는 뜻이다. 또는 진행하던 일의 끝매듭을 짓거나 어떤 일의 가부를 결정하는 것을 말한다.

보기글
- 그 일은 더 이상 끌지 말고 그쯤에서 아퀴를 짓거라.
- 이번에 가면 지난번 그 일에 대해서는 단단히 아퀴를 짓고 오너라.

0627 **아킬레스건**(Achilles腱)

본 뜻 고대 그리스의 전설적인 영웅 아킬레스의 고사(故事)에서 유래한 말
로서 발뒤꿈치 위에 있는 힘줄을 가리킨다. 아킬레스가 발뒤꿈치를
빼고는 불사신(不死身)이었으나 트로이 전쟁 중에 적장 파리스의 화
살을 발뒤꿈치에 맞고 죽은 데서 그곳을 아킬레스건이라 부른다.

바뀐 뜻 오늘날 이 말은 반드시 발뒤꿈치 힘줄만을 가리키는 것이 아니라,
사람마다 각각 다르게 가지고 있는 어떤 '치명적인 약점'을 가리키는
말로 쓰이고 있다.

보기글 ● 그의 아킬레스건은 체력이 약하다는 점이야.

0628 **아홉수**(--數)

본 뜻 아홉, 열아홉, 스물아홉, 서른아홉 따위와 같이 '아홉'이 든 나이를
가리킨다. 남자는 이 수의 나이를 꺼린다고 한다.

바뀐 뜻 나이로 아홉이 드는 수를 살펴보면 사람의 인생에 있어서 하나의 기점
을 형성하는 시기라 할 수 있다. 아홉 살은 엄마 품에서 벗어나 자립적
으로 행동할 수 있는 시기이고, 열아홉은 소년에서 청년기로 넘어가는
시기로 신체적으로는 가장 혈기방장하고 정신적으로는 부모를 떠나
독립을 모색하는 시기이다. 스물아홉은 인생의 확고한 목표를 세워 그
길로 매진하는 시기이며, 서른아홉은 한창 활동기의 정점에 다다르는
시기이다. 그런 의미에서 아홉수는 어떤 의미로든 인생의 전환점에 해
당하는 시기이기 때문에 신체적으로나 정신적으로 무리를 하기 쉬운
때이다. 이 때문에 다른 시기보다 어려운 일도 많이 생기고 사고도 많
이 생기게 되는지도 모른다. 그래서 이 시기를 각별히 주의해서 잘 넘
기라는 뜻으로 아홉수에 특별한 의미를 부여했던 것이다.

◎ 보기글
- 자네 올해 아홉수가 맞나? 올해는 매사에 무리하지 말고 신중하게나.
- 금년은 아홉수가 들어 그런지 하는 일마다 잘 안 된다.

0629 악머구리 끓듯 하다

본 뜻 '악머구리'는 '왕머구리'에서 온 말이다. 왕은 '크다'는 뜻이고, 머구리는 개구리의 옛말이다. 왕개구리가 한데 모여서 시끄럽게 우는 듯하다는 말인데, 왕머구리가 악머구리로 소리가 변화된 것이다. 흔히 '악마구리'라고도 하는데 그것은 '악머구리'를 잘못 듣고 옮긴 데서 비롯된 것이다.

바뀐 뜻 사람들이 대단히 시끄럽게 구는 상황을 가리키는 말이다. 여러 사람이 마구 시끄럽게 떠들어대거나 소리지르는 것을 말한다.

◎ 보기글
- 농수산물 경매시장에 갔더니 거기 모인 사람들이 손짓을 섞어가면서 떠들어대는데 완전히 악머구리 끓듯 하더라.
- 백화점 바겐세일 기간에는 물건을 사러 나온 사람들로 악머구리 끓듯 한다.

0630 악바리

본 뜻 '이악스럽다'와 '약삭빠르다'가 합쳐진 '악바르다'에서 나온 말이다.

바뀐 뜻 자기가 하고자 하는 일이면 끝까지 기를 쓰고 달라붙는다는 뜻을 가진 '악바르다'에 사람을 나타내는 명사형 어미 '-이'가 붙어서 '악바리'가 되었다. '성미가 깔깔하고 고집이 세며 모진 사람' 또는 '지나치게 똑똑하고 영악한 사람'을 일컫는 말이다.

◎ 보기글
- 야, 너 그 사람을 몰라서 그러나본데 그 사람 얼마나 악바리인 줄 알기나 하냐? 이번 일조권 문제 말야. 남들 다 포기하고 합의봤는데, 그 사람만 끝까지 포기 안 하더니 기어이 얻어내고야 만 거지.
- 그 친구 언니가 그렇게 악바리라며? 유학 가서는 밤에 한숨도 안 자고 공부만 하더니 드디어 3년 만에 학위를 따왔다는 거야.

악수(握手)

🖐 **본 뜻**   악수란 말 그대로 '손을 잡는다'는 뜻이다. 빈번하게 부족 간의 전
쟁이 일어나던 옛날에는 외출을 할 때도 적의 습격에 대비하여 항
상 무기를 갖고 다녔다. 그러나 믿을 수 있는 사람끼리 만났을 때에
는 맨손바닥을 내보이면서 아무 흉기도 갖고 있지 않음을 증명하여
상대방을 안심시켰다. 이렇게 해서 서로에 대한 신임의 표시로 손을
잡던 것이 오늘날의 악수로 발전한 것이다. 악수를 할 때는 장갑을
벗는 것이 지켜야 할 예의가 된 것도 그런 흔적 때문이다.

🔄 **바뀐 뜻**   인사나 감사의 표시로 두 사람이 각자 한 손을 마주 내어 잡고 친
근함이나 신임을 나타내는 대중적인 인사법의 하나로 널리 쓰이고
있다. 보통 오른손을 내밀어 잡는다.

💡 **보기글**   ● 상대가 이성일 경우에는 여자가 먼저 악수를 청하는 거라면서요?

악착같다(齷齪--)

🖐 **본 뜻**   작은 이 악(齷)과 이 마주붙을 착(齪)이 합쳐진 '악착'의 본뜻은 작은
이가 꽉 맞물린 상태를 가리키는 것이다. 즉 이를 힘을 주어 꽉 다
문 상태를 말한다.

🔄 **바뀐 뜻**   어떤 일에 기를 쓰고 덤벼들거나 끈기 있고 모질게 달려들어 해내
는 것을 가리키는 말이다.

💡 **보기글**   ● 배우고자 하는 일념 하나로 똘똘 뭉친 순이는 낮일의 고단함을 등에 업은 채 악착같
이 야학엘 나왔다.
● 사람이 어떤 일을 성사시키려면 악착같이 달려들어서 해야지, 그렇게 하는 둥 마는
둥 하면 될 일도 안 되는 법이야.

0633 안갚음/앙갚음

본 뜻 '안갚음'은 다 자란 까마귀가 거동할 수 없는 늙은 어미 까마귀에게 먹을 것을 물어다 주는 '반포지효'와 같은 말이다. 반면 '앙갚음'은 남이 저에게 해를 주었을 때 저도 그에게 해를 주는 행동을 말한다. 그런데 간혹 이것을 '안갚음'으로 잘못 쓰는 경우를 본다. 이렇듯 안갚음과 '앙갚음'은 정반대의 뜻을 가진 말이므로 혼동해서 써서는 안 된다.

바뀐 뜻 어버이의 은혜를 갚는 행동을 일컫는 말이다.

보기글
- 한낱 미물인 까마귀도 안갚음을 할 줄 알거늘 사람으로 나서 제 부모를 몰라본대서야 그 어찌 사람이라 할 수 있으리요.
- 그동안 내가 받아 온 멸시와 모욕에 대해 반드시 앙갚음을 할 거요.

0634 안달이 나다

본 뜻 '안달'은 '안이 달아오르다'란 뜻을 가진 말이다. '안'은 온갖 장기가 있는 '몸속'을 가리키는 말이니, 이 말은 곧 속이 타서 달아오른다는 뜻이다.

바뀐 뜻 어떤 일의 결과를 느긋하게 기다리지 못하고 속을 태우며 안타깝게 고민하는 것을 나타내는 말이다.

보기글
- 발표 날이 머잖았는데 그렇게 안달이 난 너를 보고 있자니 괜히 내가 불안하구나.

0635 안면방해(安眠妨害)

본 뜻 글자 그대로 편안한 잠을 방해한다는 뜻이다. 밤중에 요란스럽게 굴거나 시끄럽게 해서 타인의 잠을 방해하는 것을 가리키는 말이다.

바뀐 뜻 '안면'이란 말은 편안한 잠이라는 뜻보다는 얼굴을 가리키는 뜻으로 더 많이 쓰이는 말이다. 그래서 한자를 보지 않고 '안면방해'라는 말만 들었을 경우에는 얼굴 앞을 왔다갔다 해서 시야를 방해한다거나, 옷차림이나 모양새가 눈에 거슬려서 차마 보기가 민망하다는 뜻쯤으로 알아듣기 쉽다. 그러므로 이렇게 한자를 보지 않고서는 그 뜻을 오해하기 쉬운 한자성어는 순수한 우리말로 바꿔 써야 할 것이다. 굳이 한자어를 쓰고 싶다면 뜻이 확실하게 전달되는 '수면방해'라는 말을 쓰는 것이 낫겠다.

0636　　## 안성맞춤(安城──)

🖰 본　뜻　임진왜란 뒤 유민이 증가하여 징수 대상 호구가 줄어들고, 또 전쟁 이전 약 163만 결이던 전답이 약 30만 결로 줄어들자 세수가 턱없이 모자라게 되었다. 이 시기의 과세 기준은 호구 단위였기 때문에 땅이 많든 적든 관계가 없었다. 그러다 보니 임진왜란이 끝난 뒤 양반지주들은 토지를 숨기거나 축소 신고를 하였고, 또 전쟁으로 유민이 발생하여 징수 대상 호구가 절대적으로 감소하였다. 또한 수공업자들은 세금 대신 방납(防納)이라고 하여 백성을 대신해 정해진 물품을 생산해 조정에 바쳤는데, 여기서 방납 중개인과 지방 관리들의 횡포로 정해진 수량의 몇 배를 무는 폐단이 잇따랐다.

이에 이이는 1569년(선조 2)에 편찬한 그의 저서 『동호문답東湖問答』에서 대공수미법(貸貢收米法)을 주장했으나 실제 정책으로는 반영되지 못했다. 그러다가 임진왜란이 끝난 뒤 국고 부족 현상을 타개하기 위해 유성룡이 대공수미법(代貢收米法)을 실시했지만 금세 포기했다. 이후 한백겸과 이원익이 대공수미법을 개량한 대동법, 즉 전답의 양에 비례하여 쌀로 세금을 내고, 수공업자의 방납을 폐지하고 대신 필요한 만큼 조정에서 직접 사들이자고 주장했다. 그러는 중에 선조가 세상을 떠나고 뒤를 이어 즉위한 광해군이 대동법 주창론자인 이원익을 영의정에 임명했고, 선혜지법(宣惠之法)으로 불린 이 법을 시행하라는 지시를 내렸다.

이에 따라 영의정 이원익은 조정에서 물가 조절과 기민 구제 업무를 맡고 있던 상평청을 확대 개편하여 선혜청을 창설하고, 동시에 경기도 대동법을 관할할 지역청인 경기청을 두어 경기청의 도제조를 맡으면서 이 법의 시행에 박차를 가했다. 다만 대동법의 과세 기준 변화가 혁명적인 수준이었기 때문에 양반 지주와 방납 중개인들의 격렬한 반대를 고려하여 전국 실시를 포기하고 경기도에 한해 시범 실시하게 되었다.

이 법이 실시되면서 경기도에 속했던 안성 유기점들은 방납을 바칠 필요가 없게 되고, 그대신 조정과 관아의 주문을 받아 제품을 제조 판매하기 시작했다. 방납이 사라지면서 조정이나 관아에서 필요한 물품은 직접 구매를 했기 때문에 품질이 좋기만 하면 얼마든지 팔 수 있게 되어 안성은 일약 수공업의 중심지로 떠올랐다. 이에 따라 맞춤형 안성 유기가 인기를 끌면서 '안성맞춤'이라는 말이 생겼다.

⇆ **바뀐 뜻** 주문자가 만족스러워하는 맞춤 제품이란 뜻으로 발전했다. 최상의 제품 혹은 상황까지 폭넓게 쓰인다.

◐ **보기글** • 이번에 나온 그림사전은 어린이들이 읽기에 안성맞춤이다.

0637   **안식년**(安息年)

☝**본 뜻** 유대교인들이 유대교 율법에 의해서 7년 만에 1년씩 모든 일을 놓고 쉬는 해를 가리킨다. 이해에는 종에게는 자유를 주고 빚진 사람에게는 빚을 탕감해주는 전통이 있었다고 한다. 그런데 이 안식년

의 전통은 사람뿐만 아니라 농토인 땅에도 적용되어서 7년 농사를 지은 땅은 1년을 아무것도 심지 않고 그대로 놀려두어 땅의 힘을 되찾게 하였다. 이 전통을 이어받아 서양 선교사들에게는 7년 만에 1년씩 업무에서 벗어나 쉬는 제도가 있다. 우리나라에도 수업에 쫓겨 연구 활동에 소홀하기 쉬운 교수들에게 재충전(再充電)의 기회를 주자는 취지로 안식년 제도를 도입하는 대학이 생기고 있다.

↹ 바뀐 뜻 유대교의 율법에서 비롯된 이 제도는 재충전의 기회가 절실히 요구되는 현대사회에서 그 필요성과 효용성 때문에 많은 단체나 기업들에서 받아들여 활용하고 있다. 대부분의 단체나 기업이 유대교와 별다른 관계가 없음에도 불구하고 '안식년'이란 용어는 그대로 도입해서 쓰고 있다.

◎ 보기글 ● 영원히 휴가가 없는 주부에게도 안식년 제도가 있었으면 좋겠다.

0638   **안양**(安養)

⌂ 본 뜻 불교에는 극락세계를 가리키는 말에 여러 가지가 있다. 안락(安樂), 안양(安養), 서방(西方), 정토(淨土), 서찰(西刹), 서방정토, 무량광명토(無量光明土) 등이 바로 그것이다. 안양은 안양계(安養界), 안양보국(安養寶國), 안양세계(安養世界), 안양정토(安養淨土) 등으로도 쓰인다.

↹ 바뀐 뜻 불교에서는 여전히 극락을 가리키는 말로 쓰이고 있지만 일반 대중들 사이에서는 경기도에 있는 한 도시의 이름으로만 알려져 있다. 혼란을 피하기 위함인지 불교계에서도 극락을 지칭할 때는 안양이라는 말보다는 서방정토, 무량광명토 등을 많이 쓰고 있다. 안양은 서울의 위성도시로서 1973년 7월 1일 시로 승격했다.

◎ 보기글 ● 너, 우리 동네인 안양이 극락세계를 가리키는 말이라는 거 아니?
● 서울의 위성도시인 안양에서 서울까지 자가용으로 출퇴근하는 인구가 몇 만인지 모릅니다.

0639   안전사고(安全事故)

☞ 본 뜻   '안전'과 '사고'의 조합어인 이 말은 '피로 회복'과 같이 엉뚱하게 조합되어 잘못 쓰이는 말이다. 글자 그대로 보자면 '안전한 사고'라는 뜻인데 안전한 사고라는 모순된 말이 또 어디에 있을까 싶다.

⇆ 바뀐 뜻   공장이나 학교 등지에서 안전 교육의 미비 또는 일상의 부주의 등으로 일어나는 사고를 가리키는 말로 쓰인다. 누구나 들어서 알 수 있는 '부주의 사고' 등으로 바꿔 쓰는 편이 좋을 것이다.

◐ 보기글
- 안전사고에 유의하자는 팻말을 아무리 꽂아놓으면 뭐합니까? 아이들이 안전사고라는 말뜻을 모르는데 말입니다.
- 마감일을 맞추려고 서두르다 보니 여기저기서 안전사고가 잇따르고 있다.

0640   안절부절못하다

☞ 본 뜻   '안절부절'이란 말 자체가 마음이 썩 초조하고 불안하여 어쩔 줄 모르는 모양을 가리키는 말이다. 그런데 여기에 '못하다'가 덧붙어서 '안절부절한' 것을 강조하는 뜻으로 쓰이고 있다. 엄밀하게 말의 구조만으로 보자면 '안절부절못하다'는 초조하고 불안하지 않다는 뜻이 된다. 그러나 일반 대중들 사이에서는 이 말이 불안하고 초조함을 극도로 강조하는 말로 쓰이고 있다. 우리말 중에는 간혹 이렇게 부정어와 부정어가 합쳐져서 뜻을 강조하는 말들이 있는데, '엉터리 없다' 같은 것이 여기에 해당하는 말이다.

⇆ 바뀐 뜻   마음이 몹시 초조하여 어쩔 줄 모르는 모양을 나타내는 말이다.

◐ 보기글
- 날씨도 더운데 왜 그렇게 안절부절하고 들락날락거리냐?
- 숙이의 신랑감이 온다니까 당사자인 숙이보다도 어머니가 더 안절부절못하였다.

0641 안타깝다

🖐️**본 뜻** 이 말은 '안이 따갑다'에서 온 말이다. 곧 속이 불이 붙은 것처럼 뜨거워 발을 동동 구를 정도라는 뜻이다.

🔁**바뀐 뜻** 어떤 일이 뜻대로 되지 않거나 시원치 않아서 조바심이 날 정도로 속이 타고 갑갑하다는 뜻이다.

💠**보기글**
- 작품 구상이 잘 되지 않아 마음이 안타까운 김철우는 애꿎은 담배만 피워댔다.
- 이번 시합에서 우승을 놓친 것이 안타깝다.

0642 알나리깔나리

🖐️**본 뜻** '알나리'는 나이가 어리고 키 작은 사람이 벼슬을 했을 때 농으로 이르는 말이었으며, 깔나리는 별 뜻 없이 운율을 맞추기 위해서 뒤에 붙인 말이다.

🔁**바뀐 뜻** 남 보기 부끄러운 차림이나 행동을 했을 때 주위의 아이들이 서로 놀리면서 하는 말이다.

💠**보기글**
- 동생하고 싸웠다고 내복 바람으로 내쫓기자 동네 아이들이 나를 보고 '알나리깔나리 알나리깔나리' 하면서 놀려대었다.

0643 알력(軋轢)

🖐️**본 뜻** '삐걱거릴 알(軋)'과 '삐걱거릴 력(轢)'이 합쳐진 글자로 양쪽의 수레바퀴가 서로 맞지 않아 삐걱거린다는 뜻이다.

🔁**바뀐 뜻** 서로 의견이 맞지 않아 자주 충돌하거나, 서로 맞서는 사이를 가리킨다. 요즘에는 한자어인 알력을 쓰기보다 '삐걱거린다'고 쓰는 경우가 많다.

• 정계에선 상도동계와 동교동계 간에 알력이 만만치 않다고 하던데 진짜 그래?
• 재계에선 승용차 산업을 둘러싼 한대그룹 정 회장과 삼선그룹 유 회장의 알력이 노골적으로 표출되고 있다며?

0644 알토란 같다

🖐본 뜻   막 흙에서 파낸 토란은 흙이 묻어 있고 잔뿌리가 많아 지저분하기 짝이 없다. 그 토란에 묻은 흙을 털어내고 잔뿌리를 다듬어 깨끗하게 한 토란을 알토란이라고 한다. 그렇게 가다듬은 토란은 흙에서 막 캐어냈을 때보다 훨씬 더 보기 좋고 먹음직스러울 것은 당연한 이치다.

🔄바뀐 뜻   '부실한 데가 없이 옹골차고 단단하다'는 뜻과 '살림살이를 규모 있고 알뜰하게 한다'는 두 가지 뜻을 가지고 있다.

● 보기글   • 늦게 결혼해서 걱정했는데 그래도 알토란 같은 자식을 둘이나 낳고 잘 살아가는 거 보면 대견하고 흐뭇하다.
• 그 집 안사람이 얼마나 알토란 같게 살림을 꾸려가는지 혀를 내두를 정도라니까.

0645 압권(壓卷)

🖐본 뜻   권(卷)이란 본래 책을 뜻하던 말이었는데 나중에는 시험 답안지도 권(卷)이라 불렀다. 옛날 과거에서 답안지를 채점할 적에 장원에 해당하는 답안지를 맨 위에 올려놓았는데 그것을 압권(壓卷)이라 불렀다.

🔄바뀐 뜻   가장 훌륭한 작품을 뜻하는 말로 사용되고 있다. 요즘은 꼭 책에만 사용하는 것이 아니라 다방면에 걸쳐서 사용한다. 가장 훌륭한 장면이나 가장 흥미진진한 상황 등을 가리킬 때 쓰기도 한다.

● 보기글   • 「늑대와 춤을」이라는 영화의 압권은 뭐니뭐니 해도 엄청난 버펄로 무리가 뽀얀 먼지를 일으키며 대평원을 내달리는 장면 아니겠어?

앙금

🔖 **본 뜻** 녹말 따위가 물에 가라앉아 생기는 부드러운 침전물을 일컫는 말이다.

🔁 **바뀐 뜻** 겉보기에는 없는 듯이 보이지만 밑바닥에 엄연히 가라앉아 있는 감정상의 찌꺼기를 비유하는 말로 널리 쓰인다.

📎 **보기글**
- 그녀를 만날 때마다 5년 전 투서 사건의 앙금이 질기게 남아 있음을 다시금 느끼곤 한다.

애가 끊어질 듯하다

🔖 **본 뜻** 애는 창자를 가리키는 옛말이다. 그러므로 애가 끊어질 듯하다는 말은 창자가 끊어질 듯 고통스럽다는 뜻이다.

🔁 **바뀐뜻** 몹시 슬퍼서 창자가 끊어질 것처럼 고통스럽다는 뜻이다. 흔히 '애 끊는다' '애쓰다' '애타다' 등에 쓰이는 '애'는 근심에 싸인 마음속을 가리키는 말로 발전하였다.

📎 **보기글**
- 어디서 일성호가는 남의 애를 끊나니.
- 애가 끊어지게 울어대는 그 소리에 이씨는 그만 밤을 하얗게 새우고 말았다.

애로(隘路)

🔖 **본 뜻** 애로는 한자 그대로 좁고 험한 길을 뜻하는 말이다. 흔히 '애로 사항이 있다' '애로가 있다'는 말을 많이 하는데, 일을 진행하는 데 있어서 앞에 놓인 길이 좁고 험해서 어렵다는 뜻이다.

🔁 **바뀐뜻** 일을 하는 데 어렵고 곤란한 고비를 가리키는 말이다.

📎 **보기글**
- 여러분들이 작업하는 데 애로 사항이 있으면 기탄없이 저한테 얘길 해주십시오.

- 개인 사업을 하는 데 가장 큰 애로는 늘상 사업자금이 부족하다는 점입니다.
- 여기까지 오는 데 애로도 적잖았지만 서두르지 않고 한발 한발 나아가다 보니 오늘 같이 좋은 날을 맞게 되었다.

0649 애매모호하다(曖昧模糊--)

본 뜻   애매(曖昧)는 이것인지 저것인지 명확하지 못한 것이다. 모호(模糊)는 흐릿하여 그 모습을 잘 볼 수 없다는 뜻이다. 이 두 단어가 결합하여 '애매모호'가 되었다.

바뀐 뜻   무엇인가 확실치 않고 불분명한 것을 가리키는 말이다. 다만 한자어로 뜻을 구분하기 어렵고, 애매하다와 모호하다의 뜻이 비슷하니 어느 한 가지만 쓰거나 쉬운 우리말을 쓰는 게 좋다. 흐릿하다, 또렷하지 않다, 헷갈리다.

보기글
- 그렇게 애매모호하게 말했다가 상대방이 오해라도 하면 어쩌려고?
- 이 길인지 저 길인지 애매한데?
- 저 친구는 우리 편인지 상대 편인지 태도가 모호하단 말이야.

0650 애물단지(-物--)

본 뜻   애물은 어려서 부모보다 먼저 죽은 자식, 또는 매우 애를 태우거나 속을 썩이는 물건이나 사람을 가리키는 말이다.

바뀐 뜻   지금은 물건보다는 사람에 한해서 주로 쓰는 말이 되었다.

보기글
- 아이구, 이 애물단지야. 그래 거기가 어디라고 이 어미한테 말 한마디 없이 갔다 와? 어미가 애간장이 타서 죽는 꼴을 봐야 하겠니?
- 그 사람, 나이들어서까지 그렇게 애물단지 노릇만 하더니 기어코는 그렇게 갔구먼. 쯧쯧쯧.

애벌빨래

🐌**본 뜻** 애는 '아이'에서 온 말로서, 애벌빨래는 아이가 한 빨래라는 뜻이다. 아이가 한 빨래이니 구석구석에 때를 제대로 지우지도 않았을 정도로 빨았을 것이라는 뜻이 담겨 있다.

⇆**바뀐 뜻** 본격적으로 빨기 전에 처음에 대강 빠는 빨래를 말한다.

◐**보기글**   ● 와이셔츠는 목둘레하고 손목은 꼭 애벌빨래를 해야겠어요.
         ● 세탁기가 아무리 좋다고 할지라도 애벌빨래를 해서 집어넣어야 깨끗해지더라고요.

애송이

🐌**본 뜻** 어린 송아지를 뜻하는 애송아지를 줄여서 부르는 말이라는 설이 있다. 또 애송이버섯을 줄여서 애송이라고 한다는 설이 있다.

⇆**바뀐 뜻** 애송이버섯을 줄여 쓴 것이라는 해석이 더 어원에 가깝다고 보는데 확실한 것은 아니다. 요즘은 어린 사람이나 지혜가 부족한 사람을 가리키는 속어로 쓰인다.

◐**보기글**   ● 애송이 녀석이 감히 시장 후보로 출마하다니!

액면(額面) 그대로

🐌**본 뜻** 액면(額面)이란 화폐나 주식이나 채권 따위에 적힌 일정한 돈의 액수를 가리키는 말이다.

⇆**바뀐 뜻** 액면은 주로 겉에 내세운 사물의 가치를 가리키는 말이며, '액면 그대로'는 '말 그대로, 글자 그대로 믿고 보자면'이란 뜻을 가지고 있는 말이다.

◐**보기글**   ● 너는 사람의 말을 못 믿는 게 큰 병이야. 단 한 번이라도 좋으니 액면 그대로 믿어봐라.
         ● 그의 글은 아무리 액면 그대로 보자고 해도 석연치 않은 구석이 한두 군데가 아니다.

앵커(anchor)

본 뜻   앵커는 본래 '닻'이라는 뜻이었으나, 이것이 발전해서 릴레이 경주의
최후의 주자를 뜻하는 말이 되기도 했다.

바뀐 뜻   흔히 앵커맨(anchorman)이라고 한다. 뉴스를 마무리하는 사회자 또는 각
종 프로그램의 마지막 주자를 가리키는 말이므로, 우리가 알고 있는
것처럼 뉴스 프로그램 진행자만 앵커라 부르는 것은 아니다. 그러나
리포트, 인터뷰, 코멘트하는 뉴스앵커맨의 비중이 커져서 오늘날에는
주로 뉴스캐스터만을 지칭하는 말로 널리 쓰이고 있다. 산업 현장에
서는 설치물을 고정할 때 '앵커를 박다'는 뜻으로 여전히 쓰인다.

보기글   • 아홉시 뉴스 앵커맨은 눈을 깜빡거리는 버릇이 있더라.
• 이번 선거는 각 방송국의 앵커들이 투표의 중요성을 역설한 덕에 역대 최고의 투표
율을 기록했다.

0655   **야누스**(Janus)

본 뜻   로마 신화에 등장하는 야누스는 농사와 법의 주재신이면서 성문과
가정의 문을 지키는 신으로 앞뒤 두 얼굴을 가진 신이다. 또한 시작
의 신이라는 직함에 걸맞게 한 해의 첫 달을 가리키는 'January(1월)'
가 그의 이름 'Janus'에서 나왔다고 한다.

바뀐 뜻   야누스는 본래 사람이 드나드는 문을 지키는 신으로 행운을 가져
다주는 신이었다. 그런데 이 야누스 신의 모습이 앞면과 뒷면이 각
각 다른 얼굴을 하고 있다고 하여, 겉과 속이 판이하게 다른 이중
인격자를 가리키는 나쁜 의미의 비유로 널리 쓰이고 있다.

보기글   • 이번 일로 그가 얼마나 야누스 같은 사람인지 밝혀지게 되었지.
• 하룻밤 사이에 돌변한 그를 보니 야누스가 따로 없다는 생각이 든다.

야단법석(惹端法席, 野壇法席)

🔖 본 뜻 야단법석은 그 표기와 뜻이 두 가지로 나뉘어져 있으므로 사용할 때 주의해야 한다. '惹端法席'이라고 쓸 때의 야단은 야기요단(惹起鬧端)의 준말이다. 야기요단은 곧 '요단을 일으킨다'는 말인데 줄여서 '야료(惹鬧)'라고 한다. 흔히 생트집을 잡고 괜한 시비를 거는 사람을 가리켜 '야료를 부린다'고 하는데 거기에 쓰이는 야료가 바로 야기요단의 준말이다. 그러나 불법(佛法)에서 말하는 '야기요단'은 진리에 대한 끊임없는 의심을 가리키는 말이다. 진리에 대한 의심은 깨달음으로 가기 위한 첫걸음이 되는 것이므로 그것의 가치 또한 만만하게 볼 수가 없는 것이다. 그러므로 야단법석(惹端法席)이라 함은 진리에 대한 의심을 묻고 대답하는 설법의 장(場)을 뜻한다. 두 번째 '野壇法席'으로 쓸 경우는 글자 그대로 야외에 법단을 차려놓고 설법을 여는 것을 말한다. 대중들이 많이 모여서 미처 법당 안에 다 수용할 수 없을 땐 할 수 없이 법석을 야외에 펼 수밖에 없게 된다. 그럴 경우 많은 사람이 모였으니 그 모양이 성대하고 시끌벅적할 것임은 자명한 이치일 것이다.

🔁 바뀐 뜻 많은 사람들이 한곳에 모여 몹시 소란스럽게 구는 일을 가리키는 말이다. 어원을 '惹端法席'에서 찾는가 하면 '野壇法席'으로 삼기도 하는데, 떠들고 소란스럽게 구는 것을 '야단(惹端)났다'고 하는 것으로 봐서는 소란스러운 상태를 가리키는 야단법석의 어원은 '惹端法席'이 아닌가 한다. 그러나 '野壇法席'으로 쓴다고 해서 틀린 것은 아니다.

🔵 보기글
- 공항은 외국으로 배낭여행을 떠나는 학생들로 야단법석이다.
- 요즘 한창 인기가 오르고 있는 모 가수의 공연이 취소되자 극성 청소년 팬들이 공연장을 점거하며 농성을 벌이는 등 야단법석이 났다.
- 아마도 한 떼거리의 사람들이 밀려와서 한바탕 소동을 부리고 야단법석을 치른 것이 분명하다면, 곽씨네 천막만은 건드리지 않았음에 틀림없었다.

0657 **야로**

🖢 **본 뜻** 남에게 드러내지 아니하고 우물쭈물하는 셈속이나 수작, 흑막을 가리키는 말이다.

🔄 **바뀐 뜻** 야로와 발음이 비슷한 말에 야료(惹鬧)가 있는데 이는 까닭 없이 트집을 잡고 함부로 떠들어대는 일을 말한다. 그래서 괜한 행패를 부리는 사람을 가리켜 '야료를 부린다'고 하는 것이다. 반면에 '야로'는 겉으로 드러나지 않는 은밀한 수작이므로 겉으로 드러내어 떠벌리는 '야료'와는 정반대의 뜻을 가진 말이다.

◉ **보기글** ● 무슨 야로가 있지 않고야 일이 그렇게 돌아갈 수 있나? 그 쟁쟁한 후보들을 다 제치고 어떻게 듣도 보도 못한 그 사람이 공천을 받는단 말인가?

0658 **야반도주**(夜半挑走)

🖢 **본 뜻** 야반(夜半)은 말 그대로 '밤을 반으로 자른 한가운데', 즉 밤 12시를 말한다. 그러므로 야반도주라 함은 한밤중에 도망가는 것을 말한다.

🔄 **바뀐 뜻** 뜻이 바뀐 것은 아니다. 다만 이 말을 '야밤도주'로 알고 있는 이들이 많기에 여기 실었다.

◉ **보기글** ● 거복이네는 더 이상 평사리에서 살 수 없게 되자 밤중에 몰래 야반도주를 해버렸다.

0659 **야지**(やじ)

🖢 **본 뜻** 야유, 조롱, 훼방하는 말 등의 뜻을 가진 일본어다.

🔄 **바뀐 뜻** '야유' '조롱' '빈정대기' 등의 우리말로 바꿔 쓸 수 있다. '야지'는 주로 비속어로 쓰인다.

- 보기글
  - 야지와 같은 품위 없는 말은 일상용어로 쓰지 않아야 한다.
  - 사람을 앞에다 두고 그렇게 온갖 야지(→ 야유)와 면박을 주는 건 너무 심하지 않니?

0660 야코가 죽다

본 뜻 야코는 '양코'가 줄어서 된 말로 '야코가 죽다'는 서양인의 높은 코가 낮아졌다는 말이다. 뻣뻣한 사람이나 자만심이 강한 사람을 '콧대가 세다' '코가 높다'는 말로 표현하듯이, 코가 낮아졌다는 얘기는 그때까지 뻣뻣하던 태도나 기세가 많이 수그러들거나 일이 잘못되어 풀이 죽은 상태를 나타내는 말이다.

바뀐 뜻 어떤 사람이나 일에 압도당해서 기를 펴지 못하는 상태를 표현하는 말이다.

- 보기글
  - 그 사람 컴퓨터 분야에선 자기가 최고인 줄 아는 모양인데 언제 한번 야코를 팍 죽여주자고.
  - 철이 그놈이 리틀 야구에 나가서 상을 한번 타더니 콧대가 이만저만 세진 게 아니더라. 언제 한번 날 잡아서 여봐란 듯이 야코를 죽여줘야 되겠어.

0661 야합(野合)

본 뜻 정도를 걷지 않고 비정상적으로 합치는 것을 가리키는 야합이란 말은 사마천의 『사기』에 나오는 말이다. 사마천은 『사기』에서 공자의 부모가 야합하여 공자를 낳았다고 쓰고 있다. 공자의 아버지 숙량흘(叔梁紇)은 나이가 50살이나 차이 나는 안징재(顔徵在)라는 처녀와 혼인식도 올리지 않고 훌쩍 동거(同居)로 들어갔고 곧이어 공자를 낳았다. 이 사실을 사마천은 야합이란 말로 표현하고 있다.

바뀐 뜻 남녀간의 정상적이지 않은 결합을 가리키던 이 말이, 오늘날에 와서는 눈앞의 이익이나 좋지 못한 목적으로 서로 어울리거나 결합하는 것을 가리키는 말로 쓰인다.

• 3당 합당을 구국의 결단이라 해야 할 것인가, 아니면 야합이라 해야 할 것인가.
• 이합집산과 야합이란 말이 정치인들의 전유물인 것처럼 쓰이는 세태의 책임이 과연 누구에게 있을까.

0662 약방에 감초

◐ 본 뜻 한약을 짓는 데 빠지지 않는 약재 중에 달콤한 맛을 내는 감초가 있다. 감초는 성질이 순하여 모든 약재와 잘 어울리며 약초의 쓴맛 등을 없애주기 때문에 웬만한 약방문에는 꼭 끼어 있다.

↹ 바뀐 뜻 어떤 일에나 빠짐없이 끼어드는 사람 또는 꼭 있어야 할 물건을 비유적으로 이르는 말이다.

◑ 보기글 • 그 사람은 약방에 감초처럼 안 끼는 데가 없단 말이야.
• 잔치에 노래자랑이야 약방에 감초처럼 끼는 거 아냐?

0663 얌체

◐ 본 뜻 얌체는 '염치'의 작은 말 '얌치'에서 온 말이다. 얌치는 마음이 결백하여 부끄러움을 아는 태도를 가리키는 말로서, '얌체'라 할 때는 얌치, 즉 염치가 없는 사람이라는 뜻이다.

↹ 바뀐 뜻 거리낌 없이 자기 이익만 따져서 행동하는 사람이나 그런 일을 하면서도 부끄러움을 모르는 사람을 가리키는 말이다.

◑ 보기글 • 그 남자 어쩜 그렇게 얌체짓을 하니? 한두 번도 아니고 번번이 그러니까 정말 얄밉더라.
• 저 사람 참 양심 없다. 사람들이 줄 서서 기다리고 있는 거 뻔히 보면서 얌체같이 새치기를 하네!

양반(兩班)

🏛 **본 뜻**　동반(東班)과 서반(西班)을 한데 아울러 양반이라 하는데, 문반(文班)들은 주로 도성의 동쪽에 살고 무반(武班)들은 주로 도성의 서쪽에 살았기에 그들을 동반과 서반이라 했다. 사대부들이 관직을 얻으면 문반이나 무반, 둘 중의 하나에 속하게 되었다. 이 때문에 벼슬을 할 수 있는 신분을 가리켜 양반(兩班)이라 하게 된 것이다.

🔄 **바뀐 뜻**　조상의 혈통을 살펴보아 사대부 출신을 양반이라 일컫는다. 오늘날에는 점잖고 예의바른 사람을 일컫는 말로 널리 쓰고 있으며, 나이든 남자를 일컫는 일반 호칭으로도 쓴다.

💡 **보기글**
- 그 사람 참 양반이야. 나 같으면 불같이 화를 낼 일에도 허허 웃고 마니 말이야.
- 그 양반 참 딱도 하시네. 아니, 그렇게 말해도 이해가 가지 않는다는 말씀입니까?

양이(䑋–) 차지 않다

🏛 **본 뜻**　보통 음식을 모자라게 먹었을 경우에 '양(䑋)이 차지 않는다'라는 말을 많이 쓴다. 이때 양(䑋)을 분량을 가리킬 때의 양(量)으로 알고 있는 이들이 많으나, 사실은 위(胃)를 뜻하는 한자어 양(䑋)을 가리키는 말이다. 양은 소의 첫번째 위(rumen)를 뜻한다. 권문해(權文海, 1534~1591)가 지은 백과사전 『대동운부군옥大東韻府群玉』에 고려 충숙왕 때의 탐관오리 마계량(馬季良)이 소의 양을 좋아했다는 기록이 나온다. 백성들은 '말이 소를 먹는다'고 놀렸다 한다.

🔄 **바뀐 뜻**　보통은 '먹은 분량이 부족하다'는 뜻으로 쓰는데, 실제는 '위가 다 차지 않았다'는 뜻이다.

💡 **보기글**
- 우리집 애가 눈 깜짝할 사이에 밥 두 공기를 해치우고도 양이 차지 않는지 숟가락을 빨고 있으니 쌀값 많이 들게 생겼지 뭐예요. 호호호.

0666 **양재기**[洋磁器]

🖐**본 뜻** 한자어 양자기(洋磁器)에서 나온 말이다. 흙으로 구운 우리나라 도자기는 자칫 잘못하면 깨지기 일쑤였는데, 서양에서 들어온 금속 그릇 등은 함부로 굴려도 깨지지 않고 튼튼했기에 알루미늄이나 양은으로 만든 그릇들을 양자기라고 불렀다. 그것이 음운 변화를 일으켜서 양재기가 된 것이다.

🔄**바뀐 뜻** 알루미늄으로 만든 그릇을 가리키는 말이다.

⊙**보기글**
• 깨지길 하나, 금이 가길 하나? 양재기야말로 만년 동안 쓸 수 있는 그릇이지.
• 60년대만 해도 양재기가 귀했는데 이제는 또다시 옛날처럼 도자기 그릇이 유행이니 도대체 어느 장단에 춤을 춰야 될지 모르겠어.

0667 **양잿물**(洋--)

🖐**본 뜻** 우리나라 고유의 세탁제인 잿물은 콩깍지나 짚 등을 태워 그 재를 우려낸 물인데 이 물의 성분이 알칼리성이었기 때문에 옷의 때나 기름기를 빼는 데 사용되었다. 그런데 개화기 이후에 들어온 수산화나트륨이 사용의 간편함과 강력한 세척력으로 재래식 잿물 대신에 널리 사용되기 시작하였다.

🔄**바뀐 뜻** 강력한 세척력을 가진 수산화나트륨을 서양에서 들어온 잿물이라 하여 양잿물이라 부르게 되었다. 양잿물은 강한 염기성을 가진 흰색의 고체 덩어리로서 주로 비누의 원료로 쓰인다.

⊙**보기글**
• 합성세제 대신에 양잿물과 폐식용유로 만든 세탁비누를 사용하면 수질 오염을 한층 줄일 수 있습니다.
• 아무 생각 없이 공짜라면 양잿물도 마신다는 말을 하곤 했는데, 그게 서양에서 받아들인 잿물이라는 건 생각도 못했지 뭐야.

0668   **어깃장을 놓다**

🖐️**본 뜻**   옛날 집의 광이나 부엌의 문은 대문이나 방문처럼 좋은 나무를 쓰
거나 네 아귀를 딱 맞춰서 만든 것이 아니라 잡목으로 대충 만들었
다. 거기에다가 비바람과 햇빛에 사정없이 노출되다 보니 쉽사리 비
틀어지거나 휘어지기 일쑤였다. 그런 비틀림이나 휘어짐을 방지하기
위해 문에 대각선으로 붙이는 나무를 어깃장이라 한다.

🔄**바뀐 뜻**   대각선으로 붙인 어깃장의 모양에서 착안하여 어떤 일을 어그러지
게 한다거나 바로 되지 못하게 훼방 놓는 것을 어깃장을 놓는다고
하였다. 어깃장은 본래 비틀림을 막기 위한 것인데 '어깃장을 놓다'
고 말할 때는 멀쩡한 것을 비틀거나 안 되도록 훼방 놓을 때 쓴다.
즉 본뜻과 정반대로 쓰인다.

⊙**보기글**   • 이래도 싫다 저래도 싫다, 어깃장만 놓고 있으니 도대체 어떡하란 말이오?
• 사람이 나이 들면 왜 매사에 어깃장을 놓고 이기적이 되는지 몰라.

0669   **어물전**(魚物廛)

🖐️**본 뜻**   어물이라 함은 생선류를 총칭하는 말이기도 하면서 제수용이나 반
찬감으로 쓸 말린 생선 등을 가리키는 말이다. 어물전 또는 어물점
이라고도 한다.

🔄**바뀐 뜻**   이 말을 그냥 생선가게로 알고 있는 이들이 많은데, 가공하여 말린
생선을 파는 가게를 가리키는 말이기도 하다.

⊙**보기글**   • 어물전 망신은 꼴뚜기가 시킨다더니 네가 꼭 그 격이구나.
• 얘야, 어물전에 가서 북어 두 마리만 사오련?
• 사업 크게 한다고 그렇게 자랑이더니, 지금은 어째 어물전 털어먹고 꼴뚜기 장사 하
는 모양새로구먼.

어비

🏮 **본　뜻**　어린아이들에게 쓰는 경고용 감탄사인 '어비!'는 본래 '아버지'에서 나온 말이다. 옛날에는 아버지를 '아비' 또는 '어비'라고 하였다. '저기 어비 온다'는 말은 '저기 아버지 온다'는 말이었다. 옛날에 아버지란 아이들에게 무섭고 엄한 존재였기 때문에 이런 말이 나올 수 있었던 것이다.

🔁 **바뀐 뜻**　어린아이가 위험한 것을 만지려고 할 때나 울 때, 그만두게 하려는 목적에서 무서운 것을 뜻하는 '어비'라는 감탄사를 사용한다.

💿 **보기글**
- 우리 어렸을 때만 해도 어머니한테 무수히 '어비' 소리를 듣고 자랐는데, 요즘 엄마들은 아이한테 '어비' 소리를 거의 하지 않는 것 같지요?
- 어비, 이거 만지면 망태할아버지가 잡아간다.

0671　## 어사화(御賜花)

🏮 **본　뜻**　어사화는 과거에 급제한 사람이 합격증서인 홍패를 받을 때 임금이 내리는 꽃에서 유래한 이름이다. 이 꽃을 받은 급제자는 이것을 복두(幞頭) 위에 꽂아서 활대처럼 휘어 드리우고 다녔다. 어사화는 달리 접시꽃이라고도 한다. 접시꽃은 아욱과의 여러해살이 꽃으로 2미터 정도 기다랗게 자라는 대에 커다랗게 둥근 꽃이 줄줄이 피는 모양이 흡사 접시처럼 생겼다고 해서 붙인 이름이다.

🔁 **바뀐 뜻**　과거에 급제한 사람에게 임금이 내리는 꽃이라 해서 어사화라고 불렀는데, 과거가 없어진 후로는 그 모양이 흡사 접시를 닮았다고 하여 접시꽃이라 부른다.

💿 **보기글**
- 접시꽃이 어사화로 쓰였기 때문에 옛날에 자식이 급제하기를 바라는 집에서는 마당에 이 접시꽃을 많이 심었다고 한다.
- 과거에 장원급제하면 복두 뒤에 어사화를 꽂고 삼일유가를 하였지.

어안이 벙벙하다

🖐 **본 뜻** '어안'은 정신을 가리키는 말로서 정신이 빠져서 어쩔 줄 몰라한다
는 뜻이다. '어안'이 '어이없어 말을 못하고 있는 혀 안'이라고 설명하
는 사전도 있다.

🔁 **바뀐 뜻** 뜻밖의 일을 당해 정신을 차릴 수가 없거나 기가 막혀서 말문이 막
히는 경우를 이르는 말이다.

◉ **보기글**
- 평소에 원수처럼 지내던 그가 편지를 보내 사랑한다고 했을 때 나는 그만 어안이 벙
  벙해졌다.
- 지난달에 태국에 납품했던 부채가 클레임에 걸려 되돌아온 일이 있었는데 포상휴가
  라니! 그 소식에 어안이 벙벙해져 있는데 지나가던 이 과장이 웃으며 어깨를 툭 쳤다.

어여머리

🖐 **본 뜻** 이규경의 『오주연문장전산고』에 보면 어여머리에 대한 설명이 아래
와 같이 나온다. "어여머리는 한자로 '於如麻里'라고 쓰는데, 어여(於
如)는 방언으로 '두른다'는 말이고, 마리(麻里)는 머리라는 말로서 다
리 쪽지를 머리에 둘러서 만든 쪽이니, 곧 중국의 제도이다."

🔁 **바뀐 뜻** 부인들이 예복을 갖춰 입을 때 머리에 얹는 큰머리를 가리키는 말
이다. 머리에 족두리를 쓰고 그 위에 큰머리를 얹고 봉잠과 밀화잠
이라는 비녀를 양편으로 꽂아 쪽을 찐 머리다. 일종의 가발로 멋을
낸 것인데, 날로 화려하여지고 커져서 한때는 어여머리의 금지령을
내리기도 하였다 한다.

◉ **보기글**
- 사극을 볼 때마다 궁중 여인네들이 한결같이 머리에 똬리같이 땋은 머리를 얹고 있
  는 것을 보고, 저렇게 하려면 머리가 어느 정도 길어야 한단 말인가 하고 궁금했었는
  데 그게 어여머리라는 가발이었다고요?
- 조선시대에 귀부인들이 어여머리를 너무 화려하게 장식하자 법으로 이를 금지하기도
  하였다.

0674   어용(御用)

🖐본 뜻   본래는 임금이 기용해서 쓴 사람을 가리키는 말이었다.
🔁바뀐뜻 오늘날에 어용이란 말은 정부나 그 밖의 권력 기관의 요구에 영합
          하여 그 이익을 위하여 활동하는 것을 경멸하여 일컬을 때 쓰는 말
          이다. 1970년대 유신 이후부터 학생운동권에서 널리 쓰기 시작하여
          일반화된 말이다.
🔘보기글 ● 정부가 잘한 일에 대해서 잘했다고 얘기하는 것조차도 어용으로 몰면 진짜 학자적
            양심이 설 자리가 없어져요.
          ● 그들은 어용 문인들을 내세워 새로운 정치 세력의 당위성을 대대적으로 선전했다.

0675   어중이떠중이

🖐본 뜻   '어중이'는 '어중간하다'가 명사화된 것으로 신분이 이도 저도 아닌
          어중간하게 낀 사람이라는 뜻이고, '떠중이'는 정처 없이 떠돌아다
          니는 사람을 뜻하는 말이다.
🔁바뀐뜻 '어중이떠중이'는 여기저기에서 모인 변변치 못한 사람들이란 뜻으
          로 쓰인다.
🔘보기글 ● 세계문화예술인협회 창립 기념식장에 갔더니 그야말로 어중이떠중이들만 모였고 팸
            플릿에 나와 있는 내로라 하는 유명인사들은 단 한 사람도 보이질 않더구먼.

0676   어처구니없다/어이없다

🖐본 뜻   어처구니는 상상 밖으로 큰 물건이나 사람을 가리키는 말이다. 또
          한 바윗돌을 부수는 농기계의 쇠로 된 머리 부분 또는 맷돌을 돌
          리는 나무막대로 된 손잡이를 가리키기도 한다. 또 궁궐 지붕에 올

리는 조각물을 가리키기도 한다. 어처구니의 준말은 어이다. 이 말의 유래는 두 가지가 전한다. 그 하나는 당(唐) 태종이 밤마다 꿈에 나타나는 귀신을 쫓기 위해 병사 모양의 조각물을 지붕 위에 올린 데서 유래한 것으로, '어처구니가 없다'는 말은 기와장이들이 궁궐을 지을 때 어처구니를 깜박 잊고 올리지 않은 데서 비롯된 말이라고 한다. 유몽인의 『어우야담』에 따르면 어처구니는 궁궐이나 도성 성문에 3개에서 11개까지 올라가는데 그 모양으로는 대당사부, 손행자, 저팔계, 사화상, 마화상, 삼살보살, 이구룡, 천산갑, 이귀박, 나토두 등이었다고 한다. 다른 하나는 맷돌의 손잡이에서 유래했다는 설이다. 맷돌의 윗돌은 암쇠, 아랫돌은 숫쇠다. 이 둘을 연결해주는 손잡이 부분이 어처구니다. 이 손잡이가 없는 상황을 '어처구니가 없다'고 쓰이기 시작했다는 것이다.

🔄 **바뀐 뜻** 궁궐 조각에서 왔는지, 맷돌 손잡이에서 왔는지는 분명하지 않으나 무언가 꼭 필요한 요소가 빠진 상황을 가리키는 뜻으로 변했다. 사전에는, 너무나 엄청나서 기가 막히다는 뜻으로 올라 있다. 속어로 '어이없다'라는 말을 많이 쓴다. 어이없다의 '어이'는 '어처구니'의 준말이다. 일부 지방에서 얼척없다로 쓰는데, 경남과 전남 지방에서 어처구니를 가리키는 방언이라는 주장이 있다.

◉ **보기글** ● 자기가 계약을 파기해놓고 나보고 손해배상을 하라니 어처구니가 없어서 말이 안 나오네.

0677 어휘(語彙)/단어(單語)

👆 **본 뜻** 어휘는 단어의 수효를 가리키는 말로서 영어의 '보캐뷸러리(vocabulary)'에 해당하는 말이다. 그러므로 어휘가 짧다는 것은 곧 알고 있는 단어의 수가 적다는 뜻이 된다. '어휘'는 또 일정한 범위 안에서 쓰이는 낱말의 총체를 가리키기도 하는데 '컴퓨터 관련 어휘' 등이 바

로 그 예이다. 이에 반해 단어는 문법상의 뜻이나 기능을 가진 언어의 최소 단위를 일컫는 것으로서, 곧 낱말 하나하나를 가리키는 말이다.

⇆ 바뀐 뜻　어휘는 총체적인 의미를 갖고 있는 데 반해, 단어는 개별적인 의미를 갖고 있는 말이다. 그러나 대부분의 사람들은 어휘가 단어보다 훨씬 크고 포괄적인 개념인데도 불구하고 이 둘을 구분하지 않고 같은 뜻으로 혼용하고 있다. 그러므로 오직 한 단어에 대해서 얘기할 때는 어휘라는 말을 쓰지 않아야 한다.

◑ 보기글　• '까무잡잡하다' '희끄무레하다'란 단어를 볼 때마다 사물의 미묘한 차이를 표현해낸 우리 조상들의 어휘력에 새삼 놀라게 된다니까.

0678　**억수**

☝ 본 뜻　원래는 호우를 가리키는 한자 악수(惡水)에서 나온 말이다. 너무 많이 오는 비는 생활에 이로움을 주기보다는 해를 주는 경우가 많으므로 악수라 했다.

⇆ 바뀐 뜻　하늘이 뚫어진 것처럼 퍼붓듯이 세차게 내리는 비를 가리키는 말이다. 수억 개의 빗줄기가 쏟아진다는 한자말이 아니다.

◑ 보기글　• 어제저녁부터 부슬부슬 내리던 비가 아침이 되자 폭우로 변해 억수로 퍼붓기 시작했다.
　　　　• 겨우 다리를 건너 마을 쪽을 바라보니 억수로 퍼붓는 빗속에 마을이 아슴푸레하게 보였다.

0679　**억장이(億丈–) 무너지다**

☝ 본 뜻　억장(億丈)은 본래 억장지성(億丈之城)의 줄임말로 높이가 억 장이 될 정도로 퍽 높이 쌓은 성을 말한다. 그러므로 억장이 무너진다는 말

351

은 억 장이나 되는 높은 성이 무너질 정도의 엄청난 일을 말한다.

↹ **바뀐 뜻** 그동안 공들여 해온 일이 아무 쓸모가 없게 되어 몹시 허무한 상황을 가리키는 말이다.

○ **보기글** ● 어렵게 유학을 보낸 아들이 학교에서 제적당했다는 소식을 들은 순간 춘천댁은 억장이 무너지는 것 같았다.
● 병들어 누워 계신 아버지를 앞에 두고 유산을 분배해 달라는 자식들의 말에 천안댁은 억장이 무너지는 슬픔을 맛봐야 했다.

0680   **억지춘향**

☝ **본 뜻** 고대 소설 『춘향전』에서 변사또가 춘향으로 하여금 억지로 수청을 들게 하려고 구슬리고 얼르다가 끝내는 핍박까지 한 데서 나온 말이다.

↹ **바뀐 뜻** 안 되는 일을 억지로 우겨서 겨우겨우 이루어지게끔 만든 일을 가리킬 때 쓰는 말이다.

○ **보기글** ● 그렇게 억지춘향으로 붙들어 앉혀봤자 금방 다시 도망갈 텐데.
● 일은 하고 싶은 사람을 시켜야 하는 법이야. 그 일에 맞지도 않는 사람을 억지춘향으로 시켜봐야 뭐 하나 제대로 해내는 일이 없다고.

0681   **언어도단**(言語道斷)

☝ **본 뜻** 말로는 표현할 수 없는 최상의 진리, 이심전심으로만 전수되는 진리의 본체를 가리키는 말이다. 언어로는 도저히 잘라 말할 수 없는 도(道)의 경지, 언어 바깥의 경지에 있는 도를 말한다. 비슷한 말로는 불립문자(不立文字)가 있다.

↹ **바뀐 뜻** 언어도단은 본래 도(道)는 문자나 언어로는 전할 수 없다는 뜻을 가진 말이었는데, 오늘날에는 '너무 엄청나게 사리에 어긋나서 말하려

해도 말할 수 없음'을 뜻하는 말로 전이되었다. '말도 안 된다'는 뜻
으로 쓰고 있다.

● 보기글　● 한국전쟁이 북침으로 일어났다는 말은 언어도단이다.
　　　　　● 일부다처제를 허용하자는 것이야말로 언어도단이다.

0682　　## 얼간이

🖐 본　뜻　소금을 약간 쳐서 조금 절이는 것을 '얼간'이라 한다. 제대로 절이지
　　　　　못하고 얼추 간을 했다는 뜻이다. 여기에 사람을 나타내는 명사 '이'
　　　　　가 붙어서 얼간이가 된 것이다.

🔄 바뀐 뜻　제대로 맞추지 않고 대충 맞춘 간처럼 됨됨이가 변변치 못해 모자
　　　　　라고 덜된 행동을 하는 사람을 낮춰 부르는 말로 쓰인다. 다른 말
　　　　　로는 '얼간망둥이'라고도 한다.

● 보기글　● 자기 색시 하나를 달래지 못해서 전화도 못하고 처갓집에도 못 가는 얼간이가 바로
　　　　　　자네란 말이지?
　　　　　● 이 얼간망둥이 같은 녀석 하는 짓을 그대로 보고만 있어야 합니까?

0683　　## 얼른

🖐 본　뜻　남사당패의 은어로, '요술'이나 '마술'을 가리키는 말이다.

🔄 바뀐 뜻　요술이나 마술을 부리려면 손놀림이 매우 빨라야 하는데, 이런 뜻
　　　　　에서 시간을 끌지 아니하고 바로라는 의미의 부사로 쓰인다.

● 보기글　● 얼른 자백하지 못하겠어!
　　　　　● 철수야, 망치 좀 얼른 갖다줄래?
　　　　　● 그 일로 나에게 불똥이 튈까 싶어 얼른 대답하였다.

업둥이

🖐**본　뜻**　'업'은 집안 살림이 그 덕이나 복으로 잘 보전되고 늘어가는 것으로
　　　　　　믿고 소중히 여기는 동물이나 사람을 일컫는 말이다.

🔄**바뀐 뜻**　자기 집 문 앞에 버려져 있거나 우연히 얻거나 하여 기르는 아이를
　　　　　　가리키는 말로 쓰인다.

◎**보기글**　● 우리집에 업둥이가 하나 있는데 할머니가 어찌나 귀여워하시는지 글쎄 다른 아이들
　　　　　　　이 시샘을 할 정도라니까.

엉터리

🖐**본　뜻**　엉터리는 본래 '사물의 이치나 근거'라는 뜻을 가진 말이다. 여기서 나
　　　　　　온 '엉터리없다'란 말은 '터무니가 없다' '이치에 닿지 않는다'는 뜻이다.

🔄**바뀐 뜻**　'엉터리'는 본래 긍정적인 뜻을 가지고 있는 말이었으나 '엉터리없다'
　　　　　　란 말에 파묻혀 '터무니가 없는 말이나 행동, 또는 그런 행동을 하
　　　　　　는 사람'을 가리키는 말로 뜻이 바뀌었다.

◎**보기글**　● 이가 아프다니까 무조건 이를 뽑으라니? 그 의사 완전히 엉터리 아냐?

에누리

🖐**본　뜻**　옛 말에 베어내다, 잘라내다의 뜻으로 '어히다'라는 말이 쓰였다. '어
　　　　　　히다'는 언어 변천을 통해 '어이다'로, 이것이 또다시 '에다' 혹은 '에이
　　　　　　다'로 변했다. 즉 잘라내다의 뜻을 가진 '에다'의 어간 '에-'에 별 뜻
　　　　　　없는 접미사 '-누리'가 붙어서 이루어진 말이 '에누리'이다.

🔄**바뀐 뜻**　'물건 값을 깎는 일' 또는 '어떤 말을 더 보태거나 축소시켜 얘기하

는 것'을 가리키는 말로 쓰인다.

◉ 보기글   • 에누리 없이 말해서 이번 일은 분명히 너한테 잘못이 있는 거라고.

0687   **에티켓**(étiquette)

🖐 본 뜻   프랑스어인 에티켓(étiquette)은 원래 영어의 '표'를 의미하는 '티켓(ticket)'에
해당하는 말이다. 옛날에 프랑스에서는 궁전에 출입할 때마다 궁전
안에서 지켜야 할 예의범절이 적혀 있는 '표'를 나눠주었는데 그 표를
'에티켓'이라 불렀다. 그 표에 적힌 대로 행동하면 '에티켓을 지켰다'고
했는데 여기서 유래한 말이 바로 예의범절을 가리키는 '에티켓'이다.

🔄 바뀐 뜻   대중이 모인 장소나 다른 사람 앞에서 지켜야 할 예의범절을 가리
키는 말이다.

◉ 보기글   • 넌 에티켓도 모르니? 어쩜 꽉 막힌 전철 안에서 그렇게 큰 소리로 떠드니?
• 여자와 처음으로 시간 약속을 했을 때엔 여자가 약속 시간보다 늦게 나온다는 것은
일종의 에티켓이다.

0688   **엑기스**

🖐 본 뜻   원래 영어 엑스트랙트(extract)에서 나온 말로서 '농축액' '추출액' 등의
뜻을 가지고 있는 말이다. 굳이 줄여 쓰려면 '엑스'라고 써야 옳다.
엑기스는 엑스트랙트의 일본식 표기다.

🔄 바뀐 뜻   '생약 엑기스' '인삼 농축 엑기스' 등에 쓰이는 이 말은 '생약의 정수
부분만 골라 뽑은 물질' '인삼을 농축한 진수' 등의 뜻으로 널리 쓰
인다. 바꿔 쓸 수 있는 우리말로는 '농축액' '진수' 등이 있다.

◉ 보기글   • 인삼 농축 엑기스가 들어갔다고 선전하는 '인삼정' '산삼정' 등의 드링크가 진짜 몸에
좋을까?

● 엑기스 같은 엉터리 영어보다는 농축액, 진수, 정수 같은 말로 바꿔 쓰는 게 좋지 않을까.

0689 **엑스 세대(X世代)**

본 뜻 캐나다 작가 더글러스 쿠플런드가 1968년을 전후해서 태어난 신세대를 가리켜 처음 사용한 용어다. 그의 말에 따르면 X세대란 부모가 이룩해놓은 복지 상태에 이르는 것을 포기한 첫 세대라고 한다. 1980년대에 몰아닥친 불경기가 그들의 미래를 박탈하였고, 그런 미래에 대한 공포와 불안으로 가득한 잊혀진 세대라는 뜻이다. 따라서 그들은 모든 호화로운 것을 거부하고 최소한도의 것만으로 자신의 삶을 꾸려가고자 하며, 사회와 기성세대에게 도덕성과 공정성을 강력하게 요구한다. 그들은 무조건 현실에 반항하는 반항파들이 아니다. 오히려 무자비한 현실과 싸워봐야 아무런 소용이 없다는 것을 파악하고 있는 현실파들이다. 이 때문에 그들은 현실에 적응하되 행복 추구를 목적으로 하지 않으며, 단지 모든 것을 편리하고 간편하게 해결하려 든다. 그런 성향이 그들의 삶에도 반영되어 어떤 일에서든지 필요 이상의 노력을 하려고 들지 않는 것이 바로 X세대이다.

바뀐 뜻 광고나 신세대를 다루는 기사에서 주로 쓰고 있는 X세대라는 용어는 위에서 설명한 본뜻의 일부분만 차용하고 있다. 그 때문인지 일반적으로 통용되는 X세대의 개념은 반항적이고, 제멋대로이고, 주위 눈치를 안 보는 개성파들이고, 뭔가 튀는 세대라는 뜻으로 널리 알려져 있다.

보기글 ● 나는 X세대! 모든 규격품을 거부한다!
● 인마, 모든 규격품을 거부하는 게 X세대가 아냐. X세대는 현실을 거부하거나 현실에 반항하지 않아. 그들은 너희처럼 단지 자신을 드러내기 위한 독특함을 추구하지도 않아. 그들은 자신이 서 있는 현실세계를 명확하게 파악하고 거기에 지극히 현실적으로 대처해 나가는 세대들이라고.

0690 엔간하다

본 뜻 '어연간하다'의 준말이다. 흔히 쓰는 '어지간하다'는 뜻을 가지고 있는 말로서, 어떤 표준에 가깝거나 정도가 넘치거나 모자라지 않고 알맞다는 뜻이다.

바뀐 뜻 호락호락하지 않고 웬만한 수준엔 도달했다는 뜻이다.

보기글
- 우리 마누라 음식 솜씨가 엔간해야 사람들을 부르지. 라면 하나도 제대로 못 끓인다니까.
- 김 선생님. 그 정도면 엔간한데 뭘 더 하시려고 그러세요. 그만하시고 어서 이리와 앉으세요.

0691 여사(女史)

본 뜻 고대 중국에서 후궁을 섬기어 기록과 문서를 맡아보던 여관(女官)을 말한다. 이것이 나중에는 황제나 왕과 동침할 비빈들의 순서를 정해주는 일로 확대되었다. 여사(女史)는 비빈들에게 금(金) 은(銀) 동(銅) 등으로 만든 반지를 끼게 하여 황제나 왕을 모실 순서를 정했고, 생리 중인 여성은 양볼에 붉은색을 칠하게 하는 등 비빈들의 건강 상태나 행동을 관찰하고 기록하여 실질적인 궁중 권력을 행사했다.

바뀐 뜻 후대로 내려오면서 고위 관료의 부인을 가리키는 말이 되었다가, 요즘에는 흔히 남의 부인을 가리키는 말로 쓰인다.

보기글
- 오늘 초대손님으로 대통령 부인 성춘향 여사를 모셨습니다.

0692 여염집(閻閻─)

본 뜻 백성들의 살림집이 많이 모여 있는 곳을 여염(閻閻)이라 한 데서 나

357

온 말이다.

일반 사람들의 살림집을 가리키는 말이다. 줄여서 '염집'이라고도 하는데, 자칫 시체를 염하는 집으로 잘못 알기 쉽다.

◎ **보기글** • 아니, 여염집 처녀가 감히 거기가 어디라고 드나들어, 드나들긴!
• 동네 우물가는 여염집 아낙네들이 모여 온갖 동네 소식을 나누는 친교의 장소로 이용되고 있다.

0693 **여자 팔자 뒤웅박 팔자**

🏠 **본 뜻** 뒤웅박이란 쪼개지 않고 꼭지 근처만 도려내어 속을 파낸 바가지를 말하는데, 부잣집에서는 뒤웅박에 쌀을 담아두고 가난한 집에서는 여물을 담아둔다. 그러므로 뒤웅박이 어떤 집에서 쓰이느냐에 따라 뒤웅박의 쓰임새가 달라진다는 데서 연유했다.

🔄 **바뀐 뜻** 여자 팔자는 어떤 남자를 만나느냐에 달려 있다는 뜻으로 쓰인다.

◎ **보기글** • 여자 팔자는 뒤웅박 팔자라더니 그 말이 천안댁에게 딱 맞는 말이지 뭐야.
• 여자 팔자 뒤웅박 팔자라는 말은 오늘날과 같은 여권 신장의 시대엔 걸맞지 않는 말이지.

0694 **연륜**(年輪)

🏠 **본 뜻** 연륜은 본래 나이테를 가리키는 말이다. 나이테가 쌓인다는 것은 그만큼 햇수가 오래됐다는 표시이고 오래 살았다는 표시이다. 오래산 사람은 남보다 많은 세상 경험을 쌓고, 그 경험에서 축적된 지혜를 가지게 된다.

🔄 **바뀐 뜻** 오늘날에는 '나이테'라는 본뜻보다는 어떤 일에 대한 경험이 쌓이고 숙련된 경지에 다다른 상태를 가리키는 말로 쓰인다. 간혹 나이를

뜻하기도 한다.

◎ 보기글
- 인생의 연륜이 깊으신 이 선생님이 해주시는 조언은 언제나 내 인생에 도움이 되곤 한다.
- 그런 일은 젊은 혈기로만 되는 일이 아니고 연륜이 쌓여야 할 수 있는 일이지.

0695 연미복(燕尾服)

🔖 본 뜻 '연미(燕尾)'란 글자 그대로 제비의 꼬리란 뜻이다. 저고리 앞쪽이 허리 아래가 없으며 뒤가 길고 두 갈래로 째진 서양 남자의 예복이 마치 제비꼬리처럼 생겼다고 해서 연미복이라 부른다. 서양에서는 '이브닝코트(evening coat)' 또는 '테일코트(tail coat)'라고 한다.

⇆ 바뀐 뜻 뒤가 째진 검은색 남자 예복을 가리키는 말이다. 연미복을 간소하게 만든 옷이 턱시도(tuxedo)다. 둘 다 야간에 입는 예복이지만 큰 행사에서는 낮에도 입는다.

◎ 보기글
- 지휘자가 연미복 입고 지휘할 때는 정말 한 마리 제비가 날아오르는 것 같더라.
- 우리나라에서는 연미복을 입을 만한 자리가 그리 흔치 않잖아. 외교관들의 모임에서나 볼 수 있을까.

0696 연지(臙脂)

🔖 본 뜻 볼과 입술을 붉게 칠하는 화장품을 일컫는 연지는 중국 연나라에서 들어왔기에 연지라 했다 하는가 하면, 흉노족의 영토인 언지산(焉支山; 甘肅省)에서 나왔다 하여 연지라 불렀다 한다. 언지산에는 흉노족이 살았는데 이곳에 나는 붉은 잇꽃으로 연지를 만들었다. 예로부터 붉은색은 온갖 잡귀를 쫓는 역할을 한다고 믿어왔는데 연지를 찍고 바르는 풍습에도 그런 주술적인 요인이 들어 있

다고 하겠다.

『사기』 '흉노전'에 한무제에게 패한 흉노족의 민요가 실렸는데, 여기에 다음과 같은 이야기가 나온다. "기련산을 잃으니 이제는 가축을 기를 수 없고(失我祁連山 使我六畜不蕃息) 연지산을 잃으니 이제는 처자의 얼굴에 연지를 바를 수도 없구나(失我燕支山 使我嫁婦無顔色)."

↹ 바뀐 뜻　연지는 흉노에서 들어온 잇꽃의 꽃잎으로 만든 붉은 염료로서, 그림 그릴 때 쓰거나 여자가 혼인할 때 양 볼에 찍는다. 얼마 전까지만 해도 입술에도 연지를 발라 입술연지라는 말이 살아 있었는데 지금은 그 자리를 립스틱이 대신하고 있으며, 새 신부가 혼례할 때 찍는 볼연지만 남아 있다. 그것도 사극이나 민속촌에서나 볼 수 있다. '연지곤지'라는 말을 많이 쓰는데, 여기서 곤지는 전통 혼례에서 신부가 단장할 때 이마 가운데 연지로 찍는 붉은 점을 말한다.

◉ 보기글　• 오늘 네가 이렇게 폐백 드리는 모습을 보니까 옛날에 내가 시집올 때 연지 찍던 생각이 나는구나.

0697　　**연필 한 다스**

☝본　뜻　물건의 개수를 나타내는 단위 중에 12개 묶음을 '다스'라고 하는데, 이 말은 본래 영어 '더즌(dozen)'의 일본식 발음이다. 그러므로 연필 한 다스는 연필 12개짜리 한 묶음이라는 뜻이다.

↹ 바뀐 뜻　일상생활에서는 '더즌'이란 말보다는 '다스'를 쓰는데, 이는 일본식 영어가 그대로 통용되는 예라 하겠다. 이처럼 이도 저도 아닌 무국적의 말을 쓰느니, 우리 식으로 '연필 한 묶음' 또는 '연필 한 타(打)' 등으로 쓰는 편이 나을 것이다.

◉ 보기글　• 엄마, 문방구에 가서 내가 연필 한 묶음 달라고 하니까 주인 아저씨가 한 다스라고 하지 않고 한 묶음이라고 하는 애는 처음 봤다며 이 공책을 선물로 주셨어요.

0698   **열통(熱−) 터지다**

🖐**본　뜻**　재래식 화장실에 어느 정도 대소변이 쌓이면 그걸 퍼내야 한다. 오
물을 치우기 위해선 커다란 작대기로 그 속을 휘휘 젓는데 그때 메
탄가스가 발생해서 부글부글 끓어오른다. 그것을 열통이라 한다.

🔄**바뀐 뜻**　오늘날 많은 사람들은 '열통 터지다'의 열통을 사람의 가슴 한복판
에 화나 열을 돋우는 어떤 상징적인 장기 정도로 생각하고 있다. 그
러나 열통은 위에서 말한 대로 재래식 변소에서 끓어오르는 메탄가
스를 말한다. 아무튼 '열통 터지다'는 말은 화가 머리끝까지 차올라
서 폭발할 지경이거나 폭발하는 것을 가리킨다.

◉ **보기글**　● 우리 그이는 술만 마셨다 하면 고주망태가 돼서 들어오니, 열통 터져서 못살겠어요.

0699   **염병할(染病−)**

🖐**본　뜻**　염병은 장티푸스를 가리키는 말이다. 높은 고열에 시달리고 머리카
락이 빠지는 장티푸스는 옛날에는 굉장히 무서운 전염병이었다. 한
사람이 이 병에 걸리면 삽시간에 마을 전체에 퍼졌는데 열에 아홉
은 죽어 나갔다. 그러므로 '염병할 놈'이라는 욕은 '염병을 앓아서
죽을 놈'이란 뜻의 무시무시한 욕설이다.

🔄**바뀐 뜻**　오늘날에 와서는 크게 두 가지 뜻으로 쓰인다. 하나는 일이 뜻대로
안 풀려서 한탄하거나 투덜거릴 때 쓰는 상말 감탄사로서 '제기랄'
과 같은 뜻으로 쓰인다. 또 하나는 다른 사람을 심하게 나무라거나
욕할 때 쓰는 말로서 '염병할 놈' 같은 경우에 쓴다.

◉ **보기글**　● 이런 염병할! 어떻게 하는 일마다 이렇게 꼬일 수가 있단 말이야.
● 그런 염병할 놈이 있나! 벼룩이 간을 빼먹지, 그래 홀로 된 과부의 전 재산을 등쳐먹
　다니!
● 염병할, 날씨 한번 지독히도 덥네!

361

엿 먹어라

本 뜻 이곳저곳을 떠돌아다니며 노래와 춤판을 벌이는 무리인 남사당은 특수 집단의 성격이 강하기 때문에 그들만이 쓰는 은어가 발달했다. 그중에 몇 단어는 시중에 스며들었는데 '엿'은 '뽁'과 함께 여자 성기를 뜻하는 남사당만의 은어였다. 여기서 나온 '엿 먹어라'는 남녀간의 성적인 관계를 표현한 것으로, 여자한테 잘못 걸려서 된통 당하듯이 혼 좀 나보라는 뜻이다.

바뀐 뜻 많은 사람들이 이 말을 먹는 엿과 연관된 말인 줄 알고 있다. 엿은 먹을 때마다 입안에 쩍쩍 달라붙어서 여간 먹기가 힘든 것이 아니다. 그래서 상대편을 야유하거나 굻려줄 때 그렇게 힘든 고생을 좀 해보라는 뜻으로 알고 쓰는데, 사실은 먹는 엿에 빗댄 것이 아니라 성적인 표현으로 상대방을 비웃는 전형적인 욕설이다.

보기글 • 애나 어른이나 '엿 먹어라'는 말을 많이 쓰는데, 이 말의 근본을 안다면 그렇게 재미 삼아 쓰지 못할 것이야.

영감(令監)

本 뜻 영감이라는 칭호가 언제부터 쓰였는지는 정확하지 않으나, 조선시대에 정3품과 종2품의 당상관을 높여 부르던 말이 영감이었다. 벼슬이 그 이상일 때는 대감(大監)이라고 불렀다. 그러던 것이 조선 중기에 80세 이상의 나이 많은 노인들에게 명예직으로 수직(壽職)이라는 벼슬을 주었는데 그들까지도 영감이라고 높여 부르다가 후대에 와서는 나이 든 어른은 다 영감이라고 부르게 되었다.

바뀐 뜻 오늘날에는 나이 많은 남편이나 남자 노인을 가리키는 말로 널리 쓰고 있다. 특수하게는 군수나 판검사 등 조금 높은 관직에 있는 사람들이 자기들끼리 서로 높여 부르는 말로 쓰기도 한다.

◎ 보기글
- 우리 영감은 아침잠이 없어서 허구한 날 꼭두새벽에 일어나니 아침잠이 많은 내가 죽을 노릇이라고.
- 판검사나 군수를 영감님이라고 부르는데, 평등의 정신이 강조되는 민주주의 시대에 그 호칭은 너무 권위적인 거 아냐.

0702   **영계**(-鷄)

🖐 **본 뜻**   원래는 연계(軟鷄)에서 온 말로 연한 닭이라는 뜻이다. 요즘은 어린 닭이라는 뜻으로 잘못 쓰이고 있다.

🔁 **바뀐 뜻**   병아리보다 조금 큰 닭을 일컫는 말인데, 살이 연하고 크기가 적당해 백숙이나 튀김닭으로 널리 쓰인다. 젊은 남녀를 가리키는 속어로 쓰기도 한다. 하지만 여성에게 이 어휘를 쓰면 성희롱이 될 수 있으니 표현에 주의해야 한다.

◎ 보기글
- 튀김닭도 영계를 써야 살이 연하고 맛있는 법이라고.
- 압구정동에 가면 싱싱한 영계들이 많다며?

0703   **영남**(嶺南)/**영동**(嶺東)/**영서**(嶺西)

🖐 **본 뜻**   영남 지방은 조령(문경새재)의 남쪽이란 뜻으로 경상남북도를 일컫는 말이다. 영동과 영서는 대관령을 기점으로 가른 것으로, 대관령의 동쪽을 영동이라 하고 서쪽을 영서라 한다. 영동 지방은 다른 말로 관동(關東) 지방이라고도 한다.

🔁 **바뀐 뜻**   뜻이 바뀐 것은 아니나, 많은 사람들이 영남 지방을 대관령의 남쪽으로 잘못 알고 있기에 여기 실었다.

◎ 보기글
- 정철의 그 유명한 「관동별곡」이 바로 영동 지방을 유람하면서 읊은 노래라고.

● 영남이 경상도를 가리킨다는 것은 알면서도 조령을 기준으로 그 남쪽을 가리킨다는
   사실은 모르고 있는 경우가 태반이야.

0704   **영락없다**(零落--)

🔖**본 뜻**   숫자를 나눌 때 똑 떨어져 나머지가 0이 되었다는 말이다.

🔄**바뀐 뜻**   사리가 분명하고 이치에 딱 들어맞는다는 뜻이다. '영락없다'는 강조
   를 나타낼 경우에만 사용해야 한다. '영락없다'는 한자에서 나온 말
   이므로 '틀림없다'로 바꿔 쓰는 것이 좋다. 그냥 영락(零落)이라고 쓸
   경우에는 뜻이 사뭇 달라지므로 주의해야 한다. 세력이나 사람이
   아주 보잘것없이 된 상황을 나타내는 말로 '김 진사댁 가문이 아주
   영락했더구먼' 등에 쓰인다.

🔘**보기글**   ● 그 친구가 약속한 것이라면 영락없으니까 믿어.
              ● 그 일은 영락없이 우리가 생각한 대로 될 거야.

0705   **영부인**(令夫人)

🔖**본 뜻**   남의 아내에 대한 일반적인 높임말로 부인(夫人)과 같은 뜻이다. 영
   (令)은 접두사로서 남의 가족을 경의를 표하여 부를 때 명사 앞에
   붙이는 말이다. 그러므로 남의 앞에서 그의 부인을 높여 부를 때는
   영부인(令夫人), 아들은 영식(令息), 딸은 영애(令愛)라 한다. 남의 부인
   을 높여 부를 때 흔히 사모님이란 호칭을 널리 쓰는데, 이 말의 본
   뜻은 스승의 부인을 높여 부르는 말이므로 아무에게나 사모님이라
   고 부르는 것도 썩 좋은 호칭은 아니다.

🔄**바뀐 뜻**   제 3공화국 시절에 고(故) 육영수 여사를 이름 없이 그냥 영부인이라고

만 지칭했던 적이 있다. 이 때문에 누구에게나 쓸 수 있는 이 단어가 마치 대통령의 부인만을 특별하게 가리키는 것으로 잘못 알려지게 되었고, 아직까지도 많은 사람들이 그렇게 알고 있는 경우가 많다. 대통령의 영부인을 지칭할 때는 '대통령 영부인 아무개 여사'라고 하면 된다.

◎ 보기글
● 선생님 영부인께서는 요즘 건강이 어떠십니까?
● 대통령 영부인 아무개 여사는 오늘 오후에 새로 문을 연 서울 시립 아동보호소에 들러 시설과 어린이들을 둘러보았다.

0706   ## 오금을 박다/오금이 저리다

🖐 본 뜻   오금은 말 그대로 구부린 무릎의 안쪽을 가리키는 말이다. 누군가가 넋 놓고 있거나 다른 일에 열중해 있는 틈을 타서 슬며시 그의 뒤로 돌아가 무릎께를 툭 치면 중심을 못 잡고 휘뚝하는데, 여기서 '오금을 박는다'는 말이 나왔다. '오금 저리다' 역시 오금이 저릴 만큼 겁이 나거나 나쁜 일이 생길 때 기분을 표현하는 말이다.

🔁 바뀐 뜻   누군가가 모순된 얘기를 하거나 언행이 불일치할 때 그 허점이나 잘못된 점을 들어 따끔하게 공박하는 것을 말한다. 이와는 달리 '오금이 저리다'는 자신의 잘못이 밝혀지거나 뜻밖의 나쁜 결과가 나타날 때 쓰는 말이다.

◎ 보기글
● '너는 절대로 그 일은 안 하겠다고 하지 않았니?' 하고 오금을 박자 그는 그만 입을 다물어버렸다.
● 늦은 밤에 아빠 몰래 집에 현관문을 열고 들어가는데 어찌나 오금이 저리던지.

0707   ## 오라질

🖐 본 뜻   오라는 도둑이나 죄인을 결박하던 붉고 굵은 줄을 가리키는 말이다. 그러므로 '오라질'이란 못된 짓을 하여 잡혀가서 오라에 묶인다

는 뜻이다.

⇆ **바뀐 뜻** 못된 짓을 하여 잡혀가서 '경을 칠'의 뜻을 가지고 있는 말로 미운
짓을 한 사람에 대한 질책이나 욕으로 쓰인다. 바꿔 쓸 수 있는 말
로는 '벼락 맞을' 등의 말이 있다. 변하여 '우라질'로도 쓰인다.

◉ **보기글**   • 이런 오라질 놈을 봤나. 여기가 어디라고 감히 와서 행패를 부려?
        • 오라질 년 같으니라고. 아니. 이것아. 다 큰 처녀가 겁도 없이 어디서 밤을 지새고 들
          어오냐?

0708   ## 오랑캐

🖐**본 뜻** 우리 민족은 조선시대 내내 오랑캐라는 말을 많이 썼다. 현대에 이
르러서도 북한 인민군을 그렇게 부르고, 남의 나라를 툭하면 이
런 식으로 부른다. 오랑캐는 원래 만주와 몽골에 걸쳐 유목 생활
을 하던 우량카다이란 부족을 가리키는 말이다. 한자로는 '兀良哈'
이라고 적었다. 우량카다이족은 칭기즈 칸 시절에도 건재했던 부족
이다. 여러 부족 중에 몽골족이 최종 승자가 되어 지금은 몽골이라
고 하지만 원래 타타르부, 우량카다이부 등이 더 유명했다. 서양에
서는 지금도 타타르를 몽골을 가리키는 말로 쓴다. 그런데 우량카
다이 부족을 가리킬 때 묘하게도 '캐' 비슷한 발음이 들어가면서 이
말이 널리 쓰이기 시작한 듯하다. 왜냐하면 몽골족을 가리킨 최초
의 말이 흉노(匈奴)였던 것처럼(흉노라는 한자어를 들여다보면 흉흉할 흉 자에,
노비를 가리키는 노 자가 들어 있다) 어떻게든 유목민들을 낮춰 부르려고
애를 썼기 때문이다.
원래 오랑캐라는 개념은 중국이 개발한 것이다. 그들은 중국 외의
모든 민족을 오랑캐라고 규정했다. 그래서 동이(東夷; 고구려, 거란족, 여
진족), 서융(西戎; 티베트족, 위구르족), 북적(北狄; 몽골족, 선비족, 흉노족), 남만

(南蠻; 미얀마족, 대리족, 베트남족 등 양쯔강 이남의 모든 종족) 이렇게 오랑캐를 네 부류로 나눴다. 중국인들이 굳이 다른 민족을 오랑캐라 여기면서 이렇게 혐오한 것은 그럴 만한 이유가 있다. 중국 역사의 절반 이상을 이들이 차지하고 있기 때문이다. 동이 중에서 고구려는 현재의 베이징 일대인 유주를 차지한 적이 있고, 고구려의 후예인 거란·여진은 요(遼)나라와 금(金)나라, 청(淸)나라를 세워 중국을 지배했다. 일본도 현대 중국의 북부를 차지한 적이 있다. 북적 중에서는 흉노가 한나라를 300년간 지배했고, 몽골이 원(元)나라를 세웠다. 선비족은 북위(北魏), 수(隋)나라, 당(唐)나라 건국 세력이 되었다. 서융 중에서는 위구르가 위그르 제국을 세워 중국 북서쪽 일대를 통치했고, 서하족이 서하(西夏)를 통치했고, 티베트족이 초기 주(周)나라 집권 세력을 이루었고, 이후로도 크고작은 나라를 만들어냈다. 남만 중에서도 베트남, 미얀마 그리고 대리족의 대리국이 있었다. 이렇게 따져보면 중국사의 절반 이상이 이민족 지배사다. 중국인들은 이런 역사 경험을 가졌기 때문에 이민족을 경계하자는 뜻에서 오랑캐 개념이 나온 것이다.

우리나라에서는 소중화를 자처하던 일부 유림들이 즐겨 썼다. 그러면서 북한도 오랑캐요, 같은 고구려 민족인 여진족도 오랑캐라고 깔아뭉갰다. 따라서 동양사를 기술하면서 꼭 '오랑캐'란 어휘를 써야만 뜻이 통하는 부분에 이르면 '북방 유목민족'이라고 쓰면 된다. '유목민족'이라고 줄여 써도 된다.

🔁 바뀐 뜻   '여진족'만을 가리키던 고유명사였는데 후대로 오면서 예의를 모르는 미개한 종족들을 멸시하는 보통명사로 쓰였다. 조선 후기 서양인들이 통상을 요구하며 몰려올 때는 특별히 그들을 가리켜 서양 오랑캐라고 부르기도 하였다.

⊙ 보기글   • 서양 오랑캐들이 몰려온다는데 무슨 대책이라도 있는지 궁금합니다.
             • 오랑캐를 이용하여 오랑캐를 제압한다는 이이제이(以夷制夷)라는 말도 있지 않습니까?

오리무중(五里霧中)

🔖 **본 뜻** 『후한서』의 「장해전」에 나오는 말이다. 중국 후한시대에 장해라는 뛰어난 학자가 있었다. 그는 학문에 뛰어나 제자만 해도 수백 명에 이르렀고, 유명한 학자들도 그를 만나보기 위해 모여들었다. 그런데 도 장해는 한 번도 벼슬길에 오르지 않은 채, 고향에 있는 홍농산 이라는 계곡에 들어가 혼자 살았다. 그러자 많은 학자들이 그를 뒤 따라 홍농산 기슭에 사는 바람에 마을이 생길 정도였다. 그런데 이 장해는 학문만이 아니라 도술에도 뛰어나 5리까지 안개를 일으킬 수도 있었다. 그래서 나라에서 그에게 벼슬하라고 사신을 보내면 그는 5리까지 안개를 일으켜 그 속에 숨어버리곤 했다. 여기서 오리 무(五里霧), 즉 5리의 안개라는 말이 생겨났다. 오리무중(五里霧中)은 이처럼 처음에는 오리무(五里霧)였으나, 오리나 되는 안개 속에[中] 길 을 잃으면 방향을 전혀 분간할 수 없다는 데서 훗날 가운데 중(中) 이 붙은 것이다.

🔄 **바뀐 뜻** 짙은 안개 속에서 방향을 찾지 못하는 것처럼, 무슨 일에 대하여 갈피를 잡지 못하고 알 길이 없음을 일컫는 말이다.

🔘 **보기글** ● 집 나간 지 3일째건만 그의 행방은 오리무중이었다.
● 살인사건을 수사한 지 한 달이 다 되어가지만 여전히 범인의 행방은 오리무중이라. 경찰이 무능하다는 여론이 높아지고 있다.

오사리잡놈

🔖 **본 뜻** '오사리'는 이른 철의 사리에 잡힌 새우를 가리키는 말인데 그 안에 는 새우 아닌 잡것이 많이 섞여 있다. '오사리잡놈'이란 욕이 바로 여 기에서 나온 말로서, 새우를 제외한 온갖 지저분하고 쓰잘데없는

잡스러운 것들을 가리키는 말이다.

↹ **바뀐 뜻** 온갖 지저분한 짓을 거침없이 하는 사람이나 불량한 시정잡배들을 가리키는 상말이다.

◎ **보기글** • 아니, 술에 취해서 남의 집 안방에 들어가 눕다니. 그런 오사리잡놈이 있나.
• 오사리잡놈이 따로 있나? 아무나 길 가는 처녀 불러 세워 희롱을 하는 그놈이 바로 오사리잡놈이지.

0711   **오사바사하다**

☝ **본 뜻** 재미나게 얘길 하거나 사근사근한 모양을 표현한 의성어이다.

↹ **바뀐 뜻** 잔재미가 있다거나 성격이 붙임성이 있다는 뜻으로 쓴다. 간혹 자기 주견이 없이 이리저리 변하기 쉽다는 뜻으로도 쓴다. 그러나 일본어 '사바사바(さばさば)'처럼 뭔가 일을 꾸민다거나 사기꾼의 냄새를 풍기는 말은 아니다.

◎ **보기글** • 그는 어찌 그렇게 사장하고 오사바사하면서 잘 지낼까 몰라?
• 춘천댁은 참 보기와는 달리 오사바사한 데가 있지?

0712   **오살할**(五殺-) **놈**

☝ **본 뜻** 오살은 반역죄나 대죄인을 사형에 처할 때 쓰던 형벌로서 사람의 몸을 다섯 토막을 내서 죽이는 끔찍한 형벌이다. 우리말 욕에는 이처럼 형벌에 관계된 말이 많은데 '박살을 낸다' '주리를 틀 놈' '오라질 놈' 등이 다 형벌에서 온 말이다.

↹ **바뀐 뜻** 심하게 나무라거나 욕할 때 쓰는 상말이다.

◎ **보기글** • 어머니, 오살할 놈이라는 말이 얼마나 끔찍한 말인 줄 아세요?
• 아니, 막 칠해놓은 남의 집 담벼락에 흙칠을 해대다니 그런 오살할 놈을 봤나!

0713 오십보백보(五十步百步)

본 뜻 중국 양(梁)나라의 혜왕(惠王)이 당면 과제에 관하여 맹자에게 물었다. 그때 맹자가, 싸움에 져서 50보 도망간 자와 100보 도망간 자가 있다고 할 때 결국 도망가기는 마찬가지였다는 예를 들어 설명했던 데서 비롯된 말이다.

바뀐 뜻 어떤 사물의 품질이나 상황을 나란히 놓고 비교할 때 그 둘이 조금 낫고 못한 정도의 차이는 있으나 본질적으로는 별 차이가 없을 때 쓰는 말이다.

보기글
- 요즘같이 기술이 발달한 세상에 전기밥솥의 성능이야 어느 회사 제품이든 오십보백보지 뭐.
- 49등이나 50등이나 오십보백보다.

0714 오이디푸스 콤플렉스(Oedipus complex)

본 뜻 오이디푸스는 그리스 신화에 나오는 비극의 인물이다. 테베 왕의 아들인 그는, 우연한 기회에 부왕을 죽이고 생모와 결혼하게 되리라는 신탁(神託)을 듣고 어떻게든 그 운명을 피하려 하였으나, 결국은 그대로 되자 스스로 두 눈을 빼고 방랑하였다. 이 신화에 나오는 오이디푸스의 이름을 따서 프로이트가 만들어낸 정신분석학 용어가 바로 '오이디푸스 콤플렉스'이다.

바뀐 뜻 아들이 무의식중에 자기와 동성인 아버지를 미워하고, 어머니의 사랑을 구하려고 하는 태도를 가리키는 말이다. 딸이 무의식적으로 어머니를 미워하고 아버지를 좋아하는 경향은 엘렉트라 콤플렉스(Electra complex)라고 한다.

보기글
- 얘기하는 걸로 봐서 그는 필시 오이디푸스 콤플렉스를 가지고 있음이 틀림없어.

0715 오자미(おじゃみ)

본 뜻 오자미는 많은 사람들이 순우리말로 알고 있으나 원래 콩이나 모래를 집어넣은 '놀이주머니'를 가리키는 일본말 'おじゃみ'다. 그리고 이 오자미를 가지고 노는 놀이를 오테다마(お手玉)라고 한다. 2차대전 때 일본의 가난한 아이들이 시작한 놀이라고 한다.

바뀐 뜻 뜻이 바뀐 말은 아니나, 많은 이들이 우리말로 알고 있기에 여기에 실었다. 손바닥만 한 헝겊에 콩이나 모래를 집어넣고 사방을 둘러 꿰매 어린이 주먹만 하게 만들어서 던지면서 노는 놀이도구다. 바꿔 쓸 수 있는 말로는 '모래주머니' '콩주머니' 등이 있다.

보기글
- 순이야, 우리 오자미 던지기 하지 않을래?
- 운동회 때 바구니 터뜨리기에 써야 하니까 한 사람 앞에 두 개씩 콩주머니를 만들어 오도록 하세요.

0716 오장육부(五臟六腑)

본 뜻 사람 배 속에 있는 다섯 가지 내장을 오장이라 하는데 간장(肝臟), 심장(心臟), 비장(脾臟), 폐장(肺臟), 신장(腎臟)을 가리킨다. 육부는 배 속에 있는 여섯 가지 기관으로 담(膽), 위(胃), 대장(大腸), 소장(小腸), 삼초(三焦), 방광(膀胱)을 가리킨다. 음식물을 받아들여 소화하고 영양분을 흡수하며 찌꺼기를 내려보내는 역할을 한다.

바뀐 뜻 배 속 전체를 가리키는 말로 쓰인다. 경우에 따라서는 정신적인 속을 가리키는 말로도 쓰인다.

보기글
- 그렇게 매일 저녁 폭음을 하다간 오장육부가 남아나질 않겠다.
- 말썽 부리는 자식들 때문에 오장육부가 썩어나는 것 같아요.

오지랖이 넓다

🏛 **본 뜻** 오지랖이란 옷의 앞자락을 말하는 것으로 앞자락이 넓은 옷은 그
만큼 많이 다른 옷을 덮을 수밖에 없다.

🔁 **바뀐 뜻** 주제넘게 남의 일에 간섭하는 것을 가리키는 말로서, 아무 일에나
쓸데없이 참견하는 것을 가리킨다.

⊙ **보기글**
- 채소가게 아줌마는 웬 오지랖이 그렇게 넓데? 어느 틈에 알았는지 우리집 속내를
  뜨르르 꿰고 있더라니까.
- 얘, 넌 젊은 애가 무슨 오지랖이 넓어서 그렇게 동네방네 안 가는 데 없이 다 다니는
  게야?

오징어

🏛 **본 뜻** 『서월지(西越志)』라는 책에 보면 오징어는 까마귀를 즐겨 먹는 성질이
있어, 물 위에 떠 있다가 날아가던 까마귀가 이것을 보고 죽은 줄
알고 쪼려 할 때에 발로 잡아 감아서 물속으로 끌고 들어가 잡아먹
는다고 하여 오적어(烏賊魚)란 이름이 붙었다고 한다. 그 말은 곧 까
마귀를 해치는 도적이란 뜻이다. 물론 오징어는 까마귀를 잡아먹지
못한다. 아마도 까마귀 오(烏)자가 쓰인 것은 오징어가 먹물을 뿜는
데서 나온 오해인 듯하다.

🔁 **바뀐 뜻** 한자 이름인 '오적어'가 입에서 입으로 전해지면서 소리의 변화를 일
으켜 오징어라는 순우리말 이름이 되었다. 참오징어, 물오징어, 쇠갑
오징어, 귀꼴뚜기 따위가 있으며, 그 독특한 맛 때문에 식품으로 애
용되고 있다. 배 속에 들어 있는 먹물을 사용하는 물고기라 하여
묵어(墨魚)라고도 한다.

⊙ **보기글**
- 오징어가 까마귀를 잡아먹는다고 하니까 놀랍지 않아?
- 싱싱한 오징어를 살짝 데쳐서 초고추장을 찍어 먹으면, 산해진미도 부럽지 않다네.

0719 ## 오합지졸(烏合之卒)

본 뜻 까마귀 떼와 같은 군졸을 가리킨다.

바뀐 뜻 갑자기 모았기 때문에 훈련이 되어 있지 않아 질서가 없고 어수선한 군사들을 가리키는 말이다.

보기글
- 오합지졸을 용맹한 병사로 훈련시키는 것이 바로 유능한 장수가 할 일이다.
- 긴급 명령으로 오밤중에 예비군을 동원해놓고 보니 오합지졸도 그런 오합지졸이 없더군.

0720 ## 올곧다

본 뜻 실의 가닥가닥을 이루는 올이 곧으면 천이 뒤틀림 없이 바르게 짜여진다는 데서 나온 말이다. 무엇이든 반듯한 것을 이르는 말이다.

바뀐 뜻 바른 마음을 가지고 정직하게 살아가는 사람의 바르고 곧은 성품을 나타내는 말이다.

보기글
- 올곧은 성정을 가진 그라면 어떤 일이든 일단 믿고 맡길 만하다.
- 어떠한 회유나 유혹에도 끄떡 않는 그의 올곧은 성품은 주위 사람들의 존경을 자아내곤 하였다.

0721 ## 올케

본 뜻 누이가 오빠나 남동생의 아내를 이르는 말로서, 그 어원은 '오라비+겨집'이다. 겨집은 계집의 옛말이다. 즉 '오라비의 겨집'을 일컫는 이 말이 줄어들어서 '올겨'가 되고 그것이 센소리로 변해서 '올케'로 된 것이다. 남편의 누나나 여동생은 시누이라고 한다.

바뀐 뜻 뜻이 바뀐 것은 아니다. 어떻게 보면 우리말 같기도 하고 어떻게 보

면 중국에서 건너온 말 같기도 한 '올케'라는 호칭의 본뜻을 알고
있자는 뜻에서 여기 실었다.

○ 보기글   • 친족 호칭 중에서도 올케라는 호칭은 왠지 그 어감이 오랑캐와 닮은 것 같아 정이
　　　　　　　가지 않는다.

0722   **옴니버스 영화**(omnibus 映畵)

本 뜻   옴니버스는 본래 합승자동차를 의미한다.
바뀐 뜻   각각 독립된 여러 개의 에피소드를 하나의 취향에 따라 조합시킨
　　　　　단편집(短篇集) 스타일의 영화를 말한다. 서머싯 몸 원작의 단편 드라
　　　　　마 네 편을 조합시킨 영국 영화 「4중주」(1949)가 세상에 나온 후 생긴
　　　　　이름이다.
○ 보기글   • 영화제 기간 동안에 옴니버스 영화만을 상영하는 날도 있다.

0723   **옴니암니**

本 뜻   '옴니암니'는 '어금니앞니'의 준말이다. 옴니는 어금니를 이르는 말이
　　　　　며, 암니는 앞니를 가리키는 말인데 '앞'의 'ㅍ'이 뒷소리 'ㄴ'의 영향을
　　　　　받아서 'ㅁ'으로 변한 것이다. 어금니나 앞니나 이빨이기는 마찬가지
　　　　　인데 그것을 어금니니 앞니니 하고 시시콜콜하게 따진다는 뜻이다.
바뀐 뜻   아주 작고 사소한 것까지 캐고 들거나 따지는 것을 가리키던 말에
　　　　　서, 아주 작고 자질구레한 일에 이래저래 드는 비용을 가리키는 말
　　　　　로 의미가 변화되었다.
○ 보기글   • 그 일은 그렇게 옴니암니 따질 것 없이 피장파장 해버리세.
　　　　　　• 안 쓴다 안 쓴다 했어도 옴니암니까지 계산하니까 꽤 들었어요.

0724 옹고집(甕固執)

본 뜻 우리나라 고전 소설의 하나인 『옹고집전』의 주인공 옹고집에서 나온 말이다. 인색하고 고집 세고 욕심 많은 옹고집이라는 주인공이 어떤 스님의 도술로 자신의 잘못을 뉘우친다는 내용이다.

바뀐 뜻 고집 센 옹고집의 성격적 특성에 비유하여 오늘날 고집이 세고 억지가 심한 사람을 일컬을 때 널리 쓰인다. 옹고집이란 인물의 또 하나의 성격적 특징이었던 인색하고 욕심 많은 성격은 구두쇠, 놀부, 자린고비 등의 말이 대신해주고 있다.

보기글 ● 그 사람은 어찌나 옹고집인지 도무지 타협이 안 되는 거야.

0725 옹헤야

본 뜻 오래전부터 서민들이 즐겨 부르는 민요의 후렴구인 '옹헤야'는 '올해야'가 변해서 된 말이다. '옹헤야' 다음에 이어지는 후렴구인 '헤헤헤헤'도 '올해'의 '해'를 강조하기 위해서 여러 번 반복한 것이다.

바뀐 뜻 '옹헤야'라는 후렴구는 올해야말로 꼭 풍년이 들라는 서민들의 염원을 노랫말에 실어 표현한 것이다.

보기글 ● '옹헤야 어쩔씨구 옹헤야' 하는 노래 들어봤어? 그 노래는 부르다 보면 저절로 흥이 나서 더 하게 되더라니까.

0726 와이로(わいろ)

본 뜻 와이로는 뇌물을 뜻하는 일본어로 일제강점기부터 지금까지 중장년층을 중심으로 널리 쓰이고 있는 말이다.

뜻이 바뀐 것은 아니다. 다만 '와이로'라는 말이 '뇌물'이라는 말보다 좀 더 명확하게 선심이나 뇌물공세를 나타내는 최적의 표현인 양 쓰이고 있기에 여기 실었다.

• 와이로를 갖다 바치는 학부모나 받는 선생님이나 잘못하기는 마찬가지이다.
• 그 사람 와이로를 먹었는지 태도가 영 달라졌어.

0727 **와중**(渦中)

소용돌이치며 흐르는 물의 한가운데를 가리키는 말이다.
소용돌이치는 물의 한가운데처럼 분잡스럽고 떠들썩한 사건의 한가운데를 가리키는 말이다.
• 우연히 붉은 벽돌집 옆을 지나가다가 살인사건의 와중에 휘말리게 되었다.
• 첫애를 분만하는 와중에 갑자기 남편이 분만실로 뛰어 들어왔다.

0728 **와해**(瓦解)

본래의 뜻은 지붕을 덮은 기와가 깨어진다는 뜻으로 집이 무너지는 것을 표현한 말이다.
계획했던 일이나 어떤 조직이 산산이 무너지고 흩어지는 것을 가리킨다.
• 10년 전통의 '푸른 산악회'가 김 선생님의 탈퇴를 기화로 급속도로 와해되었지요.

0729 **완벽**(完璧)

'벽(璧)'은 원래 동그랗게 갈고 닦은 옥(玉)을 가리키는 한자어인데, 이

벽(璧)자를 쓴 완벽이라는 말에는 다음과 같은 고사가 전해진다. 중국의 조나라에 '화씨의 벽(和氏之璧)'이라는 유명한 보물 구슬이 있었다. 그런데 진나라의 왕이 그 구슬이 탐이 나 진나라 땅의 일부와 구슬을 바꾸자고 제의했다. 조나라는 주고 싶지 않았지만 진나라의 왕이 쳐들어올까 두려워 어쩔 수 없이 구슬을 주기로 했다. 그는 그 구슬을 재주 있고 용감한 인상여라는 사람에게 맡겨 진나라에 보냈다. 인상여가 진나라에 가서 왕을 만나보니 왕은 구슬만 넘겨받고 땅은 도무지 줄 생각을 하지 않고 있었다. 이에 인상여는 꾀를 내어 구슬에 흠집이 있다고 하여 구슬을 다시 자기 손에 받아 들고 나더니 별안간 큰 소리로 "약속대로 땅을 주지 않으면 구슬을 내던져 산산조각을 내버리겠다"고 말했다. 그러자 진나라의 왕은 약속대로 하겠다고 말했다. 이에 또다시 인상여는 진나라의 왕이 구슬을 받으려면 일주일 동안 목욕재계를 해야 한다고 말했다. 왕이 그러겠노라고 하자 인상여는 부리나케 숙소로 돌아가 하인을 시켜 구슬을 조나라로 몰래 가져가도록 하였다. 그리하여 구슬은 고스란히 보존할 수 있게 되었던 것이다. 이처럼 완벽이라 함은 한 점의 흠집도 없이 훌륭한 옥을 가리키는 말이기도 하며, 위의 고사에서처럼 훌륭한 것을 그대로 무사히 보존한다는 뜻을 나타내기도 했던 것이다.

⇆ **바뀐 뜻** 어떤 사물이 흠잡을 데 없이 완전하거나 또는 일처리를 흠잡을 데 없이 완전하게 한 것을 가리키는 말이다.

◉ **보기글**
• 그녀의 바느질 솜씨는 거의 완벽해.
• 그녀는 완벽한 미모와 세련된 매너로 사람들의 시선을 한몸에 받았다.

0730 **왔다**

🖐 **본 뜻** 우리가 일상생활에서 쓰는 은어나 속어 중에는 노름판에서 나온

말들이 많은데 '왔다'도 그중의 하나이다. 노름판에서 자기가 원하는 끗수의 패가 왔을 때 '옳거니 드디어 바라던 것이 왔구나!' 하며 탄성을 지르는 말이다.

⇆ 바뀐 뜻 오늘날 이 말은 기분이 좋거나 또는 어떤 사물이나 사람이 마음에 쏙 들 정도로 멋있을 때 쓰는 말로서 '최고다' 하는 뜻을 가지고 있다.

◉ 보기글
- 야, 내가 어제 모처럼 연극을 한 편 봤는데, 거기 나오는 주인공 연기 있잖아. 진짜 왔다더라.
- 김치찌개 만드는 솜씨야 우리 엄마가 왔다지!

0731 　외동딸

⌂ 본　뜻 '외동'은 본래 '외동무니'의 준말인데 이는 윷놀이에서 한 동만으로 가는 말을 가리킨다. 외동딸이나 외동아들은 모두 여기에서 나온 말이다.

⇆ 바뀐 뜻 다른 형제붙이 없이 딸이나 아들 하나만 있는 경우 '외딸' 혹은 '외아들'이라고 하는데 특별히 귀엽게 여겨 부를 때에 '외동딸' '외동아들'이라고 한다.

◉ 보기글
- 외동딸로 곱게만 키웠더니 아무것도 몰라서 큰일이에요. 모쪼록 잘 좀 이끌어주시고 가르쳐주세요.

0732 　외입(外入)/오입(誤入)

⌂ 본　뜻 본래는 본업이 아닌 취미생활 전반을 가리키는 말로 쓰였다. 그런 이유로 외입에도 순번이 있었는데 첫째가 매를 길러서 매사냥을 즐기는 것이요, 둘째가 말타기요, 셋째가 활쏘기요, 넷째가 기생놀음이었다. 외입의 전부인 양 잘못 알려진 기생놀음은 외입 중에서도 맨 마지막으로 치는 별볼일 없는 외입이었던 것이다.

⇆ 바뀐 뜻	오늘날에는 여색을 밝히어 방탕하게 놀아나는 것만을 가리키는 말로 한정되어 쓰이고 있다. 요즘은 외입 대신에 오입이라는 말을 널리 쓴다.
◉ 보기글	● 오입질하는 남자치고 제대로 된 남자 하나 없다는 말은 정말 맞는 말이에요.

0733　요순시절(堯舜時節)

☞본 뜻	'요순'은 중국의 전설상의 임금인 요(堯)임금과 순(舜)임금을 말한다. 하늘이 내린 천자라 일컬어지는 요임금과 순임금은 그 지혜와 어짐이 이를 데 없어 그들이 다스리던 시절에는 태평성대를 이루었다고 한다. 요순시절의 원말은 '요순지절(堯舜之節)'이다.
⇆ 바뀐 뜻	현명하고 도덕이 높은 통치자가 있어 나라가 태평한 시절을 말한다.
◉ 보기글	● 조선시대의 요순시절이라고 하면 세종조가 아닐까? ● 요순시절에 구가했다는 태평성대의 권위 앞에서 무릎을 굽히지 않는 사람이 얼마나 될까?

0734　요지(ようじ)

☞본 뜻	이쑤시개를 가리키는 '요지[楊枝]'는 본디 일본말이다. 버드나무 가지로 만들었다고 해서 '버드나무 양(楊)'에 '가지 지(枝)'를 더해서 요지라 불렀다. 그런데 우리나라에서는 고구려 때 이미 '양지'라는 말을 사용하였다. 만주와 동몽골의 물가에서 잘 자라는 버드나무 가지는 매우 연하여 이쑤시개로 쓰기에 알맞다. 한편 사찰에서 승려들이 버드나무 가지 끝을 망치로 두들겨 그 끝으로 이를 깨끗이 했다고도 한다.
⇆ 바뀐 뜻	이쑤시개란 말이 상스럽다 하여 요지란 말을 즐겨 쓰는데, 요지 역시도 일본어이므로 즐겨 쓸 만한 말은 아니다. '깔끔이'나 '악어새'처럼 이쑤시개를 대신할 수 있는 명칭을 새로이 하나 만들어 쓰면 어떨까 싶다.
◉ 보기글	● 너는 이쑤시개라는 말이 상스러워서 요지라는 일본말을 쓰냐?

379

0735 요지경(瑤池鏡)

🔖 **본 뜻** 상자 앞면에 확대경을 달고 그 안에 여러 가지 그림을 넣어 들여다 보게 만든 장치를 말한다.

🔄 **바뀐 뜻** 내용이 알쏭달쏭하고 복잡하여 이해할 수 없는 일을 가리키는 말로 널리 쓰고 있다.

⦿ **보기글**
- 북한의 권력 체제는 외신을 아무리 종합해봐도 요지경 속이란 말이야.
- 어쩌다가 그런 요지경 같은 일을 겪게 되었는지 몰라. 아직도 정신이 없어 얼떨떨하네그려.

0736 용빼는 재주

🔖 **본 뜻** '용빼는 재주'의 '용'은 전설상의 동물인 용을 가리키는 말이 아니고, 새로 돋은 사슴의 연한 뿔을 가리키는 녹용의 준말이다. 살아 있는 사슴의 머리에서 이 녹용을 뺄 때는 날랜 솜씨와 묘한 방법이 동원되어야 하는데 그런 기술을 일러 '용빼는 재주'라 한 것이다.

🔄 **바뀐 뜻** '용빼는 재주' '용빼는 재간' 등으로 널리 쓰이는 이 말은 남다르게 큰 힘을 쓰거나 큰 재주를 지니고 있는 것을 가리키는 말이다.

⦿ **보기글**
- 제아무리 용빼는 재주가 있더라도 이번 일은 어려울걸.
- 내가 그런 용빼는 재주가 있었으면 이 나이에 지위가 여기밖에 못 미쳤겠나?

0737 용수철(龍鬚鐵)

🔖 **본 뜻** 상상 속의 동물인 용의 수염은 탄력성이 강하다고 한다. 새로 개발된 탄력성 있는 철사가 마치 용의 수염처럼 튀는 성질이 강하다고 해서 '용수철'이란 이름을 붙인 것이다.

380

↹ **바뀐 뜻** 나사 모양으로 되어 있어 늘었다 줄었다 하는 탄력성이 있는 철을 가리키는 말이다.

◉ **보기글**
- 요즘은 용수철 보기도 힘들어졌지?
- 누르면 누를수록 점점 더 튀어오르는 용수철처럼 고난 속에서도 투지를 키울 줄 알아야 한다.

0738 **용하다**

🖰 **본 뜻** '용(龍)'이 어떤 일을 하다에서 나온 말이다. 신령스러운 용이 일을 했으니 일이 매우 훌륭하게 되었다는 얘기다. 용은 예로부터 길조의 상징이었을뿐더러 용꿈을 꾸는 것은 더없는 길조였다. 『춘향전』의 이몽룡도 용꿈을 꾸고 얻은 자식이라고 해서 몽룡이란 이름이 붙은 것이다.

↹ **바뀐 뜻** 기특하고 장하며 어떤 일을 하는 재주가 뛰어나다는 뜻이다.

◉ **보기글**
- 아무리 용한 점쟁이라 해도 제 앞일은 잘 모르는 법이지.

0739 **우거지**

🖰 **본 뜻** 김치를 담그기에는 조금 억센 배추의 겉대나 무청 등을 가리키는 우거지는 본래 '위에 있는 것을 걷어낸다'는 뜻인 '웃걷이'에서 나온 말이다.

↹ **바뀐 뜻** 푸성귀를 다듬을 때 따로 골라놓은 겉대나 떡잎 등을 가리키는 말이다. 그렇게 골라놓은 우거지는 대개 새끼줄에 꿰어서 볕에 말려 국 끓일 때 쓰거나 나물로 무쳐 먹거나 한다. 이 밖에도 소금간만 해서, 김치를 담근 후 맨 위에 골고루 덮어놓아 김치의 발효를 돕기도 하는데, 그렇게 익은 우거지 또한 별미인지라 국을 끓이거나 만

두를 해서 먹기도 한다. 지금은 쇠뼈를 곤 국물에 우거지를 넣고 끓인 사골 우거지국이 대중적인 음식으로 사랑을 받고 있다. 잔뜩 찌푸린 얼굴 모양을 속되게 이를 때 그 모습이 마치 햇볕에 말린 우거지를 닮았다고 하여 우거지상이라고 한다.

◉ 보기글
- 우거지가 제일 하찮은 음식 같지만 그래봬도 비타민 C가 풍부한 건강식품이라는 거 아냐.
- 그 사람은 무엇이 그리 불만인지 늘 우거지상을 하고 다닌다.

0740 우레

🐚 **본 뜻** 여름날 소나기 올 때 천둥 치는 것을 '우레'라고 하는데, 이 '우레'의 기원은 순우리말 '울다'에서 나온 말이라고 한다. '울다'의 어간 '울-'에 어미 '-에'가 붙어서 이루어진 말로서 고어에서도 쓰던 순우리말이다. 이 때문에 종전에 쓰던 우뢰(雨雷)라는 한자는 쓰지 않게 되었다.

🔄 **바뀐 뜻** 여름철에 갑작스런 소나기가 올 때 구름끼리 맞부딪치면서, 혹은 구름과 땅 위에 있는 사물이 맞부딪치면서 일어나는 방전현상으로 하늘이 요란하게 울리는 것을 우레라고 한다. 다른 말로는 '천둥'이라고 한다.

◉ 보기글
- 우리 팀은 우레와 같은 함성을 지르며 앞으로 진격해 들어갔다.
- 우르릉 꽝꽝 우레가 운 다음에 번쩍 하고 번개가 치더니 뒤이어 세찬 소나기가 쏟아졌다.

0741 우려먹다(← 울궈먹다)

🐚 **본 뜻** 흔히 어떤 구실을 내어 남을 위협하거나 달래어 제 이익을 챙기거나 먹을 것을 챙기는 것을 '울궈먹는다'고 한다. 그러나 '울궈먹는다'는 말은 엄연히 '우려먹다'에서 나온 방언으로, '우리다' '우려먹다'가 표준어이므로 마땅히 '우려먹다'로 써야 한다. '녹차' 같은 것을 따뜻

382

한 물에 담가서 먹을 때는 '우려먹다'란 표준어를 곧잘 쓰면서도 사람을 구슬리거나 협박해서 단단히 한몫 챙기는 것은 '울궈먹는다'란 표현을 쓰는데, 두 가지 뜻 모두 '우려먹다' 한 가지 말로 통용되므로 다르게 쓰지 않도록 한다.

↹ **바뀐 뜻**　위에서 설명한 대로 두 가지 뜻이 있다. 녹차같이 어떤 물건을 담가서 맛을 내 먹는다는 뜻과, 남을 위협하거나 달래서 물건이나 재물을 빼앗는 것을 일컫는 뜻이 있다.

◉ **보기글**
- 서너 번 우려먹어도 그 맛이 그대로 살아나는 녹차가 상품(上品)이라고 하더군.
- 이 서방의 약점을 잡고 있던 김 서방이 지난 10년 동안 이 서방을 우려먹을 대로 우려먹었다는구먼.

0742　# 우물 안 개구리

⌂ **본　뜻**　이 말은 『장자莊子』 「추수」 편에 나오는 이야기에서 유래한 말이다. 우물 안에 사는 개구리가 동해 바다에 사는 자라한테 다음과 같은 얘기를 했다고 한다. "나는 참으로 즐겁다. 우물 시렁 위에 뛰어오르기도 하고, 우물 안에 들어가 부서진 벽돌 가장자리에서 쉬기도 한다. 또 물에 들면 겨드랑이와 턱으로 물에 떠 있기도 하고, 발로 진흙을 차면 발등까지 흙에 묻힌다. 저 장구벌레나 게나 올챙이 따위야 어찌 내 팔자에 겨루기나 하겠는가? 또 나는 한 웅덩이의 물을 온통 혼자 차지해 마음대로 노니는 즐거움이 지극하거늘, 동해에 사는 자라, 자네는 왜 가끔 내게 와서 보지 않는가."

↹ **바뀐 뜻**　자신의 세계가 좁음을 모르고 그것이 전부인 양 알고 있는 자, 즉 생각이나 식견이 좁은 사람을 비유하는 말이다.

◉ **보기글**
- 당리당략만을 생각하는 우물 안 개구리식 정치는 더 이상 국민의 지지를 받을 수 없음을 알아야 한다.
- 그 친구, 성실하기는 한데 우물 안 개구리인 게 흠이지.

우이를(牛耳-) 잡다

본 뜻 옛날에 중국에서 제후들이 모여서 맹세를 할 때 그 모임의 맹주가 희생으로 정해진 소의 귀를 잡은 데서 나온 말이다. 우이(牛耳)를 잡은 다음에는 이 소의 목을 찔러 피를 내어 제후들이 마시는데 이를 삽혈(歃血)이라고 한다.

바뀐 뜻 여럿이 모여 하는 일에서 주동이 되거나 또는 어떤 일을 좌지우지하는 위치에 있는 것을 가리킨다. 우이(牛耳)의 어원을 몰라서 우위(優位)인 줄 알고 쓰는 사람들이 많다.

보기글
• 협회 운영에 김 사장이 물심양면으로 지원을 하더니만 드디어는 우이를 잡더군.
• 재영이만 살아 있다면 비록 자기가 없다 할지라도 당의 우이를 넉넉히 잡을 것으로 되, 지금의 숙생 중에는 그 임무를 감당할 만한 사람이 없었다.

운우지락(雲雨之樂)

본 뜻 본래 운우(雲雨)는 구름과 비를 내리는 하늘의 여신이 아침에는 구름이 되고 밤에는 비가 된다는 데서 온 말이다. 세상의 사물을 음과 양으로 가르는 동양에선 구름은 양(陽)이요, 비는 음(陰)에 해당하는 것으로 그 둘 사이를 왔다 갔다 하며 조화를 이루는 즐거움을 말한다. 운우지정(雲雨之情)이라고도 한다.

바뀐 뜻 운우는 본래 구름과 비를 관장하는 여신의 이름이었으나, 구름이 비로 변하여 대지를 적시는 것을 음양의 조화에 비유하여 이를 남녀 교합(交合)의 즐거움으로 표현한 것이 운우지락이다.

보기글
• 혼인 첫날밤 운우지락의 기쁨을 맛보지 않고서야 어찌 인생의 기쁨을 다 알았다 하리요.
• 남녀가 만나 운우지정을 나누는데, 누가 구름이고 누가 비일런가.

울그락붉으락

🖐 **본 뜻**   얼굴빛이 달라지는 것을 표현하는 이 말은, 여러 가지 빛깔이 어수
선하게 뒤섞여 있는 모양을 나타내는 '울긋불긋하다'에서 유추하여
쓴 말인 듯싶다. 그러나 얼굴빛을 나타낼 때는 '울그락붉으락'이라
하지 않고 '붉으락푸르락'이라는 표현을 쓴다.

🔁 **바뀐 뜻**   몹시 흥분하거나 화가 나서 얼굴빛이 붉게 혹은 푸르게 변하는 모
양을 가리키는 말로 '울그락붉으락'을 널리 쓰고 있는데, 실제로는
'붉으락푸르락'이 맞는 말이다.

◉ **보기글**   • 맞선 장소에서 한 시간을 넘게 기다린 김용팔 씨의 얼굴이 드디어 붉으락푸르락해지
기 시작했다.

0746   **웅숭깊다**

🖐 **본 뜻**   이 말은 본래 우묵하고 깊숙하여 잘 드러나지 않는 장소나 물건을
가리킬 때 쓰는 말이었다.

🔁 **바뀐 뜻**   그러던 것이 요즘에 와서는 주로 사람의 성품을 가리키는 말로 쓰
는데, 온화하고 도량이 넓고 속이 깊은 성품을 가리킨다.

◉ **보기글**   • 그 사람은 만나면 만날수록 웅숭깊은 데가 있단 말이야.
• 사물이나 사건에 대한 반응이 즉흥적이고 일차원적인 이 시대에 웅숭깊은 사람을
만나는 것은 큰 기쁨이 아닐 수 없다.

0747   **유도리**(ゆとり)

🖐 **본 뜻**   일본어에서 온 말로 '이해심' '여유' 등의 뜻을 가지고 있는 말이다.

🔁 **바뀐 뜻**   '넌 왜 그렇게 유도리가 없냐?' '저이는 유도리가 없이 앞뒤가 꼭 막

했어!' 등의 표현으로 일상생활 속에서 자주 쓰는 이 말은 '여유' '융통성' 등의 우리말로 바꿔 쓸 수 있다.

● 일을 할 때는 너무 빡빡하게 진행하지 말고 좀 유도리(→ 융통성) 있게 하면 좋지.
● 제아무리 잘나가는 여행 상품이라도 비수기에는 어느 정도 유도리(→ 여유)가 있지 않을까?

0748   **유럽**(Europe)

🔖 **본 뜻** 본래 유럽이란 말은 아시리아어의 '엘레브'에 그 어원을 두고 있다. 그 말은 '해지는 곳, 어두운 곳'이란 뜻이다. 유럽이 서양(西洋)으로 대변되는 것도 같은 의미라 하겠다. 서양의 반대말인 동양(東洋)은 아시리아어로 '해뜨는 곳, 밝은 곳'이란 뜻으로 '오리엔트'라 한다.

🔄 **바뀐 뜻** 동쪽은 우랄산맥과 아시아를 경계로 삼고, 남쪽은 지중해, 서쪽은 대서양, 북쪽은 북극해에 면하고 있는 지역을 가리키는 지명이다.

● **보기글** ● 기회만 닿는다면 유럽 여행 한번 다녀올 만하지.

0749   **유토피아**(Utopia)

🔖 **본 뜻** 이상향을 가리키는 유토피아는 그리스어 오우(ou)와 토포스(toppos)의 합성어다. 오우는 '없다'는 뜻이고 토포스는 '장소, 공간'이라는 뜻이다. 그러므로 유토피아란 '없는 장소, 존재하지 않는 공간'을 나타내는 말이다.

🔄 **바뀐 뜻** 영국의 정치가 토머스 모어가 자신이 쓴 정치 공상소설의 제목을 '유토피아'로 붙였는데, 여기서 유토피아는 이상적인 국가를 가리키는 말로 쓰였다. 그 이후로 유토피아는 이상향, 이상국가를 뜻하는 말이 되었다.

- 신혼부부들의 유토피아인 제주도로 오십시오. 후한 인심과 무공해 바람이 기다리고 있습니다.
- 내 마음속의 유토피아를 찾아 떠나는 여행은 언제나 가벼운 흥분과 기대로 시작되곤 했다.

0750   **육갑하다**(六甲——)

🖐**본 뜻** '육갑'은 육십갑자(六十甲子)의 준말이다. 원래 육갑을 한다는 말은, 생년월일을 가지고 길흉화복을 간단히 헤아려보는 일을 일컫는 육갑을 짚는다는 뜻이었다.

🔁**바뀐 뜻** 이 말은 본래 '병신 육갑한다'를 줄여 쓴 말이다. 제 인생도 제대로 가누지 못하는 병신이 어찌 남의 인생을 논하는 육갑을 짚는단 말인가. 그처럼 자기 주제나 분수에 넘치는 말이나 행동을 할 때 그것을 조롱하거나 비웃는 뜻으로 쓰는 말이다.

● 보기글
- 육갑하고 있네. 병든 어머님 혼자 놔두고 소말리아에 자원봉사 가겠다니, 너 지금 제정신으로 하는 소리냐?
- 병신 육갑 떨고 자빠졌네.

0751   **육개장**(肉-醬)

🖐**본 뜻** 개장 앞에 소고기를 뜻하는 고기 육(肉)자를 붙인 육개장은 소고기를 개장 끓이듯이 끓여낸 장국이라는 뜻이다. 개장국을 못 먹는 사람들을 위해서 끓여냈던 장국이다.

🔁**바뀐 뜻** 육개장을 닭고기로 끓이는 육계장(肉鷄醬)으로 잘못 알고 있는 사람들이 많기에 여기 실었다. 음식점 차림표에도 육계장이라고 잘못 쓴 데가 많은데, 찌개를 찌게로 잘못 쓰는 것 못지않게 많으니 주의할 일이다.

● 보기글
- 아침에 너무 단것을 먹었더니 점심에는 얼큰한 육개장 생각이 나네그려.

육시랄(戮屍-) 놈

🏛 **본 뜻** '육시(戮屍)'는 이미 죽은 사람의 관을 파내어서 다시 머리를 베는 끔찍한 형벌을 말한다. 사람이 죽은 후에 역모를 꾸민 일이나 거기에 연루된 것이 드러날 경우에 가하는 참형이다. '육시랄 놈'은 '육시를 할 놈'이 줄어서 된 말이다.

🔄 **바뀐 뜻** '육시라는 끔찍한 형벌을 당할 정도로 못된 인간이라는 뜻의 저주를 담은 상말 욕이다. 미운 감정이 치받쳤을 때 어른들 사이에서 주로 쓴다.

◎ **보기글**
- 저희 집 마당 따로 두고 우리집 바깥 마당에다 연탄재를 내다버려? 저런 육시랄 놈이 있나!
- 이런 육시랄 년 같으니라고! 배고프다고 해서 밥 줬더니 잠깐 고개 돌린 새에 쌀통을 긁어가?

0753

윤중제(輪中堤)

🏛 **본 뜻** 1968년 서울시는 여의도에 방죽을 쌓은 후 그곳에 윤중제란 이름을 붙였는데, 이 윤중제는 일본어 '와주테이(わじゅうてい)'를 그대로 우리 한자음으로 읽은 것이다.

🔄 **바뀐 뜻** 강섬의 둘레를 둘러쳐서 쌓은 제방인 윤중제는 우리말 '방죽'으로 바꿔 쓸 수 있다.

◎ **보기글**
- 방죽이라는 쉬운 우리말을 놔두고 윤중제라는 알아듣기 힘든 말을 굳이 쓰는 이유는 뭐람.

0754

은근짜[隱君子]

🏛 **본 뜻** 조선 말기에 이르러서 기생의 부류가 일패(一牌), 이패(二牌), 삼패(三

牌)로 나뉜다. 일패 기생은 관기(官妓)를 총칭하는 것으로, 예의범절이 밝으며 남편이 있는 기생으로서 몸을 내맡기는 일을 수치스럽게 여겼다. 이들은 대개 전통가무의 보존 전승자로서 당시 예술인이라 불릴 수 있는 기생들이었다. 이패 기생은 은근짜(隱君子)라고 불리었는데 이들은 어느 정도 가무를 하고 몰래 몸을 파는 자들이었다. 숨어 있는 군자라는 그럴듯한 말에 비유해서 은군자라 했는데 그것이 소리의 변화를 거쳐서 은근짜가 된 것이다. 삼패 기생은 이른 바 창녀로서 내놓고 몸을 파는 매춘부라 할 수 있다.

⇆ 바뀐 뜻 겉으로는 요조숙녀인 척하지만 행실은 그렇지 않은 여자를 가리키는 속어로 널리 쓰이고 있다. 이 밖에 다른 뜻으로는, 겉보기는 어리석은 것 같으면서도 마음속은 엉큼한 뜻을 가지고 있는 의뭉스러운 사람을 가리키는 말로도 쓰인다.

◉ 보기글
- 그 사람 수월하게 보인다고 절대로 쉽게 대할 사람이 아닙니다. 보기와는 달리 꽤 계산속이 밝은 은근짜라는 거 아닙니까?
- 꽃다방 미스 김은 읍내에서 알아주는 은근짜야.

0755 **은막의(銀幕−) 여왕(女王)**

☝ 본 뜻 여자 영화배우를 가리키는 말이다. 은막은 영화의 영사막을 가리키는 '실버스크린(silver screen)'을 그대로 직역한 것이다.

⇆ 바뀐 뜻 활동이 활발하고 뛰어난 여자 영화배우를 가리키는 관용적인 표현이다. 스크린을 통해 관객들을 매료시키는 영화배우의 역할을 여왕에 비유한 표현이다.

◉ 보기글
- 은막의 여왕 윤정희 씨가 이번에는 직접 영화를 만들었다더군요.
- 영화 같은 삶을 살았던 은막의 여왕 최은희 씨가 92세를 일기로 세상을 떠났다.

은행(銀行)

본 뜻   돈을 취급하는 주요기관인 은행의 연원은 고대로 거슬러 올라간다. 철기 문화 이후 화폐의 대중을 이루던 것은 은(銀)이었다. 이 때문에 은본위(銀本位) 제도가 널리 자리를 잡게 되고 은 자체가 화폐와 동일시되었다. 그래서 돈을 다루는 기관을 돈행이라 하지 않고 은행이라 부르는 것이다. 그렇다 하더라도 돈을 가리키는 말인 은(銀) 뒤에 왜 갈 행(行)이라는 글자가 붙었을까 하는 의문을 갖게 된다.

행은 예로부터 두 가지 뜻과 두 가지 발음으로 쓰였는데, 직접 이리저리 다닌다는 뜻의 '다닐 행'과, 길 양쪽을 따라 쭉 늘어서 있는 가게들을 가리키는 '차례 항' '항렬 항'으로 쓰인 것이 그것이다. 중국에서도 쓰기는 은행(銀行)이라 쓰고, 가게를 나타내는 뜻임을 강조하기 위해서 '은항'으로 읽는다. 청나라 말기에 일어난 태평천국 운동에서 재정개혁을 부르짖는 표어가 "은행(銀行)을 부흥시키자"였는데 이것이 바로 '은행'이란 단어가 처음 쓰이게 된 기원이다. 이 말이 그대로 우리나라와 일본에 흘러 들어와 쓰이게 된 것이다. 원래 은항으로 읽어야 하는데 이 말이 일본을 통해 들어오면서 발음이 은행으로 바뀐 것으로 보인다. 우리나라 첫 은행인 한성은행이 1897년에 처음 문을 열었다 이내 닫고, 1907년에 친일파들이 다시 연 만큼 일본에서 '銀行'이란 단어를 들여올 때 무심코 은행으로 읽은 듯하다.

바뀐 뜻   신용을 기초로 돈을 맡거나 빌려줘서 자본의 수요와 공급의 매개 구실을 하는 공식적이고 대표적인 금융기관을 가리킨다. 또는 어떤 때에 갑자기 필요해지는 것이나 대체로 부족한 것 따위를 모아서 보관, 등록해두었다가 필요한 사람의 이용 편의를 도모하는 조직을 뜻하기도 한다.

보기글   • 회사 다니는 사람들을 위해서 은행 업무가 24시간 내내 계속되었으면 좋겠어.
　　　　　• 성경에 나오는 환전상(換錢商)이 별건 줄 아나? 요새로 말하면 은행 출장소 같은 거지 뭐.

0757   을씨년스럽다

🖐️ **본 뜻**   을씨년은 1905년 을사년에서 나온 말이다. 우리나라의 외교권을 일본에 빼앗긴 을사조약으로 이미 일본의 속국이 된 것이나 다름없었던 당시, 온 나라가 침통하고 비장한 분위기에 휩싸였다. 그날 이후로 몹시 쓸쓸하고 어수선한 날을 맞으면 그 분위기가 마치 을사년과 같다고 해서 '을사년스럽다'라는 표현을 쓰게 되었다.

🔁 **바뀐 뜻**   남 보기에 매우 쓸쓸한 상황, 혹은 날씨나 마음이 쓸쓸하고 흐린 상태를 나타내는 말이다.

◉ **보기글**
- 날씨가 을씨년스러운 게 곧 눈이라도 쏟아질 것 같다.
- 오늘처럼 을씨년스러운 날에는 따끈한 국물에 소주 한잔이 제격이지.

0758   음덕(陰德)/음덕(蔭德)

🖐️ **본 뜻**   음덕(陰德)은 남에게 알려지지 않은 덕행을 이르는 말로, 불교의 무주상(無住相) 보시, 기독교의 '오른손이 하는 일을 왼손이 모르게 하라'는 말과 같은 뜻이다. 조상의 덕을 말하는 음덕(蔭德)은 그늘 음(蔭)자를 쓴다.

🔁 **바뀐 뜻**   본래는 알려지지 않은 덕행을 일컫는 말이었으나, 뜻이 바뀌어 부인의 덕행을 이르는 말로 쓰인다. 보통 양(陽)은 남성을 가리키는 데 반해 음(陰)은 여성을 가리키는 뜻이므로 이렇게 음덕의 뜻이 약간 변하게 되었다. 한편 조상의 덕을 가리키는 음덕(蔭德)은 발음이 같기는 하나 한자가 다르다. 음(蔭)은 조상의 덕이라는 뜻이다.

◉ **보기글**
- 저 너머 대추나무집의 음덕에 대해 칭송이 자자하던데 그래, 그 댁내가 무슨 일을 했는가?
- 저 여성은 비록 기생의 딸로 태어나기는 했으나 음덕을 많이 쌓아 훌륭한 시인이 되었다더라.

391

0759 이골이 나다

- ☞ **본 뜻** '이골'은 본래 몸에 푹 밴 버릇을 일컫는 말이다.
- ⇆ **바뀐 뜻** 이익을 좇거나 어떤 방면에 길이 들어서 익숙해진 상태를 가리키는 말이다.
- ◉ **보기글**
  - 그 사람은 촌지 받아먹는 데 이골이 난 사람이야.
  - 이 사람아, 도박에 이골이 난 김 서방과 화투를 치는 것은 돈을 갖다 바치는 것이나 다름이 없지.

0760 이녁

- ☞ **본 뜻** '하오' 할 사람을 마주 대하여 좀 낮게 이르는 말이다. 주로 호남 지방에서 널리 쓴다.
- ⇆ **바뀐 뜻** 오늘날에는 남편이 아내를 가리킬 때 쓰는 말로 널리 알려져 있으나 친한 사이라면 누구에게나 쓸 수 있는 말이다.
- ◉ **보기글**
  - 이녁이 내 대신 고생하는 거 내 다 알지. 암, 알고말고.
  - 아, 엊저녁에 이녁이 나한테 약속해놓고 오늘 아침 눈뜨자 까맣게 잊어먹는다는 게 말이나 되는 소리여, 시방.

0761 이야기

- ☞ **본 뜻** '이야기'를 경상도 지방에서는 '이바구'라고 하는데, 이바구의 원래 형태는 '입아구'이다. '입아구'란 입의 양쪽 귀퉁이인 아귀를 가리키는 것으로, 입의 양쪽 아귀를 놀리면 자연히 이야기가 이루어진다는 데서 나온 말이다. 이 '입아구'가 연음되어서 '이바구'로 변했고 이 것이 오늘날의 '이야기'가 된 것이다.

⇆ 바뀐 뜻　어떤 사물이나 상황에 대해서 상대방에게 설명하는 일을 말한다.

◉ 보기글　• 할머니나 어머니의 어렸을 적 이야기를 듣고 있으면 진짜 호랑이 담배 먹던 시절 이
　　　　　야기 같기만 한 거 있지요.

0762　이조(李朝)

☝ 본　뜻　이조는 이씨조선(李氏朝鮮)의 준말이다. 일제강점기에 널리 유포되기
시작한 이 말은 일본인들이 불순한 의도로 만들어낸 말이다. 우리
나라가 조선(朝鮮)이라는 독립국가임에도 불구하고 이조(李朝)라 칭한
것은 일본인들이 지방군을 지칭할 때 '도쿠가와 막부' 하는 식으로
군주의 성(姓)을 불렀던 것처럼 우리나라를 일본의 한 지방군처럼
격하시키기 위해 '조선'을 '이씨 왕조'라고 했던 것이다.

⇆ 바뀐 뜻　일본이 '조선'을 비하하기 위해서 의도적으로 쓴 이 명칭을 아무 생각
없이 따라 쓰기 시작하면서, 오늘날 '이조'가 '조선'이라는 정식 국호보
다 훨씬 더 널리 쓰이고 있다. '이조'라는 명칭은 쓰지 않아야 한다.

◉ 보기글　• 일본인들이 우리나라를 격하시키기 위해 만든 명칭이 '이조'라는 설명을 굳이 하지
　　　　　않더라도 '조선'이라는 나라가 어디 이씨들만의 나라인가 하는 데 생각이 미친다면
　　　　　결코 '이조'라는 말을 써서는 아니 될 것일세.

0763　이판사판(理判事判)

☝ 본　뜻　마지막 궁지에 몰린 상황을 말하는 이판사판은 이판(理判)과 사판(事
判)의 합성어다. 이판은 참선·경전 공부·포교 등 불교의 교리를 연
구하는 스님이고, 사판은 절의 산림(山林)을 맡아 하는 스님이다. 산
림이란 절의 재산관리를 뜻하는 말인데 산림(産林)이라고 쓰기도 한
다. '살림을 잘한다'에 쓰이는 살림이 여기서 유래되었다. 구한말의

393

국학자 이능화(李能和)가 쓴 『조선불교통사朝鮮佛敎通史』 하권 「이판사판사찰내정」에서는 다음과 같이 이판승과 사판승을 설명한다.

"조선 사찰에는 이판승과 사판승의 구별이 있다. 이판이란 참선하고 경전을 강론하고 수행하고 홍법 포교하는 스님이다. 속칭 공부승(工夫僧)이라고도 한다. 사판은 생산에 종사하고 절의 업무를 꾸려나가고 사무행정을 해나가는 스님들이다. 속칭 산림승(山林僧)이라고도 한다. 이판과 사판은 그 어느 한쪽이라도 없어서는 안 되는 상호관계를 갖고 있다. 이판승이 없다면 부처님의 지혜광명이 이어질 수 없다. 사판승이 없으면 가람이 존속할 수 없다. 그래서 청허(淸虛)·부휴(浮休)·벽암(碧巖)·백곡(百谷) 스님 등의 대사들이 이판과 사판을 겸했다."

조선시대에 스님이 된다는 것은 마지막 신분 계층이 된다는 것을 의미하는 일이기도 했다. 조선시대가 불교를 억압하고 유교를 국교로 세우면서 스님은 성안에 드나드는 것조차 금지되었다. 이 때문에 조선에서 스님이 된 것은 이판이 되었건 사판이 되었건 그것은 마지막이 되는 것이다. 그래서 이판사판은 곧 끝장을 의미하는 일이었다.

🔁 **바뀐 뜻**　막다른 데 이르러 어찌할 수 없게 된 판을 가리키는 말이다.

◉ **보기글**
- 북한은 지금 이판사판의 지경에 처해 있기 때문에 어떤 돌발 행동을 취할지 예측할 수가 없다.
- 집도 절도 잃은 이판사판인 사람하고 시비가 붙어봐야 하나도 좋을 일이 없네.

0764　**인구에(人口-) 회자되다(膾炙--)**

🔖 **본　뜻**　회(膾)라고 하면 언뜻 생선회를 떠올리기 쉽지만 실은 육회(肉膾)를 가리키는 말이다. 좀처럼 날것을 먹지 않는 중국 사람들도 육회만은 매우 즐겨 제사 음식으로 제사상에 즐겨 올렸다고 한다. 자(炙)는 구운 고기를 뜻하는데 이 경우도 생선이 아니라 돼지고기나 소

고기를 가리키는 것이다. 이 역시 제사상에 오르던 음식이다. 보통 제사상에 오르는 음식은 고인이 평소에 즐겨 먹던 음식이나 최고급 음식을 올려놓게 마련인 것처럼, 회자는 여러 사람들이 즐기는 맛 있는 고기 음식을 가리키는 말이다. '인구(人口)에 회자(膾炙)되다'라 는 고사도 여기서 나온 것으로 그 기원은 다음과 같다.

당나라 때 한악(韓偓)이라는 시인이 있었다. 어렸을 때부터 총명했던 그가 10살 무렵에 지은 시가 그 당시 유행한 시를 한 단계 뛰어넘은 새로운 것이었기 때문에 많은 사람들의 입에 오르내리게 되었다. 이 처럼 그의 시가 여러 사람의 입에서 떨어지질 않았다는 데서 '인구 에 회자되었다'는 말이 나오게 되었다.

↹ **바뀐 뜻** 육회와 불고기를 사람들이 좋아하듯이 사람들의 입에 널리 퍼져 오르내리는 것을 가리키는 말이다. 훌륭한 글이나 미담 등이 사람 들의 화제에 자주 오르내릴 경우에 주로 쓰는 표현이다.

◉ **보기글** • 요새는 덩달이 시리즈라는 새로운 유머가 인구에 회자되고 있다며?
　　　　　 • 이번에 문단의 원로 모씨가 새로 발표한 글이 인구에 회자되고 있는데, 자네 그 글 읽어봤어?

0765 　　**인두겁을**(人---) **쓰다**

🏛 **본　뜻** '인두겁'은 사람의 탈이나 형체를 일컫는 말로서, '인두겁을 쓴다'는 표현은 사람으로 태어났다는 뜻이다.

↹ **바뀐 뜻** 어떤 사람의 마음씀씀이나 하는 짓이 사람답지 못할 경우에 그 사 람을 비난하는 욕으로 쓰는 말이다. '인두겁을 쓰고 어찌 그럴 수 있나' 하는 식으로 쓴다.

◉ **보기글** • 병든 부모를 내다 버리다니, 인두겁을 쓰고 어찌 그럴 수 있지!?
　　　　　 • 인두겁을 뒤집어썼다고 이런 작자도 사람일까 싶었다.

인민(人民)

🔖 **본 뜻**   원래 인(人)과 민(民)을 합쳐서 이르는 말이었다. 고대에 인(人)은 왕에게만 쓰이던 문자로서 왕을 가리키는 말이 군(君), 왕(王) 등으로 변하면서 '주권이 있는 사람', 즉 '신(臣)과 민(民)을 거느린 사람'으로 확대되었다. 즉 왕, 제후, 경, 대부 등 주권이 있는 사람만이 인(人)이 되고, 그 아래에서 생산에 종사하는 사람은 민(民)이라고 불렀다.

🔄 **바뀐 뜻**   온 국민을 가리키는 말이다. 하지만 중국과 북한에서 주로 쓰는 말이다 보니 한국에서는 잘 쓰이지 않는다.

🔘 **보기글**   • 현송월은 북한이 자랑하는 인민가수다.

0767   **일가견**(一家見)

🔖 **본 뜻**   이 말은 본래 일본어 '잇카켄[一家見]'에서 온 말로서 '자기만의 독특한 주장이나 학설'을 가리키는 말로 쓰인다.

🔄 **바뀐 뜻**   우리나라에서는 이 말이 '자기만의 독특한 주장이나 학설'이라는 뜻으로 쓰이기보다는 '어떤 분야에 대한 체계적이고 전문적인 지식'을 가리키는 말로 널리 쓰인다.

🔘 **보기글**   • 통일 문제에 대한 일가견을 가지고 있는 그의 발표는 그날의 세미나 내용 중 가장 들을 만한 것이었다.

0768   **일사불란**(一絲不亂)

🔖 **본 뜻**   여러 갈래의 실타래가 있는데 그중 한 가닥의 실도 얽히지 않은 잘 정돈된 상태를 가리키는 말이다.

바뀐 뜻 질서정연하여 조금도 어지러움이 없는 상태를 가리키는 말이다.

보기글
- 비상종이 치자 급우들 모두가 일사불란하게 움직여 그때까지 공부하던 폴란드어 책을 책상 밑으로 숨겼다.
- 일사불란하게 펼쳐지는 매스게임은 보는 이에게는 경탄을 자아내는 것이지만, 땡볕에 나와 앉아 그것을 연습했던 학생들에게는 지겨운 것일 수밖에 없다.

0769 일사천리(一瀉千里)

본 뜻 강물이 한번 흐르기 시작하면 대번에 천 리를 흘러 내려간다는 뜻이다.

바뀐 뜻 사물이나 일의 진행이 거침없이 매우 빠른 것을 이르는 말이다.

보기글
- 박군이 일을 잡더니만 일사천리로 진행되는구먼.

0770 일석이조(一石二鳥)

본 뜻 이는 동양 고사에서 나온 말이 아니라 영어 속담 'kill to birds with one stone'의 번역이다. 비슷한 동양 속담으로는 화살 하나로 두 마리의 새를 잡는다는 '일전쌍조(一箭雙鳥)'가 있을 뿐이다.

바뀐 뜻 한 가지 일로써 두 가지 이익을 얻는 것을 가리키는 말이다. 일석이조를 우리나라나 중국의 고사로 알고 있는 예가 많기에 여기 실었다.

보기글
- 마당도 쓸고 돈도 주우면 그게 바로 일석이조지.

0771 일익(一翼)

본 뜻 일익이란 글자 그대로 보면 '한쪽 날개'를 가리키는 말이다. 양 날개가 있어야 새가 날 수 있듯이 한쪽 날개라는 것은 그만큼 큰 비중을 뜻한다. 오늘날의 오른팔에 해당하는 말이라고 하겠다.

⇆ 바뀐 뜻 중요한 구실을 하는 한쪽 부분을 가리키는 말로서, 어떤 큰일의 한 소임을 맡았다거나 할 때 쓰는 말이다.

◎ 보기글
- 박군은 이번 사전 편찬에 일익을 담당한 성실한 제자라네.
- 미력하나마 제가 그 일에 일익이 된다면 힘껏 일하겠습니다.

0772   **일체**(一切)/**일절**(一切)

⇪ 본 뜻 한자는 같지만 어디에 쓰이느냐에 따라 뜻이 판이해지는 말이다. '일체'로 읽을 때는 체(切)가 '온통' '모든'의 뜻을 가진 말이요, '일절'로 읽을 때는 절(切)이 '아주' '도무지'의 뜻을 가진 말이 된다. 그러므로 '일체'는 모든 것, 온갖 것을 포함하는 말이고, 반면에 '일절'은 모든 것, 온갖 것을 결코, 전혀 포함하지 않는다는 뜻을 가진 말이다. 이렇듯 두 말의 뜻은 정반대이면서도 종종 같은 뜻으로 혼용되어 쓰이는 경우가 많다.

⇆ 바뀐 뜻 일절은 부정의 뜻을 가진 말이므로 '안주 일절' 같은 말은 써서는 안 된다. 안주가 모두 갖추어져 있다고 할 때는 '안주 일체'라고 해야 한다.

◎ 보기글
- '새치기는 일절 통하지 않는' 것이고 '가전제품은 일체 갖추어졌다'고 써야 한다며?

0773   **일촉즉발**(一觸卽發)

⇪ 본 뜻 한번 닿기만 하여도 곧 폭발할 정도의 위기 상황을 가리키는 말이다.

⇆ 바뀐 뜻 조그마한 일이 실마리가 되어 당장에 큰일이나 전쟁이 터질 것같이 위급하고 아슬아슬한 상태에 놓여 있는 것을 뜻하는 말이다.

0774   입에 발린 소리

☞ 본 뜻   입에만 발라져 있는 소리라는 뜻으로 진짜 마음속에는 없는 소리
라는 말이다.

⇆ 바뀐 뜻   마음에도 없는 말을 겉치레로 하는 것을 뜻한다. 거침없이 하는 바
른 소리라는 뜻을 가진 '입바른 소리'와는 다르다.

● 보기글   ● 그 입에 발린 소리 좀 그만해라.
● 그 사람은 어째 그렇게 속 들여다보이게 입에 발린 소리를 잘한데?

0775   입추의(立錐-) 여지가(餘地-) 없다

☞ 본 뜻   송곳조차 세울 틈이 없을 정도로 빽빽하게 들어차 있다는 뜻이다.

⇆ 바뀐 뜻   많은 사람들이 꽉 들어차서 발 들여놓을 데도 없이 매우 비좁음을
이르는 말이다. 바꿔 쓸 수 있는 말로는 '발 디딜 틈이 없다'가 있다.

● 보기글   ● 극장 안은 관람 인파로 입추의 여지가 없었다.
● 아침 시간의 지하철 전동차 안은 출근하는 사람들로 입추의 여지가 없었다.

0776 자그마치

🖐본 뜻 '자그마하게'에서 나온 말로서 '자그마하게 말하더라도' 라는 뜻을
가지고 있다.

🔁바뀐 뜻 어떤 사물이나 돈의 액수가 예상보다 훨씬 많을 때에 '적지 않게'의 뜻
으로 쓰는 말이다. '자그마치 1억이나!' 하는 표현은 자그마하게 말하더
라도 1억이나 된다는 말이니 굉장하다는 뜻을 나타내는 강조 부사다.

⊙보기글 • 오나시스가 하루에 쓴 돈이 자그마치 1억이나 된다며!

0777 자라목

🖐본 뜻 자라의 짧은 목을 가리킨다.

🔁바뀐 뜻 보통 사람보다 짧고 밭은 목이나 그런 목을 가진 사람을 가리키는 말
이다. 어떤 사물이 오므라들거나 움츠러든 모양을 가리키기도 한다.

⊙보기글 • 그 사람 왜 키가 작아 보이나 했더니 유달리 자라목이더구먼.
• 새로 산 터틀스웨터를 한번 빨았더니 자라목이 되어버렸어.

0778 자린고비(玼吝考妣)

🖐본 뜻 옛날 충북 음성군 금왕읍 삼봉리에 조륵(趙玏)이라는 부자가 살았

는데, 그는 부모님 기제사 때마다 쓰는 지방(紙榜)을 매년 새 종이에 쓰는 것이 아까워서 한 번 쓴 지방을 기름에 절여 두었다가 때마다 다시 사용했다고 한다. '자린'은 '기름에 절인 종이'에서 '절인'의 소리만 취한 한자어이고 '고비'(考妣; 돌아가신 아버지는 考, 돌아가신 어머니는 妣)는 돌아가신 부모님을 가리키는 말인데 여기서는 부모님의 지방을 뜻하는 말로 쓰였다. 즉 자린고비는 기름에 절인 지방을 가리키는 말이었다. '자린'의 한자 표기는 소리를 단순 차용한 것으로 아무런 뜻이 없다.

⇆ 바뀐 뜻 돈이 있음에도 불구하고 꼭 써야 할 때도 쓰지 않고 지내는 사람을 일컫는 말로 '구두쇠'와 같은 뜻이다. 단작스러울 정도로 인색한 사람을 가리키는 말이다.

◎ 보기글
- 그 할아버지가 어떤 자린고빈데 그 큰돈을 덜컥 내주겠니?
- 평생을 자린고비처럼 살더니, 이렇게 큰 재산을 모았구먼.

0779 # 자문(諮問)

본 뜻 원래 이 말은 '아랫사람에게 묻는다' 또는 '하급 관청에 묻는다'는 뜻을 가지고 있는 말이다. 이 말과 짝을 이루는 말이 '답신(答申)'이다. 그러니까 답신은 상부나 상사의 물음에 대하여 의견이나 사실을 진술하여 보고하는 것을 말한다.

⇆ 바뀐 뜻 오늘날에 와서는 일을 좀 더 효율적으로 처리하기 위해 전문가나 또는 그런 사람들로 구성된 권위 있는 기관이나 단체에 의견을 묻는 것으로 알려져 있다. 그러나 자문은 아랫사람이나 하급 행정기관에 물을 때 쓰는 말이다. 굳이 윗사람을 공대하는 뜻으로 자문이란 말을 쓰고 싶으면 고문(顧問)이란 말을 쓰면 된다.

◎ 보기글
- 대통령은 국정자문위원회에 통일에 관한 자문을 했다.
- 국무총리실에서 환경처에 환경운동에 대한 자문을 구했다.

0780 　자부동(ざぶとん)

☝ 본 뜻　방석을 가리키는 일본말로서, 주로 나이 든 중장년층에서 많이 쓰는 용어다.

🔁 바뀐 뜻　자부동을 방석의 고상한 말로 알고 있는 이들이 많다. 그러나 자부동은 일본어에서 온 말이므로 방석이라는 우리말로 바꿔 써야 한다.

◉ 보기글
- 영숙아, 거기 자부동 좀 가지고 와라.
- 엄마, 자부동이 뭐예요. 방석이지.

0781 　자웅을(雌雄-) 겨루다

☝ 본 뜻　흔히 수컷과 암컷을 가리키는 말로 알고 있는 자웅(雌雄)은 본래는 밤과 낮을 가리키는 말이었다. 자웅은 역(曆)에서 나온 말로서, 자(雌)는 밤을 나타내고 웅(雄)은 낮을 나타내는 말이다. 낮과 밤이 서로 번갈아 가면서 세상을 자기 것으로 만드는 것에 비유해서 일진일퇴를 거듭하는 양상을 나타낸 것이다.

🔁 바뀐 뜻　막상막하의 비등한 힘을 가진 상대끼리 승부를 겨루는 것을 가리킨다.

◉ 보기글
- 이번 월드컵 축구에서 이탈리아와 브라질이 자웅을 겨루었다.
- 어학에서 자웅을 겨루던 박군과 이군이 졸업 후에는 어찌 되었나 모르겠네.

0782 　자정(子正)

☝ 본 뜻　밤 11시부터 다음 날 1시까지를 가리키는 자시(子時)의 정가운데 시

간을 가리키는 말이다.

⇆ 바뀐 뜻   이 말은 뜻이 바뀐 말은 아니고 자정의 어원을 알려주기 위해서 실은 것이다. 자정은 24시, 즉 밤 12시를 가리키는 말이다. 도쿄 표준시를 쓰는 오늘날 한국 중부 지방의 자정은 오전 0시 32분경이다.

◎ 보기글   • 이미 자정이 넘었을 시간에 걸려온 그의 전화에 반갑기보다는 걱정이 앞섰다.

0783   **자충수**(自充手)

본 뜻   바둑에서 자기가 놓은 돌을 자기가 죽이는 수를 말한다.

⇆ 바뀐 뜻   넓은 뜻으로, 자신을 이롭게 하려던 말이나 행동이 도리어 스스로에게 해가 되는 경우를 일컫는 말로 쓰인다.

◎ 보기글   • 이번 그의 베이징 발언은 자충수를 둔 것이라고 볼 수 있지요.

0784   **자화자찬**(自畵自讚)

본 뜻   자기가 그린 그림에 자기가 찬(讚)을 쓰는 일을 말한다. 찬이란 그림에 써 넣는 시나 글인데 주로 칭찬하는 내용을 담고 있다. 찬은 본래 스승, 선배, 동문 등 다른 사람이 써주는 것이다.

⇆ 바뀐 뜻   자기가 한 일에 대해서 스스로가 칭찬을 하거나 추어올리는 것을 가리킨다. 칭찬(稱讚)이란 말 자체가 찬을 좋게 써주는 것을 가리킨다.

◎ 보기글   • 김정희의 그림에 박제가의 찬이 들어 있다.
          • 그 사람 자화자찬은 더 이상 못 들어주겠더라. 얘, 그 정도면 완전히 심각한 자기도취인 거 아니니?

0785 작살나다

🖐️ **본 뜻** 작살은 짐승이나 물고기를 찔러 죽이는 기구로, 작대기 끝에 삼지창 비슷한 쇠를 박아서 만들었다. 물고기나 짐승이 작살을 맞게 되면 그곳의 살이 헤집어져서 치명적인 상처를 입게 된다.

🔁 **바뀐 뜻** 복구할 수 없는 정도로 짓이겨지고 부서지는 것을 가리키는 속된 표현이다.

💿 **보기글** • 부부 싸움 끝에 어렵게 장만한 살림살이가 모두 작살이 났다.

0786 잠식(蠶食)

🖐️ **본 뜻** 잠(蠶)은 비단을 뽑아내는 누에를 가리키는 말로서, 잠식이란 글자 그대로 누에가 뽕잎을 갉아먹는 것을 가리키는 말이다. 누에 치는 곳을 잠실(蠶室)이라 하는데 지금 강남의 대표적인 동네가 된 잠실의 지명도 여기에서 연유한다. 누에가 뽕잎을 갉아먹는 것이 처음엔 대수롭지 않게 느껴지나 잠깐 한눈판 사이에 큰 나뭇잎 하나를 갉아먹는 정도이다. 누에가 뽕잎을 갉아먹는 것 같다는 소리는 어느 틈에 야금야금 다 먹어 치웠다는 뜻이다.

🔁 **바뀐 뜻** 그러므로 잠식한다는 말은 이익이나 영역을 한꺼번에 크게 얻어내는 것이 아니라 눈치 못 채게 조금씩 조금씩 침범해 들어와 어떤 이익이나 영역을 자기 것으로 만든다는 뜻이다.

💿 **보기글** • 참치 회사가 또 하나 생겨났을 때 그리 대수롭지 않게 생각했는데, 그 회사가 엄청난 자금력과 빠른 운송력을 주무기로 기존 참치 시장을 잠식해 들어오더니 이젠 거의 참치 시장을 석권하다시피 하고 있잖은가.

404

0787　잡동사니(雜---)

🖐본　뜻　조선시대 실학자 안정복이 엮은 『잡동산이(雜同散異)』에서 온 말이다. 책의 내용은 경사자집(經史子集)에서 문자를 뽑아 모으고, 사물의 이름이나 민간에서 떠돌아다니는 패설(稗說) 등 여러 분야의 다양한 내용을 기록한 책이다.

🔁바뀐 뜻　순수하게 한 가지나 한 분야로만 이루어진 것이 아니라 여러 가지가 한데 뒤섞인 것을 가리킨다.

◐보기글　● 아무리 잡동사니라도 정리하다 보면 개중에 쓸 만한 것이 끼어 있게 마련이라고.

0788　장가들다

🖐본　뜻　현재 국어사전에는 '장가들다'가 한자어가 아닌 고유어로 나와 있지만 아내의 아버지를 장인(丈人), 어머니를 장모(丈母)라고 부르는 것으로 미루어 장가의 어원이 처갓집을 가리키는 장가(丈家)라는 주장이 있다. 이 주장이 설득력이 있는 것은 '시집간다'는 말을 보면 알 수 있는데, 여자가 결혼하는 것을 시부모가 있는 시댁(媤宅)으로 '시집간다'고 하는 것과 같은 구조다. 결혼함으로써 여자는 시댁에 가는 것이니, 남자는 자연히 처갓집인 장가(丈家)에 들락거리게 되는 것이다.

🔁바뀐 뜻　남자가 결혼하는 것을 달리 이르는 말이다. '장가들다' '장가간다' 두 가지 표현 모두 쓰인다.

◐보기글　● 장가든다고 하는 말이 맞아, 장가간다고 하는 말이 맞아?

0789　장본인(張本人)

🖐본　뜻　나쁜 일을 만들어낸 주동자나 그 일의 배후에 있는 우두머리를 가리키는 말이다. 주로 부정적인 일의 중심인물을 가리키는 이 말을

미담이나 좋은 화제의 중심인물에게 쓰는 경우가 많다. 미담이나
화제의 중심인물에게는 '주인공'이란 말을 써주는 것이 좋다.

↪ **바뀐 뜻** 나쁜 일을 일으킨 주동자나 좋지 않은 단체의 우두머리 등을 가리
키는 말이다.

◑ **보기글** ● 어린이 유괴의 장본인은 다름 아닌 그의 삼촌이었다고 한다.

0790   ## 장사진을(長蛇陣-) 치다

⌂ **본 뜻** 전쟁에서 쓰던 군진(軍陣)의 하나를 가리키는 말이다. 장사진(長蛇陣)
은 글자 그대로 '긴 뱀과 같이 한 줄로 길게 늘어선 군대의 진을 가
리키는 말이다.

↪ **바뀐 뜻** 많은 사람이 줄을 지어 길게 늘어선 것을 표현하는 말이다.

◑ **보기글** ● 극장 앞에 장사진을 이룬 인파를 헤치고 나서니 그제야 제대로 숨을 쉴 수가 있었다.

0791   ## 장안(長安)

⌂ **본 뜻** 장안은 옛날 중국 한(漢)나라의 수도였다. 한나라가 이곳에 도읍을 정한 뒤
수나라, 당나라 때까지 계속 도읍으로 자리잡은 도시다. 중국을 섬기는 모
화사상(慕華思想)에 물든 유학자들이 장안이란 말을 들여와서 '서울 장안'이
라고 부르기 시작한 데서부터 한 나라의 수도라는 뜻으로 쓰였다.

↪ **바뀐 뜻** 수도라는 뜻으로 '서울'을 이르는 말이다. 서울은 두 가지 의미를 가
지고 있는 독특한 말이다. 하나는 한 나라의 수도를 지칭하는 일반
명사로서, 또 하나는 한국의 수도 '서울'이란 고유명사로서 쓰이고
있다. 현대에 이르러 이 말을 쓰는 사례가 점점 줄어들고 있다.

◑ **보기글** ● 이번에 새로 나온 미래 영화 「2050년」이 그 충격적 미래상 때문에 장안에 새로운 논
쟁을 불러일으키고 있다.

0792   **장애**(障碍)/**장해**(障害)

🖐 **본 뜻**   장애는 가로막아서 거치적거리는 것을 뜻하는 말이고, 장해는 거리
                끼어 해가 된다는 뜻이다.

🔄 **바뀐 뜻**   장애는 '그 골목은 큰 바위가 가운데 있어서 길 가는 데 장애가 된
                다' 등에 쓰는 말이며, 장해는 '담배는 폐에 커다란 장해가 된다' 등
                에 쓰는 말이니 잘 구분해서 써야 한다.

⚙ **보기글**   • 허들이나 그물을 통과해야 하는 육상 경주는 장애물 경주이고 커피는 위장 장해를
                일으키는 물질이 맞지?

0793   **장**(醬) **지지다**

🖐 **본 뜻**   속담에서 온 말이다. 『동언해東言解』라는 작자 미상의 책에 장상전장
                (掌上煎醬)이라는 속담이 나온다. 손바닥에 장을 지진다는 말이다.

🔄 **바뀐 뜻**   냄비나 프라이팬에 지져야 할 장(醬)을 손바닥에 올려놓고 직접 지
                진다는 의미로, 뜨거운 불에 손바닥을 갖다댈 수 없으므로, 있을
                수 없는 일임을 강조할 때 쓰는 말이다.

⚙ **보기글**   • 이 겨울에 벚꽃이 피었다니, 사실이라면 내 손에 장을 지지겠다.
                • 야당이 박근혜 대통령을 탄핵시키면 내 손에 장 지지겠다(새누리당 이정현 의원).

0794   **재미**

🖐 **본 뜻**   재미는 원래 자양분이 많고 맛이 좋은 음식을 가리키는 자미(滋味)
                에서 나온 말이다.

🔄 **바뀐 뜻**   원래는 좋은 맛이나 음식을 가리키던 말이었는데, 어떤 이야기나 일이

감칠맛 나고 즐거운 기분이 날 때 그것을 표현하는 말로 쓰기 시작했다. 한자어 자미가 재미로 소리가 변하면서 뜻이 완전히 바뀌었다.

● 보기글 ● 음식이 맛있으면 먹는 일이 훨씬 즐거운 것처럼 하는 일이 재미가 있으면 한결 사는 맛이 더한 법이지요.

0795 **재상**(宰相)

▥ **본 뜻** 재(宰)는 정3품 이상의 당상관을 가리키는 말이고, 상(相)은 영의정·좌의정·우의정을 가리킨다. 그러므로 재상이라 하면 정3품 이상의 당상관을 가리키는 말이다.

⇆ **바뀐 뜻** 대개는 '재상(宰相)'이라 하면 영의정·좌의정·우의정 이 삼상(三相)만을 가리키는 것으로 알고 있으나, 실은 임금을 도와 국정을 운영하는 육조의 판서와 홍문관의 부제학, 춘추관의 수찬관 이상의 벼슬아치를 일컫는 말이다.

● **보기글** ● 조선시대의 재상은 오늘의 장관급 이상에 해당한다고 할 수 있지.

0796 **재수**(財數) **옴 붙다**

▥ **본 뜻** 옴은 옴벌레가 사람의 몸에 기생하여 생기는 전염성 피부병을 일컫는 말인데, 처음엔 좁쌀알 같은 것이 손가락이나 겨드랑이 사이에 조금씩 돋아나다가 온몸으로 급속도로 번져나간다. 옴은 한번 붙으면 좀처럼 떨어지지 않는 악성 피부병이어서 그런지, 좀처럼 쉽게 떨쳐버릴 수 없는 나쁜 일의 비유로 많이 쓰인다.

⇆ **바뀐 뜻** 도무지 재수가 없다는 뜻이다. 어떤 일을 하려는 찰나에 훼방꾼이나 다른 악재(惡材)가 끼어들어 운이 막혔다는 뜻으로 쓴다.

0797 재야인사(在野人士)

✎본 뜻 재야는 본래 관직에 임명을 받기 위해 임금의 하명을 기다리는 사람들을 가리키는 말이었다. 이 말이 후대로 오면서 초야에 파묻혀 있는 사람이나 관직에 나아가지 않고 민간에 있는 사람을 이르는 말로 바뀌었다.

↹바뀐 뜻 오늘날에는 제도 정치권 내로 들어오지 않고 반정부 입장에서 정치 활동을 하는 사람들을 가리키는 말로 쓴다.

● 보기글 ● 이번 야당 전당대회에서 재야인사를 대거 영입한다고 하던데 혹시 그 규모가 어느 정도인지 아시나요?
● 재야인사들이 모여 환경운동단체를 새로 발족했다고 하던데 그 정확한 명칭이 뭐지요?

0798 재판(再版)/2쇄(二刷)

✎본 뜻 출판용어인 재판(再版)은 내용을 대폭 수정하거나 증보해서 다시 찍을 때 사용하는 말이다. 반면에 쇄(刷)는 내용에 큰 변동 없이 같은 내용을 다시 찍을 때 사용하는 말이다.

↹바뀐 뜻 재판과 쇄를 구분하지 못하는 경우가 많은데, 거기에는 잘못된 책 광고의 영향도 크다. '출간 즉시 재판 돌입!' 같은 책 광고의 문구가 잘못 쓰고 있는 대표적인 경우라 하겠다. 그 말은 곧 '우리 책은 나오자마자 잘못된 부분이 너무 많아서 전면 수정해서 다시 냈다'는 뜻이니 날개 돋친 듯이 팔린다는 뜻으로 낸 광고와는 전혀 그 뜻을

달리하는 말이 되고 만다.

◎ 보기글 ● 내용을 수정하지 않고 초판본 그대로 한 번 더 인쇄했다면 그 책은 초판 2쇄가 되는 것이지요.

0799   저승

🔥본 뜻   불교용어에서 온 '저승'은 사람이 죽은 뒤에 그 영혼이 가서 살게 되는 곳을 가리키는 말이다. '저승'은 지시대명사 '저'와 삶을 뜻하는 한자어 '생(生)'이 합쳐져서 이루어진 말로서 '저생'의 소리가 변해서 '저승'이 되었다. '이 세상'을 가리키는 '이승' 역시 같은 이치로 이루어진 말이다.

🔄 바뀐 뜻   불교에서 쓰는 용어가 일상생활로 들어온 것이 많은데 이승과 저승도 그 대표적인 것의 하나이다. 오늘날 이승이나 저승은 종교적인 의미보다는 오히려 아주 일반적으로 '삶의 세계'와 '죽음의 세계'를 가리키는 말로 널리 쓰이고 있다.

◎ 보기글 ● 죽어서 간다는 극락과 지옥도 모두 저승에 속하는 것일진대, 어찌 된 것이 저승이란 말만 들으면 극락은 생각나지 않고 으스스한 지옥만 생각나는 걸까?

0800   적당(適當)

🔥본 뜻   꼭 맞을 적(適)에 마땅할 당(當)을 쓴 '적당'은 꼭 들어맞는다는 뜻이다. 그러므로 이 말은 쓰임새가 꼭 알맞다, 합당하다는 뜻이다.

🔄 바뀐 뜻   꼭 들어맞는다는 뜻의 '적당'이란 말이 오늘날 '적당주의' '적당히 해' 등에 쓰이면서, 본래의 뜻보다는 오히려 '대충대충'이란 뜻으로 더 널리 쓰이고 있다. 비록 대중들 사이에서 '대충'과 비슷한 뜻으로 관용적으로 쓰이고 있다 하더라도 한 낱말이 서로 반대의 뜻으로 쓰

이는 이런 현상은 바로잡아야 할 것이다.

○ 보기글 • 우리 신문사에 이번에 교열기자가 한 사람 필요한데 어디 적당한 사람 없을까요?

0801 **적반하장**(賊反荷杖)

☞ **본 뜻** 도둑질한 놈이 오히려 매를 들고 주인에게 달려든다는 말이다.

⇆ **바뀐 뜻** 잘못한 사람이 도리어 아무 잘못도 없는 사람을 나무라는 것을 이르는 말로서 '주객전도(主客顚倒)'와 같은 말이다.

○ 보기글 • 야, 물에 빠진 놈 건져냈더니 내 보따리 내놓으란다더니 네가 정말 그 짝이로구나. 적반하장도 유분수지. 네가 뭘 잘했다고 여기 와서 큰소리야!

0802 **적이**

☞ **본 뜻** 적게나마.

⇆ **바뀐 뜻** 말 그대로 '조금'이라는 뜻이다. 흔히 쓰는 '저으기'는 잘못 쓰는 말이다.

○ 보기글 • 전쟁이 난 곳이 이란이 아니고 이라크라니까 적이 안심이 되는구나.

0803 **적자**(赤字)

☞ **본 뜻** 회계 장부를 기록할 때 지출이 수입보다 많아서 생기는 결손을 가리키는 말로서, 모자라는 금액을 나타내는 숫자를 붉게 쓴 데서 비롯되었다. 적자의 반대말인 흑자도 같은 방법으로 이루어진 단어이다.

⇆ **바뀐 뜻** 적자는 손해, 흑자는 이익이라는 뜻으로 통용된다.

○ 보기글 • 이번 달은 엄청나게 적자가 났는데, 이렇게 되면 다음 달엔 무슨 일이 있어도 흑자가 발생해야 하는데 걱정이야.

전광석화(電光石火)

🔖 **본　뜻** 전광은 번개와 천둥을 가리키는 말이고 석화는 지극히 짧은 시간을 가리키는 말이다.

🔁 **바뀐 뜻** 번갯불이 번쩍하는 것처럼 지극히 짧은 시간이나 혹은 그처럼 재빠르고 날랜 동작을 가리키는 말이다.

⊙ **보기글**
- 지금 보신 장면은 우리나라 선수의 전광석화 같은 공격이었습니다.
- 절체절명의 그 순간에 슈퍼맨이 날아와 전광석화처럼 어린아이를 끄집어냈다.

전철을(前轍-) **밟다**

🔖 **본　뜻** 앞서 간 수레의 바퀴자국을 '전철(前轍)'이라고 한다. 그러므로 '전철을 밟는다'의 본뜻은 앞서 간 수레의 바퀴자국을 밟는다는 말이다. 그러나 '전철을 밟는다'는 표현은 수레가 옳지 않은 길로 갔을 때를 가리키는 경우이다.

🔁 **바뀐 뜻** 앞 사람의 잘못을 되풀이하는 것을 뜻한다.

⊙ **보기글**
- 실습에 나가는 여러분들은 선배들의 전철을 밟지 말기를 바란다.

절체절명(絕體絕命)

🔖 **본　뜻** 몸이 잘리고 목숨이 끊길 정도로 어찌할 수 없이 위험한 경우를 가리키는 말이다.

🔁 **바뀐 뜻** 많은 사람들이 '절대절명'으로 잘못 쓰고 있기에 바로 쓰자는 뜻에서 여기 실었다. 뜻이 바뀐 것은 아니다.

⊙ **보기글**
- 추락한 비행기 동체에 불이 붙으려는 절체절명의 순간에 구급차가 달려왔다.
- 부패의 척결과 사회개혁은 절체절명의 시대적 요청이다.

0807 **점고**(點考)

🖐본 뜻 명부에 일일이 점을 찍어가면서 수를 조사하는 것을 가리키는 옛말이다.

🔄바뀐 뜻 한 사람씩 이름을 불러가면서 인원의 이상 유무를 조사하는 일을 말하는데 오늘날에는 점고라는 옛말 대신 점호라는 말을 쓴다. 주로 군대나 합숙훈련장 같은 데서 많이 쓰는 용어다.

💠보기글
- 점호 시간에 없는 사람은 다음 날 하루 종일 기합이다!
- 대청봉에 오르니 설악의 이름난 봉우리들이 점고에 빠질세라 모두들 고개를 내밀고 있었다.

0808 **점심**(點心)

🖐본 뜻 보통 얘기하는 세 끼란 아침, 점심, 저녁을 이르는 말이다. 그중 아침과 저녁은 때와 끼니를 동시에 일컫는 말로 쓰지만 점심은 오직 끼니를 일컫는 말로만 쓴다. 아침, 저녁이 순우리말이듯 점심도 순우리말로 알고 있는 사람이 많다. 그러나 점심은 선종(禪宗)에서 선승들이 수도를 하다가 시장기가 돌 때 마음에 점을 찍듯 아주 조금 먹는 음식을 가리키는 말이었다. 그래서 마음 심(心)에 점 점(點)을 쓴 것이다. 이처럼 점심은 간단하게 먹는 중간 식사를 가리키는 말이다. 흔히들 중식이라고도 하는데 그것은 일본식 한자어이므로 되도록 쓰지 않도록 한다.

🔄바뀐 뜻 낮에 먹는 끼니, 혹은 선승(禪僧)들이 배고플 때 아주 조금 먹는 음식 등을 가리킨다.

💠보기글
- 점심이 마음에 점을 찍듯이 먹는 것이라며?
- 일정표에 점심을 중식이라 썼는데 그 말이 일본식 한자어라는 거 알고 있었니?
- 오늘 점심은 좀 색다른 걸 먹어볼까?

413

0809 점입가경(漸入佳境)

🖐**본 뜻** 경치가 점점 들어갈수록 좋아짐을 일컫는 말이다.

🔄**바뀐 뜻** 어떤 사건이나 얘기가 내막에 깊이 들어갈수록 점점 더 재미가 있음을 두고 하는 말이다.

⭕ **보기글**
- 무려 1년이나 끈 두 사람의 감정 싸움이 이제는 옆 사람들을 끌어들이는 등 점입가경이더구먼.
- 설악산은 안으로 들어갈수록 그 멋이 점입가경이다.

0810 정곡을(正鵠-) 찌르다

🖐**본 뜻** 과녁의 한가운데를 일컫는 정곡(正鵠)이란 말은 활쏘기에서 나온 말이다. 과녁 전체를 적(的)이라 하고 정사각형의 과녁 바탕을 후(侯)라고 한다. 그 과녁 바탕을 천으로 만들었으면 포후(布侯), 가죽으로 만들었으면 피후(皮侯)라 한다. 동그라미가 여러 개 그려진 과녁의 정가운데 그려진 검은 점을 포후에서는 정(正)이라 하고, 피후에서는 곡(鵠)이라 한다. 그러므로 정곡이라 함은 과녁의 한가운데라는 뜻이다. 정은 본래 민첩한 솔개의 이름이고, 곡은 고니를 가리키는 말인데, 둘 다 높이 날고 민첩하기 때문에 여간해서는 맞히기가 힘들었다. 그래서 과녁 중에서도 가장 맞히기 힘든 부분인 정가운데를 맞혔을 때 '정곡을 맞혔다'고 한 것이다. 같은 뜻을 가진 말로는 '적중(的中)'이 있다.

🔄**바뀐 뜻** 활쏘기가 사라진 오늘날에는 '어떤 문제의 핵심을 지적했다'는 뜻으로 쓰인다.

⭕ **보기글**
- 그의 정곡을 찌르는 논리는 텔레비전 유세에서 더욱 돋보였다.
- 허황한 가설에 불과한 추리가 사실은 정곡을 찌른 것이었다.

0811   정월(正月)

본 뜻   진시황제의 본 이름은 정(政)인데, 시황제는 1년의 첫 달을 자기 이름과 같은 발음이 나는 한자를 써서 정월(正月)이라 불렀다.

바뀐 뜻   1년 열두 달 중의 첫째 달을 가리키는 말이다. 현재의 정월은 음력 1월 즉 인월(寅月)을 가리키는데, 중국 하(夏) 왕조 때 정한 것이다. 상(商)은 음력 12월 축월(丑月)을 정월로 삼고, 주(周)는 음력 11월 자월(子月)을 정월로 삼았다. 공자인 공구(孔丘)가 처음 인월을 제안하고, 이후 진시황이 중원을 통일한 뒤 자신이 태어난 인월을 세수(歲首)로 삼았다.

보기글
- 정월이 진시황제의 이름에서 연유한 명칭이라면 굳이 한 해의 첫 달을 정월로 부를 이유가 없지 않겠어?
- 정월 열나흗날 밤에 잠을 자면 눈썹이 센다.
- 정월인데도 기온이 영상인지 바깥 날씨가 그리 춥지 않았다.

0812   정정당당(正正堂堂)

본 뜻   군대의 진용이 정돈되고 기세가 성한 모양을 가리키는 군사용어였다.

바뀐 뜻   비겁한 짓을 하지 않는 바르고 떳떳한 태도를 가리키는 말이다.

보기글   경기를 할 때는 정정당당하게 해야지.

0813   정종(政宗)

본 뜻   일본술인 청주를 가리키는 말인데 이 술을 정종이라 부른 데는 다음과 같은 유래가 있다. 일본 전국시대를 누볐던 네 사람의 인물 중에 '다테 마사무네[伊達政宗]'라는 사람이 있었다. 오다 노부나가, 도요토미 히데요시, 도쿠가와 이에야스의 뒤를 잇는 다테 마사무네 가문이 자랑하는 두 가지가 있었는데 그것이 바로 정교하고 예리한 칼과, 쌀과 국화로 빚어 만든 술이었다. 이 술맛이 너무나 유명해져서 사람들이 이 술을 가리켜 국정종(菊政宗)이라 불렀다. 우리가 흔히 정종이라고 부르는 청주는 본래 마사무네라는 사람의 이름에서 따온 것이었다.

↹ **바뀐 뜻** 쌀로 빚어 만든 일본술인 청주(淸酒)를 속되게 이르는 말이다.

◑ **보기글** ● 정종은 뭐니뭐니 해도 데워 마셔야 제격이지.
　　　　　● 정종이 청주를 가리키는 말인가요?

0814　**제3의 물결**(第三---)

☝ **본　뜻** 미국의 문화평론가 앨빈 토플러가 그의 저서 『제3의 물결 The Third Wave』에서 사용한 용어이다. 인류는 지금까지 농업 혁명에 의한 제1의 물결, 산업 혁명에 의한 제2의 물결이라는 대변혁을 경험했고, 금후 20~30년 사이에 제3의 물결에 의한 새로운 변혁에 직면할 것이라고 한다. 특히 제3의 물결은 전자 혁명 등 고도의 과학 기술에 의해 재택 근무가 일반화되고 지역공동체가 되살아나는 등 역사상 처음으로 인간성이 넘치는 문명을 만들어내는 파도가 될 것이라고 한다.

↹ **바뀐 뜻** 전자 혁명과 정보 혁명을 통한 새로운 문명을 가리키는 말로 널리 쓰이고 있다.

◑ **보기글** ● 제3의 물결이 밀려오는데, 컴퓨터를 배우지 않겠다니 너도 참 걱정되는구나.

0815　**제6공화국**(第六共和國)

☝ **본　뜻** 공화국은 본래 주권이 국민에게 있는 민주정치를 하는 나라를 말

한다. 그 앞에 붙는 공화국을 가리키는 숫자는 공화국의 헌법이 바뀔 때마다 새로 붙인다. 우리나라는 광복 후 이승만 정권이 제1공화국, 그다음 4·19혁명으로 제1공화국이 붕괴된 뒤 내각제 헌법 개정 후 허정이 이끈 과도정부와 윤보선 정권이 제2공화국, 박정희 정권의 3선 개헌 때부터 3공화국, 최규하 과도정부가 제4공화국, 전두환 군사정권이 제5공화국, 직선제로 개헌한 노태우 정권이 제6공화국, 김영삼 정권도 제6공화국의 헌법을 그대로 썼으므로 제6공화국임엔 변함이 없다. 그러므로 노태우 정권 시절을 가리킬 때 제6공화국 말기라고 하는 것은 옳지 않다. 김영삼 정권도 제6공화국이긴 하나 단지 그 단어를 일부러 쓰지 않고 있을 뿐이다.

🔄 **바뀐 뜻** 공화제를 채택한 나라의 헌법이 바뀔 때마다 그전의 헌법과 다른 헌법으로 나라가 운영되고 있음을 알리기 위한 표시다.

⊙ **보기글**
- 헌법이 바뀌지 않았으니 제6공화국인 것만은 확실한데, 제6공화국을 거쳐온 노태우 정권과 혼동되는 것을 염려해서 되도록이면 제6공화국이란 말을 쓰지 않는 것이지.
- 1994년의 김영삼 정부는 제6공화국이냐, 제7공화국이냐?

0816 **제록스**(Xerox)

🏠 **본 뜻** 건조 인쇄법을 이용한 건식 전자복사기를 가리키는 말로서 본래는 1960년 대중적으로 시판된 복사기의 이름이다.

🔄 **바뀐 뜻** 건식 전자복사기의 이름인 제록스가 세계적으로 너무 유명해지자 제록스라는 고유 상표가 곧 '복사기' 또는 '복사'를 가리키는 일반명사로 바뀌어 쓰이기 시작했다.

⊙ **보기글**
- 복사나 제록스나 같은 말이라면 굳이 제록스라고 쓸 거 없잖아.
- 교수님이 교재에서 중요한 부분은 제록스해서 서로 돌려보라고 하셨는데, 제록스가 무슨 뜻인가 했어.

0817 제비초리

본 뜻 사람의 뒤통수나 앞이마에 뾰족이 내민 머리털을 가리키는 것으로, 그 부분이 마치 제비의 꼬리같이 생겼다고 해서 제비초리라는 이름이 붙었다. 이것을 흔히 제비추리로 쓰는 경우가 많은데, 제비추리는 소의 안심에 붙은 고기를 가리키는 말이므로 혼동해서 쓰지 않도록 해야 한다.

바뀐 뜻 사람의 앞이마나 뒤통수 끝에 제비꼬리처럼 뾰족이 나온 머리털을 가리킨다.

보기글
- 너 뒤통수에 나온 제비초리가 참 매력적이구나.
- 앞이마에 난 제비초리 때문인지 그 사람 첫인상이 손오공 같더라고.

0818 제수(除授)

본 뜻 거둘 제(除)와 줄 수(授)라는 서로 상반되는 두 단어가 합쳐진 말이다. 글자 그대로 내렸던 관직을 거두어들일 때나 새로운 관직을 내리는 일을 가리키는 말이다.

바뀐 뜻 천거하는 절차를 따르지 않고 임금이 직접 벼슬을 내리는 일이나, 옛 관직을 없애고 새 관직을 내리는 일을 가리키는데 대개는 관직을 내리는 한 가지 의미로만 알고 있는 경우가 많아 여기 실었다. 요즘에도 정무직 관직은 대통령이나 자치단체장이 제수하는 것으로, 줄 수도 있지만 거둘 수도 있다는 점을 알아야 한다.

보기글
- 원균이 죽은 후 선조 임금은 일개 병졸로 강등되었던 이순신을 다시 삼도수군통제사에 제수하였다.
- 영조로부터 어사에 제수된 박문수는 가렴주구를 일삼는 탐관오리를 척결하는 데 힘썼다.

0819   **제왕절개**(帝王切開)

◈본　뜻   산부인과 의학용어인 제왕절개라는 명칭은 독일어 '카이저슈니트 (kaisershnitt)'의 직역이다. 어원은 라틴어 'sectio caesarea'에서 유래한다. 이를 번역하는 데 있어 로마 황제 카이사르(caesar)가 이 수술에 의해서 태어난 데서 유래했다는 설이 있는가 하면, 벤다는 뜻을 가진 카에수라(caesura)에서 온 중복어라는 설이 있다. 분만시에 산모가 죽은 직후 복벽이나 자궁벽을 째고 태아를 구해내던 옛날의 산부인과 시술법이었다.

↪바뀐 뜻   오늘날에는 의학의 발달로 정상 분만이 어려운 경우에도 산모의 복벽을 째고 태아를 분만하게 하는 산부인과 수술이 가능하게 되었으며, 이 시술법을 가리켜 제왕절개라고 한다. 이 수술로 태아를 분만하는 것은 두 번까지 가능하다.

●보기글   • 제왕절개를 하는 엄마들 중에는 의사 선생님한테 좋은 사주를 들이밀며 그 시간에 수술을 해달라고 주문하는 사람들이 있다며?
         • 고통 없이 분만한다고 해서 제왕절개를 선호하는 사람들이 있나본데, 자연분만만큼 좋은 게 없지.

0820   **젬병**

◈본　뜻   원래는 전병(煎餅)에서 나온 말이다. 전병은 부꾸미를 이르는 말로, 찹쌀가루나 수숫가루 따위를 반죽하여 속에 팥을 넣고 번철에 부친 떡을 가리킨다. 그런데 이 부꾸미는 부쳐서 잠시만 놔둬도 들러붙고 까부라져서 떡 모양이 형편없이 되어버린다. 이렇게 형편없어진 부꾸미의 모양에 솜씨를 빗댄 말이 젬병이다.

↪바뀐 뜻   해놓은 일이나 물건이 제대로 되지 않았거나 형편없어진 모양을 비유하여 이르는 말이다. 형편없음을 가리키는 속어로도 쓰인다.

- 보기글
  - 일이 이렇게 되면 이거 아주 젬병인데, 어떻게 하면 좋지?
  - 난 원래 바느질에는 젬병이야. 다행히 세탁소가 있으니 망정이지, 옛날 같았으면 벌써 쫓겨났을 거야.

0821 조강지처(糟糠之妻)

본 뜻 조강은 지게미와 쌀겨를 가리키는 것으로, 가난한 사람이 먹는 변변치 못한 음식을 가리키는 말이다. 조강지처란 쌀겨나 지게미와 같은 거친 식사로 끼니를 이어가며 어려운 시절을 같이 살아온 아내를 이르는 말이다.

바뀐 뜻 어려울 때 고생을 함께 견뎌온 아내를 이르는 말로서, 오늘날에는 본처를 가리키는 말로 널리 쓴다.

- 보기글
  - 조강지처 불하당이란 말이 있듯이, 조강지처를 홀대하면 반드시 그 업보를 받게 되는 법이니 어떤 일이 있더라도 네 처를 잊지 말거라.
  - 입신출세했다고 해서 조강지처를 버려서는 안 된다.

0822 조견표(早見表)

본 뜻 바겐세일 매장에 가보면 정가와 할인 가격을 나란히 붙여놓은 표를 볼 수 있다. 그 표의 맨 위에 보면 조견표(早見表)라고 써 있는데, 이는 '빠르게 훑어볼 수 있는 표'라는 뜻을 가진 일본식 한자어이다.

바뀐 뜻 조견표라는 일본식 조어(造語) 대신에 '일람표'나 '환산표' 등으로 바꿔 쓰는 것이 더 적절할 것이다.

- 보기글
  - 이 과장, 이번 바겐세일 기간에는 가격 조견표라는 용어 대신 가격 환산표라는 용어로 바꿔서 제작하시오.

420

0823 조로(jorro)

<del>ㄱ</del>본 뜻 화초 등에 물을 주는 원예 기구로서, 포르투갈어인 '조로(jorro, jarra)'에서 온 말이다. 플라스틱이나 양철 등으로 만든 통에 대롱 모양의 도관을 붙여 그 끝으로 물이 골고루 나오게 되어 있는 물뿌리개를 가리키는 말이다.

바뀐 뜻 뜻이 바뀐 말은 아니다. 단, 많은 이들이 이 말을 일본어에서 온 말로 알고 있기에 여기 실었다. 우리말 '물뿌리개'로 바꿔 쓸 수 있다.

보기글
- 얘, 거기 수돗가에 조로 좀 가져오런?
- 엄마, 조로가 뭐예요. 물뿌리개지.

0824 조바심하다

<del>ㄱ</del>본 뜻 옛날에는 타작하는 것을 '바심'이라고 했다. 조를 추수하면 그것을 비벼서 좁쌀을 거둬야 하는데, 조는 좀처럼 비벼지지는 않고 힘만 든다. 그래서 조를 추수하다 보면 마음먹은 만큼 추수가 되지 않으므로 조급해지고 초조해지기 일쑤다.

바뀐 뜻 어떤 일이 뜻대로 이루어지지 않을까 염려하여 마음을 조마조마하게 졸이는 것을 말한다.

보기글
- 그게 그렇게 조바심한다고 되는 일이냐? 좀 진득하게 앉아서 기다려보자꾸나.

0825 조시(ちょうし)

<del>ㄱ</del>본 뜻 음악의 가락이나 장단, 어떤 일의 형편을 뜻하는 일본어이다.

바뀐 뜻 어떤 일이나 기계 등이 정상적으로 작동하게 될 때까지 기능이나 역할을 맞추는 것을 가리킬 때 자주 쓰는 말이다. '고른다' '조율한다' 등의 말로 바꿔 쓰는 것이 좋겠다.

○ 보기글
● 인마, 인쇄소에 있으면서 조사란 말도 몰라? 기계가 잘 돌아갈 수 있게 기능을 잘 맞추라는 말이야.
● 그럼 조사라고 하지 말고 기계를 잘 맞춰라 하시면 되잖아요.

0826   **조용하다**

🖢본　뜻　한자 '종용(從容)'이 '죵용'으로 표기되다가 오늘날의 표기에 맞춰 '조용'이 되었다. '從'은 거역하지 않고 말을 들어 따른다는 뜻이요, '容'은 떠들지 않고 가만히 있다는 뜻이다. 따라서 '종용(從容)'이라는 말은 행동거지가 안온하고 부드러우며 자연스럽고 유유자적하게 지내는 모양을 뜻하는 말이다.

🔄바뀐뜻　'조용하다'는 한자어 '종용하다'에서 온 말로서, 행동이나 성격이 수선스럽지 않고 얌전하다는 본래의 뜻 외에, 아무 소리도 들리지 않고 잠잠하다는 뜻으로 널리 쓰이고 있다.

○ 보기글
● 너희들 오늘따라 이렇게 조용한 것이 뭔가 수상쩍은데. 혹시 무슨 일이 있는 거 아니니?

0827   **조잘조잘〈주절주절**

🖢본　뜻　끄나풀 따위가 너절하게 달린 모양을 가리키는 말이다. 큰말은 '주절주절'이다. 이육사의 「청포도」라는 시에 나오는 '이 마을 전설이 주저리주저리 열리고'의 '주저리주저리'도 비슷한 뜻을 가진 말이다.

🔄바뀐뜻　흔히들 작은 목소리로 종알거리는 것을 '조잘조잘'이라고 표현하는데, 이는 모양을 나타내는 부사가 소리를 나타내는 부사로 전이된

것이다.

○ 보기글   • 아침이면 참새들이 창밖에 와서 조잘대는 통에 도저히 더 눈을 붙이고 있을 수가
              없다.

0828   **조장**(助長)

☝본 뜻   옛날 송나라의 고사에서 유래된 말이다. 어떤 농부가 곡식의 싹이
          더디 자라자 어떻게 하면 빨리 자랄까 궁리를 하다가 급기야는 싹
          의 목을 뽑아주었다. 그리고는 집에 돌아와 그의 아내에게 이렇게
          말하였다. "내가 싹이 자라는 걸 도와주고[助長] 왔소이다." 이 말을
          들은 아내가 아무래도 미심쩍어 나가보니 싹이 모두 위로 뽑혀 있
          어 물을 제대로 빨아들이지 못해 시들시들하게 말라 있었다.

↩바뀐 뜻   도와서 힘을 북돋워주는 것을 이르는 말이었는데 요즘 와서는 옳
          지 못한 것을 도와준다는 부정적인 의미로 널리 쓰이고 있다.

○ 보기글   • 본고사 부활 이후로 선생님들이 수업의 효율성이니 능력의 극대화니 하면서 은근히
              우열반 편성을 조장하는 거 같아요.
            • 일부 대중스타들의 일본풍 패션이 청소년들 사이에 일본 문화가 퍼지는 것을 조장
              하고 있다는 생각은 안 하시는지요?
            • 한편에서는 로또 복권이 사행심만 조장한다고 비판하기도 한다.

0829   **조족지혈**(鳥足之血)

☝본 뜻   글자 그대로 '새발의 피'를 가리키는 말이다.

↩바뀐 뜻   하찮은 일이나 아주 적은 분량을 가리킬 때 쓰는 말이다.

○ 보기글   • 보영중학 축구팀 정도야 우리한테 비하면 조족지혈이지 뭐
            • '새발의 피'라 그러면 될 걸 굳이 '조족지혈'이라고 하는 이유가 뭐냐? 문자를 쓰면 좀
              더 유식해 보이기라도 한다더냐?

0830   조촐하다

📖 본 뜻   '조촐하다'는 본래 뜻이 아담하고 깨끗하다, 행실이나 행동이 깔끔하고 얌전하다, 외모가 맑고 맵시 있다는 뜻이다.

🔄 바뀐 뜻   오늘날에는 이 말이 '변변치 못하다'는 겸양의 뜻으로 쓰이고 있는데, 사실은 깔끔하고 얌전한 것을 가리키는 말이니 겸양의 뜻으로 쓰기에 걸맞은 말은 아니다. 흔히 회갑연이나 축하연 같은 자리를 마련하면서 '조촐한 자리를 마련하였사오니 부디 오셔서 축복해주시기 바랍니다' 하는 인사말을 하는데 자리를 마련하는 당사자가 쓸 수 있는 말은 아니므로 주의해야 한다.

🔘 보기글   • 조촐하게 차려입고 나온 그녀의 모습이 오늘따라 청초한 분위기를 자아내었다.

0831   조카

📖 본 뜻   형제의 아들딸을 일컫는 호칭인 조카라는 말의 어원은 중국의 개자추(介子推)로부터 시작된다. 개자추는 진나라 문공이 숨어 지낼 때 그에게 허벅지살을 베어 먹이면서까지 그를 받들던 사람이었다. 그러나 후에 왕위에 오르게 된 문공이 개자추를 잊고 그를 부르지 않자 이에 비관한 개자추는 산속에 들어가 불을 지르고 나무 한 그루를 끌어안고 타 죽었다. 그때서야 후회한 문공이 개자추가 끌어안고 죽은 나무를 베어 그것으로 나막신을 만들어 신고는 "족하(足下)! 족하!" 하고 애달프게 불렀다. 문공 자신의 사람됨이 개자추의 발아래 있다는 뜻이다. 여기서 생겨난 족하라는 호칭은 그 후 전국시대에 이르러서는 천자 족하, 대왕 족하 등으로 임금을 부르는 호칭으로 쓰였다가 그 이후에는 임금의 발아래에서 일을 보는 사관(史官)을 부르는 호칭으로 쓰였다. 그러다가 더 후대로 내려오면서 같은 나이 또래에서 상

대방을 높여 부르는 말로 쓰이기 시작했다.

↳ 바뀐 뜻 지금은 형제자매가 낳은 아들딸들을 가리키는 친족 호칭으로 쓰인다.

◎ 보기글 • 조카딸의 남편을 조카사위라고 부르던가?
• 형제가 많으니까 조카는 뭐 말할 것도 없이 많지. 어쩌다 명절 같은 때 한꺼번에 모이기라도 하면 미처 모르고 지나치기도 한다니까.

0832   조회(朝會)

본 뜻 관원들이 아침 일찍 정전(正殿)이나 편전(便殿)에 모여 임금께 문안을 드리고 정사(政事)를 아뢰는 일을 일컫는다.

↳ 바뀐 뜻 학교나 관청, 또는 일반 회사 등에서 업무를 시작하기 전에 학생과 선생 또는 평직원과 간부 직원 전원이 모여서 일과나 목표에 대해 얘기하는 아침 모임을 말한다.

◎ 보기글 • 옛날 궁궐에서 행하던 조회는 하의상달(下意上達) 식이었는데, 오늘날의 조회는 일방적으로 명령과 지시를 받는 상의하달(上意下達) 식이니 옛날에 비해 오히려 퇴보한 거 아냐?

0833   종지부를(終止符-) 찍다

본 뜻 '종지부(終止符)'는 한 문장이 끝났음을 나타내는 부호로서 마침표를 말한다.

↳ 바뀐 뜻 어떤 일이 더는 계속되지 않게 완전히 끝장이 나거나 끝장을 낸다는 뜻으로 쓴다.

◎ 보기글 • 빈둥거리는 실업자 생활에 종지부를 찍고 성실한 생활인이 되기로 결심했다.
• 이 밤만 지나면 지긋지긋한 군대 생활에 종지부를 찍는다고 생각하니 도무지 잠이 오질 않는구나.

0834   **종친**(宗親)

🔖 **본 뜻**   왕의 친족으로 촌수가 가까운 자를 가리킨다. 대군(大君)의 자손은
                4대손까지를, 왕자군(王子君)은 3대손까지를 종친으로 예우하였다.
                동성(同姓)을 종(宗)이라 하고, 부계(父系)를 친(親)이라 일컬었다.

🔄 **바뀐 뜻** 오늘날에는 왕가에만 해당하는 말은 아니고 한 일가로서 촌수가
                가까운 관계를 말하는데 흔히 10촌 이내를 말한다.

◐ **보기글**   • 안동 큰댁에서 안동권씨 종친회가 열렸는데 권씨 가문의 내로라 하는 사람들이 다
                  모여서 그런지 굉장하더라고요.

0835   **좆팽이**(치다)

🔖 **본 뜻**   경상남도 일대에서 팽이를 칠 때 쓰는 말이다. 줄을 감아 돌리는
                것은 줄팽이라고 부르고, 팽이채로 때려서 돌리는 것은 좆팽이라
                고 부른다.

🔄 **바뀐 뜻** 군대나 회사 등 집단생활 중 고된 일을 맡을 때 흔히 '좆팽이 친다' '좆
                팽이 돌린다'고 표현한다. '좆팽이'를 소재로 한 시가 있어 소개한다.
                김해 명지면 조동리 아이들은/줄 감아 돌리는 것은 줄팽이/팽이채로
                때리는 것은 좆팽이라 하는데/한산섬 탕지바우 아이들은/수놈을 수
                놈이라 않고 좆놈이라고 한다 — 송현 제2동시집 『코딱지 후비는 재미』 중에서 「좆팽이」

◐ **보기글**   • 줄팽이와 좆팽이의 차이를 알고 이 말을 쓰는 사람은 아주 드물다.

0836   **좌우명**(座右銘)

🔖 **본 뜻**   늘 자리 옆에 갖추어 두고 반성의 재료로 삼는 격언을 가리키는 말이다.

426

↹ 바뀐 뜻   '앉은 자리의 옆'이라는 뜻으로 쓴 좌우(座右)를 '오른쪽과 왼쪽[左右]'을 가리키는 말로 잘못 알고 있는 이들이 많다.

◉ 보기글
- 자네 좌우명이 '신의(信義)'라고 했던가?
- 그는 어린아이처럼 벽에다 좌우명을 써 붙였다.

0837   **좌익**(左翼)

🖐본 뜻   프랑스 대혁명 이후인 1792년, 프랑스 국민의회에서 급진 개혁파인 자코뱅당이 의장석에서 봐서 의장의 왼쪽에 자리잡고, 보수파인 지롱드당이 의장의 오른쪽에 자리를 잡았던 데서 좌익과 우익이라는 말이 생겼다. 이로부터 자코뱅당의 정치 성향인 급진적 체제 개혁을 내세우는 과격한 정치 세력을 좌익이라고 하고, 체제 수호를 내세우는 지롱드당 같은 보수 세력을 우익이라고 하였다.

↹ 바뀐 뜻   급진적인 체제 개혁을 부르짖는 단체나 정치 세력을 가리키는 말이다. 우리나라에서는 특히 사회주의자나 공산주의자를 가리키는 말로 주로 쓰인다.

◉ 보기글
- 좌익, 좌익 하는데 도대체 당신이 말하는 좌익의 정확한 정체가 뭡니까?
- 광복 이후 미군정 시기부터 한국전쟁까지가 좌익들의 활약이 가장 활발했던 시기이다.

0838   **좌천**(左遷)

🖐본 뜻   이 말은 중국의 방향관에서 나온 말이다. 오른쪽을 숭상하고 왼쪽을 천시한 중국 사람들이 벼슬이 낮아지거나 떨어지는 것을 왼쪽으로 옮겨간다고 표현한 데서 비롯된 말이다. 그러나 우리나라에서는 전통적으로 왼쪽을 오른쪽보다 훨씬 고상하고 높은 것으로 여

겼다. 가까운 예로 조선시대에 정1품 벼슬이었던 좌의정이 우의정보다 높은가 하면 좌우, 좌우간, 좌우승지 하는 것처럼 오른쪽과 왼쪽을 동시에 일컬을 때는 항상 왼쪽을 먼저 거론하곤 하였다.

↹ **바뀐 뜻**　낮은 관직이나 지위로 떨어지거나 외직(外職)으로 전근되는 것을 일컫는 말이다.

◎ **보기글**　• 지방 발령을 좌천되었다고 생각하지 말고 꼭 한 번쯤은 거쳐야 할 과정이라고 생각하세요.

0839　　**주구**(走狗)

🔥 **본　뜻**　달음질을 잘하는 개라는 뜻으로 사냥개를 일컫는 말이다.

↹ **바뀐 뜻**　일상생활에서 이 말은 주인을 앞질러 다니며 사냥감을 찾아내는 사냥개처럼 좋지 않은 권력이나 사람의 앞잡이를 일컫는 말로 쓰인다.

◎ **보기글**　• 거복이는 일제의 주구로서 국내에서 활동하는 우리 독립운동가들을 무던히도 괴롭혔다.

0840　　**주마등**(走馬燈) **같다**

🔥 **본　뜻**　주마등(走馬燈)은 등(燈)의 바깥 틀에 종이나 천을 붙이고 중간 틀에 말이 달리는 그림을 그려 붙인 다음, 밑에서 촛불을 밝히면 등 내부의 공기가 대류 현상을 일으켜 중간 틀이 돌아간다. 촛불이 밝으면 밝을수록 회전속도도 빨라진다. 그렇게 해서 그림을 그려 넣은 중간 틀이 돌아가면 바깥 틀에 그림이 비치면서 마치 진짜 말이 달리는 듯한 정경을 연출해낸다. 이렇게 말이 달리는 등이라고 해서 주마등(走馬燈)이라 한 것이다. 요즘 이발소나 미용실 바깥에 설치한 돌아가는 등이 바로 주마등과 같은 것이라 하겠다.

바뀐 뜻   주마등이 워낙 빨리 돌았기 때문에, 사물이 몹시 빨리 변하여 돌아가는 것이나 세월이 획획 지나가는 것을 가리키는 말이다.

보기글   • 갖가지 일들이 주마등같이 눈앞을 스쳐가며 그녀를 더욱 슬프게 했다.

0841 **주먹구구**(--九九)

본 뜻   주먹으로 구구셈을 따지듯이 한다는 데서 온 말이다. 손가락을 폈다 접었다 하며 구구셈을 하는 것은 하는 당사자도 틀리기 쉬울 뿐 아니라 보는 사람에게 믿음을 주기도 힘들다.

바뀐 뜻   정확하지 못한 계산이나 계획성 없이 대충 어림짐작으로 일을 처리하는 것을 주먹구구 하듯이 한다고 한다.

보기글   • 그런 큰 회사의 임금체계가 어찌 그렇게 주먹구구식이냐?

0842 **주변머리**

본 뜻   '주변'이란 본래 일을 주선하고 변통하는 재주를 가리키는 말이다. 뒤에 붙은 '-머리'는 일종의 접미사로서 '소갈머리' '인정머리' 등에 쓰이면서 그 뜻을 강조해주는 역할을 하는 접미사이다. '-머리'와 비슷한 접미사로는 '-딱지'가 있다. '소갈딱지' '주변딱지' 등이 그 예이다.

바뀐 뜻   '주변머리'는 주변의 속된 표현으로서, 일을 이끌어가거나 처리하는 데 융통성을 발휘하는 재간을 말한다. 그러나 이 말은 보통 변통하는 재주나 융통성이 없어 일을 답답하게 처리할 때 '주변머리가 없다'는 식의 부정적인 표현으로 널리 쓰인다. 비슷한 말로는 수완(手腕)이 있다.

보기글   • 그 사람 주변머리가 없어서 여자나 제대로 사귈까 몰라.
     • 그 애는 어찌나 주변머리가 없는지 하는 일마다 번번이 그 모양이야.
     • 그에게는 그럴 만한 용기도 주변머리도 없었다.

주책없다[主着--]

본 뜻 원말은 한자어 주착(主着)에서 나왔다. 주착은 '일정한 주견이나 줏
대'를 뜻하는 말이므로 '주착없다'는 곧 '일정한 자기 주견이나 줏대
가 없다'는 뜻이다. 그것이 사람들 사이에서 널리 쓰이면서 '주책없
다'로 소리가 바뀌었고, 학계에서도 현실음의 변화를 인정해서 주책
을 표준어로 삼았다.

↰ **바뀐 뜻** 일상생활의 어떤 상황에서 그 자리에 적당하지 않은 말이나 행동
을 할 때를 가리키는 표현이다. 흔히 쓰는 '주책이다' '주책스럽다' 등
은 잘못된 표현이다.

◎ **보기글**
  ● 아니, 모처럼 부부동반으로 모인 자리에서 주책없게 부부싸움한 얘기를 하면 어떻
    게 해요?
  ● 좀 전에 우리 대화에 끼어들어서 갑자기 엉뚱한 얘기 한 그 사람 말야, 조금 주책이
    없더라.

준동(蠢動)

본 뜻 이 말의 본뜻은 벌레 따위가 꿈적거려서 움직인다는 뜻이다.

↰ **바뀐 뜻** 사회에 해악을 끼칠 만한 불순한 세력이나 보잘것없는 무리가 일어나
날뛰는 것을 가리키는 말로 쓰인다. 아주 작은 벌레가 꿈틀거리는 걸
나타내므로 시위나 반란 세력을 얕보는 표현으로 자주 쓰인다.

◎ **보기글**
  ● 이번에 서울에서 열리는 월드컵 축구 예선전을 계기로 테러 분자들의 준동이 염려되
    니 모든 경비태세를 철저히 갖추도록 하시오.

줄잡아

본 뜻 '줄여'와 '잡다'가 합쳐진 말이다.

⇆ 바뀐 뜻   실제 표준보다 줄여서 생각해본다는 뜻이다.

◑ 보기글   • 글쎄, 오늘 저녁 손님이 줄잡아 100명은 되지 않을까.
              • 그렇게 계산하면 줄잡아도 한 개당 만 원씩은 남겠네.
              • '줄잡아'는 '줄을 잡아'가 아니라 '줄여 잡아'라는 말이지.

0846   중

👆본 뜻   '중'은 승(僧)에서 나온 말이다. 승은 산스크리트어로 '상가(samgha)'라고 하는데 이것을 음역하여 '승가(僧加)'라 했고 이것이 줄어서 '승'이 된 것이다. 이 '승'을 우리나라 발음으로 하면 '중'과 비슷하다. 그래서 우리나라에서는 무리 중(衆)을 써서 '중'이라 한 것이다. 이 '중'은 본래 수행 생활을 하는 비구가 3인 이상이 모여 화합하는 것을 가리키는 말이다.

⇆ 바뀐 뜻   불가(佛家)에 출가하여 불법을 닦고 실천하며 포교하는 사람을 가리키는 말이다.

◑ 보기글   • 중이란 말이 언제부터 스님을 낮춰 부르는 말로 쓰이게 되었는지 모르겠어요.
              • 절이 싫으면 중이 떠나야지 별수 있겠어.

0847   중구난방(衆口亂防)

👆본 뜻   이 말은 글자 그대로 '여러 사람의 입은 막기가 어렵다'는 뜻으로 사람들이 이러쿵저러쿵하는 말을 막아내기가 어렵다는 말이다.

⇆ 바뀐 뜻   지금은 본래 뜻과는 달리 '여러 사람이 앞뒤 없이 떠들어댄다'는 뜻으로 쓰인다.

◑ 보기글   • 세미나장에서 사람들이 어찌나 중구난방으로 떠들어대던지 정신이 다 없더라고요.

431

0848 **중뿔나게**(中---)

🖐 **본 뜻** 말 그대로 '가운데 뿔이 나게'의 뜻이다. 가운데 뿔이 났다는 건 다들 고른 가운데 갑자기 하나가 툭 튀어나와 눈에 띄는 것을 말한다.

🔁 **바뀐 뜻** 어떤 일에 아무 관계도 없는 사람이 주제넘게 나서는 것 등을 가리키는 말이다.

🔘 **보기글**
- 문중 어른들 모인 자리에서는 중뿔나게 나서지 말고 가만히 앉아 있는 게 상책이야. 자칫 잘못하다간 배운 데 없는 녀석이란 소리 듣기 딱 알맞다고.
- 거기가 어떤 자리라고 네가 감히 중뿔나게 나서는 거냐? 그렇게 나서서 잘된 일이 도대체 뭐가 있어? 괜스레 일만 그르쳐놨잖아.

0849 **중화사상**(中華思想)

🖐 **본 뜻** 중국의 시조 황제 헌원이 중국의 오악(五岳) 가운데 중악(中岳)인 화산(華山)에서 일어났다 하여 붙은 이름이다. 후에 한족(漢族)이 중국을 다스릴 때 중화라는 뜻을 새롭게 사용했다. '中'은 중앙·중심을, '華'는 문화를 가리키는 말로서, 한족을 둘러싸고 있는 동이(東夷)·서융(西戎)·남만(南蠻)·북적(北狄)의 한가운데 자리잡고 문화를 주도해나가는 문명국이라는 뜻으로 썼다.

🔁 **바뀐 뜻** 중국 사람이 스스로 '중화'라 불러 민족의 우월성을 자랑하는 사상으로 한족의 사상적 저류가 되어왔다. 조선시대에 우리나라에서 받아들인 중화사상은 중국이 세계의 중심이며, 중국이 우리보다 앞선 문명국이니 중국의 문물을 따라야 한다는 의식이었다.

🔘 **보기글**
- 중국 한나라와 당나라의 수도였던 '장안'을 빌려와 우리나라 수도인 서울을 굳이 '서울 장안'이라 일컫는 것에서도 중화사상의 흔적을 엿볼 수 있다.
- 한글이 발명된 이후에도 양반 계층에서 계속 한문을 쓴 것은 중화사상의 발로라고 할 수 있다.

0850   ## 쥐뿔도 모르다

🏮**본 뜻**   원래는 '쥐좆도 모르다'라는 말에서 나온 것이다. 옛날에 강아지만큼 크
게 자란 어떤 요망한 쥐가 사람으로 변하여 주인 영감을 내쫓고 그 자
리에 들어앉아 주인 행세를 했다. 가짜로 오인받아 집에서 내쫓긴 주인
이 하도 억울해서 영험하다는 스님을 찾아가 도움을 청했고, 드디어 스
님이 알려준 비방으로 요망한 쥐를 내쫓은 주인 영감은 열 일 제쳐두고
부인부터 불러 앉혔다. 그러고 나서 부인을 나무란 첫마디가 바로 '쥐좆
도 모르냐'였다. 그렇게 오래 살았으면서도 남편과 쥐를 분간하지 못하
느냐는 핀잔이었던 것이다. '쥐뿔'이라는 말이 바로 여기서 유래된 말이
었는데, 표현이 너무 노골적인지라 부드러운 말로 바꾸다 보니 형태상
의 공통점을 가지고 있는 '뿔'이라는 말로 대치하게 된 것이다.

🔄**바뀐 뜻**   앞뒤 분간을 못할 정도로 아무것도 모르는 것을 일컫는 말이다. 아무
것도 모르면서 아는 체하는 경우를 가리키기도 한다. 비속어로 쓰인다.

◎**보기글**   • 쥐뿔도 모르는 것이 어른들 일에 뭘 안다고 그렇게 나서니 나서길!
         • 시집살이에 대해선 쥐뿔도 모르면서 아는 체하기는!

0851   ## 지구촌(地球村)

🏮**본 뜻**   지구촌(global village)은 1945년 공상과학 소설가인 아서 클라크(Arthur
Charles Clarke)가 제시한 지구의 미래상이다. 그는 인공위성을 통해 빛
의 속도로 세계 각지의 사람들이 동시에 통신을 할 수 있을 것이라
고 예견하였다. 이러한 꿈은 1957년 10월 4일 소련이 세계 최초의 인
공위성인 스푸트니크(동반자라는 뜻) 1호를 발사함으로써 현실화되었
다. 결국 지구촌이란 지구 전체가 하나의 마을과 같은 성격을 가지
는 것으로, 사람들 모두가 서로를 알게 되고 모든 정보의 혜택을
누리게 되는 사회를 말하는 것이다. 이 때문에 우주 정지 궤도를

가리켜 클라크 궤도라고 한다.

↹ 바뀐 뜻 지구를 한마을처럼 생각하여 이르는 말로서, 각종 정보 통신 교통
망의 발달로 현대는 바야흐로 지구촌의 시대라고 할 수 있다.

◉ 보기글 • 비록 언어가 다르고 피부색이 다르더라도 지구촌에 살고 있는 우리들이 어떻게 소말
리아의 어린이들을 내버려둘 수 있겠어요?
• 우리나라의 많은 기업들이 지구촌 곳곳에 진출하여 한국을 세계에 알리고 있다.

0852 **지도편달**(指導鞭撻)

☞본 뜻 편달(鞭撻)이란 채찍으로 때리는 것을 뜻하는 말이다. 편(鞭)은 채찍,
달(撻)은 때린다는 뜻이다.

↹ 바뀐 뜻 흔히 지도편달이라는 네 글자로 묶어 쓰는 이 말은, 앞으로 나아갈
방향을 일러주면서 길이 아닌 곳으로 가거나 비뚜로 나가는 것을
경계하고 격려해 달라는 뜻을 가지고 있다.

◉ 보기글 • 어리석은 저희 아들을 맡기니, 부디 선생님의 자상하신 지도편달을 바랍니다.

0853 **지랄하다**

☞본 뜻 두뇌에 뇌전류가 대량으로 흐르면서 쇼크가 올 때 일으키는 발작
증세를 가리키는 말로 의학용어로는 뇌전증이라고 한다. 뇌전증을
예전에 간질(癎疾)이라고 하였는데, 간질로 불릴 때 '간질할 병'이라고
하던 것이 '지랄병'으로 변하고, 여기서 발작을 가리켜 지랄이라고
하게 되었다. 한편 뇌전증은 불치병으로 여겨졌으나 현대에는 치료
나 통제가 가능한 질병으로 바뀌었다.

↹ 바뀐 뜻 지금은 뇌전증과 상관없이, 어떤 사람이 행패를 부리거나 억지를
쓸 때 혹은 어린애가 심하게 투정을 부리는 것을 가리킬 때 쓰는

말이다. 어원이 특별한 만큼 다른 어휘로 표현하는 게 좋겠다.

● 보기글　● 네가 지금 몇 살인데 이 지랄이니? 동생한테 창피하지도 않니?

0854　지루하다

🔖 본　뜻　'지리(支離)하다에서 온 말이다. 어떤 사물이나 상황이 갈라지고 흩어져
　　　　있어서 도무지 갈피를 잡을 수도 없고, 형태를 알 수 없다는 뜻이다.

🔄 바뀐 뜻　같은 상태가 너무 오래 계속되어 진저리가 날 지경으로 따분하다는
　　　　말이다.

● 보기글　● 벌써 한 달 넘게 지루하게 계속되는 장마에 온 집안에 곰팡내가 진동하였다.

0855　지름길

🔖 본　뜻　원의 한가운데를 지나는 두 점을 잇는 가장 짧은 직선을 지름이라
　　　　고 한다. 이처럼 원 둘레를 빙 돌아 맞은편에 닿는 것이 아니라 원
　　　　의 한가운데 지름을 질러가는 길을 지름길이라 한다.

🔄 바뀐 뜻　어떤 목적지까지 가장 가깝게 통하는 길을 말한다. 한자로는 첩경
　　　　(捷徑)이라고 한다.

● 보기글　● 떡집엘 가려거든 고개 너머 왼쪽 지름길로 질러가거라.
　　　　● 관음사에서 연주암까지 가는 지름길이 따로 있지.

0856　지양(止揚)/지향(志向)

🔖 본　뜻　'파벌의식이나 지방색을 지양하시오'라는 말을 들었을 때 그것을 어

435

떤 말로 받아들이고 있는가? 대부분의 사람들은 이 말을 파벌의식이나 지방색을 없애라, 되도록 하지 말아라 하는 뜻으로 받아들이고 있다. 그러나 '지양'이란 말은 그처럼 '완전 부정'이나 '부정 그 자체'를 뜻하는 말이 아니다. 지양은 '아우프헤벤(aufheben)'이란 철학용어로서 '위로 올린다'는 뜻을 가지고 있는 말이다. 지양은 이처럼 대립과 모순을 다시 한층 높은 명제로 조화·통일해 나가는 것을 이르는 말인데, 일상생활에서는 '지향'과 혼동되어 쓰이거나 '아예 하지 말아야 할 것' 등의 뜻으로 잘못 쓰는 경우가 많다.

↳ **바뀐 뜻**　변증법에서 쓰이는 중요한 개념인 '지양'은 어떤 것을 그 자체로서는 부정하면서 도리어 한층 더 높은 단계에서 그것을 긍정하면서 살려 나가는 일을 가리킨다. '지향'은 어떤 목표로 뜻이 쏠리어 향함. 또는 그 방향이나 그쪽으로 쏠리는 의지를 말한다. 또는 작정하거나 지정한 방향으로 나아감을 뜻한다.

○ **보기글**
- 우리 회사에서는 학연, 지연 등을 따라 모임을 갖는 것을 지양하기 바랍니다.
- 우리나라 정당정치의 고질적인 병폐인 말싸움이나 감정싸움은 지양하도록 합시다.
- 그는 지금 아무런 지향 없이 이곳저곳을 떠돌며 구름 같은 인생을 살고 있다.
- 통일을 위해 무엇보다도 우리가 지향해야 할 일은 남북의 동질성 회복을 위한 각계의 노력입니다.

0857　**지척**(咫尺)

⌂ **본 뜻**　지(咫)는 8치, 척(尺)은 1자를 가리키는 말이다.

↳ **바뀐 뜻**　아주 가까운 거리를 나타내는 말이다.

○ **보기글**
- 지척을 분간할 수 없을 정도로 안개가 끼었다.
- 서울에서 수원이 천리길이라도 되니? 지척에 부모님이 계신데 어쩌면 그렇게 찾아뵙질 않니?

0858 지퍼(zipper)

본 뜻 지퍼는 본래 장화의 상품명이었다. '지프(zip)'라는 말은 본래 총알이 나갈 때나 천이 찢어질 때 나는 소리를 표현하는 의성어로서, 왕성한 활동력을 나타내는 말이다. 그러므로 지퍼(zipper)라는 말은 '왕성한 활동력을 가진 자'란 뜻이 된다. 그런데 사람들이 장화를 지퍼라 부른 것이 아니라 장화 옆에 달려 있는 독특한 잠금쇠를 가리켜 지퍼라 부르기 시작하면서 그 잠금쇠가 지퍼라는 이름으로 굳어지게 되었다.

바뀐 뜻 이 지퍼가 일본에 들어와서는 '처크'로 바뀌었고, 우리나라에 와서는 '자꾸'로 바뀌었다. 지금도 대다수의 사람들이 '지퍼'보다는 '자꾸'라는 말을 더 많이 쓰고 있다.

보기글 ● 외출하기 전에 항상 옷매무시가 잘 됐나 다시 한 번 보세요. 지퍼가 제대로 잠겨 있나, 어디 단이 뜯어진 데는 없나 점검해보는 게 좋겠지요?

0859 지하철(地下鐵)

본 뜻 사전적인 의미는 땅속에 터널을 파고 부설한 철도를 말한다. 그러므로 지하에 건설되어 있는 모든 철도는 다 지하철이다. 반면에 전철은 전동차가 지상으로 달릴 수 있는 철도를 말하는 것이다.

바뀐 뜻 우리가 흔히 전철이나 지하철이라고 부르는 것은 전동차를 잘못 말하고 있는 것이다. 전동차는 전동기 및 전동기 제어용 장치를 갖춘 동력차로서 뒤에 달린 차를 끌거나 단독으로 달리는 전차를 말하는 것이다. 지하철이니 전철이니 하는 말은 탈 것을 가리키는 말이 아니라 철도의 형태를 가리키는 말이다.

ㅈ
지
척
·
지
퍼
·
지
하
철

● 여기 올 때 지하철 타고 오니까 막히지 않고 너무 편하더라.

● 얘, 그렇지만 서울역부터는 지상으로 나왔으니까 지하철이 아니잖니?

● 그럼 지하철도 타고 전철도 타고 왔다고 해야 해?

● 정확하게 말하자면 전동차를 타고 왔다고 해야겠지.

0860   **직성이(直星-) 풀리다**

🏛본 뜻   직성(直星)이란 사람의 나이에 따라 그의 운명을 맡아 보는 별을 말
한다. 직성의 종류에는 9가지가 있는데 다음과 같다. 제웅직성, 토직
성, 수직성, 금직성, 일직성, 화직성, 계도직성, 월직성, 목직성의 아
홉 별이 차례로 든다. 남자는 열 살에 제웅직성이 들기 시작하여 차
례로 돌고, 여자는 열한 살에 목직성이 들기 시작한다. 민간 습속에
서는 이 직성의 변화에 따라 운명의 길흉이 결정된다고 믿었다. 그래
서 흉한 직성의 때가 끝나고 길한 직성이 찾아오면 운수가 잘 풀려
만사가 뜻대로 잘된다고 믿었다.

↔바뀐뜻   소원이나 욕망 따위가 제 뜻대로 이루어져 마음이 흡족하고 편한
상태를 나타내는 말이다.

● 보기글   ● 할 말을 다 하고 나니 이제 좀 직성이 풀리는가?

● 배고프다 그랬으니 직성이 풀리도록 먹어보거라.

0861   **진단(震檀)**

🏛본 뜻   우리나라가 동쪽인 진방(震方)에 있고, 단군이 맨 처음에 이곳에서 나라
를 세웠기 때문에 붙은 이름으로 곧 우리나라를 가리키는 별칭이다.

↔바뀐뜻   우리나라를 예스럽게 이르는 별칭의 하나이다.

● 보기글   ● 진단학회가 이번에 발해사 연구를 위해 중국 연변으로 떠난다는데 나도 그 팀에 합

0862 진력나다(盡力--)

🖐본 뜻   진력은 있는 힘을 다하는 것, 힘 닿는 데까지 다함, 낼 수 있는 모든 힘을 뜻하는 말이다.

🔁바뀐 뜻   그러므로 '진력나다'는 힘이 모두 다 빠질 정도로 싫증이 난 상황을 가리키는 말로 쓰인다.

💿보기글   • 철이는 공부를 하다가 진력이 나는지 책상 위에서 몸을 비비 꼬았다.
            • 봉투 붙이는 일에 진력이 난 옥이는 어머니를 기다리다가 까무룩 잠이 들고 말았다.

0863 진이(津-) 빠지다

🖐본 뜻   식물의 줄기나 나무껍질 등에서 분비되는 끈끈한 물질을 진(津)이라고 한다. 진이 다 빠져나가면 식물이나 나무는 말라서 죽게 된다. 그러므로 진이 빠진다는 것은 힘을 다 써서 거의 죽을 정도로 기력이나 힘이 없다는 뜻이다.

🔁바뀐 뜻   어떤 일에 지쳤거나 맥을 못 출 정도로 기운이 빠진 상태, 싫증이 나거나 실망해서 혹은 지쳐서 더 이상 일할 마음이 일어나지 않는 상태를 말한다.

💿보기글   • 그 일은 너무 오래 붙잡고 있었더니 진이 빠지는 거 있지.
            • 밀고 당기기를 그렇게 오래 하면 상대방이 진이 빠지지 않겠니?

진저리

🏛 **본 뜻** 찬 것이 별안간 살에 닿을 때나 오줌을 누고 난 뒤에 무의식적으로 몸이 부르르 떨리는 현상을 말한다.

🔄 **바뀐 뜻** 겁나거나 징그러운 것을 봤을 때 자기도 모르게 온몸이 움츠러들며 떨리는 현상이나, 어떤 일에 싫증이 나서 지긋지긋해진 상태를 가리키기도 한다.

◉ **보기글**
- 순이는 장마 끝에 기어나온 손가락만 한 지렁이를 보더니 부르르 진저리를 쳤다.
- 이제 신문 스크랩하는 일이라면 진저리가 난다.

0865 **질곡**(桎梏)

🏛 **본 뜻** 질(桎)은 죄인의 발에 채우는 차꼬이고, 곡(梏)은 죄인의 손에 채우는 수갑을 가리키는 말이다.

🔄 **바뀐 뜻** 손과 발이 꽁꽁 매여 마음대로 움직일 수 없는 것처럼 자유를 가질 수 없도록 몹시 속박하는 일을 말한다.

◉ **보기글**
- 광복을 맞은 우리나라는 일제 통치의 오랜 질곡에서 벗어나 모처럼 자유를 만끽하였다.
- 가난이라는 질곡에서 벗어나기 위해서 우리 부모님들이 얼마나 많은 희생을 하셨는지 모른다.

0866 **질질**

🏛 **본 뜻** 부사로 쓰이는 '질질'과 선생질, 도둑질의 '질', 질서의 '질'은 어원이 같다. 한자로 질(秩)이다. 질(秩)은 발해에서 신하들의 등급을 표시하는 말로 쓰였다. 즉 정1품, 정2품 등의 '품(品)'에 해당하는 용어였다.

중국에서도 질은 연봉이나 계절별로 나눠주는 녹봉(祿俸)이란 뜻으로 쓰였다. 불교에서도 불사(佛事)를 할 때 담당한 일에 따라 연화질(緣化秩), 산중질(山中秩), 화주질(化主秩), 육소질(六所秩)로 나누어 기록한다. 질서(秩序)는 품계나 녹봉의 차이를 가리키는 말이다. 질이 높은 사람과 낮은 사람 사이에는 곧 차례가 있다는 의미다.

⇆ 바뀐 뜻   봉건시대에 녹봉을 받는 관리들이 이유 없이 업무를 늦추는 일이 많았는데, 여기에서 시간이 지체된다는 뜻으로 '질질 끌다'라는 표현이 나왔다. 따라서 질질은 시간이 늘어지는 걸 표현하는 부사다. 하는 일마다 붙는 '질'은 오늘날에는 품계나 녹봉과 상관없이 어떤 일을 맡아서 한다는 뜻으로 자리를 잡았다. 질서는 순조롭게 이뤄지는 차례나 순서를 가리키는 말이 되었지만, 본뜻에서도 밝혔듯이 원래는 품계나 녹봉에 차이가 난다는 의미였다. 즉 계급이 높은 사람이 낮은 사람을 다스리듯 계급의 차례에 따라 일이 맞물려 잘 이뤄지는 것을 가리킨다.

◎ 보기글   • 인허가 한번 신청하면 어찌나 질질 끌어대는지 답답하다.
             • 선생질은 좋은데 노략질도 같은 질이라니.
             • 이 학생들은 질서가 없구나.

0867   **질풍(疾風)/강풍(强風)/폭풍(暴風)/태풍(颱風)**

본 뜻   질풍은 초속 6~10미터로 부는 바람으로서, 나뭇가지가 흔들리고 흰 물결이 일 만큼 부는 바람이다. 강풍은 초속 13.9~17.1미터로 부는 바람으로서, 나무 전체가 흔들리고 바람을 거슬러 걷기가 힘든 바람이다. 폭풍은 초속 10미터 이상의 바람을 통틀어 일컫는 말이나, 보통 폭풍 경보가 발효될 때의 폭풍은 초속 21미터 이상의 바람이 3시간 이상 지속되는 경우를 가리킨다. 태풍은 북태평양 남서부에서 발생하여 한국·일본·중국 등 아시아 동부를 강타하는 폭풍우를 동반한 맹렬한 열대성 저기압이다. 태풍은 시속 30~40킬로미터 정도로 부는 바람이지만 1천 킬로미터에 달하는 거대한 저기압을 형성하며 몰려오기 때문에 그 위력에 있어선 그 어떠한 바람보다도 무섭다. 태풍이 불었다 하면 대개는 나무가 뿌리째 뽑히거나 해일이 일어나고 가옥이 파괴되는 등 엄청난 재난이 일어나곤 한다.

⇆ 바뀐 뜻   뜻이 바뀐 말은 아니나, 각각의 바람이 가지고 있는 정확한 특성을 알리기 위해서 여기에 실었다. 바람의 위력으로 말하자면 태풍/폭풍/강풍/질풍의 순이 된다.

◎ 보기글   • '질풍같이 달려왔다'는 표현을 자주 쓰는데 질풍이 도대체 어느 정도 부는 바람인지 아니?

     • 누구에게나 자신을 주체할 수 없을 정도의 폭풍 같은 사랑의 순간이 찾아오게 마련인 것 같아.

0868   # 짐승

⌂본 뜻   이 말은 본래 불교에서 '사람을 포함한 모든 살아 있는 것들'을 뜻하는 '중생(衆生)'이라는 말에서 나온 것인데, 세월이 흐르면서 두 갈래로 그 의미가 분화되었다. 그 하나가 '중생'으로서, 끊임없이 죄를 지으며 해탈하지 못하고 있는 사람들을 가리키는 말로만 사용되고 있다. 또 하나는 '중생'의 소리가 '즘싱'→'짐승'으로 변하면서 사람을 제외한 동물만을 가리키는 말로 의미가 축소되었다.

⇆ 바뀐 뜻   본래 '중생'이라는 한자어에서 나온 이 말은, 오늘날 사람을 제외한 날짐승·길짐승을 통틀어 일컫는 '짐승'이라는 우리말로 정착되었다.

◎ 보기글   • 사람을 가리키는 '중생'이나 동물을 가리키는 '짐승'의 어원이 같다니 그 또한 의미심장하지 않은가?

     • 대한민국이 기상관측을 시작한 이래 가장 많은 강우량을 기록한 태풍은 매미, 가장 막대한 피해를 입힌 태풍은 루사이다.

0869   집시(Gypsy, Gipsy)

🏠 **본　뜻**　집시는 인도 북부 지역에서 기원한 코카서스 인종의 유랑 집단을 말한다. 현재는 유럽을 중심으로 전 세계에 퍼져 있는데, 마차를 타고 다니며 점쟁이·땜장이·조련사·가축 중개인 등의 일을 하면서 떠돌이 생활을 하였다. 오늘날에는 마차 대신에 자동차나 트럭으로 이동하며 중고 자동차 중개, 자동차 정비, 이동 서커스 단원 등의 일을 하면서 생계를 꾸려간다. 집시들은 한 지역의 민중 문화를 다른 지역으로 전파시키는 데 중요한 역할을 해왔으며, 그들 자신이 실제로 음악과 춤 등을 풍성하게 발전시키는 데 공헌해왔다.

🔁 **바뀐 뜻**　사회 관습에 구애되지 않고 정처 없이 떠돌아다니며 방랑생활을 하는 사람을 이르는 말로 쓰인다. 비슷한 말로는 '보헤미안(Bohemian)'이 있다.

💿 **보기글**
- 그의 행적을 보면 꼭 집시 같단 말이야.
- 대략 300만이 넘는 집시들이 유럽에 있는 것으로 추산된다.

0870   **짬이 나다**

🏠 **본　뜻**　물건과 물건 사이에 틈이 생긴 것을 말한다.

🔁 **바뀐 뜻**　한 가지 일을 마치고 다른 일을 시작하기 전까지의 사이를 가리킨다. 원래는 물건 사이에 벌어진 틈을 이르던 말이 바쁜 일 사이에 낼 수 있는 시간을 말하는 것으로 변화되었다.

💿 **보기글**
- 야, 너 오전에 잠깐 짬 좀 낼 수 있냐? 아주 급한 일이라 그래.
- 시골에 계신 어머님 뵈러 한번 다녀와야 할 텐데 도대체 짬이 나야 말이지.

443

0871 짭새

🖐본 뜻 소매치기 은어로 형사를 '짜브'라고 한다. 여기에 직업을 가리키는 접미사 '-쇠'가 '-새'로 변형되어 결합하여 '짜브+새'가 되었다.

🔄바뀐 뜻 원래 형사를 가리키는 은어였으나 1970년대와 80년대 민주화 운동 과정에서 대학교 교정에 사복을 하고 숨어 있다가 시위 학생을 잡는 형사를 짭새라고 부르기 시작했으며, 이후 경찰을 비하하는 말로 쓰이기 시작했다.

◉보기글 • 요즘에는 경찰을 짭새라고 부르면 모욕으로 간주된다.

0872 짱껨뽀(가위바위보)

🖐본 뜻 중국의 놀이인 양권마(兩券碼) 혹은 양권포(兩拳包)가 일본의 에도시대에 대마도로 전해져 발음이 짱껨뽀가 되고, 일제강점기에 우리나라에 들어왔다. 이때 윤석중 선생이 가위바위보로 번역하였다. 하지만 일제강점기를 겪은 사람들이 아직도 가위바위보를 짱껨뽀라고 부르고, 일본 가수들이 짱껨뽀 노래를 유행시키면서 잘 없어지지 않고 있다.

🔄바뀐 뜻 이제 '짱껨뽀'란 말은 일제강점기를 겪은 노년층의 기억에나 남아 있는 말이 되었고, 지금은 '가위바위보'로 불린다. 한편 가위바위보 놀이의 일종인 묵찌빠는 일본어 바위가위보를 가리키는 '구치파'가 원형이다.

◉보기글 • 우리 '가위바위보'를 하며 계단 내려가기 할까.

0873 짱꼴라

🖐본 뜻 짱꼴라는 본래 중국인을 가리키는 '쭝꾸오루(中國兒)'에서 나온 말이

다. 중국 사람들 스스로가 자신들을 점잖게 부르는 호칭이다.

↰ **바뀐 뜻** 우리나라에서는 이 말이 중국인을 비하해 부르는 말로 널리 통용되고 있다. 더 나아가서는 중국음식점을 하는 중국인만을 부를 때 쓰는 속어로 많이 쓴다.

◎ **보기글** ● 저기 아래 새로 생긴 중국집 있잖아. 그 집 진짜 짱꼴라가 하는 거라고 하던데?

0874 **쪼다**

🖐 **본 뜻** 딱따구리 같은 새가 부리로 나무나 열매를 찍거나 사람이 뾰족한 도구로 무엇인가를 찍는 것을 가리킨다.

↰ **바뀐 뜻** 콕콕 거듭 찍는 작은 행동을 비유하여, 제구실을 못하는 좀 어리석고 모자라는 사람을 속되게 이르는 말로 쓰인다. 한편 '쪼다'가 석가모니 붓다의 사촌동생 제바달다의 줄인 이름인 조달(調達)에서 왔다는 주장이 있으나, 제바달다는 붓다를 죽이려 할 만큼 포악한 사람이었으므로 쪼다의 어휘가 갖는 의미와는 다르다.

◎ **보기글** ● 왜 쪼다 짓을 하는지 모르겠다.

0875 **쪽도 못 쓰다**

🖐 **본 뜻** 이 말은 본래 씨름판에서 나온 말이다. 씨름판에서 상대한테 배지기로 들렸을 때, 자신의 발등을 상대의 종아리 바깥쪽에 갖다 붙이면, 상대가 더 들지도 못하고 내려놓지도 못하고 힘은 힘대로 빼면서 애를 먹는다. 이런 기술을 '발쪽을 붙인다'라고 하는데 그런 기술도 쓰지 못하고 당했을 때 '쪽도 못 썼다'라고 한다.

ㅈ

짭새 · 짱껨뽀 · 짱꼴라 · 쪼다 · 쪽도 못 쓰다

445

상대해보지도 못한 채 기가 눌리어 꼼짝 못하는 것을 가리키는 말이다. 또는 사람이나 어떤 사물에 혹할 정도로 반하여 꼼짝 못하는 것을 가리키는 말이기도 하다.

◉ 보기글   • 야, 난 그래도 미자가 굉장히 잘 웃긴다고 생각했는데 도루묵 여사하고 영자 언니 옆에 가니까 쪽도 못 쓰더라고.

0876   **쪽팔리다**

🏠 본 뜻   쪽은 얼굴을 속되게 이르는 말이다.
↪ 바뀐 뜻   얼굴이 깎이어 부끄럽다는 표현으로 쓰인다.
◉ 보기글   • 너 때문에 쪽팔려 못살겠다.

0877   **쫀쫀하다**

🏠 본 뜻   천의 짜임새가 고르고 고운 모양을 가리키는 말이다.
↪ 바뀐 뜻   본래의 뜻으로도 쓰이지만, 주로 아주 작은 일까지도 세세히 신경 써서 손해 안 보게끔 빈틈없고 야무지게 행동하는 것을 가리키는 말로 널리 쓰고 있다.
◉ 보기글   • 그 사람 참 되게 쫀쫀하더라. 천만 원짜리 복권에 당첨되고도 기껏 한턱낸다는 게 짜장면이더라고.
       • 야, 이 카펫 짜임이 되게 쫀쫀한데 그래. 이쯤 되면 세탁해도 늘거나 주는 일이 없겠는데.

쫑코 먹다

본 뜻 코는 예로부터 사람의 인격, 자존심 등을 표현하는 상징이다. '쫑코'라는 말은 코를 쪼았다는 뜻의 '쪼은 코'에서 나온 말로서 '쪼은코'가 '쫀코'로, 그것이 다시 '쫑코'로 발음이 변하면서 오늘에 이르렀다. 또한 뒤에 붙은 '먹다'는 표현은 '욕을 먹었다'의 경우처럼 좋지 않은 일을 당했다는 뜻을 가지고 있는 말이다.

바뀐 뜻 이 말은 자존심이 상할 정도로 면박을 당하거나 꾸중을 들었다는 뜻으로 널리 쓰인다.

보기글 • 김 대리가 그 자리에서 눈치 없이 휴가 얘길 꺼냈다가 쫑코 먹었지, 뭐야.

0879 **차단스**(茶だんす)

🖐 **본 뜻** 한자어 '차(茶)'와 일본어 '단스'의 합성어이다. '단스'는 서랍이나 문이
달려 있는 옷장이나 장롱을 뜻한다. 일본은 차가 아주 널리 보급
되어 있어 많은 가정이 다기 세트를 갖추고 있는데, 이 다기 세트를
단스에 넣어 보관한 데서 나온 말이다.

🔄 **바뀐 뜻** 일본식 표현이므로 찻장으로 바꾸어 불러야 한다. 차뿐만 아니라
'옷'이나 '그릇' 등을 보관하기도 하므로 이때는 옷장, 그릇장이라고
표현하면 좋겠다.

⭕ **보기글** ● 옥아, 거기 건넌방 차단스(→ 그릇장)에서 다기 세트 좀 내오련?
● 여보, 우리 방에 있는 차단스가(→ 옷장이) 너무 낡고 좁아서 제대로 들어가는 게 없
으니 새로 하나 장만하면 어떻겠어요?

0880 **차례**(茶禮)

🖐 **본 뜻** 우리나라는 고려시대까지 차 문화가 널리 퍼져 있었다. 그래서 제사
를 지낼 때도 차를 끓여 올렸다. 차례(茶禮)는 이처럼 제사 지낼 때
차를 끓여 올리는 예식을 가리키는 말이었다. 그런데 이 차 문화가
날이 갈수록 너무 사치스럽고 번거로워져서 조선을 건국한 정도전
등이 이를 금지시켰다. 하지만 제사를 차례라고 부르던 습속은 그
대로 남아서 오늘날에도 제사를 '차례 지낸다'고 한다.

↩ **바뀐 뜻**	본래는 제사 지낼 때 차를 끓여 올리는 부분적인 예식이었으나 지금은 제사 전체를 가리키는 말로 쓰고 있다.
◐ **보기글**	• 이젠 차례도 간소하게 지내도록 하는 게 어떻겠어요? • 이번 추석에 차례 지내러 내려가야 할 텐데 교통편 때문에 벌써부터 걱정입니다.

0881 차이나(China)

🖑 **본 뜻**	코리아가 고려(高麗)시대에 우리나라를 드나들던 서양 상인들에 의해 붙여진 이름이듯이, 차이나도 중국 최초의 통일 국가 진(秦)을 가리키는 지나(支那)를 영어식으로 표기한 것이다.
↩ **바뀐 뜻**	중국 본토를 가리키는 영어식 표기다.
◐ **보기글**	• 인천에 있는 차이나타운을 가보았나? • 차이나라는 단어가 서양인들에게 주는 인상은 대단히 신비하고 불가사의한 것이다.

0882 찬물을 끼얹다

🖑 **본 뜻**	이 말은 본래 흘레붙은 강아지들을 떼어놓을 때 쓰던 방법이다. 족보 있는 개가 종자도 모를 남의 개와 어울렸을 때 그 새끼를 밸 것을 염려하여 찬물을 한 동이 끼얹어 떼어놓는 데서 나온 말이다.
↩ **바뀐 뜻**	한창 진행 중인 일을 중단하게끔 하는 말이나 행동을 가리키는 말이다. 주로 화기애애한 분위기가 어색하게 되거나, 신나게 일하고 있는 중에 그 일을 그만두게 만드는 어떤 요인이나 단서를 제공하는 것을 말한다.
◐ **보기글**	• 모처럼 화기애애한 집안 분위기에 찬물을 끼얹다니, 그 녀석도 정말 못 말리는 성격이라니까. • 이렇게 무르익어가는 옛날 이야기에 느닷없이 찬물을 끼얹는 사람이 있었다.

449

0883 참

조선시대에 역마(驛馬)를 이용하던 이들이 역참(驛站)에 들러 말을 갈아타기도 하고 한숨 돌리며 쉬기도 했는데, '참'은 이 역참에서 유래한 말이다. 역마는 각 역참에 갖추어둔 말로 관용(官用)의 교통 및 통신 수단이었다.

🔄 바뀐 뜻 후대로 내려오면서 점차로 뜻이 확대된 말 중의 하나다. '길을 가다 쉬는 곳' '일을 하다 쉬는 시간' 나아가서는 '일하는 사이에 먹는 음식'이라는 뜻까지 포함하게 되었다. 오늘날에는 주로 밤참, 저녁참, 새참 등 일하는 중간 중간에 간단히 허기를 끄기 위해 먹는 음식을 가리키는 말로 널리 쓴다.

💠 보기글 • 공부하다가 배고플 때 먹는 밤참으로는 라면을 따라갈 것이 없다고.
　　　　• 새참 먹는 맛에 모내기하는 거 아니겠어?

0884 채비[差備]

🖐️ 본 뜻 채비의 원말은 차비(差備)로, 차비는 궁궐에서 특별한 일을 맡기려고 임시로 사람을 기용할 때 쓰는 용어였다. 궁궐에서 잡역에 종사하는 종들을 가리켜 차비노(差備奴)라 하였는데 그들은 물 끓이는 일, 고기 손질하는 일, 반찬 만드는 일 등 여러 가지 일을 맡아 하였다. 이처럼 궁궐의 잡다한 일을 미리 갖추어두는 것을 '차비'라 하였고 후에 '채비'로 발음이 바뀌었다.

🔄 바뀐 뜻 차비(差備)는 오늘날 전혀 쓰이지 않는다. 다만 채비는 어떤 일을 할 수 있도록 갖추어 놓은 준비를 일컫는 말로만 쓰인다.

💠 보기글 • 숙영아, 내일 수학여행 갈 채비 다 차렸니?
　　　　• 추워지기 전에 겨우살이 채비를 해놓아야 마음이 놓인다.

0885   **척결(剔抉)**

🔖 **본 뜻**   상하거나 썩은 살을 긁어내고 뼈를 발라낸다는 뜻이다.

↩ **바뀐 뜻**   주로 사회에 해악이 될 만한 단체나 사람, 또는 일을 찾아내어 그 뿌리부터 없애는 것을 일컫는 말로 널리 쓰인다. 뿌리를 뽑고 물구멍을 막는다는 발본색원(拔本塞源)보다 더 강한 말이다.

◉ **보기글**   • 부정부패를 척결하는 데 가장 중요한 요인은 부정에 눈을 감지 않으려는 깨어 있는 시민의식입니다.

0886   **척지다(隻--)**

🔖 **본 뜻**   조선시대 소송에서 원고는 원(元), 피고는 척(隻)이라고 했다.

↩ **바뀐 뜻**   대개 원고와 피고가 되면 서로 원한을 품어 반목하기 마련이다. 원은 척을 벌하라고 주문하기 때문이다. 여기에서 '척지다'는 원한을 산다는 뜻으로 쓰이기 시작했다. 지금은 어떤 사람이 다른 사람과 서로 원한을 품어 미워하거나 대립하게 된다는 의미로 바뀌었다.

◉ **보기글**   • 굳이 척지지 말고 모른 척하면 안 되겠는가?

0887   **천덕꾸러기(賤----)**

🔖 **본 뜻**   말의 어원을 보자면 '천+데기'에서 나온 말이다. 소박데기, 부엌데기 등 천한 사람을 가리키는 '-데기'라는 접미사가 붙어 천데기가 되었다가 '천더기'로 음운변이가 되었다. 여기에 또 '-꾸러기'라는 접미사가 붙어 천덕꾸러기가 되었다.

↩ **바뀐 뜻**   남에게 언제나 천대를 받는 사람이나 물건을 가리킨다.

- 집안에서 천덕꾸러기로 자란 아이는 나중에 성격에 결함을 가진 어른이 될 수 있으므로 부모들의 각별한 주의가 필요하다.
- 그렇게 예뻐하던 개도 늙고 병이 드니까 금세 천덕꾸러기가 되고 마는 거 봐라.

0888 천둥벌거숭이

본 뜻 천둥이 치는데도 무서운 줄 모르고 이리저리 날아다니는 빨간 잠자리를 천둥벌거숭이라고 했다.

바뀐 뜻 천둥벌거숭이 잠자리처럼 무서운 줄도 모르고 함부로 날뛰거나 어떤 일에 앞뒤 생각 없이 나서는 사람을 가리키는 말이다.

◉ 보기글
- 그 아이는 나이가 그만큼이나 먹었는데도 하는 일을 볼작시면 꼭 천둥벌거숭이란 말이야.
- 비록 내 자식이지만 뭣도 모르고 날뛰는 천둥벌거숭이 같아서 바깥에 내보내기가 꺼려진단 말이야.

0889 천리안(千里眼)

본 뜻 옛날에 양일이라는 사람이 29세의 젊은 나이에 한 지방을 다스리는 현감으로 부임했다. 그는 부임 초기에 고을 관리들의 부정부패를 모른 척하고 매일 방안에 틀어박혀 책만 읽었다. 그러자 사람들은 그가 어리고 순진해서 세상 물정을 모른다고 비웃어댔다. 하지만 양일은 그 지방 곳곳에 몰래 첩보원들을 두고 있어서 부정부패를 저지르는 관리들을 훤히 알고 있었다. 그래서 겉으로는 방에 틀어박혀 책만 읽는 것으로 보였지만, 실제로는 천리 밖의 일도 모두 알고 있었던 것이다. 모든 정보가 들어온 후 양일은 그동안 나쁜 짓을 했던 탐관오리들을 모조리 처벌했다. 그리하여 그가 다스리는 지방에서는 부정부패가 모두 사라지게 되었다. 그러자 사람들은 "현감 어른은 천리안이다. 방안에서 천 리 밖을 내다보는 사람이다"라고 말했다. 양일의 이 고사에서 나온 말이 바로 천리안이다.

↹ **바뀐 뜻** 사물이나 사건의 실체를 꿰뚫어보는 깊은 관찰력을 이르는 말이다.

◉ **보기글** ● 그 선생님을 속일 생각은 아예 안 하는 게 좋을 거요. 그분은 천리안을 가진 분이라 당신을 보기만 해도 그 속셈을 읽어낼 거요.

0890 **천만의(千萬–) 말씀**

☝ **본 뜻** 천만(千萬)이란 말 그대로 만의 천곱절을 가리킨다. 그것은 곧 헤아릴 수 없이 많은 수를 뜻하는 말이다. '천만의 말씀'이란 '천만 번 뜻밖의 말씀'이 줄어서 이루어진 것으로 아주 생각 밖의 말씀이라는 뜻이다.

↹ **바뀐 뜻** 아주 많은 수를 나타내는 이 말의 뜻이 확대되어 '비길 데 없고 이를 데 없다'는 뜻으로 쓰이는가 하면 '아주' '전혀'의 뜻으로도 쓰인다. 흔히 강한 부정을 나타내는 뜻으로 '천만에요'라는 표현을 쓰는데 이 또한 '전혀 그렇지 않다' '도저히 그럴 수 없다'는 뜻을 가지고 있는 말이다.

◉ **보기글** ● 수고가 많기는요. 천만의 말씀이십니다.
● 그 사람이 도덕군자라니 천만의 말씀이에요.

0891 **천방지축(天方地軸)**

☝ **본 뜻** 천방(天方)은 하늘의 한구석을 가리키는 말이고 지축(地軸)은 지구가 자전하는 중심선을 가리키는 말이다. 그러므로 천방지축이란 '하늘 한구석으로 갔다 땅속으로 갔다 하면서 갈팡질팡한다'는 뜻으로 '당황해서 허둥지둥 날뛰는 모양'을 가리키는 말로 쓰였다.

↳ 바뀐 뜻 이 말의 뜻이 조금씩 전이되어 지금은 '남의 말은 듣지도 않은 채 앞뒤 가리지 않고 제멋대로 이리저리 날뛰는 모양'을 가리키는 말로 널리 쓰이며, '어쩔 줄 모르고 어리석게 무작정 덤벼드는 모양'을 가리키기도 한다.

◐ 보기글
- 그 사람 그렇게 천방지축으로 사업을 벌여서 어떻게 하겠다는 건지 몰라.
- 고갯길을 천방지축 달려 올라가자니 마음이 아픈 것은 말할 것도 없거니와, 발인들 아프지 않았으랴.

0892 천애고아(天涯孤兒)

☝ 본 뜻 '천애(天涯)'는 '천애지각(天涯地角)'의 준말로서 하늘의 끝이 닿는 곳과 땅의 한구석을 가리키는 말이다. 즉 하늘과 땅처럼 서로 까마득하게 멀리 떨어져 있는 곳을 일컫는 말이니, 천애의 고아란 서로 아무 인연이 없는 곳에 내던져진 고아를 가리킨다.

↳ 바뀐 뜻 이 세상에 살아 있는 핏줄이나 부모가 없이 오직 자기 혼자 남겨진 사람을 일컫는 말이다.

◐ 보기글
- 김 선생님이 교통사고로 돌아가시다니, 귀염둥이 외동딸이 천애의 고아가 되고 말았구나.
- 졸지에 천애고아가 되어버린 순이는 이집저집에서 구걸하여 끼니를 해결해야만 하는 고단한 처지가 되었다.

0893 천편일률(千篇一律)

☝ 본 뜻 천 편이나 되는 글이 오로지 한 가지 운율로만 되어 있다는 뜻으로, 시문들이 모두 비슷한 글귀나 형식으로만 되어 있어 참신한 맛이 없음을 가리키는 말이다.

| ↩ 바뀐 뜻 | 사물이 모두 판에 박은 듯이 똑같아서 새롭거나 독특한 개성이 없고 재미없음을 나타내는 말이다. |

○ 보기글
- 이번 도깨비 문학상에 응모한 소설들은 어쩌면 그렇게 천편일률적으로 신세대 얘기를 썼는지 모르겠어.
- 유행이란 게 뭐냐? 천편일률적으로 똑같은 옷에 똑같은 화장을 하고 다니는 게 유행이라면 나는 아예 유행을 따르지 않고 말겠다.

0894 철부지(-不知)

🏠 본 뜻
사리를 헤아릴 줄 아는 힘을 가리키는 '철'과 알지 못한다는 뜻의 한자 '부지(不知)'가 합쳐진 말이다. '철'은 원래 계절의 변화를 가리키는 말로서, 농경문화가 발달하고 역학(易學)의 영향을 많이 받은 동양권에서는 흔히 지혜를 나타내는 말로 쓰였다.

↩ 바뀐 뜻
사리를 분별할 줄 아는 능력이 갖추어지지 않은 어린아이 같은 사람을 일컫는 말이다.

○ 보기글
- 그 사람은 장가를 가고도 아직도 그렇게 철부지 같은 소리를 하고 다니나?
- 옥이는 아직 초등학교도 안 들어간 철부지니까 그럴 수 있지만, 초등학교 6학년인 너까지 옥이랑 똑같이 떼를 부리면 되겠니?

0895 철석같다(鐵石--)

🏠 본 뜻
'철석'은 쇠와 돌을 아울러 이르는 말로 매우 굳고 단단한 것을 비유적으로 이르는 말이다.

↩ 바뀐 뜻
약속이나 의지가 굳세고 단단한 상태를 가리키는 말이다.

○ 보기글
- 그렇게 철석같이 약속을 해놓고 어기면 어떻게 합니까?
- 두 사람의 철석같은 믿음은 아무도 갈라놓지 못할 것이다.

0896 철옹성(鐵甕城)

본 뜻 평안남도 맹산군과 함경남도 영흥군 사이에 있는 철옹산에 철옹산성이 있었는데, 깎아지른 듯한 험한 벼랑에 쌓아올린 철옹산성은 마치 무쇠로 만든 독과 같이 그 견고함을 자랑하였다고 한다. 이 산성을 본 사람들이 그 견고함과 난공불락을 얘기하면서부터 철옹산성은 견고함과 함락시키지 못할 대상의 대명사처럼 불렸다.

바뀐뜻 어떤 힘으로도 함락시키거나 무너뜨릴 수 없이 방비나 단결이 견고하고 튼튼한 상태를 가리키는 말이다.

보기글
- 철옹성 같던 그녀의 마음도 그의 눈물 앞에서 속절없이 무너져 내리고 말았다.
- 그 사람 입이 무겁기가 철옹성이니 너무 염려 말게.

0897 청교도적(淸敎徒的)

본 뜻 청교도는 16세기 후반에 영국에서 일어난 프로테스탄트의 한 파(派)로서 칼뱅이슴을 모범으로 따른다. 모든 생활에서 도덕적·종교적 진지성을 보인 청교도들은 교회개혁을 통해 자신들의 생활방식을 전 국민의 삶에 확산시키려고 노력했다. 이들은 모든 호사와 오락을 물리치고, 성직자의 권위를 배격하며, 승속(僧俗)을 구별하지 않고 청정한 생활을 할 것을 요구했다. 국가를 변혁시키려는 그들의 노력은 내란으로 이어졌고, 그들의 생활 모형으로 건설된 것이 미국이다.

바뀐뜻 청교도들의 특징인 도덕, 경건, 평등, 자유의 덕목을 실천하려는 성향을 가리키는 말이다.

보기글
- 너무나 청교도적인 그의 생활을 보고 있노라면 좋다는 느낌보다는 그가 무엇인가에 속박되어 있다는 느낌이 든다.
- 아버님은 검소하고 절제하며 평생을 청교도적으로 생활하셨다.

0898 **청사**(靑史)

🖐본 뜻 　종이가 없던 옛날에 중국에서는 대나무를 여러 쪽으로 가른 조각에 글을 기록했다. 그 대나무가 푸른빛을 띠고 있었기에 거기에 역사를 쓴 것을 '청사에 기록한다'고 했다.

🔄바뀐 뜻 　역사의 기록을 말한다.

💿보기글　• 오늘은 청사에 길이 남을 청산리 전투에 대해 얘기해보자.
　　　　　• 통일을 위한 그분의 노력은 청사에 기록될 것이다.

0899 **청사진**(靑寫眞)

🖐본 뜻 　간단한 설계도면 등의 복사 사진을 말하는데, 구울 때 제이철염과 적혈염이 반응하여 푸른색이 도는 사진이 돼서 나오기 때문에 붙여진 이름이다.

🔄바뀐 뜻 　설계도면 등의 복사 사진인 청사진은 건축물의 미래형·완성형을 제시하는 것이므로, 오늘날에는 어떤 일의 미래계획이나 구상 등을 가리키는 말로 쓰인다.

💿보기글　• 10년 후 네 인생에 대한 청사진을 밝혀보지 않으련?
　　　　　• 주택문제에 관한 2000년대 청사진을 보면 그때는 전국적으로 아파트가 보편화된 주거환경이 되고, 영구임대주택들이 많이 생겨서 주택난이 거의 해소된다는 거야.

0900 **청서**(靑書)

🖐본 뜻 　정부의 정책안이 쓰여진 책을 가리키는 말로서 영국에서 처음 쓰였다. 영국 의회 보고서의 표지가 청색이었던 데서 나온 말이다.

🔄바뀐 뜻 　오늘날 청서라 하면 정부의 문서 중에서도 특별히 정부의 예산안을

기록한 문서를 가리키는 말로 쓰인다.

◉ 보기글 ● 이번 사태를 해결하기 위해서는 우선적으로 정부의 청서를 자세하게 공개해야 할 것
입니다.

0901   **청신호**(靑信號)

🖐본 뜻   교차로나 건널목에 푸른 등이나 기를 달아 통행을 표시하는 교통
신호를 가리키는 말이다.

🔁바뀐뜻   오늘날에는 앞일이 순조롭게 이루어지리라는 어떤 조짐을 나타내
는 말로 쓰이고 있다.

◉ 보기글   ● 논술고사의 부활로 교양출판계에 청신호가 켜졌다.
● 남북 정상회담은 통일로 가는 길의 청신호라고 할 수 있다.
● 회사채 수익률도 떨어지고 물가도 잡혀가는 것이 경제 안정의 주요한 청신호로 해석
되고 있다.

0902   **청양고추**(靑陽--)

🖐본 뜻   중앙종묘란 회사에서 개발한 고추의 상표명이다. 중앙종묘에서 밝
힌 개발 경위 및 상표명 제정 사유는 이러하다.
"1970년대 말~1980년대 초, 소과종이 대과종보다 가격이 높고, 특히
국내 최대 주산지인 경북 북부 청송 영양 지역에서는 소과종이 주로
재배되어 이 지역에 적합한 품종을 육성코자 함. (중략) 상기 육성 목
적에 비교적 근접한 품종을 육성하여 청송의 '靑'과 영양의 '陽'자를
따서 '청양고추'로 명명하여 품종 등록함(생산판매신고번호: 2-004-97-042). 모
계(母系)는 열대지방 재래종이며 부계(父系)는 국내 재래종이다."

🔁바뀐뜻   흔히들 이 청양고추를 충청남도 청양군(靑陽郡)에서 고유로 자란 재

래종으로 오해한다. 상표명 '청양'의 음과 한자가 동일하기 때문이다. 청양산 고추는 '청양 고추'이고, 상표명 '청양고추'는 붙여 쓴다. 한편 청양고추가 가장 많이 생산되는 지역은 경상남도 밀양으로 320헥타르의 재배면적에 한 해 생산량이 1만 4000여 톤에 이르며, 전국 생산량의 70퍼센트를 차지한다.

◎ 보기글
- 청양고추가 충청도 청양에서 나는 고추가 아니라고?
- 충청도 청양산 '청양 고추'가 있고, 중앙종묘에서 개발한 '청양고추'가 따로 있지.

0903   **초미**(焦眉)

🔖 본 뜻   눈썹에 불이 붙은 것과 같이 매우 다급함을 이르는 말이다. 불교의 『오등회원五燈會元』에 나오는 말이다.

🔁 바뀐 뜻   매우 절박하고 숨 가쁜 상황을 가리키는 말로 널리 쓰인다.

◎ 보기글
- 김일성의 죽음 직후 남북정상회담이 재개될 것이냐 말 것이냐 하는 문제가 초미의 관심사로 대두되었다.
- 입시생인 동생에겐 K대학이 본고사를 보느냐 안 보느냐가 초미의 관심사이다.

0904   **초승달**[初生-]

🔖 본 뜻   처음 생겨나기 시작하는 달이라는 뜻으로 '초생(初生)달'이라 했다. 또는 초승에 뜬다 하여 '초승달'이라고도 한다.

🔁 바뀐 뜻   요즘에는 초승에 뜨는 달만을 가리킨다. 초승은 음력으로 그달 초하루부터 며칠 동안을 이르는 말로, 이때에도 어원은 초생(初生)이다.

◎ 보기글
- 초승달 같은 우리 누나 눈썹을 바라보노라면 춘향이 눈썹이 꼭 이렇게 생겼겠지 하는 생각이 든다.

0905   **초읽기**(秒--)

🖐본 뜻   시간을 초 단위로 세는 일, 혹은 바둑에서 기사(棋士)에게 제한 시간
          의 경과를 초 단위로 알려주는 일을 일컫는 말이다.

↩ 바뀐 뜻 바둑뿐만 아니라 거의 모든 일에 사용되어, 어떤 일이 시간상 급박
          한 상태를 비유적으로 이르는 말이다.

⊙ 보기글   ● 양 팀 78 : 79로 팽팽하게 맞선 가운데 지금 전광판은 초읽기에 들어갔습니다.

0906   **초주검이**(初---) **되다**

🖐본 뜻   '주검'은 시체를 가리키는 우리말이다. 그러므로 '초주검이 되다'는
          초기 상태의 시체처럼 되었다는 뜻이다.

↩ 바뀐 뜻 몹시 다치거나 맞아서 혹은 너무 일을 심하게 해서 거의 다 죽게 된
          상태를 가리킨다.

⊙ 보기글   ● 사흘 동안 철야에 야근까지 하더니 아주 초주검이 되었구나.
          ● 밤중 내내 순사들에게 쫓긴 그녀는 새벽안개가 퍼질 무렵 초주검이 되어서 사립문을
            밀고 들어섰다.

0907   **촉수엄금**(觸手嚴禁)

🖐본 뜻   한자로만 보자면 '손대는 것을 엄하게 금지함'이라는 뜻이다. 그러나
          이 말은 곰곰이 생각해보기 전에는 그 뜻이 명확하게 떠오르는 말
          이 아니다. 한번 듣거나 봐서 그 뜻을 알기 힘든 이런 한자어는 되
          도록이면 쓰지 않는 것이 좋겠다.

↩ 바뀐 뜻 '손대지 마시오'라는 순우리말 문구로 바꿔 쓸 수 있다.

0908   촌지(寸志)

🖐 본 뜻   마디 촌(寸)과 뜻 지(志)로 이루어진 촌지 역시 일본식 한자어다. 직역하면 '손가락 한 마디만한 뜻'이 되는데, 그것은 달리 말하면 '아주 작은 정성, 혹은 마음의 표시'라는 뜻이다. '작은 정성' '마음의 표시' '작은 뜻' 등의 우리말로 바꾸어 쓸 수 있다.

🔄 바뀐 뜻   '작은 뜻' '작은 정성' '마음의 표시'를 뜻하는 말이나, 대개는 '뇌물'의 성격을 띤 금품을 말한다.

○ 보기글 • 촌지 추방 운동이 벌어지고 있는 요즈음에도 촌지 밝히는 공무원이 있나요?
         • 선생님을 찾아갈 때는 으레 촌지를 가지고 가야 한다는 학부모들의 강박관념도 촌지 문제를 악화시키는 요인이라고요.

0909   총각

🖐 본 뜻   총각(總角)이란 본시 머리를 양쪽으로 갈라 빗어 올려 귀 뒤에서 두 개의 뿔같이 묶어 맨 어린아이들의 머리 모양을 가리킨 말이다. 『두시언해』 권24에 "총각이란 작은 아이가 양쪽 머리를 묶은 이다(總角小童聚兩髮而結之)."라고 나온다. 같은 책 권8에 "총각은 머리를 묶어 뿔 두 개 모양으로 한 어린아이의 꾸밈이다(總角結其髮爲兩角童子之飾)."라고 나온다. 이런 모양으로 머리를 땋는 것은 '총각하다'라고도 한다.

🔄 바뀐 뜻   총각머리를 하면 미성년이란 의미로, 이후 장가가지 않은 남성을 가리키는 말로 쓰였다. 결혼을 하면 총각을 풀어 상투를 틀기 때문이다.

○ 보기글 • 미혼 청년을 총각이라고 불러도 그리 쑥스러운 말은 아니다.

0910 ## 총각김치

본 뜻 무청이 달린 총각무로 담근 김치를 총각김치라 하는데, 그 생김새 때문에 알무·달랑무·총각무 등 여러 가지 이름으로 불렸다. 총각김 치라는 이름은 무의 생김새가 총각의 음경과 닮았다고 하여 붙여 진 것이며, 달랑무라는 이름도 마찬가지로 남성의 성기 모양에서 연 상하여 나온 이름이라고 하지만 근거가 전혀 없다. 오히려 총각의 어원인 뿔같이 묶어올린 어린이의 머리 모양에서 총각무, 총각김치 가 온 것이다. 한편 알타리무라고 불리던 것이 1988년 표준어 및 맞 춤법 개정안에 의해서 알타리무라는 이름은 버리고 총각무만이 표 준어로 인정받아 쓰이고 있다.

바뀐 뜻 총각김치의 모양이 땋아 올린 총각머리와 같아서 붙여진 이름이다.

보기글
- 알타리김치, 총각김치, 달랑김치가 모두 같은 말인 줄 이제야 알았다고요?
- 총각김치가 총각하고는 아무 상관이 없다고?

0911 ## 추기경(樞機卿)

본 뜻 '추기'란 본래 '가장 요긴한 곳'이란 뜻이다. 구체적으로 돌쩌귀(경첩처 럼 문을 여닫는 데 쓰이는 쇠붙이)를 가리킨다. 추기경의 어원인 cardinal이 돌쩌귀란 뜻이기 때문에 이렇게 번역되었다. '경(卿)'은 영국에서, 귀 족의 작위를 받은 이를 높여 이르는 말, 또는 임금이 2품 이상의 신 하를 가리키던 이인칭 대명사이다.

바뀐 뜻 천주교 교직의 하나로 교황이 임명하는 교회의 최고 고문관을 가 리키는 말이다. 천주교에서는 이 추기경들로 추기경회를 구성하고 여기서 교황 선거, 교회 행정사업 보좌 등의 일을 수행한다.

보기글
- 우리나라의 김수환 추기경과 필리핀의 하이메 신 추기경은 그 나라에서의 역할이 종 교적인 지도자일 뿐만 아니라 정신적인 지도자라는 점에서 서로 비슷한 점이 있지요.

0912 추상(抽象)

본 뜻 '추상'은 구체적 표상(表象)이나 개념에서 공통된 성질을 뽑아 이를 일
반적인 개념으로 파악하는 정신 작용을 말한다. 그래서 '추상'이라고
하면 개개의 대상에서 공통되는 성질을 뽑아 종합한 것을 말한다.

바뀐 뜻 오늘날 쓰이는 추상이란 말에는 '사물의 공통된 성질을 종합한 것'
이라는 의미는 사라지고 없다. 대신에 주장이나 논의 등이 실제의
개별적이고 구체적인 사정을 무시해서 듣기에 구체적이지 않고 막
연한 것을 가리키는 말로 쓰이고 있다.

보기글 • 대단히 철학적인 용어였던 추상이란 말이 이제는 볼 수 없고, 설명할 수 없고, 잡히
지 않는 것들을 한꺼번에 뭉뚱그려서 대신하는 말이 된 것 같아.

0913 추파(秋波)

본 뜻 이 단어는 글자만 보자면 여자의 눈이 가을물처럼 맑다는 뜻이다.
'추파를 보낸다' '추파를 던진다'는 말은 여인이 남정네에게 은근한
정을 나타내는 눈길을 보낸다는 뜻이다.

바뀐 뜻 요즘은 딱히 여자가 남자에게 던지는 눈길만이 아니라, 상대방의 환심
을 사려고 은근한 아첨을 하거나 접근을 하는 것을 가리키기도 한다.

보기글 • 아까부터 은근히 추파를 던지는 그 여자의 눈길을 모르는 척해버렸다.
• 북한이 핵문제 때문에 궁지에 몰리자 동조자를 얻기 위해서 핵개발에 적극적인 중
국에 추파를 던지고 있다는 게 사실이야?

0914 추호도(秋毫-) 없다

본 뜻 추호(秋毫)는 본래 가을 짐승의 털을 가리키는 말이다. 가을이 되면

짐승의 털이 매우 가늘어지는데 그 가늘어진 터럭 하나조차도 없을 정도라니 아주 없는 것을 나타내는 표현이다.

↔ 바뀐 뜻   아주 적거나 거의 없는 것을 강조해서 나타낼 때 쓰는 표현이다.

◑ 보기글   • 증인은 추호의 거짓 없이 증언하겠다고 맹세하십시오.

0915   **칠뜨기**

☜본 뜻   수태한 지 여덟 달 만에 낳은 아이를 팔삭둥이라고 하듯이 일곱 달 만에 낳은 아이를 칠삭둥이 또는 칠뜨기라고 한다.

↔ 바뀐 뜻   칠뜨기는 열 달을 다 채우지 못하고 세상에 나왔으니 미성숙한 상태임이 틀림없다. 그것을 두뇌 발달과 연관시켜 어리숙하고 바보 같은 행동을 하는 사람을 비웃어 칠뜨기라 부른다.

◑ 보기글   • 넌 꼬박 열 달 다 채우고 태어난 애가 왜 하는 짓마다 그렇게 칠뜨기 같으냐?

0916   **칠칠하다**

☜본 뜻   채소 따위가 주접이 들지 않고 깨끗하게 잘 자랐다는 말이다.

↔ 바뀐 뜻   사람이나 푸성귀가 깨끗하고 싱싱하게 잘 자란 것이나, 일을 깔끔하고 민첩하게 처리하는 것 등을 모두 '칠칠하다'고 한다. 흔히 깨끗하지 못하고 자신의 몸 간수를 잘 못하는 사람이나 주접스러운 사람을 보고 '칠칠맞다'고 하는데 올바른 표현이 아니다. '칠칠치 않다' '칠칠치 못하다'라고 써야 한다.

◑ 보기글   • 텃밭에 심은 시금치가 칠칠하게 아주 잘 자랐어요.
        • 그 사람은 무슨 일을 시켜도 칠칠하게 해내니 믿고 맡길 수가 있다고.
        • 그는 매사에 칠칠치 않았다.

0917   칠흑(漆黑) 같다

🖐**본 뜻**   이 말은 원래 옻칠을 까맣게 한 것과 같다는 뜻이다. 옻나무 즙에
서 추출한 염료인 옻칠은 주로 관이나 장롱 등의 겉을 칠하는 데
쓰였다. 염료 고유의 색깔은 잿빛이나 칠하고 나면 거의 검정에 가
까운 갈색을 띠면서 윤이 난다.

⇆ **바뀐 뜻**   온통 깜깜해서 사방을 분간할 수 없는 상태를 말한다.

◐ **보기글**   • 두 사람은 칠흑 같은 밤을 틈타 몰래 막사를 빠져나왔다.
            • 전기가 나가자 사방은 갑자기 칠흑 같은 어둠에 둘러싸였다.

0918 　카니발(carnival)

☜본　뜻　사육제(謝肉祭)라고 번역하는 카니발은 라틴어의 '카르네 발레(carne vale, 살코기여, 잘 있거라)' 또는 '카르넴 레바레(carnem levare, 육식 금지)'가 어원이라고 한다. 그리스도의 부활을 기념하는 부활절 전의 사순절은 그리스도의 고행을 본받아 육식을 하지 않는 관습이 있는데, 육식이 주식이다시피 한 서양에서 육식을 금한다는 것은 고통스러운 일이었다. 그래서 그 행사에 들어가기 전에 마음껏 먹고 마시는 행사가 3일에서 일주일 동안 벌어졌는데, 그것을 가리켜 카니발이라고 한다. 주로 가톨릭 국가에서 열리는데, 브라질의 리우데자네이루에서 열리는 리우 카니발, 프랑스의 니스 카니발, 이탈리아의 나폴리 카니발 등이 유명하다.

↰바뀐 뜻　사육제가 발달하지 않은 우리나라에서는 대학축제나 화려한 축제의 의미로 전용되어 쓰이고 있다.

◐보기글　● 이번에 서울대공원에서 열리는 대학 총연합 카니발에 같이 갈래?

0919 　카리스마(charisma)

☜본　뜻　카리스마는 '신으로부터 특별히 부여받은 재능'이라는 뜻으로 신이 어떤 특정한 사람에게 내린 초자연적인 능력을 가리키는 말이다. 쉽게 말하면 예언이나 병을 낫게 하는 힘 따위를 말한다. 다른 말로

는 '신의 은총'이라고도 한다.

↹ 바뀐 뜻　본래는 종교적인 의미를 가졌던 이 말이 오늘날에는 정치적인 의미로 변질되어 널리 쓰이고 있다. 즉 지도자가 일반 대중의 지지나 후원을 얻는 비범한 정신력과 권위, 곧 지배자의 초자연적 특성을 말한다. 독일의 사회학자 막스 베버는 이 '카리스마'를 합법적 지배, 전통적 지배와 함께 지배의 세 가지 유형 중의 하나로 제시했다.

◐ 보기글　● 그가 그토록 오랫동안 정권을 유지할 수 있었던 데에는 그의 카리스마가 한몫을 했다.

0920　　**캉캉**(cancan)

ㅋ

카
니
발
·
카
리
스
마
·
캉
캉
·
콤
플
렉
스

☝본　뜻　프랑스의 속어로 잡담이나 험담이라는 뜻이다.

↹ 바뀐 뜻　1830년경 프랑스 대혁명 후 복고조에 항의하여 생겨난 사교댄스로서 1895~1915년 사이에 유행했으며, 스커트를 치켜들고 다리를 번쩍번쩍 들어올리는 격정적인 춤이다. 프랑스 화가 로트레크의 그림으로 캉캉 댄스의 모습이 널리 알려져 있다.

◐ 보기글　● 캉캉춤을 볼 때마다 느끼는 건데 무희들의 다리가 완전히 별개의 독립된 개체로 움직이는 거 같지 않아?

0921　　**콤플렉스**(complex)

☝본　뜻　본래는 '복잡한' '복합된'이란 뜻을 가진 말이다.

↹ 바뀐 뜻　정신분석학 용어로서, 무의식 속에 잠겨 있는 억압된 관념을 말한다. 어떤 강한 감정과 결부되어 매 순간에 의식적인 행동을 방해하거나 촉진하는데, 흔히 열등감과 같은 뜻으로 쓰이기도 한다.

◐ 보기글　● 콤플렉스가 때로는 사람을 발전시키는 요인이 되기도 하지.

쾌지나 칭칭 나네

🔖**본 뜻**   우리 민요의 후렴구로 널리 알려져 있는 '쾌지나 칭칭 나네'는 임진
왜란 이후에 나온 노랫말로서 '쾌재라, 가등청정이 쫓겨 나가네'가
줄어든 말이다. 쾌재라(快哉~)는 '좋구나' '시원하구나'란 뜻을 가진 옛
말 감탄사이다. 임진왜란 때 일본의 무장 가등청정(加藤淸正, 가토 기요
마사)이 쫓겨 달아나는 모양을 노래로 표현한 것인데, 운율을 맞추자
니 자연히 부르기 편하게 줄어든 것이다.

🔁**바뀐 뜻**   우리나라의 전통적인 후렴구 노래에 붙이는 대표적인 후렴구다. 꽹
과리 소리에 맞춰 신명나게 불러 젖히는 후렴구로서, 주로 신나고
즐겁거나 좋은 일을 노래로 부를 때 뒤에 붙인다.

🔘**보기글**   ● 우리 민요인 '쾌지나 칭칭 나네'는 노래 부르는 이가 그때그때 상황에 알맞은 가사를
붙여 부르는 것이기 때문에 그 현장성이 두드러질뿐더러 사람들의 신명을 불러일으
키기에 용이하다.

쿠데타(coup d'État)

🔖**본 뜻**   쿠데타는 무력을 동원하여 비합법적으로 정권을 빼앗는 것을 가리
키는 말로서 체제는 바꾸지 않고 통치자만 교체함으로써 끝난다.
쿠데타는 '국가에 대한 일격 강타'란 뜻을 가진 프랑스어이다.

🔁**바뀐 뜻**   무력으로 정권을 바꾸는 '쿠데타'는 기존 체제를 바꾸고 민중의 지
지를 얻어야 하는 혁명과는 사뭇 다르다. 쿠데타는 국민들의 지지
와는 상관없이 무력으로 정권을 탈취하는 비합법적인 일이다.

🔘**보기글**   ● 5·16은 쿠테타로 그 성격이 규정되었다.
● 터키에서 군부가 쿠데타를 일으켰으나 실패하자, 대통령이 이를 빌미로 대대적인 숙
청 작업을 벌였다.

0924 쿠사리(〈さり)

본 뜻 '썩은 음식'을 뜻하는 일본어에서 온 말이다. 음식이 귀한 시절에 음식을 썩히는 것처럼 큰 꾸지람을 들을 일은 없었을 것이다. 그러므로 음식을 썩힌 사람은 당연히 구박이나 꾸중을 들었던 것이다.

바뀐 뜻 '구박' '야단' '꾸중'의 뜻으로 쓰는 말이다. 이처럼 바꿔 쓸 수 있는 우리말이 있을 때에는 상황에 맞게 바꿔 써야 한다.

보기글
- 엄마가 아버지 드리려고 해놓은 딸기주스를 물어보지도 않고 친구들 줬다고 된통 쿠사리(→ 야단) 맞았어.
- 설거지한 후에 수도를 잠그지 않고 나갔으니 쿠사리를(→ 꾸중을) 안 맞고 배겨?

0925 클랙슨(klaxon)

본 뜻 클랙슨(klaxon)은 본래 자동차 경적을 제일 처음 생산했던 제조 회사 이름이었다. 이 클랙슨 사에서 제조 판매하는 자동차 경적이 경적의 주종을 이루게 되자 회사명이 그대로 자동차 경적을 지칭하는 일반명사로 굳어지게 되었다. 이처럼 회사명이나 상표명이 제품의 이름이 되어버린 말로는 복사기를 뜻하는 '제록스', 지철기(紙綴機)를 뜻하는 '호치키스' 등이 있다.

바뀐 뜻 사고가 일어나지 않도록 행인에게 주의를 요하는 경보를 울리는 자동차 경적을 일컫는 명칭이다. 클랙슨이라는 외래어 대신 '경적'으로 바꿔 쓰는 것이 좋겠다.

보기글
- 요즘 운전자들은 보행자의 안전을 위해서 클랙슨을 울리기보다는 길이 막혔을 때 신경질적으로 울리는 경우가 더 많다.

ㅋ

쾌지나 칭칭 나네 · 쿠데타 · 쿠사리 · 클랙슨

0926 탁방내다(坼榜ーー)

⌂ 본 뜻 옛날 과거에 급제한 사람의 이름을 게시판에 내다 붙이는 것을 '탁방(坼榜)냈다'고 했다. 이 탁방이 붙으면 그로써 과거의 모든 절차가 끝난 것이었다.

⇆ 바뀐 뜻 이후로 어떤 일을 끝냈을 때 '탁방을 냈다'고 얘기하게 되었다. 오늘날에는 주로 중장년층 사이에서만 쓰이고 있다.

◎ 보기글
- 어쨌든 그 일은 오늘 안으로 탁방을 냅시다.
- 언제고 탁방낼 일이라면 하루라도 빨리 처리하는 것이 좋지 않겠습니까?

0927 탕평채(蕩平菜)

⌂ 본 뜻 조선 후기 당파 싸움이 치열해지자 이것을 조정하기 위해 탕평책을 논의하는 모임에서 처음으로 상에 오른 나물이 바로 녹두 녹말로 쑨 청포(淸泡)였다. 이때부터 사람들이 이 청포 무침을 일컬어 탕평채라 부르기 시작했다.

⇆ 바뀐 뜻 탕평채는 청포묵을 달리 이르는 이름이었는데, 탕평채라는 이름의 효용이 없어진 지금은 다시 청포묵으로 부르고 있다.

◎ 보기글
- 나랏일은 제쳐두고 제 당의 이익에만 골몰해 있는 국회의원들이 모여 있는 국회로 탕평채를 한 솥 해서 보내면 어떨까?

0928 태동(胎動)

본 뜻   모태 안에서의 태아의 움직임을 말한다.

바뀐 뜻   어떤 사물이나 현상이 생기려고 그 기운이 싹트기 시작하는 것을 가리키는 사회 문화적 용어로 널리 쓰인다.

보기글   • 자유민주주의의 태동은 시민의식의 성숙과 더불어 시작되었다.

0929 태질을 당하다

본 뜻   이삭을 떨 수 있게 만든 농기구인 개상에 곡식단을 메어쳐서 떠는 것을 태질이라 한다. 메어꽂다라는 뜻을 가진 '태질을 하다'란 말이 바로 여기서 나온 것이다.

바뀐 뜻   농기구가 발달한 지금은 이 말을 농사용어로는 거의 쓰지 않는다. 대신에 어떤 물건이나 사람을 세차게 메어치거나 집어던지는 것을 가리키는 말로 쓰고 있다.

보기글   • 그렇게 태질을 당하고도 입을 열지 않으니 몸이 남아나지 않겠습니다.

0930 태풍의(颱風-) 눈

본 뜻   강력한 태풍이 불 때는 중심에 가까울수록 원심력이 강해지기 때문에 비교적 조용한 기상 현상이 나타나는 부분을 가리킨다. 태풍 중심부의 반경 10여 킬로미터 이내에 해당하는 부분이다.

바뀐 뜻   복잡하고 시끄러운 사건의 와중에서도 비교적 그 사건의 영향을 받지 않는 안전하고 조용한 상태를 유지하고 있는 부분을 가리키는 말로 쓴다. 거센 바람의 한가운데 있으면서도 바람이 없는 기상 현상인

'태풍의 눈'과 비슷한 일이 인간사에서 일어나자 그것을 자연현상에 비유한 것이다. 이 말을 '지금은 잠잠한 상태지만 언제 폭발할지 모르는 무시무시한 상태'를 가리키는 말로 쓰는 경우가 많다.

○ 보기글
- 지금 정가에 불어닥친 공직자 숙정 바람에도 북한산계는 태풍의 눈이라던데 그게 사실이야.
- 중동 지역에 몰아닥친 전쟁의 회오리 속에서도 비교적 안전한 태풍의 눈은 사우디아라비아밖에 없을걸.

0931 터무니없다

◑본 뜻 터는 본래 집이나 건축물을 세운 자리를 가리키는 말이다. 그렇기 때문에 집을 헐어도 주춧돌을 놓았던 자리나 기둥을 세웠던 자리들이 흔적으로나마 남아 있는 경우가 많다. 그런데 그런 흔적조차 없는 경우에는 그 자리에 집이 있었는지 어떤 구조물이 있었는지 알 길이 없게 되는 것이다. 그러므로 터의 무늬(자리)가 없다는 말은 곧 믿을 수가 없다는 뜻이 되는 것이다.

⇆ 바뀐 뜻 내용이 허황되어 도무지 근거가 없는 것을 일컬을 때 쓰는 말이다.

○ 보기글
- 뭐? 미국하고 소련이 통합한다고? 그런 터무니없는 소리는 언제 누구한테 들었니?
- 엄마 그런 터무니없는 소문을 믿으세요? 소문이란 건 본래 한 입 건너갈 때마다 늘어나는 거 아니겠어요?

0932 토끼다

◑본 뜻 재빠른 동물 '토끼'에 '-하다'가 붙어 이루어진 말이다. 토끼가 사람이나 적을 만나면 재빠르게 뛰어 도망가는 것에서 나온 말인데 그 과정에서 '토끼'라는 명사가 '토끼다'라는 동사로 바뀌었다.

↳ **바뀐 뜻** 주로 남학생들 사이에서 은어로 널리 쓰는 이 말은 '도망가다'는 뜻을 가진 말이다.

◉ **보기글** ● 야, 너 어제 그렇게 술을 먹고도 엄청나게 잘 토끼더라. 그래, 어디로 숨었니?

0933 **토를 달다**

👆**본 뜻** 흔히 한자에 토를 달았다고 하면 '天地'라는 한자에 우리말로 '천지'라고 쓴 것으로 알고 있는 사람이 많다. 그러나 한자의 우리말 소리는 '독음'이지 '토'가 아니다. '토'라 함은 한문을 읽을 때 그 뜻을 쉽게 알기 위하여 한문 구절 끝에 붙여 읽는 우리말로서 우리말의 조사에 해당한다. '토씨'라고 쓰기도 한다. −하야, −하고, −더니, −하사, −로, −면, −에 등이 토에 해당한다.

↳ **바뀐 뜻** 오늘날에 와서는 위에서 설명한 본래의 뜻보다는 얘기 중에 어떤 부분이 부족하다고 여기는 경우에 뒤에 덧붙여 하는 얘기를 가리키는 말로 널리 쓰인다.

◉ **보기글** ● 이 한시의 해석이 까다로운데 토만 좀 달아주시겠습니까?
● 넌 어른의 말씀 뒤에 무슨 토를 그렇게 장황하게 다느냐?

0934 **토사구팽**(兎死狗烹)

👆**본 뜻** 사마천의 『사기』에 나오는 말로서 '토끼를 잡으면 사냥개를 삶는다(狡兎死走狗烹)'는 뜻이다. '하늘 높이 나는 새가 다 없어지면, 좋은 활은 소용이 없게 되어 간직하게 된다(高鳥盡良弓藏)'와 같은 뜻이 담긴 말이다.

↳ **바뀐 뜻** 쓰임새나 일이 있는 동안에는 잘 이용하나 일이 끝나면 버림받게 됨을 이르는 말이다.

0935   ## 통틀어

☞본 뜻   사고자 하는 물건이 조금 남아 있을 때 '이거 통털어 얼마예요?' 하
는 말을 많이 쓴다. '통틀어'보다 '통털어'라고 많이 쓰는데, '통을 탈
탈 털어서'의 준말이 '통털어'라고 생각한 데서 온 결과인 듯싶다. 그
러나 표준말은 엄연하게 '통틀어'이다. 여기에서의 '통'은 '온통'의 뜻
이며, '틀다'는 어떤 것을 한 끈에 죽 엮어 맨다는 뜻이다.

↳ 바뀐 뜻   '어떤 물건이나 사물을 있는 대로 모두 합해서'라는 뜻을 가지고 있
는 말이다.

◉ 보기글   ● 이 참외 통틀어서 얼마에 주실래요?
● 이거 통틀어서 단돈 천 원만 내슈.
● 우릴 통틀어 경멸하는 소리는 삼가줘.

0936   ## 퇴고(推敲)

☞본 뜻   이 말에는 다음과 같은 유래가 있다. 중국 당나라 때 시인 가도(賈
島)가 말을 타고 가면서 시(詩)를 생각했는데, 그중에 '중이 달빛 아
래서 문을 두드린다'는 시구가 있었다. 거기에서 '문을 민다'는 '밀 퇴
(推)'를 쓸 것인가, 아니면 '문을 두드린다'의 '두드릴 고(敲)'를 쓸 것인
가 고심하던 중에 당대의 문장가 한유(韓愈)를 만났다. 그가 대뜸 한
유에게 묻자 한유는 한참을 생각하다가 '두드릴 고(敲)'를 쓰는 것이
좋겠다고 말했다. 이 일이 있은 후부터 지은 글을 고치는 것을 '퇴
고(推敲)'라고 하게 되었다. 여기 쓰인 '퇴'는 '추'로도 읽히기 때문에

'추고'라고도 한다.

⇆ 바뀐 뜻 글을 지을 때 시구를 여러 번 생각해서 자꾸 다듬고 고치는 일을
가리킨다. 퇴고, 추고 둘 다 쓰인다.

◎ 보기글 • 이번에 당선된 그 작품은 무려 스무 번이나 퇴고를 한 것이라더군.

0937 **퇴짜**[退字]

⬆ 본 뜻 조선시대에는 조정으로 올려 보내는 물건들을 일일이 점고했었다.
이때 물건의 질이 낮아 도저히 위로 올려 보낼 수 없으면 그 물건에
'退'자를 찍거나 써서 다시 물리게 했다. 그렇게 해서 돌려보낸 물건
을 가리켜 퇴짜 놓았다고 했다.

⇆ 바뀐 뜻 오늘날에 와서는 어느 정도 수준에 이르지 못하거나 마음에 안 들
어서 거부당하는 것을 일컫는 말로서, 사람이나 물건에 두루 쓰인
다. 물리치는 쪽에서는 '퇴짜 놓다', 물리침을 당하는 쪽에서는 '퇴
짜 맞다'고 한다.

◎ 보기글 • 이렇게 정교하게 만든 화문석이 왜 퇴짜를 맞았을까?
• 선보러 나가서 퇴짜 맞는 것처럼 기분 나쁜 일이 또 있을까?

0938 **퉁맞다**

⬆ 본 뜻 '퉁바리맞다'에서 나온 말이다. '퉁바리'란 본래 놋쇠로 만든 여자의
밥그릇을 말한다. 남편과 마주 앉아 이야기할 기회가 적었던 옛날
에, 밥상 앞에 앉은 여자가 그간 하고 싶었던 얘기들을 하는데 듣
는 도중에 그 말이 못마땅한 남편이 밥상에 놓인 퉁바리를 집어던
져 여자의 말을 끊었다는 데서 유래한다.

↪ 바뀐 뜻 　말하는 도중에 핀잔을 듣거나 매몰차게 거절당하는 것을 말한다.

◎ 보기글 　● 사장님 앞에서 공연히 겨울 휴가 얘기 꺼냈다가 본전도 못 찾고 퉁만 맞았네.
　　　　　● 왜 그렇게 부어 있니? 오늘도 누구한테 퉁맞았니?
　　　　　● 믿었던 친구에게 퉁맞을 줄은 생각도 못했다.

0939 　**트랜지스터**(transistor)

본　뜻 　트랜지스터는 본래 게르마늄·규소 따위의 반도체를 이용하여 전기
　　　　　신호를 증폭·발진하는 전자 장치를 말한다. 진공관에 비해서 작고
　　　　　가벼우며, 전력의 소비가 적고, 라디오·텔레비전·전자계산기·계측기
　　　　　등으로 널리 이용된다.

↪ 바뀐 뜻 　종전에 진공관을 쓰던 큰 라디오 대신에 트랜지스터를 이용한 소형
　　　　　라디오가 나오자 이를 가리키는 말로 널리 쓰였다. 이것은 어떤 특
　　　　　수한 전자 장치를 뜻하는 명사가 그것이 사용된 사물의 이름으로
　　　　　전이된 경우라 할 수 있겠다.

◎ 보기글 　● 엄마, 트랜지스터 어디에 두셨어요?

0940 　**트집 잡다**

본　뜻 　한 덩이가 되어야 할 물건이나, 뭉쳐야 할 물건의 벌어진 틈을 가리켜
　　　　　'트집'이라 한다. 이 말이 나온 유래는 이러하다. 갓은 원래 통영이 유
　　　　　명하지만 선비들이 쓰고 다니다 보면 구멍이 나기 쉬운데 이를 수선
　　　　　하는 기술은 안성장 내 기술자들의 솜씨가 뛰어났던 듯하다. 특히 안
　　　　　성 도구머리[道基洞] 지역이 갓 수선으로 유명한데, 기술자들이 갓을
　　　　　수선하면서 흠이 난 트집을 많이 잡아 수선비를 비싸게 타낸 데서 이

말이 나왔다고 한다. 이후 시비를 걸거나 트집을 잘 잡는 사람을 보면 '이놈이 도구머리에서 왔나?'라는 말까지 생겼다.

↳ 바뀐 뜻 공연히 조그마한 흠집을 잡아내어 말썽을 일으키는 일을 가리키는 말로 뜻이 확대되었다.

◎ 보기글 ● 이번에 트집 잡히면 영원히 기회는 없는 거니까 최선을 다해서 잘해봐. 우리 엄마, 생각보다는 화통한 분이시니까 자기가 솔직하고 패기 있는 모습으로 나오면 아마 허락하실 거야.

0941   **티오**(table of organization)

⌂ 본   뜻 조직표, 인원 편성표를 가리키는 말이다.

↳ 바뀐 뜻 정원이 다 차지 않아 비어 있는 자리를 뜻하는 말로 널리 쓰인다.

◎ 보기글 ● 시험지 채점하는 채점 요원 티오 남은 거 있니?

0942   파경(破鏡)

본 뜻   파경은 글자 그대로만 보자면 거울을 깨뜨린다는 뜻이다. 부부가 좋지 않은 일로 결별하거나 이혼하는 것을 가리키는 말로 알고 있는 경우가 많은데, 본래는 헤어진 부부가 다시 합칠 것을 기약하는 의미를 담고 있는 말이다. 옛날 중국 진나라가 수나라한테 망할 즈음의 일이다. 진나라의 관리였던 서덕언(徐德言)이란 자가 헤어지게 될 아내에게 두 쪽으로 깨뜨린 거울의 한 쪽을 주며 말했다. "수나라가 쳐들어오면 우린 필시 헤어지게 될 터이니 우리 서로 이 깨진 거울을 증표로 가집시다. 내년 정월 대보름에 장안의 길거리에 내다 팔면 기필코 내가 그대를 만나러 가리다." 이듬해 정월 대보름 날 서덕언은 장안에서 어떤 노파가 깨진 거울을 팔고 있는 것을 보았다. 서덕언이 품에 품고 있던 거울 반쪽을 맞춰보니 딱 들어맞았다. 그는 깨진 거울의 뒷면에 자기 심경을 쓴 시를 적어 그 노파 편에 보냈다. 그의 아내는 수나라의 노예가 되어 성밖으로 나올 수가 없었던 것이다. 이 애틋한 소식을 들은 수나라의 귀족이 그녀를 풀어주어 두 사람은 드디어 재결합을 하게 되었던 것이다. 이처럼 파경은 헤어질 때 다시 만날 것을 언약하는 징표였던 것이다.

바뀐 뜻   오늘날에 와서는 본뜻과는 정반대로 부부의 금실이 좋지 않아 이별하게 되는 일, 즉 이혼을 뜻하는 말로 쓰인다.

보기글   • 파경까지 가기 전에 미리 막을 수 있으면 막아야지.
            • 그 부부는 신혼 초부터 싸우더니 급기야는 이혼이라는 파경을 맞게 되었다.

0943 파국(破局)

🖐️본 뜻   연극에서 쓰는 용어로서 비극적인 종말을 이루는 부분을 '파국'이라 부른 데서 유래했다.

🔄바뀐 뜻   일이 좋지 않게 끝났을 때나 일이 결판나는 판국을 가리킨다.

⊙보기글
- 사랑의 도피행각을 벌였던 그 여자와 그 남자는 끝내 파국을 맞이했다고 하더군.
- 두 남자 사이에서 방황하던 그녀가 자살함으로써 그 오래되고 애잔한 삼각관계는 파국을 맞게 되었지.

0944 파문(波紋)

🖐️본 뜻   잔잔한 물 위에 돌멩이를 던지면 수면에 잔물결이 일면서 그 물무늬가 옆으로 퍼지는 것이나, 바람 때문에 물결이 잘게 이는 것을 가리킨다.

🔄바뀐 뜻   어떤 일로 인하여 주변에 영향을 끼치거나 다른 데에 문제를 일으키는 것을 말한다.

⊙보기글
- 너의 근무지 무단 이탈이 가져온 파문에 대해서 어떻게 생각하나?

0945 파일럿(pilot)

🖐️본 뜻   파일럿이라는 말은 본래 그리스어로 배에서 쓰는 '노(櫓)'를 뜻하는 말이다. 파일럿은 이처럼 배의 길을 안내하는 '수로(水路) 안내인'을 가리키는 말이었다.

🔄바뀐 뜻   옛날의 중요한 교통수단이었던 배를 안내하는 사람을 가리키던 이 말이 비행기가 대중화된 오늘날에는 항공기 조종사를 가리키는 말로 쓰임새가 판이하게 달라졌다.

II

파경 · 파국 · 파문 · 파일럿

0946 파죽지세(破竹之勢)

본 뜻 중국의 삼국시대에 천하를 통일한 진나라가 오직 오나라 정복만을 남겨두고 있을 때의 이야기이다. 당시 진나라의 장군 두예는 오나라 공격에 나서 싸울 때마다 승리해 오나라 정복을 눈앞에 두게 되었다. 그런데 때마침 큰 홍수가 나서 강물이 크게 불어났다. 이에 부하들이 일단 후퇴하여 겨울에 다시 진격하자는 의견을 냈다. 그러나 두예 장군은 쩌렁쩌렁한 목소리로 이렇게 선언하였다. "지금 우리는 분명히 승세를 타고 있다. 마치 대나무를 쪼갤 때 칼을 대기만 해도 대나무가 쭉쭉 쪼개지는 그러한 상태인 것이다. 지금의 시기를 놓쳐서는 안 된다." 그러고는 군사를 몰아 그대로 공격에 나섰다. 아니나 다를까 진나라 군대는 연전연승, 드디어 오나라를 완전히 정복하게 되었으며 천하통일의 대업을 이루게 되었다.

바뀐 뜻 세력이 강대하여 적(敵)을 거침없이 물리치고 쳐들어가는 기세를 이르는 말이다.

● 보기글 • 공을 잡은 차범근은 상대 팀의 골문을 향해 파죽지세로 몰고 들어갔다.
• 기선을 잡은 아군은 파죽지세로 적진을 돌파했다.

0947 파천황(破天荒)

본 뜻 천황(天荒)이란 천지가 아직 열리지 않은 때의 혼돈 상태를 가리키는 말이다. 그러므로 파천황이라 하면 혼돈 상태를 깨뜨리고 새로운 세상을 만든다는 뜻이다. 중국 당나라 형주 지방에서 과거의 합격자가 없던 당시를 천황이라고 하였는데 유세(劉蛻)라는 사람이 처음으로 합격하여 이 같은 혼돈의 상태를 깼다는 데서 유래한 말이다.

↳ **바뀐 뜻** 전에는 아무도 한 적이 없는 큰일을 처음 시작하는 것을 말한다. 비슷한 말로는 미증유, 전대미문 등이 있다.

◉ **보기글** • 우주 에너지를 이용해서 전기를 일으킨다는 것은 파천황의 일이다.
 • 그가 시작한 새로운 통일운동은 가히 파천황의 일이라고 할 수 있다.

0948　**파투**(破鬪)

☝ **본　뜻** 노름의 일종인 화투 놀이에서 패가 맞지 않거나 그 밖의 다른 이유로 판이 깨지는 것을 '파투 났다'고 한다. '파투(破鬪)'는 글자 그대로 화투판이 깨진다는 뜻이다. 이것을 흔히 '파토 났다' '파토 쳤다'고 하는 것은 틀린 표현이며, '파투 내다' '파투 났다'고 해야 바른 표현이다.

↳ **바뀐 뜻** 화투 칠 때 화투의 장수가 부족하거나 차례가 어긋나서 그 판이 무효가 되는 일을 가리킨다. 또는 일이 잘못되어 흐지부지됨을 비유적으로 이르는 말이다.

◉ **보기글** • 이번 판은 한 장이 담요 밑으로 빠지는 바람에 파투가 나버렸네.
 • 패가 잘 들어오지 않았다고 고의로 파투 내면 안 돼.
 • 일이 순조롭게 풀리나 했더니 결정적인 순간에 한 사람이 발을 빼는 바람에 파투가 나버렸네.

0949　**파행**(跛行)

☝ **본　뜻** 두 다리로 온전히 걷지 못하고 절뚝거리며 걸어가는 것을 이르는 말이다.

↳ **바뀐 뜻** 어떤 일이 순조롭고 원만하게 진행되지 않고 균형이 깨어진 상태로 진행되는 것을 일컫는다.

● 지난번 지하철 파업 수습이 파행적으로 이루어져서 문제가 많았지, 아마.
● 경기가 심한 인플레로 파행을 보이고 있다.
● 4월 임시국회가 야당의 특검 주장으로 파행을 겪으면서 추경예산과 방송법 등을 처리하지 못하고 소득 없이 끝나고 말았다.

0950   **판에(版-) 박다**

🔖 **본 뜻**   우리나라 고유의 음식 중에 떡이나 다식(茶食) 종류는 떡살이나 다식판에 박아서 일정한 모양을 만들었다. 이렇게 다식판에 박아서 만들면 그 모양이 똑같게 나오기 때문에 '판에 박은 듯하다'는 말이 나왔다.

🔄 **바뀐 뜻**   여럿이 한판에 박아낸 것처럼 그 모양이 똑같은 경우를 일컫는 말이다.

● **보기글**   ● 정희는 얼굴이 제 어머니를 판에 박았더군.

0951   **팔등신(八等身)**

🔖 **본 뜻**   '에이트 헤드 피겨(eight-head-figure)'를 직역한 말로서 키를 얼굴 길이로 나누었을 때 8이 되는 신체구조이다. 이런 비율일 때 신체가 가장 조화를 잘 이룬다고 한다.

🔄 **바뀐 뜻**   팔등신은 본래 성(性) 구분이 없는 말이었는데, 오늘날은 주로 균형 잡힌 몸매를 가진 잘생긴 미녀를 가리키는 말로만 쓰인다.

● **보기글**   ● 팔등신 미인만이 대접받는 시대는 이미 지났다.

0952   **팔만대장경(八萬大藏經)**

🔖 **본 뜻**   합천 해인사 장경각에 보관되어 있는 대장경 경판의 수가 8만 1258

장이라서 붙은 이름이다. 페이지로는 대략 33만 면, 300면짜리 책으로는 1천 권이 넘는 방대한 규모. 팔만대장경은 석가모니가 불도 수양의 원리 원칙들과 방도를 설교한 '경장'과, 스님들의 도덕 및 생활규범을 규제한 '윤장', 그리고 후세의 불교학자들이 부처의 교리를 연구해석한 부분인 '논장' 등 3장을 기본으로 하여 역사, 전기, 어문, 서지, 목록 등으로 구성되어 있다.

↳ 바뀐 뜻   8만 권의 경전을 일컫는 말로 알기 쉬우나, 사실은 불경을 새긴 목판의 수효가 8만여 장이란 데서 나온 이름이다. 고려 때 몽골의 침입을 막고 국난을 이겨내는 지혜를 얻고자 국력을 모아 만들었던 우리 겨레의 자랑스런 유산이다.

◉ 보기글   ● 팔만대장경을 마주하고 있노라면 목판 8만 장에 한 자 한 자 불경을 새겨 넣으며 국난극복을 염원했던 우리 선조들의 마음이 아릿하게 스며든다.

0953   **팔자**(八字)

🏛본 뜻   팔자란 사람이 태어난 연월일시를 간지로 계산한 여덟 글자다. 한 사람이 타고난 연월일시를 사주(四柱)라 하고, 이 사주를 각각 간(干)과 지(支)로 표기하면 여덟 글자가 되는데 그것을 팔자라 한다. 예를 들어 '갑자년 을축월 병인일 정묘시'일 경우 사주를 이루고 있는 간지가 甲子, 乙丑, 丙寅, 丁卯의 여덟 자가 된다. 이 여덟 개의 간지 조합을 역학에 의거해 해석한 것을 그 사람의 타고난 운명이라 얘기한다.

↳ 바뀐 뜻   한 사람이 타고난 일평생의 운수를 가리키는 말이다.

◉ 보기글   ● 그 사람은 팔자가 어찌나 드센지 단 하루도 집에서 쉴 날이 없어요.
     ● 팔자 타령 하지 마. 세상 모든 일은 다 자기 하기 나름이지, 팔자는 무슨 팔자? 그런 전근대적인 얘기는 이제 접어둘 때도 되지 않았어?

0954 **패러다임**(paradigm)

🔖**본 뜻** 원래 의미는 사례(事例)라는 뜻이다. 어떤 요인에서 다양하면서도 한
편 서로 무관한 듯한 사례가 나타나는 경우, 그 연쇄계열(連鎖系列)
이 패러다임이다.

🔄**바뀐뜻** 오늘날은 위의 뜻에서 더 나아가 다양한 관념을 서로 연관시켜 질
서 있게 하는 구조를 일컫는 개념으로 쓰인다.

◉**보기글** • 뉴턴에서 시작된 근대 과학의 패러다임은 이제 더 이상 그 영향력을 행사하지 못하
고 있다. 21세기는 분명 새로운 패러다임이 요구되는 시대이다.

0955 **패설**(稗說)

🔖**본 뜻** 돌피를 한자로 패(稗)라 하는데, 이것은 곡식 중에 가장 비천한 것이
기 때문에 붙여진 이름이다. 늙은이가 잡문을 즐겨 쓰는 것이 마치
돌피와 같다 하여 그 기록한 것을 패설(稗說)이라 하였다.

🔄**바뀐뜻** 세상에 떠돌아다니는 교훈적이고 세속적인 기이한 내용의 이야기
를 가리키는 말로 '패관소설(稗官小說)'이라고도 한다.

◉**보기글** • 요즘은 소설이 고도의 정신적 산물이라고 여겨지는 데 반해 옛날에는 소설을 아주
천한 일로 여겼다는 것이 패설이라는 그 명칭에서도 드러나고 있지.

0956 **평등**(平等)

🔖**본 뜻** 이 말은 본래 불교에서 쓰는 '사마냐(samnya)'라는 산스크리트어를 한
자로 옮겨놓은 것이라고 한다. 부처님은 모든 법의 평등한 진리를
깨달아 아는 이라는 뜻으로 평등각(平等覺)이라 하는가 하면, 염라

대왕은 사람을 차별 없이 재판하여 상과 벌을 공평하게 주는 왕이라는 뜻으로 평등왕(平等王)이라 부르기도 한다. 이처럼 불교의 평등이라는 말은 만법의 근본이나 세상 모든 만물의 본성은 차별 없이 고르고 한결같다는 뜻으로 쓰는 말이다.

↰ **바뀐 뜻** 근대 일본인들이 영어의 '이퀄리티(equality)'를 일본어로 번역할 때 불교용어인 평등을 그대로 가져다 쓴 데서부터 이 말이 정치적·사회적 용어로 바뀌게 되었으며, 우리나라에서도 그 번역을 그대로 들여와 쓰게 된 것이다. 사회적 용어로 쓰이는 '평등'은 인간이 가지고 있는 권리, 의무, 자격 등에 차별이 없는 상태를 가리키며 오늘날 민주주의의 기본 이념을 이루고 있다.

◐ **보기글** • 자유, 평등, 박애가 프랑스 대혁명의 구호였던가?
　　　　　 • 그는 평등이 만민이 누려라 할 권리라고 외쳤다.

0957　**폐하(陛下)/전하(殿下)/마하(摩下)/휘하(麾下)/각하(閣下)/합하(閤下)**

☝**본　뜻** 폐하(陛下); 본래 궁전으로 오르는 섬돌 층계의 아래라는 뜻으로, 천자나 황제를 가리키는 말이었다. 현대의 호칭들이 대부분 상대방을 높여 부르는 방식으로 만들어진 것인 데 반해, 옛날의 호칭들은 부르는 사람 자신을 낮추어서 만들어진 것이 대부분이다.

전하(殿下); 같은 이치로 황태자와 왕(王)을 가리킨다. 전은 정사를 보는 전각이다.

마하(摩下)·휘하(麾下); 대장을 가리킨다. '마'와 '휘'는 대장이 머무는 본영에 꽂는 깃발이다.

절하(節下); 사신을 가리킨다. 절은 나라를 대표하는 사신임을 증명하는 상징이다.

485

각하(閣下); 녹으로 2천 석을 받는 이천석장리(二千石長吏)에 대한 호칭이다. 각은 건물을 나타낸다.

합하(閤下); 정승을 가리킨다. 합은 정승들이 정사를 보는 다락방이 달린 문을 가리킨다. 홍선대원군 이하응을 합하라고 호칭한 기록이 있다. 줄여서 합이라고도 부른다.

⇆ 바뀐 뜻　요즘에는 쓰지 않는 말이 대부분이지만 이 가운데 휘하는 아직도 더러 쓰이기도 한다. 이 경우 누구의 부하라는 의미가 된다. 또 박정희 전 대통령과 전두환 전 대통령 시절에 대통령을 가리키는 호칭으로 각하가 쓰인 적이 있으나 지금은 사라졌다.

◎ 보기글　● 각하라는 표현은 군인 출신 대통령들이 좋아했었지.

0958　푸념

☝본　뜻　'푸념'은 우리나라 무속(巫俗)신앙에서 온 말로서, 무당이 굿을 할 때 신의 뜻이라 하여 그 굿을 청한 사람에게 꾸지람을 해대는 말을 가리킨다. 푸념은 보통 죽은 자의 혼령이 그의 억울한 심경이나 가슴에 맺힌 한을 늘어놓고 그것을 풀어 달라는 내용으로 되어 있다.

⇆ 바뀐 뜻　무속에서 쓰던 특수용어가 일상생활에서 쓰이기 시작하면서 마음속에 품은 불평이나 생각을 길게 늘어놓는 것을 가리키게 되었다.

◎ 보기글　● 하루 종일 푸념한다고 못 가게 된 여행을 가게 된다니? 좋은 소리도 열 번 들으면 싫다는데, 똑같은 푸념을 열댓 번도 더 듣고 있자니 정말이지 괴롭구나.

0959　푸닥거리

☝본　뜻　시베리아 에벤키어로 '장애'라는 뜻이다. 푸닥거리라고 하면 곧 장

애를 없애주는 굿이라는 의미다.

🔄 **바뀐 뜻**   무당이 간단하게 음식을 차려 놓고 잡귀를 풀어먹이는 굿을 푸닥거리라고 한다. 시베리아에서 무당을 가리키는 말은 샤먼이고 우리말의 무(巫)와 격(覡)을 합친 말이다. 요즘에는 무슨 일을 하면서 지나치게 요란을 떨거나 군대에서 단체로 기합을 주는 것을 가리켜 푸닥거리한다고 표현하기도 한다.

🔘 **보기글**   ● 옛날 군대에서는 저녁마다 푸닥거리를 해야만 편하게 잠을 잘 수 있었다.

0960   # 푼돈

📖 **본 뜻**   '푼'이란 옛날의 화폐단위로서 돈 한 닢을 가리키는 말이다. 한 냥 두 냥 할 때 한 냥의 10분의 1이 한 푼이다. 지금으로 얘기하자면 10원 정도이다. 이처럼 아주 적은 돈의 액수를 푼이라 하는데, 거지들이 손을 내밀며 '한 푼만 줍쇼!' 하는 것을 연상하면 쉽게 이해가 갈 것이다. 이 밖에 '무일푼'이라는 말도 자주 쓰는데 '무일푼' 또한 한 푼도 없는 경우를 가리키는 말이다. 여기에서 나온 '푼돈'은 곧 한 냥이 채 못 되는 정도의 아주 적은 '돈'을 가리키는 말이다.

🔄 **바뀐 뜻**   많지 않은 몇 푼의 돈을 가리키는 말이다.

🔘 **보기글**   ● 푼돈이 모여서 목돈이 되는 것이지, 처음부터 목돈을 모으는 사람이 어디 있다더냐?
      ● 푼돈을 대수롭지 않게 생각하는 사람은 분명 푼돈 때문에 울게 될 것이니 푼돈을 우습게 보지 말거라.

0961   # 푼수[分數]

📖 **본 뜻**   정도, 됨됨이, 비율을 뜻하는 말이다.

흔히 사물을 분별할 만한 지혜가 없다는 뜻으로 '푼수데기'나 '푼수'라는 말을 쓰는데 이는 잘못 쓰고 있는 것이다. 사물을 분별할 줄 아는 지혜는 '분수'라 하고, 지혜나 분별력이 없는 것을 얘기할 때는 '분수 없다'고 해야 한다.

◎ 보기글
• 그 술의 푼수는 어느 정도냐?
• 그 사람 푼수가 어떠하냐?

0962 **품**

⌂ 본 뜻 모양이나 동작, 됨됨이 등을 나타내는 말이다.

↪ 바뀐뜻 흔히 영어의 폼(form)과 혼동해서 쓰는데, 뜻은 비슷하다 할지라도 말이나 문장에서 쓸 때는 우리말 '품'이 훨씬 더 풍부하고 정확한 의미를 나타낸다.

◎ 보기글
• 그 사람은 젊은 사람이 말하는 품이 그만하면 되었다.
• 씩씩하고 당당하게 걷는 품이 아주 보기 좋구나.
• 도끼눈을 뜨고 대드는 품이 전에 보지 못하던 딴사람같이 살기가 등등하다.

0963 **풍비박산**(風飛雹散)

⌂ 본 뜻 우박이 바람을 타고 사방으로 날아가 산산이 깨지고 흩어지는 것을 가리키는 말이다.

↪ 바뀐뜻 일이나 사물이 형체도 알아볼 수 없이 망가지고 흩어지는 것을 말한다. 흔히 '풍지박산'으로 잘못 쓰는 경우가 많은데 '풍비박산'이 맞는 말이다.

◎ 보기글
• 아버지가 돌아가시고 어머니도 어디론가 나가시자 아이들만 남은 집은 그야말로 풍비박산이 되었다.
• 전쟁이 나자 황해도의 대지주였던 아버지의 집은 순식간에 풍비박산이 되었다고 했다.

488

0964 프로테지

본 뜻 '프로테지'는 포르투갈어인 '프로센토'와 영어의 '퍼센티지'가 뒤섞여서 된 말이다. 그러므로 '프로테지'란 말은 터무니 없는 합성어인 셈이다.

바뀐 뜻 전체 수량을 백(百)으로 그것에 대해 가지는 비율을 나타내는 단위인 퍼센트(%)로 표시되는 백분율을 말하는데 정확한 용어는 '퍼센티지'이다. 또한 퍼센트(%)는 퍼센티지를 나타내는 기호이고, 퍼센티지는 '%로 표시되는 백분율을 가리키는 말이므로 구별해서 쓸 줄 알아야 한다.

보기글 ● 이번에 나간 우리 프로그램을 본 시청자 퍼센티지가 어느 정도야?

0965 프롤레타리아(prolétariat)

본 뜻 고대 로마의 프롤레타리우스에서 유래된 말이다. 프롤레타리우스는 정치적으로 권한도 없고 병역 의무도 가지지 않는 무산자를 일 컫는 말이었다.

바뀐 뜻 자본주의 사회에서 생산 수단을 소유하지 못한 채, 자신의 노동력을 상품으로 삼아 자본가에게 제공하는 것으로써 생계를 꾸려가는 임금 노동자 계급을 말한다.

보기글 ● 나 같은 프롤레타리아가 어떻게 감히 너 같은 부르주아랑 어울릴 수 있겠니?

0966 프리마(Frima)

본 뜻 프리마는 커피 회사인 맥스웰 하우스 사에서 나온 커피 크림의 상표명이다. 이 상표명이 커피에 타는 커피 크림 전체를 가리키는 일반명사처럼 쓰이고 있다.

⇲ 바뀐 뜻　프리마는 시중에 판매되고 있는 커피 크림 중의 하나일 뿐, 커피 크림을 가리키는 일반명사가 아니다. 그러므로 커피집에서 '프리마 주세요' 라고 주문하는 것은 잘못된 것이다. 그럴 때는 프리마 대신에 '커피 크림'이란 일반명사를 써야 한다.

◎ 보기글　• 커피 크림이 맞는 말이라는 걸 알면서도 자꾸 프림, 프림 하게 된단 말이야.

0967　피로 회복(疲勞回復)

⌂ 본　뜻　글자 그대로 보자면 지금은 존재하지 않는 피로를 회복시켜준다는 의미이니 피로한 상태를 계속 지속시켜준다는 뜻이다. 그러나 일상생활에서는 이 말이 엉뚱하게도 피로를 없애주고 건강을 회복시켜준다는 의미로 널리 쓰이고 있다.

⇲ 바뀐 뜻　현재 쓰이고 있는 관용구에 나타나는 이런 예들을 들자면 한두 가지가 아니다. '문 닫고 들어와라' '문 닫고 나가라' '너 왜 그렇게 칠칠맞니?' 등이 모두 잘못 쓰이는 예들이다. 이렇게 잘못 쓰이고 있는 말들을 관용구라고 묵인하면서 그대로 쓸 것이 아니라 건강 회복, 피로 제거 등으로 바르게 고쳐 써야 한다.

◎ 보기글　• 피로 회복에는(→ 피로 제거에는) 뭐니뭐니 해도 푹 자는 게 최고야.
　　　　　• 피로 회복제로는(→ 피로 제거제는) 삼선제약에서 나온 삼선 드링크가 좋습니다.

0968　피로연(披露宴)

⌂ 본　뜻　'피로(披露)'란 어떤 일을 일반에게 널리 알린다는 뜻으로, 피로연이라 하면 결혼이나 회갑 등 경사스런 일을 알리기 위해 베푸는 잔치를 말한다.

↳ **바뀐 뜻** 피로연이란 말은 피곤하다 할 때의 '피로'와 소리가 같아 어감이 좋지 않으므로 순수한 우리말인 '잔치'를 쓰면 좋을 듯싶다.

◉ **보기글** ● 결혼 피로연을 행복회관에서 한다고 하는데 어디에 있는지 찾을 수가 있어야지.

0969 **피맛골**

⌂ **본 뜻** 서울시 종로구 166번지 일대 종로 1가 교보문고 뒤쪽에서 종로 6가까지 이어지는 좁은 골목길을 가리키는 지명으로, 『서울지명사전』에 따르면 말을 피한다는 뜻의 '피마(避馬)'에서 유래됐다고 한다.

↳ **바뀐 뜻** 피맛[血味]으로 오해하는 경우가 있어 싣는다.

◉ **보기글** ● 피맛골에 간다고 피맛을 보는 건 아니다. 그냥 마을 이름일 뿐이다.

0970 **하드보일드**(hard-boiled)

⌂본 뜻 하드보일드는 말뜻만 보자면 계란을 아주 삶는다는 뜻이다. 반숙 계란처럼 말랑말랑하면서 어느 정도의 수분을 간직하고 있는 것이 아니고, 완전히 삶은 계란처럼 빡빡하고 물기가 하나도 없는 건조한 상태를 가리키는 말이다.

⇆바뀐 뜻 예술 작품에서 냉혹·비정한 수법으로 표현하는 것을 가리키는 말이다. 문학 부문에서는 1930년대 미국 문학에 등장한 새로운 사실주의 경향을 말하는 것으로서, 되도록이면 형용사를 쓰지 않는 건조하고 속도감 있는 문체에 거칠고 상스러운 회화를 그대로 도입하는 것 등이 특징이다. 헤밍웨이, 더스패서스 등이 대표적인 작가이다.

◉보기글 ● 편식하는 게 몸에 좋지 않듯이, 문학작품도 너처럼 하드보일드 소설만 읽으면 정신 건강에 좋지 않을걸.

0971 **하루살이**

⌂본 뜻 흔히 하루만 사는 날벌레로 알고 있는 하루살이의 실제 수명은 여러 날이며, 유충 상태에서는 수년간 물속에서 살므로 이름처럼 생명이 짧지 않다.

⇆바뀐 뜻 저녁 무렵에 떼지어 날아다니는 날벌레를 가리키기도 하지만, 일상생활에서는 흔히 생활이나 목숨의 덧없음을 비유하는 말로 널리 쓰인다.

◎ 보기글 · 전쟁이 일어나면 그땐 누구나 하루살이 목숨이지 뭐.

· 일정한 직업도 없이 이리 붙고 저리 붙어서 먹고사는 하루살이 인생을 언제나 마감할래?

0972 **하룻강아지**

☝ **본 뜻** 원래는 '하릅강아지'가 맞는 말이다. 우리말에는 짐승의 나이를 셀 때 사용하는 특수한 수사가 있다. 하릅·두습·사릅·나릅 등이 그것인데, 하릅강아지는 곧 한 살짜리 강아지를 뜻하는 말이다. 짐승의 나이는 하릅(1살), 두습(2살), 사릅(3살), 나릅(4살), 다습(5살), 여습(6살), 이릅(7살), 여듭(8살), 아습(9살), 담불(열릅, 10살), 두 담불(20살)로 부른다.

⇆ **바뀐 뜻** '하룻강아지 범 무서운 줄 모른다'는 속담에 쓰이는 이 하룻강아지를 흔히 태어난 지 하루밖에 안 된 강아지로 알고 있는 경우가 많다. 실제로는 태어난 지 1년이 안 된 어린 강아지를 가리키는 말이다. 사회적 경험이 적고 얕은 지식만을 가진 어린 사람을 놀림조로 이르는 말이기도 하다.

◎ 보기글 · 강아지가 태어난 지 1년쯤 됐으면 거의 다 큰 거 아닌가요?

· 하룻강아지 주제에 큰소리치는 꼴이라니!

0973 **하야**(下野)

☝ **본 뜻** 도시에서 시골로 내려간다는 뜻이다.

⇆ **바뀐 뜻** 관직에서 물러나는 것을 일컫는 말이다.

◎ 보기글 · 4·19혁명은 이승만 대통령의 하야로 일단락을 맺었다.

· 이승만 대통령이 하야한 뒤 허정 과도정부가 들어섰다.

하염없다

🔖 **본 뜻**   동사 '흐다'의 명사형인 '흐욤'이 변해서 된 말이 '하염'이다. 그러므로 본래는 '하는 것이 없다'는 뜻이다.

🔄 **바뀐 뜻**   시름에 싸여 멍하니 아무 생각이 없거나 끝맺는 데가 없는 상태를 뜻하는 말이다. 시간의 양을 가리키는 '한이 없다'와는 다르다.

◎ **보기글**   ● 마루 끝에 나와 앉은 옥이는 하염없이 먼 산만 바라보고 앉아 있다.
       ● 고향에 계신 엄마 생각을 하니 하염없이 눈물만 흐른다.

하코방(はこ房)

🔖 **본 뜻**   하코(はこ)는 상자, 궤짝 등을 가리키는 일본어인데 여기에 방(房)이 합쳐진 말이다. 그러므로 하코방은 '상자 같은 방, 궤짝 같은 방'이란 뜻이다.

🔄 **바뀐 뜻**   판자로 벽을 만들어 마치 궤짝같이 지은 허술한 판잣집을 가리키는 말이다. 6·25 직후만 해도 많은 사람들이 이런 집에서 살았다. 지금은 빈민촌이나 달동네 등지의 작고 허름한 집을 가리켜 하코방이라 부르기도 한다.

◎ **보기글**   ● 달동네 하코방만 전전하다가 비록 임대 아파트지만 내 집을 마련하고 나니 세상을 다 얻은 것 같구나.

학을 떼다

🔖 **본 뜻**   모기가 옮기는 여름 전염병인 말라리아를 '학질'이라고 한다. 학을 뗀다는 것은 죽을 뻔했던 '학질에서 벗어났다'는 뜻이다. 무시무시한 열병인 학질은 높은 열에 시달리는 것이 특징인데 높은 열이 나

면 자연히 땀을 많이 흘리게 되므로, 어려운 곤경에 처했을 때 진땀을 빼는 것에 비유한 것이다.

↳ 바뀐 뜻 괴로운 일이나 진땀 나는 일을 간신히 모면하거나 벗어나는 것을 가리킨다.

◉ 보기글
- 선을 보는데 신랑 어머니가 어찌나 꼬치꼬치 묻던지 학을 떼겠더라고.
- 전화 걸지 말라는데도 밤낮없이 전화를 하는데 아주 학을 떼겠에!

0977 **한 손**

본 뜻 물건 두 개를 한 단위로 세는 것을 말한다. 본래는 생선뿐만 아니라 배추, 미나리 등을 두 개로 묶어 세는 단위로 쓰이던 것이 오늘날에 와서는 생선 두 마리를 세는 단위로만 쓰인다. 배추나 미나리 등의 채소는 짚으로 묶어서 '한 단'이라는 단위를 쓴다.

↳ 바뀐 뜻 보통 큰 것 하나, 작은 것 하나를 한 손에 쥘 수 있다고 하여 한 손이라고 한다. 생선을 소금에 절인 자반 같은 것은 내장을 다 빼고 큰 고기 안에 작은 것을 넣어 '굴비 한 손' '고등어 한 손'이라고 부른다.

◉ 보기글
- 얘야, 오늘 장에 가거든 굴비 한 손만 사 오너라.
- 고등어 한 손에 얼마예요?

0978 **한가위**

본 뜻 추석을 달리 이르는 '한가위'란 말은 '크다'는 뜻을 가진 '한'과 가운데라는 뜻을 가진 '가위'가 합쳐진 말이다. '가위'란 한 달의 가운데, 즉 '보름'이란 뜻이니 한가위란 '큰보름'이란 뜻이다. 보름 중에서도 큰 보름이 두 개 있는데 그중 하나가 농사일을 시작할 때 치르는

'정월 대보름'이고 또 하나가 농사일을 거두는 때인 '팔월대보름', 즉 '추석'이 있다. 그중에서도 곡식을 거둔 다음 그 풍요로움을 기리는 한가위를 가장 큰 보름으로 친다.

↳ 바뀐 뜻 음력 팔월보름, 즉 추석 명절을 이르는 말이다.

◎ 보기글 ● 더위도 가시고 햇곡식이 나서 곳간도 마음도 풍요로운 한가위 무렵이야말로 1년 중 가장 좋을 때지.

0979   **한눈팔다**

본 뜻 한눈은, 당연히 볼 데를 보지 않고 딴 데를 보는 눈이라는 뜻이다.

↳ 바뀐 뜻 볼 곳을 보지 않고 딴 곳을 보는 것이나, 일을 하다 말고 다른 일에 관심을 갖거나 빠지는 것을 말한다.

◎ 보기글 ● 당신, 지금 그림은 보지 않고 어디에 한눈을 팔고 있는 거예요?
● 컴퓨터니 기타니 그런 데다 한눈을 팔고서야 어디 제대로 공부가 되겠니?

0980   **한량(閑良)**

본 뜻 조선시대에 무과(武科)에 급제하지 못한 무반(武班)의 사람들을 가리키던 말이었다. 그들은 무과에 응시하기 위해 무예를 연마한다는 핑계로 산천경개 좋은 데로 창칼이나 활을 들고 다니면서 놀기에 열중하던 사람들이었다.

↳ 바뀐 뜻 오늘날에는 하는 일 없이 돈 잘 쓰고 놀러 다니기 좋아하는 사람을 가리키는 말로 쓰인다.

◎ 보기글 ● 네가 무슨 한량이라고 그렇게 놀러 다니기만 하나?
● 그 사람을 보니 한량이 따로 없더구먼, 젊은 사람이 일할 생각은 않고 아버지가 물려준 재산으로 판판이 놀기만 하니 말야.

0981 한성(漢城)

본 뜻 조선시대에 서울을 한성부(漢城府)라 부른 데서 이 말이 조선시대에 생긴 말인 줄로 알고 있는 사람들이 많다. 그러나 서울을 한성으로 부른 기록은 백제까지 거슬러 올라간다. 『삼국사기』에 따르면 백제 온조왕은 즉위 13년째인 기원전 6년에 한강 연안을 둘러보고 도읍을 정할 계획을 세웠다. 그가 이듬해 정월에 그곳에 국도를 정하고 한성(漢城)이라 부른 데서 유래했다.

바뀐 뜻 한성이란 지명이 중국에서 따온 것이라고 생각하는 사람들이 많으나, 사실은 우리나라 삼국시대부터 써오던 지명이었다. 한성이란 곧 오늘날의 수도 서울을 의미하는 한문 표기다.

보기글
• 옛날 조선시대의 한성판윤은 오늘날의 서울시장에 해당되는 자리다.
• 한성이 한양이 되고 한양이 서울이 된 것인가?

0982 한약 한 제(劑)

본 뜻 제(劑)는 탕약 스무 첩을 일컫는 말이다.

바뀐 뜻 이 말은 뜻이 바뀐 것이 아니라 널리 잘못 쓰이고 있는 말이기에 여기 실었다. 흔히들 '한약 한 재를 지어 먹었더니 몸이 좋아지더라' 하는 말들을 많이 한다. 그러나 첩약을 세는 단위는 '재'가 아니라 '제'이다.

보기글
• 요즘은 십전대보탕 한 제에 얼마나 해요?
• 이번 아버님 생신날엔 보약이나 한 제 해드려야 되겠어.

0983 한참 동안

본 뜻 본래는 역참(驛站)에서 나온 말이다. 한참은 한 역참과 다음 역참 사이의 거리를 나타내는 말이었다가 나중에는 한 역참에서 다음 역참까지 다다를 정도의 시간을 나타내는 말로 바뀌었다.

↹ 바뀐 뜻　지금은 '상당한 시간이 지나는 동안'을 이르는 말로 쓰인다.

◑ 보기글　• 한참 동안 너를 찾았는데 어딜 갔었느냐?
　　　　　• 약속 장소인 조계사 해탈문 아래서 한참 동안 기다려도 그가 나타나질 않자 초조한 마음이 들었다.

0984　한통속

🔖 본　뜻　한통속은 줄여서 '한통'이라고도 하는데, 한통은 화살을 메기는 활의 한가운데를 가리키는 말이다.

↹ 바뀐 뜻　후대로 내려오면서 본뜻보다는 서로 마음이 통하여 모이는 한패나 동아리를 가리키는 말로 더 널리 쓰이고 있다. 대개의 경우, 이 말은 좋지 않은 일로 한패가 된 경우를 가리킨다.

◑ 보기글　• 이번 사건은 대기업과 도매상이 한통속이 되어 소비자를 농락한 거라고 볼 수밖에 없습니다.
　　　　　• 경마장 주변에는 사채꾼들과 경마 거간꾼들이 한통속이 되어 선량한 시민의 주머니를 노리고 있다.

0985　한풀 꺾이다

🔖 본　뜻　이불 홑청이나 옷에 갓 풀을 먹여 빳빳하던 풀 기운이 어느 정도 가신 상태를 말한다.

↹ 바뀐 뜻　한창이던 기세나 투지가 어느 정도 수그러든 상태를 가리키는 말이다. 바꿔 쓸 수 있는 말에는 '한풀 죽다'가 있다.

◑ 보기글　• 그 사람 사업 시작할 때는 자못 기세가 등등하더니 실명제 이후로 완전히 한풀 꺾였더구먼.

- 스타 소리 듣던 작년까지만 해도 안하무인이더니만 올해 들어와서 인기가 주춤하니까 완전히 한풀 꺾였던데.

0986 할망구

본 뜻 지금은 사람들의 평균 수명이 점점 높아지고 있지만 멀지 않은 옛날만 해도 60세를 넘기기가 어려웠다. 그래서 만 나이로 60세가 되면 환갑(還甲) 잔치를 성대히 치름으로써 그동안 살아온 노고를 위로하고 또 앞으로의 장수를 기원했던 것이다. 만 60세를 환갑이라 하는 것처럼 나이에 따라 각기 부르는 명칭이 따로 있는데, 70세를 고희(古稀)라 하고, 77세를 희수(喜壽)라고 하는 것 등이 바로 그것이다. 80세는 이미 황혼으로 접어든 인생이라 하여 모년(暮年)이라 하고, 81세는 90까지 살기를 바라는 나이라는 뜻에서 망구(望九)라고 한다. '할망구'라는 말의 유래를 여기에서 찾기도 하는데, 할망구란 망구(90세)를 바라는 할머니라는 뜻이라는 것이다. 그런데 왜 유독 할머니만을 가리키는 할망구라는 말만 있는가 의문이 드는데, 이는 사회생물학적 해석이 가능하다. 옛날에도 남자보다 여자의 평균 수명이 높았기 때문에 나이 든 할아버지보다 할머니들이 훨씬 더 많았던 연유로 연세 많은 할머니만을 지칭하는 말로 굳어진 것이다. 한편 88세는 미수(米壽)라고 하고, 90세는 모질(耄耋)이라고 한다. 모질의 글자 생김을 보면 금방 그 뜻이 이해가 갈 것이다. 늙을 로(老) 밑에 터럭 모(毛)를 씀으로써 몸에 난 터럭까지도 하나 남김없이 늙어버렸다는 뜻이다.

바뀐 뜻 할머니를 조롱하거나 장난스럽게 이르는 말이다.

보기글
- 엄마, 머리 염색을 안 하니까 갑자기 할망구가 된 거 같애.
- 옆집 할망구가 글쎄 나한테 같이 약수터나 다니자고 그러지 않겠어? 그러다가 누가 보기라도 하면 늙은이들이 연애한다고 할 거 아닌가?
- 나 같은 할망구야 더 살면 무엇 하겠나?

0987 할증료(割增料)

🖐 본 뜻 일정 가격에 얼마를 더 얹어 내는 금액을 가리키는 일본식 한자어다. 영어의 '프리미엄(premium)'에 해당하는 말이다.

🔄 바뀐 뜻 기존의 정해진 요금에서 얼마를 더 내는 요금을 말하는데 보통은 교통수단의 요금에 한해서만 쓴다. 웃돈, 추가금 등의 우리말로 바꿔 쓸 수 있다.

◑ 보기글 • 자정이 지나면 모든 대중 교통수단에 할증료(→ 추가금이) 붙는다는 거 알아?
  • 모범택시 탔는데 할증료(→ 추가금)까지 붙어봐. 집에 도착할 때까지 미터기하고 지갑하고 번갈아 들여다보느라고 정신이 없어진다니까.

0988 함바(はんば)

🖐 본 뜻 일제강점기에 토목 공사장이나 광산 등지에서 노동자들이 숙식을 하도록 임시로 지은 건물을 '함바'라고 불렀다. 함바는 본래 일본어 '한바[飯場]'에서 온 말인데 한자어 그대로 하자면 '밥을 먹는 장소'인 셈이다.

🔄 바뀐 뜻 토목 공사장이나 공장 등지에서는 지금도 일제강점기에 쓰던 용어들을 그대로 쓰는 경우가 많은데 함바도 그런 말 중의 하나이다. 뜻이 바뀐 것은 아니나 '가건물' 같은 순우리말로 바꿔 쓰는 것이 좋을 듯싶다.

◑ 보기글 • 한창 일하고 나서 배고플 때는 함바집 밥도 꿀맛이다.

0989 함정(陷穽)

🖐 본 뜻 본래 이 함정이란 말은 짐승을 잡기 위하여 파놓은 구덩이를 가리키는 것이었다. 순우리말로는 '허방다리'라 한다.

🔄 바뀐 뜻 빠져나올 수 없는 곤경이나 남을 해치기 위한 계략을 비유하여 이

르는 말이다.

• 녀석이 그랬저에, 운전기사에, 핸드폰까지 들고 다니니까 믿었지, 그런데 그게 함정이 었어.

0990 **함흥차사**(咸興差使)

본 뜻 조선시대 태조 이성계와 태종이 된 방원에 얽힌 이야기다. 태조 이성 계가 왕비 소생인 여섯 아들을 제쳐놓고, 계비 소생인 두 아들을 어 여삐 여겨 막내인 방석을 세자에 봉했다. 이에 불만을 품은 다섯째 아들 방원이 왕자의 난을 일으켜 계비 소생의 두 왕자를 죽여버렸다. 여기에 진노한 태조가 첫째 아들에게 왕위를 물려주고 자신은 고향 인 함흥으로 돌아갔다. 왕위에 오른 정종이 간곡히 청하여 모셔왔으 나 그 뒤 태종이 왕위에 오르자 또다시 함흥으로 돌아갔다. 이에 태 종이 여러 번 차사(差使)를 보내 태조를 모셔오려 했으나 태조는 차사 가 당도하는 족족 죽여버리거나 가두어두었다. 이렇듯 함흥에 간 차 사 중에 아무도 돌아오는 이가 없자 누구도 차사로 파견되는 것을 꺼 려했다. 그러나 그렇다고 태조를 그대로 함흥에 머물게 할 수는 없는 일이었다. 태종이 관리들을 모아놓고 "그대들 중 누가 가겠는가" 하고 간곡하게 묻자, 오직 한 사람 당시 판승추부사(判承樞府事)였던 박순(朴 淳)이 나설 뿐이었다. 하인도 없이 망아지가 딸린 어미말을 타고 함흥 으로 간 박순은 서로 떨어지지 않으려는 망아지와 어미말에 빗대어 골육의 정을 얘기해서 태조를 감복시키고 드디어 태조의 한양 귀환 을 받아내어 그 유명한 함흥차사의 막을 내리게 하였다.

바뀐 뜻 한번 함흥에 간 차사는 돌아오지 않는다 하여, 어딜 갔다가 좀처럼 돌아오지 않는 사람을 일컬어 '함흥차사'라 하게 되었다.

• 술 사러 간 김군은 함흥차사가 됐나, 왜 이리 안 오는 거야?
• 그 사람 한번 외국에 나가더니 함흥차사가 됐나, 봄에 온다던 사람이 가을이 다 됐

는데도 안 들어오니 이게 어찌 된 일인지 모르겠네.

0991　핫바지

본 뜻　보통 별볼일 없이 어리석은 사람을 가리키는 속어로 쓰이는 '핫바지'라는 말은 원래 솜을 두어 지은 두툼한 바지를 가리키는 말이다. 바지에 솜을 두었기 때문에 모양이 나지 않을뿐더러 입었을 때 어딘가 둔해 보이고 답답해 보인다.

바뀐 뜻　솜을 두어 지은 겨울 바지를 가리키는 말이었으나 오늘날에는 주로 세상물정에 어두운 사람이나 무식하고 어리석은 사람을 낮잡아 부르는 말로 쓴다.

보기글
- 핫바지 같은 김 서방을 뭘 그렇게 두려워하나?
- 시골에서 갓 올라왔다는 그 이씨 말야. 말하는 거 보니까 완전히 핫바지더구먼.
- 아무 말 않는다고 사람을 핫바지로 알다니?

0992　항우장사(項羽壯士)

본 뜻　항우 같은 장사라는 뜻이다. 항우는 중국 진(秦)나라 말엽의 무장으로서, 유방(劉邦)과 함께 진나라를 쳐서 멸망시키고 스스로 서초(西楚)의 패왕(覇王)이 되었다. 그 후 유방과 5년간 싸우다 패하고 오강(烏江)에서 자살했는데, 힘이 워낙 세서 당대의 장사 중 그를 당해낼 자가 없었다고 한다.

바뀐 뜻　초나라의 장사였던 항우에 빗대어 힘이 아주 센 사람을 이르는 보통명사가 되었다.

보기글
- 범석이 총각이 소 한 마리를 번쩍 들었다니 항우장사가 따로 없구먼.

0993 해동(海東)

본 뜻 옛날에 중국인들이 우리나라를 발해의 동쪽에 있는 나라라 하여 '해동국(海東國)'이라 하였다. 이 명칭은 특히 삼국시대와 고려시대에 많이 쓰였는데, 바닷길로 중국과 내왕하였던 시대의 특징이 아닌가 한다.

바뀐 뜻 한때 지금의 연변 지방에 세워진 발해를 '해동성국(海東盛國)'이라고 했다. 그러나 발해가 멸망한 이후로도 계속해서 우리나라를 지칭하는 이름으로 쓰였으니, 우리나라를 가리키는 별칭의 하나이다.

보기글 ● 해동이란 이름은 왠지 민족주의적인 인상을 강하게 풍기지요?

0994 해이(解弛)

본 뜻 활을 쏘고 나면 그 탄성을 보존하기 위해 느슨하게 시위를 풀어두는데 그 모습을 표현한 글자이다. 이(弛)는 본래 시위가 느슨해진 활을 가리키는 말이었다.

바뀐 뜻 이 말이 후대로 오면서 느슨하다, 풀어졌다는 뜻을 가지게 되었다. 오늘날은 정신이나 행동에 긴장감이 없이 풀어헤쳐지고 느슨해졌다는 뜻으로 널리 사용된다.

보기글 ● 휴가 다녀오더니 정신들이 해이해졌어.
● 어려운 고비를 넘기자 바짝 긴장했던 마음이 해이해졌다.

0995 행각(行脚)

본 뜻 불가의 선종(禪宗)에서 스님이 도(道)를 닦는 한 방편으로 여러 지방과 절을 돌아다니는 것을 가리키는 말이다. 구름이나 물과 같이 정한 곳 없이 떠돌아다닌다고 해서 운수행각(雲水行脚)이라고도 한다.

⇄ 바뀐 뜻 오늘날에 와서는 주로 좋지 않은 목적을 가지고 여기저기 다니는 것을 의미하게 되었다. 여색을 탐하는 엽색행각(獵色行脚)에서부터 사기행각, 도피행각 등에 주로 쓰인다.

◉ 보기글 ● 그 두 사람은 양가 부모의 반대를 피해 애정의 도피행각을 벌였다.
● 현대판 카사노바 김 아무개의 엽색행각은 당시로서는 세상을 깜짝 놀라게 할 정도의 일대 사건이었다.

0996 행길

☝ 본 뜻 원래는 크다는 뜻을 가진 '한'이라는 고유어와 '길'이 합쳐진 말로, '큰길'이라는 뜻이다.

⇄ 바뀐 뜻 음운 변화를 거쳐 '행길'로 소리가 굳어졌다. 또한, 큰길에 도로가 놓이게 되고 차와 사람이 많이 다니게 되면서 단순히 큰길을 가리키던 뜻도 '사람과 차가 많이 다니는 길을 가리키는 것으로 변화되었다.

◉ 보기글 ● 얘야, 자동차들이 쌩쌩 달리는 행길에는 아예 나가 놀지 말거라.
● 할머니, 행길에 나가실 땐 차조심하시고요, 꼭 횡단보도로 건너셔야 해요.

0997 행주치마

☝ 본 뜻 행주치마가 권율 장군의 행주대첩에서 나왔다는 설이 있는데 이는 행주라는 고장 이름에 연관지어 후세 사람들이 지어낸 민간어원이다. 기록에 의하면 행주대첩 훨씬 이전인 중종 12년(1517)에 발간된 『사성통해四聲通解』에 '행즈쵸마'라는 표기가 나오며, 1527년에 나온 『훈몽자회訓蒙字會』 등 여러 문헌에도 '행즈쵸마'라는 기록이 나온다. 지금이

나 그 당시나 '행주'는 그릇을 씻어서 깨끗하게 훔쳐내는 헝겊이었으므로, 행주치마는 부엌일을 할 때 치마를 더럽히지 않으려고 앞에 두르는 치마를 가리키는 말이었다. 이 밖에도 행주치마의 유래에 대해선 다음과 같은 얘기도 전해지고 있는데 제법 그 개연성이 있다 하겠다. 불법에 귀의하기 위해서 절로 출가를 하면 계(戒)를 받기 전까지는 '행자'라는 호칭으로 불린다. 수행승인 행자가 주로 하는 일이 아궁이에 불 때고 밥 짓는 부엌일이었다. 행자가 부엌일을 할 때 작업용으로 치마 같은 천을 허리에 두르고 했는데 그것을 '행자치마'라 했다 한다. 여기서 나온 말이 바로 오늘날의 '행주치마'라는 얘기다.

↹ **바뀐 뜻** 오늘날 주부들이 '앞치마'라고 부르는 것으로서, 부엌일을 할 때 구정물이 튀지 않도록 옷 위에 덧입는 치마를 가리킨다.

◉ **보기글** • 지금도 절에 가면 가끔 부엌일을 하는 행자들이 행주치마를 두르고 있는 것을 볼 수 있는데, 그렇게 봐서 그런지 그 모습조차도 경건해 보이더구나.

0998 ## 허수아비

🏠 **본 뜻** 사람 모양의 인형을 만들어 세워놓은 것을 허수아비라고 하는데 이는 '헛+우+아비'로 이루어진 말이다. 접두사 '헛–'은 있지 않은 것, 곧 거짓을 말하며, '아비'는 아버지를 낮추어 이르는 말로서 여기서는 '사람'을 가리킨다. 중간에 끼어든 '우'는 '헛'과 '아비'를 부드럽게 이어주는 조음소의 역할을 한다. '우'의 도움 없이 '헛'과 '아비'를 연음시켜서 '허사비'라고도 한다. 그러므로 허수아비란 '살아 있는 사람이 아닌 거짓 사람'을 이르는 말이다.

↹ **바뀐 뜻** 곡식의 낟알을 쪼아 먹는 새나 곤충들을 쫓기 위해 논밭 한복판에 만들어 세워놓는 사람 모양의 인형을 말한다. 이것이 비유적으로 쓰일 때는 주어진 자리에서 제구실을 하지 못하고 자리만 차지하고

있는 사람을 가리킨다.

◉ 보기글   • 요즘은 참새들도 약아서 허수아비를 세워놔도 왼편 눈 하나 깜짝 안 하고 낟알을 쪼아 먹는다며?

0999   **허풍선이**(虛風扇-)

🖙본 뜻   '허풍선'은 본래 숯불을 피우기 위해 풀무질을 하던 손풀무의 일종인데, 아코디언처럼 생긴 풀무의 손잡이를 잡고 폈다 오무렸다 하여 바람을 내는 기구를 가리키는 말이다. 바람을 일으킬 때마다 옆에 달린 바람주머니가 크게 부풀어 올랐다가 곧 가라앉아 홀쭉해진다. 떠벌리기 좋아하는 사람의 말도 '허풍선'이라는 풀무처럼 금방 홀쭉해져서 처음의 형태를 알아볼 수 없기 때문에 '허풍선이'라는 이름이 붙은 것이다. '허풍선이'는 '허풍선'이라는 기존 명사에 사람을 가리키는 접미사 '-이'가 붙어서 과장이 심하고 허풍을 떠는 사람을 가리키는 말이다.

🖙바뀐 뜻   실속 없이 지키지도 못할 허풍만 떠는 사람을 얕잡아 이르는 말이다. 흔히 '허풍쟁이'라고 잘못 쓰는 경우가 많으니 주의해야 한다.

◉ 보기글   • 그 사람 알고 봤더니 참 대단한 허풍선이더라고.
        • 그 사람 나이가 들어서 이제 좀 철이 났나 했더니 그 허풍선이 기질은 여전하더구먼.

1000   **헌칠하다**

🖙본 뜻   '헌칠하다'는 말은 본래 풍채가 좋고 의기가 당당한 '헌걸차다'와 식물이나 채소가 잘 자란 것을 가리키는 '칠칠하다'가 합쳐진 말이다.

🖙바뀐 뜻   키가 크고 몸매가 균형이 잡혀서 시원스럽고 훤하게 보이는 용모를

가리킨다.

   ● 결혼식장에서 봤는데 숙이 신랑이 아주 헌칠하더구먼.

   ● 찻집에 들어서는 헌칠한 사람이 바로 꿈에도 그리던 그일 줄이야!

1001   헹가래 치다

🖐️ **본 뜻**   가래질을 할 때 여럿이서 줄을 팽팽하게 잡고 일하는 데서 나온 말로서, 이 줄이 팽팽하게 당겨지지 않으면 가래질이 제대로 되지 않는다. 이 때문에 가래로 흙을 파기 전에 가래질을 하는 사람들끼리 손이 맞나 미리 맞춰보는 것을 헹가래를 친다고 한다.

🔄 **바뀐 뜻**   여럿이서 한 사람을 들어올렸다 내렸다 하며 그 사람의 노고나 행적을 축하하는 일을 가리키는데, 그 모습이 마치 빈 가래를 들고 여럿이서 손을 맞춰보는 것과 비슷한 데서 따온 것인 듯하다.

◐ 보기글   ● K대학이 춘계 대학 농구에서 우승하자 선수들은 일제히 감독을 들어올려 헹가래 치기 시작했다.

1002   혁명(革命)

🖐️ **본 뜻**   본래는 이전의 왕통을 뒤집고 다른 왕통이 그 자리를 차지하여 통치하는 일을 일컫는 말이었다.

🔄 **바뀐 뜻**   피지배 계급이 국가의 권력을 빼앗아 사회 체제를 변혁하는 일을 말한다. 그러나 단순히 권력만 장악하는 것이 아니라 종래의 관습·제도·방식을 근본적으로 변혁시키는 일을 말한다. '산업 혁명' '컴퓨터 혁명'처럼 발명이나 기술의 진보로 사회적인 변혁을 가져오는 일에도 쓰인다.

◐ 보기글   ● 제수씨가 아버님께 조상님들의 제사를 조부모님까지만 지내자고 건의한 것은 우리 집에선 가히 혁명적인 일이었어.

• 컴퓨터의 출현은 모든 분야에 일대 혁명을 가져왔다.

1003 현수막(懸垂幕)/플래카드(placard)

본 뜻 현수막은 선전 문구 따위를 써서 위에서 아래로 내려 드리운 선전막을 가리키는 말이다. 선전막에는 가로로 거는 것과 세로로 길게 거는 두 종류가 있는데, 가로로 거는 것은 '플래카드'라 하고 세로로 길게 거는 것은 '현수막'이라 한다. 현수(懸垂)는 '아래로 매달려 드리워짐'이란 뜻이다. 이 같은 차이는 동서양의 세로쓰기와 가로쓰기 문화에서 비롯된 것이라고 볼 수 있다.

바뀐 뜻 일반적으로 플래카드와 현수막을 구분하지 않고 뒤섞어 쓰고 있는데, 분명히 구분되는 말이다.

보기글
• 건물들이 온통 현수막으로 뒤덮인 모습이 선거철이라는 걸 실감나게 하는군 그래.
• 현수막과 플래카드를 들고 거리로 뛰쳐나온 학생들이 독재타도 구호를 외치다가 경찰에 쫓겨 달아나는 상황이 매일같이 반복되고 있었다.

1004 혈혈단신(孑孑單身)

본 뜻 혈혈(孑孑)은 고단하게 외로이 서 있는 모양을 가리키는 말이다. 그러므로 혈혈단신이라 하면 의지할 곳 없는 홀몸을 가리키는 말이다. 이 말이 사람들 사이에서는 자주 홀홀단신으로 쓰이는데 홀홀단신은 틀린 말이다. '홀홀'은 '홀홀 날린다' 할 때처럼 어떤 물체가 가볍게 날거나 날리는 모양을 나타내는 의태어이다.

바뀐 뜻 의지할 곳 없는 외로운 홀몸을 가리키는 말이다.

보기글
• 갑작스러운 사고로 부모님을 잃은 옥이는 졸지에 혈혈단신이 되었다.
• 김씨 아저씨는 6·25 때 혈혈단신으로 내려와 이렇게 자수성가를 한 거란다.

1005 형(兄)

🖐본 뜻 원래는 고구려시대에 벼슬 이름에 쓰이던 호칭이었다. 지금의 국무 총리에 해당하는 태대형(太大兄), 장관급에 해당하는 대형(大兄), 차관급에 해당하는 소형(小兄) 등이 있었다. 고려시대에도 벼슬 호칭으로 쓰였다. 호칭에 관한 문헌인 중국의 『칭위록稱謂錄』에 보면 '고려 땅에서는 장관을 형(兄)이라 부른다'는 구절이 나온다.

🔁바뀐 뜻 동기간이나 같은 항렬에서 나이가 많은 사람을 부르는 호칭이다. 요즘 들어서는 꼭 동기간이 아니라 할지라도 나이가 비슷한 친구 사이에 상대방을 공대하여 부르는 호칭으로 널리 쓰인다.

◎ 보기글
- 형만한 아우 없다더니 네 경우를 보니 그 말이 딱 맞는구나.
- 박형의 건투를 기원합니다.
- 나와 형은 눈이 아버지를 쏙 빼닮았다.

1006 형극(荊棘)

🖐본 뜻 나무의 온갖 가시를 일컫는 말이다.

🔁바뀐 뜻 나무의 가시에 찔리는 것과 같이 극심한 고통이나 고난을 나타내는 말로 쓰인다.

◎ 보기글
- 민주주의를 위해 그가 걸어온 길은 그야말로 형극의 길이었다.
- 일제강점기에 독립운동가의 아내로 살면서 형극의 길을 걸어온 지 어언 20년.

1007 혜성(彗星)

🖐본 뜻 태양을 초점으로 하여, 밝게 빛나는 긴 꼬리를 끌며 포물선 또는

타원의 궤도를 도는 천체를 가리키는 말이다. 옛날에 우리나라, 일본, 중국 등지에서는 요성(妖星)이라 하여 이 별이 나타나는 것을 불길한 징조로 보았다.

⇆ 바뀐 뜻 어떤 분야에 갑자기 두각을 나타내는 것을 비유하여 이르는 말이다.

◎ 보기글 • 여배우 기근 시대에 혜성과 같이 나타난 신인 여배우 이연아!
 • 혜성처럼 나타난 신예 작가가 문단의 주목을 받고 있다.

1008 **혜존**(惠存)

본 뜻 자신의 저서나 작품을 상대에게 줄 때 '받아 간직해주십시오'라는 뜻으로 쓰는 말로서 일본어에서 온 한자말이다. 비슷한 말로 혜감(惠鑑)이 있다. '잘 보아주십시오'라는 뜻으로, 이 역시 자기의 저서나 작품을 남에게 보낼 때에 상대편 이름 밑에 쓰는 말이다.

⇆ 바뀐 뜻 뜻이 바뀐 것은 아니다. '○○님께 삼가 드립니다' 등의 마땅한 우리말로 바꿔 쓰는 것이 좋을 듯싶다.

◎ 보기글 • 뜻도 잘 모르겠는 혜존이라는 말보다는 '○○에게 드립니다'라고 쓰면 어때?

1009 **호각지세**(互角之勢)

본 뜻 '호각'은 쇠뿔의 양쪽이 서로 길이나 크기가 같다는 데서 나온 말로서, 비교해볼 때 서로 낫고 못함이 없음을 뜻하는 말이다.

⇆ 바뀐 뜻 가지고 있는 기량이나 힘이 서로 비슷한 것을 가리키는 말이다.

◎ 보기글 • 남북이 가지고 있는 국방력을 비교해볼 때 서로 호각지세가 아닐까?
 • 어제 야구경기는 일진일퇴를 거듭하는 호각지세의 승부였다.

1010 호구(糊口)

본 뜻 글자 그대로 입에 풀칠을 한다는 뜻이다.

바뀐뜻 겨우 끼니를 이어가는 일을 이르는 말이다.

보기글 • 그 정도의 월급으로는 우리 다섯 식구의 호구를 잇기도 어렵습니다.

• 자네도 딸린 식구가 만만치 않으니 그냥 무작정 쉴 것이 아니라, 뭔가 호구지책이라도 하나 가져야 하지 않겠나?

1011 호구(虎口)

본 뜻 글자 그대로 범의 아가리라는 뜻이지만, 그보다는 바둑 용어로 널리 쓰인다. 바둑에서 얘기하는 호구란 상대편 바둑 석 점이 이미 포위하고 있는 형국을 가리키는 말이다. 그 속에 바둑돌을 놓으면 영락없이 먹히고 말기 때문에 그곳이 꼭 잡아먹히고 마는 범의 아가리 같다고 하여 호구(虎口)라 한 것이다.

바뀐뜻 오늘날에 와서 이 말은 상대방의 먹잇감이나 이용감이 된다는 뜻으로 널리 쓰이고 있다. 남성적인 용어라서 그런지 여성들은 잘 쓰지 않으며, 쓴다 해도 비어나 속어의 느낌으로 쓰고 있다.

보기글 • 내가 네 호구인 줄 아니? 너 사람 잘못 봐도 단단히 잘못 봤다.

• 김 대리야말로 완전히 이 과장 호구지 뭐.

1012 호남(湖南)

본 뜻 전라남북도를 통틀어 가리키는 명칭으로 호남 지방이란 말을 즐겨 쓴다. 말 그대로 보자면 호남(湖南)은 호(湖) 남쪽이란 뜻으로 금강 이남 지역을 가리킨다. 호남은 원래 공주·부여 등 충청도 일부와 전라도 지방을 가리키는 말이었으며, 고려를 건국한 왕건이 '금강 이남 사람을 등용하지 말라'고 한 그 경계와 같다. 참고로 호서(湖西)는 충청도를, 기호(畿湖)는 경기도와 황해도 남부 일부 그리고 충남의 금강 이북 지역을 가리키는 말이다.

↹ **바뀐 뜻** 오늘날에 이르러 호남은 행정구역상 전라남도와 전라북도를 가리키는 말로 굳어졌다. 따라서 금강의 남쪽 지역인 공주, 부여 등 충남 일부 지역은 호남에 포함하지 않는다. 호남의 호(湖)를 제천 의림지로 보는 시각도 있으나 정설로 받아들여지지는 않았다.

◉ **보기글**
- 영남이니 호남이니 하며 출신 지역을 따지는 사람들이야말로 비민주적이고 전근대적인 사람들이라고 할 수 있다.
- 이번에 호남 지방에 내린 소나기로 그동안의 가뭄이 어느 정도 해소되었습니다.
- 과연 이번 선거에서는 호남의 민심을 잡을 수 있을까?

1013   **호떡**(胡-)

🏮 **본 뜻** 중국 떡의 한 종류로서, 밀가루를 반죽하여 둥글넓적하게 만들어 속에 설탕이나 팥을 넣고 번철에 구워낸 것이다. 청나라에서 건너온 것이기 때문에 오랑캐를 뜻하는 호(胡)를 붙여서 호떡이라 하였다.

↹ **바뀐 뜻** 속에 팥이나 설탕을 넣어 둥글고 납작하게 구워낸 빵을 호떡이라 하는데, 많은 이들이 호떡이란 이름이 호호 불어가면서 먹는 떡이기에 붙은 이름으로 알고 있는 경우가 많아 여기 실었다.

◉ **보기글**
- 호떡이 오랑캐떡이라고? 그러고 보니 그 둥글넓적한 모습이 꼭 중국 사람들 얼굴을 닮은 거 같네.
- 호떡을 베어 물자 뜨겁고도 다디단 설탕물이 입안에 감도는데, 가라앉았던 기분이 순식간에 좋아지는 듯했다.

1014 **호락호락**

🖐 **본 뜻**   이 말은 본래 한자어 홀약홀약(忽弱忽弱)에서 나온 말이다. 소홀히 할
홀(忽)에 약할 약(弱)이 합쳐져서 소홀하고 약한 것을 가리키는 말인
데 홀약이 두 번 중복되었으니 더할 나위 없이 무르고 약하다는 뜻
이다.

🔄 **바뀐 뜻**   원래는 홀약이 중첩된 한자어였는데, 세월이 흐름에 따라 발음하기
쉬운 '호락호락'으로 변이된 것이다. 어떤 일이나 사람이 만만하여
다루기 쉬운 모양을 가리키는 말이다.

◉ **보기글**   • 그 사람 겉보기와는 달리 호락호락 넘어갈 사람이 아니니 자네는 각별히 조심해야
할 걸세.
• 여러 가지 문제가 심줄 엉클어진 듯하여 한 가지도 호락호락하게 풀릴 것 같지 않다.
• 세상을 그렇게 호락호락하게 보다가는 큰코다치지.

1015 **호래자식**(후레자식)

🖐 **본 뜻**   이 말의 유래는 크게 두 가지로 나뉜다. 홀아버지나 홀어머니 밑에
서 자라 보고 배운 것이 부족한 '홀의 자식'에서 나왔다는 설과, 예
의범절이라곤 도무지 모르는 오랑캐 노비의 자식이란 뜻의 호로자
식(胡奴子息)에서 나왔다는 설이 있다. 속뜻은 둘 다 보고 배운 것 없
이 자라 막돼먹은 사람을 가리키는 말이다.

🔄 **바뀐 뜻**   배운 데 없이 제멋대로 자라 교양이나 예의범절이 없는 사람을 속
되게 부르는 말이다. 후대에 와서 음운 변화를 일으켜 '후레자식'이
라고 많이 쓴다.

◉ **보기글**   • 아버지한테 반말 짓거리를 하다니, 저런 후레자식을 봤나!
• 요즘은 오히려 부모들이 아이들을 후레자식으로 만든다니까.
• 남들은 내가 과부가 되어서 자식을 가르치지 못하고 호래자식을 만들었다고 손가락
질하고 욕하지 않느냐. 기막힌 일이다.

ㅎ

호떡 · 호락호락 · 호래자식

513

1016 호사유피 인사유명(虎死留皮人死留名)

본 뜻 이 고사에서 호사유피는 '표사유피(豹死留皮)'가 변질된 것이다. 『오대사 五代史』의 「왕언장전」에 나오는 이 고사는 왕언장의 생활철학이다. 전 쟁터에서 포로가 된 왕언장에게 후당(後唐)의 장종(藏宗) 이존욱이 귀 순을 권하자 왕언장이 이렇게 말했다. "표범은 죽어서 아름다운 가 죽을 남기는데 하물며 사람이 이름을 가벼이 여겨서야 쓰겠는가. 나 는 떳떳하고 아름다운 이름을 남기겠노라." 이 고사가 일본으로 건너 가 '호사유피'로 변한 것인데 그것이 그대로 우리나라로 건너와 쓰이 게 된 것이다. 겉보기에는 두 말 사이에 별다른 차이점이 없는 듯이 보이나 '표사유피'는 표범 가죽의 아름다움을 중시한 데 반해 '호사유 피'는 호랑이 가죽의 값어치를 중시한 것이 그 큰 차이점이다. 당시 일 본에서는 호랑이 가죽을 가장 값비싼 장식품으로 여겼다.

바뀐 뜻 호랑이는 죽어서 값비싸고 아름다운 가죽을 남기는 것처럼, 사람은 죽어서도 그 이름이 남으니 자신의 이름을 명예롭게 하라는 뜻이다.

보기글
- 옛말에도 호사유피 인사유명이라 했거늘 내 어찌 부끄러운 일을 하여 후대에 치욕스 런 이름으로 남겠는가?

1017 호스티스(hostess)

본 뜻 집안의 남자 주인을 가리키는 호스트(host)의 상대어로서, 한 집안의 여자 주인을 가리키는 말이다. 경우에 따라서는 '손님을 접대하는 여자'라는 뜻으로 여관의 안주인을 가리키기도 한다.

바뀐 뜻 우리나라에서는 주로 술집에서 술시중을 드는 아가씨들을 가리키 는 말로만 한정되어 쓰인다.

보기글
- 주간지 구인광고에 난 호스티스 모집 광고를 보고 제 발로 술집엘 찾아들어갔다고?

1018 호주머니(胡———)

본 뜻 우리나라 옷은 주머니가 없다. 혹 손을 넣는 데가 있다 하더라도 그것은 어떤 물건을 담을 수 있는 막힌 공간이 아니라 단지 손을 감추기 위한 트인 공간일 뿐이다. 우리나라에서 말하는 주머니란, 옷에 달린 것이 아니라 물건을 담을 수 있도록 따로 독립되어 있는 것으로서 오늘날의 작은 손가방에 비길 수 있는 '염낭' 혹은 '귀주머니' 등이 있었을 뿐이다. 반면에 만주 이북에 사는 호족(胡族)들의 옷에는 주머니가 많이 달려 있다. 이것은 그들이 전투를 좋아하는 호전적인 종족이기 때문인데 전쟁이나 수렵을 하려면 많은 소도구들이 필요했기 때문이다. 이처럼 호족들의 옷에 주머니가 주렁주렁 달려 있는 것을 보고 그것을 호주머니라 일컫게 되었던 것이다. 그것은 곧 호족들의 주머니라는 뜻이다.

바뀐 뜻 우리나라에서는 대대로 주머니가 달린 옷을 입지 않았다. 주머니가 달린 옷은 장돌뱅이나 장사치들이 입는 옷이었기 때문이다. 그러다가 개화기에 외국인들이 드나들기 시작하면서 양복이 들어오고, 그 이후로 주머니가 있는 옷을 널리 입게 되었다.

보기글
● 고급 여자 옷일수록 옷맵시를 내기 위해 호주머니를 만들지 않는데, 난 그러면 불편해서 못 입어.
● 돈은 없고 배는 고파서 지나가는 사람의 호주머니를 털었습니다.

1019 호치키스(Hotchkiss)

본 뜻 종이를 철하는 기계인 스테이플러를 달리 이르는 말로 호치키스는 원래 스테이플러를 고안한 미국의 발명가 벤저민 호치키스의 이름을 딴 상표 이름이다.

⇆ 바뀐 뜻   본래는 상표 이름이었는데, 여러 장의 종이를 가느다란 철사 하나로 묶어주는 기구를 가리키는 일반명사로 쓰이고 있다.

◎ 보기글   • 여기 있던 호치키스 누가 가져갔지?
　　　　　　 • 호치키스를 썼으면 항상 제자리에다 갖다 두기 바랍니다.

1020   **혹성**(惑星)

본 뜻   혹성은 태양을 공전하는 천체인 행성을 일컫는 일본식 명칭이다.

⇆ 바뀐 뜻   혹성은 일본식 명칭이므로 행성(行星)이라고 쓰는 것이 좋겠다.

◎ 보기글   • 원숭이들이 지배하는 나라를 탈출하는 「혹성탈출」이란 영화 생각나? 그 때문인지는 몰라도 혹성이란 말은 외계인들이나 사는 이상한 데 같은 느낌이 들잖아. 따지고 보면 우리가 사는 지구도 혹성인데 말이야. 그러니 거부감이 별로 느껴지지 않는 행성이란 말을 쓰는 편이 낫지 않겠어?

1021   **혼나다**(魂--)

본 뜻   혼(魂)이 빠져나가는 지경에 이른 것을 가리키는 말이다. 사람의 정신이라고 할 수 있는 혼이 나간다는 것은 너무 놀라거나 무서운 일을 당하여 정신을 차릴 경황이 없다는 뜻이다.

⇆ 바뀐 뜻   매우 힘들고 어려운 일을 당해서 잠시 정신을 차릴 수 없는 경우를 가리키는 말이다. 일상생활에서는 주로 웃어른께 호되게 꾸중을 듣거나 힘에 부치는 힘든 일을 했을 때 쓴다.

◎ 보기글   • 무단횡단을 하다가 자동차와 부딪쳐서 혼이 난 다음부터는 절대로 무단횡단은 안 합니다.

1022 혼인(婚姻)

본 뜻   신라나 고려시대에는 저녁에 혼례를 시작했으며, 조선시대에도 이 풍습이 남아 있어 저녁에 혼례를 올리기도 했다. 저녁에 예를 행하므로 '혼(婚)'이라 했으며, 그때부터 아내가 남편에게 의지하므로 '인(姻)'이라 했다고 한다. 이 밖에도 혼인이란 말에는 여러 가지 뜻이 있는데, 그중의 하나가 '사위의 아버지'를 '혼'이라 하고 '며느리의 아버지'를 '인'이라 한 데서 혼인이란 말이 나왔다고도 한다. 또는 며느리 집을 '혼'이라 하고 사위 집을 '인'이라 하기도 한다. 이 말은 혼인이란 두 사람의 결합이기 이전에 곧 양가의 결합임을 알리는 것이다. 한편 혼은 혼(昏)시에 예식을 올리기 때문에 생긴 말인데, 조선시대 기준으로 해가 진 이후 2.5각인 시점을 가리킨다. 즉 해가 서쪽에서 지고 난 뒤 정확히 37분 30초 이후 시각을 말한다.

바뀐 뜻   남자가 장가들고 여자가 시집가는 일, 즉 부부의 인연을 맺는 일을 가리킨다.

보기글   • 인륜지대사인 혼인을 그렇게 아무렇게나 치러서는 안 된다.

1023 홀몸

본 뜻   홀몸은 부모형제가 없는 혈혈단신의 고아이거나, 아직 결혼하지 않은 미혼자를 가리키는 말이다. 여기에서 나온 말이 홀아비, 홀어미 등이다. 홀아비는 아내를 잃고 혼자 지내는 사내, 홀어미는 남편을 잃고 혼자 자식을 키우며 사는 여자를 뜻한다.

바뀐 뜻   이 말처럼 잘못 쓰이고 있는 말도 드물 것이다. 세간에서는 이 말을 아직 아이를 배지 않은 몸이라는 뜻의 '홑몸'과 혼동해서 쓰고 있다. 임신한 여자를 보고 흔히 "아이고, 홑몸도 아닌데 어떻게 여기

ㅎ

혹성 · 혼나다 · 혼인 · 홀몸

까지 왔어?"하는 말을 많이 한다. 그러나 이럴 때는 홀몸이 아니라 홑몸이라고 해야 한다. 그러므로 이 말은 본래의 뜻 그대로 형제나 배우자가 없는 사람을 가리키는 말로만 한정해서 쓰는 것이 옳다.

◎ 보기글   • 자네, 나이가 마흔 가까이 됐을 터인데 아직도 홀몸인가?
　　　　　• 일찍이 어린 나이에 부모를 잃고 홀몸으로 거친 세파를 헤쳐오면서도 어디 한 군데
　　　　　　구겨진 데가 없는 맑은 성품을 지닌 그를 볼 때마다 사람들은 감탄을 하곤 했다.

1024　　**홍등가**(紅燈街)

🏠본 뜻　홍등은 붉은 등이라는 뜻인데 붉은 불빛 아래서는 특히 사람이 생
　　　　기 있고 예쁘게 보이기 때문에, 유곽이 생긴 이후로 사창가에는 붉
　　　　은 등을 밝혀놓았다.

🔁바뀐뜻　사창가에 붉은 등을 밝혀놓은 이후로 붉은 등은 일반 가정집에서
　　　　는 꺼려서 달지 않게 되었다. 그래서 붉은 등불이 있는 거리는 자연
　　　　히 유곽이나 창녀들의 집이 들어선 거리를 가리키게 되었다.

◎ 보기글   • 홍등가는 학교와 주거 밀집 지역으로부터 일정 거리를 유지하고 있어야 한다.

1025　　**홍일점**(紅一點)

🏠본 뜻　본래는 푸른 잎 가운데 오직 한 송이 붉은 꽃이 피어 있는 것, 혹
　　　　은 여럿 속에서 오직 하나 특별한 것을 가리키는 말이다.

🔁바뀐뜻　오늘날에는 많은 남자들 사이에 끼어 있는 단 한 사람뿐인 여자를
　　　　가리키는 말로 널리 쓰고 있다.

◎ 보기글   • 김이숙 양은 경제학과의 홍일점이지.
　　　　　• 어떤 단체의 홍일점이 된다는 것은 불편한 점도 많지만, 그보다는 오히려 도움이 되
　　　　　　는 면이 훨씬 많더군요.

화냥년

🏛 **본 뜻** 중국에서 기녀를 가리키는 '화낭(花娘)'이라는 말이 있는데, 정유재란 이나 병자호란 때 적들에게 잡혀갔다 돌아온 여인들을 가리켜 화낭 과 비슷한 발음의 환향녀(還鄕女)로 빗대 쓴 듯하다. 이 여인들이 다 시 조선으로 돌아왔을 때 사람들은 그들이 오랑캐들의 노리개 노 릇을 하다 왔다고 하여 아무도 상대해주지 않았을뿐더러 결혼한 여성의 경우 이혼을 당하기도 했다. 인조는 이들을 구제하기 위해 환향녀란 이유로 이혼을 하지 못하도록 했다.

🔁 **바뀐 뜻** 바람을 피우는 유부녀나 성을 파는 여성을 얕보는 말로 쓰인다.

⚙ **보기글**
- 병든 자기 서방을 놔두고 다른 남정네랑 정분이 나다니. 그런 화냥년이 있나!
- 이것아! 너 화냥년이 되고 싶으냐! 감히 룸살롱이 어디라고 그런 데서 아르바이트를 해, 이것아!

화사하다(華奢――)

🏛 **본 뜻** 이 말이 가지고 있는 본래의 뜻이 '화려하고 사치스럽다'였기에 주로 부정적인 의미로 널리 쓰였다. 가까운 70년대만 해도 남들로부터 이 말을 듣는 것은 별로 좋은 일이 못 되었다.

🔁 **바뀐 뜻** 오늘날 '화사하다'란 말은 사치스럽다는 뜻보다는 '환하고 아름답다' 는 긍정적인 뜻으로 널리 쓰이고 있으며, 주로 상대방의 분위기나 옷차림을 칭찬할 때 쓴다.

⚙ **보기글**
- 야, 당신 옷차림이 화사하니까 집안이 다 환해지는 거 같은데.
- 저 여인 좀 보게. 어찌 저리 얼굴이 화사하고 귀티가 날꼬.
- 우리 일행은 궁궐의 장엄함과 화사함에 눈이 휘둥그레졌다.

환갑(還甲)

🔖 **본 뜻**   햇수를 세는 계산법에 천간(天干)과 지지(地支)로 헤아리는 방법이 있다. 갑(甲) 을(乙) 병(丙) 정(丁) 무(戊) 기(己) 경(庚) 신(辛) 임(壬) 계(癸)의 10간(干)과, 자(子) 축(丑) 인(寅) 묘(卯) 진(辰) 사(巳) 오(午) 미(未) 신(申) 유(酉) 술(戌) 해(亥)의 12지(支)의 조합으로 해를 나누는데 그 조합이 총 60개이다. 십간과 십이지의 맨 처음 조합인 갑자년(甲子年)이 다시 돌아오려면 만 60년이 지나야 하는 것처럼, 자신이 태어난 해의 간지와 같은 해가 돌아오려면 만 60년이 지나야 하는 것이다. 그러므로 만 60년이란 지구가 태양을 공전하는 간지(干支) 상의 한 주기를 가리키는 것이기도 하다. 여기에서 환갑(還甲)이란 말이 생겨났다. 옛날에는 천지가 한 바퀴 돌 만큼 세상을 산 것이니 천수를 누렸다고 여겼다.

🔄 **바뀐 뜻**   만 60세를 이르는 말, 또는 만 60세를 축하하는 일을 말한다. 다른 말로는 주갑(周甲), 환력(還歷), 회갑(回甲), 화갑(華甲) 등이 있다.

⭕ **보기글**
  • 올해가 아버님 환갑인데 어떻게 해드려야 기뻐하실까?
  • 요새는 평균수명이 늘어나고 의료시설이 좋아져서 환갑에 노인 대접 받기는 이르지 않아?

환장하다(換腸--)

🔖 **본 뜻**   환장(換腸)은 '환심장(換心腸)'이 줄어서 된 말로서, 마음과 내장이 다 바뀌어 뒤집힐 정도라는 뜻이다.

🔄 **바뀐뜻**   정상적인 정신상태를 벗어나 아주 달라진 마음을 표현하는 말로서, '미치겠다'와 비슷한 표현이다.

⭕ **보기글**
  • 하나밖에 없는 아들 녀석이 걸핏하면 싸움박질에다 걸핏하면 가출이니, 그 애만 보면 내가 아주 환장을 하겠다니까요.

활개를 치다

🖐 **본 뜻** 활개는 본래 활짝 벌리고 있는 팔과 다리를 가리키는 말이다. 그러므로 '네 활개를 친다'는 것은 네 팔다리를 휘젓는 모양을 말하는 것이다.

🔃 **바뀐 뜻** 생기 있고 활발하게 행동하는 것이나, 또는 의기양양하게 마치 제 세상 만난 듯이 함부로 날뛰는 모양을 가리키는 말이다.

◎ **보기글**
• 오렌지족이 활개를 치던 세상은 이미 지나가버렸다.
• 너 활개 치고 다니는 걸 보니까 요즘 아주 신나는 일이라도 있는 모양이구나.

1031

황소

🖐 **본 뜻** 수소를 가리키는 황소는 본래 한소에서 나온 말이다. 황소라 할 때의 '황'을 누렇다는 뜻으로 잘못 알고 있는 경우가 많은데, 이때의 '황'은 누렇다는 뜻이 아니라 '크다'라는 뜻을 가진 '한'에서 나온 말이다.

🔃 **바뀐 뜻** 황소가 누런 소만을 가리키는 말인 줄 잘못 알고 있는 경우가 많기에 여기 실었다. 검은 소건 흰 소건 덩치가 큰 수소일 경우에는 모두 황소라 부를 수 있는 것이다. 그러므로 '저기 흰 황소가 지나간다' '옆집에 검은 황소가 있다' 등의 표현이 가능하다.

◎ **보기글**
• 얘, 개동아. 외갓집 검은 황소랑 우리집의 황소랑 한 우리에 넣지 말고 따로따로 넣어두거라.
• 아무리 악을 쓰고 덤벼도 그의 황소 같은 힘을 당해낼 수가 없었다.
• 황소 뒷걸음치다가 쥐 잡는 격이지.

1032

황제(皇帝)

🖐 **본 뜻** 기원전 221년 중국 진나라의 시황제가 처음으로 사용한 것으로 한

나라의 군주를 일컫는 칭호였다. 황(皇)은 조상들의 덕을 칭송하는 형용사이고, 제(帝)는 하늘의 신 중에 최고의 신을 가리키는데, 이 두 단어가 합쳐져서 최고 군주에 대한 칭호로 쓰인 것이다. 따라서 왕이나 제후를 거느리고 나라를 통치하는 임금을 왕이나 제후와 구별하여 이르는 말이다. 우리나라에서는 왕권 강화에 심혈을 기울였던 고려 광종 때 잠시 황제 칭호를 쓰다가 그 후 몽골의 침입과 중국을 대국으로 섬기는 의식 때문에 쓰지 않았다. 그러다가 1897년 대한제국(大韓帝國) 수립을 선포하고 칭제건원을 통해 '고종황제'라는 칭호를 썼다.

↹ **바뀐 뜻**　보통 강대하고 넓은 제국을 거느리고 있는 군주를 일컫는 칭호로 쓰인다. 뜻이 바뀐 것은 아니나 황제의 바른 뜻을 알리고자 실었다.

◉ **보기글**
- 고종이 스스로를 황제라 칭한 것은 조선이 그 어디에도 속박되지 않는 완전한 주권 국가임을 알리기 위한 시도의 하나라 할 수 있지.

1033　홰를 치다

🔖 **본　뜻**　홰는 닭이나 새가 앉도록 가로질러 놓은 나무막대를 가리키는 말인데, 실제로 닭이나 새가 이것을 치면서 울지는 않는다. 홰는 새벽에 닭이 올라앉은 나무 막대를 치면서 우는 차례를 세는 단위이기도 하다.

↹ **바뀐 뜻**　'닭이 홰를 친다'는 말을 새벽에 닭이 '꼬끼오' 하고 우는 것으로 잘못 알고 있는 경우가 많다. 그러나 '홰를 친다'는 것은 새나 닭이 날개를 푸드덕거리며 자신의 몸통을 치는 것을 말한다. 사람도 잠에서 깨어나면 몸을 움직이듯이 홰를 치는 것 또한 잠에서 깨어났다는 신호라고 볼 수 있다.

◉ **보기글**
- 닭이 홰를 치면서 매운 울음을 뽑아 올렸다.
- 아직 동창이 밝지도 않았는데 닭이 홰를 치며 우는 소리가 들렸다.

1034   **회가(蛔-) 동하다(動--)**

🔖 **본 뜻**   배 속에 있는 회충이 제 먼저 알고 요동을 칠 정도로 입맛이 당긴
다는 뜻이다.

🔄 **바뀐 뜻**   어떤 음식이나 일을 앞에 두었을 때 썩 입맛이 당기거나 즐거운 호
기심이 일어나는 상태를 가리키는 말이다.

◉ **보기글**   • 그 대회에 참가하면 무료항공권을 얻을 수 있다니까 회가 동하나 보구나.
• 야, 그거 얘기 듣고 보니까 회가 동하는 일인데 그래. 우리 한번 같이 손잡고 멋지게
해볼까?

1035   **효시(嚆矢)**

🔖 **본 뜻**   우는 화살을 가리키는 말이다. 옛날 중국에서 전쟁을 시작할 때 개
전의 신호로 우는 화살을 적진에 쏘아 보낸 데서 비롯된 말이다.

🔄 **바뀐 뜻**   어떤 사물의 맨 처음을 가리키는 말이다.

◉ **보기글**   • 신체시의 효시로는 최남선의 「해에게서 소년에게」를 꼽는다.
• 1968년 달에 미국이 쏘아 보낸 아폴로 11호가 유인 우주선의 효시였다.

1036   **효자(孝子)**

🔖 **본 뜻**   효자란 말은 본래 제사 때 읽는 축문(祝文)에 쓰이는 말이다. 제사
지낼 때 제주(祭主)가 되는 맏아들이 축문에서 스스로를 지칭하는
말이 바로 효자(孝子)다. 그러므로 이 말은 돌아가신 어버이의 제사
를 드릴 의무가 있는 아들(주로 큰아들)이란 1인칭 대명사. "나는 효
자다."라고 하면 "나는 제사를 드리는 사람이다."는 뜻이지 부모를
잘 섬기는 사람이라는 뜻이 아니다.

오늘날은 '살아 계실 때나 돌아가셨을 때나 부모를 잘 섬기는 사람'을 가리키는 일반적인 말로 쓰인다. 즉 1인칭 대명사가 3인칭 대명사로 바뀌었다.

🔵 **보기글** • 아무리 지독한 아내라도 효자보다 낫다는 말처럼, 남편에게 가장 소중한 사람은 아내라는 걸 자넨 왜 모르는가.

1037 후미지다

🔺 **본　뜻** '후미'는 물가나 산길이 휘어서 굽어진 곳을 말하는데, 산길이나 물가의 굽어 휘어 들어간 곳이 매우 깊을 때 '후미지다'는 말을 썼다.

🔄 **바뀐 뜻** 산길이나 물가에만 쓰이던 말이 오늘날에는 몹시 구석지고 으슥한 장소를 가리키는 일반적인 말로 그 쓰임새가 확대되었다.

🔵 **보기글** • 보충수업 끝나고 집에 갈 때는 후미진 곳이나 으슥한 곳으로 다니지 말고 되도록 환하게 밝은 곳으로 다니거라.

1038 휴거(携擧)

🔺 **본　뜻** 들어올릴 휴, 이끌 휴(携)와 들 거(擧)가 합쳐진 이 말은 종말론을 주장하는 개신교의 한 종파에서 만들어낸 신조어다. 들어올림, 이끌어올림 등의 뜻을 가지고 있는 말이다.

🔄 **바뀐 뜻** 일부 기독교 교단에서 이 '휴거' 현상이 세상 종말의 날에 심판의 징조로 나타날 것이라고 선전하여 많은 사람들을 미혹시키고 사회적으로도 큰 물의를 일으켰으나, 후에 이 교리의 허황됨과 삿됨이 널리 알려지면서 휴거 논쟁이 가라앉았다.

🔵 **보기글** • 1993년 10월의 휴거 선풍은 대단했었지. 오죽했으면 휴거가 일어난다고 하는 날짜에 텔레비전에서 생중계까지 했겠어?

• 세상이 살기 어렵고 어수선할수록 휴거 같은 종말론이 기승을 부리는 거 같아.

1039 흐지부지

🔥 **본 뜻** 이 말은 휘지비지(諱之秘之)라는 한자어에서 온 말로 본래의 뜻은 사리고 조심하여 감춘다는 뜻이다.

🔄 **바뀐 뜻** 오늘날에는 본래의 뜻과는 달리 확실하게 끝맺지 못하고 흐리멍덩하게 없어져버린 상태를 가리키는 말로 쓰인다.

◎ **보기글** • 오늘 회의는 아무런 결론도 내리지 못한 채 흐지부지 끝내고 말았다.

1040 흥청거리다

🔥 **본 뜻** 흥청(興淸)은 본래 운평(運平)에서 나온 말이다. 운평이란 조선 연산군 때에 있었던 기생 제도로서, 여러 고을에 널리 모아두었던 노래와 악기를 다룰 줄 아는 기생들을 가리키던 말이다. 이들 중에서 뽑혀서 대궐로 들어온 기생을 흥청이라 하였다. 궁에서 이 흥청들을 한자리에 모아놓고 잔치라도 벌일라치면 그 요란하고 시끄러운 것이 대단하였기에, 떠들썩한 잔치를 '흥청거린다'고 하였던 것이다.

🔄 **바뀐 뜻** 오늘날에는 이 말이 '흥에 겨워 마음껏 즐기다' '재산이나 권세 따위가 있어 금품 등을 마구 쓰며 멋대로 거들먹거린다'는 뜻으로 널리 쓰이고 있다. 이와 함께 '흥청망청'이라는 표현을 쓰기도 하는데 '흥청' 뒤에 붙은 '망청'은 별 뜻 없이 운율을 맞추기 위해서 쓴 대구이다.

◎ **보기글** • 제 돈 제가 쓰면서 흥청거리는데 웬 말이냐고 하면 할 말이 없지만, 그 돈을 이 사회에서 벌어들인 것이라면, 돈을 쓰는 데 있어서도 사회적인 영향을 생각해가면서 써야 할 것 아닌가.

희망(希望)

🔖 **본 뜻**   희망이란 말을 구성하고 있는 두 글자 중 첫 번째 글자인 희(希)에
이 말의 속뜻이 숨어 있다. 희(希)라는 글자는 점괘를 가리키는 육효
(六爻)의 효(爻)와 수건 건(巾)이 합쳐진 글자다. 앞으로의 운수를 알려
줄 점괘를 수건이 가리고 있는 형국이므로 점괘가 드러나기 전까지
는 앞날에 대한 기대를 가지게 된다는 뜻이다.

🔄 **바뀐 뜻**   앞일이나 자신의 미래에 대한 바람이나, 그렇게 되었으면 하는 소원
을 뜻하는 말이다.

◐ **보기글**   • 제게 희망이 있다면 오직 부모님이 건강하게 오래오래 사시는 겁니다.
   • 희망이 없는 청춘은 살아도 산 것이라고 할 수 없다.

1042   **희생(犧牲)**

🔖 **본 뜻**   희(犧)나 생(牲)은 모두 제사 지낼 때 사람 대신에 썼던 소나 양 등의
살아 있는 짐승을 말한다. 기독교의 구약에 자주 나오는 희생제사
란 바로 살아 있는 소나 양을 바치는 것을 말한다.

🔄 **바뀐 뜻**   제사를 지낼 때 소나 양이 주인 대신에 바쳐지는 것처럼 남을 위해
자신을 돌보지 않고 내놓는 것을 말한다.

◐ **보기글**   • 마더 테레사의 희생정신은 자기 자신만을 위해 사는 삶을 다시 한 번 되돌아보게
   한다.

1043   **희쭈그리**

🔖 **본 뜻**   남자들이 비속어로 자주 쓰는 이 말은 본래 '씹 쭈그러든 겄'이라는

말에서 온 것이다. 여성의 성기가 쭈그러들어서 보잘것없고 힘이 없는 상태에 비유한 말이다(남성의 성기는 좆이라고 한다).

⇆ 바뀐 뜻 기운이 없어 보이고 초라한 상태를 가리키는 비속어이다. 흔히 누군가가 축 처져 있거나 초라하고 힘없는 모습일 때 쓴다. 뜻이 저속한 비속어이므로 상황에 따라 적당한 말로 바꿔 쓰는 것이 좋겠다.

◎ 보기글
- 야, 넌 왜 젊은 놈이 그렇게 희쭈그리하게(→ 축 처져서) 다니냐?
- 다 늙어서 희쭈그리한(→ 힘도 없는) 게 괜히 큰소리만 탕탕 친다니까!

1044 히로뽕

⛯본 뜻 메스암페타민의 상품 이름으로 공식 명칭은 필로폰(philopon)이다. 무색 결정체 또는 흰 가루로서 냄새가 없다. 뇌를 흥분시키는 작용이 있어 각성제로 쓰이나 중독성이 있어 만성중독, 전신쇠약, 불면, 식욕부진 및 정신분열증을 나타낸다. 히로뽕 외의 마약에는 양귀비에서 추출한 아편, 아편에서 추출한 모르핀, 코카나무에서 추출한 코카인 등이 있는데 가장 강력한 효과를 나타내는 것이 바로 이 히로뽕이다. 히로뽕은 필로폰의 일본식 발음이다.

⇆ 바뀐 뜻 보통 마약의 대명사처럼 쓰이고 있는 히로뽕은 본래 필로폰이라는 화학약품의 이름이다. 요즘은 언론 매체에서도 필로폰이란 공식 명칭을 사용하고 있다.

◎ 보기글
- 히로뽕하고 필로폰이 같은 말이라며? 난 이제까지 전혀 다른 말인 줄 알았잖아.

1045 히스테리(Hysterie)

⛯본 뜻 자궁(子宮)을 뜻하는 그리스어 '히스테라(hystera)'에서 온 말이다. 자궁

을 뜻하는 병명이 붙은 것은 이 증세가 주로 여성에게 많이 일어나며, 그것은 자궁을 가지고 있는 여성의 호르몬 이상이 원인이라고 여겼기 때문이다. 히스테리는 광범위하고 다양하게 그 증상이 나타나는데 어떤 신체적 요인에 기인한 것이 아니면서 감각이나 운동의 장애를 일으킨다.

⇆ **바뀐 뜻** 일반적으로 여성의 신경질을 가리키는 말로 널리 쓰인다.

⊙ **보기글** • 주위 사람들이 노처녀 히스테리라고 놀릴까 봐. 이제는 마음 놓고 화도 못 내겠어.

찾아보기

순우리말

합성어

한자어

고사성어

관용구

외래어

참고문헌

강현주, 『한국어 어원연구사』, 집문당, 1989

고종욱, 『글힘돋움』, 보성사, 1990

김광언, 『김광언의 민속지』, 조선일보사, 1994

김광해 편, 『유의어 반의어 사전』, 한샘, 1987

김선득 외, 『당신은 우리말을 얼마나 아십니까』, 샘터, 1991

김선풍·리용득, 『속담이야기』, 국학자료원, 1993

김슬옹, 『우리말 산책』, 미래사, 1994

김종손·김태곤·박영섭, 『은어 비속어 직업어』, 집문당, 1985

노재덕, 『중국고사』, 명문당, 1982

류영남, 『말글밭』, 육일문화사, 1994

미승우, 『잘못 전해지고 있는 것들』, 범우사, 1986

박용수, 『겨레말 갈래 큰 사전』, 서울대학교출판부, 1993

박용수, 『우리말 갈래 사전』, 한길사, 1990

박인환, 『실용 국어 중심의 바른 우리말』, 세계일보, 1993

박일환, 『우리말 유래사전』, 우리교육, 1994

배우리, 『사전따로 말따로』, 토담, 1994

서재원, 『바로 쓰는 우리말 아름다운 우리말』, 한길사, 1994

서정범, 『어원별곡』, 범조사, 1986

송정석, 『한국어의 어원잡기』, 의학문화사, 1992

신기철·신용철, 『새 우리말 큰 사전』, 삼성출판사, 1990

안길모, 『이판사판 야단법석』, 한강수, 1993

안옥규, 『우리말의 뿌리』, 학민사, 1994

오동환, 『우리말 산책』, 일지사, 1985

운허 용하, 『불교사전』, 동국역경원, 1983

이규태, 『한국인의 생활구조』(1, 2, 3), 기린원, 1994

이기문, 『국어 어휘사 연구』, 동아출판사, 1991

이기문, 『당신의 우리말 실력은』, 리더스다이제스트, 1985

이기문 편, 『속담사전』, 일조각, 1986

이수열, 『우리말 우리글 바로 알고 바로 쓰기』, 지문사, 1993

이어령, 『말속의 말』, 동아일보사, 1995

이어령, 『문장백과 대사전』, 금성출판사, 1991

이오덕, 『우리글 바로 쓰기』(1, 2), 한길사, 1990

이인섭·심영자, 『우리말 고운말』(1, 2), EBS교육방송, 1992

이종극 편, 『최신 외래어 사전』, 심설당, 1984

이훈종, 『민족 생활어 사전』, 한길사, 1992

이훈종, 『오사리잡놈들』, 한길사, 1995

이훈종, 『흥부의 작은 마누라』, 한길사, 1995

임홍빈 편, 『뉘앙스 풀이를 겸한 우리말 사전』, 아카데미하우스, 1993

정재서 역, 『산해경』, 민음사, 1994

정주리, 『생각하는 국어』, 도솔, 1994

정태륭 편저, 『우리말 상소리 사전』, 프리미엄북스, 1990

정호완, 『우리말의 상상력』, 정신세계사, 1991

조선일보사·국립국어연구원, 『우리말의 예절』, 조선일보사, 1991

천소영, 『부끄러운 아리랑』, 현암사, 1994

최승렬, 『한국어의 어원과 한국인의 사상』, 한샘, 1990

최창렬, 『어원산책』, 한국문화사, 1993

최창렬, 『우리말 어원연구』, 일지사, 1988

『고사성어 사전』, 교학사, 1993

『뉴에이지 새국어 사전』, 교학사, 1989

『동아 원색 세계대백과 사전』(전32권), 동아출판사, 1992

『민속예술사전』, 한국문화예술진흥원, 1979

『브리태니커』(전27권), 동아일보사, 1995

『프라임 일한사전』, 동아일보사, 1993

『한국고전용어사전』, 세종대왕기념사업회, 1991

『한국문화상징사전』, 동아출판사, 1992

『한국 민족문화대백과사전』(전27권), 한국정신문화연구원, 1993

『현대용어백과사전』, 삼성출판사, 1971

『訣현대시사용어 사전』, 동아일보사, 1995

조선일보, 「이규태 코너」, 1994.6.26

조선일보, 「하루한자」, 1994.6.23

중앙일보, 「재미있는 한자여행」, 1994.5~6

중앙일보, 「재미있는 한자여행」, 1994.8~1995.5

본래 뜻을 찾아가는 우리말 나들이
알아두면 잘난 척하기 딱 좋은 **우리말 잡학사전**

'시치미를 뗀다'고 하는데 도대체 시치미는 무슨 뜻? 우리가 흔히 쓰는 천둥벌거숭이, 조바심, 젬병, 쪽도 못 쓰다 등의 말은 어떻게 나온 말일까? 강강술래가 이순신 장군이 고안한 놀이에서 나온 말이고, 행주치마는 권율장군의 행주대첩에서 나온 말이라는데 그것이 사실일까?

이 책은 이처럼 우리말이면서도 우리가 몰랐던 우리말의 참뜻을 명쾌하게 밝힌 정보 사전이다. 일상생활에서 자주 쓰는 데 그 뜻을 잘 모르는 말, 어렴풋이 알고 있어 엉뚱한 데 갖다 붙이는 말, 알고 보면 굉장히 험한 뜻인데 아무렇지도 않게 여기는 말, 그 속뜻을 알고 나면 '아하!'하고 무릎을 치게 되는 말 등 1,045개의 표제어를 가나다순으로 정리하여 본뜻과 바뀐 뜻을 밝히고 보기글을 실어 누구나 쉽게 읽고 활용할 수 있도록 하였다.

이재운 외 엮음 | 인문·교양 | 552쪽 | 33,000원

역사와 문화 상식의 지평을 넓혀주는 우리말 교양서
알아두면 잘난 척하기 딱 좋은 **우리말 어원사전**

이 책은 우리가 무심코 써왔던 말의 '기원'을 따져 그 의미를 헤아려본 '우리말 족보'와 같은 책이다. 한글과 한자어 그리고 토착화된 외래어를 우리말로 받아들여, 그 생성과 소멸의 과정을 추적해 밝힘으로써 올바른 언어관과 역사관을 갖추는 데 도움을 줄 뿐 아니라, 각각의 말이 타고난 생로병사의 길을 짚어봄으로써 당대 사회의 문화, 정치, 생활풍속 등을 폭넓게 이해할 수 있는 문화 교양서 구실을 톡톡히 하는 책이다.

우리가 흔히 쓰는 말들이 어떠한 배경에서 탄생하여 어떤 변천과정을 거쳤는지 살펴보는 작업은 그 자체로도 의미 있는 일이지만, 과거 선조들이 살았던 시대의 관습과 사회상, 선조들이 겪었던 아픔을 보여준다는 점에서도 의미가 크다.

이재운 외 엮음 | 인문·교양 | 552쪽 | 33,000원

베스트셀러 작가가 알려주는 창작노트
알아두면 잘난 척하기 딱 좋은 **에피소드 잡학사전**

이 책은 215여 권의 시집을 출간하고 에세이를 출간하여 수백만 독자들을 매료시킨 베스트셀러작가인 용혜원 시인의 창작 노하우가 담긴 에피소드 잡학사전이다. 창작자에게 영감과 비전을 샘솟게 하는 정보와 자료의 무한한 저장고로서 역할을 하며, 다양한 주제와 스토리로 구성된 창작 노하우를 담고 있다.

<창작자들을 위한 에피소드 백과사전>은 재미난 주제의 스토리와 그와 관련된 영화 대사나 명언 그리고 시 한 편으로 고급스러운 대화와 이야기를 풀어나가도록 구성되었다. 이 책은 강사들이나 새로운 세계를 창조해 내는 창작자들에게 아이디어와 창의력을 샘솟게 하는 자료들이 창고의 보물처럼 쌓여 있다.

용혜원 지음 | 인문·교양 | 512쪽 | 32,000원

영단어 하나로 역사, 문화, 상식의 바다를 항해한다

알아두면 잘난 척하기 딱 좋은 **영어잡학사전**

이 책은 영단어의 뿌리를 밝히고, 그 단어가 문화사적으로 어떻게 변모하고 파생 되었는지 친절하게 설명 해주는 인문교양서이다. 단어의 뿌리는 물론이고 그 줄기와 가지, 어원 속에 숨겨진 에피소드까지 재미있 고 다양한 정보를 제공함으로써 영어를 느끼고 생각할 수 있게 한다.

영단어의 유래와 함께 그 시대의 역사와 문화, 가치를 아울러 조명하고 있는 이 책은 일종의 잡학사전이기 도 하다. 영단어를 키워드로 하여 신화의 탄생, 세상을 떠들썩하게 했던 사건과 인물들, 그 역사적 배경과 의미 등 시대와 교감할 수 있는 온갖 지식들이 파노라마처럼 펼쳐진다.

김대웅 지음 | 인문·교양 | 452쪽 | 27,000원

신화와 성서 속으로 떠나는 영어 오디세이

알아두면 잘난 척하기 딱 좋은

신화와 성서에서 유래한 영어표현사전

그리스·로마 신화나 성서는 국민 베스트셀러라 할 정도로 모르는 사람이 없지만 일상생활에서 흔히 쓰 이고 있는 말들이 신화나 성서에서 유래한 사실을 아는 사람은 많지 않다. <신화와 성서에서 유래한 영 어표현사전>은 신화와 성서에서 유래한 영단어의 어원이 어떻게 변화되어 지금 우리 실생활에 어떻게 쓰이는지 알려준다.

읽다 보면 그리스·로마 신화와 성서의 알파와 오메가를 꿰뚫게 됨은 물론, 이들 신들의 세상에서 쓰인 언 어가 인간의 세상에서 펄떡펄떡 살아 숨쉬고 있다는 사실에 신비감마저 든다.

김대웅 지음 | 인문·교양 | 320쪽 | 19,800원

흥미롭고 재미있는 이야기는 다 모았다

알아두면 잘난 척하기 딱 좋은 **설화와 기담사전1, 2**

판타지의 세계는 언제나 매력적이다. 시간과 공간의 경계도, 상상력의 경계도 없다. 판타지는 동서양을 가 릴 것 없이 아득한 옛날부터 언제나 우리 곁에 있어왔다.

영원한 생명력을 자랑하는 신화와 전설의 주인공들, 한끗 차이로 신에서 괴물로 곤두박질한 불운의 존재 들, '세상에 이런 일이?' 싶은 미스터리한 이야기, 그리고 우리에게 너무도 친숙한(?) 염라대왕과 옥황 상제까지, 시공간을 종횡무진하는 환상적인 이야기가 펼쳐진다.

이 책은 실체를 알 수 없고 현실감이 없는 상상의 존재는 어떻게 태어났고 우리의 삶 속에 살아 있는 것 일까? 인간의 욕망이 만들어 낸 판타지의 주인공들이 시공간을 종횡무진하는 환상적인 이야기를 펼쳐놓 은 설화와 기담, 괴담들을 모아놓았다.

이상화 지음 | 인문·교양 | 1권 360쪽, 2권 376쪽 | 각권 22,800

신과 종교, 죽음과 신화의 기원에 대한 아주 오래된 화두

알아두면 잘난 척하기 딱 좋은 **신의 종말**

신은 존재할까, 허구일까? 신은 정말 존재하는 것일까?' 이는 인류 역사에서 가장 오래된 질문이다. 물론 지금까지도 신의 존재를 증명할 방법은 없다. 니체는 '신은 죽었다'고 했다. 곧 신은 있었지만, 의미를 상 실하고 사라졌다고 생각한 것일까?

이 책에서는 그 물음을 찾아 신과 종교의 오리진(Origin)을 긁어내려 한다. 종교는 어떻게 탄생해 어떤 진 화 과정을 거쳤는지, 그리고 종교와 과학의 만남은 어떻게 이루어졌는지 믿음이라는 생물학적 유전자를 캐내며 인간의 종말과 신의 종말을 예견한다. 그래서 마지막 남은 환상인 유토피아를 찾아내어 존재하지 않는 것으로부터 위안을 받는 인간을 보여준다.

이용범 지음 | 인문·교양 | 596쪽 | 28,000원

인간은 왜 딜레마에 빠질까?

알아두면 잘난 척하기 딱 좋은 **인간 딜레마**

인간의 행동과 선택에 대한 궁금증을 풀어주는 진화심리학적 인문서. 이 책은 소설가이자 연구자인 이용범이 풀어내는 인간 딜레마, 시장 딜레마, 신 딜레마로 이어지는 인류문화해설서 중 첫 번째이다. 딜레마를 품은 존재인 인간이 어떤 기준에서 진화하고 생존하며 판단하는지를 여러 학설의 실험과 관찰 및 연구를 통해 보여준다.

전체 3부 구성으로 1부에서는 일반적인 선택의 문제를, 2부에서는 도덕의 기제가 작동하는 원리와 사회적 존재로서의 문제를, 3부에서는 남성과 여성의 입장에서 유전적 본성과 충돌하면서도 유지되고 있는 인류의 짝짓기 문화와 비합리성 문제를 살펴본다.

이용범 지음 | 인문·교양 | 462쪽 | 25,000원

엄연히 존재했다가 사라진 것들을 찾아가는 시간여행

알아두면 잘난 척하기 딱 좋은 **사라진 것들**

이 세상에 사라지지 않는 것은 아무것도 없다. 이 세상의 모든 생명체는 태어나서 융성하다가 언젠가는 반드시 사라진다. 그것이 자연의 섭리다. 모든 것은 시대 변화와 발전에 따라 사라지고 새로운 것이 등장하기를 되풀이한다.

이 책 《사라진 것들》은 제목 그대로 우리 삶과 공존하다가 사라진 것들을 다루었다. 삶 자체가 사라짐의 연속이므로 모든 것을 기록으로 남길 수는 없어서, 나름의 기준을 가지고 '사라진 것들'을 간추렸다. 먼저 우리가 경험했던 국내에서 사라진 것들은 대부분 잘 알려진 것들이어서 제외하고, 세계적으로 관심이 컸던 것들 중에서 선별해 보았다.

이상화 지음 | 인문·교양 | 400쪽 | 19,800원

엉뚱한 실수와 기발한 상상이 창조해낸 인류의 유산

알아두면 잘난 척하기 딱 좋은 **최초의 것들**

우리는 무심코 입고 먹고 쉬면서, 지금 우리가 누리는 그 모든 것이 어떠한 발전 과정을 거쳐 지금의 안락하고 편안한 방식으로 정착되었는지 잘 알지 못한다. 하지만 세상은 우리가 미처 생각지도 못한 사이에 끊임없이 기발한 상상과 엉뚱한 실수로 탄생한 그 무엇이 인류의 삶을 바꾸어왔다.

이 책은 '최초'를 중심으로 그 역사적 맥락을 설명하는 데 주안점을 두었다. 아울러 오늘날 인류가 누리고 있는 온갖 것들은 과연 언제 어디서 어떻게 시작되었는지, 그것들은 어떤 경로로 전파되었는지, 세상의 온갖 것들 중 인간의 삶을 바꾸어놓은 의식주에 얽힌 문화를 조명하면서 그에 부합하는 250여 개의 도판을 제공해 읽는 재미와 보는 재미를 더했다.

김대웅 지음 | 인문·교양 | 552쪽 | 31,000원

그리스·로마 시대 명언들을 이 한 권에 다 모았다

알아두면 잘난 척하기 딱 좋은 **라틴어 격언집**

그리스·로마 시대 명언들을 이 한 권에 다 모았다
그리스·로마 시대의 격언은 당대 집단지성의 핵심이자 시대를 초월한 지혜다. 그 격언들은 때로는 비수와 같은 날카로움으로, 때로는 미소를 자아내는 풍자로 현재 우리의 삶과 사유에 여전히 유효하다.

이 책은 '암흑의 시대(?)'로 일컬어지는 중세에 베스트셀러였던 에라스뮈스의 <아다지아(Adagia)>를 근간으로 한다. 그리스·로마 시대의 철학자, 시인, 극작가, 정치가, 종교인 등의 주옥같은 명언들에 해박한 해설을 덧붙였으며 복잡한 현대사회를 헤쳐나가는 데 지표로 삼을 만한 글들로 가득하다.

데시데리위스 에라스뮈스 원작 | 김대웅·임경민 옮김 | 인문·교양 | 352쪽 | 19,800원

악은 의외로 평범함 속에 숨어 있다!

알아두면 잘난 척하기 딱 좋은 **악인의 세계사**

이 책은 유사 이래로 저질러진 수많은 악행들 가운데 그것이 세계사에 미친 영향을 조명하는 한편, 각 시대마다 사회를 불안과 공포에 몰아넣은 악인들의 극악무도한 악행을 들여다본 책이다. 국익 때문에, 돈 때문에 저지른 참혹하고 가공할 만한 악행들이 사회와 국가를 뒤흔들면서 어떻게 역사의 흐름을 바꾸어 놓았는지, 오늘날 인류의 삶에 어떤 영향을 미쳤는지 따라가본다.

아울러 인간이 어디까지 잔인해질 수 있는지, 그 악행의 심리 밑바닥에 도사리고 있는 것은 무엇인지 다시 한 번 생각해보게 한다. 우리 옆 가까이에서 모습을 감춘 채 득실대는 악인들의 존재는 우리를 언제 어떻게 무슨 방법으로든 그들의 세계로 끌어들일지도 모른다. 그들과 맞서는 것을 두려워하지 않을 때 그들의 악행을 멈추게 할 수 있다.

이상화 지음 | 인문·교양 | 378쪽 | 22,800원

세계 최초의 백과사전

교양인을 위한 **플리니우스 박물지**

플리니우스의 『박물지』는 77년에 처음 10권이 출판되었고, 나머지는 사후에 조카인 소(少)플리니우스가 출판한 것으로 추정된다. 플리니우스는 『박물지』에서 천문학, 수학, 지리학, 민족학, 인류학, 생리학, 동물학, 식물학, 농업, 원예학, 약학, 광물학, 조각작품, 예술 및 보석 등과 관련된 약 2만 개의 항목을 많은 문헌을 참조해 상세하게 기술할 뿐만 아니라 풍부한 풍속적 설명과 이용 방식 등을 곁들여 설명하고 있다. 따라서 이 저작은 구체적인 사물에 관한 단순한 지식을 뛰어넘어 고대 서양 문화를 이해하는 데 중요한 참고문헌으로 쓰이고 있다. 플리니우스의 『박물지』는 과학사와 기술사에서의 가치뿐만 아니라 고대 로마 예술에 대한 자료로서 미술사적으로 귀중한 자료로 고대 그리스·로마 시대의 예술에 대한 지식을 담은 서적으로 이 『박물지』가 유일하다.

플리니우스 원작 | 존 S. 화이트 엮음 | 서경주 번역 | 인문·교양 | 608쪽 | 39,000원

세계 각 지역의 기이한 풍속들을 간추린 이색적 풍속도

알아두면 잘난 척하기 딱 좋은 **기이하고 괴이한 세계 풍속사**

이 책은 세계 각 지역의 그러한 독특하고 괴상하고 기이한 풍속들을 간추려 이색적인 풍속, 특이한 성 풍속, 정체성이 담긴 다양한 축제, 자신들의 삶이 담긴 관혼상제, 전통의식으로 나누었다. 민족들 사이에 소통이 거의 없었던 고대(古代)에서 중세에 이르는 시기에 충격적이고 엽기적인 풍속이나 풍습이 훨씬 더 많다. 그러나 그것들이 대부분 사라졌기 때문에 되도록 오늘날에도 전통성이 이어지는 풍속들을 소개하려고 노력했다. 어느 민족의 풍속이든 그것은 인류문화의 원형이다. 하지만 시대와 환경 그리고 종교의 변화에 따라 영원히 사라지기도 하고, 다른 민족의 그것들과 결합하고 융합하면서 새로운 풍속이 탄생한다. 그것은 생존에 적응하려는 진화이기도 하다. 이 책에서는 그러한 인류의 삶을 살펴봄으로써 우리의 인문, 교양을 함양시키는 데 큰 도움이 될 것이다.

이상화 지음 | 인문·교양 | 408쪽 | 25,000원

전 세계의 샤머니즘 자취와 흔적을 찾는 여정

알아두면 잘난 척하기 딱 좋은 **샤머니즘의 세계**

샤머니즘은 관념이 아니라 실질적인 삶의 방식이자 일종의 종교 행위라고 할 수 있다. 많은 사람들이 샤머니즘을 섣불리 미신으로 치부하면서 그에 대한 탐구를 소홀히 한 탓으로 그에 대한 다양하고 풍부한 정보를 접하는 게 쉽지 않다. 이 책『샤머니즘의 세계』에서는 샤머니즘의 본질과 근원을 비롯해 우리가 제대로 알지 못하는 샤머니즘에 대한 올바른 지식을 전하고자 한다.

샤머니즘은 흔적은 전 세계에 걸쳐 남아 있고 현재도 실질적인 샤먼이 여러 형태로 존재하고 있다. 『샤머니즘의 세계』에서는 샤먼과 샤머니즘의 이해를 위한 각종 정보를 제공하고 샤먼의 종류, 샤머니즘의 제례의식 등을 살펴본다. 인류의 오랜 종교적 문화를 담고 있는 샤먼과 샤머니즘의 세계를 엿볼 수 있는 좋은 기회가 될 것이다.

이상화 지음 | 인문·교양 | 328쪽 | 18,800원